De toekomst duurt lang
gevolgd door De feiten

LOUIS ALTHUSSER

De toekomst duurt lang
gevolgd door *De feiten*

bezorgd en ingeleid door
Olivier Corpet en Yann Moulier Boutang

vertaald door Peter Klinkenberg

Oorspronkelijke titel *L'avenir dure longtemps,*
suivi de Les faits
© 1992 Editions STOCK/IMEC
© 1993 Nederlandse vertaling Peter Klinkenberg
Omslagontwerp Dingeman Kuilman, Studio Anthon Beeke
Foto voor- en achterplat J. Pavlovsky
(Agence Sygma/ABC Press)
ISBN 90 5333 168 9

INHOUD

Inleiding   7
De toekomst duurt lang   17
De feiten   287

INLEIDING

Louis Althusser is gestorven op 22 oktober 1990. De twee autobiografische teksten die in dit boek zijn opgenomen, bleken zorgvuldig te zijn bewaard in zijn archieven, die in juli 1991 aan het Institut Mémoires de l'édition contemporaine (IMEC) werden toevertrouwd, met als opdracht een wetenschappelijke uitgave van dit fonds te bezorgen.

Tussen de totstandkoming van beide teksten ligt een periode van tien jaar. Halverwege die periode slaat het leven van Louis Althusser om in een onvoorstelbaar noodlot wanneer hij op 16 november 1980 zijn vrouw Hélène vermoordt in hun woning in de Ecole normale supérieure, aan de rue d'Ulm te Parijs.

Toen François Boddaert, de neef en enige erfgenaam van Louis Althusser, beide autobiografieën had gelezen—het bestaan ervan, in het bijzonder dat van *De toekomst duurt lang*, had bijna mythologische dimensies gekregen—besloot hij ze te publiceren, als eerste deel van de postume uitgave van de talrijke niet-gepubliceerde werken die het Fonds Althusser bleek te bevatten. Behalve uit deze teksten zal de uitgave bestaan uit zijn 'Gevangenschapsdagboek', dat geschreven werd tijdens zijn internering als krijgsgevangene in Duitsland, tussen 1940 en 1945; voorts uit een deel met meer strikt filosofische werken, en ten slotte uit een verzameling uiteenlopende teksten (politiek, literatuur enzovoort) en brieven.

Voor de bezorging van deze uitgave hebben we meerdere, soms uiteenlopende getuigenissen verzameld van vrienden van Louis Althusser die op enig moment met deze manuscripten in aanraking zijn gekomen of van het bestaan ervan op de hoogte waren; sommigen hadden ze in een of andere fase van de totstandkoming geheel of gedeeltelijk gelezen. Ook hebben we documenten van allerlei aard bijeengebracht (agenda's, aantekeningen, kranteknipsels, brieven enzovoort); vaak waren ze her en der over de archieven verspreid, maar ze kunnen van dienst zijn als bewijs of verwijzing met betrekking tot de 'bronnen' die Louis Althusser gebruikte. Het volledige dossier dat bij de voorbereiding van deze uitgave werd gebruikt is ter inzage beschikbaar, vanzelfsprekend met inbegrip van de manuscripten zelf met hun varianten en aanvullingen; dat zal wetenschappelijke onderzoekers in staat stellen het ontstaan van deze autobiografieën te bestuderen. Wij beperken ons hier tot de belangrijkste gegevens uit de geschiedenis van deze teksten, die een licht werpen op deze uitgave. Verder zullen we enkele opmerkingen wijden aan de manuscripten, en aan de maatstaven die bij de bewerking zijn gehanteerd. De omstandigheden waarin ze zijn geredigeerd, zullen uitvoerig vermeld en nauwkeurig geanalyseerd worden in het tweede deel van de biografie van Louis Althusser.*

Een analyse van de tot dusver bijeengebrachte documenten en getuigenissen maakt het mogelijk met zekerheid het volgende te stellen. Al was het plan om een autobiografie te schrijven er al veel eerder, de aanzet tot *De toekomst duurt lang* werd gegeven door een artikeltje van Claude Sarraute in *Le Monde* van 14 maart 1985, dat als titel had 'Enigszins onbevredigd'. Het artikel besteedde voornamelijk aandacht aan de kannibalistische moord op een jonge Nederlandse vrouw door de Japanner Issei Sagawa en aan het succes in Japan van het boek waarin hij zijn misdaad vertelde. Na ontslagen te zijn van rechtsvervolging, en na een kort verblijf in een Franse psychiatrische inrichting, was hij naar zijn vaderland teruggestuurd. Terloops bracht Claude Sarraute andere 'gevallen' ter sprake: 'Zodra wij mediamensen een beroemde naam in een sappig proces verwikkeld zien, Althusser of Thibault d'Orléans bijvoorbeeld, maken we er een hele ophef van. Het slachtoffer? Dat verdient nog geen drie regels. De held, dat is de schuldige (...).'

Naar aanleiding van dit artikeltje raadden verscheidene vrienden Louis Althusser aan bij de krant te protesteren tegen deze toespeling op een 'sappig proces'. Hij stemde echter in met het standpunt van andere vrienden, die wel kritiek hadden op de methode, maar toch van mening waren dat Claude Sarraute in zekere zin een wezenlijk en voor hem dramatisch punt aanroerde: als gevolg van het ontslag van rechts-

---

* Zie Yann Moulier Boutang, *Louis Althusser, une biographie*, deel I, Grasset, 1992.

INLEIDING

vervolging dat hij had genoten, had hij in feite geen proces gehad. Op 19 maart 1985 schreef hij aan een van zijn beste vrienden, Dominique Lecourt—maar hij verstuurde de brief niet—dat hij niet 'weer in het openbaar verschijnen' kon zonder zich eerst te hebben verantwoord over wat hem was overkomen, dat wil zeggen '(...) een soort autobiografie te schrijven met daarin [zijn] uitleg van het drama, de "behandeling" ervan door politie, justitie en verpleging, en uiteraard de oorsprong'. Dit voornemen om zijn autobiografie te schrijven is bepaald niet nieuw. In 1982 bijvoorbeeld, wanneer een einde komt aan de eerste periode van vrijheidsberoving als gevolg van de moord, schrijft hij al een theoretische tekst over het 'materialisme van de ontmoeting', die aldus begint: 'Ik schrijf dit boek in oktober 1982, aan het einde van een wrede beproeving van drie jaar, waarvan ik wellicht eens het verhaal zal vertellen, zo het ooit andere verhalen begrijpelijk kan maken; zowel de omstandigheden, als wat ik heb ondergaan (de psychiatrie enzovoort). Want ik heb mijn vrouw, die alles voor mij betekende, in november 1980 tijdens een onvoorziene hevige crisis van geestelijke verwarring gewurgd; ze hield zoveel van me dat ze, omdat ze niet kon leven, alleen nog maar wilde sterven, en in mijn verwarring en verdoving heb ik haar deze "dienst" bewezen, zonder dat ze zich verweerde, en die haar het leven heeft gekost.' De tekst gaat verder met filosofische en politieke beschouwingen, en komt niet meer terug op deze eerste autobiografische toespelingen.

In maart 1985 is Louis Althusser vastbesloten om het 'verhaal' vanuit *zijn* standpunt te vertellen. Hij schrijft verscheidene vrienden in het buitenland met het verzoek hem alle krantenknipsels te sturen die vanaf november 1980 in hun land over hem verschenen zijn. Wat betreft de Franse pers gaat hij op dezelfde wijze te werk. Met hulp van vrienden verzamelt hij een omvangrijke documentatie over de juridische problemen in verband met het ontslag van rechtsvervolging, artikel 64 van het wetboek van strafrecht van 1838 en de kwestie van de psychiatrische deskundigenrapporten. Bovendien vraagt hij sommigen uit zijn naaste omgeving hem inzage te verlenen in hun 'dagboek' dat op deze jaren betrekking heeft, of hem de gebeurtenissen te vertellen, waarvan hij zich bepaalde aspecten niet meer herinnert. Zijn psychiater en zijn psychoanalyticus stelt hij vragen over de behandelingen die hij heeft ondergaan en over de geneesmiddelen die hij heeft moeten innemen (soms typt hij hun verklaringen en interpretaties 'letterlijk' uit). Op losse blaadjes en in agenda's noteert hij allerlei feiten, gebeurtenissen, uitspraken, gedachten, citaten, losse opmerkingen, kortom een geheel van feitelijke, politieke, persoonlijke en psychoanalytische indicaties. In zijn archieven treft men de sporen aan van dit werk ter voorbereiding van *De toekomst duurt lang*.

Naar alle waarschijnlijkheid hebben het schrijven zelf en het typen van deze tekst slechts enkele weken in beslag genomen, vanaf de laatste dagen van maart tot eind april of begin mei 1985. Op 11 mei geeft hij een waarschijnlijk voltooid manuscript aan Michelle Loi te lezen en op 30 mei typt hij een versie van een nieuwe theoretische tekst, die als titel heeft 'Wat te doen?'. Al op de tweede bladzijde zinspeelt hij op de autobiografie die hij zojuist voltooid heeft: 'Ik zal uitgaan van een belangrijk grondbeginsel van Machiavelli, dat ik uitvoerig van commentaar heb voorzien in mijn boekje *De toekomst duurt lang*.' 'Boekje' bij wijze van spreken, want deze tekst heeft een lengte van bijna driehonderd bladzijden en vormt, voor zover ons bekend, het langste manuscript dat Louis Althusser geschreven heeft; zijn tot dusver gepubliceerde werk bestaat slechts uit korte geschriften en gebundelde artikelen. Op 15 juni wordt hij opnieuw in Soisy opgenomen, ten prooi aan een hevige crisis van hypomanie.

Dit lijkt het tijdschema te zijn geweest bij het schrijven van *De toekomst duurt lang*—een tijdschema dat geheel overeenkomt met de datering van enkele feiten en gebeurtenissen die in de tekst zelf worden vermeld (bijvoorbeeld: 'Vier jaar geleden, tijdens de regering-Mauroy'—blz. 24, of: 'Pas een half jaar geleden, in oktober '84'—blz. 129, of: 'ik ben zevenenzestig'—blz. 280). De later aangebrachte correcties lijken van ondergeschikte aard.

Slechts een beperkt aantal mensen uit zijn naaste omgeving heeft dit manuscript geheel of voor een belangrijk deel mogen lezen, met name Stanislas Breton, Michelle Loi, Sandra Salomon, Paulette Taïeb, André Tosel, Hélène Troizier en Claudine Normand. Anderzijds is bekend dat hij tegenover sommige uitgevers meer dan eens van het bestaan van dit manuscript gewag heeft gemaakt en heeft laten merken het te willen publiceren, zonder het hun evenwel te laten zien, althans nooit in zijn geheel. Dus alles wijst erop dat Louis Althusser vergaande voorzorgsmaatregelen had genomen om het manuscript niet 'in om-

INLEIDING

loop te brengen', in tegenstelling tot wat hij gewoonlijk met zijn teksten deed. In zijn archieven was er trouwens geen fotokopie van aanwezig. André Tosel, een vriend van hem, vertelt dat hij het in mei 1986 alleen mocht lezen bij hem thuis, in zijn bijzijn, zonder aantekeningen te maken.

Ten slotte voegen we eraan toe dat Louis Althusser bij het schrijven van *De toekomst duurt lang* veel ontleend heeft aan zijn eerste autobiografie *De feiten*, waarvan hij twee versies had bewaard die grote overeenkomst vertonen.

Deze tekst, *De feiten*, die het tweede gedeelte van dit boek vormt, werd geschreven in 1976 (het jaar wordt op de eerste bladzijde vermeld), naar alle waarschijnlijkheid in de tweede helft van dat jaar. Louis Althusser heeft de tekst aangeboden en overhandigd aan Régis Debray, die hem wilde publiceren in de tweede aflevering van een nieuw tijdschrift, *Ça ira*, waarvan een proefnummer was verschenen in januari 1976, en dat het levenslicht uiteindelijk niet zou aanschouwen. Ook van deze autobiografie, waarvan meerdere mensen uit de naaste omgeving van Louis Althusser op de hoogte waren, is tot dusver niets gepubliceerd.

Het oorspronkelijke manuscript van *De toekomst duurt lang* bestaat uit driehonderddrieëntwintig vellen van A4-formaat, groen of wit van kleur, waarvan een tiental met briefhoofd van de Ecole normale supérieure. De meeste zijn bijeengebracht in een reeks van aan elkaar geniete en genummerde 'bladen', veelal corresponderend met de hoofdstukken. Met uitzondering van enkele volledig handgeschreven bladzijden waren al deze vellen door Louis Althusser zelf, overeenkomstig zijn gewoonte, rechtstreeks getypt; uitgezonderd de bladzijde van het voorbericht naar het lijkt, waarvan de oorspronkelijke versie—die deel uitmaakte van het manuscript—en de definitieve uitwerking zijn getypt door Paulette Taïeb, op een andere machine.

Op de handgeschreven titelpagina had Louis Althusser geschreven: *De toekomst duurt lang*, gevolgd door een doorgehaalde ondertitel: 'Kort levensverhaal van een moordenaar', en door een eveneens doorgestreepte titel: 'Dageraad van een nacht'; die correspondeert met een eerste poging tot een inleiding, waarvan de eerste negen getypte vellen nog over zijn, midden in een zin afgebroken.

Menige getypte bladzijde van *De toekomst duurt lang* bevat talrijke verbeteringen en toevoegingen, tussen de regels, in de kantlijn, soms op de achterkant. Wanneer het manuscript door al deze wijzigingen onleesbaar dreigde te worden, typte Louis Althusser het opnieuw en bracht weer andere verbeteringen aan. In een aparte map had hij de vroegste gecorrigeerde versie van de eerste eenenzeventig bladzijden bewaard, met uitzondering van het voorbericht en de twee inleidende pagina's waarin het relaas wordt gedaan van de moord (hoofdstuk 1). Maar deze uitzondering daargelaten, die het mogelijk maakt de (in dit geval onbeduidende) verschillen tussen de getypte teksten te onderzoeken, bevatten de archieven van Louis Althusser slechts één oorspronkelijke versie van deze tekst.

We moeten hier nog aan toevoegen dat Louis Althusser tussen de bladzijden van zijn manuscript hier en daar blanco velletjes van klein formaat had gestopt met opschrift van de Ecole normale supérieure en met een verwijzing naar de betreffende bladzijde; een vraag of een min of meer bondige opmerking duiden erop dat hij later op de bewuste zin of uiteenzetting wilde terugkomen. Een grafische aanduiding op verscheidene plaatsen in de kantlijn, meestal met viltstift, geeft er eveneens blijk van dat hij de tekst niet geheel bevredigend vond en het voornemen had verbeteringen aan te brengen.

Dit manuscript leert ons ook dat de auteur verschillende indelingen van zijn tekst bedacht had en zelfs wel vier ontwerpen voor een paginering, die vooral op het tweede deel betrekking hebben. Het was ons echter onmogelijk om de verschillende versies volledig te reconstrueren die met deze onderscheiden pagineringen zouden overeenkomen. Maar het manuscript dat werd aangetroffen, en zoals het hier wordt gepubliceerd, was onderverdeeld in een ononderbroken reeks hoofdstukken, die de auteur met Romeinse cijfers genummerd had. (Met een onbelangrijke omissie aan het begin, op basis waarvan wij tot tweeëntwintig in plaats van eenentwintig hoofdstukken zijn gekomen; in de laatste staat van het manuscript komt dit overeen met een nummering van de bladzijden van 1 tot 276, waarbij geen rekening wordt gehouden met sommige verwisselingen van pagina en meerdere toevoegingen, waarvoor de auteur vaak nauwkeurige aanwijzingen heeft nagelaten.) Dit is de versie die voor deze uitgave werd gekozen.

Ten slotte moet vermeld worden dat in deze uitgave van *De toekomst* *duurt lang* twee hoofdstukken niet voorkomen, die als titel hebben 'Machiavelli' en 'Spinoza'; Louis Althusser had ze uiteindelijk weggelaten en vervangen door de 'samenvatting', die hier op blz. 219 tot 224 staat.* Hetzelfde geldt voor het laatste** gedeelte van het hoofdstuk dat gewijd is aan politieke analyses betreffende de toekomst van links in Frankrijk en de situatie van de Communistische Partij (hier hoofdstuk XIX). Het lijkt erop dat Louis Althusser deze bladzijden voor een ander werk wilde gebruiken, 'De ware materialistische traditie'. Maar behalve deze drie hoofdstukken, bestaande uit eenenzestig velletjes opgeborgen in een map voorzien van de genoemde titel, beschikken we verder niet over nauwkeuriger informatie met betrekking tot dit voorgenomen werk, dat onvoltooid is gebleven. Wellicht zullen deze bladzijden, in het bijzonder de twee hoofdstukken over Machiavelli en Spinoza, later gepubliceerd worden.

Uiteindelijk hebben we ervoor gekozen de tekst van *De toekomst duurt lang* nagenoeg zonder vermelding van varianten te publiceren, met uitzondering van enkele met de hand geschreven toevoegingen in de kantlijn, die de noodzakelijke aansluiting missen en die we als voetnoot geven; onderzoekers kunnen het voorbereidingsdossier en het manuscript inzien. Voor het overige hebben we ons gehouden aan alle uiterst nauwkeurige aanwijzingen die Louis Althusser met het oog op een uitgave had achtergelaten (onderstrepingen, verandering van paragraaf, invoegingen, toevoegingen enzovoort). We hebben ons beperkt tot onbelangrijke, bij een uitgave gangbare verbeteringen inzake de overeenstemming van tijden, de interpunctie, verduidelijking van de voornamen van geciteerde personen. Feitelijke vergissingen en foute dateringen zijn ongewijzigd gelaten; voor een mogelijke 'verificatie' kan de lezer de biografie van de auteur raadplegen, die gelijktijdig verschijnt [in Frankrijk, zie noot blz. 8]. Hier en daar bleek het toevoegen van een woord of een uitdrukking, vermeld tussen vierkante haken, voor de leesbaarheid van de tekst onvermijdelijk.

Het manuscript van *De feiten* bestaat uit een getypte tekst met heel weinig verbeteringen en toevoegingen; de varianten zijn dus onbeduidend en hebben vooral betrekking op de indeling van de eerste para-

* Vanaf 'Maar voordat ik aan Marx zelf toekom (...)' tot 'Ik geloof dat dit denken zonder precedent, en helaas zonder vervolg, voor ons nog steeds aanknopingspunten biedt.'
** Na '(...) die haar beslist als een smet zou zijn verweten' (blz. 243).

grafen. Van dit manuscript had Louis Althusser in zijn archieven slechts twee fotokopieën bewaard, die overeenkomen met twee opeenvolgende, nauw verwante versies.

Hier wordt de tweede versie gepubliceerd, maar het is duidelijk dat de tekst daarvóór een of meerdere keren is herschreven. Want in de zomer van 1976 maakt Louis Althusser in een brief aan Sandra Salomon bekend: 'Misschien ga ik (...) mijn "autobiografie" wel herschrijven, flink volproppen met herinneringen, sommige waar, andere fictief (mijn ontmoetingen met Johannes XXIII en De Gaulle), en vooral met analyses van de dingen die ik vertel, daarna gooi ik alle stukken in een bijlage. Je bent het daarmee eens? Het gaat over de politiek van binnen en van buiten tegelijk, en ik neem geen blad voor de mond (...).'

De keuze van de bezorgers om beide autobiografieën niet te bedelven onder verklarende noten, behalve op de schaarse plaatsen waar zelfs de letterlijke verstaanbaarheid in gevaar kwam, wordt hoofdzakelijk door het karakter van deze werken bepaald. Evenmin als de *Bekentenissen* van Jean-Jacques Rousseau of de *Memoires* van kardinaal De Retz mogen ze als een levensbeschrijving gelezen worden. In een eerste ontwerp-voorwoord bij *De toekomst duurt lang*, getiteld 'Een paar woorden', had Louis Althusser verduidelijkt dat hij niet de bedoeling had om zijn kinderjaren te beschrijven zoals ze waren geweest noch zijn familieleden zoals ze werkelijk waren, maar om het beeld weer te geven dat hij zich er geleidelijk van was gaan vormen: 'Ik spreek slechts over hen zoals ik hen gezien en ervaren heb, en ik weet heel goed dat wat ze verder nog konden zijn, zoals bij elke psychische voorstelling, in mijn waanprojecties altijd al met angst beladen was.'

Hij heeft dus het verhaal van zijn affecten en waanvoorstellingen geschreven. We bevinden ons in een fantasiewereld, in de letterlijke betekenis die dit woord in de tijd van Montaigne nog had: zinsbedrog en zelfs zinsbegoocheling. In *De toekomst duurt lang* schrijft hij: 'Bij al deze associaties en herinneringen hecht ik er immers aan me strikt aan de feiten te houden; maar waanvoorstellingen zijn ook feiten.'

En dit brengt ons bij het meest opvallende van deze teksten. Opzettelijk bespeelt elk een ander stijlregister: *De feiten* heeft een komische toonaard, *De toekomst duurt lang* een tragische. Binaire maatstaven van waar en onwaar zijn hier niet toepasbaar—het is juist de taak van de

INLEIDING

biografie om de grenzen daarvan af te bakenen.* Zijn we daarmee verzeild geraakt in louter fictie, dus in de verbeelding, opgesloten in het symbolische systeem van een tekst die slechts naar zichzelf verwijst? In zekere zin wel, en omdat we beschikken over de verschillende fasen van deze zeer zorgvuldig bewerkte manuscripten zal dat er waarschijnlijk toe leiden dat de interne kritiek van de tekst uiteindelijk voorrang krijgt—wat geldt voor elke literaire schepping. En toch kunnen we ze ook niet lezen als een roman van Céline of een novelle van Borgès, om twee schrijvers te noemen naar wie Althusser graag verwees.

Dat we met deze twee teksten het gebied van verbeelding en zinsbegoocheling betreden, komt doordat ze gaan over de waanzin, dat wil zeggen over de enige mogelijkheid voor het subject om zich aan te dienen als krankzinnige en vervolgens als moordenaar, en toch nog steeds als filosoof en communist. We worden hier geconfronteerd met een buitengewone getuigenis van de waanzin. Anders dan in 'nosografische documenten' als het door Freud bestudeerde *Verslag van President Schreber*, of het door Michel Foucault ingeleide verslag van Pierre Rivière (*Moi, Pierre Rivière, ayant égorgé ma mère, ma soeur, ma femme*) wordt hier duidelijk hoe een uitermate intelligente intellectueel en beroepsfilosoof omgaat met zijn waanzin, met de medicalisering ervan tot geestesziekte door de gevestigde psychiatrie en het psychoanalytische kleed waarmee de waanzin zich tooit. In dit opzicht vormt dit *autobiografische geheel*, waarvan de kern al in *De feiten* aanwezig is, stellig het onmisbare correlaat van *Geschiedenis van de waanzin* van Michel Foucault. *De toekomst duurt lang* is geschreven door iemand die door het ontslag van rechtsvervolging in feite van zijn hoedanigheid van filosoof was beroofd. Het is een onontwarbare mengeling van 'feiten' en 'waanvoorstellingen', en bakent, stellig gebaseerd op ervaring, in een wezen van vlees en bloed de plaats af die Foucault had aangewezen: de onzekere scheidslijn tussen waanzin en rede. Hoe kan het denken tegen de waanzin aanleunen zonder er slechts een gijzelaar of een monsterlijke aanvechting van te zijn? Hoe kan een levensverhaal op zo'n manier afglijden naar de waanzin en de verteller zich er zo bewust van zijn?

---

* Voor een bespreking van de discrepanties, vergissingen en weglatingen in beide autobiografieën met betrekking tot het werkelijke leven, zie Yann Moulier Boutang, *Louis Althusser, une biographie*, deel I, op. cit.

Wat te denken van de auteur van zo'n werk? Kan het 'geval Althusser' worden overgelaten aan artsen, aan rechters, aan de weldenkenden die een onderscheid maken tussen publieke gedachten en private begeerten? Dankzij de twee teksten met zijn levensverhaal is hij postuum aan hen ontsnapt.

In dit opzicht zullen deze autobiografische teksten heel vanzelfsprekend, en om zo te zeggen gebiedend, een plaats, een belangrijke plaats in het oeuvre van Louis Althusser gaan innemen. En alleen de wijze waarop ze gelezen zullen worden, die onvermijdelijk uiteenlopend en tegenstrijdig is, zal ons vertellen welke ingrijpende wijzigingen ze in het werk zelf teweeg zullen brengen en in de blik die we erop werpen. Nu is het nog te vroeg om op de betekenis en de omvang van deze wijzigingen vooruit te lopen.

Olivier Corpet
Yann Moulier Boutang

We stellen er prijs op een woord van dank te richten tot al degenen die de uitgave van dit boek mogelijk hebben gemaakt. In de eerste plaats François Boddaert, de erfgenaam van Louis Althusser, die tot publikatie van deze teksten heeft besloten en ons voortdurend zijn vertrouwen heeft geschonken. Maar ook Régis Debray, Sandra Salomon, Paulette Taïeb, Michelle Loi, Dominique Lecourt, André Tosel, Stanislas Breton, Hélène Troizier, Fernanda Navarro, Gabriel Albiac, Jean-Pierre Salgas en anderen, voor de waardevolle documenten en getuigenissen die zij ons hebben verschaft en die ons in staat stelden deze teksten in de best mogelijke omstandigheden uit te geven. Zij kunnen echter niet voor deze uitgave verantwoordelijk worden gesteld: de volledige verantwoordelijkheid daarvoor dragen wij. Onze dank gaat eveneens uit naar de medewerkers van het IMEC die ons geholpen hebben, en heel in het bijzonder naar Sandrine Samson, die een groot gedeelte van het Fonds Althusser heeft geordend.

DE TOEKOMST DUURT LANG

1985

Waarschijnlijk vindt men het stuitend dat ik niet berust in stilzwijgen, na de daad die ik heb begaan en ook na het ontslag van rechtsvervolging dat haar sanctioneerde en dat mij zogezegd werd 'gegund'.

Maar als ik dit voordeel niet had genoten, had ik voor de rechtbank moeten verschijnen. En als ik voor de rechtbank was verschenen, had ik antwoord moeten geven.

Dit boek is dat antwoord waartoe ik anders verplicht zou zijn geweest. En al wat ik vraag is dat me wordt toegestaan om te antwoorden, dat me nu wordt toegestaan wat destijds mogelijk een verplichting was geweest.

Ik ben me er natuurlijk van bewust dat het antwoord dat ik hier probeer te geven niet volgens de regels is van een proces dat niet heeft plaatsgevonden, noch de vorm heeft die het toen zou hebben aangenomen. Toch vraag ik me af of het achterwege blijven van dit proces met zijn regels en vormen, een voorgoed afgesloten mogelijkheid, dat wat ik ga proberen te zeggen uiteindelijk niet nog meer blootstelt aan de vrijheid van de publieke beoordeling. In elk geval wens ik dat. Het is nu eenmaal mijn lot dat ik een angstgevoel alleen meen te kunnen bedwingen door eindeloos andere angstgevoelens na te jagen.

I

Ik zal zeggen hoe en wanneer, volgens de herinnering die ik bewaard heb, ongeschonden en nauwkeurig, tot in de kleinste bijzonderheden, voor eeuwig in mijn geheugen gegrift door al mijn beproevingen heen; dit is het tafereel van de moord zoals ik het heb beleefd, tussen twee duistere nachten, de nacht waar ik uit kwam en de nacht waar ik naar op weg was.

Plotseling sta ik in kamerjas aan het voeteneinde van mijn bed, in mijn appartement binnen het gebouwencomplex van de Ecole normale supérieure. Een grauw daglicht—het was zondag 16 november, rond negen uur in de ochtend—valt over het voeteneinde, het komt van links door het hoge venster dat al zo lang omlijst wordt door oude rode gordijnen in empirestijl, verscheurd door de tijd en verschoten door de zon.

Voor mij ligt Hélène op haar rug, ook in kamerjas.

Haar bekken rust op de rand van het bed, haar benen achteloos op het vaste tapijt.

Op mijn knieën vlak bij haar, over haar lichaam gebogen, ben ik bezig haar hals te masseren. Het gebeurde vaak dat ik haar zwijgend masseerde, nek, rug, lendenen; de techniek had ik van een kameraad in krijgsgevangenschap geleerd, de kleine Clerc, een beroepsvoetballer die overal bedreven in was.

Maar dit keer masseer ik de voorkant van haar hals. Ik druk mijn duimen in de holte langs het bovenste gedeelte van het borstbeen en terwijl ik druk, een duim schuin naar rechts, een duim schuin naar links, bereik ik langzaam het hardere gebied onder de oren. Ik masseer in V-vorm. In mijn onderarmen voel ik een grote spiervermoeidheid, maar ik weet dat masseren me altijd pijn doet in de onderarmen.

Het gezicht van Hélène is onbeweeglijk en sereen, haar open ogen kijken star naar het plafond.

En plotseling word ik door ontzetting bevangen, haar ogen staan eindeloos star en vooral dat puntje van haar tong dat nu ongewoon maar vredig tussen tanden en lippen rust.

Ik heb wel eerder doden gezien, maar nog nooit het gezicht van een gewurgde vrouw. Toch weet ik dat dit een gewurgde vrouw is. Hoe dan? Ik kom overeind en schreeuw het uit: ik heb Hélène gewurgd!

In hevige paniek ren ik zo snel ik kan door de woning, het trapje met de ijzeren leuning af naar de binnenplaats met de hoge hekken aan de voorzijde en nog steeds rennend begeef ik me naar de ziekenafdeling, waar ik dokter Etienne moet aantreffen die op de eerste verdieping woont. Ik kom niemand tegen, het is zondag, de Ecole normale is half verlaten en slaapt nog. Ik storm de trap naar de arts op terwijl ik nog steeds uitschreeuw: 'Ik heb Hélène gewurgd!'

Ik sla hard op de deur van de arts, die ten slotte verwezen voor me opendoet; ook hij is in kamerjas. Eindeloos schreeuw ik dat ik Hélène heb gewurgd, ik trek hem mee aan de kraag van zijn kamerjas, laat hij met uiterste spoed naar haar komen kijken, anders steek ik de Ecole normale in brand. Etienne gelooft me niet: 'Dat is onmogelijk.'

In allerijl gaan we weer naar beneden. Dan staan we beiden tegenover Hélène. Nog steeds heeft ze dezelfde starre ogen en dat puntje tong tussen tanden en lippen. Etienne ausculteert haar: 'Niets aan te doen, te laat.' En ik: 'Kan ze niet gereanimeerd worden?'—'Nee.'

Vervolgens vraagt Etienne me enkele minuten alleen te blijven. Naderhand begrijp ik dat hij de directeur, het ziekenhuis, het politiebureau en wat al niet moet hebben gebeld. Ik wacht af, terwijl ik beef zonder ophouden.

Aan weerszijden van het venster hangen de lange, rode, aan flarden gescheurde gordijnen, het rechter helemaal tot de onderkant van het bed. Ik zie onze vriend Jacques Martin weer voor me, die in augustus 1964 dood in zijn minuscule kamertje in het zestiende arrondissement werd aangetroffen; al een aantal dagen lag hij op zijn bed met een lange, vuurrode roos op zijn borst. Een stille boodschap voor ons beiden, die al twintig jaar van hem hielden, als aandenken aan Beloyannis, een boodschap over het graf. Dan pak ik een van de smalle flarden van het lange rode gordijn en breng die zonder haar af te scheuren naar de borst van Hélène, waar ze schuin zal blijven liggen, vanaf de punt van de rechterschouder tot aan de linkerborst.

Etienne komt terug. Nu wordt alles verward. Hij schijnt me een injectie te geven, samen met hem ga ik terug naar mijn werkkamer en ik zie iemand (wie weet ik niet) boeken wegnemen die ik van de bibliotheek van de Ecole normale had geleend. Etienne heeft het over een ziekenhuis. Ik zink weg in een duistere nacht. Ik zou weer 'ontwaken' in Sainte-Anne. Wanneer weet ik niet.

II

Mijn lezers moeten het me maar vergeven. Dit boekje schrijf ik in de eerste plaats voor mijn vrienden, en zo mogelijk voor mijzelf. Mijn redenen zullen weldra duidelijk worden.

Lang na het drama vernam ik dat twee personen uit mijn naaste omgeving (en waarschijnlijk waren zij niet de enigen) graag hadden gezien dat ik gevrijwaard bleef van het ontslag van rechtsvervolging, dat de drie gerechtelijk-geneeskundige expertises sanctioneerde die in de week na de dood van Hélène in Sainte-Anne verricht waren, en dat ik voor een assisenhof zou verschijnen. Helaas was dat een vrome wens.

Omdat ik ernstig ziek was (geestelijke verwarring, onirisch delirium), was ik niet in staat om voor een openbare instantie te verschijnen; de rechter van instructie die bij me op bezoek kwam, kon geen woord uit me krijgen. Aangezien ik bij besluit van het hoofd der politie gedwongen was opgenomen en onder voogdij gesteld, beschikte ik bovendien niet meer over mijn vrijheid en mijn burgerschapsrechten. Beroofd van iedere keuzemogelijkheid, was ik in een officiële procedure verwikkeld waaraan ik me niet kon onttrekken maar me slechts kon onderwerpen.

Deze procedure heeft duidelijke voordelen: ze beschermt de verdachte die niet toerekeningsvatbaar wordt geacht. Maar ze bergt ook geduchte nadelen in zich, die minder bekend zijn.

Na het ondergaan van zo'n lange beproeving begrijp ik die vriendinnen van mij heel goed! Wanneer ik het heb over een beproeving, doel ik niet alleen op wat ik tijdens mijn opsluiting meemaakte, maar ook op wat ik sindsdien doormaak en, zoals ik heel goed inzie, tot het einde van mijn dagen zal moeten doormaken als ik niet *persoonlijk* en *publiekelijk* het woord neem om mijn eigen getuigenis te laten horen.

Tot nu toe hebben zoveel mensen met de beste of slechtste bedoelingen het risico genomen in mijn naam te spreken of te zwijgen! Ontslag van rechtsvervolging betekent inderdaad de grafsteen van het zwijgen.

Dit besluit tot ontslag van rechtsvervolging, dat in februari 1981 ten gunste van mij werd genomen, wordt beknopt samengevat in het bekende artikel 64 van het wetboek van strafvordering van 1838. Een artikel dat nog steeds van kracht is, ondanks tweeëndertig pogingen tot hervorming die op niets zijn uitgelopen. Vier jaar geleden, tijdens de regering-Mauroy, heeft een commissie zich opnieuw over dit netelige vraagstuk gebogen, waarbij een heel apparaat van bestuurlijke, juridische en strafrechtelijke macht in het geding is, gecombineerd met de kennis, praktijk en psychiatrische ideologie van de opsluiting. Deze commissie vergadert niet meer. Klaarblijkelijk heeft ze niets beters gevonden.

Het wetboek van strafrecht maakt sinds 1838 een onderscheid tussen de *toestand van niet-toerekeningsvatbaarheid* van een misdadiger die zijn daad 'in staat van krankzinnigheid' of 'onder dwang' gepleegd heeft, en de *toestand van toerekeningsvatbaarheid* die aan ieder zogenaamd 'normaal' mens wordt toegekend.

De toestand van toerekeningsvatbaarheid maakt de weg vrij voor de gebruikelijke procedure: verschijning voor een assisenhof, *openbaar* debat waarin een confrontatie plaatsvindt tussen het *openbaar ministerie*, dat spreekt uit naam van de belangen van de samenleving, getuigen, advocaten van de verdediging en van de civiele partij, die *publiekelijk* het woord voeren, en de verdachte, die zelf zijn persoonlijke uitleg van de feiten geeft. De gehele procedure, die in het teken van de openbaarheid staat, wordt afgesloten met een geheime beraadslaging van de juryleden, die publiekelijk uitspraak doen: hetzij vrijspraak, hetzij een gevangenisstraf. Aan de tot misdadiger bestempelde wordt een bepaalde gevangenisstraf opgelegd, waarmee hij wordt geacht zijn schuld aan de samenleving te betalen en zo zijn misdaad uit te wissen.

Niet-toerekeningsvatbaarheid daarentegen laat geen ruimte voor een procedure van verschijning voor een assisenhof met openbaar debat. Terstond wordt de moordenaar regelrecht tot opsluiting in een psychiatrische inrichting veroordeeld. Ook dan is de misdadiger 'onschadelijk gemaakt' voor de samenleving, maar voor onbepaalde tijd, en hij wordt geacht de psychiatrische behandeling te ondergaan die zijn toestand van 'geesteszieke' vereist.

Als een moordenaar na een openbaar proces wordt vrijgesproken, kan hij met opgeheven hoofd naar huis (althans in principe, want de mogelijkheid bestaat dat de publieke opinie verontwaardigd is over zijn vrijspraak en hem dat laat merken. In dit soort schandalen zijn er altijd ter zake kundige stemmen die op het slechte geweten van het publiek inspelen).

Als de misdadiger of moordenaar tot gevangenisstraf of tot psychiatrische opsluiting wordt veroordeeld, verdwijnt hij uit het maatschappelijke leven; in geval van gevangenisstraf voor een bij de wet *bepaalde* tijd (die door strafvermindering kan worden verkort), in geval van psychiatrische opsluiting voor een *onbepaalde* tijd. Waar nog deze verzwarende omstandigheid bij komt dat de geïnterneerde moordenaar, die geacht wordt niet over zijn gezonde verstand te beschikken en dus handelingsonbekwaam wordt verklaard, zijn rechtspersoonlijkheid kan verliezen, die dan door het hoofd der politie aan een 'voogd' (een jurist) wordt overgedragen die volmacht heeft in zijn naam te tekenen en te handelen, terwijl men anders als veroordeelde zijn rechtspersoonlijkheid slechts 'in criminele materie' verliest.

Door opsluiting in een gevangenis of in een inrichting wordt de moordenaar of misdadiger onschadelijk gemaakt omdat hij als *gevaarlijk* wordt beschouwd, zowel voor zichzelf (zelfmoord) als voor de samenleving (recidive). De balans opmakend moeten we vaststellen dat ondanks recente vooruitgang menige psychiatrische inrichting nog steeds fungeert als een soort gevangenis, dat er voor 'gevaarlijke' patiënten (die onrustig en gewelddadig zijn) zelfs orde- of veiligheidsdiensten bestaan, die met hun diepe grachten, prikkeldraad, dwangbuis en 'chemische dwang' slechte herinneringen oproepen. De ordediensten zijn vaak erger dan menige gevangenis.

Enerzijds gevangenzetting, anderzijds opsluiting: het is niet verwonderlijk dat deze vergelijkbare omstandigheden in de publieke opinie, die slecht geïnformeerd is, tot een soort gelijkstelling leiden. Hoe het ook zij, voor een moord blijft gevangenzetting of opsluiting de normale strafmaatregel. Behalve als er spoed geboden is, in de zogenaamde acute gevallen die hier niet in het geding zijn, is opname in een inrichting altijd schadelijk, zowel voor de patiënt, die vaak een chronische zieke wordt, als voor de arts. Ook de arts is gedwongen in een afgesloten wereld te leven, waar hij geacht wordt alles over de patiënt te 'weten', en dikwijls verkeert hij in een beklemmend tête-à-tête met de zieke, die hij maar al te vaak met een kille pose of met verhoogde vijandigheid de baas is.

Dit is nog niet alles. Gewoonlijk vindt de publieke opinie dat de misdadiger of moordenaar, potentieel een recidivist en dus blijvend 'gevaarlijk', voor altijd uit het maatschappelijke leven moet worden verwijderd *desnoods voor zijn leven lang*. Daarom horen we zoveel verontwaardigde stemmen opklinken, waarvan sommige uit bekrompen groepsbelang maatschappelijke angst- en schuldgevoelens aanwakkeren en het ter wille van de veiligheid van personen en goederen gemunt hebben op uitgaansverloven of vervroegde invrijheidstellingen, die wegens 'goed gedrag' aan veroordeelden worden toegekend voordat hun straftijd om is. Daarom wordt zo'n geobsedeerde aandacht gewijd aan het thema 'levenslange hechtenis', niet alleen als vervanging van de doodstraf, maar ook als 'natuurlijke' strafmaatregel voor een hele reeks van misdrijven die als bijzonder bedreigend worden ervaren voor de veiligheid van 'kinderen, ouden van dagen en politiemensen'. Hoe zou een 'krankzinnige', die uiteindelijk 'gevaarlijker' want veel 'onvoorspelbaarder' dan de gewone misdadiger geacht wordt, zich kunnen onttrekken aan een soortgelijke reactie, aangezien zijn lot van opgesloten spontaan in verband wordt gebracht met het lot van een schuldige die 'gezond van geest' is?

Maar we moeten nog verder gaan. Het ontslag van rechtsvervolging stelt de opgesloten krankzinnige bloot aan heel wat andere vooroordelen van de publieke opinie.

In verreweg de meeste gevallen wordt degene die voor een assisenhof verschijnt en schuldig wordt bevonden, tot een straf veroordeeld die in het algemeen een begrensde tijdsduur heeft: twee jaar, vijf jaar, twintig jaar; en het is bekend dat ook levenslange hechtenis, tot nu toe tenminste, kan uitlopen op strafvermindering. Tijdens zijn verblijf in de gevangenis wordt hij geacht 'zijn schuld aan de samenleving te betalen'. Is deze 'schuld' eenmaal voldaan, dan kan hij dientengevolge weer op normale wijze in de maatschappij terugkeren, zonder dat hij in principe nog iemand rekenschap verschuldigd is. 'In principe', want de werkelijkheid is minder eenvoudig en conformeert zich niet zo gemakkelijk aan het recht, getuige bijvoorbeeld de wijdverbreide verwarring tussen *verdachte* (iemand die voor onschuldig doorgaat zolang het bewijs van zijn schuld niet is geleverd) en *schuldige*; de sporen van een plaatselijk of landelijk schandaal die lange tijd zichtbaar blijven; het langdurige beschuldigingsrumoer dat onder het mom van informatie onbarmhartig in de media gaande blijft, boosaardige praatjes die niet alleen een onschuldige, vrijgesproken verdachte lange tijd kunnen achtervolgen, maar ook een veroordeelde misdadiger die 'netjes' zijn straf heeft uitgezeten. Maar ik moet ook wel toegeven dat de ideologie van de 'schuld' en van de met de samenleving 'vereffende schuld' ondanks alles ten gunste van de veroordeelde werkt die zijn straf heeft uitgezeten en de in vrijheid gestelde misdadiger zelfs tot op zekere hoogte beschermt. Bovendien geeft de wet hem een rechtsmiddel tegen elke aantijging die strijdig is met het 'gewijsde': een misdadiger die het met de samenleving weer in orde heeft gemaakt of aan wie amnestie is verleend, kan een proces wegens smaad aanspannen wanneer een onterend verleden weer tegen hem in stelling wordt gebracht. Daarvan zijn talloze voorbeelden bekend. Dus de straf doet de misdaad 'teniet', en dankzij de tijd, de eenzaamheid en het stilzwijgen kan de voormalige misdadiger weer een nieuw leven beginnen. Goddank ontbreken ook hier de voorbeelden niet.

Met een 'krankzinnige' moordenaar gaat het niet helemaal op dezelfde wijze. Wanneer hij wordt opgesloten, gebeurt dat natuurlijk *zonder voorzienbare tijdslimiet*, ook al weet men, of zou men moeten weten, dat iedere acute toestand in beginsel van voorbijgaande aard is. Maar meestal, om niet te zeggen altijd, zijn de artsen niet in staat om zelfs voor acute gevallen ook maar bij benadering een bepaalde genezingstermijn te voorspellen. De aanvankelijk gestelde 'diagnose' verandert zelfs onophoudelijk, want in de psychiatrie is een diagnose slechts *evolutief*: alleen de evolutie van de toestand van de patiënt maakt het mogelijk een diagnose te stellen en dus bij te stellen, en daarmee natuurlijk de behandeling en de prognose te bepalen en te wijzigen.

Maar voor de publieke opinie, gekneed door een deel van de pers dat nooit een onderscheid maakt tussen 'krankzinnigheid' en de acute doch voorbijgaande manifestaties van het lot dat 'geestesziekte' heet, is de krankzinnige meteen ook een geestesziekte. En wie geestesziekte zegt, bedoelt vanzelfsprekend levenslang patiënt en dientengevolge levenslang opsluitbaar en opgesloten: 'Lebenstod', zoals de Duitse pers het zo goed uitdrukte.

Gedurende de tijd van zijn opsluiting gaat de geesteszieke, behalve als hij erin slaagt zichzelf te doden, natuurlijk door met leven, maar in het isolement en de stilte van de inrichting. Onder zijn grafsteen is hij als dood voor degenen die hem niet bezoeken. En wie komt er bij hem op bezoek? Maar aangezien hij niet echt dood is, aangezien zijn overlijden niet is bekendgemaakt (het overlijden van onbekenden is onbelangrijk), wordt hij langzamerhand een soort levende dode, of liever dood noch levend. Aangezien hij geen levensteken meer kan geven, behalve aan zijn naaste omgeving of aan hen die zich iets aan hem gelegen laten liggen (een uiterst zeldzaam geval, hoeveel opgeslotenen *krijgen vrijwel nooit bezoek*—dat heb ik met eigen ogen gezien in Sainte-Anne en elders!), aangezien hij zich bovendien buiten de inrichting niet publiekelijk kan uiten, komt hij in feite terecht op de trieste lijst die bij iedere oorlog of ramp kan worden aangevuld, de lijst van—ik waag het dat woord te gebruiken—*vermisten*.

Dat ik over deze merkwaardige toestand spreek, komt doordat ik hem zelf heb meegemaakt en me er in zekere zin nog steeds in bevind. Ook al is er sinds twee jaar een einde gekomen aan mijn psychiatrische opsluiting, voor de publieke opinie die mijn naam kent ben ik een *vermiste*. Dood noch levend, nog niet begraven maar al 'zonder oeuvre'— de prachtige uitdrukking van Foucault om de krankzinnigheid aan te duiden: *vermist*.

Anders dan een overledene, wiens overlijden een punt zet achter zijn leven en die in een graf onder de grond wordt gestopt, stelt een *vermiste* de publieke opinie aan een eigenaardig risico bloot: hij kan (zoals nu in mijn geval) weer in het volle levenslicht verschijnen (Foucault schreef over hem: 'in het volle zonlicht van de Poolse vrijheid', toen hij zich genezen voelde). En men moet weten—ik merk het iedere dag—dat deze merkwaardige positie van een *vermiste die weer kan opduiken* een gevoel van onbehagen en een soort van slecht geweten jegens hem in stand houdt. Want een vermissing waarmee niet voorgoed een einde wordt gemaakt aan het maatschappelijke bestaan van een opgesloten misdadiger of moordenaar, boezemt de publieke opinie in het verborgene angst in. Het gaat immers om dodelijke dreiging en doodsangst, een fundamentele drift. Voor de publieke opinie zou de zaak door de opsluiting definitief afgewikkeld moeten zijn, en het onbestemde maar wijdverbreide slechte geweten, waardoor de gebeurtenis gepaard gaat met opwellingen van angst, wordt versterkt door de vrees dat het niet voor altijd is. En als het zover komt dat de opgesloten 'krankzinnige' weer in het volle levenslicht verschijnt, ook al is het met instemming van bevoegde artsen, ziet de publieke opinie zich genoodzaakt een compromis te vinden tussen deze verrassende maar erg vervelende werkelijkheid en het aanvankelijke schandaal van de moord dat weer wordt opgeroepen door de terugkeer van de misdadiger, van wie gezegd wordt en die zelf zegt dat hij 'genezen' is. Bij een acute crisis komt dit echter heel vaak voor. Wat zou hij kunnen doen? Recidiveren? Daar heb je zoveel voorbeelden van! Is het mogelijk dat de 'krankzinnige' weer 'normaal' is geworden? Maar als dat echt zo is, was hij dan *ook al niet normaal op het moment van de misdaad*? In het vage en blinde bewustzijn, want verblind door een spontane (maar ook aangekweekte) ideologie van misdaad, dood, 'levenslange schuld', gevaarlijke en onvoorspelbare 'krankzinnige'—in dit bewustzijn wordt het proces dat nooit heeft plaatsgevonden al snel hervat of zelfs eindelijk aangevangen in het openbaar, terwijl de krankzinnige moordenaar net zo min als daarvoor enig recht heeft zich te verantwoorden.

Ten slotte wil ik wijzen op een merkwaardige paradox. Iemand die van een misdaad wordt beschuldigd en niet van rechtsvervolging wordt ontslagen, heeft weliswaar de zware beproeving van een openbare verschijning voor een assisenhof moeten doorstaan, maar hier gaat het tenminste om een *publieke* beschuldiging en verdediging en hij kan zich publiekelijk verantwoorden. Volgens deze 'contradictoire procedure' mag degene die van moord wordt beschuldigd althans volgens de wet rekenen op *publieke* getuigenissen, op *publieke* pleidooien van zijn advocaten en op *publieke* overwegingen van de aanklacht. En bovenal heeft hij het recht en het onschatbare voorrecht zich *publiekelijk uit naam van hemzelf en in eigen persoon* te uiten en te verantwoorden over zijn leven, zijn moord en zijn toekomst. Of hij nu veroordeeld wordt of vrijgesproken, hij heeft tenminste zelf *publiekelijk* een verklaring kunnen afleggen en de pers is althans in geweten verplicht tot het publiceren van zijn verklaring alsmede van de conclusies van het proces dat de zaak wettelijk en publiekelijk afsluit. Als de moordenaar meent ten onrechte te zijn veroordeeld, kan hij zijn onschuld luidkeels kenbaar maken. Het is bekend dat zo'n openlijk protest er, ook in zeer belangrijke gevallen, toe kon leiden dat het proces werd hervat en de verdachte vrijgesproken. Comités kunnen publiekelijk zijn verdediging op zich nemen. Door al deze middelen staat hij niet alleen, hij is niet verstoken van openbare rechtsmiddelen. Deze geïnstitutionaliseerde openbaarheid van procedure en debat beschouwde de Italiaanse rechtsgeleerde Beccaria, en na hem Kant, reeds in de achttiende eeuw als de belangrijkste waarborg voor iedere verdachte.

Ik vind het jammer dat het anders toegaat wanneer de moordenaar van rechtsvervolging wordt ontslagen. Twee omstandigheden, feitelijk en rechtens met uiterste zorgvuldigheid verankerd in de procedure, ontzeggen hem elk recht om publiekelijk rekenschap af te leggen: enerzijds de opsluiting en daarmee samenhangend de nietigverklaring van zijn rechtspersoonlijkheid, en anderzijds het medisch beroepsgeheim.

Wat komt het publiek te weten? Wanneer er een misdrijf gepleegd is, verneemt het uit de pers het resultaat van de lijkschouwing (het slachtoffer is overleden aan de gevolgen van 'worging', zonder verdere toelichting); vervolgens verneemt het een paar maanden later dat krachtens artikel 64 ontslag van rechtsvervolging is toegekend, zonder nader commentaar.

Maar het publiek blijft geheel onkundig van de bijzonderheden, overwegingen en uitkomsten van de geheime gerechtelijk-geneeskundige expertisen die de door de overheid aangewezen deskundigen inmiddels hebben uitgevoerd. Het blijft geheel onkundig van de (voorlopige) diagnose die uit deze expertisen en de eerste klinische observaties van de artsen voortvloeit. Het komt niets te weten over hun beoordeling, diagnose en prognose tijdens de opsluiting van de zieke, niets over de aan de opgesloten patiënt voorgeschreven behandeling, niets over de soms verschrikkelijke problemen waarmee de artsen te kampen hebben noch over de beklemmende impasses waarin ze soms geraken, terwijl ze mooi weer blijven spelen. En vanzelfsprekend blijft het geheel onkundig van de reacties van de 'onschuldige' moordenaar en van de vertwijfelde pogingen die hij in het werk stelt om inzicht te krijgen in de directe of indirecte oorzaken van een drama waar hij door onbewustheid en waanzin letterlijk werd ingeworpen. En wanneer hij uit de inrichting komt (zo hij eruit komt) blijft het publiek geheel onkundig van zijn nieuwe toestand, van de redenen waarom hij zijn vrijheid herwonnen heeft, van de verschrikkelijke 'overgangsfase' waar hij doorheen moet, meestal alleen, ook al is hij niet eenzaam, en van de trage, pijnlijke voortgang die hem nauwelijks merkbaar, stap voor stap, naar het kritieke punt van leven en overleven voert.

Ik spreek over de publieke opinie (dat wil zeggen over haar ideologie) en over het publiek. Beide termen dekken wellicht niet dezelfde inhoud, maar dat doet er hier niet toe. Want er is bijna geen publiek dat niet is aangetast door de publieke opinie, dat wil zeggen door een in deze aangelegenheden heersende ideologie van misdaad, dood, vermissing en merkwaardige opstanding; een ideologie die een heel gerechtelijk-geneeskundig en strafrechtelijk apparaat, met zijn instellingen en principes, in het geding brengt.

Maar ik zou ook iets willen zeggen over de naaste omgeving, over familieleden, vrienden en kennissen, voor zover aanwezig. Wanneer de naaste omgeving op haar beurt en op haar wijze een onverklaarbaar drama heeft beleefd en diep getroffen is, dan worden de betrokkenen heen en weer geslingerd tussen enerzijds het afgrijselijke drama en de manier waarop het door een deel van de pers wordt uitgebuit, en anderzijds hun genegenheid voor de moordenaar, die zij goed kennen en van wie zij vaak (niet altijd) houden. Aldus heen en weer geslingerd, slagen zij er niet in het beeld van hun verwant of vriend in overeenstemming te brengen met het moordenaarsbeeld van diezelfde. Ontredderd zoeken ook zij een verklaring die hun niet gegeven wordt of die ze als bespottelijk ervaren, wanneer een arts moed vat en hun in vertrouwen een veronderstelling aan de hand doet: 'Niets dan woorden!' En tot wie anders dan tot de behandelende artsen zouden zij zich kunnen wenden om zich een eerste voorstelling van het onvoorstelbare te vormen? Dan stuiten zij op de retoriek van het 'psychiatrische weten', gepaard gaande met een beroepsgeheim, op mensen die voor wat de hoofdzaak betreft wegens hun beroepsethiek tot geheimhouding verplicht zijn en die dikwijls een zelfverzekerde houding aannemen alleen om hun eigen onzekerheid en zelfs angst te overwinnen, om hun eigen innerlijke ontreddering (wat vaak voorkomt) zoveel mogelijk voor anderen te verhelen.

Meer dan eens komt dan een merkwaardige 'dialectiek' op gang tussen enerzijds de angst van de patiënt, die in de ernstigste, ingrijpendste, bedreigendste gevallen (zoals mijn geval) al heel snel overslaat op de arts en de verpleegkundigen, en anderzijds de angst van zijn naaste omgeving. De arts moet 'standhouden', ondanks zijn eigen angst, ondanks de angst van het 'behandelende team' en ondanks de angst van de naaste omgeving. Maar 'standhouden' maskeer je niet gemakkelijk. Voor de patiënt en zijn naaste omgeving is niets verontrustender dan de maar al te zichtbare strijd die de arts dikwijls levert tegen wat hem als een onherroepelijk noodlot voorkomt. Inderdaad, ook in de gedachten van de arts en in de verwachtingen van de naaste omgeving, maar om andere redenen, tekent zich als perspectief voor de patiënt *levenslange opsluiting* af.

Ook al komt de zieke weer tot leven, ook al gaat hij weer aan het leven deelnemen, ten koste van een reusachtige inspanning om zichzelf en alle reële of irreële hindernissen die hem in de weg staan te overwinnen, ook al steunt zijn naaste omgeving hem oprecht, onophoudelijk en onwankelbaar (zoals in mijn geval), toch verkeren allen die hem omringen in dezelfde angst: zal hij er ooit bovenop komen? Er zijn momenten dat ze er niet meer in geloven. En zou hij ooit 'opnieuw beginnen', zelfs in de inrichting? Ondanks alle beschermende maatregelen misschien opnieuw beginnen te doden, maar vooral in dezelfde ziekte terugvallen? En zou hij opnieuw opgenomen moeten worden om aan een acute aanval het hoofd te bieden, zal hij er dan ooit weer uitkomen? En mocht hij er ondanks alles in slagen verder te leven, tegen welke prijs dan wel? Zullen het drama en de gevolgen daarvan niet voor altijd een stempel op hem drukken? Zal hij niet voorgoed een mismoedig man blijven (daarvan heb je er zoveel!) of zal hij zich aan een onbedwingbare manie overleveren en zich in hachelijke ondernemingen storten die hij noch iemand anders onder controle kan houden?

En wat nog belangrijker is, hoe zal er eenheid kunnen worden gebracht in de verklaringen die ieder voor zich heeft bedacht (zoveel vrienden, zoveel verklaringen, 'achteraf' heeft ieder zijn eigen verklaring, om te proberen het ondraaglijke te verdragen en te begrijpen), om ook maar enige duidelijkheid te verkrijgen in de dramatische moord op een vrouw die ze niet altijd goed kenden, maar van wie ze zich toch, dankzij enkele oppervlakkige indrukken over voorkomen en temperament, een eigen beeld hadden—moeten—vormen dat niet immer gunstig was (de vriendin van een vriend wordt niet altijd gemakkelijk geduld)? Hoe zullen hun eigen opvattingen over het drama in overeenstemming worden gebracht met de 'uitleg' die hun vriend aan hen en aan zichzelf geeft, een persoonlijke en vertrouwelijke uitleg die meestal niet meer is dan een verwarrende en aarzelende poging om in de diepe duisternis van de 'waanzin' een onmogelijke helderheid te vinden?

Deze vrienden bevinden zich in een wel heel vreemde situatie. Uit de fase die aan het drama voorafging en uit de eindeloze periode van de opname herinneren zij zich vaak feiten en bijzonderheden die de zieke vergeten is, omdat hij aan een sterk geheugenverlies lijdt dat hem beschermt en beveiligt. Over vele gebeurtenissen weten zij dus meer dan hij, behalve over het moment van het drama zelf. Zij praten niet graag met hun vriend over wat zij weten, bang om de verschrikkelijke angst om het drama en om de gevolgen ervan bij hem op te roepen, vooral niet over de boosaardige toespelingen van een bepaald deel van de pers (zeker als het gaat om een 'bekend' iemand), over de reacties van sommigen en al helemaal niet over het stilzwijgen van anderen, die toch ook tot de naaste omgeving behoorden. Zij weten heel goed dat ieder van hen voor zich alles in het werk heeft gesteld om te vergeten (een onmogelijke poging) en dat hun vertrouwelijke mededelingen hun saamhorigheid wel eens zouden kunnen aantasten door de reacties van hun vriend; niet alleen de saamhorigheid met hun vriend; maar ook hun onderlinge saamhorigheid. Voor hen staat immers niet alleen de toekomst van hun vriend op het spel, maar wellicht, waarschijnlijk, wis en waarachtig ook de toekomst van hun onderlinge vriendschap.

Daarom heb ik besloten om publiekelijk verantwoording af te leggen, omdat tot nu toe ieder namens mij kon spreken, terwijl de gerechtelijke procedure mij iedere openbare verantwoording onmogelijk maakte.

Ik doe het in de eerste plaats voor mijn vrienden en zo mogelijk voor mijzelf: om de zware grafsteen op te lichten die op me rust. Inderdaad, om me geheel alleen te bevrijden, door toedoen van mezelf, zonder raad of advies van wie dan ook. Inderdaad, om me te bevrijden van de buitengewoon ernstige lichamelijke toestand waarin ik was geraakt (tweemaal dachten de artsen dat ik stervende was), van de moord en bovenal van de dubbelzinnige gevolgen van het besluit tot ontslag van rechtsvervolging, een procedure waartegen ik me feitelijk noch rechtens kon verzetten. Want ik heb moeten leren leven en verder leven onder de grafsteen van buitenvervolgingstelling, van stilzwijgen en publieke dood.

Dit zijn enkele rampzalige gevolgen van een ontslag van rechtsvervolging en daarom heb ik besloten om publiekelijk rekenschap af te leggen over het drama dat ik heb meegemaakt. Al wat ik beoog is de grafsteen waaronder de procedure van buitenvervolgingstelling me levenslang heeft weggestopt op te lichten en eenieder de informatie te verschaffen waarover ik beschik.

Men zal natuurlijk wel in aanmerking willen nemen dat ik me uitspreek met zoveel *objectieve* waarborgen als menselijkerwijs mogelijk is; ik heb niet de bedoeling de lezers alleen subjectieve gegevens te verschaffen. Daarom heb ik langdurig en zorgvuldig alle artsen geraadpleegd die me hebben behandeld, niet alleen tijdens mijn opsluiting, maar ook lang ervoor en zelfs erna. Eveneens ben ik zorgvuldig te rade gegaan bij de talrijke vrienden die alles wat me overkomen is van nabij hebben gevolgd, niet alleen tijdens mijn opsluiting, maar ook ervoor (twee van hen hebben van juli 1980 tot juli 1982 een dagboek bijgehouden). Over enkele belangrijke punten heb ik farmacologen en medisch-biologen geraadpleegd. Vanzelfsprekend heb ik de meeste krantearticelen ingezien die naar aanleiding van de moord op mijn vrouw zijn verschenen, niet alleen in Frankrijk, maar ook in verschillende andere landen waar ik bekend ben. Overigens mocht ik vaststellen dat behoudens schaarse uitzonderingen (die duidelijk politiek geïnspireerd waren) de pers heel 'fatsoenlijk' is geweest. En ik heb iets gedaan wat tot nu toe niemand heeft willen of kunnen doen: al het beschikbare 'documentatiemateriaal' bijeenbrengen en vergelijken, alsof het een derde betrof, in het licht van wat ik heb doorgemaakt—en omgekeerd. Volkomen helder en in volle verantwoordelijkheid heb ik besloten om eindelijk op mijn beurt het woord te nemen voor een publieke verklaring.

Weloverwogen zal ik iedere polemiek uit de weg gaan. Ik neem nu het woord, en men zal wel willen aannemen dat ik alleen mezelf bind.

Er is me gezegd: 'Je zult de hele zaak weer oprakelen; het is beter het stilzwijgen te bewaren en geen opschudding te veroorzaken.' Er is me gezegd: 'Er is maar één oplossing, stilzwijgen en berusting, jouw uitleg legt geen gewicht in de schaal tegen de publieke opinie.' Ik houd deze behoedzaamheid voor onjuist. Ik geloof helemaal niet dat mijn 'uitleg' de polemiek over mijn zaak weer zal aanwakkeren. Ik geloof juist dat ik in staat ben om niet alleen wat duidelijkheid over mezelf te geven, maar ook anderen uit te nodigen over een concrete ervaring na te denken. Een kritische 'bekentenis' die welhaast uniek is (afgezien van de prachtige bekentenis van Pierre Rivière die Michel Foucault heeft gepubliceerd, en waarschijnlijk van anderen die om filosofische of politieke redenen nooit een uitgever hebben gevonden), een afschuwelijke ervaring die ik intens doorleefd heb en die me stellig boven het hoofd gaat, want er zijn talrijke rechtskundige, strafrechtelijke, medische, psychoanalytische, institutionele, ideologische en maatschappelijke kwesties bij in het geding, kortom systemen die sommigen van onze tijdgenoten mogelijk interesseren en hen kunnen helpen een beter inzicht te verkrijgen in recente belangrijke discussies over strafrecht, psychoanalyse, psychiatrie, psychiatrische opsluiting en hun onderlinge betrekkingen tot in het geweten van de artsen, die zich niet aan de omstandigheden en gevolgen van allerlei maatschappelijke instellingen kunnen onttrekken.

Helaas ben ik geen Rousseau. Maar toen ik het plan opvatte om te gaan schrijven over mezelf en over het drama dat ik beleefd heb en nog beleef, moest ik vaak aan zijn ongelofelijke stoutmoedigheid denken. Niet dat ik ooit, zoals hij aan het begin van zijn *Bekentenissen*, zou willen zeggen: 'Ik neem een onderneming op mij die haar weerga niet kent.' Nee, maar ik meen te kunnen instemmen met zijn verklaring: 'Ik zeg vrijelijk: dát heb ik gedaan, dát heb ik gedacht, dát ben ik geweest.' En ik voeg er alleen maar aan toe: 'Dát heb ik begrepen of gemeend te begrijpen, dát ben ik niet helemaal meer de baas, maar dát ben ik geworden.'

Ik vestig er de aandacht op dat wat volgt geen dagboek is, noch memoires of een autobiografie. Met verwaarlozing van al het overige heb ik me geconcentreerd op de gemoedsaffecten die mijn leven vorm en gestalte hebben gegeven; de gestalte waarin ik mezelf herken en waarin naar ik meen anderen me kunnen herkennen.

Dit overzicht is soms chronologisch, soms ook loopt het op een gebeurtenis vooruit of roept het die in herinnering. Niet om de tijdstippen door elkaar te halen, maar juist om in de confrontatie te benadrukken wat er duurzaam is in de belangrijkste onderscheiden affiniteiten tussen de affecten waaromheen ik me om zo te zeggen heb geconstitueerd.

Deze methode drong zich spontaan aan me op. Ieder moet de resultaten ervan maar beoordelen, zoals hij de gevolgen zal kunnen beoordelen van de macht van bepaalde dwangformaties in mijn leven, die ik in het verleden Ideologische Staatsapparaten heb genoemd en waar ik tot mijn verrassing niet buiten kon om te begijpen wat me is overkomen.

III

Ik ben geboren op 16 oktober 1918, om half vijf in de ochtend, in de boswachterswoning van het 'Bois de Boulogne' op het grondgebied van de gemeente Birmandreïs, op vijftien kilometer van Algiers.

Er is me verteld dat mijn grootvader, Pierre Berger, naar de bovenstad snelde om een Russische vrouwelijke dokter te halen, die mijn grootmoeder kende; dat deze ruwe, joviale en hartelijke vrouw naar ons huis klauterde, mijn moeder bij de bevalling hielp en toen ze mijn dikke kop zag verzekerde: 'Die is niet zoals de anderen!' Die opmerking, hoewel vervormd, zou me lang blijven achtervolgen. Ik herinner me dat toen ik de puberteit naderde mijn nicht en mijn zus steeds weer van me zeiden: 'Louis is een aparteling.'

Toen ik ter wereld kwam, was mijn vader al negen maanden afwezig; eerst zat hij aan het front en daarna werd hij tot zijn demobilisatie in Frankrijk vastgehouden. Een half jaar lang stond er dus geen vader bij mijn bed en tot maart 1919 leefde ik alleen met mijn moeder, in gezelschap van mijn grootvader en grootmoeder van moederszijde.

Beiden waren kinderen van arme boeren uit de omgeving van Fours in de Morvan (Nièvre). Toen ze jong waren zongen ze 's zondags alletwee in de kerk; mijn grootvader, Pierre Berger, achterin op het koor boven de grote toegangsdeur vlak bij het klokketouw, samen met de dorpsjongens; mijn grootmoeder, Madeleine Nectoux, met de meisjes dicht bij het altaar. Madeleine ging op school bij de zusters, die het huwelijk regelden. Zij stelden vast dat Pierre Berger een fatsoenlijke jongeman was die goed zong. Hij had een gedrongen gestalte en een wat gesloten karakter, maar was met zijn jeugdige snor een knappe vent. Het huwelijk werd zonder problemen geregeld, zoals toen in die streek gebruikelijk was. Maar noch de ouders van mijn grootvader noch die van mijn grootmoeder hadden voldoende grond om het jonge paar een broodwinning te kunnen bieden. Ze moesten elders werk vinden. Het was de tijd van Jules Ferry en Frankrijks koloniale heldenfeiten. Mijn grootvader was dicht bij de bossen geboren en wilde er niet vandaan, hij droomde van een loopbaan als boswachter op Madagascar! Madeleine wilde daar niets van horen. Al voor het huwelijk had ze haar plannen opgelegd: 'Boswachter, goed dan, maar niet verder dan Algerije, anders trouw ik niet met je!' Mijn grootvader moest zwichten, voor de eerste maar niet voor de laatste keer. Mijn grootmoeder was een doortastende vrouw die wist wat ze wilde, maar haar beslissingen waren altijd evenwichtig en haar woorden bedachtzaam. Haar hele leven was zij het die voor de stabiliteit in het huwelijk zorgde.

Zodoende verliet het echtpaar Berger het vaderland en werd mijn grootvader boswachter in de meest afgelegen en ruige bergen van Algerije, waarvan de namen me weer in herinnering werden gebracht toen ze in de jaren zestig voor het Algerijnse verzet belangrijke toevluchtsoorden en gevechtsgebieden werden.

Eindeloze ritten te paard, zowel overdag als 's nachts, verwoestten de gezondheid van mijn grootvader. Arabieren en Berbers mochten hem graag. Het was zijn taak de bossen te beschermen tegen geiten die in de bomen klommen en jonge spruiten aten, maar vooral om de branden te bestrijden die hele bossen in vlam konden zetten. Ook moest hij in het geaccidenteerde en ontoegankelijke reliëf wegen traceren en toezicht houden op de werkzaamheden. Op een nacht, toen het hele massief van Chréa was ondergesneeuwd, vertrok hij alleen te voet om een groep Zweden te hulp te komen die zich in de bergen hadden gewaagd en verdwaald waren. Niemand wist ooit hoe, maar mijn grootvader slaagde erin hen te vinden en hen drie dagen en nachten later uitgeput naar de boswachterswoning terug te brengen. Voor deze daad van plichtsbetrachting ontving hij een onderscheiding; ik bewaar nog zijn erekruis.

Wanneer hij voor zijn werk op reis was, verbleef mijn grootmoeder alleen in de boswachterswoning, afgezonderd in de bossen, dag en nacht. Ik benadruk dit feit, omdat het niet onbelangrijk is. Abrupt overgeplaatst van het platteland van de Morvan, met zijn traditionele gemoedelijkheid, naar de meest afgelegen en onherbergzame bossen van Algerije, leefden mijn grootouders bijna veertig jaar lang nagenoeg *alleen*, ook al kregen ze later twee dochters. Hun enige gezelschap vonden ze bij de Arabieren en Berbers uit de omgeving, die nooit dezelfde was, en bij de ongeregelde inspectie (eens per jaar) door de 'bazen' van Staatsbosbeheer van Algerije. Onder hen bevond zich een zekere mijnheer De Peyrimoff, voor wie mijn grootvader een mooi raspaard voedde en roskamde dat alleen door die mijnheer gebruikt werd. Afgezien daarvan nu en dan een bezoek aan naburige dorpen of verre steden. Dat was alles.

Mijn grootvader hield het nooit uit op de plek waar hij zich bevond, hij was altijd vreselijk ongedurig, mopperde onophoudelijk en gunde zich nooit een ogenblik rust, steeds op reis of bezig zich reisvaardig te maken. Wanneer hij wegging, vaak voor meerdere dagen en nachten, bleef mijn grootmoeder alleen achter. Dikwijls vertelde ze me over de 'Margaretha-opstand'. Ze was alleen met haar twee dochters in de boswachterswoning en de opgewonden Arabische troepen dreigden vlak langs te trekken. De plaatselijke inheemsen mochten mijn grootvader en grootmoeder graag, maar deze bendes kwamen van ver en hun razernij deed het ergste vrezen. In de nacht dat de dreiging het grootst was ging mijn grootmoeder niet naar bed, haar twee dochtertjes (waaronder mijn toekomstige moeder) lagen onbevreesd bij haar te slapen. Maar de hele nacht hield ze een geladen jachtgeweer op haar knieën. Ze zei me: twee kogels in de loop voor mijn twee dochters en een derde binnen handbereik voor mij. Tot het ochtend werd. De opstandigen waren voorbijgetrokken.

Ik vermeld deze filmische herinnering, want mijn grootmoeder vertelde haar pas heel veel later, omdat ze me als een der angsten van mijn kinderjaren is bijgebleven.

Ik heb nog een huiveringwekkende herinnering bewaard, die ook door mijn grootmoeder verteld is. Het was in een andere boswachterswoning, in het massief van de Zaccar, op grote afstand van Blida, de meest nabijgelegen stad. Mijn toekomstige moeder en haar zus, ongeveer zes en vier jaar oud, speelden in het koele water van een brede goot dat in de openlucht snel tussen twee stenen muren stroomde. Iets verder stortte het water zich in een grondduiker en je zag het niet weer boven komen. Mijn moeder viel in het water, werd door de stroom meegesleurd en zou net in de grondduiker verdwijnen toen mijn grootmoeder toesnelde en haar op het laatste moment redde door haar bij de haren te grijpen.

In mijn kinderhoofd bevonden zich dus dreigende, dodelijke gevaren en wanneer mijn grootmoeder mij deze dramatische gebeurtenissen vertelde, ging het om mijn eigen moeder, om haar dood. Lange tijd was ik daar bang voor, natuurlijk (ambivalentie), alsof ik het onbewust verlangd had.

Afgezonderd als ze woonden, weet ik niet hoe mijn toekomstige moeder en haar jongere zus onderwijs kregen. Ik veronderstel dat mijn grootmoeder daarvoor zorgde. De oorlog brak uit. Mijn grootvader werd ter plaatse gemobiliseerd en mijnheer De Peyrimoff zorgde ervoor dat hij als eindpunt van zijn loopbaan benoemd werd op de post met de fraaie boswachterswoning van het Bois de Boulogne, hoog uitrijzend boven heel Algiers. Ze woonden nu veel minder afgezonderd en het werk was minder zwaar. Niettemin bedroeg de afstand tot de stad vijftien kilometer en naar de tram moest je vier kilometer lopen (halte Colonne-Voirol). De tram bracht je tot op de place du Gouvernement, midden in de stad, vlak bij Bab-el-Oued met zijn drukke straten die krioelden van blanke kleine luiden (Fransen, Spanjaarden, Maltezen, Libanezen en andere bewoners van het Middellandse-Zeegebied die 'lingua franca' spraken). Maar mijn grootvader en grootmoeder gingen niet naar de stad, behalve bij zeer zeldzame gelegenheden. Bij een van deze gelegenheden maakten zij in het plaatselijke kantoor van Staatsbosbeheer kennis met een lagere ambtenaar, Althusser genaamd; hij was gehuwd en vader van twee zonen, Charles, de oudste, en Louis.

Nog een gezin dat onlangs geëmigreerd was! Grootvader Althusser heb ik niet gekend, maar wel de moeder, een opmerkelijke vrouw, stug als een bezemsteel, met een barse stem en een onbuigzaam karakter. Ik heb haar maar weinig gezien, mijn vader mocht haar niet erg en koesterde jegens haar dezelfde gevoelens als zij jegens hem en jegens ons allen.

Nog een schrijnende herinnering. In 1871, na de oorlog tussen Napoleon III en Bismarck, hadden de Althussers voor Frankrijk gekozen en zoals vele Elzassers die Frans wilden blijven, waren ze door de toenmalige regering netjes naar Algerije 'gedeporteerd'.

Toen vader Berger eenmaal naar het Bois de Boulogne was overgeplaatst, konden mijn toekomstige moeder (Lucienne) en haar jongere zus (Juliette) in Colonne-Voirol naar school. Mijn moeder was een voorbeeldige leerlinge, oppassend en deugdzaam, zoals je ze tegenwoordig niet meer ziet, even plichtsgetrouw tegenover haar onderwijzers als tegenover haar eigen moeder. Mijn tante was daarentegen het buitenbeentje van de familie, het enige, God mag weten waarom.

De Bergers en de Althussers ontmoetten elkaar af en toe, de Althussers gingen zo nu en dan 's zondags 'naar boven', naar de boswachterswoning. De kinderen werden groter en bleken in leeftijd vrij goed bij elkaar te passen (dat wil zeggen dat de meisjes veel jonger waren dan de jongens, een detail waarvan het belang later duidelijk zal worden), en de ouders werden het erover eens hen uit te huwelijken: Louis, de jongste, met Lucienne, en Charles, de oudste, met Juliette. Ik weet niet waarom. Of eigenlijk *weet ik het heel goed*: om rekening te houden met de affiniteiten die zich meteen al duidelijk deden gelden. Ook Louis was immers een heel goede leerling, zeer oppassend en onschuldig, met belangstelling voor literatuur en dichtkunst; hij zou zich voorbereiden op het toelatingsexamen voor de Ecole normale supérieure van Saint-Cloud. Mijn vader, de oudste, had amper het bewijs ontvangen dat hij met succes de lagere school had doorlopen of zijn moeder bezorgde hem ongevraagd een baan als loopjongen bij een bank; zijn vader had niets te vertellen. Het gezin had namelijk niet genoeg geld om de studie van beide jongens te bekostigen en mijn grootmoeder van vaderskant had een hekel aan Charles, haar oudste zoon. Toen ze hem dat baantje bezorgde, was hij dertien.

Ik bewaar twee herinneringen aan deze onmogelijke grootmoeder. De ene is nogal grappig, maar veelzeggend; ik heb het verhaal van mijn vader, die me vaak over het Fasjoda-conflict vertelde. Toen bekend werd gemaakt dat er tussen Frankrijk en Engeland oorlog dreigde over die vesting in Afrika, aarzelde mijn grootmoeder van vaderskant niet: dadelijk gelastte zij hem onverwijld dertig kilo gedroogde bonen te gaan kopen, een goed middel tegen hongersnood, bonen kun je bewaren en ze zijn even voedzaam als vlees. En twintig kilo suiker. Vaak heb ik aan die droge bonen gedacht sinds ik weet dat ze in de arme landen van Latijns-Amerika het basisvoedsel zijn. Ik vond het altijd heerlijk me ermee vol te stoppen (maar dat had ik van mijn grootvader van moederskant uit de Morvan), met die dikke rode Italiaanse gedroogde bonen, waarvan ik een schotel aan Franca aanreikte, een prachtige jonge Siciliaanse vrouw op wie ik later ronduit smoorverliefd zou worden, terwijl zij zweeg en alles in haar hart bewaarde.

DE TOEKOMST DUURT LANG

Een andere keer (een herinnering van mij en deze is niet grappig) was ik bij die verschrikkelijke grootmoeder op bezoek in een woning die uitzag op de strandboulevard van Algiers, waar in een verzengende hitte langs alle gepavoiseerde schepen in de haven de grote parade van 14 juli werd gehouden. Ik weet niet waarom wij ons in die woning bevonden, die veel te weelderig voor ons was. Deze grootmoeder omhelsde ik slechts met tegenzin, want het manwijf had snorharen onder haar neus en overal op haar gezicht haren die 'prikten', ze had niets innemends, zelfs geen glimlach; na de parade haalde ze uit het duister een goedkoop racket te voorschijn (ik begon toen in familieverband te tennissen): een geschenk voor mij. Ik had alleen oog voor de houterige stugheid van mijn grootmoeder en de stramme steel van mijn waardeloze racket. Afkeer. Ik kon beslist niet tegen die manwijven die niet in staat waren tot een eenvoudig gebaar van genegenheid of generositeit.

Er brak dus oorlog uit. Mijn moeder waardeerde het gezelschap van Louis (ze was nog bijna een puber toen ze hem ontmoette, zestien toen ze hem echt leerde kennen, maar vóór hem kende ze geen andere man, zelfs niet als vriend). Zij was evenals hij dol op studeren, waarbij alles zich in het hoofd afspeelde en vooral niet in het lichaam, onder de wijze hoede van goede leraren vol deugdzaamheid en zekerheid. Reden genoeg om heel goed met elkaar te kunnen opschieten. Beiden waren even oppassend en onschuldig—vooral onschuldig—ze verkeerden in dezelfde wereld van verheven bespiegelingen en perspectieven, zonder enige uitwerking op het lichaam, dat gevaarlijke 'ding'. Al snel maakten ze gemene zaak in het uitwisselen van hun onschuldige hartstochten en vergeestelijkte dromen. Tegenover een vriend, die me er later aan herinnerde, zou ik nog eens deze verschrikkelijke uitspraak doen: 'Het vervelende is dat er lichamen zijn, en wat nog erger is, geslachtsdelen.'

De families beschouwden Lucienne en Louis als verloofden, en weldra kwam de officiële verloving. Toen Charles en Louis onder de wapenen werden geroepen, Charles bij de artillerie en Louis bij wat de luchtmacht zou worden, onderhield mijn moeder een eindeloze onschuldige briefwisseling met Louis. Mijn moeder heeft altijd een bundel gesloten brieven bewaard, die me nieuwsgierig maakte. Af en toe kwamen de broers met verlof, om de beurt of samen. Mijn vader liet iedereen foto's zien van zijn reusachtige kanonnen met groot schootsveld, en hij ervoor, altijd staande.

Op een dag, het was begin 1917, verscheen mijn vader alleen in de boswachterswoning van het Bois de Boulogne, en berichtte de familie Berger dat zijn broer Louis gesneuveld was in het luchtruim boven Verdun, waar hij verkenner in een vliegmachine was. Vervolgens nam Charles mijn moeder in de grote tuin terzijde en deed haar ten slotte het voorstel om 'bij haar de plaats van Louis in te nemen' (deze woorden zijn me door mijn tante Juliette dikwijls gerapporteerd). Uiteindelijk was mijn moeder knap, jong en aantrekkelijk, en mijn vader hield werkelijk van zijn broer Louis. Stellig omkleedde hij zijn woorden met alle mogelijke tact. Waarschijnlijk was mijn moeder ontsteld door het bericht van de dood van Louis, van wie zij op haar manier innig hield, onthutst en verbijsterd echter door het verrassende voorstel van Charles. Maar tenslotte bleef het binnen de familie, binnen de families, en de ouders moesten het er wel mee eens zijn. Zoals zij was en zoals ik haar heb gekend, oppassend, deugdzaam, gedwee en eerbiedig, zonder andere eigen gedachten dan die welke zij met Louis uitwisselde, nam zij het voorstel aan.

De huwelijksplechtigheid zou in de kerk plaatsvinden in februari 1918, tijdens een verlof van Charles. Intussen was mijn moeder sinds een jaar onderwijzeres in Algiers, aan een lagere school dicht bij het Gallandpark, waar ze toen Louis weg was mannen had ontmoet naar wie ze kon luisteren en met wie ze gesprekken kon voeren, nog steeds over even zuivere onderwerpen. Onderwijzers uit de goede oude tijd, in het volle besef van de verantwoordelijkheid die voortvloeide uit hun opdracht en beroep, aanzienlijk ouder dan zij (sommigen konden haar vader zijn), een en al respect jegens het meisje dat zij nog was. Voor het eerst had ze een eigen kennissenkring gevormd van mensen die ze graag ontmoette, maar nooit buiten de school. Dan komt mijn vader op een goede dag van het front en wordt het huwelijk voltrokken.

De bijzonderheden van deze vreselijke trouwpartij, waar ik natuurlijk geen enkele persoonlijke herinnering aan heb, heeft mijn moeder altijd verborgen gehouden, maar mijn tante, de jongere zus van mijn moeder, heeft er veel later herhaaldelijk met me over gesproken. Dat deze verhalen achteraf me zo hebben getroffen, is stellig niet zonder reden: ik zal ze wel met mijn eigen afschuw getooid hebben om ze in te passen in een reeks affectieve schokken van vergelijkbare kleur en heftigheid. Weldra zullen we zien welke.

Na de huwelijksplechtigheid bleef mijn vader enkele dagen bij mijn moeder alvorens weer naar het front te vertrekken. Naar verluidt heeft mijn moeder daaraan een drievoudige gruwelijke herinnering bewaard. Lichamelijk wordt ze verkracht door een seksueel gewelddadige echtgenoot. Al haar spaarcenten worden op een avond door haar man in een braspartij verkwist. (Maar was dat zo onbegrijpelijk? Mijn vader stond op het punt weer naar het front te vertrekken, misschien wel om er te sneuvelen. Maar het was ook een heel sensuele man, die voor zijn huwelijk—hoe vreselijk!—liefdesavonturen had gehad en zelfs een maîtresse, Louise genaamd—die voornaam...—die hij toen hij eenmaal getrouwd was onverbiddelijk zonder een woord te zeggen in de steek had gelaten. Een raadselachtig, arm meisje, over wie mijn tante ook met me gesproken heeft, een persoon wier naam niemand in de familiekring mocht noemen.) En ten slotte neemt mijn vader het onherroepelijke besluit dat mijn moeder onmiddellijk haar beroep van onderwijzeres moet opgeven, en dus de kring van mensen van haar keuze, want zij krijgt toch kinderen en hij wil haar voor zich alleen hebben, thuis.

Daarna vertrekt hij weer naar het front en laat mijn moeder ontsteld achter, bestolen en verkracht, haar lichaam opengereten, beroofd van de paar centen die ze met volharding opzij had gelegd (een spaarpotje, je weet maar nooit—seks en geld zijn hier nauw met elkaar verbonden), onherroepelijk afgesneden van een leven dat ze voor zichzelf had opgebouwd en had leren waarderen. Dat ik deze bijzonderheden geef, komt doordat ze er stellig toe zullen hebben bijgedragen om *naderhand* het beeld te vormen, en dat in het onbewuste van mijn 'geest' te bevestigen en te versterken, van een *mishandelde moeder, bloedend als een open wond*. Gekoppeld aan herinneringen (die ook pas lang daarna zijn verteld) en aan gebeurtenissen die haar vroegtijdig met de dood bedreigden (waar ze wonder boven wonder aan ontsnapte), werd ze een lijdende moeder, veroordeeld tot een opzichtige smart vol verwijten, alle wonden opengereten en thuis mishandeld door haar eigen man. Een masochistische maar daarom ook ontzettend sadistische moeder, zowel ten opzichte van mijn vader, die de plaats van Louis had ingenomen (dus onderdeel van zijn dood uitmaakte), als ten opzichte van mij (aangezien ze mijn dood wel moest wensen, daar de Louis van wie ze hield dood was). Ten overstaan van die afschuwelijke smart zou ik voortdurend een peilloze angst voelen, een innerlijke dwang me met hart en ziel aan haar toe te wijden, haar met zelfopoffering te hulp te komen om me van een denkbeeldige schuld te ontdoen en haar van haar martelaarschap en haar echtgenoot te redden. En ik had de onuitroeibare overtuiging dat dit mijn belangrijkste opdracht was en de hoogste zin van mijn leven.

Bovendien werd mijn moeder, dit keer door haar man, opnieuw tot een onherroepelijke eenzaamheid veroordeeld, en samen met mij tot een 'tweezaamheid'.

Toen ik ter wereld kwam, werd ik Louis genoemd. Ik weet het maar al te goed, Louis is een voornaam die ik lange tijd letterlijk verafschuwde. Ik vond hem te kort, bestaande uit slechts één klinker, waarvan de 'i' in een hoge toon eindigt die me onaangenaam trof (zie verderop de waanvoorstelling van de paal). Waarschijnlijk zei hij namens mij ook wat al te vaak 'oui', en ik kwam in opstand tegen dat 'ja', dat het jawoord aan het verlangen van mijn moeder was, niet aan mijn verlangen. En bovendien zei hij 'lui', de derde persoon van het persoonlijk voornaamwoord, dat als de roepstem van een naamloze derde klonk, die me van iedere eigen persoonlijkheid beroofde en op de man achter mijn rug zinspeelde: *'lui' was Louis*, mijn oom, van wie mijn moeder hield, niet van mij.

Deze voornaam was een wens van mijn vader, ter herinnering aan zijn in het luchtruim boven Verdun gesneuvelde broer Louis. Maar hij was vooral een wens van mijn moeder, ter herinnering aan de Louis van wie ze had gehouden en van wie ze haar leven lang bleef houden.

IV

Aan de tijd die we in Algiers doorbrachten (tot 1930) bewaar ik twee categorieën herinneringen die ondraaglijk en tegelijk gelukkig met elkaar contrasteren. Herinneringen aan mijn ouders, met het gezinsleven waaraan ik deelnam en de school die ik bezocht, en herinneringen aan mijn grootouders van moederskant in de tijd dat ze in de boswachterswoning van het Bois de Boulogne woonden.

De vroegste herinnering aan mijn vader (zo 'vroegtijdig' dat het stellig neerkomt op een achteraf geconstrueerde filmische herinnering) is het moment van zijn terugkomst uit Frankrijk, een half jaar na afloop van de oorlog. Dit zie ik, of meen ik voor me te zien. De ongegeneerdheid van mijn moeder met haar nagenoeg ontblote borsten maakt me beschaamd, stralend houdt ze me op haar knieën wanneer op de benedenverdieping de deur opengaat, die uitkomt op de grote tuin en de oneindigheid van zee en hemel. Plotseling rijst in de deuropening, door lentelucht omgeven, een lange magere gestalte op, met daarachter, in de hoge wolken boven zijn hoofd, de lange zwarte sigaar van de *Diksmuide*, het Duitse luchtschip dat als schadeloosstelling aan Frankrijk was afgestaan en dat al gauw in brand zou vliegen en in zee storten. Ik weet niet wanneer en vooral niet hoe ik dit beeld achteraf heb gereconstrueerd of geconstrueerd, dat beeld van mijn vader tegen de achtergrond van een maar al te duidelijk symbool van seks en rampzalige dood. Maar deze associatie, ook al is ze achteraf tot stand gekomen, is in de stoet van alles wat in mijn vroege ontwikkeling zijn merkteken op me heeft gedrukt niet zonder belang, zoals wel duidelijk zal worden.

Mijn vader was een lange man (een meter vierentachtig) met een mooi langwerpig gezicht, gemarkeerd door een scherp getekende neus (een 'Romeinse keizer'), verfraaid door een snorretje dat tot aan zijn dood onveranderd bleef, een hoog voorhoofd en een uitstraling van intelligentie en geestigheid. Inderdaad was hij werkelijk buitengewoon intelligent, en niet alleen snel van begrip in praktische aangelegenheden. In zijn beroep toonde hij trouwens wat hij waard was; terwijl hij bij de bank was aangenomen als eenvoudige loopjongen met alleen lagere school, doorliep hij alle niveaus van de Compagnie Algérienne, die later werd overgenomen door de Banque de l'Union Parisienne en daarna door de Crédit du Nord. Nadat hij in Marseille gevolmachtigde en in Lyon onderdirecteur was geweest, werd hij algemeen directeur van de Marokkaanse vestigingen en eindigde zijn loopbaan als directeur van de belangrijke vestiging Marseille. Zijn kennis en begrip van financiële en commerciële zaken, naast zijn inzicht in produktiebeleid en technieken (hij liet zich heel graag ter plaatse de gang van alle zaken uitleggen waarmee zijn bank bemoeienis had), werden door zijn meerderen in Parijs op hoge prijs gesteld. Dat verklaart zijn opeenvolgende bevorderingen en overplaatsingen, het gereis (tussen Algiers, Marseille, Casablanca en Lyon) waartoe hij ons gezin verplichtte en de talloze verhuizingen waarover mijn moeder zich aan ieder die het maar horen wilde onophoudelijk demonstratief beklaagde. Ook wat dit betreft was zij slechts een eeuwige jammerklacht die me vreselijk deed lijden.

Mijn vader was in wezen heel autoritair en in alle opzichten erg onafhankelijk, zelfs en misschien vooral jegens zijn gezin. Eens en voor al had hij de bevoegdheden afgebakend: voor zijn vrouw alleen de huiselijke haard en de kinderen, voor hem zijn beroep, het geld en de buitenwereld. Over deze verdeling viel nooit met hem te praten. Voor ons gezinsleven of onze opvoeding nam hij nooit enig initiatief. Op dit gebied had mijn moeder alle bevoegdheden. Daarentegen sprak hij in de huiselijke kring nooit over zijn beroep of over zijn relaties (behalve over *twee* vrienden van hem, die wij via hem kenden; een van hen had een auto en reed ons op een dag naar de sneeuw van Chréa). Pas een half jaar voor zijn dood wilde mijn vader praten, in zijn huisje in Viroflay, waar hij na zijn pensionering was gaan wonen. Ik moet erbij zeggen dat ik toen de moed had gevonden hem vragen te stellen, maar zo laat! En bovendien voelde hij zijn einde naderen, de 'aftakeling', zei hij. Om te beginnen zei hij dat hij al lang geweten had wat hem op de bank te wachten stond.

Toen hij in Lyon was, in de beginperiode van de Vichy-regering (tot 1942), had hij geweigerd lid te worden van een vereniging van bankiers die aanhangers van de *Révolution Nationale* waren. Ook in Marokko, toen generaal Juin verzekerde dat hij Mohammed v 'wel eens stro zou laten vreten', stelde mijn vader, de belangrijkste figuur van het Marokkaanse bankwezen, zich publiekelijk terughoudend op, terwijl de andere heren bankdirecteuren de gunsten van de Resident-generaal trachtten te winnen. Toen hij met pensioen ging, had hij voldoende ervaring, deskundigheid en kwalificaties om door de hoofddirectie in Parijs als lid van de groep te worden opgenomen, een gebruikelijke beslissing waarmee het belang van de bank zou zijn gediend. 'Ik wist dat ze dat nooit zouden doen, ik hoorde niet bij de familie, kwam niet van een eliteschool, was noch protestant, noch gehuwd met een van hun dochters.' Zonder een woord te zeggen hadden ze hem zijn ontslag gegeven. Maar wat een kennis van zaken had hij, en wat een brede belangstelling! Toen ik hem die dag vragen stelde over de economische en financiële situatie gaf deze hoogbejaarde man, lichamelijk ernstig verzwakt maar helder van geest, me een opmerkelijke uiteenzetting, niet alleen over de financieel-economische, maar ook over de politieke toestand. Ik stond versteld van zijn schranderheid, scherpzinnigheid en inzicht in maatschappelijke problemen en conflicten. In wiens nabijheid had ik dan toch geleefd, zonder het te vermoeden! Maar zijn leven lang had hij over zichzelf gezwegen en ik had hem nooit durven vragen om over zichzelf te spreken. Zou hij me trouwens wel antwoord hebben gegeven? Bovenal moet ik toegeven dat ik mijn vader heel lang heb gehaat omdat hij mijn moeder deed lijden, wat ik als een kwelling voor haar onderging en dus ook voor mezelf.

Na de oorlog evenwel, toen ik hem in Marseille een keer van kantoor ging halen, was ik bij hem terwijl er medewerkers binnenkwamen om hem stukken voor te leggen. Hij had de naam altijd snel te beslissen. Zwijgend nam hij langzaam de stukken door, keek op en sprak enkele woorden tot de twee mannen die tegenover hem stonden te wachten. Enkele woorden binnensmonds gebrabbeld, die voor mij volstrekt onbegrijpelijk waren. Zonder iets te vragen verlieten zijn medewerkers het vertrek. 'Maar ze hebben niets begrepen!'—'Maak je niet ongerust, ze begrijpen het best.' Op deze wijze kwam ik bij toeval aan de weet hoe mijn vader leiding aan zijn bank gaf. Later werd deze indruk bevestigd door een van zijn voormalige medewerkers, die ik in Parijs ontmoette. 'We begrepen uw vader nauwelijks, vaak gingen we weer weg zonder hem te durven vragen of hij zijn woorden nog eens wilde herhalen.'—'En dan?'—'Dan hing het verder van ons af!' Zo 'regeerde' mijn vader, zonder ooit echt duidelijk te zijn, wellicht om bij zijn medewerkers een verantwoordelijkheid te leggen die niet expliciet omschreven maar wel gesanctioneerd was. Waarschijnlijk verstonden zij hun vak, waarschijnlijk had hij hen langdurig persoonlijk opgeleid, waarschijnlijk kenden zij mijn vader goed genoeg om te doorgronden waar zijn voorkeur naar uitging. Zelfs zijn chauffeur begreep hem niet altijd wanneer er een andere route moest worden genomen! Dit was de rol die mijn vader zich had aangemeten, een goeie vent maar autoritair, en zo raadselachtig met zijn gebrabbel dat zijn personeel had geleerd op zijn bijna onbegrijpelijke beslissingen vooruit te lopen, op gevaar af ruw te worden gecorrigeerd. Een harde leerschool voor 'het regeren van mensen', die zelfs Machiavelli niet had kunnen bedenken, maar wel buitengewoon succesvol. Voormalige medewerkers van mijn vader die ik na zijn dood ontmoette, gaven me een bevestiging van zijn merkwaardige gedrag en van de resultaten ervan. Ze waren hem niet vergeten en spraken met een aan verering grenzende bewondering over hem. Niemand was zoals hij: een 'aparteling'.

Ik heb nooit geweten in hoeverre het gedrag van mijn vader en zijn betrekkingen met anderen, ook met hemzelf, door welbewuste keuze, besluiteloosheid of zelfs innerlijk onbehagen werden bepaald. Zijn deskundigheid en inzicht moesten het zien te stellen met een sterke geremdheid om zich in het bijzijn van anderen duidelijk uit te drukken, met een niet zozeer principiële als wel feitelijke reserve die uit een diepgewortelde geestelijke terughoudendheid voortsproot. Deze autoritaire man, die zich soms door hevige uitbarstingen liet meeslepen, werd tegelijkertijd en waarschijnlijk fundamenteel in zijn uitingen belemmerd door een soort onvermogen zich aan anderen te vertonen, een beduchtheid die hem tot terughoudendheid bracht en hem ongeschikt maakte voor het duidelijk uitspreken van beslissingen. Met daarnaast waarschijnlijk een andere vaste overtuiging, die het zwijgen werd opgelegd en die uit zijn bescheiden afkomst zal zijn voortgekomen. Deze impliciete terughoudendheid was er wellicht de oorzaak van dat hij zowel in Lyon als in Casablanca de enige was die het spel van de elitekringen en gezagsdragers van die tijd niet meespeelde. Het bloed van de klassentegenstellingen en -conflicten kruipt waar het niet gaan kan.

Dat ik er zo langdurig over spreek, komt doordat mijn vader ons thuis precies eender behandelde. Hij had het domein van de huiselijke haard aan mijn moeder gelaten, de opvoeding van de kinderen en alle bijkomende problemen van het dagelijks leven zoals kleding, vakantie, uitgaan en muziek op haar schouders gelegd. Hij bemoeide zich er hoogst zelden mee en dan alleen nog door middel van een kortaf gebrabbel om zijn slechte humeur kenbaar te maken. We wisten dan wel dat hij woedend was, maar nooit waarom. Hij verafgoodde mijn moeder voor zover zij zich tot de door hem opgelegde taken beperkte. 'Die nijvere mevrouw Althusser!' placht hij bij gelegenheid, vooral in het bijzijn van derden, te zeggen; waarmee hij een opmerking herhaalde van zijn directeur in Algiers, mijnheer Rongier, aan wie hij was opgevallen en voor wie hij zo'n ontzag had. Anders dan hij praatte mijn moeder onophoudelijk en onbeheerst, met een kinderlijke onbevangenheid en zonder zich in te houden, en tot mijn grote verbazing (en schaamte) tolereerde mijn vader in het openbaar alles van haar. Tegen mijn zus en mij zei hij nooit iets. Maar in plaats van de weg voor onze verlangens vrij te maken, joeg hij ons met zijn onduidelijk stilzwijgen angst aan, in elk geval joeg hij mij angst aan.

In de eerste plaats maakte hij door zijn kracht indruk op me. Hij was groot en sterk, ik wist dat hij in de kast zijn dienstrevolver bewaarde en ik was bang dat hij hem op een keer zou gebruiken. Zoals die nacht in Algiers, toen hij als reactie op burengerucht razend van woede en waanzinnig schreeuwend onder een hels kabaal van pannen zijn vuurwapen te voorschijn haalde. Ik was bang dat het op een vechtpartij en schoten zou uitdraaien. Gelukkig werden ze meteen stil, misschien uit angst.

Heel vaak bracht hij 's nachts in zijn slaap eindeloos lang een vreselijk gehuil voort, als een jagende of in het nauw gedreven wolf, met zo'n ondraaglijke heftigheid dat we er slapeloze nachten van hadden. Mijn moeder slaagde er niet in hem uit zijn nachtmerries te halen. Voor ons, althans voor mij, werd de nacht een verschrikking en voortdurend vreesde ik die niet te harden kreten, die ik nooit heb kunnen vergeten. Later, toen ik uiterst agressief mijn moeder de martelares tegen hem verdedigde en hem naar zijn smaak voldoende had uitgedaagd, stond hij van tafel op voordat de maaltijd geëindigd was, sprak het ene woord 'sakkerjen!', sloeg de deur achter zich dicht en verdween in de duisternis. Een vreselijke angst beving ons, althans mij: hij had mijn moeder in de steek gelaten, hij had ons verlaten (mijn moeder leek onaangedaan). Was hij voorgoed weggegaan? Zou hij terugkeren of voor altijd verdwijnen? Ik ben nooit te weten gekomen wat hij in zo'n geval deed, waarschijnlijk zwierf hij door de donkere straten. Maar telkens keerde hij na een tijd die me eindeloos leek te duren naar huis terug en ging zonder een woord te zeggen naar bed, alleen. Ik heb me altijd afgevraagd wat hij dan tegen mijn moeder de martelares zei, en of hij wel iets tegen haar zei. Ik achtte hem niet in staat ook maar iets tegen haar te zeggen. En zowel voor als na zijn uitbarsting moesten we het met dezelfde man doen, niet bij machte ons anders te bejegenen dan door ons zwijgend en ostentatief het hoofd te 'bieden'. Daarna ging het over.

Maar dat was slechts één kant van de man. Wanneer hij in gezelschap van vrienden verkeerde (de weinige vrienden die wij kenden), ver weg van de zorgen van zijn werk, werd hij op een onweerstaanbare, bijtende manier ironisch. Hij nam de mensen beet en genoot ervan, met een ongelooflijke vindingrijkheid stapelde hij de ene geestigheid op de andere uitdagende plagerij, altijd min of meer geladen met seksuele toespelingen; hij dreef zijn gesprekspartners klem met zijn grappen, wat een gevoel van saamhorigheid maar ook van onbehagen teweegbracht: hij was te sterk en niemand anders dan hij had het laatste woord. Niemand, en met name mijn moeder niet, was in staat aan zijn spel mee te doen of zijn aanvallen te weerstaan. Waarschijnlijk was ook dat een pantser om niet te hoeven zeggen wat hij dacht of wilde, misschien omdat hij echt niet wist wat hij wilde, behalve onder de doorzichtige sluier van een ongebreidelde ironie een diep gevoel van onbehagen en een vergaande besluiteloosheid verhelen. Vooral met de vrouwen van zijn vrienden speelde hij dit spel graag. Wat een vertoning! En ik leed voor mijn moeder, omdat hij die andere vrouwen zo 'schandelijk' het hof maakte. Buitengewoon opgewonden raakte hij van de vrouw van een bepaalde collega, een van de weinige vrienden die wij kenden. Ze heette Suzy, een mooie, weelderige vrouw, zich bewust van haar charmes, die het heerlijk vond om zo te worden uitgedaagd. In ons bijzijn ging mijn vader tot de aanval over en tijdens een eindeloos erotisch steekspel smolt Suzy weg in verlegenheid, gelach en plezier. In stilte leed ik om mijn moeder en om de idee die ik me van mijn vader had *moeten* vormen.

Inderdaad was deze krachtige man ontzettend sensueel, hij hield van wijn en biefstuk evenzeer als van vrouwen. Op een goede dag raakte mijn moeder in Marseille helemaal weg van een zekere dokter Omo— weer zo'n zuivere geest die zich van haar onbevangenheid meester maakte. Hij bezat een mooi buitenhuis te midden van fleurige tuinen aan de noordkant van de stad, waar hij groenten kweekte voor zijn dieet, want hij prees een streng vegetarisme aan (in potjes met zijn naam erop, die hij vrij duur verkocht). Mijn moeder stelde ons, mijn zus en mij, zonder ons iets te vragen tegelijk met zichzelf op een zuiver vegetarisch dieet—en zes volle jaren bleef dat zo! Mijn vader maakte geen enkel bezwaar, maar eiste wel iedere dag zijn nauwelijks gebakken biefstuk. Terwijl wij kool, tamme kastanjes en een mengsel van honing en amandelen aten, demonstratief voor hem uitgestald om hem duidelijk van onze gemeenschappelijke afkeuring blijk te geven, sneed hij rustig zijn vlees. Dan gebeurde het wel dat ik hem tartte en met grote heftigheid aanviel. Hij antwoordde nooit, maar soms liep hij weg: 'Sakkerjen!'

Soms zocht mijn vader wel een soort saamhorigheid met me. Bij gelegenheid nam hij me mee naar het stadion, en vond het heerlijk om daar zonder betalen binnen te komen, met medeweten van een van zijn bankbedienden die als bijverdienste toegangskaartjes controleerde. Ik werd gefascineerd door zijn behendigheid in het 'bietsen'. Ikzelf had er zelfs nooit aan durven denken, grootgebracht als ik was door mijn moeder en mijn leermeesters met verheven principes van eerlijkheid en deugdzaamheid. Aan dit slechte voorbeeld bewaar ik een gruwelijke herinnering in verband met een tenniswedstrijd. Zoals gewoonlijk ging mijn vader zonder betalen het stadion in. Ik liep achter hem aan en kon niet naar binnen. Hij liet me alleen achter. Maar later zou ik me vaak laten inspireren door zijn bedrevenheid in het bietsen. Hij ging naar binnen, ik volgde hem, we woonden een wedstrijd bij die in een rumoerige sfeer verliep. Ik herinner me dat er in Saint-Eugène tot twee keer toe door toeschouwers schoten werden gelost. Altijd schoten! (Wat een symbool...) Ik stond te trillen alsof ze voor mij waren bestemd.

Aan die tijd bewaar ik trouwens een afschuwelijke herinnering. Op school leerden we toen over de kruistochten: geplunderde en in brand gestoken steden, over de kling gejaagde inwoners en bloed dat in de straatgoten vloeide. Ook werden er talrijke inheemsen gespiest. Ik zag er steeds een voor me, zonder enige steun rustend op de puntige paal die langzaam door de anus tot in zijn buik, en tot aan zijn hart doordrong, en pas na een gruwelijk lijden stierf hij. Zijn bloed stroomde langs de paal en langs zijn benen op de grond. Wat een verschrikking! Ik werd op dat moment door die paal doorboord (misschien door de gestorven Louis die *altijd* achter me stond). Aan die tijd bewaar ik nog een herinnering, die ik wel uit een boek zal hebben. Een slachtoffer zat opgesloten in een stalen madonnabeeld dat van onder tot boven van lange dunnen naalden voorzien was die langzaam zijn ogen, schedel en hart doorboorden. Ikzelf zat opgesloten in dat stalen madonnabeeld. Hoe gruwelijk om op deze wijze langzaam aan je einde te komen! Lange tijd was ik bang dat het mij zou overkomen en 's nachts droomde ik ervan. Of men dat nu gelooft of niet, maar hier noch elders doe ik aan 'auto-analyse'; dat laat ik over aan alle slimmeriken die een 'analytische theorie' op de maat van hun dwang- en waanvoorstellingen gesneden hebben. Ik maak slechts melding van de verschillende 'affecten' die in hun oorspronkelijke vorm en latere samenhang voor mijn hele leven bepalend zijn geweest.

Eén keer troonde mijn vader me mee naar een militaire schietbaan in Kouba; uit de oorlog was hij teruggekeerd met talloze foto's van zijn artilleriebataljon, waarop je hem altijd voor reusachtige kanonnen zag staan, geschut met een groot schootsveld. Hij liet me een zwaar oorlogsgeweer aanleggen. Ik voelde een vreselijke schok tegen mijn schouder en viel in het oorverdovende lawaai van de knal achterover. In de verte bewogen de vlaggen om aan te geven dat ik het doel had gemist. Ik was misschien negen. Mijn vader was trots op me. Ik was nog steeds doodsbang.

Maar later, in 1929, toen ik slaagde voor het vergelijkend examen ter verkrijging van een beurs (ergens onderaan op de lijst, terwijl ik toch zo'n goede leerling was), vroeg mijn vader wat voor cadeau ik wilde hebben. Zonder aarzelen antwoordde ik: 'Een 9 mm buks van de wapen- en rijwielfabriek in Saint-Etienne,' waarvan ik destijds de catalogus verslond (zoveel dingen die ik nog nooit gezien of bezeten had binnen het bereik van mijn verlangen...). En zonder problemen kreeg ik mijn buks met patronen en kogels; mijn moeder uitte haar afkeuring, maar mijn vader had mijn keuze geen moment betwist—ik zou die buks nog eens op een wel heel merkwaardige wijze gebruiken.

Al heel jong was ik erg behendig in het afvuren van allerlei dingen: stenen mikken op lege conservenblikjes, schieten met een katapult. Ik probeerde vogels neer te halen, maar miste altijd. Behalve een keer op de akker van mijn grootvader in Bois-de-Velle, waar ik bezig was kippen te verjagen die in zijn zaailand scharrelden. Op vrij grote afstand (zo'n twintig meter) kreeg ik een mooie rode haan in het oog, vlak bij de heg. Met mijn katapult schoot ik, en vol ontzetting zag ik dat de haan midden in zijn oog geraakt was, van pijn opsprong, verwoed met zijn kop op de grond sloeg en er hikkend vandoor ging. Urenlang bonkte mijn hart.

Met die buks is me het volgende overkomen. Aanvankelijk gebruikte ik het ding alleen om te oefenen op kartonnen schietschijven, wat goed lukte. Maar op een dag bevonden we ons op een klein landgoed, Les Raves, op een ontoegankelijk hooggelegen terrein, dat mijn vader gemeend had te moeten kopen; met mijn buks in de hand trok ik door de bossen op zoek naar een vliegende prooi. Plotseling zag ik een tortelduif en ik schoot; het dier viel en tevergeefs zocht ik tussen de droge varens, in mijn hart was ik ervan overtuigd dat ik had gemist en dat de vogel enkel een duik had genomen om listig aan me te ontsnappen. Ik liep door en plotseling kwam de gedachte bij me op, zonder dat ik erover had nagedacht en dus al helemaal zonder dat ik wist waarom, dat ik eigenlijk best kon proberen mezelf van het leven te beroven. Ik richtte de loop van het wapen op mijn buik en stond op het punt de trekker over te halen toen een soort aarzeling me weerhield, ik heb nooit geweten waarom. Ik opende de kulas, er zat een kogel in. Hoe was dat mogelijk? Ik had hem er toch niet ingestopt? Ik heb het nooit geweten. Maar plotseling stond het angstzweet op mijn lijf, ik trilde van top tot teen en moest langdurig op de grond gaan liggen alvorens in gedachten verzonken naar de boerderij terug te keren. Weer was er van de dood sprake geweest, maar dit keer van mijn eigen dood.

Ik weet niet waarom deze herinnering voor mij gekoppeld is aan een andere, latere, die dezelfde panische angst bij me teweegbracht. Mijn moeder en ik kwamen uit onze woning aan de rue Sébastopol in Marseille en om de kortste weg te nemen gingen we door een brede zijstraat met hoge muren. In de verte zagen we op het rechter trottoir twee vrouwen en een man. Razend en tierend waren de vrouwen verwikkeld in een gevecht. De een lag op de grond, de ander sleepte haar voort aan de haren. De man stond roerloos terzijde en keek naar het tafereel zonder in te grijpen. Toen we langs het gezelschap liepen, waarschuwde hij ons volkomen onbewogen: 'Kijk uit, ze heeft een revolver!' Mijn moeder vervolgde stug en volkomen onverstoorbaar haar weg, ze keek recht voor zich uit en wilde van niets weten. Onaangedaan. Over dit dramatische voorval heeft ze nooit een woord met me gesproken. Voor mij was duidelijk dat ik tussenbeide had moeten komen. Maar ik was een lafaard. Er zullen wel bijzondere betrekkingen hebben bestaan tussen mijn moeder en mij, tussen mijn moeder en de dood, mijn vader en de dood, mij en de dood. Pas heel veel later begreep ik deze betrekkingen, tijdens mijn psychoanalyse.

Heb ik wel een vader gehad? Stellig, ik droeg zijn naam en hij was aanwezig. Maar in een ander opzicht niet. Hij bemoeide zich immers nooit met me, nooit gaf hij ook maar enige richting aan mijn leven, nooit maakte hij me vertrouwd met het zijne, wat me van nut had kunnen zijn me te verweren tegen andere jongens, of om later meer te weten van mannenzaken. Voor dit laatste zorgde alweer, uit plichtsbetrachting, mijn moeder, ondanks de afschuw die alles wat met seks te maken had haar inboezemde. Tegelijk zocht mijn vader openlijk, maar steeds stilzwijgend, een verstandhouding met me; eerst door zijn optreden als klaploper en later door zijn toespelingen op mijn omgang met vrouwen. Uiteraard wilde hij niets horen over de vrouwen die ik kende noch over wat ik met hen deed, maar telkens als ik wegging maakte hij in het bijzijn van mijn zwijgende moeder een opmerking die commentaar noch antwoord behoefde: 'Maak haar gelukkig!' Haar?

Waarschijnlijk dacht hij dat hij mijn moeder gelukkig had gemaakt! Het zal duidelijk zijn dat dat nauwelijks het geval was. In wezen was mijn vader te intelligent om zich op dit punt *ook maar de minste illusie* te maken. In haar jeugd was mijn moeder een heel knappe vrouw, elf jaar jonger dan mijn vader, een eeuwig kind dat abrupt aan de hoede van haar ouders was onttrokken en onder die van haar echtgenoot was gesteld, zonder enige levenservaring, met mannen of met vrouwen. Ze had slechts één altijddurende hunkering: de herinnering aan Louis die ze in haar hart bewaarde, de langdurige verloofde die in het luchtruim was gesneuveld, met de herinnering aan de onderwijzers die ze tijdens haar kortstondige loopbaan had ontmoet, een contact dat mijn vader ruw had verbroken. In Algiers had ze ook één enkele vriendin gehad, een meisje van haar leeftijd, even onschuldig als zij, dat arts werd, maar onverwachts aan tuberculose stierf. Haar voornaam was Georgette. Toen mijn zus werd geboren, gaf mijn moeder haar heel vanzelfsprekend de voornaam van haar overleden vriendin: Georgette. Opnieuw de voornaam van een dode.

Mijn moeder was vrij klein en blond, ze had een regelmatig gezicht en heel fraaie borsten, die ik met een zekere afkeer in gedachten weer voor me zie, dat wil zeggen op foto's. Stellig heeft ze innig van me gehouden. Ik was het eerste kind dat ze baarde, een jongen, haar trots. Toen mijn zus geboren werd, droeg ze mij op voortdurend op haar te letten en haar te liefkozen, en later moest ik haar hand vasthouden wanneer we met alle gebruikelijke voorzorgen de straat overstaken, en nog weer later bij alle gelegenheden toezicht op haar doen en laten houden. Ik heb mijn best gedaan me trouw van deze opdracht te kwijten; als kind en als puber werd ik met de taak van een man belast, van een vader zelfs (mijn vader toonde jegens mijn zus zwakheden die me tegen de borst stuitten, ik verdacht hem ronduit van pogingen tot incest wanneer hij haar op zijn knieën nam op een wijze die ik obsceen vond), een opdracht die door de heilige ernst waarmee ze werd getooid, verpletterend moet zijn geweest voor het kind dat ik nog was en zelfs voor een opgroeiende jongen zoals ik.

Mijn moeder hield me voortdurend voor dat mijn zus zwak was (waarschijnlijk zoals zij), omdat ze een vrouw was, en ik loop nog steeds rond met een andere obscene herinnering die me afschuw en verontwaardiging heeft bezorgd. We woonden in Marseille, in de badkamer deed mijn moeder mijn naakte zus in bad. Ik was eveneens naakt en wachtte op mijn beurt. Ik hoor mijn moeder nog tegen me zeggen: 'Je ziet, je zus is een zwak wezen, ze is veel meer dan een jongen aan microben overgeleverd.' En ter verduidelijking voegde ze de daad bij het woord: 'Jij hebt slechts *twee gaten* in je lichaam, *zij heeft er drie.*' Ik schaamde me dood omdat mijn moeder zo meedogenloos het gebied van de vergelijkende seksualiteit was binnengedrongen.

Achteraf zie ik heel duidelijk dat mijn moeder letterlijk bestookt werd door fobieën. Ze was overal bang voor: om te laat te komen, om niet genoeg geld te hebben, voor tocht (ze had altijd keelpijn, ik ook, tot mijn militaire dienst toen ik bij haar wegging), een hevige angst voor microben en besmetting, angst voor een mensenmassa en het rumoer van zo'n massa, angst voor de buren, angst voor ongelukken op straat en elders; en bovenal angst voor ongure contacten en slecht gezelschap, kortom angst voor seks, diefstal en verkrachting, dat wil zeggen voor schending van haar lichamelijke integriteit en voor verlies van de problematische integriteit van een nog verbrokkeld lichaam.

Ik heb een andere herinnering aan haar bewaard, die voor mij in afschuwelijkheid en obsceniteit alles overtreft. Het is helemaal geen filmische herinnering, afgedekt met latere affecten, maar een herinnering aan de tijd toen ik dertien of veertien was, op zichzelf staand en heel precies, zonder toevoeging van enig detail achteraf. Het is mogelijk en zelfs waarschijnlijk dat het affect naderhand door andere voorvallen van dezelfde strekking is versterkt, maar dan beklemtoonden ze slechts de gruwelijke schaamte en diepe verontwaardiging die ik toen ervoer.

We woonden in Marseille, ik was bijna dertien. Al enkele weken merkte ik met diepe voldoening dat mijn geslachtsdeel me 's nachts een heftig genot bezorgde, gevolgd door een aangenaam gevoel van verzadiging—en 's morgens door grote donkere vlekken op mijn lakens. Besefte ik dat het nachtelijke zaadlozingen waren? Het doet er niet toe, in elk geval wist ik heel goed dat het om mijn geslachtsdeel ging. Maar op een ochtend, toen ik zoals gewoonlijk was opgestaan en in de keuken koffie dronk, kwam mijn moeder met een ernstig gezicht binnen en zei plechtig: 'Kom, mijn zoon.' Ze voerde me mee naar mijn kamer. Terwijl ik daar stond sloeg ze de lakens van mijn bed open, wees me op de grote, donkere, stijf geworden vlekken, zonder ze aan te raken, keek een ogenblik aandachtig naar me, met gekunstelde trots vermengd met de overtuiging dat er een buitengewoon moment was aangebroken en dat ze haar taak aan moest kunnen, en sprak: 'Mijn zoon, nu ben je een man!'

Ik schaamde me dood en voelde me heel opstandig tegen haar. Dat mijn moeder het zich veroorloofde tussen mijn lakens te rommelen, mijn meest intieme plek, de vertrouwelijke wijkplaats van mijn naakte lichaam, dat wil zeggen de plaats van mijn geslachtsdeel, alsof ze in mijn onderbroek had gekeken, tussen mijn dijen, om met haar handen mijn geslachtsdeel te grijpen en heen en weer te zwaaien (alsof het van haar was), zij die een afschuw had van alles wat met seksualiteit te maken had, dat zij zich bovendien uit plichtsgevoel dwong (dat merkte ik heus wel) tot dit vunzige gebaar, die *vunzige* verklaring—in mijn plaats, in elk geval in de plaats van de man die ik, veel eerder dan zij gemerkt had en zonder haar iets verschuldigd te zijn, was geworden—dat leek me, althans zo ervoer ik het en zo ervaar ik het nu nog, het toppunt van zedelijke ontaarding en schaamteloosheid. Eigenlijk een verkrachting en castratie. Zo was ik verkracht en gecastreerd door mijn moeder, die zelf het gevoel had door mijn vader te zijn verkracht (maar dat was haar zaak, niet de mijne). Je ontkwam waarachtig niet aan *het noodlot van je familie*. En dat deze schaamteloosheid en verkrachting het werk van mijn moeder waren, die zich overduidelijk geweld aandeed om zich van deze naar haar mening tegennatuurlijke plicht te kwijten (terwijl het de taak van mijn vader zou zijn geweest), maakte het afgrijzen compleet. Ik zei geen woord, sloeg met een klap de buitendeur dicht en zwierf ontredderd rond op straat, verteerd van een grenzeloze haat.

Mijn lichaam en mijn vrijheid waren aan de wet van mijn moeders fobieën onderworpen. Ik droomde ervan te voetballen met de straatjongens die ik vanaf de vierde verdieping, vanuit ons appartement aan de rue Sébastopol, op een onmetelijk braakliggend terrein zag spelen. Maar voetballen mocht ik niet: 'Pas op voor verkeerde vrienden en straks zit je met een gebroken been!' Ik werd onweerstaanbaar aangetrokken door het gezelschap van kinderen van mijn leeftijd, met wie ik vriendschap wilde sluiten om niet langer alleen te zijn, om door hen als een der hunnen te worden opgenomen en erkend, om met hen te praten, knikkers te ruilen en zelfs te vechten, om van hen alles te leren wat ik niet wist van het leven, om bij hen vrienden te vinden (ik had toen geen enkele vriend)... wat een droom! Verboden.

Toen we in Algiers woonden, en ik daar naar de gemeenteschool ging, die slechts driehonderd meter van onze woning (rue Station-Sanitaire) lag—je hoefde alleen een rustige straat over te steken—liet mijn moeder me altijd wegbrengen door een inheems dienstmeisje van wier diensten ze zich verzekerd had. Om niet te laat te komen (weer zo'n fobie van mijn moeder) arriveerden we veel te vroeg voor de school. Franse en inheemse jongens knikkerden tegen een muur of holden om het hardst onder luid geroep, met de uitgelatenheid van de kinderjaren. Maar ik arriveerde even steil als de mij opgelegde plicht, begeleid door mijn 'Moorse' die altijd zweeg. Diep in mijn hart vond ik mezelf verachtelijk en schaamde ik me voor dit rijkeluisvoorrecht (terwijl wij in die tijd arm waren). En in plaats van buiten te wachten tot de schooldeur openging, had ik dankzij oud-collega's van mijn moeder het voorrecht om eerder dan alle anderen, alleen, naar binnen te mogen gaan en op de speelplaats de komst van de onderwijzers af te wachten. Onveranderlijk bleef een van hen, een lange, schrale, vriendelijke man, voor me staan en vroeg, ik heb nooit geweten waarom: 'Louis, hoe heet de vrucht van een beukeboom?'—'Beukenootje' (zoals hij me had geleerd). Hij tikte me op de wang en liep door. Ruim tien minuten later kwam er een einde aan mijn eenzaamheid, hollend en schreeuwend haastten alle kinderen zich naar binnen, maar wel meteen naar de klaslokalen: mijn hoop met hen mee te doen was vervlogen. Ik verdroeg deze ondraaglijke ceremonie, en de schande als het 'lievelingetje' van de onderwijzers te worden aangewezen, alleen omdat mijn moeder zo bang was voor alle gevaren van de straat: verkeerde vrienden, besmetting met microben enzovoort.

Nog een heftige herinnering. Ik ben op de speelplaats, het is speelkwartier, ik knikker met een jongen die veel kleiner is dan ik. Ik ben heel behendig in het knikkerspel en win altijd. Ik kaap alle knikkers van het jongetje weg. Hij wil echter koste wat het kost één knikker behouden. Maar dat is niet volgens de regels van het spel! En plotseling, zonder te weten waar die gewelddadige impuls vandaan komt, geef ik hem een harde klap op zijn wang. Hij loopt weg. En dadelijk hol ik achter hem aan, eindeloos, om het onherstelbare te herstellen, het kwaad dat ik hem heb aangedaan. Vechten kon ik waarachtig niet verdragen.

En nu ik toch bezig ben markante herinneringen uit die tijd op te halen, hier is er nog een. Ik zit in de klas van de vriendelijke onderwijzer die me zo graag mag. Hij staat voor het bord, met zijn rug naar ons toe. Op dat moment laat de jongen die vlak achter me zit een scheet. De onderwijzer draait zich om en kijkt me met een ontroostbaar gezicht verwijtend aan: 'Jij, Louis...' Ik zeg niets, mezelf wijsmakend dat ik die scheet heb gelaten. Ik schaam me dood, alsof ik werkelijk schuldig ben. Ten einde raad vertel ik het voorval aan mijn moeder; zij kende de onderwijzer heel goed, omdat hij haar het onderwijsvak had geleerd, en mocht hem graag. 'Weet je wel zeker dat niet jij'—ze durfde het woord niet uit te spreken—'dat weerzinwekkende gedaan hebt? Het is zo'n goeie man, hij kan zich niet vergissen.' Commentaar overbodig.

Mijn moeder hield innig van me, maar pas veel later begreep ik hoe, dankzij het inzicht van mijn psychoanalyse. In en buiten haar aanwezigheid ging ik altijd gebukt onder het gevoel niet door en voor mijzelf te bestaan. Ik heb altijd het gevoel gehad dat er een misverstand speelde en dat het eigenlijk een ander was naar wie ze keek of van wie ze hield. Hiermee verwijt ik haar niets. De arme vrouw probeerde wat haar overkomen was zo goed mogelijk te verwerken. Ze had niet kunnen nalaten een kind van haar Louis te noemen, naar de dode man van wie ze had gehouden en van wie ze diep in haar hart nog steeds hield. Wanneer ze naar me keek, zag ze waarschijnlijk niet mij, maar achter mijn rug in een denkbeeldig oneindig luchtruim, voor altijd getekend door de dood, een *ander*, die andere Louis wiens naam ik droeg, maar die ik niet was, die was gesneuveld boven Verdun, aan het ongerepte firmament van een nog steeds aanwezig verleden. Ik werd als het ware doorboord door haar blik, ik verdween voor mezelf in die blik, die over me heen vloog om in het verschiet van de dood het gezicht te ontmoeten van een Louis die ik niet was en die ik nooit zou zijn. Ik maak hier een reconstructie van wat ik heb beleefd en wat ik ervan heb begrepen. Over de dood kun je schrijven en filosoferen wat je wilt, maar de dood die overal in de maatschappelijke werkelijkheid in omloop is, waar hij net als geld 'belegd' wordt, heeft in de werkelijkheid en in de verbeelding niet altijd dezelfde vorm. In mijn geval was de dood de dood van een man van wie mijn moeder hield, meer dan van wie ook, meer dan van mij. Haar 'liefde' voor mij had iets dat me vanaf de vroegste kinderjaren getekend en verlamd heeft, en dat voor heel lang mijn toekomst zou bepalen. Het ging niet langer om een fantasiebeeld, maar om de *werkelijkheid* van mijn leven. En zo wordt voor ieder een waanvoorstelling leven.

Later, toen ik als opgroeiende jongen bij mijn grootouders van moederskant in Larochemillay verbleef, droomde ik ervan dat ik Jacques heette, de naam van mijn petekind, de zoon van de sensuele Suzy Pascal. Ik ben wellicht wat al te spitsvondig met de klanken van die naam, maar de 'J' van Jacques was een 'jet' (een straal sperma), de zware 'a' die van Charles, de voornaam van mijn vader, 'ques' maar al te duidelijk een 'queue' (staart), en Jacques de jacquerie, de hardnekkige boerenopstand waarover ik destijds van mijn grootvader hoorde.

Hoe dan ook, vanaf mijn prilste jeugd moest ik het stellen met de naam van een man die in mijn moeder, gevoed door haar liefde, bleef voortleven, *de naam van een dode*.

V

De tegenstrijdigheid, of liever gezegd de ambivalentie, waarmee ik van meet af aan gedwongen was te leven, valt te reconstrueren en misschien wel te begrijpen.

Zoals ieder kind dat borstvoeding krijgt, dat leeft in lichamelijk en erotisch contact met zijn zogende moeder, in de warmte van haar buik, huid, handen, gezicht en stem, had ik met mijn moeder een diep lichamelijke, erotische band. Ik hield van haar zoals een mooi kind, blakend van gezondheid en levenslust, van zijn moeder kan houden.

Maar al heel spoedig wist ik (kinderen nemen onvoorstelbaar scherp waar wat aan de aandacht van volwassenen ontsnapt, maar die waarneming vindt natuurlijk niet op 'bewust niveau' plaats) dat deze moeder, van wie ik met heel mijn lichaam hield, door mij heen en over mij heen van een ander hield, van een wezen dat persoonlijk afwezig was door middel van mijn persoonlijke aanwezigheid, dat wil zeggen van een wezen dat persoonlijk aanwezig was door middel van mijn persoonlijke afwezigheid—een persoon van wie ik pas *later* zou vernemen dat hij al lang *dood* was. Wie kan zeggen wanneer de 'feitelijke loskoppeling' heeft plaatsgevonden? Ik oordeel natuurlijk achteraf, aan de hand van de effecten die zich zo vaak als herhaalde, sterke affecten in mijn leven hebben gegrift; even zovele onwrikbare, onontkoombare figuren. Hoe kon ik de genegenheid winnen van een moeder die niet van mij persoonlijk hield en me er zo toe veroordeelde slechts een zwakke weerschijn te zijn, de echo van een dode, een dode zelfs? Om me uit deze 'tegenstrijdigheid' of liever gezegd uit deze ambivalentie te redden, had ik klaarblijkelijk geen andere uitweg dan te proberen mijn moeder te *verleiden* (zoals je iemand die je toevallig ontmoet verleidt, een vreemde vrouw), opdat ze genegen zou zijn naar mij te kijken en van mij te houden om mijzelf. Niet alleen in de gangbare betekenis van het jongetje dat 'met zijn moeder naar bed wil', zoals Diderot al zei; maar ook in de diepere betekenis waar ik noodzakelijkerwijs voor moest kiezen, om de genegenheid van mijn moeder te winnen, om zelf de man te worden van wie ze achter mijn rug hield, in het eeuwig ongerepte luchtruim van de dood: *ik moest haar verleiden door haar verlangen te verwezenlijken.*

Een mogelijke en tegelijk onmogelijke opgave! Want ik was die ander niet, diep in mijzelf was ik niet die oppassende en onbedorven persoon die mijn moeder zo graag in me wilde zien. Hoe ouder ik werd, hoe sterker ik immers de zelfs gewelddadige vormen van mijn eigen intense verlangen ervoer en bovenal dat elementaire verlangen om niet in de werkelijkheid noch in de waanvoorstelling van de dood te leven, maar voor mijzelf te bestaan. Inderdaad, eenvoudigweg leven en vóór alles in mijn lichaam, waar mijn moeder zo'n minachting voor had, want net als de Louis van wie ze nog steeds hield, verafschuwde ze het lichamelijke.

Van mijzelf als jongetje bewaar ik het beeld van een schriel, week ventje met smalle schouders, die nooit de schouders van een man zouden worden, met een wit gezicht waar een te zwaar voorhoofd op drukt; en verloren loop ik over de verlaten, kale paden van een onmetelijk en leeg park. Ik was niet eens een jongen, maar een weerloos meisje.

Van dat beeld dat me lang achtervolgd heeft, en waarvan de effecten later duidelijk zullen worden, dat zo scherp is als een filmische herinnering, van dat beeld heb ik wonder boven wonder een stoffelijk spoor teruggevonden op een fotootje, opgediept uit de papieren van mijn vader, na diens dood.

Daar sta ik, ik ben het heus. Ik sta op een van de onafzienbare paden van het Gallandpark in Algiers, dicht bij onze woning. Inderdaad ben ik die iele jongen, wit en broos, zonder schouders, op wiens te grote voorhoofd een ook al bleke hoed rust. Aan zijn uitgestrekte arm een minuscuul hondje (van mijnheer Pascal, de echtgenoot van Suzy), dat druk aan de lijn trekt. Op de foto ben ik op het hondje na alleen, de paden zien er verlaten uit. Men zal tegenwerpen dat deze eenzaamheid helemaal niets hoeft te betekenen, dat mijnheer Pascal had gewacht tot de wandelaars uit het zicht waren. Maar in feite heeft deze, wellicht door de fotograaf gewilde verlatenheid zich in mijn herinnering bij de werkelijkheid en de waan van mijn eenzaamheid en broosheid gevoegd.

Want in Algiers ben ik *volstrekt alleen*, zoals ik heel lang alleen zal zijn in Marseille en Lyon, en later vreselijk alleen na de dood van Hélène. Ik heb *niet één* echte speelmakker, zelfs niet onder de jongens met wie ik op de speelplaats onder toezicht omga, Arabieren, Fransen, Spanjaarden, Libanezen, zozeer wil mijn moeder ons (zichzelf) behoeden voor verdacht gezelschap, dat wil zeggen voor microben, en voor God weet welke verlokkingen. Ik herhaal: *niet één speelmakker*, en dus al *helemaal geen vriend*. En toen ik na de gemeenteschool in de eerste klas van het Lyautey Lyceum kwam, geen enkele kameraad, zelfs niet op de speelplaats. Nog erger, want ik herinner me welgestelde jongens, hondsbrutaal, hooghartig, vol verachting en cynisch, die niet met me wilden omgaan, en prachtige sportwagens met een chauffeur achter het stuur die hen bij de uitgang opwachtten (onder andere een schitterende Voisin). Mijn enige gezelschap was het gezin, mijn spraakzame moeder en mijn zwijgzame vader. De rest bestond uit eten, slapen, lessen op school en huiswerk thuis, waarmee ik in gehoorzaamheid 'vrijwillig' instemde.

Op de lagere school was ik een voorbeeldige leerling, geliefd bij mijn onderwijzers. Maar in de eerste klas van het lyceum in Algiers was ik ondanks al mijn inspanningen onopvallend en middelmatig. Pas in Marseille (1930-1936) en in Lyon (1936-1939), waar ik me voorbereidde op het toelatingsexamen voor de Ecole normale in Parijs) was ik weer de beste van de klas. Door toedoen van mijn moeder werd ik in Marseille verkenner en vanzelfsprekend patrouilleleider. Ik werd beëdigd door een aalmoezenier die te verstandig was om eerlijk te zijn; hij had heel goed in de gaten dat ik, gedreven door schuldgevoel, de eerste de beste verantwoordelijkheid op me wilde nemen. Ik was dus oppassend, te oppassend, en onbedorven, te onbedorven, zoals mijn moeder verlangde. Zonder het risico te lopen me te vergissen kan ik zeggen: inderdaad, ik heb het verlangen van mijn moeder verwezenlijkt, en hoe! Volkomen onbedorven tot mijn negenentwintigste!!

Ja, ik heb verwezenlijkt wat mijn moeder een eeuwigheid lang (het onbewuste is eeuwig) van de andere Louis verlangde en verwachtte—*en ik deed het om haar te verleiden*: oppassendheid, onbedorvenheid, deugdzaamheid, zuiver intellect, vergeestelijking, successen op school, met als hoogtepunt een literaire 'loopbaan' (mijn vader had mij liever op de Ecole Polytechnique, dat kwam ik pas later te weten, hij heeft er nooit iets van laten merken). En als apotheose werd ik tot de Ecole normale supérieure toegelaten, niet in Saint-Cloud, waar mijn oom Louis heen zou zijn gegaan, maar nog beter, de befaamde Parijse school in de rue d'Ulm. Vervolgens werd ik de intellectueel die hardnekkig weigerde 'vuile handen' in de media te maken (o onbedorvenheid!), en een bekende, wiens naam op de eerste bladzijde prijkte van enkele boeken die mijn moeder trots las.

Was ik er werkelijk in geslaagd mijn moeder te verleiden? Ja en nee. Ja, omdat zij in mij de concretisering van haar verlangen herkende en gelukkig met me was, buitengewoon trots. Nee, omdat ik bij deze verleiding steeds het gevoel had niet mezelf te zijn, niet werkelijk te bestaan, maar alleen *in en door kunstgrepen*; ik had listen gebaseerd op *bedrog* gebruikt om mijn moeder te verleiden (van list naar bedrog is maar een kleine stap) en haar dus niet werkelijk veroverd, maar slechts listig en bedrieglijk verleid.

Onmogelijke kunstgrepen, want ik had ook *mijn* verlangens, of om alles tot het uiterste te vereenvoudigen, *mijn eigen* verlangen. Het verlangen mijn eigen leven te leiden, mee te doen met de kinderen die op het braakliggende terrein voetbalden, mee te spelen met Franse en Arabische kinderen op de lagere school, in parken en bossen te spelen met kinderen die je tegenkwam, jongens en meisjes. Mijn moeder *verbood* ons *altijd* met hen om te gaan, want 'je kende hun ouders niet', ook al waren ze vlakbij, ook al zaten ze op dezelfde bank, hen aanspreken mocht niet, je weet maar nooit met wie je te maken hebt!! In mijzelf kon ik wel tegenstribbelen, maar ik schikte me altijd. Ik bestond slechts in het verlangen van mijn moeder, nooit in mijn eigen, onbereikbare verlangen.

Nog een markante herinnering. Mijn moeder, mijn zus en ik bevinden ons in het Bois de Boulogne, dicht bij een aloë met een enorme stamper (weer een soort paal). Er komt een mevrouw aan met twee kleine kinderen, een jongen en een meisje. Ik weet niet hoe mijn moeder ertoe kwam zich erbij neer te leggen, in ieder geval begonnen we te spelen. Maar niet lang! Ik heb nooit geweten wat me bezielde, maar op een gegeven moment gaf ik het meisje een klap en zei: 'Jij bent een tuttebel!' (Ik had dit woord, dat me veelbetekenend leek, in een boek gelezen, zonder te weten wat het precies beduidde.) Hoe mijn moeder reageerde laat zich raden: zonder een woord te zeggen trok ze ons dadelijk mee, ver van de kinderen en de moeder. Weer zo'n onverwachts gewelddadige impuls die ik niet had kunnen bedwingen, net als op de speelplaats. Maar dit keer tegenover een meisje. Ik herinner me dat ik me helemaal niet schaamde en er ook geen behoefte aan had het weer goed te maken. 'Dat' was alvast meegenomen!

Ik was verscheurd, maar zonder iets te kunnen doen tegen het verlangen van mijn moeder en tegen mijn verscheurdheid. Ik deed alles wat zij wilde, ik was mijn zus behulpzaam met het oversteken van die gevaarlijke straten, ik hield haar stevig bij de hand, op de terugweg van school kocht ik twee chocoladebroodjes, exact voor het bedrag dat zij me gegeven had; ik had nooit een cent voor mezelf op zak (tot mijn achttiende!), want je kunt altijd *bestolen worden* en je weet maar nooit wat voor schadelijke of overbodige dingen een kind koopt. Een buitensporige zuinigheid, die goed aansloot bij haar angst voor besmet voedsel en diefstal. Thuis maakte ik braaf mijn huiswerk en wachtte ik op de maaltijd. Later was het enige uitstapje in Algiers voor mij, steeds met mijn zus aan de hand, de gang naar de woning van een kwijnend, spichtig, vergeestelijkt en dweepziek stel, geen echtpaar, maar een koppel bestaande uit een broer en een zus (zoals wij), ongehuwd en levenslang verenigd, in wie mijn moeder haar volledige vertrouwen stelde (op grond van hun overduidelijke onbedorvenheid). Mijn zus kwam voor pianoles, ik voor violles, opdat ook wij later als broer en zus zouden kunnen musiceren. Ik vermocht niets tegen deze verplichtingen. En gegeven degene die ik inmiddels geworden was, hoe had ik iets kunnen doen? Het gevolg was een stevige afkeer van muziek, die naderhand nog versterkt werd doordat mijn moeder me verplichtte in Marseille wekelijks een klassiek concert bij te wonen (mijn vader was er nooit bij)! Maar laat niemand zich bezorgd maken, tegenwoordig speel ik met het grootste genoegen piano (omdat ik geen opleiding heb gehad, improviseer ik—ik kom daar nog op terug). Wat had ik kunnen ondernemen tegen deze muzikale en andere verplichtingen? Ik had geen enkele toeverlaat, buitenshuis niet en vooral niet binnenshuis, in de persoon van mijn vader. De enige vrienden die ik kende waren de schaarse *vrienden* waar mijn vader mee thuiskwam. Eigenlijk maar één vriend, mijnheer Pascal, zijn collega en ondergeschikte, dun haar, zo mak als een lam, een willoos werktuig in de hand van zijn vrouw, de onstuimige Suzy.

Toen mijn zus een keer waterpokken had opgelopen (het kind was altijd ziek), vroeg mijn moeder aan de Pascals of ik bij hen mocht logeren, om—alweer—besmetting te voorkomen (eens te meer). Ik maakte kennis met hun knusse nestje van kinderloos echtpaar, met hun hebbelijkheden, de glorie van de wellustige Suzy, haar altoos vooruitgestoken borsten, haar hartelijk overwicht en met het sleurbestaan van mijnheer Pascal, die haar in alles volgde, zoals het hondje dat hij in het park aan de lijn hield. In bed had ik steeds dezelfde nachtmerrie: boven uit de kast kroop langzaam een langwerpig dier, een langgerekte slang zonder kop (gecastreerd?), een soort reusachtige aardworm die naar me afdaalde. Schreeuwend werd ik wakker. Suzy snelde toe en drukte me langdurig tegen haar weelderige boezem. Ik kwam tot rust.

Op een ochtend werd ik laat wakker. Ik begreep dat mijnheer Pascal al naar zijn werk was. Ik stond op en terwijl ik behoedzaam naderde hoorde ik Suzy achter de keukendeur druk in de weer met iets (koffie zetten, afwassen?). Ik weet niet hoe ik het wist, maar ik wist dat zij daar in die keuken *naakt* was. Gedreven door een onweerstaanbaar verlangen en in de overtuiging—wie zal zeggen op grond waarvan?—dat ik geen enkel risico liep, deed ik de deur open en bekeek haar lange tijd aandachtig. Nog nooit had ik het lichaam van een naakte vrouw gezien, borsten, buik en beharing, en betoverende billen! Langdurig genoot ik van de bekoring van de verboden vrucht (ik zal tien jaar zijn geweest), van de zalige zinnelijkheid van haar uitbundige figuur. Toen zag ze me en in plaats van me een standje te geven, trok ze me naar zich toe en koesterde me langdurig tegen haar borsten en tussen haar warme dijen. We hebben er naderhand nooit meer over gesproken. Maar nooit vergat ik dat moment van intense en ongeëvenaarde 'versmelting'.

Het jaar daarop had mijn zus roodvonk opgelopen (mijn zus was altijd ziek); teneinde wederom 'besmetting' te voorkomen, stuurde mijn moeder me naar haar ouders, die zich inmiddels in hun geboortestreek, de Morvan, hadden 'teruggetrokken'.

VI

Mijn dierbare grootouders! Mijn grootmoeder was kaarsrecht en slank, ze had blauwe ogen, helder en eerlijk, was altijd bedrijvig, maar in haar eigen tempo, en altijd edelmoedig voor iedereen, vooral voor mij. Ze hield zielsveel van me, maar zonder vertoon. Voor allen was ze een toeverlaat, een wijkplaats van rust en kalmte. Zonder haar zou mijn grootvader zijn afmattende werk in de Algerijnse bossen nooit hebben overleefd. Haar dochters had ze volgens de beginselen van gezondheid en deugdzaamheid tot oprechte en onbedorven meisjes opgevoed. Mijn grootvader was nerveus en ongedurig, van onder zijn pet en van achter zijn snor mopperde en foeterde hij altijd, maar een beter mens bestond er niet. Beiden vormden mijn ware familie, mijn enige familie, mijn enige vrienden ter wereld.

Toegegeven, de ruime huizen waarin ik verbleef als ik bij hen woonde of logeerde, konden niet anders dan de geestdrift wekken van een kind dat altijd eenzaam opgesloten zat in krappe stadsappartementen. Maar waarschijnlijker is dat hun aanwezigheid, de liefde die ze voor me koesterden en die ik op mijn beurt voor hen voelde, de huizen, bossen en velden waar ze woonden in een kinderparadijs veranderden.

Eerst de grote boswachterswoning van het Bois de Boulogne, vanwaar je over heel Algiers uitzag; dat was voordat mijn grootvader met pensioen ging en naar zijn geboortestreek de Morvan terugkeerde. Daarna het huisje in Larochemillay (Nièvre), met zijn tuin en de velden van Bois-de-Velle.

Het Bois de Boulogne! Ik bewaar een overweldigende herinnering aan de boswachterswoning, verscholen in een onmetelijke tuin. De vertrekken waren laag en koel. Ik herinner me een duister en geheimzinnig washok met eeuwig stromend water, een stal waar je het blonde stro en heerlijke paardevijgen rook, en de glanzende geur van twee schitterende raspaarden die onder hun gladde flanken trilden van leven; deze prachtige rijdieren verzorgde mijn grootvader samen met mij ten behoeve van de heren van de Directie. Nog steeds beschouw ik paarden als de mooiste dieren die er zijn, oneindig veel mooier dan de mooiste mensen. Op een nacht maakten deze dieren een hels kabaal, zonder dat ik me bang voelde; waarschijnlijk kippendieven, maar de paarden, waakzamer dan honden, moeten hen hebben afgeschrikt.

Twintig meter van het huis stond een lange, hoge bak, en wanneer ik hoog werd opgetild zag ik merkwaardige vissen, kleurloos, rood, groen en paars; traag doken ze weg onder donkere, buigzame planten, die heen en weer bewogen. Toen ik later Lorca las, kwam ik weer de lenige foreldijen tegen van de overspelige vrouw die naar de rivier loopt. Vissen die door wijkend riet zwemmen.

Bij de boswachterswoning had je bloemperken met prachtige bloemen (anemonen, fresia's met hun sterke, erotische geur, beschroomde roze cyclamen, zoals later het vrouwelijke roze van Simone de Bandols geslacht in groen-zwart loof). Met Pasen gingen mijn zus en ik er op zoek naar suikereieren, die voor ons verstopt waren en die vaak al door de mieren waren aangevreten. En reusachtige gladiolen in allerlei kleuren, waarvan mijn vader iedere zondag een groot boeket maakte om dat, buiten onze aanwezigheid, naar een 'zeer knappe jonge vrouw' met een Belgische naam te brengen, die we nooit te zien kregen. En een enorme moestuin vol Japanse mispelbomen! Deze hadden ovale, lichtgele vruchten met daarin twee tegen elkaar gelegen harde bruine pitten, glad en glanzend als de ballen van een man (maar aan *bewuste kennis* daarover ontbrak het mij in die tijd, vanzelf!), die ik met een merkwaardig genot langdurig in mijn handen streelde. Terwijl mijn jonge tante Juliette, het buitenbeentje van de familie, als een geit in de bomen klom om ze voor mij van de takken te plukken en ze aan te reiken, stond ik onder haar te wachten, glurend naar de boeiende onderkant van haar rokken; het malse, zoete vruchtwater smolt in de mond en de twee glibberige pitten kwamen vrij. Wat een bekoring en wat een genot! Maar dezelfde mispels waren nog veel heerlijker wanneer ik ze van de grond opraapte, waar ze verteerd door de zon en omringd door de sterke, zure lucht van de aarde waren gaan rotten! Verderop bevond zich nog een kleine bak, ditmaal op mijn niveau, vol helder, stromend water (een bron?). En helemaal achteraan, achter hoge, donkere cipressen, een dozijn bijenkorven op een rij. Mijnheer Kerruet, een Bretonse ex-onderwijzer, kwam ze vaak bekijken, met een strohoed op zijn hoofd, maar zonder kap of handschoenen, want de bijen waren zijn vriendinnen. Dat waren ze niet van iedereen, want toen mijn grootvader een keer wat te dicht was genaderd, werden ze opgewonden en nerveus door zijn opwinding en nervositeit; massaal sprongen ze op zijn gezicht en hij had zijn redding slechts te danken aan een dolle wedloop en een duiksprong in de grote bak. Vreemd genoeg was ik die keer helemaal niet bang.

Maar bovenal stond er links achter in de tuin een ontzaglijk dikke johannesbroodboom, waarvan de lange peulen, glad en donker, me onweerstaanbaar aantrokken (ik had ze graag geproefd, maar mijn moeder had me duidelijk gezegd: verboden!). Het was een verrassende uitkijkpost, vanwaar ik in mijn eentje de onmetelijke stad aan mijn voeten ontdekte, lusteloos onder de zon, minuscuul en eindeloos, met haar straten, pleinen, huizen en haar haven, waar roerloos grote schepen met schoorstenen lagen en waar het wemelde van honderden bootjes die onafgebroken traag bewogen. Heel ver weg, op een altijd rimpelloze, fletse zee, zag ik eerst een onbeduidend rookpluimpje aan de horizon en vervolgens geleidelijk masten en een romp, de schepen van de lijn Marseille-Algiers, die zich zo hopeloos langzaam voortbewogen dat ze bijna stil leken te liggen; als ik er het geduld voor had, legden ze ten slotte na eindeloos voorzichtig manoeuvreren langs een der weinige beschikbare kaden van de haven aan. Ik wist dat een ervan (na al die *Général-Chanzy's* en andere generaals) de *Charles-Roux* heette. Charles zoals mijn vader (ik geloofde toen vast dat alle kinderen, eenmaal volwassen geworden, een andere voornaam kregen en Charles heetten, allemaal Charles!). Ik stelde me voor dat er raderen [roues] onder de romp zaten en verbaasde me dat niemand het gemerkt had.

En dan ging ik samen met mijn grootvader de bossen in. Wat een vrijheid! Bij hem was er nooit sprake van gevaar of verbod. Wat een geluk! De 'mopperpot', van wie iedereen beweerde dat hij een onmogelijk karakter had (zoals later van Hélène), sprak zonder ophef met me als met zijn gelijke. Hij wees me alle bomen en planten aan en gaf me uitleg. In het bijzonder boeiden me de hoge eucalyptusbomen; ik vond het prettig onder mijn hand de schub van hun lange buisvormige schors te voelen, waarvan stukken plotseling met veel lawaai uit de kruin tuimelden en dan als werkeloze armen eindeloos naar beneden hingen, als lompen (de lompen waarin ik me later graag hulde, de lompen van de lange rode gordijnen van de slaapkamer in de Ecole normale)—hun gebogen, gladde, langgerekte, spits toelopende bladeren, die met de seizoenen veranderden van donkergroen in bloedrood, en hun vruchtbloem met fijn stuifmeel en de betoverende geur van een 'farmaceutisch geneesmiddel'. Ook ontdekte ik steeds opnieuw wilde roze cyclamen, altijd verscholen onder hun donkere bladeren, en je moest hun kleding optillen om hun intieme roze vlees bloot te leggen. Wilde asperges, dik als gezwollen geslachtsdelen, die ik rauw kon opeten wanneer ze boven de grond kwamen. En dan die verschrikkelijke aloë's, geharnast met stekels en pieken, die soms (eens in de tien jaar?) een enorme stamper naar de hemel stuurden, die dan langzaam met een ongenaakbare bloem werd bekroond!

In het gezelschap van mijn grootouders, in het paradijs van de boswachterswoning met de tuin en het onmetelijke bos rondom, voelde ik me intens gelukkig, vrij en verzadigd, zelfs wanneer mijn ouders erbij waren.

Af en toe gebeurde er al iets dramatisch, voordat we aan het drama toekomen. Hoog in het bos, vlak naast de onverharde weg die we te voet volgden (vier kilometer), verhief zich een wit huis, dat bewoond werd door een kapitein in actieve dienst, mijnheer Lemaître (De Meester, een veelzeggende naam!), zijn vrouw, de volwassen zoon van twintig en een dochtertje. Het was altijd op zondag, de vrije dag van mijn vader en ook van mijnheer Lemaître. Wanneer we op bezoek gingen, was hij altijd in de huiselijke kring, maar heel vaak braken er vreselijke ruzies uit tussen vader en zoon. De zoon moest in zijn kamer over zijn boeken gebogen zitten en zijn vader sloot hem op wanneer hij dat niet wilde. Dat was die zondag het geval. Zinderend van woede verklaarde de kapitein ons waarom zijn zoon er niet bij was. Plotseling horen we het geluid van versplinterend hout; de zoon trapt de deur van zijn kamer in, komt brullend naar buiten en verdwijnt in het bos. Haastig gaat de vader het huis in, komt weer naar buiten met een revolver in de hand en holt achter zijn zoon aan. Weer een gewelddadige vader, geschreeuw en een revolver! Maar dit keer verzette een gewelddadige zoon zich tegen het geweld van zijn vader. De moeder zweeg. Terzijde, op de eerste trede van de tweede trap van het huis, zit het dochtertje, Madeleine, haar gezicht vol tranen. Ze ontroert me sterk, ik ga naast haar zitten, sluit haar in mijn armen en begin haar te troosten. Ik heb het gevoel een reusachtige daad van mededogen en zelfopoffering te verrichten, alsof ik opnieuw (na mijn moeder) een nieuwe en definitieve reden van bestaan heb gevonden, een nobele levenstaak: het redden van dit martelaresje. Overigens kijkt verder niemand naar haar om, wat mijn vervoering nog doet toenemen. De zoon komt terug, de vader achter hem met een revolver in de hand; hij sluit hem weer op in een kamer. Wij laten dit naargeestige schouwspel van huiselijk geweld achter ons en keren terug naar de vredige rust van de boswachterswoning vlakbij. Ook die keer was ik heel bang, maar ik had om zo te zeggen een soort blij geluk gevoeld toen ik de kleine Madeleine in mijn armen sloot. (De naam van mijn grootmoeder. Namen...! Terecht onderstreept Lacan het belang van de 'betekenaars', als hij in het voetspoor van Freud over hallucinaties en *namen* spreekt.)

Het viel me op dat mijn grootvader, die in het bijzijn van anderen bij elke gelegenheid van achter zijn snor voortdurend halfluid mopperde en foeterde, tegen mij heel anders was. Ik was eigenlijk nooit bang dat hij me in de steek zou laten. Als hij wel eens tegen me bleef zwijgen, boezemde me dat nooit enige angst in (wat een verschil met mijn vader en moeder!). Want hij zweeg enkel om met me te spreken. En telkens was het om me de wonderen van het woud die ik nog niet kende aan te wijzen en uit te leggen; hij vroeg me nooit iets, maar overstelpte me juist voortdurend met geschenken en verrassingen. Bij hem zal ik me een eerste idee hebben gevormd van wat er gebeurt wanneer je van iemand houdt. Ik begreep het zo: telkens een kosteloos geschenk, dat me bewees dat ik wel degelijk bestond. Vlak bij de omheining van de boswachterswoning toonde hij me ook de hoge bakstenen muren van de beveiligde residentie van koningin Ranavalo, die je nooit zag. Later kwam ik te weten dat de Franse troepen die op het hoogtepunt van de koloniale veldtocht Madagascar waren binnengerukt, de koningin van het land gevangen hadden genomen en haar op deze streng bewaakte heuvel bij Algiers huisarrest hadden opgelegd. Later kwam ik in Blida ook nog een reusachtige neger met een bril tegen die zich altijd met een enorme paraplu beschermde (er werden prentbriefkaarten van verkocht) en die iedereen die hij ontmoette met uitgestrekte hand aansprak met de woorden: 'Vrienden, allemaal vrienden!' Dat was Béhanzin, ex-keizer van Dahomey, die ook naar Algerije was verbannen. Ik vond het maar een vreemde toestand, waarschijnlijk was het mijn eerste kennismaking met de politiek.

VII

Toen mijn grootvader met pensioen ging, in 1925 geloof ik, was het afgelopen met de heerlijkheden van de boswachterswoning (die ik nooit meer heb teruggezien).

Mijn grootouders gingen in hun geboortestreek wonen, de Morvan, waar ze een huisje kochten in Larochemillay, een dorpje op vijftien kilometer van Château-Chinon en elf kilometer van Luzy, in een heuvelachtig en bosrijk gebied. Voor mij betekende dat een andere heerlijkheid. Weliswaar was het ver van Algiers, maar we zouden er lange zomers doorbrengen, meestal zonder mijn vader, die in Algiers aan het werk bleef. Eerst moest je de zee oversteken, op een van de *Gouverneurs-generaal x* die de verbinding onderhielden. Trage en ongerieflijke schepen, de met een soort vetlaag bedekte gangen en hutten stonken naar braaksel en alleen die lucht al maakte me zeeziek, nog voor het vertrek. Evenals mijn moeder en mijn zus was ik op de boot altijd ziek, mijn vader nooit.

Vervolgens een vluchtige verkenning van de haven van Marseille, Joliette, de bagage, de ongerustheid van mijn moeder (ze konden ons wel eens bestelen!), en dan de trein. De trein! De geur van de grote rookwolken die de stoomlocomotief uitstootte, het soepele geluid van de drijfstangen, de lange fluitsignalen onderweg (waarom? waarschijnlijk de overwegen) en bij aankomst en vertrek op een station, het eindeloze, geruststellende glijden over de rails, gescandeerd door de gelijkmatige, kalmerende schok van de verbindingsstukken. Wanneer je goed bent gekoppeld, in goede harmonie, dan loopt alles goed. Mijn moeder was voortdurend bang voor een ongeluk. Ik niet. Achter de raampjes trok een onbekend landschap voorbij. Nadat mijn moeder de van tevoren in Algiers bereide proviand uit haar karbies had gehaald, aten we op onze schoot. Nooit maakten we kennis met de pracht en praal van het restauratierijtuig, uit zuinigheid!

In Chagny namen we een zijspoor: Chagny-Nevers. We stapten over (let op de bagage!) en namen plaats in heel wat rustiekere rijtuigen, die door een langzaam puffende locomotief werden voortgetrokken. Maar dan waren we bijna 'thuis'. Al heel snel kende en herkende ik de stations, en op het taluud naast de spoorbaan (de trein ging op een sukkeldrafje) probeerde ik koste wat het kost tussen het onkruid de eerste bosaardbeien te ontdekken waaraan ik me te goed zou doen. Waren ze al rijp? Ten slotte bereikten we het eindpunt, Millay, een onbeduidend stationnetje, waar voor mij het werkelijke avontuur begon.

Achter het station stond een boerenwagen met paard op ons te wachten. De eerste keer in de stromende regen, zodat ik niets kon zien; ineengedoken van de kou werden we beschermd door de linnen kap. Maar meestal scheen de zon volop. Mijnheer Ducreux, die in 1936 in de strijd om het burgemeesterschap van Laroche de graaf zou verslaan, mende vredig een fraaie roodbruine merrie met een grote kont, die al gauw schuimig werd en waarvan de lange, vlezige spleet me buitengewoon boeide. Zes kilometer omhoog, vervolgens de heuvels van Bois-de-Velle, vanwaar je een onafzienbaar, dichtbegroeid berglandschap kon zien (eiken, kastanjes, beuken, essen, haagbeuken, nog afgezien van de hazelaars en wilgen), dan een lichte maar vrij lange afdaling waar de merrie het op een gezellig drafje zette, en tot slot het dorp. Een slechte weg met een steile helling voerde langs de (granieten) gemeenteschool en dan dadelijk 'het huis', waar mijn grootmoeder ons kaarsrecht op de drempel stond op te wachten.

Dit keer was het huis niet erg ruim, maar het had twee grote koele kelders, een grote, min of meer ingerichte zolder propvol romans van Delly, geknipt uit *Le Petit Echo de la mode*, die mijn grootmoeder altijd had gelezen, konijnehokken en een grote kippenren waar het pluimvee zelfgenoegzaam maar altijd met waakzame blik rondbanjerde. Om het regenwater op te vangen was er een mooie cementen waterbak (waar soms katten in vielen en tot mijn ontzetting verdronken—opnieuw doden, een drama!). En vooral een mooie, glooiende tuin met een fraai uitzicht op een van de hoogste bergen in de Morvan, de Touleur. In die tijd was er geen stromend water en vanzelfsprekend geen elektriciteit; water ging je halen met een emmer bij twee oude vrijsters aan de overkant, petroleum zorgde voor verlichting. Wat gaf dat een mooi licht! Vooral wanneer je naar een ander vertrek ging en het licht meenam, dan speelden de schaduwen levendig en vaak grillig over de muren. Wat gaf dat een veilig gevoel het licht met je mee te nemen!

Later liet mijn grootvader een echte waterput graven, nadat hij een wichelroedeloper had geraadpleegd, die met de wichelroede in de hand bepaalde dat het hier moest zijn, naast de hoge pereboom, en op die diepte. De put werd met de hand gegraven, denk je eens in, door een laag roze graniet! Het was een zwaar karwei en precisiewerk, er werden springladingen ingegraven en tot ontploffing gebracht, de blokken moesten worden weggehaald en met een staaf werden opnieuw mijngaten gegraven. Precies op de door de wichelroedeloper voorspelde diepte werd water gevonden. Vanaf die tijd heb ik voor de kunst van de mannen met de hazelroede oprechte eerbied, die ik veel later zou overdragen op 'vader Rocard', directeur van het natuurkundig laboratorium van de Ecole normale en de vader van Michel Rocard (voor mij een vreemde en klaarblijkelijk ook voor zijn 'vader'). Met zijn wichelroede verrichtte hij merkwaardige experimenten met betrekking tot het fysische magnetisme, lopend door de tuinen van de Ecole normale ('s zondags, wanneer er niemand was om hem gade te slaan), per fiets, met de auto en zelfs in het vliegtuig! Deze fantastische man had, vlak nadat de eerste Franse troepen Duitsland waren binnengetrokken, op eigen gezag de natuurkundige laboratoria van 1936, die niets bezaten, van uitrusting voorzien door op eigen houtje militaire vrachtwagens te charteren en in Duitse laboratoria en grote fabrieken al het materiaal te gaan halen dat hij nodig had. Voldoende om zijn natuurkundig laboratorium, een van de belangrijkste van Frankrijk, gaande te houden (Louis Kastler werkte er, die de Nobelprijs zou krijgen). Dezelfde vader Rocard ging door voor de 'uitvinder van de Franse atoombom', wat nooit is bevestigd of ontkend. Maar deze titel of pseudo-titel leverde hem de politieke vijandigheid op van de meeste studenten aan de Ecole normale. Als eerste ter wereld ontwikkelde Rocard een methode voor het opsporen van kernontploffingen, op grond van voortplanting door de aardkorst en driehoeksmeting (op een twintigtal veelal ontoegankelijke plaatsen in Frankrijk had hij vrij gerieflijke huisjes gebouwd; eens nodigde hij dokter Etienne uit, die er paf van stond—ik niet), zodat het aankomstmoment van de golven kon worden geregistreerd. In die tijd werd hij van de ontploffing van een bom, zelfs van een ondergrondse explosie, een kwartier eerder dan de Amerikanen op de hoogte gesteld en daar was hij (in alle bescheidenheid) niet weinig trots op. Ik had bewondering voor zijn 'piratenmentaliteit'; hij wist de meeste ambtelijke hindernissen te omzeilen, hij minachtte de ambtenarij en tot grote ergernis van de leiding van de Ecole normale hield hij er ook een clandestien fonds op na. Hij, de natuurkundige, was in 1967 bereid mij daaruit voor een heel jaar een part-time typiste te betalen, die mijn colleges voor natuurwetenschappers typte! Ook die geslepenheid, vindingrijkheid en dat lef, die volstrekte onbevooroordeeldheid en edelmoedigheid ben ik nooit vergeten. Vader Rocard, die doof was of bij gelegenheid deed alsof, door zijn medewerkers in al zijn woorden en daden nageaapt (ook hij!), formuleerde zijn opdrachten net als mijn vader al brabbelend en was een kampioen 'bietser', met heel wat meer lef dan mijn voorzichtige vader. Zonder het ooit te weten was hij na mijn grootvader mijn ware tweede vader.

Toen de waterput was gegraven, liet mijn grootvader op de rand een metalen deksel aanbrengen en een halve meter erboven een zinken afdakje om de opening af te schermen. Op dit afdakje vielen in het seizoen dag en nacht bij tussenpozen van heel hoog, met een dof geluid dat je zelfs kon horen binnen de muren van het huis (dat toch op vijftig meter afstand stond) piepkleine, vuurrode peertjes, waar je met een mes niet doorheen kwam en waarvan mijn grootmoeder een overheerlijke jam bereidde, zo lekker als ik elders nooit meer heb geproefd. Die pereboom was wel dertig meter hoog. Daarachter, achter heggen en een provisorisch pad, verrezen de hoge muren van de speelplaats van de gemeenteschool. Wanneer de scholieren op hun klompen rumoerig kwamen en gingen, hoorden wij hun schrille kreten, hun luidruchtige spel voor het begin van de les, en dan plotseling gingen ze zwijgend in de rij staan, de onderwijzer klapte in zijn handen, de klompen klepperden haastig over het trapje en ten slotte viel de diepe stilte van de les.

Vlakbij, op een hoge heuvel, lag het kerkhof (waar onder een grijsgranieten steen mijn grootouders begraven liggen), er stonden twee of drie zieltogende sparren, en daarachter had je langs een modderige weg de 'armenwijk' (een hele familie, een door vele bevallingen misvormde vrouw, een hulpbehoevende oude man en een drom kinderen in slechts één stinkend vertrek). Dan kwam een vlak stuk weg en ten slotte de bossen, die je via een prachtige, onder mistels verscholen bron bereikte, de 'Fontein der Liefde', en een door vrouwen druk gebruikte wasplaats. Daar in de buurt, aan de zoom van het bos, ontdekte ik een keer samen met mijn zeer bezorgde moeder een heel veld vol jonge steenzwammen, die nogal zeldzaam zijn in die streek, met hun hoed omhoog en dik als een opgerichte roede; ontwikkelingsprocessen zonder subject of doel, boeiend voor mij, maar volkomen oninteressant (schijnbaar althans) voor mijn onverschillige moeder. Ik begrijp maar al te goed waarom deze herinnering levendig is gebleven. Destijds wist ik niet wat ik met mijn eigen geslachtsdeel aan moest, maar ik was me er heel goed van bewust dat ik er een had. Ik herinner me dat ik later als puber, toen ik zoals we zullen zien enkele maanden bij mijn grootouders doorbracht, wel eens alleen achter in de tuin liep, op een plaats waar niemand me kon zien, mijn geslachtsdeel in een flinke erectie onder mijn zwarte scholierenschort, dat ik eindeloos bleef strelen zonder iets anders te ondernemen; de schaamte om het verbodene werd overvleugeld door het genot. Ik was toen geheel onkundig van de geneugten van masturbatie, die ik bij toeval zou ontdekken tijdens een nacht in krijgsgevangenschap, toen ik zevenentwintig was! Wat bij mij zo'n beroering teweegbracht dat ik flauwviel.

De bossen met hun afwisselende boomsoorten (er stonden ook veel mooie varens en bremstruiken, soms onderbroken door een open plek waar een boerderij verrees) hadden een vrij golvende bodem, verfraaid met heldere bronnen en beekjes vol kreeften en kikkers. Een grillige bodem maar een geruststellende omvang, de zon speelde er vredig tussen de bladeren. Heel andere bossen dan in Algerije! Maar dat weerhield mijn grootvader, afkomstig uit de Morvan, er niet van mij net als vroeger in te wijden. Hij leerde me hoe je op de juiste wijze de goede twijgen van de kastanjebomen (met hun krachtige dunne sapstraal!) afsneed om er boerenmanden van te maken. In de kelder leerde hij me het vlechtwerk. Hij wees me de jonge wilgetakken aan die je tussen de bogen van het geraamte moest vlechten. Hij bracht me van alles bij: over de vijvers, de kikkers en de kreeften, maar ook over de gehele streek en de mensen die we ontmoetten en met wie hij in plattelandsdialect keuvelde.

De Morvan was destijds een heel arm gebied. Men leefde er van de teelt van witte Charollais-runderen, maar vooral van varkens en... van de talrijke voogdijkinderen die er werden geplaatst. Daar kwam nog bij een grote hoeveelheid aardappelen, een beetje tarwe, rogge, boekweit (die heel goed groeide in de nabijheid van kastanjebomen), kastanjes en wild, waaronder wilde winterzwijnen, wat fruit, en dan had je het gehad.

Op een hoogte in het dorp stond de kerk, van recente datum en zonder opvallende schoonheid. Ervoor het gebruikelijke afschuwelijke monument voor de gevallenen uit de Eerste Wereldoorlog, overdekt met talloze namen, waaraan later zoals overal de lijst van gevallenen uit de Tweede Wereldoorlog zou worden toegevoegd, vervolgens de namen van enkele gedeporteerden, en toen de lijst van slachtoffers uit de oorlog in Vietnam en in Algerije, een treurige balans, waaruit duidelijk naar voren kwam dat deze oorlogen zoals altijd diep in het vlees van de plattelandsjeugd hadden gesneden. Een oud-strijder uit de Eerste Wereldoorlog fungeerde als dorpspastoor, hij las de mis, ik was misdienaar, hij gaf catechismusles, waar ik later heen ging, in een klein vertrek dat 's winters door een roodgloeiend gestookt houtkacheltje werd verwarmd. Die pastoor had het allemaal wel gezien, hij was goedhartig en zeer ruimdenkend over zonden, in het bijzonder over seksuele lusten en zelfs daden, zonder ongezonde nieuwsgierigheid tijdens de biecht. De kinderen stelde hij altijd op hun gemak, met zijn onafscheidelijke pijp uit de loopgraven in zijn mond was hij de toegeeflijkheid zelve. Alweer het type van de goede 'vader'.

Hij wist heel goed te manoeuvreren. De streek stond nog onder het volkomen aristocratische gezag van de graaf, wiens imposante kasteel uit de zeventiende eeuw achter hoog oprijzende, eeuwenoude bomen schuilging. Hij was een belangrijk grootgrondbezitter, bezat wel tweederde van de grond van de gemeente, waarvan hij rechtens burgemeester was. Hij hield de meeste boeren er stevig onder, zijn boeren, maar indertijd meestal nog pachters. Hij subsidieerde een particuliere school voor meisjes, waarop hij toezicht hield door middel van zijn vrouw de gravin, een rijzige dame met een vriendelijk gezicht, die ik een keer zag in haar schitterende behuizing, met de door de tijd gepatineerde meubelen. De strijd tussen de partij van de graaf en die van de onderwijzer, ook een heel edelmoedig man, was toen in volle gang. Maar je moest eraan geloven, dat was een structurele wet. De pastoor, een beste vent en een goed 'politicus', had zich er zo goed uit weten te redden dat hij in de streek geen enkele vijand had.

Mijn grootvader vertelde me al deze dingen wanneer we door de bossen liepen, of wanneer ik met hem in de tuin werkte, die vol stond met lage aardbeien en ik weet niet hoeveel soorten vruchtbomen, nog afgezien van de zuring, waarvan ik de zure smaak die in mijn tong prikte nooit ben vergeten. (Later aan de Ecole normale wilde ik het echtpaar Châtelet, dat er nog over praat, een keer een snoek met zuring voorzetten; de zuring wilde ik in de rue Mouffetard kopen, en iedere groenteverkoper die ik ernaar vroeg—niemand had het—gaf me, wel dertigmaal, hetzelfde antwoord: 'Als we dat hadden, zouden we hier niet staan!') Mijn grootvader leerde me alles: zaaien, planten, wieden, fruitbomen enten en zelfs compost maken achter de plee waar de pies en de poep van de bewoners van het huis werden vergaard. Het was een krap houten hok, een houten deur vlak voor je neus, zonder raampje! Met een roman van Delly in de hand bleef ik eindeloos op de houten closetpot zitten, met blote kont, om de zalige lucht van pies, poep, aarde en verrotte bladeren op te snuiven, pies en poep van mannen en vrouwen! Boven dat hok verrees een dichtbegroeide vlier; mijn moeder had me streng verboden van die vruchten te eten (een vreselijk vergif!). Later kwam ik te weten dat de Duitsers er een verrukkelijke soep van maken… Een vlier waarvan de bedwelmende bloemen me met die ondergrond van pies, poep en mest benevelden.

Mijn grootvader leerde me zelfs om konijnen te doden, met een vuistslag op hun nek, van onder naar boven; en om op een houten hakblok met een snoeimes de hals van eenden door te snijden, waarvan het lijf nog enkele minuten bleef rondlopen. Als ik met hem was, was ik niet bang. Maar wanneer mijn grootmoeder de hoofdslagader van een kip ging doorknippen door het beest een lange, scherpe schaar in de strot te steken, was ik niet erg ingenomen met deze wreedheid, vooral niet van haar kant.

Het schonk me allemaal veel vreugde, maar ik moet erbij zeggen dat alles zich in de zomer afspeelde en als de vakantie voorbij was, moesten we naar Algiers terug. De hoogste graad van verrassing en geluk had ik echter nog niet bereikt.

Op een dag gingen mijn grootmoeder, mijn moeder, mijn zus en ik naar Fours, waar mijn overgrootmoeder woonde; moeder Nectoux was al heel lang weduwe en woonde alleen in een enkel vertrek, verschrikkelijk alleen samen met haar koe. Weer zo'n kaarsrechte, magere oude vrouw, die bovendien geen woord kon uitbrengen, afgezien van enkele uitroepen in een archaïsch streekdialect dat ik niet verstond. Maar ik herinner me heel goed een voorval dat me sterk trof, vlak bij het riviertje waar zij haar gewillige, logge koe liet weiden. Ik speelde met de veelkleurige waterjuffers die van bloem naar bloem gingen (met name de sterk geurende 'weidebloemen'). Op een gegeven moment zag ik dat mijn overgrootmoeder, onveranderlijk met haar dikke, knoestige stok (voor de koe en als steun tijdens het lopen), zich wel heel vreemd gedroeg. Zonder een woord te zeggen stond ze recht overeind en onder haar lange, zwarte rok hoorde je een krachtige straal kletteren. Aan haar voeten stroomde een heldere vloed. Het duurde enige tijd voordat ik 'besefte' dat ze stond te pissen, onder haar rok, zonder zoals vrouwen doen op de hurken te gaan zitten, en dat ze dus onder haar rok geen broek aan had. Ik was verbijsterd: je had dus manwijven zonder schaamtegevoel, die zelfs in het bijzijn van iedereen gingen pissen, onbeheerst en onbeschroomd, zonder ook maar iemand te waarschuwen! Wat een ontdekking... Hoewel ze aardig tegen me was, raakte alles in de war. Was deze vrouw een man, en wat voor man? Ze sliep met haar koe en hoedde haar, ze piste als een man in ieders bijzijn, maar zonder haar geslachtsdeel uit haar gulp te halen en zonder zich naar een boomstam af te wenden! En ze was ook een vrouw, want ze had geen mannelijk geslachtsdeel, en ze was in staat van me te houden, weliswaar op een barse wijze, maar toch met de onuitgesproken genegenheid van een goede moeder... Heel anders dan de moeder van mijn vader. Deze wonderlijke gebeurtenis maakte me niet bang, maar zette me langdurig aan het denken. Uiteraard had mijn moeder niets gezien en ze sprak er nooit over. Wat was mijn moeder toch ongevoelig voor alles wat mij kon raken!

Begin september 1928 (ik zal tien of elf zijn geweest), toen mijn zus roodvonk opliep (het meisje was altijd ziek, dat was haar manier om zich zo goed als zij kon te verweren, door in een organische ziekte te vluchten), trof mijn moeder grootscheepse maatregelen, die zij met haar besmettingsfobie in gemoede meende te moeten nemen. Zij pleegde overleg met mijn grootouders en vroeg vervolgens aan mij of ik het goed vond om niet naar Algiers terug te keren, maar het hele jaar in Larochemillay te blijven. En of ik dat goed vond! De fobieën van mijn moeder—maar destijds wist ik nog niet wat fobieën waren—konden waarachtig ook ergens verduiveld goed voor zijn. Een list van de psyche!

Een heel jaar betekende natuurlijk ook automatisch een heel schooljaar ter plaatse, op de openbare dorpsschool, zoals gezegd vlak bij huis. Het schoolhoofd was de vriendelijke, standvastige en edelmoedige mijnheer Boucher, helemaal in de lijn van mijn moeder, die erg gesteld was op mensen met plichtsbesef. Dat stelde haar gerust. Ik trok klompen aan, die ik best wilde dragen om niet voor vreemdeling door te gaan, en deed het verplichte zwarte schort voor. Aldus gekleed maakte ik mijn entree in de wereld van de boerenkinderen die ik jarenlang, vervuld van jaloezie, luidruchtig op de speelplaats had horen spelen, en de slechte steile weg langs ons huis had zien opklauteren of afrennen, roepend en stompend, met hun vreugdekreten en het eeuwige geklepper van hun klompen, want in die streek waren leren schoenen indertijd te duur. Op ambachtelijke wijze werden klompen vervaardigd (uit houtblokken ging ik zelf klompen snijden met prachtige gereedschappen—scherpe 'holbeitels' die lekker in mijn hand lagen), glanzende wonderwerkjes die zo hard voor de voeten waren en in het begin de achilleshiel kwetsten, maar waaraan je al snel wende, die zowel tegen kou als tegen warmte beschermden—inderdaad, anders dan leer is hout een slechte geleider van warmte en kou!

De school betreden betekende de confrontatie aangaan met een onbekende wereld en in de eerste plaats met de taal van de plattelandsjongens. Het dialect van de Morvan is een taal die bestaat uit onvoorziene wendingen van klinkers en medeklinkers, maar vooral uit onderling samenhangende vormveranderingen (door verzwaring en verlenging van fonemen) van klinkers en tweeklanken, en verder uit wendingen en uitdrukkingen die ik niet kende. Het was niet de taal die in de klas gesproken werd, waar de onderwijzer het Frans en de gebruikelijke uitspraak van Parijs en omgeving onderwees, maar een tweede, een andere, een vreemde taal, hun moedertaal, de taal van de speelplaats en de straat, en dus die van het leven. De eerste vreemde taal die ik heb moeten leren (in Algiers had zich geen gelegenheid voorgedaan om het Arabisch van de straat te leren, ik mocht niet op straat van mijn moeder, hoewel zij begonnen was het 'literaire' Arabisch te leren). Ik moest eraan wennen.

Ik legde me erop toe met een hartstocht, snelheid en vaardigheid die me in het geheel niet verbaasden, zo boeiend en gemakkelijk vond ik deze taalkundige bekering. Veel later kreeg ik de gelegenheid een beetje Pools te leren (deze moeilijk uit te spreken taal sprak ik met een zodanig accent dat ik voor een echte Pool doorging), het Duits van de kampen en het literaire Duits. Het Engels dat ik op het lyceum leerde, sprak ik met een schitterend maar uitdagend Amerikaans accent, vast en zeker van de radio geleerd. (Ik genoot ervan, maar mijn leraren Engels waren woedend. Het was opnieuw een manier om *mijn eigen* taal te maken, waarvan ik het accent en de wendingen helemaal alleen had geleerd, om van het voorbeeld en het gezag van mijn leermeesters afstand te nemen.) Deze talen leerde ik met zo'n gemak dat ik dacht dat ik waarschijnlijk een zogenaamde 'talenknobbel' had, aanleg voor de studie van vreemde talen. Aanleg! Het is alsof je zegt dat opium verdooft door de verdovende werking. Van dat moment dateert mijn vijandige houding jegens de ideologie van de aanleg. (Dat zal Lucien Sève plezier doen, want lange tijd ging hij er terecht tegen te keer, zij het met heel andere argumenten dan de mijne, die eerder politiek van aard zijn, dat moet ik toegeven!) Nog weer later bedacht ik dat het leren spreken, het zo nauwkeurig leren uitspreken van de klanken van vreemde talen dat de mensen zich in mijn afkomst gingen vergissen, moest voortkomen zowel uit mijn verlangen om na te bootsen en dus te verleiden, maar ook uit het onmiskenbare succes van wat ik een soort lichamelijke opvoeding van de spieren noemde, een heel aangenaam spel van lipspieren, tanden, tong, stembanden en spieren rond de mondholte. Ik was inderdaad heel behendig in het bewegen van alle spieren van mijn lichaam, met mijn tenen kon ik stenen oppakken en zelfs wegslingeren, verschillende voorwerpen van de grond oprapen en naar mijn hand brengen of op een tafel leggen. Ik kon zelfs al heel snel 'mijn oren bewegen', in alle richtingen en zelfs het ene oor onafhankelijk van het andere (mijn grootste succes bij kinderen). Als geen ander manipuleerde ik met een voetbal (behalve koppen, ik vond mijn hoofd te groot en te kwetsbaar), in mijn eentje bedacht ik bewegingen van de voet, de zool, de hiel, de knieën en zelfs 'omhalen' die ik later bij geroutineerde spelers waarnam.

Naderhand viel me nog iets bijzonders op. Bij het beoefenen van de sporten die ik van mijn ouders had geleerd (zoals tennissen, zwemmen en fietsen, wat ik me in 'huiselijke kring' eigen heb gemaakt), was ik erin geslaagd (en ik had me er verbeten op toegelegd) om helemaal alleen technieken te ontwikkelen die mijn ouders me niet hadden kunnen leren. Zo serveerde mijn vader door zijn racket van hoog-achter op de bal neer te slaan, die hij kapte. Een verspilling van krachten! Door langdurig echte spelers gade te slaan en door foto's van Lacoste en Tilden te bestuderen, leerde ik in mijn eentje te serveren zoals tegenwoordig geserveerd wordt, door het racket achter de schouder te draaien en met alle kracht op de bal in te slaan, waar ik heel behendig in werd. Zo zwom mijn vader alleen de schoolslag, maar hij had een voorkeur voor zwemmen op zijn rug, met deze bijzonderheid dat hij van zijn armen noch van zijn dijen gebruik maakte, maar door zijwaartse bewegingen met beide handen tegen de buik vooruitkwam (overigens ging hij vrij snel) en vooral door zowel zijn hoofd als zijn tenen zorgvuldig boven water te houden. Door deze merkwaardige vaarkunst herkende je hem van verre, maar hij lachte erom! Ik keek naar echte zwemmers, ook op foto's, ik dacht na en leerde in mijn eentje duiken, dat wil vooral zeggen zo lang als nodig was mijn hoofd onder water te houden door mijn ademhaling te beheersen (je hoofd in het water, wat een roekeloosheid, wat gevaarlijk, zei mijn moeder, je kunt wel verdrinken!), en door daar het slaan met dijen en voeten aan toe te voegen leerde ik mezelf uiteindelijk crawlen. Nu deed ik niemand meer na, ik wilde niemand meer verleiden, hoogstens de mensen met mijn prestatie verbazen. Het is aannemelijk dat ik er destijds een eer in stelde om duidelijk en daadwerkelijk afstand van de familietechnieken te nemen, om reeds 'in mijn lichaam door middel van mijzelf te denken', althans om mezelf al naar gelang mijn verlangen mijn lichaam toe te eigenen, als om een begin te maken met het overtreden van de regels en normen van de familie.

Zodoende legde ik me met grote vaardigheid en buitengewoon veel genoegen toe op het dialect van de Morvan, en al snel onderscheidde ik me in niets meer van de jongens uit de streek. Maar een hele tijd maakten ze me op hardhandige wijze duidelijk dat ik niet een der hunnen was. Toen de eerste sneeuw was gevallen en de speelplaats bedekte, herinner ik me dat ik een vreselijke behandeling onderging en dat ze me compleet afmaakten door sneeuwballen in mijn gezicht te blijven gooien. Ik zie nog voor me hoe ik, geveld door hun sneeuwballen, bewegingloos aan de voet van een schriel boompje neerviel. De onderwijzer kwam wijselijk niet tussenbeide. Ik had mijn portie gehad, maar zonder enig angstgevoel, en zij hun genoegen en genoegdoening. Daarna merkte ik dat ze me langzaam accepteerden. Wat een vreugde!

Met ontroering denk ik terug aan mijn laatste schooldag in de Morvan. Bij wijze van uitzondering verleenden ze mij het voorrecht om in het laatste speelkwartier te kiezen wat we zouden gaan spelen. Ik koos overlopertje, de onverwachte sprints brachten me in vervoering, en mijn ploeg won.

'Zij.' Voor alles was dat de gangmaker en groepsleider, een potige knaap met donker haar en rode wangen, een zekere Marcel Perraudin, heel in de verte nog een achterneef van mijn grootouders. Hij was buitengewoon levenslustig en zou als zoveel andere boeren in de oorlog sneuvelen. Weer een dode in mijn leven. Aanvankelijk kwelde hij me onophoudelijk, zonder consideratie, ik was ronduit bang voor hem omdat ik hem in kracht en vooral in durf niet kon evenaren. En ik was doodsbang om man tegen man te vechten, nog steeds dezelfde angst dat mijn lichaam zou worden aangetast. Inderdaad heb ik nooit van mijn leven, *geen enkele keer*, man tegen man gevochten.

De jongens speelden niet alleen dit soort lichamelijke spelletjes, maar vooral een lievelingsspelletje waarbij ze zich onverhoeds, met meerderen tegelijk, op een jongen stortten die even alleen was, hem in een donker hoekje van de speelplaats op de grond gooiden en overmeesterden, zijn gulp wijd openden en zijn geslachtsdeel te voorschijn haalden, waarna allen luidkeels uiteenstoven. Ook mij viel dit lot ten deel, ik verzette me weliswaar, maar onderging een merkwaardig genot. Op school ontmoette ik ook een voogdijkind, waar hij vandaan kwam wisten we niet. Hij was heel intelligent en wedijverde met me om de eerste plaats in de klas. Hij was tenger en bleek (zoals ik) en er werd om 't hardst gefluisterd dat hij in het hoge gras van het park van de gravin met een meisje van de nonnenschool, ook een voogdijkind, 'vadertje en moedertje' speelde. Toen er een keer in mijn bijzijn over werd gesproken meende ik er goed aan te doen met een stellige opmerking tussenbeide te komen: onmogelijk, daarvoor zijn ze nog te jong! Alsof ik gezaghebbende opvattingen over seksualiteit en seksueel verkeer had; ik gaf slechts de vooroordelen en beduchtheden van mijn moeder weer. Twee jaar later hoorde ik dat deze briljante maar ziekelijke jongen aan tuberculose was gestorven. Weer een verschijningsvorm van een tragisch levenslot, weer een dode, iemand die even tenger en bleek was als ik.

Ik herinner me de verschrikkelijke winter van 1928-1929, toen in Larochemillay de thermometer tot 35°C onder nul daalde en alle plassen en rivieren bevroren waren, zelfs het water in de emmer, die toch in de keuken naast het brandende fornuis stond. Alles was met een dikke, stille sneeuwlaag bedekt. Je hoorde zelfs geen vogels meer, je zag enkel nog de stervormige sporen van hun poten in de sneeuw. Ik herinner me hoe ik in mijn veilige schuilplaats verrukt een sneeuwlandschap voor school tekende, en hoe prettig ik die sneeuw vond die alles bedekte. Voor mij betekende het de opperste bescherming, de toevlucht van een warm en beschut huis, dat me voor ieder gevaar van buiten behoedde—bedekt onder de sneeuw was de buitenwereld zelf een waarborg voor vrede en veiligheid—het betekende de volstrekte zekerheid dat me niets kwaads kon overkomen onder deze dunne deken van rust en stilte. Zowel buiten als binnen was het veilig.

Mag ik nog een detail vermelden? Op school noemden ze me niet Louis Althusser, dat was te ingewikkeld... Maar Pierre Berger, de naam van mijn grootvader! Die paste maar al te goed bij me.

Intussen ging die grootvader door met me alles over het leven en werken op het land te leren. En toen hij bij Bois-de-Velle anderhalve hectare grond had gekocht, met twee oude krotten om zijn gereedschap in op te bergen, leerde hij me zaaien: tarwe, rogge, haver, boekweit en klaver, maaien met de sikkel en de zeis, schoven van graangewassen maken en ze samenbinden met kastanjetwijgen of gevlochten stro dat je handig moest weten te strikken, in de volle zon met de vork of de hark klaver keren, er mooie ronde hopen van maken en met uitgestrekte armen (wat een gewicht!) op de kar van een buurman laden die ze van het veld kwam halen.

Zijn tarwe, haver en rogge bracht mijn grootvader naar de dorsmachine, de enige in de streek, die langs de boerderijen trok, en dan werden alle buren en vrienden om beurten gemobiliseerd voor het grote dorsfeest. Eén keer heeft mijn grootvader me meegenomen. Verbijsterd ontdekte ik de dorsmachine, een enorme, ingewikkelde houtconstructie die een oorverdovend lawaai maakte, een en al onbegrijpelijk, ratelend bewegen; met behulp van een lange leren riem, die gevaarlijk was want hij 'sprong' vaak, werd het ding aangedreven door een stoommachine die liep op kolen. Een indrukwekkend schouwspel. Vanaf de boerenkarren werden de schoven met een vork op het dak gegooid. Daar maakten twee bestofte mannen de schoven los en spreidden de gewassen inderhaast in de gulzige muil van de houten machine, die ze met een hels kabaal van kreukelend stro naar binnen hapte.

Door het kaf van tarwe en haver was de lucht ondoorzichtig en verstikkend geworden, de mannen hoestten, spuugden en vloekten onophoudelijk, ze schreeuwden om zich in het geraas verstaanbaar te maken, liepen als geestverschijningen heen en weer in een zonderlinge duisternis midden op de dag, een rode halsdoek om hun nek. Aan het uiteinde van de machine 'stroomde' de tarwe, als een waterstroom, met stil geruis in met de hand vastgehouden zakken. Bovenaan spuugde de machine het losse geknakte stro uit dat van zijn graan was beroofd. Er werden in die tijd ruwe balen van gemaakt. In de enorme werkruimte hing een heerlijk sterke geur van steenkool, rook, spuitend water, olie, granen, jutezakken, zweet en mannen. Door het geraas heen probeerde mijn grootvader mij de werking van de machine uit te leggen, en toen *zijn* tarwe in *zijn* zakken stroomde, stond ik naast hem. Wat een schitterend wonder van arbeid, wat een beloning en wat een eensgezindheid!

Om twaalf uur stopte iedereen en plotseling viel er een diepe stilte, ongehoord na al dat lawaai. Dan verspreidde de geur van zweet en mannen zich door de grote kamer van de boerderij, waar een opgewekte boerin een overvloedige maaltijd voorzette. Wat een kameraadschap onder het werk en tijdens de schaft, ze sloegen elkaar op de rug, riepen elkaar toe van de ene hoek van het vertrek naar de andere, lachten, vloekten en maakten schuine opmerkingen.

Ik liep vrij rond tussen deze afgematte mannen, die door het werk en het geschreeuw in een roes waren geraakt. Niemand richtte het woord tot me, maar evenmin maakte iemand een aanmerking, ik was haast een der hunnen. Ik was ervan overtuigd dat ook ik eens een man zoals zij zou worden.

En plotseling—met de wijn erbij, die overvloedig in grote glazen en wijde kelen stroomde—stijgt er een onbeholpen aanzet tot een gezang op, aarzelend, zoekend, verdwijnend, verdwalend, en plotseling vindt het zichzelf en barst het los in een meeslepende kakofonie. Een oud strijdlied dat de boerenopstand bezingt (de *jacquerie*, met Jacques erin, de voornaam die ik had willen hebben), waarin graven en pastoors de volle laag kregen. En plotseling bevind ik me in het gezelschap van echte mannen, die ruiken naar zweet, vlees, wijn en seks. Als om strijd reiken ze me een vol glas wijn aan, onder het debiteren van schuine grappen. Zal de jongen 'm leegdrinken, is-ie een man of niet? Nog nooit van mijn leven had ik wijn gedronken (mijn moeder: gevaarlijk, vooral op jouw leeftijd—twaalf jaar!), nu neem ik onder algemene goedkeuring een slok. Het gezang zwelt weer aan. Aan het einde van de grote tafel lacht mijn grootvader me toe.

Als ik zo vrij mag zijn om, oog in oog met de waarheid, een smartelijke bekentenis af te leggen. Dat aanzwellende gezang (dat ik weliswaar buiten gehoord heb, bijvoorbeeld toen in 1936 het gemeentehuis vol mensen was, op de dag dat mijnheer Ducreux de graaf had verslagen en tot burgemeester was gekozen), dat glas wijn, die taferelen heb ik niet in de grote kamer meegemaakt. Ik heb dus gedroomd, dat wil zeggen ik heb er alleen maar hevig naar verlangd om dat allemaal mee te maken. Dat zou zeker niet helemaal onmogelijk zijn geweest. Maar de waarheid gebiedt me, die taferelen voor me te zien en ze te presenteren zoals ze in mijn herinnering geweest zijn: een soort waanvoorstelling, geboren uit mijn intense verlangen.

Bij al deze associaties en herinneringen hecht ik er immers aan me strikt aan de feiten te houden; maar waanvoorstellingen zijn ook feiten.

VIII

In 1930, ik was twaalf, werd mijn vader door zijn bank tot procuratiehouder in Marseille benoemd. We gingen in de rue Sébastopol wonen, op nummer 38, in de wijk Quatre-Chemins, en vanzelfsprekend werd ik als leerling voor het Saint-Charles Lyceum opgegeven, daar niet ver vandaan. Louis, Charles, Simone, er zijn waarachtig namen die een 'lot' bestemmen, zoals Spinoza in zijn verhandeling over de Hebreeuwse spraakkunst opmerkt. Spinoza!

Thuis nog steeds hetzelfde leven, volstrekte eenzaamheid. Op het lyceum gaat het avontuur door. Ik kom in de tweede klas, verover mijn plekje, behoor al snel tot de besten en ben nog steeds even oppassend en ijverig. Mijn hele leven speelt zich af tussen ons huis en het lyceum, een mooi maar vervallen gebouw, dat aan één zijde over de stad uitziet en aan de andere kant over de spoorbanen die naar het grote eindstation Saint-Charles leiden. Ik ben altijd dol op eindstations geweest, waar de treinen tegen reusachtige stootblokken tot stilstand komen—ze kunnen immers niet verder. Aan de kant van de spoorlijn ligt een gymnastiekveld. Het voordeel van deze gymnastiek is dat er weinig grondoefeningen worden gedaan, de leraar houdt al heel snel op en laat ons voetballen. Dit keer heb ik gewonnen. Haastig worden er elftallen gevormd en zonder dat ik weet waarom word ik tot spits gebombardeerd. We winnen, want in het doel staat een jongen die duikt of hij zijn hele leven niets anders gedaan heeft, een zekere Paul. We raken in gesprek, we kunnen goed met elkaar opschieten en weldra ontluikt een bijzondere vriendschap.

Paul is niet zo'n goede leerling als ik, en dat zal hij ook nooit worden, maar hij heeft iets dat ik mis; zonder echt groot te zijn heeft hij brede schouders en flinke handen, hij is potig en vooral erg moedig. Mijn moeder merkt dat ik een vriend heb, ze wint inlichtingen in over zijn ouders; zijn vader heeft een zaak, zijn moeder is heel beminnelijk, uit een achtenswaardig milieu, en bovendien katholiek. Ze geeft het groene licht. De band wordt nog hechter wanneer mijn moeder me lid van de verkenners maakt. Paul wordt ook lid, een waarborg te meer. Het wordt me zelfs toegestaan bij Paul op bezoek te gaan; hij woont bij zijn ouders, in een pand waar zijn vader de koopwaar onderbrengt, zoals rozijnen, amandelen, pijnappelzaad, waarvan de geur me altijd is bijgebleven.

Het is echt vriendschap op het eerste gezicht. We worden onafscheidelijke makkers. Al gauw maken we samen plannen. Paul schrijft gedichten in de stijl van Albert Samain, ik ga het ook proberen, we zullen een tijdschrift voor dichtkunst uitgeven dat de wereld in beroering zal brengen. Als we ver van elkaar af komen te wonen, en daarvoor al in Marseille, schrijven we elkaar vurige brieven die sterk aan liefdesbrieven doen denken.

Een tijd lang, in de tweede en derde klas, werd ik letterlijk vervolgd door een grote, sterke, rossige knaap, Guichard genaamd. Hij was 'uit het volk' afkomstig, sprak en gedroeg zich 'volks', althans zo kwam het me voor. Hij was graag grof, had lak aan leraren, surveillanten, conrector en rector, kortom aan iedere vorm van gezag, en scheen een hekel te hebben aan goede leerlingen, in het bijzonder aan mij. Hij tartte me onophoudelijk, meende ik, terwijl ik het waarschijnlijk was die hem—onbewust, dat begreep ik pas veel later—door mijn deugdzame gedrag zal hebben uitgedaagd. Hij wilde per se met me vechten en provoceerde me. Vechten, vooral tegen zo'n knaap, groot als een kerel! Dat was helemaal niets voor mij, ik was er vreselijk bang voor, bang dat *mijn lichaam* voor altijd *aangetast* zou blijven, dood als het ware. Vervolgens leek hij te kalmeren, zonder dat ik begreep waarom. Maar dat hoorde ik al gauw. Ondanks zijn buitengewoon grote 'kiesheid' (voor ons een magisch woord) vertrouwde Paul me op een keer toe dat hij buiten op het trottoir met blote handen in mijn plaats met Guichard had gevochten, om me te verdedigen, en zonder het me te laten weten. Ik was opgelucht dat ik aan dat gevaar was ontkomen, en mijn genegenheid voor Paul werd nog sterker.

We waren onafscheidelijk. Beiden waren we 'patrouilleleider' bij de verkenners, hij van de 'Tijgers', ik van de 'Lynxen'. Onze hopman was een zekere Pélorson, die Pélo werd genoemd. Door zijn kleine postuur en radheid van tong had hij de gunsten van de aalmoezenier gewonnen, een man met een grote neus vol haren. Pélo was een onverbeterlijke rokkenjager, tenminste daar ging hij openlijk prat op, wat me heel onbetamelijk leek, in een katholieke organisatie die zich aan de zuiverheid der zeden wijdde.

's Zomers ging de troep voor een lang verblijf kamperen in de Alpen.

Ditmaal kamperen we in de buurt van Allos, op een fraaie weide met uitzicht over de dalen. Net als de anderen hebben Paul en ik stenen muurtjes gemaakt rond de plaats waar we onze tenten hebben neergezet, ons 'domein', dat je betreedt via een hoge poort van dunne berkestammen.

Het leek allemaal uitstekend te gaan verlopen. Maar in mijn patrouille zat een jongen, ouder dan ik, een armoedige, schlemielige bleekneus, veel minder ontwikkeld dan ik, met een 'volks' accent en dito manieren, die op een agressieve manier weigerde mij te gehoorzamen, ook al was dat zijn 'plicht'. Ik voelde de mij toebedeelde verantwoordelijkheid loodzwaar op me drukken en bleef proberen hem tot 'rede' te brengen. Ook die jongen wilde de zaak met een gevecht beslechten. Deze keer was ik verreweg de sterkste; hij van zijn kant overlaadde me met beledigingen, dreigementen en vunzige provocaties. Tussen hem en mij ontwikkelde de situatie zich zodanig dat ik op het laatst ging wanhopen aan mijn overwicht en wegzonk in een soort depressie, de 'eerste' van mijn leven zogezegd. Omdat mijn vriend Paul zich evenmin goed voelde, ik weet niet waardoor, misschien had hij darmklachten, besloot Pélo ons tijdelijk onder te brengen in een hoge schuur bij een verlaten boerderij, vijfhonderd meter verderop. Eten werd ons gebracht. We waren er getweeën eindelijk alleen, teder verstrengeld in onze gemeenschappelijke ontreddering, tranen vergietend om ons lot. Ik herinner me heel duidelijk dat ik in zo'n verstrengeling voelde hoe mijn geslacht in staat van opwinding raakte; er gebeurde verder niets, maar die verrassende erectie was een heel aangename gewaarwording.

Iets soortgelijks gebeurde tijdens de zogeheten 'eersteklastocht', een proef die na afloop recht gaf op een speciaal insigne en op bevordering. De bedoeling was dat wij beiden, nog steeds onafscheidelijk, een flinke voettocht maakten door de velden en over de heuvels bij Marseille, ieder met een rugzak, en dat we zorgvuldig alles wat er te zien was optekenden: de toestand van de wegen, het landschap, flora, fauna, de mensen die we ontmoetten, opmerkingen van de 'inlanders', enzovoort. Onze ouders, verzameld onder de tweevoudige zegening van Pélo en de aalmoezenier, waren met gepaste ernst getuigen van ons plechtige vertrek. Eensgezind gingen we op weg, de velden in, waarover weldra de duisternis viel. Waar zouden we slapen? We hadden een tent bij ons, maar het was inmiddels gaan regenen en we zochten een schuilplaats. We vonden er een in een minuscuul dorp door aan te kloppen bij de pastoor, die ons het toneel van zijn parochietheatertje beschikbaar stelde. We kropen onder onze dekens, in elkaars armen. Voor de warmte? Meer een kwestie van liefde en tederheid. En opnieuw voelde ik mijn geslacht stijf worden. Hetzelfde gebeurde de volgende dag rond het middaguur; we waren het gebergte in getrokken en Paul kreeg vreselijke pijn in zijn darmen, hij lag letterlijk te kronkelen. Om hem te kalmeren nam ik hem weer in mijn armen, en opnieuw voelde ik dat onvoltooide genot onder aan mijn buik (in mijn naïveteit wist ik niet dat er een voltooiing mogelijk was, daar kwam ik pas op mijn zevenentwintigste jaar, als krijgsgevangene, bij toeval achter!). We konden de 'reis' niet volbrengen en keerden terug naar Marseille, beschaamd en doodop, in een auto die ons had opgepikt.

Men zou geneigd kunnen zijn te denken dat ik, zonder het zelf te vermoeden, de homoseksuele kant uitging. Maar nee! Parallel aan de jongensgroep was er altijd een groep meisjes onder leiding van 'gido's'. Een donkerharige die naar mijn smaak te groot was, maar een opmerkelijk en innemend gezicht had, was erg knap en fascineerde me. Paul werd verliefd op haar en vanzelfsprekend nam hij me in vertrouwen. Op een nacht hadden ze elkaar bij een groot 'kampvuur', dat met takken brandende werd gehouden, hun liefde verklaard. De vlam, hun vlam, steeg op naar het duister van een zwarte hemel.

Voortaan bezag ik dit meisje alsof ikzelf van haar hield, en ik gaf me volledig aan deze liefde bij volmacht over. Later, in de oorlog, zouden ze trouwen, in Luynes, het dorp waar Pauls vader vandaan kwam en waar we, alleen met z'n tweeën, opwindende vakanties hadden doorgebracht. Tijdens de mis bespeelde ik het harmonium en improviseerde. Maar de schoonheid en het profiel van dit meisje hadden een levenslange indruk op me gemaakt; werkelijk *levenslang*, zoals later duidelijk zal worden.

Een collega van mijn vader, die een villa in Bandol bezat, verhuurde ons voor een zomer de bovenverdieping. Mijn vader bleef in Marseille om te werken, maar mijn moeder, mijn zus en ik betrokken het huis in Bandol. Al spoedig werd de benedenverdieping door de vrouw en de twee dochters van mijn vaders collega betrokken. Zodra ik de oudste dochter zag, Simone, viel ik op haar; dezelfde schoonheid, hetzelfde profiel als de geliefde van Paul, donkerharig en bovendien kleiner, *precies* overeenkomstig mijn verlangen. Ik werd door een hevige hartstocht bevangen. Ik bedacht allerlei listen om contact met haar te hebben, zoals in het bijzijn van onze moeders het hengsel van een mand vasthouden waarvan zij het andere vasthield! Zelfs leerde ik haar de eerste beginselen van de crawlslag, terwijl ik haar borsten en onderbuik met mijn handen ondersteunde. Ook vergezelde ik haar (onder 'toezicht' van haar zusje, een door mijn moeder gestelde voorwaarde!) naar de heuvels van de Madrague, op tien kilometer van Bandol, naar de top van een hoge heuvel waar het fijne zand onder onze voeten weggleed. Ik werd verteerd van verlangen naar haar. Ik durfde haar niet te liefkozen (het zusje lag op de loer—en zelfs al zou zij afwezig zijn, dan had ik zoiets waarschijnlijk toch niet gewaagd), maar ik ontdekte dat ik tenminste een handvol zand langzaam tussen haar borsten kon laten lopen. Het gleed op haar buik en bereikte de welving van haar schaamheuvel. Dan stond Simone op, spreidde haar dijen, schoof het kruis van haar broekje weg, het zand viel op de grond en gedurende een ondeelbaar ogenblik kon ik boven haar prachtige, naakte dijen een overvloedige, donkere vacht ontwaren, en bovenal de cyclaamachtig roze spleet van een geslacht.

Mijn moeder kreeg razendsnel lucht van mijn onschuldige maar hevige liefde. Zij nam me apart en had het lef om te zeggen: jij bent achttien, Simone is negentien, gezien het leeftijdsverschil is het ondenkbaar, want immoreel, dat er ook maar iets tussen jullie voorvalt. Het is niet 'gepast'! En hoe dan ook, jij bent veel te jong om van iemand te houden!

Het ergste gebeurde op een dag dat het heel warm was, in de middag. Ik wist dat Simone was gaan zwemmen op een strand in de buurt van de Madrague. Ik stapte juist op mijn racefiets om naar haar toe te gaan, toen mijn moeder plotseling uit het huis kwam. Waar ga jij heen? Ik wist dat zij het wist. Er kon geen sprake meer van zijn om naar Simone te gaan. Zonder een seconde te aarzelen, reagerend op een wijze die ik niet begreep en niet onder controle had, wees ik *in de richting die precies tegengesteld was aan de richting van mijn verlangen*: 'Ik ga naar La Ciotat!' Ik herinner me heel goed hoe ik fietste in blinde woede, verschrikkelijk opstandig zat ik te huilen op mijn fiets.

Vanaf dat moment vormden het voorval van de verkrachting ('mijn zoon, je bent een man!') en het verbod om Simone te ontmoeten in mijn geheugen één geheel, dat werd gekoppeld aan de weerzin die me als kind, of in een op de kinderjaren geprojecteerde herinnering, vervulde als ik de borsten van mijn moeder zag, haar witte nek met het blonde krulhaar: obsceen was het. Een diepgewortelde weerzin en haat. Hoe was het mogelijk dat zij mijn verlangen op deze wijze bejegende? Ik schreef: 'vanaf dat moment' en dan bedoel ik: stellig onbewust, maar niet in mijn bewustzijn. Pas veel later, toen de affecten zich hadden laten gelden, kreeg ik een duidelijk inzicht in die episodes, hun verwantschap en hun reconstructie; dat was tijdens mijn psychoanalyse.

Al die tijd dat we in Marseille woonden, bleef ik op school presteren. Met z'n tweeën wedijverden we om de eerste plaats; een jonge knaap met een lelijk gezicht en een flink postuur, een kei in wiskunde (waarin ik overeenkomstig het 'verlangen van mijn moeder' eerder zwak was). Hij heette *Vieilledent*—oude tand. Oude tanden—oude huizen (Althusser: *alte Haüser* in het Elzassisch), een merkwaardig koppel. Ik herinner me dat hij een keer probeerde me lid te maken van de jeugdbeweging van kolonel De la Roque, maar ik hapte niet toe. Niet uit politiek bewustzijn maar uit voorzichtigheid, zoals mijn vader.

Ik nam wraak via de letteren. Aan de voorlaatste klas bewaar ik een levendige herinnering, die me naar ik meen later iets belangrijks omtrent mijn psychische structuur duidelijk maakte. We hadden een voortreffelijke leraar letterkunde, mijnheer Richard, een lange, dunne, broze man die ziekelijk was, met een lang bleek gezicht en ook hij—een hoog voorhoofd. Hij had voortdurend last van keelpijn, en zijn keel was dan ook altijd dik in de wol gepakt (net als bij mijn moeder en vanzelfsprekend ook bij mij, in die tijd). De man was mateloos zachtmoedig en fijngevoelig, ook hij was duidelijk een zuivere geest, ontstegen aan alle verleidingen van het lichaam en de materie, evenals het dubbelbeeld van mijn moeder en mij (dat realiseer ik me nu ik deze woorden opschrijf). Hij maakte ons vertrouwd met de belangrijke schrijvers en dichters uit de geschiedenis, en met wat een geestdrift, genegenheid en succes! Ik vereenzelvigde me volledig met hem (alles leende zich ertoe), begon meteen zijn handschrift na te bootsen, nam zijn vertrouwde zinswendingen over, maakte zijn voorkeuren en oordelen tot de mijne, aapte zelfs zijn stem en zijn zachte stembuigingen na, en in mijn opstellen kaatste ik hem precies zijn eigen beeld terug. Dadelijk merkte hij mijn verdiensten op. Welke verdiensten precies? Stellig was ik een goede leerling, ik was heel gevoelig en werd om zo te zeggen door een niet-aflatende zorg om goed te doen gedreven. Later heb ik echter begrepen dat het om heel iets anders ging.

In de eerste plaats vereenzelvigde ik me met hem om de eerder genoemde redenen, die in verband staan met het beeld dat ik van mijzelf heb en met het beeld van mijn moeder, en daarachter het beeld van mijn gestorven oom Louis. Het was mijnheer Richard die me er later van overtuigde me voor te bereiden op het toelatingsexamen voor de Ecole normale supérieure van de rue d'Ulm, waarvan mijn ouders en zelfs mijn moeder onkundig waren. Inderdaad begreep ik dat hij een positief beeld voorstelde van die moeder van wie ik hield en die van mij hield, een werkelijk bestaande persoon met wie ik die geestelijke 'versmelting' tot stand kon brengen die met het verlangen van mijn moeder overeenkwam, maar waarvan haar 'weerzinwekkendheid' me weerhield.

Maar heel lang meende ik (zelfs nog aan het begin van mijn analyse) dat ik voor hem de rol van een liefhebbende en volgzame zoon vervulde en dat ik hem destijds als een goede vader beschouwde, omdat ik in die situatie voor hem de rol van 'vaders vader' speelde, een formule die me lange tijd bekoorde en die me rekenschap van mijn affectieve eigenschappen leek te geven. Het was een paradoxale manier om mijn relatie met een afwezige vader in het reine te brengen, door mezelf een denkbeeldige vader te geven en me tegelijkertijd te gedragen als mijn eigen vader.

Inderdaad bevond ik me herhaaldelijk in dezelfde situatie met dezelfde gemoedsaandoening, ik gedroeg me jegens mijn leraren als hun eigen leraar, die hun zo niet alles te leren had, dan toch de zorg voor hen op zich moest nemen, alsof ik de sterke aandrang voelde toezicht op het gedrag van mijn vader te moeten houden, hem in de gaten te moeten houden, te berispen en zelfs te leiden, vooral ten opzichte van mijn moeder en mijn zus.

Helaas zou deze fraaie constructie, die tot op zekere hoogte juist is, nogal eenzijdig blijken te zijn. Ik begreep namelijk, hoewel heel laat, dat ik destijds geen aandacht schonk aan het belangrijkste element, aan mijn kunstgrepen, de nabootsing van stem, gebaren en stijl, van zinswendingen en aanwenselen van mijn leraar. Dat verschafte me niet alleen macht over hem, maar ook een bestaan voor mezelf. Kortom, het lijken te zijn wat ik niet kon zijn was in de grond van de zaak bedrog, het gemis aan een lichaam, en dus aan een geslachtsdeel, dat ik me niet had toegeëigend. Ik begreep toen (maar zo laat!) dat ik me slechts van een kunstgreep bediende, eigenlijk zoals een 'klaploper' een kunstgreep gebruikt om een stadion binnen te komen (mijn vader), om mijn leraar te verleiden en om door het aanwenden van deze kunstgrepen zijn genegenheid te winnen. Dat wil zeggen, aangezien ik geen eigen, geen echt bestaan had, aangezien ik zozeer aan mijzelf twijfelde dat ik meende ongevoelig te zijn en me daarom niet in staat achtte affectieve betrekkingen met mensen te onderhouden, dat ik om te bestaan de genegenheid van anderen moest winnen en om te beminnen (want beminnen dwingt tot bemind worden) verleiding en bedrog als kunstgrepen moest gebruiken. Om te verleiden moest ik van listen gebruik maken en ten slotte van bedrog.

Omdat ik niet werkelijk bestond, was ik slechts een kunstmatig levend wezen, een nulliteit, een dode die er slechts in slaagde te beminnen en bemind te worden door leugen en bedrog, kunstgrepen die overgenomen werden van degenen door wie ik bemind wilde worden en die ik probeerde te beminnen door hen te verleiden.

Binnen in mijzelf was ik dus slechts een wezen dat niet alleen bewust zijn spieren wist te bewegen en te gebruiken, maar dat ook en vooral onbewust op duivelse wijze anderen wist te verleiden en te manipuleren, in elk geval degenen door wie ik bemind wilde worden. Door deze gekunstelde liefde verwachtte ik van hen de erkenning van mijn bestaan, waaraan ik voortdurend sterk twijfelde, met een doffe angst die slechts tot mijn bewustzijn doordrong wanneer mijn pogingen tot verleiden faalden.

Pas zeer onlangs heb ik de 'waarheid' ontdekt van deze innerlijke dwang, toen ik over dit merkwaardige avontuur nadacht. Ik was een heel goede leerling en mijn leermeesters voorspelden me een schitterende intellectuele loopbaan. Daarom had mijn onderwijzer me eertijds opgegeven voor het landelijk examen 'ter verkrijging van een beurs', in de mening dat ik bij de besten zou eindigen. Maar tot ontsteltenis eindigde ik bij de laatsten! En daarom gaven mijnheer Richard en alle leraren, elk voor hun vak, me op voor de onderdelen van het vergelijkend examen tussen de beste leerlingen van middelbare scholen. Dezelfde beproeving herhaalde zich in de eindexamenklas. Bij geen dezer gelegenheden, ondanks mijn opmerkelijke verdiensten, dat wil zeggen verdiensten die door mijn leraren erkend werden, sleepte ik tot hun ontsteltenis ook maar de geringste onderscheiding in de wacht. Dit teleurstellende resultaat verklaar ik nu door het feit dat ik erin geslaagd was met mijn leermeesters zodanige relaties van vereenzelviging, en dus van verleiding, te onderhouden dat zij zich in weerwil van henzelf illusies over mijn werkelijke waarde gemaakt hadden.

Daar ik voor hen 'vaders vader', of eerder 'moeders vader' geworden was, dat wil zeggen daar ik hen door nabootsing van hun karakter en gedrag verleid had, hadden zij zich zo goed in mij herkend dat zij op mij óf de voorstelling die zij van zichzelf maakten hadden geprojecteerd óf de voorstelling die zij zich onbewust van hun eigen verlangens en verwachtingen vormden. Dat verklaart mijn falen zodra ik voor rechters verscheen die ik niet vermocht te verleiden! Al mijn kunstgrepen, die kunstgrepen ad hominem waren en alleen als verleiding werkten in de relatie die ik hun had weten op te dringen, werkten toen niet meer, maar mislukten. Wat een ontzetting! Het bracht me lange tijd in de war en ik slaagde er niet in te begrijpen dat je 'tijd nodig hebt om te begrijpen'.

IX

Toen mijn vader door zijn bank werd overgeplaatst naar Lyon, kwamen we opnieuw in een vreemde omgeving. Voor mijn jammerende moeder een nieuwe verbanning en kwelling, voor mij het Parc Lyceum, waar ik me ging voorbereiden op het toelatingsexamen voor de Ecole normale supérieure.

De voorbereiding duurde drie en zelfs vier jaar. De jongsten zaten in de *hypokhâgne*-klas, de anderen in de *khâgne*-klas.

Ik liep er letterlijk verloren. Ik kende niemand, ik had tegenover me knapen die reeds alle kunstjes en kneepjes kenden, die gemeenschappelijke tradities in ere hielden en overliepen van bewondering voor de oudleerlingen die het examen hadden gehaald—en dat waren er in deze provinciestad maar heel weinig. Voor mij was de eenzaamheid heel moeilijk te verdragen en ze viel me nog zwaarder omdat ik ervan overtuigd was dat *ik niets wist*, maar dan ook niets, dat het me aan alles ontbrak zonder dat iemand me zou helpen.

Ik hield in die tijd een dagboek bij (op advies van Guitton, over wie ik nog te spreken kom), en iedere dag begon ik met het aanroepen van de 'wil tot macht', een uitdrukking die ik ergens had opgepikt, en dat hielp me om vastbesloten deze leegte de rug toe te keren en mijn zelfbevestiging te zoeken in een abstracte wil die niet in staat was de natuur te vervangen. Verder stonden er lange liefdesverklaringen in bestemd voor Simone, die ik haar nooit heb durven sturen. 'Zoiets doe je niet,' had mijn tante, mijn enige hoop, geantwoord toen ik haar vroeg of ik Simone toch niet een dichtbundel zou sturen, zonder briefje erbij...

De eerste leraar die diepe indruk op me maakte was Jean Guitton. Hij was dertig, kwam net van de Ecole normale en had een groot hoofd (de 'koepel van Rome') op een ziekelijk lijfje. Hij straalde goedheid, intelligentie en zachtheid uit, maar ook een soort guitigheid die ons altijd op het verkeerde been zette. Hij was een overtuigd christen, leerling van Chevalier, kardinaal Newman en kardinaal Mercier, en als enige filosofie legde hij ons uit dat het christendom in de loop van zijn geschiedenis met verschillende 'mentaliteiten' geconfronteerd was geworden die het had geïntegreerd. Zijn loopbaan bracht hem tot het persoonlijk adviseurschap van Johannes XXIII en Paulus VI. Hij beschouwde Hélène en mij als 'heiligen', en na het artikel van Jean Dutourd over de dood van Hélène bewees hij dat door een televisieuitzending te onderbreken en te verklaren dat hij een volledig vertrouwen in me bleef stellen en me in de ergste beproevingen altijd terzijde zou staan. Ik blijf hem eeuwig dankbaar voor wat op dat moment een regelrechte *daad van publieke moed* was.

Weldra moesten we een opstel voor hem maken, ik weet niet meer over welk onderwerp. Ik was niet goed in 'opstellen' en van filosofie wist ik weinig (in Marseille hadden we een leraar zonder talent). Ik beproefde mijn geluk met een werkstuk in de stijl van Lamartine, lyrische klaagzangen zonder kop of staart. Ik moest het doen met een strenge 3½ en met een kort commentaar *ad hoc*: 'Raakt kant noch wal.' Deze eerste bestraffing bezorgde me een inzinking en ik raakte steeds dieper in de put.

Kort daarna hadden we het eerste proefwerk. We zaten in de grote studiezaal waar alle ouderejaars tussen en na de lessen aan het werk waren, oude vossen die alle kneepjes van het vak kenden. Guitton had ons als onderwerp opgegeven: *Het werkelijke en het denkbeeldige*. Hardnekkig probeerde ik enkele onbestemde ideeën uit mijn hoofd te trekken, maar tevergeefs, en toen ik dacht opnieuw verloren te zijn kwam er een ouderejaars naar me toe met een paar blaadjes in zijn hand. 'Hier, neem dit, daar heb je misschien iets aan. Het onderwerp is trouwens hetzelfde.'

Guitton zal het jaar daarvoor wel hetzelfde onderwerp hebben opgegeven en boosaardig bood de ouderejaars me Guittons eigen model. Weliswaar schaamde ik me dood, maar mijn wanhoop was nog sterker. Ik aarzelde geen moment, pakte het model van de leermeester, behield de hoofdzaak (indeling, thema's en conclusies) en bracht die zo goed ik kon in overeenstemming met mijn stijl, dat wil zeggen met wat ik reeds van de stijl van Guitton had overgenomen, zijn handschrift inbegrepen. Toen Guitton de werkstukken in de klas teruggaf, overlaadde hij me met welgemeende loftuitingen. Hij was stomverbaasd: hoe had ik in zo korte tijd zulke vorderingen kunnen maken! Met een 8½ was ik de beste.

Ik had doodeenvoudig het model van Guitton overgeschreven, ik had gefraudeerd, plagiaat gepleegd, zijn tekst geplunderd, de hoogste vorm van kunstgreep en bedrog om hem voor mij te winnen. Ik was van mijn stuk, hij kon het onmogelijk niet ontdekt hebben! Spande hij geen valstrik voor me? Want ik dacht dat hij alles doorhad en me dat alleen uit edelmoedigheid verheelde. Maar toen hij heel lang erna, misschien wel dertig jaar later, opnieuw vol bewondering over dat buitengewone werkstuk sprak en ik hem de waarheid vertelde, werd zijn verbazing nog groter. Geen moment had hij ook maar een vermoeden van mijn bedrog gehad en hij wilde me niet geloven!

Ik zei al dat een leraar er bepaald geen hekel aan heeft dat zijn eigen beeld hem wordt teruggekaatst, dat hij het vaak niet als zodanig herkent, waarschijnlijk omdat het hem bewust of onbewust plezier doet zichzelf in een uitverkoren leerling terug te zien...

Wat leverde het me op? Dat ik weer de beste van de klas was geworden, dat ik eindelijk de achting van mijn makkers genoot, vooral van de ouderejaars, en dat ik in de klas werd geaccepteerd. Maar tegen welke prijs! Ten koste van een heus bedrog, dat sindsdien aan me is blijven knagen. Ik vermoedde al wel dat alleen kunstgrepen en vondsten van anderen me een bestaan gaven. Maar ditmaal ging het niet langer om kunstgrepen waarvan ik mezelf tenminste als de handige schepper kon beschouwen, deze keer ging het om *bedrog* en *diefstal*. Waaruit duidelijk bleek dat ik slechts bij de gratie van bedrog omtrent mijn werkelijke aard kon bestaan, door middel van een gewetenloze roof van gedachten, redeneringen en zelfs formuleringen van mijn leermeester, dat wil zeggen van een ander voor wie ik de schijn wilde ophouden om te doen alsof ik hem verleidde. Gaat er schuldgevoel mee gepaard, dan is het niet langer een technisch probleem, dat je in je eigen ogen niet bestaat, maar wordt het een moreel probleem. Voortaan had ik niet alleen het gevoel niet te bestaan, maar voelde ik me daar ook schuldig over.

Vanzelfsprekend leverde het me wat op. Niet alleen omdat Guitton me had onderscheiden en vanaf dat moment de zuivere liefde van collegiale bewondering voor me koesterde. Maar ook omdat ik *zijn andere ik* was. In vertrouwen vertelde hij me over zijn werk en hij nam me zelfs mee naar Parijs, waar ik ten overstaan van een gehoor van nonnen op filosofische wijze (met hulp van Ravaisson) het materialisme moest veroordelen. Na mij ging Guitton overigens door op mijn uiteenzetting, die hij nogal dor had gevonden.

Van Guitton, een heel goede docent ook al was hij geen groot filosoof, leerde ik twee wezenlijk academische deugden, die later veel tot mijn succes bijdroegen. In de eerste plaats een buitengewoon duidelijke stijl en vervolgens de kunst (nog steeds een kunstgreep) om over elk onderwerp een stuk te maken, om a priori en als het ware door deductie uit het niets een opstel te schrijven dat steekhoudend en overtuigend is. Mijn succes bij het toelatingsexamen voor de Ecole normale en later bij het *agrégation*-examen filosofie was aan hem te danken. Wat hij mij leerde, zodat ik ze niet van de grond hoefde op te bouwen, waren geen willekeurige kunstgrepen, maar juist kunstgrepen waardoor ik op het hoogste academische niveau erkenning kon krijgen (al was het dan ook als oplichter, er stond destijds nu eenmaal geen andere weg voor me open).

Het is duidelijk dat ik vanaf dat moment een weinig roemrijk en respectvol idee van de academische wereld had, en evenmin van mezelf, een idee dat ik nooit van me heb kunnen afzetten en dat me zoals men zal begrijpen zowel benadeeld als bevoordeeld heeft.

Guitton bleef slechts een jaar, en toen hij wegging liet hij ons weten dat hij zou worden vervangen door een zekere mijnheer Labannière. Na de zomervakantie arriveerde Jean Lacroix. Guitton had met een leuke grap afscheid van ons genomen.

Lacroix was een integer man, een 'personalistische' katholiek, een vriend van Emmanuel Mounier, een filosoof die goed op de hoogte was van de geschiedenis van de filosofie. Bij hem gebruikte ik de van Guitton geleerde kunstgrepen, nog steeds was ik de beste in filosofie, maar dankzij hem begon ik ook iets van de inhoud te begrijpen. Lacroix was getrouwd met een meisje uit de meest gesloten kaste van de Lyonese burgerij, die hem voor de duivel hield en dat goed liet merken. Hij behoorde niet tot hun stand en stemde niet in met hun reactionaire opvattingen. In deze buitengesloten positie, die stellig een zware beproeving was, vooral in Lyon, ontpopte Lacroix zich als een heel moedig man; hij ging in het Verzet en kwam na de oorlog edelmoedig voor allerlei belangen op.

Maar de meest opvallende figuur van de *khâgne*-klas in Lyon was de geschiedenisleraar Joseph Hours, die liefdevol 'vader Hours' werd genoemd. Hij had een hartgrondige hekel aan Guitton, dat was volgens hem geen man maar een vrouw, erger nog, een 'moeder'. O moeder! Hij was klein en stevig gebouwd, het gezicht en de snor waren van Laval. Hij was sterk politiek geëngageerd, samen met Georges Bidault oprichter van L'Aube. Het eigenaardige was dat hij overtuigd katholiek was, maar tegelijk jakobijn en vanzelfsprekend gallicaan, sterk gekant tegen het ultramontanisme van het Europese kamp, waarin hij steeds de erfenis van het Heilige Roomse Rijk zag. Hij zag er geen been in ons met luide stem zelfs op school (en al helemaal wanneer je hem thuis bezocht, een voorrecht dat ik langzaam verwierf) over de politieke situatie in Frankrijk in te lichten. Ik herinner me dat hij in 1937 tegen me zei: 'De Franse bourgeoisie heeft zo'n afschuw van het Volksfront dat ze voortaan de voorkeur geeft aan Hitler. Straks valt Hitler aan en kiest de Franse bourgeoisie voor de nederlaag om aan het Volksfront te ontkomen.' Ik volsta met deze uitspraak, die evenwel op een uitvoerige analyse van de politieke en maatschappelijke krachtsverhoudingen was gebaseerd, en ook op de persoonlijkheid en loopbaan van politici, wier doen en laten hij aandachtig observeerde. Zo had hij met name van Maurice Thorez een hoge dunk, en hij vestigde al zijn hoop niet op de bevoorrechten, maar op 'het volk van Frankrijk', waarover hij een beknopte *Geschiedenis* schreef—waarschijnlijk enigszins in navolging van Michelet. Aan 'vader Hours' heb ik mijn eerste politieke inzichten te danken, wat er in de politiek op het spel staat en wat moet worden verstaan onder het communisme, dat voor mij neerkwam op Thorez.

In zijn voorkomen en door zijn onophoudelijke gemopper had hij iets dat me aan mijn grootvader deed denken, die in die tijd overleed en mijn grootmoeder alleen in haar huis in Larochemillay achterliet, waar ze nog twintig jaar bleef.

In die tijd begon ik aan de uitvoering van een groots plan, dat ik in m'n eentje had verzonnen. Om het hoofd te bieden aan de groei van het socialisme had de Kerk zogenaamde Bewegingen van Katholieke Actie in het leven geroepen. Het was geen overkoepelende organisatie, het waren bewegingen toegespitst op de verschillende 'sociaal-professionele' klassen, de Christelijke Landbouwjeugd (JAC) voor boeren, de Christelijke Arbeidersjeugd (JOC) voor arbeiders en de Christelijke Studentenbeweging (JEC) voor studenten. Aan het Parc Lyceum was geen 'kring' van de JEC. Ik nam me voor er een op te richten en ging daarom op zoek naar een aalmoezenier—redelijkerwijze kon je niet zonder. Ik weet niet meer op wiens advies, maar op een dag ging ik naar Fourvière en klopte aan bij een jonge jezuïet, pater Varillon, een lange, magere man met een flinke, rechte neus. Hij gaf zijn goedkeuring en vanaf die dag woonde hij onze bijeenkomsten bij, waaraan vooral leerlingen uit de hogere klassen deelnamen, dus ook uit mijn klas. Ook dit keer had ik een verantwoordelijkheid op me genomen, maar voor het eerst *alleen*. 'Wil tot macht'! Van tijd tot tijd hielden we een retraite in het trappistenklooster van Les Dombes, op honderd kilometer van Lyon, te midden van weidse plassen. Na de ontvangst door de enige monnik die recht van spreken had—wat een kletskous!— betraden we zwijgend de enorme gebouwen, die naar was en oude zeep roken. We sliepen in cellen en werden 's nachts meermaals gewekt door het klokkenspel voor de diensten die we bijwoonden. Ik werd gefascineerd door het monnikenleven, gewijd aan kuisheid, handarbeid en stilzwijgen. Zo'n drievoudige gelofte stond me wel aan. Later heb ik vaak overwogen me in een klooster terug te trekken, als oplossing voor al mijn onoplosbare levensproblemen. Verdwijnen in de anonimiteit, dat is altijd mijn enige waarheid gebleven en zo is het nu nog, in weerwil van mijn bekendheid, waaronder ik zwaar gebukt ga. In het klooster hielden we ook onze eigen kringbijeenkomsten en ik herinner me dat me werd opgedragen een toespraakje over de deugd van de 'meditatie' te houden. Ik legde zo'n ingehouden vervoering in mijn woorden, zo'n overmaat aan 'versmelting' en vrome overtuiging dat ik al mijn kameraden in mijn emotie meesleepte. Voor het eerst ontdekte ik dat ik een bepaalde aanstekelijke welsprekendheid had, maar dat ik daartoe spontaan van een ander soort kunstgreep gebruik maakte, namelijk een zeer nadrukkelijk woordritme, pathos en ingehouden emotie die ik heel rechtstreeks op mijn gehoor wilde overdragen. Altijd die hunkering naar 'versmelting'. Alsof ik moest 'overdrijven' om te geloven in wat ik zei en het voor anderen geloofwaardig te maken, alsof ik met mijn woorden en gevoelens veel hoger moest mikken dan op het te bereiken doel. Door die opgeklopheid was ik tegelijkertijd tot tranen toe bewogen, alsof ik ook moest huilen, blijk moest geven van buitensporige emotie om mijn toehoorders mee te slepen en er bovenal zelf in te geloven. Pas veel later zou ik de betekenis van deze vreemde neiging begrijpen. Eerst werd ik erop attent gemaakt door een opmerking van een dierbare vriendin, die een keer tegen me zei: 'Ik heb niet graag dat je overdrijft' (vooral niet bij haar natuurlijk), en inderdaad, ik hield toen van haar in een soort buitensporige versmelting, wat ze heel goed doorzag. Aan dezelfde vriendin, die bepaald heel scherpzinnig was, heb ik een beslissende opmerking over mijzelf te danken, waar ik te gelegener tijd op terug zal komen: 'Ik vind het niet prettig dat je je ten koste van alles wilt vernietigen.' Ik had toen nog niet begrepen dat de wil tot overdrijving, laten we zeggen de paranoïde wil, en de wil tot zelfmoord een en dezelfde wil zijn.

In juli-augustus 1939 slaagde ik voor het toelatingsexamen voor de Ecole normale, in september werd ik gemobiliseerd en pas in oktober 1945, zes jaar later, zou ik met mijn studie beginnen.

X

Ik moest opkomen in Issoire, bij een eenheid leerling-reserveofficieren (EOR) van de door paarden getrokken artillerie. Ik maakte kennis met het troosteloze Franse reserveleger, met de logge trekpaarden die van de boeren waren gevorderd, de nachtwacht, de stallen, waar een prachtig donker meisje met het bekende Simone-profiel beslist met mij in het stro wilde slapen—maar uiteraard wees ik haar toenaderingspogingen af. We maakten kennis met de geintjes van nep-onderluitenant Courbon de Casteljaloux en ik kreeg er heel goede vrienden, van wie helaas slechts één het er levend afbracht.

Tot het voorjaar van 1940 bleven we in Issoire, tijdens de 'schemeroorlog' sleepte onze opleiding zich voort. Guitton zat bij de staf in Clermont en zo nu en dan kwam hij bij me op bezoek. Ik was erg bang voor de oorlog, niet zozeer om gedood, als wel om *gewond* te worden, en aangezien ik nog steeds gelovig was, had ik een formule gevonden om rustig in te slapen: 'God, uw wil geschiede!'

In mei 1940 werden er vrijwilligers voor de luchtmacht gevraagd. Mij niet gezien. Te gevaarlijk (mijn oom Louis was in een vliegtuig gesneuveld). Ik zei al dat ik een panische angst had om te vechten, angst om gewond te raken, dat wil zeggen om mijn kwetsbare lichaam te laten *aantasten*. Al mijn makkers gingen op avontuur. Weer bleef ik alleen achter. Ik had gekozen... Ik weet niet waarom, maar kort daarop viel te vrezen dat ook ik naar de luchtmacht zou worden gezonden. Ik *deed alsof* ik ziek werd, en toen op een avond de dokter langs zou komen, probeerde ik met mijn thermometer te knoeien door hem krachtig tegen mijn dij te wrijven. Weer een smadelijk bedrog. Naar ik meen zonder resultaat. De dokter kwam langs en koos me niet uit.

Onderwijl was mijn vader in de Alpen boven Menton gemobiliseerd; hij was heel tevreden met zijn zware kanonnen, deze keer onder betonnen koepels, en leidde een onbezorgd leventje. In de betere officierenkantine werd goed gegeten en gedronken. Af en toe werden er een paar granaten naar een of andere Italiaanse haven afgeschoten om 'hun moreel op peil te houden'. Maar het stelde niet veel voor.

Mijn moeder verliet Lyon en ging bij haar moeder in de Morvan wonen. Eindelijk was ze alleen! Er overkwam haar iets heel fijns. Ze werd gemeentesecretaresse en moest een oplossing zien te vinden voor allerlei plaatselijke problemen, die nog groter werden tijdens de ontreddering van mei-juni 1940. Ze sloeg zich er op bewonderenswaardige wijze doorheen, zonder enig gezondheidsprobleem. Eindelijk stond ze niet langer onder gezag van haar man, eindelijk kon ze doen en laten wat ze wilde, ze was gelukkig en al haar kwalen verdwenen.

Wanneer ik haar nu in de kliniek ga bezoeken, herkent ze me nauwelijks, maar ze zegt dat ze heel gelukkig is, ondanks haar gevorderde leeftijd is haar gezondheid uitstekend en ze wil niet mevrouw Althusser worden genoemd. Ze is *Lucienne Berger*, haar meisjesnaam, punt uit. De zaak is geregeld, maar zestig jaar te laat!

In maart-april 1940 werden we naar Vannes gezonden, waar de opleiding in versneld tempo doorging. Er was een eindexamen, en uiteraard eindigde ik als laatste. De beste was pater Dubarle, die nu erg ziek is. Als hij dit soms leest, moet hij weten dat ik hem nooit ben vergeten en zijn mooie boeken over Hegel heb gelezen.

De Duitse troepen naderden pijlsnel. Paul Reynaud had bekendgemaakt dat er in de 'Bretonse vluchtschans' gevochten zou worden, maar de ene stad na de andere werd 'open' verklaard, ook Vannes. Onze officieren stonden onder bevel van de boosaardige verrader generaal Lebleu; uit vrees voor de 'communisten' die we mogelijk waren of werden, belette hij ons een beweging naar de Loire te maken, die toen in Nantes een vrije doorgang bood, en over te steken naar het zuiden. Hij sloot ons op in onze kazerne, *onder onze eigen bewaking*, zelfs toen de Duitsers met hun gevechtswagens waren gearriveerd. 'Als jullie je post verlaten, worden jullie als deserteur beschouwd en gefusilleerd!'

Handig kondigden de Duitsers aan dat we na een week zouden worden vrijgelaten, toen na twee weken en vervolgens na een maand; ze dreigden met represailles tegen onze familie als we ervandoor gingen. Gedurende drie volle maanden hadden we talloze voor de hand liggende gelegenheden om uit de slecht bewaakte Franse kampen weg te vluchten; de bevoorradingswagens en de auto's van het Rode Kruis reden vrijelijk in en uit en boden ons een mogelijkheid het kamp te ontvluchten. We waren te onnozel; onder dekking van het Rode Kruis vluchten doe je niet. Zelf had ik er de moed niet toe en ik was niet de enige.

Uiteindelijk bracht een lange, uit beestenwagens bestaande trein ons in vier dagen en vier nachten naar Noord-Duitsland, naar Sandborstel, een onmetelijk kamp te midden van zand en heide. Daar zagen we voor het eerst, achter geëlektrificeerd prikkeldraad, in de reeds felle kou bijna naakte Russische gevangenen; ze waren uitgemergeld, als lijken, en smeekten ons om brood, dat we hun van ons karige rantsoen toewierpen.

Tijdens de reis hield een jonge student uit Brive me gezelschap. We pisten in dezelfde fles. Hij was op dat moment mijn enige vriend. Hij vertelde me verbijsterende avonturen met meisjes in de tuin naast het lyceum. Vooral het volgende verhaal dat me tot tranen toe bewoog: 'Zonder ze iets te zeggen staken we onze hand van achteren in de reet van de meisjes, die zit! Maar op een keer draait een meisje, ik had mijn hand in haar reet gestoken, zich om en zegt met een lang verwijtend gesteun: "O, waarom heb je niet gezegd dat je van me hield!..." '

Met verscheidene medestudenten en driehonderd andere Franse gevangenen, bijna allemaal Normandische boeren, werd ik naar een reusachtig bouwterrein van de Luftwaffe gestuurd; particuliere ondernemingen, die zich ten koste van ons verrijkten, hadden opdracht enorme ondergrondse opslagplaatsen voor benzine te bouwen. Ondanks de saamhorigheid onder de gevangenen was het een heel zwaar jaar. We stierven van de honger. In de felle kou (dat jaar wel tot veertig graden onder nul) werden we gedwongen zwaar werk te verrichten. Alleen 's avonds konden we uitblazen, op enorme, verstikkend hete slaapzalen, of in huisjes waar we de grote roodgloeiende kachels met turfbriketten gaande hielden. Wonder boven wonder hadden we 's zondags recht op rust en op een met jus begoten gehaktballetje.

Al mijn medestudenten liepen tuberculose op en werden gerepatrieerd. Weer bleef ik alleen achter. Ik hield heel goed stand. De Normandische boeren met wie ik werkte mocht ik graag. Sommigen konden niet nalaten zich uit te sloven om de 'moffen' te laten zien hoe er in Frankrijk gewerkt wordt. Wij studenten voerden zo weinig mogelijk uit, we stonden niet goed aangeschreven bij onze Normandische kameraden. Dikwijls beschuldigden ze ons van 'sabotage'!

Ik heb daarginds mensen ontmoet waarvan ik geen idee had dat ze bestonden. Met name Sacha Simon, een belangrijk journalist van *L'Est républicain*, nooit te beroerd om een schuin verhaal te vertellen dat me met stomheid sloeg. Tijdens een groot diner had hij onder het tafellaken twee vrouwen tegelijk bevredigd. 'Helemaal niet moeilijk, ze willen niets liever.' Later heb ik er veel meer gehoord. In het bijzonder de avonturen van een vriendin, een internationale ambtenaar, die in haar leven slechts één streven kent: hoge officieren van het Rode Leger onder het tafellaken tot een zaadlozing brengen. Een van hen bezweek zelfs van opwinding aan een infarct. Sindsdien heeft ze verreweg de meeste Franse presidenten 'afgerukt', alsook ettelijke bisschoppen en kardinalen. Haar uiteindelijke doel, dat ze naar ik meen nog niet heeft bereikt, is de paus. En lachen dat ze deed!

Op een dag werd ik ziek, naar het schijnt mijn nieren, en tot mijn grote verbazing besloot de Franse kamparts, luitenant Zeghers, die ik later in het centrale kamp zou terugzien, me door een heel comfortabele Duitse ambulance in een dagreis naar het kampziekenhuis te laten brengen. Ik bleef er een week en werd overgeplaatst naar dat kamp, Schleswig, stalag xa. Mijn nummer vol nullen was 70670. Dat paste goed bij me. Ik bleef zware arbeid verrichten, zoals het uitladen van kolenwagons.

Die lichamelijke inspanning beviel me goed, vooral was ik blij met de saamhorigheid van mijn boerenkameraden; sinds mijn kinderjaren bevond ik me tussen hen op bekend terrein.

In het kamp waren contingenten Polen, die als eersten waren aangekomen en alle diensten onder controle hadden; de Fransen stonden heel slecht bij hen aangeschreven, omdat ze in 1939 'verraad' hadden gepleegd. Je had er ook dikke Belgen, beroepsonderofficieren, onder wie een fluitist en een acteur die vrouwenrollen speelde; en deerniswekkende 'Serviërs', van wie enkelen zich aan het uiteinde van hun bed ophingen.

Volgens de letter van de Geneefse Conventie van 1929 mocht iedere nationaliteit een 'vertrouwensman' kiezen die bij de Duitse gezagsdragers als vertegenwoordiger van zijn kameraden fungeerde. De eerste, een zekere Cerutti, autohandelaar in Zwitserland, hadden de Duitsers zelf aangewezen, waarschijnlijk omdat hij heel goed Duits sprak. Ik werd een poosje 'ingedeeld' bij de ziekenzaal van het kamp, waar ik heel bedreven werd in het geven van injecties; wanneer ik zelf moest worden ingeënt, voelde ik in het geheel geen pijn (integendeel bijna, wel heel anders dan de paal!). Ik stond onder bescherming van dokter Zeghers, altijd even elegant in zijn smetteloze uniform. In mijn eentje had ik een beetje Duits geleerd en zodoende werd ik tot 'hoofdverpleger' gebombardeerd. En net als vroeger in mijn verkennerspatrouille en daarna op het Saint-Charles Lyceum kreeg ik weer te maken met een forse Parijse straatjongen, die in zijn platte argot flink tekeer kon gaan. Hij wilde zich niet voegen naar mijn 'orders', hij wilde me op mijn bek slaan. Ik deinsde voor hem terug, met mijn ervaring had ik alle schaamtegevoel verloren.

De kwelling duurde totdat de Duitsers 'hun' vertrouwensman als beloning repatrieerden. Omdat Pétain (in strijd met de Conventie van Genève) in Montoire van Hitler het 'voorrecht' had verkregen Frankrijk voor de 'bescherming' van zijn eigen gevangenen te mogen laten zorgen, en omdat Pétain deze 'overeenkomst' had benut om 'collaborerende' Franse officieren naar de kampen te sturen die propaganda voor de *Révolution Nationale* maakten en Pétain-kringen in overvloed oprichtten, stemden de Duitsers ermee in dat de nieuwe vertrouwensman werd gekozen, maar ze stelden wel hun eigen kandidaat: de voorzitter van de Pétain-kring, een jonge aristocraat van verbijsterende schoonheid.

Ze hadden helaas geen rekening gehouden met de tegendraadsheid van die miezerige Fransen! Twee dagen woedde er een omvangrijke clandestiene verkiezingscampage, op gang gebracht door een Parijzenaar, een anarchistische tandtechnicus met een brutale manier van spreken. Hij assisteerde een deerniswekkende officier-tandarts die er vreselijk uitzag en droop van de kwijl; in ieders bijzijn gooide hij vaak stukken chocola naar ongelukkige Oekraïense vrouwen in het aangrenzende kamp, tien meter verder, die hun brede dijen moesten spreiden. De blik gericht op hun ontblote geslacht begon de officier-tandarts zich dan te bevredigen. Het hele kamp was op de hoogte, voor wie er niet genoeg van kon krijgen was het een dagelijks schouwspel.

Een zekere Robert Daël, erg geliefd in het kamp, behaalde een grote verkiezingsoverwinning.

Om te beginnen koos hij de voorzitter van de Pétain-kring, de man van de Duitsers, tot helper. Er barstte een storm van kritiek op Daël los, maar hij gaf geen krimp. Een maand later kreeg Daël van de Duitsers, door deze handige manoeuvre gerustgesteld, gedaan dat de voorzitter van de Pétain-kring, die niets liever wilde, onmiddellijk werd gerepatrieerd. We begrepen het, en ik begon te begrijpen wat een man van actie is.

Toen nam Daël me op in zijn 'bestuur', samen met een architect, De Mailly, en anderen. Van nabij zag ik hoe Daël te werk ging. Terwijl hij een onmogelijk, door hemzelf bedacht Duits radbraakte, nam hij vastberaden van de ene op de andere dag van de Duitsers het volledige toezicht over op de vanuit Frankrijk verstuurde levensmiddelen, kleren en schoenen, en maakte daarmee een einde aan een situatie waarin de gezagsdragers van het kamp zich bijna alles toeëigenden.

Van de organisatie van Pétain kreeg hij een vrachtwagen om zelf de vanuit Frankrijk verstuurde *Liebesgaben* rond te delen tot in de kleinste groepen; die hadden er nog nooit iets van gezien, kenden de vertrouwensman van het centrale kamp niet eens van gezicht! Soms vergezelde ik hem op zijn tochten. Ik bewonderde zowel zijn onvoorstelbare lef jegens de Duitser die hem moest bewaken en die hij van de ene dag op de andere met twee plakken chocola in zijn zak stak, als zijn hartelijkheid jegens onze gevangen kameraden, die tot zijn komst volledig aan hun lot waren overgelaten.

Ik begreep toen wat actie is—dicht bij je principes blijven, maar ze bepaald niet simpelweg toepassen, want je moet rekening houden met het onvoorspelbare van de situatie, van de mensen en hun hartstochten, van de vijanden, en daartoe heel andere menselijke bekwaamheden aanwenden dan alleen duidelijke en onbuigzame principes.

Mijn eerste en heel belangrijke conclusie was dat mijn gepreoccupeerdheid met kunstgrepen een heel onvermoede betekenis kreeg. Door de praktijk begon ik te begrijpen dat kunstgrepen, uitvluchten en listen nog iets heel anders konden zijn dan bedrog, dat ze juist heilzame gevolgen konden hebben, zowel voor degene die de kunstgrepen verrichtte als voor anderen, mits je wist wat je wilde en ieder schuldgevoel bedwong, kortom mits je vrij was; dat zou ik tijdens mijn analyse leren. Zonder het op dat moment te beseffen en zonder ooit enig verband te leggen met mij⟨...⟩ssionele vrees voor de kunstgrepen die mij vorm gaven—ik o⟨...⟩ het pas veel later—was ik op het spoor van de regels die ware⟨...⟩eld door de enige—ik herhaal *de enige*—die over de voorwaa⟨...⟩ormen van politiek handelen heeft nagedacht, de enige di⟨...⟩ Freud, ver op diens ontdekking vooruitliep: Machiavelli⟨...⟩nog eens uit te leggen. Maar toen had ik niets in de gaten.

In krijgsgev⟨...⟩ de ik ook hoe weldadig het was om niet langer met v⟨...⟩nen te leven in de besloten wereld van studie, scho⟨...⟩ niet langer *binnen het verschrikkelijke*, ik herhaal ⟨...⟩ne, Robert Fossaert? Hoor je me over je afschuwe¹ ⟨...⟩t verschrikkelijke, angstaanjagende, afgrijselij⟨...⟩'sapparaten, in een natie waarin de staat w⟨...⟩. Is het mij vergund te zeggen dat ik in l⟨...⟩n achttiende en mijn eenentwintigste ⟨...⟩ en leraren *volstrekt niemand* kende? E⟨...⟩nwekkend mengsel van angst, welo⟨...⟩ en schuldgevoel. Dat me was toegediend door wie? Door mijn eigen ouders, die zelf vast zaten, ontzettend klem in een ideologische structuur die gruwelijk was voor mijn moeder, maar ook voor mijn vader, hoe hij zich ook voordeed. En met welk doel dan? Alleen om een klein kind alle hogere waarden in te prenten die van nut zijn in de maatschappij waarin het leeft, een absoluut ontzag voor ieder absoluut gezag en vooral voor de staat. Maar goddank weten we sinds Marx en Lenin dat de staat een verschrikkelijke 'machine' is (ja, Fossaert; ja, Gramsci), niet in dienst van de heersende klasse, die nimmer alleen aan de macht is, maar van de klassen die het 'machtsblok' vormen, een goede benaming, die je trouwens al bij een zekere Sorel aantreft, in Frankrijk zelf, te midden van een algeheel gebrek aan theoretische en politieke belangstelling. Maar hoelang zullen de intelligentsten en best geïnformeerden zich nog laten misleiden door wat blinder en verblindender is dan de verschrikkelijke, stemloze vis van het onbewuste die Freud met zijn lange net uit de diepste zeeën opviste, hoe lang nog zullen zij zich laten misleiden door het verblindende licht op de ware aard van het *gezin* als ideologisch staatsapparaat? Is het nodig te zeggen, na de drie grote aanslagen op het narcisme van de mensheid (Galilei, Darwin en het onbewuste), dat er een vierde, nog grotere aanslag mogelijk is? De onthulling ervan is immers voor iedereen volstrekt onaanvaardbaar (want de familie is altijd al het brandpunt van het *gewijde* en dus van *macht* en *religie*). De onweerlegbare werkelijkheid van het Gezin lijkt toch het machtigste ideologische staatsapparaat.

In krijgsgevangenschap had ik met heel andere mensen te maken dan met het heilige gezin; met rijpe, van hun familie verloste mannen, die onafhankelijk en vrij waren geworden. De Normandische boeren, de Belgische kleinburgers, de Poolse beroepsonderofficieren die voortdurend luidkeels gewag maakten van hun overdadige maaltijden in vredestijd, van hun liefdesavonturen en seksuele obsessies, tot in de grofste en intiemste bijzonderheden; zij allen leerden me in zekere zin wat het is om volwassen en seksueel vrij te zijn. Ook al waren ze niet economisch, maatschappelijk, politiek of ideologisch vrij—verre van dat—in al die opzichten waren het 'vervreemden' (dat wil zeggen, om niet langer als Feuerbach of Hegel te spreken, uitbuiters of uitgebuiten, onderdrukkers of onderdrukten, inprenters of ontvangers!). Wat ontdekte ik dan in dit nieuwe milieu? Mijn bezeten drang om altijd over reserves te willen beschikken. En dat was kapitaal om mezelf te begrijpen.

Het eerste jaar, toen ons niet meer dan tweehonderdvijftig gram boekweitbrood en vijftig gram bloedworst werd verstrekt, had ik een panische angst voor voedselgebrek. Iedere dag sneed ik een stuk brood en een plak bloedworst af, die ik onder het hoofdeinde van mijn stromatras opborg. Een echte spaarpot, je weet maar nooit!

Maar toen ik mijn eerste commando moest verlaten, vond ik onder mijn stromatras slechts een *rottende* massa. Door een noodvoorraad te willen aanleggen had ik die volledig verloren. Voor mijn ogen, handen, neus en mond werd de waarheid, de werkelijkheid van deze voorraad tentoongespreid: *rotting*! Maar zestig jaar lang was ik niet in staat om lering uit deze bittere ervaring te trekken! Later volgden betere tijden, maar alle dagen ging ik door met het aanleggen van een voorraad, in de eerste plaats van brood, koekjes, chocola, suiker, schoenen (hoeveel paar heb ik wel niet, tegenwoordig staan er ongeveer honderd in mijn kasten!), kleren—idem dito—en natuurlijk van *geld*, de voorraad der voorraden. Marx heeft het duidelijk aangetoond na zoveel anderen, van wie Locke stellig het sterkste bewijs leverde; voor Locke is geld immers *de enige waar die niet verrot*, het enige dat deze uitzonderlijke eigenschap heeft, terwijl alle andere goederen aan bederf onderhevig zijn. Later legde ik een voorraad vrienden aan en ten slotte een voorraad *vrouwen*. Waarom? Eenvoudigweg om niet het risico te lopen op een dag *alleen te zijn zonder enige vrouw* bij de hand, als eventueel een van mijn vrouwen me zou verlaten of zou sterven. Hoe vaak is me dat niet overkomen. Dat ik naast Hélène altijd *een voorraad vrouwen* heb gehad, komt doordat ik ervan verzekerd wilde zijn dat, als Hélène me eventueel in de steek zou laten of zou sterven, ik geen moment van mijn leven alleen zou zijn. Ik weet maar al te goed dat 'mijn' vrouwen vreselijk gebukt gingen onder deze verschrikkelijke dwang, Hélène in de eerste plaats. Onlangs zei een van mijn vriendinnen tegen me, en hoezeer had ze *toen* gelijk: 'Je weet voortreffelijk van je vrienden'—ze zei niet van je vriendinnen...—'gebruik te maken, maar je ontziet ze niet,' een opmerking die me op het moment zelf (vier maanden geleden) van mijn stuk bracht, en me niettemin te denken gaf, maar ik zat er helemaal naast.

Ik bracht deze drang om mezelf van allerlei voorraden te voorzien immers heel vanzelfsprekend in verband met de fobieën van mijn moeder, in het bijzonder met haar redeloze obsessie om op al haar uitgaven te beknibbelen en spaarcenten op te potten, met als enige zinnige beweegreden haar streven om het hoofd te kunnen bieden aan alle mogelijke gevaren die zich in de toekomst zouden kunnen voordoen, en *vooral aan diefstal*.

Zoals alle vrouwen van haar generatie (en uit de tijd van haar eigen moeder), verborg mijn moeder wanneer ze naar buiten of op reis ging het geld onder haar rokken, dus *zo dicht mogelijk bij haar geslacht*, alsof zowel haar geslacht als haar geld op alle mogelijke manieren tegen elk onguur contact en de daaraan verbonden gevaren beschermd moest worden. En inderdaad mocht ik in die tijd, en nog lang daarna, net zo min vrijelijk over mijn geslacht beschikken als over mijn geld. Een levenswijze die het heden slechts onveranderd herhaalt, zonder ooit de moed te hebben of gewoonweg de vrijheid te nemen de toekomst onbelemmerd (zonder de voorafgaande waarborg van een noodvoorraad) het hoofd te bieden, op een andere wijze dan als accumulatie van het verleden, dat geacht wordt woekerrente op te brengen.

Proberen eindelijk echt van deze obsessie af te komen was beslist een van de moeilijkste opgaven van mijn leven, tot twee maanden geleden, en ik zal straks aangeven hoe en waarom.

Nu weet ik, naar het me toeschijnt uit betrouwbare bron, dat er geen leven zonder kosten of risico is, dus zonder verrassing, en dat verrassing en kosten (geen onkosten, maar kosteloze uitgaven: de enig mogelijke definitie van communisme) niet alleen bij het leven horen, maar het leven zijn, in zijn laatste waarheid, in zijn *Ereignis*, zijn verschijning, zijn gebeurtenis, zoals Heidegger terecht zegt.

Dus wanneer ik tegenwoordig mijn moeder bezoek, die sinds ze in Marokko een zogenaamde amoebiasis had opgelopen voortdurend angst voor buikpijn had, stop ik haar vol met dikke plakken chocola, heel dure, de beste die je bij Hédiard kunt kopen. Vroeger zou ze zich dat gesnoep nooit veroorloofd hebben en de chocola niet van mij hebben aangenomen, integendeel, zij zou het zichzelf en mij streng verboden hebben. Nu werpt ze zich op de chocola van Hédiard zonder zelfs naar de prijs te vragen, en terwijl ze zo bang voor amoebiasis was (het is bekend dat chocola uitdrukkelijk ontraden wordt aan mensen die last hebben van amoebiasis), voelt ze niet de minste onpasselijkheid in haar buik of elders, noch heeft ze last van een van die talloze hypochondrische kwalen die het, toen mijn vader nog leefde, noodzakelijk maakten dat tweemaal daags verscheidene artsen op bezoek kwamen en dat er eindeloos veel aandacht werd besteed aan medische verzorging en diëten. Nu verslindt ze gulzig mijn chocola, zonder ook maar de minste ziekte op te lopen!

Je kunt dus volledig genezen van een enorme reeks fobieën, *zonder enige psychoanalyse*. Het is bijvoorbeeld voldoende dat de echtgenoot overlijdt, dat mevrouw Althusser weer Lucienne Berger wordt, en alles is weer normaal. Misschien niet voor het verlangen en de vrijheid, maar in elk geval voor het genot, dat volgens Freud als genotsprincipe toch heel wat te maken heeft met de libido, die Heilige Geest van de gelovigen (mijn moeder was altijd zeer gelovig).

Alleen in het heden leven! Natuurlijk wisten we niet dat de krijgsgevangenschap vijf jaar zou duren, maar de tijd verstreek, dag na dag, maand na maand, vooral na 21 juni 1941, toen de aanval op het Oosten werd ingezet, waar we al onze hoop uit putten. Ik moet erkennen dat de krijgsgevangenschap me in feite vrij goed bevallen is (echt comfortabel, want echt veilig achter prikkeldraad en onder bewaking van Duitse schildwachten). Ik maakte me niet druk meer over mijn ouders. En ik geef toe dat ik dit leven van saamhorigheid met echte mannen zelfs als een gemakkelijk en gelukkig—want welbeschermd—leventje heb kunnen verdragen. We zaten achter prikkeldraad, we stonden onder toezicht van gewapende bewakers, we ondergingen grievende appels, we werden gefouilleerd en hadden corvee, het eerste en het laatste jaar leden we honger, maar ik voelde me om zo te zeggen in veiligheid, ik werd juist door de gevangenschap tegen elk gevaar beschermd.

Nooit heb ik in ernst overwogen te vluchten, ondanks het voorbeeld van verscheidene kameraden, die soms wel zes keer hun geluk beproefden. Zoals de bewonderenswaardige Clerc, een klein mannetje (anderhalve meter), een topvoetballer, ondanks zijn lengte een weergaloos kopper, in 1932 had hij met het elftal van Cannes de Franse beker gewonnen. Wel bedacht ik een vluchtplan, dat me vervolgens langdurig aan het denken zette.

Ik had gemerkt dat de Duitsers, wanneer ze hadden geconstateerd dat een van ons was ontsnapt, de politie en alle troepen in de wijde omtrek waarschuwden, wat meestal op de aanhouding van de durfal uitdraaide. Ik bedacht dat je het beste kon ontvluchten door *de indruk te wekken dat je was ontsnapt*, te wachten tot de tijd verstreken was dat alarm werd gegeven, wat niet langer dan drie of vier weken duurde, en *daarna* werkelijk te vertrekken. Het ging er dus om te *verdwijnen* (ik had al aanleg voor 'vermiste'!) en de indruk te wekken dat je het kamp had verlaten om daarna, als het alarm eenmaal was opgeheven, ervandoor te gaan. Je hoefde dus niet te ontvluchten maar alleen te verdwijnen, dat wil zeggen je in het kamp te verbergen (wat niet onmogelijk was), en daarna pas de plaat te poetsen, drie weken later, nadat het alarm was ingetrokken. Kortom, ik had een middel gevonden om te ontvluchten zonder het kamp te verlaten! Dus om in krijgsgevangenschap te blijven teneinde eraan te ontsnappen! Hoewel ik dit plan tot in details had uitgewerkt, bracht ik het op geen enkele wijze ten uitvoer. Ik was geweldig trots de 'oplossing' te hebben gevonden, en aangezien ik getoond had wat ik waard was, hoefde ik niet tot handelen over te gaan. Later heb ik vaak gedacht dat deze 'oplossing' diep uit mijzelf afkomstig was, dat deze denkbeeldige durf het resultaat was van angst voor gevaar en een dwingende behoefte aan bescherming. Als mijn vriend Rancière van dit 'voorval' op de hoogte was geweest, toen hij me later verweet kritiek te leveren op de communistische partij en toch lid te blijven, geloof ik dat hij stof tot nadenken had gehad.

    Bescherming! Ja, in het kamp werd ik beschermd en dankzij deze bescherming kon ik me allerlei stoutmoedigheden veroorloven. Eerst werd ik beschermd door dokter Zeghers en daarna door Daël. Daël, een kerel van twee meter, teder voor me als een vrouw (hij was de moeder die ik niet had gehad), een 'echte man' ook die zonder enige angst de gevaren en de Duitsers tegemoet trad (als de vader die ik niet had gehad), bood me een bescherming zonder weerga. En binnen zijn beschermende genegenheid verviel ik tot mijn oude, dwangmatige gedrag, onder zijn hoede werd ik zijn raadsman voor alle zaken, tot en met zijn vermetelheden. Zodoende werd ik weer (zoals daarvoor bij Zeghers) 'vaders vader' en tegelijk 'moeders vader', alsof ik op mijn manier eens te meer een einde wilde maken aan mijn eenzaamheid en aan de tegenspraak dat ik nooit een echte moeder of een echte vader had gehad. Ik besef heel wel dat ik op mijn manier hevig 'verliefd' op hem was. Toen we in Frankrijk terugkwamen, verliet ik hem in Parijs; al spoedig vernam ik van hem dat hij met genoegen 'het getik van de hakken van een vrouw aan zijn arm op de trottoirs van de stad' hoorde, en ik voelde me vreselijk ellendig van jaloezie. Vanuit Marokko, waar ik me bij mijn ouders had gevoegd, bezwoer ik hem zelfs om *nooit te trouwen*. Dat beloofde hij, maar hij trok zich er niets van aan en liet me zitten met mijn verdriet.

Al mijn persoonlijke 'vermetelheden' waren overigens een fiasco. Toen ik in het kamp mijn militaire zakboekje met valse registraties en stempels bijwerkte, om er een vals verplegersboekje van te maken (want verplegers werden door de Duitsers gerepatrieerd), en deed of ik het in een pakje uit Frankrijk ontdekte dat door een bijna blinde wacht geopend werd (de onderneming was uiterst eenvoudig), *vergat* ik toevallig een 'eervolle vermelding' door generaal Lebleu, die alle leerling-reserveofficieren van Vannes hadden gekregen. En mijn boekje bevatte slechts twee velletjes, alles wat mogelijk nadelig voor me was had ik eruit gescheurd! Twee velletjes, en dan zo'n nalatigheid! Met een begrijpend lachje gaf de Duitse kapitein me mijn bescheiden terug. Hoe had ik toch dat papier in een boekje van twee velletjes kunnen vergeten? Als enig denkbare verklaring moet je wel aannemen dat ik onbewust het kamp niet uit wilde! En ook al was ik stoutmoedig en roekeloos namens Daël, ik was werkelijk niet in staat om ook maar één keer voor eigen rekening vermetel te zijn. Een kracht die sterker was dan mijn bewustzijn en mijn weldoordachte plannen, wilde dat ik in geen geval ontsnapte aan deze gevangenschap, die me als gegoten zat. Op een dag kafferde ik de Duitse arts uit, maar toen ik voor hem moest verschijnen onder het oplettend stilzwijgen van de hele Poolse staf van de ziekenzaal, die graag wilde dat ik 'getaxeerd' werd, dat wil zeggen dat de maat van mijn zogenaamde pretentie en opstandigheid werd genomen, was ik slechts tot een erbarmelijk gestamel in staat. Ik liep een maand onvoorwaardelijke gevangenisstraf op en maakte kennis met de cellen, waarin deerniswekkende Russen wegkwijnden.

Eindelijk naderden de geallieerden. Het kamp gaf de bewakers twee uur bedenktijd en zij verdwenen met onbekende bestemming. Het was een periode van onvoorstelbare vrijheid, van jacht, vrouwen en smulpartijen; maar ik hield me afzijdig. De Engelsen waren er nog steeds niet. Ik bedacht toen helemaal alleen (wat een lef!) een plan om ze vóór te zijn en wist Daël te overreden. Met mij had hij zijn functie van vertrouwensman opgegeven, maar tot verbijstering van de Duitsers hadden we beiden de voorgeschreven repatriëring afgewezen. Ik vond een auto en een chauffeur, en heimelijk vertrokken we naar het zuiden, naar Hamburg en Bremen. In Hamburg werden we echter door de Engelsen 'gevangengenomen'. Dankzij onze geniale chauffeur ontsnapten we op het laatste nippertje, maar omdat de wegen versperd waren moesten we terug. Onder algemene afkeuring van onze vrienden, die ons onze 'desertie' niet vergaven, kwamen we weer in het kamp. Het diepst bedroefd van allen was wel 'patertje Poirier', de aalmoezenier van het kamp; wij mochten hem graag en hij ons. Ook hij betreurde ten zeerste een initiatief dat de saamhorigheid van het kamp verbrak. Voor één keer had ik Daël in *een gewaagde onderneming van mijzelf* meegesleept, en het was heel slecht afgelopen. Ik was toch beslist niet geschikt voor krachtproeven of voor vermetele avonturen.

Ten slotte merk ik op dat ik in het kamp voor het eerst heb horen praten over het marxisme, door een Parijse advocaat op doorreis; en dat ik er een communist heb leren kennen, één.

Die communist, *Pierre Courrèges*, deed in de allerlaatste maanden zijn intrede in het kamp; hij had juist een jaar in Ravensbrück gezeten in een heel strenge strafeenheid voor onverbeterlijken. Daël was al lang geen vertrouwensman meer. Hij was opgevolgd door een lange knaap, een nogal kleurloze begrafenisondernemer, en bepaalde onregelmatigheden en komplotjes uit het verleden hadden weer de kop opgestoken. O, niet veel! Zonder enige volmacht, alleen uit naam van hemzelf en uit naam van de rechtschapenheid en saamhorigheid, bemoeide Courrèges zich ermee, en dat had een ongelooflijke uitwerking. Hij was oprecht, eenvoudig, hartelijk en spontaan, handelde en sprak schijnbaar moeiteloos. Alleen al door zijn aanwezigheid onderging het kamp een gedaantewisseling en wij stonden versteld. Van de ene dag op de andere verdwenen alle toegeeflijkheid en inschikkelijkheid jegens de Duitsers, en in het kamp heerste een stemming die ik sinds het 'bewind' van Daël niet meer gekend had. Om dit verrassende resultaat te bereiken was slechts *één* man nodig geweest, een man *alleen*, maar ontegenzeglijk een man die niet zoals de anderen was, een 'aparteling' (communisten 'zijn geen mensen als de anderen', het leidmotief van een propaganda waarmee ik later kennismaakte). Daardoor vatte ik een diepe eerbied op voor actieve communisten, en ook zag ik in dat het mogelijk was op een andere wijze dan Daël te handelen, dat er dus andere vormen van actie bestonden, en dat je een andere verhouding tot het handelen hebt wanneer handigheid ondergeschikt wordt en de actie zich door echte en oprechte 'principes' en duidelijke drijfveren laat leiden, die het zonder 'oplichterij' en sluwheid kunnen stellen. Die opmerkelijke Courrèges gaf me mijn eerste praktische les in communisme! Ik zag hem terug in Parijs, nog steeds even hartelijk, maar hij is een mens als alle anderen. Ik had niet gedacht dat ook hij een mens als de anderen kon zijn...

In elk geval moeten degenen die dachten dat ik door Hélène tot het communisme ben bekeerd, weten dat dat was door Courrèges.

Toen de Engelsen ten slotte waren gearriveerd, werden we per vliegtuig naar Parijs gebracht. Ik ging bij Jean Baillou op bezoek, secretaris van de Ecole normale. Ik was zo wanhopig dat ik abrupt begon: 'Ik spreek Duits'—ik had de taal in krijgsgevangenschap geleerd—'een beetje Pools'—idem—'en mijn schoolengels. Wilt u alstublieft een baan voor me zoeken.' Hij antwoordde: 'Gaat u eerst maar eens naar huis, later zien we verder.' Ik gaf me uit voor officier (mijn eerste eigen *oplichterij* die lukte, alweer bedrog) en op grond daarvan werd ik op een rechtstreeks vliegtuig naar Casablanca gezet, waar mijn vader in 1942 was benoemd. Mijn ouders ontvingen me zo goed zij konden. Mijn vader, die een dienstauto tot zijn beschikking had, leidde me haastig langs enkele Marokkaanse steden. Ze waren toen alleen bevriend met het echtpaar Ardouvin, een stel dat helemaal niet bij elkaar paste. Hij was klein en krom, een oude schoolvriend van mijn vader, die hem nooit met rust liet, en werkzaam bij de Marokkaanse spoorwegen. Zij was groot en vrij knap, een intellectueel, lerares Frans aan een middelbare school, een hartelijke vrouw die geweldig bij mijn moeder in de smaak viel, met wie ze over onderwijs, literatuur en dichtkunst kon praten. Het was nog steeds het oude liedje, mijn vader plaagde hen onophoudelijk en bestookte hen met zijn grappen. Hij was dezelfde gebleven, de sterkste in spot en humor. In die drie maanden leerde ik verder *niemand* kennen. Mijn moeder was ziek, ze was hypochonder geworden, de ingewanden enzovoorts, enzovoorts. God mag weten waarom, maar ik had slechts één ding in mijn hoofd: me ervan vergewissen dat ik niet aan een venerische ziekte leed. Ik raadpleegde tien legerartsen, die vaststelden dat ik gezond was, maar telkens was ik ervan overtuigd dat ze iets voor me verborgen hielden. Ver van de saamhorigheid van mijn kampmakkers bevond ik me in een hermetisch gesloten milieu, ver van Daël aan wie ik onophoudelijk dacht, op de grens van een depressie. Ik weet niet hoe ik erin slaagde die te voorkomen. Waarschijnlijk door mijn terugkeer naar Frankrijk te bespoedigen. Toch was ik scherpzinnig genoeg om tijdens deze maanden tot de conclusie te komen dat ik mijn zus (ze had haar studie onderbroken en was kleine kinderen gaan verplegen, ze had de zwaargewonden van het bombardement op Casablanca moeten verzorgen) diende te helpen om dit uitzichtloze milieu te verlaten. Ik spande me dus voor haar in, overtuigde mijn moeder, die haar aan me 'toevertrouwde', het oude liedje, en samen vertrokken we op een wrakke oude schuit, die slechts zwalkend vooruitkwam: stoppen en weer verder. Vier dagen en nachten in de stank op zee om Marseille te bereiken. In Parijs vond ik een kamer voor mijn zus en eindelijk kwam ik op de Ecole normale.

Het was een ramp! Ik kende er niemand (als enige van mijn jaar was ik gevangengenomen, en als iemand van buiten Parijs zou ik trouwens ook in 1939 niemand van mijn studiejaar hebben gekend). Ik voelde me hopeloos oud en had de indruk dat ik het niet meer kon bijhouden. Ik wist niets meer van wat ik vroeger had geleerd en ik was uit een wel heel andere wereld dan de academische afkomstig. Die 'andere wereld' en het gevoel dat ik helemaal niets gemeen had met academici, hun gewoonten en leefwijze, hebben me nooit losgelaten. Ik heb trouwens nooit een persoonlijke band aangeknoopt met welke academicus dan ook, behalve met Jean-Toussaint Desanti en Georges Canguilhem, maar het zal duidelijk worden waarom. Dat ik later promoveerde op eerder verschenen publikaties, komt doordat Bernard Rousset, voorzitter van de vakgroep in Amiens, me daar dringend om vroeg; hij wenste dat een 'wegens zijn faam bekende' (Heine) Parijzenaar enig reliëf aan Amiens kwam geven. Kortom, ik was volslagen alleen en voelde me bovendien ziek (mijn seksuele obsessies en hardnekkige gezichtsstoornissen—in werkelijkheid gewone zwarte vlekken—die me voor blindheid deden vrezen) en zonder enige toekomst. Vroeger had ik geschiedenis willen studeren, waarschijnlijk onder invloed van 'vader Hours' en al uit belangstelling voor de politiek. Maar nu deinsde ik hiervoor terug (ik had geen goed geheugen meer, dat dacht ik tenminste). Ik nam mijn toevlucht tot de filosofie en zei bij mezelf dat je alleen een examenopstel in de vereiste vorm moest kunnen schrijven. Mijn onwetendheid deed er niet toe, ik zou me er altijd doorheen slaan.

De schoolarts, de jonge dokter Etienne, nam me in bescherming, hoewel hij niets geloofde van mijn oogaandoening (en hij had helemaal gelijk!); hij had me toegelaten tot de ziekenafdeling van de Ecole normale, waar ik een kamertje had helemaal aan het einde van de gang op de eerste verdieping, naast de kamer van Pierre Moussa, afkomstig uit Lyon,* die ik nu leerde kennen. In dit hok ontving ik mijn zus, de enige persoon in Parijs die ik kende; zij waste mijn sokken en zette thee. Tijdens mijn krijgsgevangenschap had ik haar heel lyrische brieven geschreven, liefdesbrieven bijna, ik weet niet goed wat ik op haar overdroeg, waarschijnlijk om niet aan mijn ouders te hoeven schrijven, aan wie ik niets te zeggen had. Een kwestie die me nog onduidelijk is, tenzij je aanneemt dat het een of andere verschuiving was. Daar maakte ik ook kennis met Georges Lesèvre, bijgenaamd Séveranne, een oud-Lyonees die mijn plaatselijke 'legende' had opgetekend (uit de mond van Lacroix en Hours), zoals toen in de *khâgne*-klassen buiten Parijs, waarvan er niet veel slaagden, gebruikelijk was. Zijn toelating tot de Ecole normale was vertraagd door een langdurige deelname aan het Verzet, waarin hij Hélène goed had gekend, zoals ik later zou horen. Slechts één man wiens verleden en vlotheid me imponeerden. Dat was niet veel.

Ik weet niet hoe ik het aanpakte, maar ik wilde een relatie met een vrouw aangaan. Ik herinner me dat ik met het oog op het bal van de Ecole normale enige tijd in een walgelijke dancing in Montparnasse met een houterig meisje leerde dansen; ik wist dat er vrouwelijke studenten van de Ecole normale van Sèvres zouden komen... In de nacht van het bal van 1945 zag ik het profiel dat me al zo lang achtervolgde: een klein innemend meisje, even sprakeloos als ik, met wie ik enkele danspassen uitvoerde. Prompt raakte ik verzeild in onvoorstelbare liefdesfantasieën. Ze heette Angeline, een naam waarop ik eindeloos varianten maakte, engel, engeltje, angeltje... Ik had een ontmoeting met haar, en weer een, ik schreef haar en probeerde met een soort van

---

* In de kantlijn staat een handgeschreven aanvulling die de auteur niet met de rest van de zin verbonden heeft: 'over wie Hélène, die hem in Lyon had gekend, een duidelijke mening had; evenals mijn vader, toen hij in Casablanca bezoek van hem kreeg en hem door zijn "praatjes" geniepig op de kast joeg (je kon rekenen op de discretie en meedogenloze humor van mijn vader)' (noot van de bezorgers).

geëxalteerde vooringenomenheid alleen aan haar te denken. Tot het moment dat ze hartstochtelijk ging meespelen, toen brachten haar ouders haar onder ogen dat het onmogelijk was. Intussen had Lesèvre me een aantal malen mee op sleeptouw genomen naar Tsjechoslowakije. Die reizen vonden plaats onder auspiciën van de Republikeinse (in feite communistische) Jeugdbeweging, waar Herriot voorzitter van was. Lesèvre was communist en onderhield in die tijd talrijke contacten met mensen uit het Verzet. In Praag, aan de oever van een stinkende, half drooggevallen Moldau, werd mij duidelijk dat een van mijn reisgenotes, Nicole, verliefd op me was. Ik werd zo bang dat ik haar met geen mogelijkheid had kunnen aanraken. Ik was wel bereid mezelf te zien als verliefd op een meisje, maar de gedachte dat een meisje verliefd was op mij, was onverdraaglijk. Die afkeer dateert dus van heel lang geleden.

Toen maakte ik kennis met Hélène.

XI

Op een avond in december 1946, Parijs lag onder de sneeuw, nodigde Lesèvre me uit om mee op bezoek te gaan bij zijn moeder, in haar woning aan het hooggelegen gedeelte van de rue Lepic; na haar deportatie was ze in deerniswekkende toestand teruggekeerd. Ik zie nog voor me hoe ik naast Lesèvre, die praatte voor twee, over de met sneeuw bedekte brug bij de place de la Concorde liep. Hij vertelde me over zijn moeder. Toen zei hij: 'Je krijgt straks ook Hélène te zien, een heel goede vriendin, een beetje gek, maar haar politieke inzicht en edelmoedigheid zijn werkelijk buitengewoon.' Een beetje gek? Wat betekende dat eigenlijk na zulke loftuitingen? 'We hebben afgesproken bij de uitgang van de metro onder aan de rue Lepic.'

Inderdaad stond ze daar in de sneeuw op ons te wachten. Een heel klein vrouwtje, dik ingepakt in een soort jas die haar bijna geheel aan het oog onttrok. We stelden ons aan elkaar voor en gingen dadelijk over de beijzelde trottoirs op weg naar het hooggelegen gedeelte van de rue Lepic. In een opwelling nam ik haar spontaan bij de arm, om haar bij het beklimmen van de helling te ondersteunen. Maar ook, zonder dat ik ooit wist waarom (beter gezegd, ik weet het maar al te goed: het was een roep om onmogelijke liefde, aangedikt met mijn drang naar pathos en overdreven gebaren), liet ik meteen mijn hand onder haar arm naar haar hand glijden en ik nam haar koude in mijn warme hand. Zwijgend liepen we naar boven.

Deze avond is voor mij een aangrijpende herinnering. In de schoorsteen brandde een groot houtvuur. Mevrouw Lesèvre was blij haar zoon te zien en ontving ons hartelijk. Een lange vrouw, uitgemergeld door haar beproevingen, grauw, bijna een schim; ze glimlachte nooit. Ze sprak langzaam en moest zoeken naar woorden toen ze opwindende herinneringen aan het Verzet en aan de 'onheilspellende' nachtmerries van de deportatie ophaalde. De deportatiekampen waren heel iets anders dan de gevangenkampen die ik had meegemaakt, en zelfs heel anders dan de omstandigheden waarin Hélène en Georges in het Verzet verkeerd hadden. Je kon je er niet eens een voorstelling van maken. Georges had altijd zijn mond gehouden over zijn heldendaden in de Alpen en in Lyon. Ik had wel gehoord van gedeporteerden, maar voor het eerst ontmoette ik er een, en bovendien een vrouw, ongeknakt en standvastig in haar beproevingen. Ik herinner me dat ik die avond een nauw, slecht passend jasje droeg (uit zuinigheid had ik geen ander gekocht), een kastanjebruin jasje dat me nauwelijks stond en dat me bij mijn terugkeer uit krijgsgevangenschap in Parijs in de maag was gesplitst. Later had Hélène het nog vaak over dat jasje en over haar ontroering omdat ik zo slecht gekleed was, als een onbeholpen puber, volkomen ongevoelig voor zijn uiterlijk, een geestverschijning uit een andere wereld.

En inderdaad heb ik heel lang onopvallende, eenvoudige kleren gedragen, zonder opsmuk of verfraaiing,* uit zuinigheid en omdat ik met een soort genot de indruk wilde geven dat ik hoorde bij de berooiden, de kleine Arabische luiden uit mijn kinderjaren en de soldaten van mijn krijgsgevangenschap. Ik herinner me dat ik die avond maar een paar woorden sprak, ik roerde de Spaanse burgeroorlog aan, haalde een herinnering op aan 'vader Hours' en ook aan mijn grootmoeder,

---

* In de kantlijn staat een handgeschreven aanvulling die de auteur niet met de rest van de zin verbonden heeft: 'nooit maatkleding (te duur), totdat de zeer knappe en zeer liefhebbende Claire, mijn eerste liefde gelijktijdig met Hélène, me leerde om me met enige elegantie te kleden. Voor deze verdienste is Hélène haar altijd ten zeerste erkentelijk geweest' (noot van de bezorgers).

die toen ik haar een keer in Larochemillay fragmenten uit *L'Espoir* van Malraux voorlas, haar medelijden niet kon inhouden: 'Arme kinderen!' Hélène volgde met grote aandacht de woorden van mevrouw Lesèvre en mijn opmerkingen over de politiek, maar ze zei bijna niets. Niets over haar eigen ellende, niets over haar vrienden die in de oorlog door de nazi's waren gefusilleerd, niets over haar ontreddering. Niettemin werd ik een onpeilbaar verdriet en grenzeloze eenzaamheid bij haar gewaar en ik meende ineens achteraf te begrijpen (maar zoals ik al zei, dat was niet zo) waarom ik in de rue Lepic haar hand in de mijne had gelegd. Vanaf dat moment was ik vervuld van het meeslepende verlangen mezelf op te offeren om haar te redden, om haar te helpen verder te leven! Tot aan het einde van ons levensverhaal heb ik nooit verzaakt aan deze verheven opdracht die voortdurend, tot het laatste moment, mijn reden van bestaan is geweest.

Men stelle zich deze ontmoeting voor: twee volstrekt eenzame en wanhopige wezens, die bij toeval oog in oog met elkaar komen te staan en zich verbonden weten door dezelfde angst, dezelfde smart, dezelfde eenzaamheid en dezelfde vertwijfelde verwachting.

Beetje bij beetje zou ik vernemen wie zij was. Ze kwam uit een joodse familie, die voor de pogroms was weggevlucht uit het grensgebied van Rusland en Polen; ze heette Rytmann, was geboren in Parijs, in het achttiende arrondissement vlak bij de rue Ordener, maar zij had wel met de kinderen op straat gespeeld. Aan haar moeder had ze gruwelijke herinneringen; omdat die geen melk voor haar had, gaf ze haar nooit de borst en nam ze haar nooit in haar armen. Ze haatte die dochter, want ze had op een jongen gerekend, en dit donkere, wilde meisje stuurde alle plannen van haar verlangen in de war. Nooit had deze moeder een teder gebaar voor haar, alleen maar haat. Zoals ieder kind verlangde Hélène naar de liefde van haar moeder, maar alles werd haar ontzegd, de warmte die melk en lichaam geven, de genegenheid van vriendelijke en liefdevolle gebaren. Ze kon niet anders dan zich identificeren met die vreselijke vrouw die haar haatte, en ook met het gruwelijke beeld dat deze moeder zich van haar dochter vormde: verafschuwd omdat ze werd afgewezen, donker en wild, een onhandelbaar diertje dat niet om de tuin te leiden was, altijd onstuimig en opvliegend (haar enige verdediging). Tot aan het einde van haar leven zou Hélène een afschuwelijke waanvoorstelling hebben, samengesteld uit twee elkaar overlappende beelden: het beeld van een vreselijke, haatdragende moeder en het beeld dat deze van haat vervulde moeder zich van haar dochtertje vormde, een nijdig, fel, donker diertje dat voor zijn voortbestaan vocht. Haar leven lang had ze een niet te onderdrukken angst zelf voor altijd een afschuwelijke vrouw te zijn, een helleveeg, een en al onredelijkheid en heftigheid, die kwaad uitdroeg zonder ooit in staat te zijn het wrede machtsmisbruik te beteugelen waartoe deze kracht, die sterker was dan zijzelf, haar voortdurend aanzette.

Ook hier is niet met zekerheid te zeggen dat Hélène staande kon houden in geen enkel opzicht een objectieve afbeelding van haar lijfelijke moeder te zijn, of van de bewuste en vooral onbewuste oogmerken van deze moeder. Hooguit kun je zeggen dat de oorspronkelijke waanvoorstelling niet uit de lucht was gegrepen, maar als het ware aansloot op reële 'symptomen' waarin het onbewuste (en onverbiddelijke) verlangen en de 'wil' van haar moeder tot uitdrukking kwamen. Hélène was immers als kind een donker, driftig onderkruipertje, maar ja, die driftbuien... Zelfs onder de dekmantel van een herinnering werd op die manier iets heel reëels tot uitdrukking gebracht dat het Hélène letterlijk onmogelijk maakte te *leven*, zo erg was haar angst slechts een weerzinwekkende helleveeg te zijn, niet in staat om ooit te worden bemind—te worden bemind, want zelf beminnen kon ze, en hoe! Ik geloof dat ik nooit bij welke vrouw dan ook zo'n vermogen tot liefhebben heb aangetroffen, niet als droombeeld, maar daadwerkelijk. En dat heeft ze me bewezen ook!

Aan haar vader had ze goede herinneringen. Deze zachtmoedige, zorgzame man had een groentewinkeltje in het achttiende arrondissement. De plaatselijke joodse gemeenschap beschouwde hem als een 'wijze', men kwam hem om advies vragen en hij was altijd bereid zijn naaste te helpen. Hij had een passie voor paarden (ook hij). Uiteindelijk kocht hij er een, waar hij samen met zijn dochter voor zorgde. Deze gemeenschappelijke zorg, in het vertrouwen en de genegenheid van haar vader, gaf Hélène veel vreugde. Ze had nooit begrepen hoe haar vader in staat was met haar moeder te leven, behalve dan in eindeloos groot geduld. Weldra verhuisden ze van het achttiende arrondissement naar een huisje in het Chevreuse-dal. Daar kwam het drama tot een hoogtepunt.

Haar vader had kanker. Naar het schijnt leefden de broers en de zus van Hélène voor zichzelf, zonder veel aandacht voor hun ouders. Toen Hélène een jaar of tien, elf was bracht ze vele maanden alleen door aan het ziekbed van haar vader, om hem bij te staan en te verzorgen; haar moeder liet het helemaal over aan die slechte dochter. Wel was er de goede dokter Delcroix, op wie Hélène gesteld was, want hij hielp haar als een echte man; hij was hartelijk en zorgzaam, haar enige toeverlaat in een eenzame en verantwoordelijke positie die te zwaar was voor een kind. Helaas probeerde de goede dokter een keer in een moment van vertrouwelijkheid met het broekje en het geslacht van het meisje te spelen. Het was alsof haar enige vriend haar in de steek liet. Ze bleef haar vader verzorgen, en in de laatste ogenblikken van diens lijden vroeg dokter Delcroix haar de laatste zware dosis morfine in te spuiten. De afschuwelijke dochter had dus om zo te zeggen de vader gedood die van haar hield en van wie zij hield.

Een jaar later kreeg ook haar moeder kanker en dezelfde situatie herhaalde zich. Weer was het Hélène die haar moeder verzorgde en bij haar waakte, die moeder die zo'n hekel aan haar had. In de laatste ogenblikken schreef dokter Delcroix opnieuw een dodelijke injectie voor. Het was Hélène die haar moeder de spuit gaf. De afschuwelijke dochter had ook de moeder gedood die haar verafschuwde. Op haar dertiende!

Ik weet niet precies wat daarna gebeurde, maar in haar eentje zag ze kans werk te vinden en haar kostje bij elkaar te scharrelen, maar ook kwam ze tot lezen en zelfs volgde ze enkele colleges aan de Sorbonne, waar ze onder meer naar Albert Mathiez ging luisteren, over wie ze vaak met me sprak. Aan de Sorbonne kreeg ze haar eerste echte vriendin, die haar accepteerde zoals ze was en die achter de plotselinge wilde uitvallen van het meisje een weergaloze intelligentie en edelmoedigheid wist te ontdekken. Zij heette Emilie, ze was filosofe, sterk geboeid door Spinoza en Hegel, en communiste. Op een dag vertrok ze naar de Sovjetunie, waar ze haar studie voortzette; ze werd in Siberië gearresteerd, in een cel gestopt en kreeg uiteindelijk een nekschot. Dat laatste vernam Hélène pas in de jaren vijftig. Maar zonder zelf filosofe te zijn (ze had historica willen worden) had Hélène van Emilie geleerd dat filosofie van vitaal en essentieel belang is voor de politiek. Genoeg om mij te begrijpen toen ik haar ontmoette en wij elkaar daarna beter leerden kennen.

In de jaren dertig werd Hélène lid van de Communistische Partij en het meisje ontpopte zich als een opmerkelijk actievoerster in het vijftiende arrondissement, bij de Citroën-fabrieken (Javel), waar de repressie zodanig was dat vakbondswerk en politieke activiteiten alleen buiten de fabriek mochten. Ze verwierf een grote reputatie toen ze ondanks alle moeilijkheden, onder de hoon en spot van de fascistische tegenstanders, een verkooppunt voor het communistische dagblad *l'Humanité* opende voor de arbeiders van Citroën. Ze werd wegens haar vastberadenheid en moed heel populair bij de arbeiders, terwijl de fascisten van de liga's beducht voor haar waren. Ze raakte bevriend met zeer militante partijleden, zoals Eugène Hénaff (Gégène), van wie ze veel hield, Jean-Pierre Timbaud en ook Jean-Pierre Michels, die later afgevaardigde van het vijftiende arrondissement zou worden; beiden zijn in Châteaubriant gefusilleerd. Bij *l'Humanité* had ze Paul Vaillant-Couturier heel goed gekend, wiens vriendin ze werd; en ook (maar op veel grotere afstand) André Marty, wiens fabelachtige welbespraaktheid en 'rotkarakter' indruk op haar maakten. Op 9 februari 1936 nam ze daadwerkelijk deel aan de straatgevechten tegen de fascisten, aan de zijde van haar door vakbond en Partij gemobiliseerde kameraden. Het was de tijd van Maurice Thorez: 'Monden open, geen ledenpoppen in de Partij!' Op een keer ontmoette ze zelfs Jacques Duclos in een kroeg, waar ze met hem biljartte en de partij won. 'Het geluk is met de dommen!' verklaarde Duclos spottend.

In die tijd ontstond de grote passie van haar leven, haar passie voor de 'arbeidersklasse'. Een echte, volkomen, veeleisende passie, die weliswaar voor een deel mythisch was, maar die haar doeltreffend tegen een andere mythe beschermde, de mythe van de organisatie en leiders van de arbeidersklasse. Nooit heeft ze die twee verwisseld, niet voor haarzelf noch ten overstaan van mij; verre van dat, na 1968 brak zelfs het moment aan dat ze tegen wie het maar horen wilde zei dat 'de Partij de arbeidersklasse had verraden' en niet begreep dat ik nog in de Partij bleef. Steeds weer zou ze tegen me zeggen dat in mijn boeken 'de arbeidersklasse kreeg wat haar toekwam', en daarom had ze er waardering en respect voor. Het enige wat voor haar in de politiek telde was de arbeidersklasse met haar revolutionaire deugden, capaciteiten en onverschrokkenheid.

Ten slotte wil ik in dit verband, eens en voor al, een eind maken aan een niet bepaald onbaatzuchtige mythe over Hélène en mij, die in brede kring in omloop was, zelfs onder sommigen van mijn vrienden (natuurlijk niet onder mijn beste vrienden): nooit heeft Hélène ook maar enige druk op me uitgeoefend, noch op het gebied van de filosofie noch op dat van de politiek. Niet zij beïnvloedde me, maar Pierre Courrèges, gevolgd door Séveranne en zijn vrienden, en daarna mijn eigen vakbondservaring aan de Ecole normale, waar ik van leer trok tegen de socialisten en erin slaagde de leiding van de vakbond op hen te veroveren; ook de filosofen Jean-Toussaint Desanti en Tran Duc Thao, beiden communisten die aan de Ecole normale doceerden en bij wie ik na mijn *agrégation*-examen college heb gelopen. Nooit had Hélène ook maar de minste aanmerking op de strekking van de manuscripten die ik haar vanzelfsprekend liet lezen. Noch op het gebied van de filosofie noch op dat van de politieke theorie achtte ze zich deskundig; *Het kapitaal* had ze niet gelezen, maar van de Partij en van politieke actie bezat ze een enorme ervaringskennis. Ze volstond ermee haar bijval te betuigen, en haar enige bemoeienis bestond uit suggesties om aan te dikken of af te zwakken. Over dit soort kwesties heeft altijd volledige overeenstemming tussen ons bestaan; alleen mensen die niet op de hoogte waren, wilden hier de eerste aanzet van een conflict tussen ons beiden zien. In mijn geschriften vond zij de weerklank van haar praktisch-politieke ervaring, en wanneer ze daarover met me sprak, liepen haar aan de praktijk ontleende woorden als het ware vooruit op de woorden die ik schreef.

Onze persoonlijke problemen kwamen heel ergens anders vandaan, zoals nog duidelijk zal worden.

Toen ik haar in 1946 leerde kennen, ontdekte ik al heel spoedig dat ze al haar vrienden had verloren, onder wie een opmerkelijke priester, pater Larue, die ze in het Verzet in Lyon had leren kennen en van wie ze veel had gehouden; in de allerlaatste dagen van 1944 werd hij door de nazi's in Montluc gefusilleerd. Een gedurfde operatie van de Vrijkorpsen had hem en alle andere gevangenen van Montluc kunnen bevrijden, maar deze actie werd verboden *door de Partij en de door De Gaulle benoemde commissaris van de Republiek in Lyon*, Yves Farge. Haar hele leven zou Hélène het zichzelf blijven verwijten, alsof zij er schuldig aan was, dat ze er niet in was geslaagd de verantwoordelijke personen tot tijdig ingrijpen te bewegen om te proberen de verzetsstrijders, gijzelaars van de nazi's in Montluc, te bevrijden. Pater Larue (er is een pleintje bij Fourvière naar hem genoemd) had haar begrepen en werkelijk veel van haar gehouden; hun wonderbaarlijke avontuur had haar grote vreugde geschonken en in verrukking gebracht, en nu was hij dood en verweet ze zich voor altijd dat ze niet in staat was geweest hem te redden.

Ik ontdekte ook dat ze in armoe leefde. Ze had ieder contact met de in 1939 clandestien geworden Partij verloren en was er niet in geslaagd dit contact tijdens de oorlog te herstellen. Ze had gebroken met Jean Renoir, die ze bij vele van zijn films geassisteerd had (ze had Françoise Giroud gekend, die gezien haar figuur boosaardig 'rolpens' werd genoemd), maar zonder er ooit in toe te stemmen dat haar naam op een lijst van medewerkers werd vermeld. Renoir was uit Frankrijk naar Amerika gevlucht en Hélène had zich bij een belangrijke verzetsgroep aangesloten (Bevrijding-Zuid, geloof ik, maar ik weet het niet zeker). Ze was vertegenwoordigster van Skira voor Frankrijk geworden om inlichtingen, geld en wapens van Zwitserland naar Frankrijk te krijgen, wat haar de gelegenheid had geboden de belangrijkste schilders van onze tijd te ontmoeten en te leren kennen. Via Jean en Marcou Ballard, haar vrienden van *Cahiers du Sud* in Marseille, die talrijke verzetsstrijders en letterkundigen ontvingen en hun eventueel onderdak verschaften, was ze ook in contact gekomen met de belangrijkste Franse schrijvers van die tijd. Zodoende kende ze Malraux heel goed en onderhield ze nauwe betrekkingen met Aragon en Eluard, die er wegens de draconische veiligheidsmaatregelen evenmin in waren geslaagd contact met de ondergrondse Partij op te nemen. Ook had ze er Lacan heel goed gekend, die met Sylvia in Nice verblijf hield; diep in de nacht deed hij haar eindeloze confidenties op de promenade des Anglais. Op een keer maakte Lacan een opmerking tegen haar die mijn psychoanalyticus, onkundig van het oordeel van Lacan, later zou bevestigen: 'U zou een buitengewoon analytica zijn geweest!' Ongetwijfeld haar uitzonderlijke vermogen tot luisteren en haar verbazingwekkende *insight*.

Van al deze relaties, vriendschappen en liefdes was in 1945 helemaal niets meer over, en ik zal nog zeggen waarom. Toen ik haar leerde kennen, leefde ze in ieder geval in bittere armoe. Ze voorzag in haar onderhoud door het verkopen van enkele eerste uitgaven van Malraux, Aragon en Eluard. Ze bewoonde een smerig zolderkamertje, op de bovenste verdieping van een hotel aan de place Saint-Sulpice.

Na onze ontmoeting bij mevrouw Lesèvre nodigde ze me uit om haar daar te bezoeken. Als ze me dat niet had gevraagd, zou er beslist niets tussen ons zijn voorgevallen. Ik dronk thee bij haar, ze sprak met me over dat jasje (dat ik nog aanhad) dat haar zo had ontroerd, ze zei zelfs iets over mijn gezicht en mijn voorhoofd, die ze 'mooi' vond, we gingen naar buiten en zaten op een bank op het plein. Toen ze ervandoor zou gaan, stond ze op en streelde met haar rechterhand onopvallend mijn blonde haren, zonder een woord te zeggen. Ik begreep het echter maar al te goed. Ik werd overweldigd door afkeer en ontzetting. De lucht van haar huid, die me obsceen leek, kon ik niet verdragen.

Bij gelegenheid vroeg ze me, maar altijd zij. Ik vertrok met Lesèvre naar Midden-Europa, ik maakte Angeline nog steeds het hof, Nicole was nog steeds verliefd op me en ik helemaal niet op haar. Ik ging zelfs naar Rome, een universitaire excursie naar de paus, georganiseerd door pater Charles, wiens opzettelijke en demagogische volksheid me afkeer inboezemde. Destijds was hij aalmoezenier van de Ecole normale en met onweerlegbare argumenten heb ik ervoor gezorgd dat hij 'op straat werd geschopt'. Nu zit hij in Montmartre, hij zal me die zaak wel nooit hebben vergeven—als hij het zich tenminste nog herinnert, want het is iemand die snel vergeet—aangezien hij niet wil weten dat hij een sinister priester is. Ik was nog gelovig. In een of ander dagblad schreef ik twee artikelen over die reis. Het was kort na de grote verwoestingen in Italië. Langzaam reed onze trein over eindeloze houten bruggen die op duizelingwekkende hoogten boven afgronden schommelden. Toen in de nacht Rome in zicht kwam, hieven we in koor het *Credo* aan. Verduiveld indrukwekkend en aangrijpend. De paus (Pius XII) ontving ons als groep, maar voor elk van ons had hij in onmogelijk Frans een vraag of opmerking. Hij vroeg me of ik student aan de Ecole normale was.—Ja.—Literair of natuurwetenschappelijk gericht?—Literair. Welnu, wees een goed christen, een goed leraar—en bovenal (bovenal!) een goed staatsburger. Dat 'bovenal' was helemaal Pius XII. En hij gaf me zijn zegen. Ik ben me ervan bewust dat ik niet volledig aan zijn verwachtingen heb beantwoord.

In februari 1947 begon het eerste drama tot een hoogtepunt te komen. Nog steeds maakte ik Angeline het hof, hier had ik het initiatief genomen, ik was dus in het voordeel en in mijn element. Nog steeds ontmoette ik Hélène af en toe, maar hier had zij het initiatief genomen, niet ik, wat erg lastig was. Toen kreeg ik niet zozeer het idee als wel de onweerstaanbare drang om Angeline aan Hélène voor te stellen. Het was niet de laatste keer dat ik door zo'n provocatie in een impasse geraakte, maar destijds had ik allesbehalve een vermoeden van de beweegredenen die aan dit bizarre plan ten grondslag lagen, namelijk het onweerstaanbare verlangen Hélènes goedkeuring te krijgen voor deze keuze in de liefde, die niet op haar maar op een andere vrouw betrekking had.

Ik nodigde hen bij mij uit op de thee, in mijn hok op de ziekenafdeling. Ik was bijna dertig, Hélène achtendertig, Angeline twintig. Ik weet niet meer wat er gezegd werd, maar ik weet nog heel goed hoe het afliep: met een gedachtenwisseling over Sophocles. Angeline verdedigde ik weet niet meer welke maar stellig nog heel schoolse opvatting over de grote treurspeldichter; ik had geen opvatting, ik luisterde. Toen begon Hélène beetje bij beetje kritiek op de opinie van Angeline te leveren. Eerst heel rustig en met serieuze argumenten, maar toen Angeline ertegen inging begonnen het gezicht en de stem van Hélène te veranderen, ze werd steeds harder en onverzettelijker, zelfs bits, en maakte ten slotte een soort kwetsende 'scène' (de eerste en helaas niet de laatste waarvan ik getuige was), die Angeline diep krenkte en aan het huilen bracht. Ik was ontzet door deze uitbarsting van geweld, die ik niet begreep (waarom was Angeline zo hardnekkig tegen volstrekt redelijke argumenten ingegaan?) en waarvoor ik geen oplossing zag. Angeline ging weg, ik bleef zwijgend achter. Ik realiseerde me dat Hélène dit meisje niet had kunnen verdragen, en vooral niet de ceremonie, of eerder de provocatie die ik haar had opgedrongen, en dat van nu af aan alles tussen Angeline en mij in duigen en in scherven lag. Ik zou haar niet meer ontmoeten. Op dat moment was Hélène met geweld, maar niet met geweld tegen mij, mijn leven binnengedrongen...

Enkele dagen later kwam het 'drama' in een stroomversnelling. Hélène zat naast me op mijn bed, nog altijd in het kamertje op de ziekenafdeling, en omhelsde me. Nog nooit had ik een vrouw gezoend (op mijn dertigste!) en bovenal was ik nog nooit door een vrouw gezoend. De begeerte werd in mij wakker, op het bed bedreven wij de liefde, het was nieuw, verrassend, opwindend en heftig. Toen ze weg was, opende zich in mij een afgrond van angst, die niet meer dichtging.

De volgende dag belde ik Hélène op en gaf haar op felle toon te kennen dat ik nooit meer de liefde met haar zou bedrijven. Maar het was al te laat. De angst verliet me niet meer en werd met de dag ondraaglijker. Moet ik nog zeggen dat niet mijn christelijke principes in het geding waren? Het ging om heel iets anders! Om een weerzin die veel onberedeneerder en heftiger was, in elk geval veel sterker dan al mijn voornemens en pogingen mezelf moreel en religieus weer onder controle te krijgen. De dagen verstreken en ik begon naar een diepe inzinking af te glijden. Ik had wel eerder moeilijke ogenblikken doorgemaakt, zoals met mijn patrouille bij Allos, later in krijgsgevangenschap en daarna in Casablanca. Maar dat was hier niet mee te vergelijken, het had nauwelijks enkele dagen geduurd, of maar enkele uren, en was steeds goed afgelopen. Uit alle macht probeerde ik me aan het leven vast te klampen, en aan mijn vriend dokter Etienne. Onmogelijk, iedere dag zonk ik iets dieper weg in de huiveringwekkende leegte van de angst, een angst die al gauw geen enkel object meer had – wat de specialisten naar ik meen een 'ongerichte angstneurose' noemen.

Hélène was heel ongerust en raadde me aan een specialist te raadplegen. We slaagden erin een afspraak te maken met Pierre Mâle, in die tijd de bekendste psychiater en psychoanalyticus. Hij ondervroeg me langdurig en kwam tot de conclusie dat ik verschijnselen van 'dementia praecox'(!) vertoonde. Dientengevolge eiste hij dat ik onmiddellijk werd opgenomen in Saint-Anne.

Ik kwam daar in paviljoen Esquirol, op een enorme gemeenschappelijke zaal, en werd meteen van de buitenwereld afgesneden; elk bezoek, dus ook dat van Hélène, was streng verboden. Dit afschuwelijke verblijf duurde een aantal maanden, en ik ben het niet vergeten. Een vrouwelijke psychiater nam de zorg voor me op zich, waarschijnlijk werkte mijn jeugd op haar gemoed, misschien ook mijn hoedanigheid van intellectueel en filosoof, en mijn dramatische situatie. Ze was bereid te geloven dat ik haar aardig vond, in elk geval was ze ervan overtuigd dat ze van me hield en dat zij het was die me door haar liefde zou 'redden'. Uiteraard dacht ze (ze was de eerste, maar niet de laatste) dat Hélène de schuld was van mijn ziekte. Ik weet niet meer wat me werd voorgeschreven, maar mijn toestand verslechterde steeds meer. Dankzij Hélènes vindingrijkheid had ik een mogelijkheid gevonden om contact met haar te onderhouden. Een klein raampje van de toiletten op de eerste verdieping zat in een buitenmuur. Ik weet niet hoe zij het deed, maar heel vaak stond Hélène, die ik niet één keer binnen Esquirol zag, rond één uur 's middags onder dat raampje en kon ik op afstand flarden gesprek met haar voeren. Ik was van mening dat ik niet werd begrepen, zij was van mening dat de aanpak heel slecht was (vooral van de kant van die vrouwelijke psychiater met haar verschrikkelijke 'liefde') en dat de cirkel waarin ik als het ware voor eeuwig (dementia praecox!) zat opgesloten, doorbroken moest worden. Wij spraken af dat zij zou proberen contact te leggen met Julian Ajuriaguerra, met wie ik kennis had gemaakt toen hij op uitnodiging van Georges Gusdorf een lezing op de Ecole normale had gehouden. Het was en is nog steeds uiterst moeilijk voor een arts zich als buitenstaander toegang tot een ziekenhuisafdeling te verschaffen en vooral zich daar met de gang van zaken te gaan bemoeien, en al helemaal voor een Spaanse immigrant. Hoe hij het aanlegde weet ik niet, maar op een dag zag ik hem de grote gemeenschappelijke zaal binnenkomen; ik ging met hem mee naar een kamer en kon met hem spreken. Hij kwam tot de conclusie dat het geen dementia praecox was, maar een zeer zware depressie. Hij raadde een shockbehandeling aan, die destijds nog niet lang werd toegepast, maar in dit soort gevallen met succes. De psychiater stemde ermee in. In die grote gemeenschappelijke zaal kreeg ik ongeveer vierentwintig schokken toegediend, om de andere dag één. Je zag een fors gebouwde man met een snor aankomen, zijn grote elektrische doos in de hand, aan wie de patiënten wegens de treffende gelijkenis, de manier van lopen en het spottende stilzwijgen de bijnaam 'Stalin' hadden gegeven. Rustig ging hij op ieders bed zitten (er waren er wel zo'n dertig die een shockbehandeling ondergingen), in het bijzijn van alle anderen, die hun beurt afwachtten, drukte hij op zijn handel en de patiënt raakte in een indrukwekkende epileptische trance. Het dramatische van de situatie was dat je Stalin al van verre zag aankomen, de een na de ander begonnen zijn slachtoffers ongecontroleerde stuiptrekkingen te maken, en hij ging door naar de volgende, zonder het einde van de crisis van de vorige klant af te wachten. Het gevaar van botbreuken bestond (vooral van de benen). Je moest een handdoek tussen je tanden klemmen; ik had altijd dezelfde, een stinkende handdoek, mijn enige, om je tong niet af te bijten. Jarenlang hield ik in mijn mond die vieze, angstaanjagende smaak, de voorbode van de 'toeval', de onbeschrijflijke, ondefinieerbare smaak van de handdoek. Na het schouwspel dat de buren me hadden geboden was het mijn beurt. Onveranderlijk zwijgend kwam Stalin naar me toe, zette me de helm op, ik klemde mijn kiezen op elkaar en bereidde me voor op de dood, vervolgens kwam er een soort bliksemflits en dan niets meer. Kort daarna werd ik wakker (het maakte me wanhopig dat ik slechts enkele minuten sliep, terwijl ik in mijn slaap zoveel dingen wilde vergeten; bijna alle anderen sliepen urenlang, zelfs wel een halve dag!), steevast vragend waar ik was en wat me was overkomen. Hoe verder de behandeling vorderde, des te groter werd mijn angst (om te sterven). Op het laatst werd het ondraaglijk. Met alle kracht verzette ik me tegen de executieplechtigheid, maar ik werd stevig op mijn bed vastgebonden.

Ik zal een heel onbetekenend voorval vermelden, dat veel zegt over het leefklimaat in een inrichting, over het beeld dat men er heeft van de patiënten en het absolute ongeloof van de artsen-psychiaters als een patiënt iets beweert. Omdat ik helemaal niet kon slapen en niet over wasbolletjes beschikte, wilde ik oordopjes van broodkruim maken, het enige materiaal dat ik had. Maar als die bolletjes van broodkruim eenmaal in het oorkanaal waren gestopt, vielen ze meteen uit elkaar (natuurlijk werden ze niet door het soepele maar stevige katoenweefsel bijeengehouden dat je in echte wasbolletjes aantreft) en de kleverige kruimels belandden via de gehoorgang op het trommelvlies. Het resultaat was een ondraaglijke hoofd- en keelpijn. Telkens waarschuwde ik de artsen, maar ze wilden me niet geloven en dachten dat ik wartaal uitsloeg. *Drie weken lang, ik herhaal drie weken*, weigerden ze me door een KNO-arts te laten onderzoeken en ik hield het bijna niet meer uit. Ook nu moest Ajuria* zich ermee bemoeien om hen te overtuigen, en na drie verschrikkelijke weken van beproeving werd ik ten slotte naar een KNO-arts gebracht, die me in luttele seconden van mijn broodresten en mijn foltering verloste... De psychiaters spraken geen woord van spijt of verontschuldiging!

Alles bij elkaar begon de door Ajuria aangeraden behandeling geleidelijk vruchten af te werpen; na nog een lange tijd, waarin geen schokken meer werden toegediend, voelde ik me beter, hoewel nog steeds wankel, maar minder angstig, en na een aantal maanden in Esquirol verliet ik de inrichting. Hélène wachtte me op bij de deur. Wat een vreugde!

* Verkleinvorm van Julian Ajuriaguerra (noot van de bezorgers).

Ze nam me mee naar een klein kamertje in een ander hotel, waar een berooid kamermeisje al haar spullen had gestolen. Maar dat gaf niets! Voor haar telde een diefstal nauwelijks... vergeleken met mij—en met wat ze voor mij had gedaan—dat hoorde ik pas veel later, niet van haar, zij bewaarde er een volledig stilzwijgen over, maar van een van haar vriendinnen. Hélène bleek na onze enige seksuele omgang zwanger te zijn en was naar Engeland gegaan voor een abortus, opdat ik bij het horen van deze tijding niet opnieuw in een kwellende depressie zou belanden, na alle weerzin en afschuw waarvan ik blijk had gegeven jegens dat lichamelijk contact. Is een grotere opoffering denkbaar? Nu nog ben ik er ondersteboven van, en diep geroerd. Véra was aanwezig, haar oudste nog levende vriendin, een lange, knappe, donkere vrouw, afkomstig uit de Russische aristocratie. Hélène besteedde geen aandacht aan de diefstal of aan wat dan ook, en ik werd ontvangen als een vorst. Ook ik nam haar met mateloze tederheid in mijn armen, ervan overtuigd dat ik zonder haar in de inrichting zou zijn gebleven, misschien wel mijn leven lang.

Hélène en Jacques Martin (die ik toen leerde kennen) hadden een plek gevonden waar ik rust kon houden, Combloux, waar overspannen of herstellende studenten onderdak werd geboden. Het hooggebergte, waar ik sinds mijn verkennerstijd van hield, zag er schitterend en vreedzaam uit; het echtpaar Assathiany was attent en gaf met tact, liefde en heel veel toewijding leiding aan het huis, terwijl ieder een grote vrijheid werd gelaten. Tot mijn verrassing ontmoette ik er een onbekend Hongaars kwartet, het bewonderenswaardige Vegh-kwartet, dat uitrustte; en mannen en vrouwen van mijn leeftijd. Ik genoot er ook van allerlei spelletjes, tot en met het minnespel. Al heel gauw viel mijn oog op een klein, donkerharig meisje met een mooi gezicht (niet precies mijn profiel, maar bijna), Simone (alweer die naam...), dat me heel interessant leek. Opdringerig en uitdagend maakte ik haar om zo te zeggen het hof, ik noemde haar Léonie, het had geen consequenties, maar in de drie weken van mijn verblijf speelden we op zeker en we werden vrienden voor het leven. Totdat pas een half jaar geleden, in oktober 1984, Simone uit mijn leven verdween met de mededeling: 'Je weet voortreffelijk van je vrienden gebruik te maken, maar je ontziet ze niet.' Die was raak.

Toen ik Combloux verliet, was ik vrij aardig hersteld; ik had met

Hélène afgesproken in een jeugdherberg bij Saint-Rémy-de-Provence... Ze had nog steeds geen geld, om bij me te komen had ze gelift en een chauffeur had geprobeerd haar te verkrachten (toen ze als puber haar stervende vader verzorgde, werd ze bij Chevreuse lastiggevallen door vier straatjongens, wier bedoelingen niet al te duidelijk waren; ze was erin geslaagd hen op de vlucht te jagen door met haar tas, die aan een lange riem zat, maaiende bewegingen te maken, maar ze sprak er altijd met dezelfde ontzetting over; en als ik naar haar luisterde, dacht ik bij mezelf dat ik, anders dan zij, zelfs niet het idee van een gevecht had kunnen verdragen, omdat ik in wezen een lafaard was). Maar daar was ze dan, ze hield van me, ik was ontzettend trots op haar, ik hield van haar, het was voorjaar op de velden, in de bossen en wijngaarden, aan de hemel en in ons hart. We bedreven de liefde (ik was helemaal niet bang meer, integendeel!) op de eerste verdieping van een nabijgelegen boerderij, waar we melk, brood, boter en olijven kregen. De boeren protesteerden tegen het lawaai dat we tijdens ons liefdesspel maakten. Ik moet zeggen dat ik recht op mijn doel afging en op dit vlak een heftigheid aan de dag legde die aan het liefdesvuur van mijn vader deed denken. Maar dat ik deze bijzonderheden vertel, komt doordat de jeugdherberg (die we tot dan toe voor ons alleen hadden) plotseling vol was met een groep ongegeneerde maar heel grappige en vrolijke jongens en meisjes. We maakten kennis, ik kookte zelfs een keer een uitzonderlijke bouillabaisse, waar Hélène het nog lang daarna over had. Ik had niet veel op met de recepten van de traditionele kookkunst, maar meer met wat ik 'kookonderzoek' noem, waarbij je fantastische ontdekkingen kunt doen in vergelijking waarmee de klassieke en zelfs de nieuwe schotels van onze beroemdste koks banaal zijn. Maar 'toevallig' was mijn oog in de groep gevallen op een donker meisje, met het bewuste profiel; ze leek het fijn te vinden dat ik haar het hof maakte, zelfs tot op de oever van een stille plas, waarin we zwijgend zij aan zij zwommen (ik heb er nog foto's van). Toch is dat ongehoord! Maandenlang maak ik een helse depressie door, de ergste die ik heb gekend, Hélène slaagt erin me er weer bovenop te halen, met de uitgelatenheid van het voorjaar en de liefde zie ik haar terug, zonder terughoudendheid of angst bedrijf ik de liefde met haar, en die twee gezichten hoeven maar binnen mijn bereik te komen, het gezicht van Simone (bij afwezigheid van Hélène in Combloux) en het gezicht van Suzanne (in aanwezigheid van Hélène in Saint-Rémy), of ik zet openlijk voor het oog van Hélène de stormaanval in op een meisje dat ik toevallig heb ontmoet en van wie ik niets weet, maar dat klaarblijkelijk iets dieps in mij wakker maakt. Natuurlijk is er het meisje zelf, maar daarachter een bepaald meisjesbeeld en daar weer achter het onbedwingbare verlangen (dat in beide gevallen niet werd vervuld) om met deze meisjes iets te beleven dat ik bij Hélène waarschijnlijk miste. Maar wat? Deze situatie zou zich mijn leven lang blijven herhalen. Kort geleden hoorde ik dat hevige seksuele opwinding een van de belangrijkste symptomen is van hypomanie, die *mogelijk* op een depressie volgt. Maar destijds was ik helemaal niet in staat om de diepere oorzaken te begrijpen. Uiteraard ontging mijn verliefde gedoe Hélène niet, het deed haar verdriet, maar ze maakte me geen enkel verwijt en legde niet de minste heftigheid aan de dag, zoals kort daarvoor met Angeline. Had ik dus haar goedkeuring? In ieder geval is duidelijk dat ik die goedkeuring zocht.

Nadat Suzanne en haar vrienden weer snel vertrokken waren, hadden we een echt gelukkige tijd in Zuid-Frankrijk, maanden van zorgeloze en opwindende vrijheid. Ik legde het zo aan dat ik Hélène naar Puyloubier bracht, een dorp dat ik met recht en reden liefhad, want de opmerkelijke verloofde en vrouw van mijn vriend Paul was er geboren. Wat een weergaloze plek, aan de voet van de heilige, Sainte-Victoire, een massieve klomp steen vol bloemen met wisselende, levendige kleuren, tegenover de onmetelijke vlakte van Flers, aan de horizon afgegrensd door de hoge wanden van de Sainte-Baume en in de verte door de torens van de abdij van Saint-Maximin. Buiten het dorpje vonden we twee gepensioneerde ambtenaartjes bereid ons bijna gratis onderdak te verschaffen. 's Morgens na het opstaan, afgemat door onze hartstochtelijke liefdesnacht, gingen we in het jonge licht van de opkomende zon op het terras zitten. Mevrouw Delpit bracht ons een Provençaals ontbijt, koffie, melk, geitekaas, rauwe artisjokken, honing, room en zwarte olijven. Wat een zaligheid en vreugde in de vreedzame, prille meizon!

Later nam ik een keer de trein naar Parijs, en terwijl Hélène bij het echtpaar Delpit op me bleef wachten, zette ik mijn racefiets in het bagagerijtuig, haalde hem er in Cavaillon weer uit, stapte op en fietste in een soort roes (een heel andere rit dan naar Bandol!) naar mijn geliefde, veertig kilometer verder. Op het onverharde weggetje dat naar het dorp leidde stond ze me op te wachten, ze had me al van verre in de gaten. Ik was doodmoe, maar dit keer huilde ik niet, behalve misschien van vreugde. Wat een revanche op mijn moeder! Ik was een man geworden.

En daar was ik trots op. Toen Hélène, nog steeds even arm, door mijn toedoen een zolderkamertje had gevonden op de bovenste verdieping van een mooi oud huis in de rue du Val-de-Grâce, bij de geograaf Jean Dresche, een bekende hoogleraar aan de Sorbonne, ging ik op ieder uur van de dag en vooral van de nacht bij haar op bezoek en ik verliet haar vroeg in de ochtend, rond vier uur. Hoe opgewekt en fier klonken dan mijn voetstappen op de straatstenen van de uitgestorven rue Saint-Jacques, hoe licht was mijn jubelende lijf, de hele wereld leek me mooi wanneer de eerste zonnestralen de muren van de Ecole normale koesterden. Langzaam ging ik naar binnen, alle studenten sliepen nog; zij hadden in hun leven en in hun hart niet zo'n hartstochtelijke liefde als ik! Voor niets ter wereld had ik mijn weergaloze geluk, mijn schat, mijn liefde en vreugde tegen wat dan ook willen ruilen.

Ik moet zeggen dat mijn trots niet geheel ongegrond was. Mijn kameraden hadden wellicht, nee, hadden stellig een verhouding met een vrouw, die ze met of zonder moeite onder hun medestudenten hadden gevonden (mannelijke en vrouwelijke studenten van hogere normaalscholen gingen veel met elkaar om en trouwden vrij vaak onderling, dan bleef het in de familie en in de kaste, die academische kaste die ik minstens even diep haatte als Hélène, terwijl haar argumenten gegronder dan de mijne waren, want zij had er altijd buiten gestaan). Ik had het buitengewone voorrecht van een vrouw te houden (die van mij hield) van een heel andere kwaliteit! En dan ging het niet om het feit dat zij aanzienlijk ouder was dan ik—het leeftijdsverschil heeft voor ons nooit enige rol gespeeld—maar om haar scherpzinnigheid, haar moed en edelmoedigheid, om haar omvangrijke en veelzijdige ervaring en mensenkennis, om haar contacten met de belangrijkste schilders en schrijvers van haar tijd, om haar verzetsactiviteiten, die zelfs belangrijke militaire verantwoordelijkheden hadden omvat (in die tijd was deze vrouw een *man* geweest, zoals Lesèvre zelf erkende). Ze had een uiterst heldhaftige rol gespeeld, nooit had haar moed haar in de steek gelaten, dat joodse vrouwtje met die krulletjes en een 'jodenneus' die je op grote afstand kon herkennen. Ze had de listen en lagen van de vijand weten te verijdelen—ook in de trein van Lyon naar Parijs toen ze tijdens een controle door de Gestapo als joodse werd herkend en gearresteerd, terwijl ze genoeg bij zich had om op staande voet te worden gefusilleerd; ze werd slechts gered door haar koelbloedigheid en omdat ze met haar durf indruk maakte op een nazi-officier die ten slotte voor haar stond te stamelen. Ze vertelde dat verhaal alsof het niet meer was dan een anekdote, en onder het vertellen was ze even kalm als tijdens de beproeving. Kortom een uitzonderlijke vrouw (tenminste zo zag ik haar, trouwens ook al haar kameraden uit het Verzet, Lesèvre en andere Lyonese studenten met wie ze had samengewerkt, en *al degenen* die haar tijdens ons lange gemeenschappelijke leven gekend hebben). Ik kon niet aan haar tippen en zonder dat ik haar iets had gevraagd, ook niet hoe ze over me dacht, gaf ze me als uitzonderlijk geschenk een wereld die ik niet kende, waarvan ik in de afzondering van mijn krijgsgevangenschap had gedroomd, een wereld van solidariteit en strijd, een wereld van weloverwogen handelen volgens de grondbeginselen van saamhorigheid, een wereld van moed. Dat schonk ze aan mij, terwijl ik me zo berooid en lafhartig voelde, terwijl ik terugdeinsde voor elk fysiek gevaar dat inbreuk op mijn lichamelijke integriteit kon maken, terwijl ik wegens een naar ik meende hopeloze lafheid nooit had gevochten en het ook nooit zou hebben gekund. Aan mij, van wie ze zei: 'Als je niet gevangengenomen was, zou je je bij het Verzet hebben aangesloten en dan zou je zeker zijn gedood, gefusilleerd zoals zo vele anderen. Goddank heeft de krijgsgevangenschap je voor mij behouden!' Ik was bang alleen al bij de gedachte aan het dodelijke gevaar waaraan ik was ontsnapt, ik was ervan overtuigd dat ik nooit de kracht en de moed zou hebben opgebracht voor de fysieke, levensgevaarlijke beproevingen van de ondergrondse gewapende strijd. Ik had nog nooit een schot gelost, als kind al was ik zo bang voor schoten uit oorlogstuig en krabbelde ik zonder slag of stoot terug voor het geringste gevaar. Wat een geschenk bood ze mij aan en wat een vertrouwen stelde ze in me! En dankzij haar werd ik plotseling niet alleen de gelijke van al die strijders die zij had gekend, maar ook veruit de meerdere van al die armzalige studenten aan de Ecole normale wier jeugdigheid en kennis me hadden ontmoedigd, bij wie ik me hopeloos oud had gevoeld, zo oud dat iedere jeugdigheid me ontzegd leek—terwijl ik geen jeugd had gehad. Ik voelde me in die tijd jong als nooit tevoren en als geen ander, en ik ben het altijd gebleven. Ik voel me bijvoorbeeld altijd veel jonger dan mijn analyticus, die toch precies even oud is als ik; en pas geleden, verleden week nog, vroeg een vrouwelijke arts van dertig, niet opvallend charmant, mijn geboortedatum: 16 oktober 1918—wel nee, dat kan niet, u bedoelt '38! U bedoelt '38! Hoezeer had ze gelijk, deze jeugdigheid dank ik voorgoed aan Hélène, mijn welbeminde.

De subjectieve zekerheid van deze laat ontdekte jeugdigheid had gronden die me pas geleidelijk duidelijk werden. Dat ik eindelijk jong was en me zo jeugdig voelde, kwam doordat Hélène als een goede moeder voor me was, eindelijk, maar ook een goede vader. Ze was ouder dan ik, had veel meer levenservaring, ze hield van me als een moeder van haar kind, haar wonderbaarlijke kind, en tegelijk als een vader, een goede vader dan, want ze maakte me vertrouwd met de werkelijke wereld, die eindeloos grote wereld waarvan ik nooit deel had kunnen uitmaken (behalve als krijgsgevangene, of hoogstens als inbreker); door haar hartstochtelijke verlangen naar me maakte ze me ook vertrouwd met mijn mannelijke rol en mijn mannelijkheid, ze hield van me zoals een vrouw van een man houdt! We bedreven de liefde werkelijk zoals man en vrouw, terwijl mijn studiegenoten nog op zoek waren naar hun volwassenheid en—daarvan was ik overtuigd—nog niet verder waren dan het prille gestamel van een ridicule liefde die binnen de perken van de familie en de Ecole normale bleef. Het bewijs was wel dat ik na een lange lijdensweg zelfs de geur van haar vrouwenhuid heerlijk vond, die ik eerst, net als de huid van mijn moeder, niet kon verdragen. Niet alleen was ik een man geworden, maar zelfs een andere man, die in staat was werkelijk van iemand te houden, ook van een vrouw en zelfs van deze vrouw, wier lichaamsgeur me aanvankelijk obsceen had geleken!

Een nieuwe vriend, Jacques Martin, die in de oorlog als arbeider naar Duitsland was gegaan, niet uit politieke overwegingen—communisten mocht hij graag—maar uit intellectuele nieuwsgierigheid, begreep me, begreep ons. Een droeve maar ondanks de afstand die zijn latente schizofrenie schiep hartelijke homoseksueel, een onvergelijkelijke vriend. Hem kon ik alles vragen, terwijl ik me schaamde aan mijn medestudenten mijn onwetendheid te verraden (ik meende werkelijk niets te weten, ik had nooit iets geweten of was alles wat ik had geleerd weer vergeten), en hij antwoordde me als een echte broer, als de broer die ik nooit had gehad. Zijn ouders hadden hem gewoon in zijn ellende laten zitten; zijn vader was een griezelige apotheker die nooit een woord tegen hem had gezegd; zijn moeder, van wie hij wat geld had geërfd, was al lang gestorven. Ik weet niet hoe hij ervan rond kon komen. Michel Foucault mocht hem even graag als ik. Ook hij heeft hem vaak geld gegeven. Maar er brak een moment aan, toen hij zonder bestaansmiddelen was en geen hoop meer had nog ooit een bron van inkomsten te vinden (hij had een zus ergens ver weg, op wie hij erg gesteld was maar die zich nauwelijks om hem bekommerde, ik geloof dat ook zij apothekeres was, in Melun), dat hij uiteindelijk op een zomerdag in 1964 zelfmoord pleegde, in de eenzaamheid van een akelige augustusmaand, in het zestiende arrondissement, op een armoedig kamertje dat hij van een oude vrouw huurde. Ik zat toen in Italië—ik kom daar nog op terug—in de ban van een nieuwe liefde, en heel lang heb ik mezelf verweten, als een onuitwisbare schande, jegens hem tekort te zijn geschoten, hem niet tijdig met mijn geld te hebben geholpen om gewoon in leven te blijven. Ik moet zeggen dat ik niet veel geld had, ik gaf het in de eerste plaats uit voor Hélène en ik werd nog steeds beheerst door de duistere drang om een noodvoorraad aan te leggen, die mijn generositeit lamlegde. Maar aan Jacques had ik veel geld gegeven. Toen zijn zus me vroeg of ik geld aan Jacques had geleend (ja, bijna driehonderdduizend oude franken, meer dan Foucault), was ik alleen in staat te antwoorden: nee, niets. Maar wat een belachelijk antwoord, terwijl ik hem wellicht had kunnen redden! In elk geval was het *indertijd* het enige geld dat ik zonder spijt uitgaf zonder er iets voor terug te krijgen. Hoe dan ook, met Jacques Martin was de zelfmoord onherroepelijk en onontkoombaar tot mijn, tot ons leven gaan behoren. Helaas zou ik eraan moeten terugdenken.

Jacques Martin hielp mij, hielp ons niet alleen met zijn genegenheid en onverzettelijke vertrouwen. Hij hielp me ook een vakman te vinden die me met zijn 'wetenschap' kon bijstaan. Tegenwoordig mag het vreemd lijken, maar in die tijd kenden wij, berooide en slecht geïnformeerde studenten, ook al hadden we wel van psychoanalyse gehoord, geen enkele psychoanalyticus, en we wisten evenmin hoe we er een konden vinden. Maar op een dag hoorde Jacques van een gemeenschappelijke vriendin, die ettelijke keren geprobeerd had zich van het leven te beroven (weer een zelfmoord, maar een mislukte) over een psychotherapeut die analyses 'onder narcose' uitvoerde, een beste vent, vriendelijk, innemend, een beetje boers met zijn buikje. Hij nam Martin in behandeling, en ik volgde zijn voorbeeld. Twaalf jaar lang, ik herhaal twaalf jaar, 'behandelde' hij me, wat in feite wil zeggen dat hij me een ondersteunende psychotherapie gaf. In onze ogen genoot hij veel prestige (en op het laatst behandelde hij het hele gezin, mijn zus, mijn moeder, en veel goede vrienden), want naar zijn zeggen onderhield hij persoonlijke betrekkingen, die altijd enigszins geheimzinnig zijn gebleven, met sovjetartsen die hem ampullen 'Bogomolev-serum' stuurden, dat 'in nagenoeg alle gevallen' geacht werd wonderen te doen en dat naar het schijnt mijn zus in staat stelde van de man met wie ze getrouwd was het kind te krijgen dat ze zo dolgraag wilde hebben. Haar man was een Parijse volksjongen, met beide benen op de grond, kwistig met blijkbaar volkse uitdrukkingen, hij nam geen blad voor de mond, maar was van een voorbeeldige eerlijkheid en een 'volkse' rondborstigheid; mijn vader kon hem natuurlijk niet uitstaan. Ik hield van een joodse vrouw, mijn zus trouwde met een man uit het gewone volk, die hij 'vulgair' of te eenvoudig vond; kortom, de wensen van mijn vader konden ophoepelen. Hij liet het ons goed merken, weigerde Hélène en Yves te ontvangen. Als tegenzet (natuurlijk!) besloot ik *pas een jaar na de dood van mijn vader* met Hélène te trouwen (een magere, postume troost voor hem) en mijn zus scheidde uiteindelijk, maar ze wilde altijd de naam van haar voormalige echtgenoot, Yves Boddaert, blijven dragen en geen Althusser heten, ook zij niet, hoewel ze wettelijk van hem gescheiden is. Ze woont in Zuid-Frankrijk, ik hielp haar zo goed ik kon bij haar vele psychische problemen, dat wil zeggen met mijn onwetendheid en toewijding, op twintig kilometer afstand, en onophoudelijk gaan we bij elkaar op bezoek en bellen we elkaar op. Dankzij deze arts (?) kreeg ze een zoon, François, haar bestaansreden; hij houdt werkelijk veel van haar, maar uit de verte (vanuit Argenteuil, waar hij het met zijn bekwaamheid en ernst tot adjunct-gemeentesecretaris heeft gebracht).

De liefde van Hélène, het uitzonderlijke voorrecht haar te kennen, van haar te houden en met haar te leven brachten me in verrukking, en op mijn manier probeerde ik haar liefde te beantwoorden, intens en om zo te zeggen mezelf wegcijferend zoals ik voor mijn moeder had gedaan. Voor mij kon mijn moeder niets anders zijn dan een martelares, het slachtoffer van mijn vader, een wandelende open wond. Ik heb al verteld dat ik het steeds voor haar opnam, op gevaar af mijn vader openlijk te tarten, die dan wegliep. Men zal zeggen dat het gevaar slechts denkbeeldig was, aangezien de woede op mijn vader nooit op geweld mijnerzijds uitliep, zoals bij de zoon van Lemaître in het Bois de Boulogne; dat ik hem wel onophoudelijk met veel hoon overlaadde, maar gedekt door stilzwijgende gezinsconventies, en dat ik nooit degene was die ervandoor ging (net als in krijgsgevangenschap had ik zelfs niet de moed te overwegen om het gezin te verlaten, uit de hellekring te breken, zoals mijn liefste vriendin deed, dan had ik mijn moeder aan haar angstaanjagende verlatenheid prijsgegeven). Hij was het die ervandoor ging, en hoe! Tot het moment van zijn terugkeer verkeerden we, verkeerde ik in elk geval, in een ondraaglijke angst. Daarom wilde ik mijn moeder voortdurend te hulp schieten, zoals je een echte martelares te hulp komt. Vooral de afwas beschouwde ik als de wreedste kwelling voor haar (waarom toch?), ik haastte me die voor haar te doen en het merkwaardige was overigens, maar ook weer niet zo merkwaardig, dat ik er al snel de perverse smaak van te pakken kreeg. Zelfs vegen, bedden opmaken en koken probeerde ik haar te besparen, ik was de enige die de tafel dekte en afruimde, in ieders bijzijn, als een daadwerkelijk verwijt aan de onbeschaamde leegloperij van mijn vader—mijn zus kon het geen moer schelen. Zodoende werd ik met genoegen een echt huismannetje, een soort benepen en kleurloos meisje (mijn filmische beeld in het park). Destijds had ik het gevoel dat ik wat mannelijkheid betreft inderdaad wel iets zou *missen*. Ik was geen jongen en in geen geval een man, maar een huisvrouw. Bij Hélène ging het net zo, maar wat een verschil!

Toen ik haar leerde kennen zat ze aan de grond, ze kende zelfs de meest onheilspellende materiële armoede. Het woord 'onheilspellend' nam ze voortdurend in de mond en tot haar dood zou het voor haar een vertrouwd woord blijven. Ik moet nog steeds rillen wanneer een vriendin het keer op keer gebruikt. Inderdaad, in haar eigen ogen leidde ze een 'onheilspellend' bestaan. Al haar vrienden, de verre en de nabije, waren in de oorlog vermoord, ze had alles verloren, de trouweloze Renoir, Hénaff en pater Larue, haar enige liefde voordat ze mij leerde kennen. En ook had ze ieder contact met de Partij verloren. Huisvesting had ze nauwelijks, behalve de 'onheilspellende' zolderkamertjes in een vijandige en verdachte omgeving. Ze had geen werk, dus ook geen inkomen, ze moest haar kostje bij elkaar scharrelen, bijvoorbeeld door haar schaarse waardevolle boeken te verkopen, of door, bijna voor niets, examenstukken van studenten aan de Ecole normale te typen, werk dat ik (nadat ze het mijne had getypt) niet zonder schaamtegevoel voor haar vond. Probeerde ik haar dan niet te helpen? Zeker, met heel mijn hart, maar aanvankelijk beschikte ik alleen over de twintig franc 'beurs' van de Ecole normale, waarna we er door een illegale actie van de vakbond, die Maurice Caveing en ik hadden opgericht, in slaagden voor ons en voor alle hogere normaalscholen een salarisstelsel ingevoerd te krijgen. En ik durfde niets aan mijn vader te vragen, ik wilde per se niet dat hij wist van mijn 'noden' en van het soort vrouw met wie ik ging en van wie ik hield. Een joodse vrouw zou hij wel van inhaligheid verdenken: zijn niet alle joodse vrouwen uit dat hout gesneden? Bovendien heb ik al aangegeven hoezeer ik gekweld werd door de angst om geld en dus voorraad te kort te komen. Men kan zich dus wel voorstellen hoe ik, ondanks mijn gulle voornemens, op mijn manier mijn geld telde. Ik herinner me nog de dag dat ik voor Hélène een plaatijzeren houtkacheltje kocht, zodat ze het op haar primitieve kamertje in de rue du Val-de-Grâce niet te koud zou hebben; maar het was zo gammel dat het gevaarlijk was en in feite nauwelijks warmte gaf—het toppunt van opoffering, onkosten en belachelijkheid. Inderdaad, ik had geen bestaansmiddelen, of zorgde ervoor dat ik ze niet had, om mijn giften zoveel mogelijk uit te vergroten.

 Misschien was dit het wel waar het om ging, in elk geval had ik later het gevoel dat het hierom ging. En wel om de volgende reden.

 Ik heb al gezegd dat ik me niet in staat voelde lief te hebben, dat ik me onverschillig jegens anderen voelde en ongevoelig voor hun liefde, waarmee ze toch niet karig waren, tenminste mijn vriendinnen en zelfs mijn vrienden niet. Stellig had de volkomen onpersoonlijke liefde van mijn moeder, die immers niet voor mij maar voor een dode achter mij bestemd was, me onmachtig gemaakt zowel voor mezelf als voor die ander, maar vooral voor een andere vrouw te bestaan. Ik voelde me om zo te zeggen machteloos, en dit woord moet in alle betekenissen worden opgevat: natuurlijk onmachtig om lief te hebben, maar in de eerste plaats onmachtig in mezelf en voor alles in mijn eigen lichaam. Het was of de essentie van mijn lichamelijke en geestelijke integriteit me was afgenomen. Met recht zou je hier kunnen spreken van amputatie, en dus van castratie, wanneer een deel van jezelf wordt weggenomen, dat altijd aan je persoonlijke integriteit zal blijven ontbreken.

In dit verband zou ik willen terugkomen op de waanvoorstelling die me na mijn terugkeer uit de krijgsgevangenschap, toen ik naar mijn ouders in Marokko was gegaan, hevig bezighield. Ik was er vast van overtuigd een geslachtsziekte te hebben opgelopen, en dus nooit werkelijk over mijn mannelijke geslachtsdeel te kunnen beschikken. In dezelfde 'orde' van associaties en herinneringen (en ditmaal is de herinnering weer heel) staat me voor de geest dat ik heel angstig ben geweest over een naar het schijnt veel voorkomend verschijnsel, dat overigens een Latijnse naam heeft, *fimosis* (op dit terrein biedt het Latijn de gelegenheid heel wat zedeloze dingen te zeggen...), en dat mijn leven in Algiers en Marseille jarenlang letterlijk vergiftigd heeft. De hele tijd trok ik aan de huid van mijn penis en ik slaagde er maar niet in de 'kap' van de eikel te verwijderen. Destijds had ik zogeheten 'witte vloed', die van onder mijn voorhuid kwam en die me weer eindeloos lang deed geloven dat ik een ernstige aandoening aan mijn penis had waardoor ik, zonder er ziek of beroerd van te zijn, geen volledige, op een zaadlozing uitlopende erectie zou kunnen krijgen. Eindeloos bleef ik trekken aan die pijnlijke huid, maar zonder succes. Op een dag bracht mijn moeder mijn vader op de hoogte en ze sloot ons samen op in het toilet. Meer dan een uur probeerde mijn vader in het duistere toilet (was er geen licht uit kiesheid of uit angst voor iets?) mijn voorhuid naar beneden te trekken, maar tevergeefs—en natuurlijk werd er geen woord gezegd! Jarenlang ben ik ervan overtuigd geweest dat ik wat dit betreft beslist helemaal niet normaal was. Alsof er aan mijn penis iets ontbrak, zodat het geen mannelijk geslachtsdeel was, alsof ik in feite niet over een echt mannelijk geslachtsdeel beschikte, alsof iemand (wie?) het me had ontnomen. Waarschijnlijk mijn moeder, die er letterlijk 'de hand op had gelegd', zoals men zich zal herinneren.

Waarom sta ik bij dit voorbeeld stil? Omdat het symbolisch is en behalve mij ons allen aangaat. Wat is het vermogen om lief te hebben? Beschikken over de integriteit van jezelf, van je 'potentie', niet met het oog op genot of uit een overmaat aan narcisme, integendeel, juist om in staat te zijn iets te geven, zonder gemis, zonder restant, zonder tekort of gebrek. Wat is bemind worden anders dan dat je giften als vrij erkend en geaccepteerd worden, dat ze 'overkomen' en hun weg als gift vinden, om in ruil daarvoor een ander geschenk te ontvangen waar je met heel je hart naar verlangt: bemind worden, de vrije liefdesgave uitwisselen? Maar om een vrij 'subject' en 'object' van deze ruil te zijn, moet je in staat zijn het proces op gang te brengen, je moet beginnen met te geven zonder beperking, als je in ruil daarvoor (een ruil die het tegendeel is van een boekhoudkundige nutsberekening) dezelfde gift wilt ontvangen, of nog meer dan je geeft. Daartoe mag je persoonlijke vrijheid natuurlijk en vanzelfsprekend niet beperkt zijn, de integriteit van je lichaam en je ziel mag niet geschonden zijn, je mag om zo te zeggen niet 'gecastreerd' zijn, maar je moet over je bestaansvermogen beschikken (denk aan Spinoza). Geen enkel deel van dat vermogen mag geamputeerd zijn, je mag niet gedoemd zijn het met hersenschimmen en lacunes aan te vullen.

Maar mijn moeder had me wel tien of twintig keer gecastreerd, vanuit dezelfde drang waarmee ze tevergeefs probeerde greep te krijgen op haar angst om zelf te worden gecastreerd, bestolen (het wegnemen van haar bijeengegaarde bezittingen en spaarcenten) en verkracht (het openrijten van haar eigen lichaam). Inderdaad, ze had me gecastreerd, vooral toen ze me mijn eigen geslachtsdeel had willen schenken, een gruwelijk gebaar dat voor mij het symbool was geweest van mijn verkracht-zijn door haar, van de diefstal en schending van mijn eigen geslachtsdeel, waarop zij tegen mijn wil in feite 'de hand had gelegd', tegen mijn vurige verlangen een *eigen* geslachtsdeel te hebben dat van mij en van niemand anders was, en vooral niet—o hoogste vorm van obsceniteit—van haar. Daarom voelde ik me niet bij machte van iemand te houden, omdat een aanslag was gedaan, omdat *inbreuk* was gemaakt op mijn diepste levenskracht. Hoe kun je ook maar de pretentie hebben van iemand te houden als inbreuk is gemaakt op het meest intieme van jezelf, op je diepste verlangens, op het leven van je leven? Door mijn moeders aanslag op mijn intimiteit voelde ik me altijd, ook tegenover Hélène, als een man (een man? dat is te veel gezegd) die volstrekt niet in staat was haar echte en oprechte liefde te schenken, of via haar aan iemand anders, opgesloten als ik me voelde in mezelf en in wat ik mijn ongevoeligheid noemde. Mijn ongevoeligheid? In feite de ongevoeligheid van mijn moeder, die me versteld deed staan toen ze, met als voorwendsel dat ze amoebiasis of weet ik veel wat had, in Marokko bleef en weigerde haar eigen stervende moeder bij te staan—ik ben toen na haar infarct zelf naar de Morvan gegaan om 's morgens vroeg in de koude kerk bij haar te zijn. Mijn ongevoeligheid? In feite de ongevoeligheid van mijn moeder, die me er alleen door haar stilzwijgen van weerhield naar Simone te gaan en me ertoe bracht woedend naar La Ciotat te fietsen. Mijn ongevoeligheid? In feite de ongevoeligheid van mijn moeder, die onbewogen en zonder een spoortje emotie het koude voorhoofd van mijn overleden vader kuste, knielde om een kruisteken te maken en hup naar buiten! Mijn ongevoeligheid? In feite de ongevoeligheid van mijn moeder, die toen mijn vriend Paul en Many, de enigen die haar kenden, haar in haar eenzame huisje in de voorstad Viroflay kwamen opzoeken, om haar met eindeloze omzichtigheid te vertellen dat Hélène gestorven was en dat ik haar had gedood—die hun toen de tuin liet zien, zonder een woord, alsof er niets aan de hand was, met haar gedachten duidelijk ergens anders, helaas weet ik maar al te goed waar. Mijn ongevoeligheid? In feite de ongevoeligheid van mijn moeder, die sinds ze weduwe is al haar fobieën kwijt is, de naam Althusser afwijst en alleen nog genoegen neemt met haar meisjesnaam, Berger, die tegenwoordig zonder angst voor amoebiasis of andere buikklachten gretig de mooie plakken chocola die ik voor haar meeneem opeet! Mijn hemel, zou ik onbillijk jegens haar zijn? Deze vrouw was rechtlijnig, verheelde niets, heeft nooit iemand gewelddadig behandeld, was hartelijk (voor haar weinige vrienden), hield duidelijk van ons zo goed zij kon en moest helemaal alleen de 'goede' methoden voor onze opvoeding bedenken (muziek, concerten, klassiek toneel, verkennerij). De ongelukkige vrouw heeft gedaan wat ze kon, niets meer en niets minder, ten behoeve van wat naar haar mening haar en ons geluk was, in werkelijkheid mijn ongeluk, terwijl ze dacht dat ze goeddeed, dat wil zeggen dat ze zich conformeerde aan wat ze in de ongerepte bossen van Algerije had geleerd van de kalme ontzetting van haar eigen moeder en de nerveuze onrust van haar vader.

    Het is dus helemaal niet verwonderlijk dat ik iets van deze afschuwelijke ongevoeligheid en onmacht om werkelijk van iemand te houden heb overgenomen en naar Hélène heb toegeleid, die andere ongelukkige vrouw, in mijn ogen ook een martelares en een open wond. Het was mijn en ons lot de verlangens van mijn moeder in dusdanige mate te verwezenlijken dat ik (tot nu toe) nooit in staat ben geweest mezelf 'te reconstrueren' om Hélène als liefde iets anders te schenken dan die afschuwelijke karikatuur van een kunstmatige gift die ik van mijn moeder erfde. Natuurlijk heb ik zielsveel van Hélène gehouden, met al mijn geestdriftige trots, mezelf volledig aan haar wegschenkend en toewijdend, maar hoe kon ik werkelijk uit de knellende eenzaamheid geraken waartoe ik toen, waarschijnlijk met heimelijke gedachten, reserves en verborgen bijbedoelingen, veroordeeld was, hoe kon ik een antwoord geven op haar angst als ze in bed of elders steeds weer herhaalde: maar zeg dan iets tegen me! Dat wil zeggen: *geef* me alles wat nodig is om eindelijk te worden verlost van die verschrikkelijke angst dat ik voorgoed alleen ben, een afschuwelijke feeks, verstoken van de liefde die tegen mijn liefde is opgewassen.

Niemand kan een antwoord geven op de angstige vraag: 'Zeg dan iets tegen me!', als deze opmerking niets anders betekent dan: *geef me alles*, zorg ervoor dat ik eindelijk besta! Zodat de angst wordt afgedicht dat ik in jouw ogen en in jouw leven niet echt besta, dat ik slechts een toevallige ontmoeting ben, niet toereikend om jouw geschonden integriteit met eeuwige liefde te helen! Ik wist maar al te goed, en ook Hélène wist heel goed wat er achter deze pathetische oproep schuilging: Hélènes angstaanjagend waandenkbeeld dat ze een boosaardige vrouw was, een *afschuwelijke* moeder, een helleveeg die kwaad en pijn deed, en dan vooral jegens degene die van haar hield of van haar wilde houden. De machteloze wil tot liefhebben vond tegenover zich de verwoede, halsstarrige en heftige weigering (wens) niet te worden bemind omdat ze het niet verdiende, omdat ze in wezen een afschuwelijk diertje was vol klauwen en bloed, stekels en razernij. Genoeg om de zo gemakkelijk (zo veel gemakkelijker!) te accepteren façade op te bouwen van een sadomasochistisch paar dat niet in staat is de dramatische aaneenschakeling van woede, wederzijdse haat en agressie te doorbreken.

Vandaar de 'vreselijke ruzies' tussen ons die de afschuw of verontwaardiging (dat hing ervan af) van onze vrienden wekten, als ze er de machteloze getuigen van waren. Evenals mijn vader liep Hélène weg, plotseling was haar gezicht van marmer of van papier geworden, en als ze de deur achter zich had dichtgeslagen holde ik achter haar aan met de kwellende en ondraaglijke angst door haar in de steek te worden gelaten, soms dagenlang, en soms zonder dat ik er iets aan kon doen. Wat had ik bijvoorbeeld gedaan toen ik haar na de Anjerrevolutie per vliegtuig meenam naar Portugal? Ze kreeg in het restaurant, waar vrienden uit de buurt ons hadden uitgenodigd, een hysterische aanval omdat de straten in Lissabon *te steil* waren; en ik moest hoog boven bij het kasteel mijn toevlucht zoeken en wachten tot haar slechte humeur tot bedaren was gekomen. Wat had ik bijvoorbeeld in Granada gedaan toen ze, ik weet niet waarom, de hulp van een vriend afsloeg die aanbood ons het Alcazar te laten zien: 'Hem hebben we niet nodig!'—en er volgde een verschrikkelijke ruzie. Wat had ik bijvoorbeeld in Griekenland gedaan toen ze de traditionele gastvrijheid weigerde—maar die had ze bij voorbaat geweigerd—een overvloedig ontvangstmaal bij een kleinburgerlijke familie? En wat had ik bijvoorbeeld... In al die gevallen kon ik er waarschijnlijk echt niets aan doen, maar helaas weet ik maar al te goed dat ik haar meestal in de maling nam, haar reacties uitlokte en zelfs diep in haar hart ging spitten om te zien of zij het er al dan niet mee eens was.

Zo ook mijn 'avonturen met vrouwen'. Ik had steeds de behoefte om naast Hélène een 'voorraad vrouwen' aan te leggen en daarvoor haar uitdrukkelijke goedkeuring te vragen. Waarschijnlijk had ik die vrouwen 'nodig' als erotische aanvulling op hetgeen de ongelukkige Hélène zelf niet kon geven, een jong lichaam dat niet ziek was en het profiel dat ik in mijn dromen bleef najagen. Deze dingen 'miste' mijn aangetaste verlangen, wat bewees dat ik behalve een vader-moeder ook het lichaam van een gewone, begeerlijke vrouw kon begeren. Maar nooit was ik in staat iets te ondernemen zonder haar uitdrukkelijke goedkeuring, tot kort geleden.

Onbewust vond ik door deze oplossing een hoogste 'synthese'. Ik werd verliefd op vrouwen die mij aantrokken, maar die ver genoeg weg waren om het ergste te voorkomen. Ze woonden of in Zwitserland (Claire) of in Italië (Franca), dus op een afstand die onbewust zodanig berekend was dat ik hen slechts af en toe ontmoette (in de regel, dat wil zeggen onbewust, kreeg ik er na drie dagen genoeg van, en toch vond ik Claire en Franca buitengewoon mooi en gevoelig). Maar deze geografische voorzorgsmaatregel maakte mijn goedkeurings- en beschermingsceremoniën niet overbodig. Toen ik in augustus 1974 Franca ontmoette, nodigde ik Hélène al op 15 augustus uit om met haar kennis te komen maken. Ze konden heel goed met elkaar opschieten, maar een paar maanden later volgden er pijnlijke verwikkelingen en werd ik heen en weer geslingerd tussen Hélène en Franca. Wat een telegrammen en telefoontjes tussen Panarea (een eiland bij Sicilië) en Parijs, tussen Bertinori en Parijs, tussen Venetië en Parijs, met als enig resultaat een verveelvoudiging van mijn achterbakse provocaties en een verslechtering van de situatie.

Maar het toppunt werd bereikt wanneer mijn 'vriendinnen', direct of indirect, de kwestie van samenleven of een kind krijgen te berde brachten. Met Claire speelde het zich af in de berm van een bosweg bij Rambouillet; ze had het over de kleine 'Julien' die we zo graag wilden hebben en bood mij aan—ze had zo haar 'ideeën over mij'—met haar samen te leven; prompt werd ik ziek, depressief. Met Franca, een prachtige Italiaanse van zesendertig, die de hoop had opgegeven op haar leeftijd nog ooit van iemand te kunnen houden, was het nog erger. Op een dag kwam ze in Parijs aanwaaien met het voorwendsel dat ze college ging lopen bij Lévi-Strauss, wiens werk ze had vertaald, en telefonisch deelde ze me mee dat ze ter stede was en dat ik met haar kon doen wat ik wilde. Ze kwam zelfs mijn huis binnen door het raam, omdat ze het niet goed zag. Het was maar al te duidelijk. Prompt werd ik ziek, heel depressief. Ook zij had haar 'ideeën' over mij.

Natuurlijk waren niet al mijn opeenvolgende depressies van hetzelfde slag, maar het waren wel merkwaardige depressies. Als ik eenmaal was opgenomen kwam ik tot rust, alsof de moederlijke bescherming van de inrichting, de afzondering en de 'almacht' van de depressie voldoende waren om twee wensen vervuld te krijgen: niet tegen mijn zin verlaten worden, en tegen alles worden beschermd. Heerlijke depressies, zogezegd, die me tegen de buitenwereld beschutten en me een eindeloos gevoel van gerustheid schonken, omdat ik niet meer hoefde te strijden, zelfs niet meer tegen mijn verlangen. Mijn analyticus kon me wel steeds zeggen dat het atypische en neurotische 'schijndepressies' waren, maar niets hielp. En aangezien ze meestal van zeer korte duur waren (twee à drie weken), en ze ondanks de verschrikkelijke tijd die eraan voorafging (langer en erger dan de depressie zelf) als bij toverslag verdwenen wanneer ik eenmaal was opgenomen, en aangezien mijn werk en plannen er maar heel weinig onder te lijden hadden, want vaak volgde er een toestand van hypomanie op waarin ik tot mijn grote voldoening en met het grootste gemak schijnbaar alle problemen kon oplossen, zowel die van mij als die van anderen—had ik er eigenlijk niet erg onder te lijden. Ik werkte daarna veel beter en haalde de schijnbare achterstand die ik had opgelopen met gemak weer in. Ze pasten gewoon in mijn enigszins onstuimige levenspatroon.

De analyticus die ik destijds regelmatig raadpleegde, wees me op een aspect van mijn depressies waarvan ik zelf natuurlijk geen vermoeden had. Hij zei: een depressie geeft je absolute macht. Strikt genomen is dat onbetwistbaar. Je trekt je uit de wereld terug, je zoekt een 'toevlucht' in de ziekte, ver van alle feitelijke zorgen en dringende werkzaamheden, in een veilige witte ziekenhuiskamer, waar toegewijde verpleegsters en artsen je moederlijk verzorgen (de vergaande regressie die elke depressie eigen is, maakt je tot een klein kind, niet een kind dat in de steek is gelaten, maar een kind dat juist de diepe, kalme zekerheid heeft dat het eindelijk niet meer aan zijn lot wordt overgelaten). Voeg daarbij het komische fetisjisme van de geneesmiddelen, die naar bekend door slaap en rust het genezingsproces slechts *verkorten*, en zonder iets te doen, zonder iets terug te hoeven geven, krijg je gedaan dat iedereen zich plooit naar je bevelen en verlangens; artsen en verpleegsters, bezoekers en dierbaren. Zonder dat je nog iets van de buitenwereld te vrezen hebt, oefen je een absolute macht uit, als een kind dat eindelijk door goede moeders wordt bemind. Het laat zich denken hoezeer deze theoretische verklaring me bevredigde. Terwijl ik me in het leven machteloos voelde, zonder werkelijk bestaan (anders dan door mijn spel van kunstgrepen en bedrog), bleek ik eindelijk over een macht te beschikken waarvan ik nooit had durven dromen. Dan ga je al snel denken, en terecht, dat je alleen daarom ziek wordt en wil worden opgenomen (ik smeekte letterlijk of ik naar de inrichting mocht). Maar wanneer valt mij dan in het werkelijke leven zo'n almacht toe? Die mogelijkheid werd me geboden tijdens de periode van hypomanie die op de depressieve fase volgde (niet altijd, maar steeds vaker). Heel snel ging ik van depressie naar hypomanie, die soms de vorm aannam van maniakale heftigheid. Dan had ik inderdaad het gevoel een absolute macht te bezitten, over alles, over de buitenwereld, over mijn vrienden, over mijn plannen, over mijn eigen problemen en over die van anderen. Alles leek me en verging me onvoorstelbaar gemakkelijk, ik was alle moeilijkheden de baas, de mijne en die van anderen; zonder dat ze ergens om hadden gevraagd legde ik me erop toe, en kennelijk niet zonder resultaat, hun problemen op te lossen. Ik nam initiatieven die zij uiterst riskant vonden (zowel voor mij als voor hen), die hen bang maakten, maar van hun bedenkingen trok ik me niets aan, ik bekommerde me er niet om en was er vast van overtuigd heer en meester van het leven te zijn, van het spel, van alle spelletjes en, ten minste voor één keer, van bijna de hele wereld, waarom eigenlijk niet... Ik herinner me een verschrikkelijke opmerking die ik rond 1967 maakte en die ik helaas niet heb kunnen vergeten: 'We zijn op weg naar hegemonie...' Ieder zal begrijpen dat achter dit gemak en deze pretentie een enorme hoeveelheid agressiviteit schuilging die bij deze gelegenheid vrijkwam, of zich veeleer in opgewondenheid uitleefde, als een symptoom van mijn waanvoorstellingen over onmacht en de daaraan gekoppelde depressie, want het was slechts een omgekeerde verdediging tegen mijn depressieve neiging en tegen mijn waanvoorstellingen van onmacht die mijn depressie voedden. Dus de ambivalentie, waarvoor Freud na Spinoza terecht de aandacht vroeg, is in alle gevallen werkzaam en dat was vooral in mijn geval duidelijk. Mijn angst voor volledige machteloosheid en mijn verlangen naar almacht, mijn grootheidswaan, waren slechts twee kanten van dezelfde medaille: het verlangen om te beschikken over datgene waar *het mij aan ontbrak om een volledig en vrij man te kunnen zijn*, een gemis dat mij zo bang maakte. Op die manier werd ik beurtelings geobsedeerd door beide kanten van dezelfde ambivalente waanvoorstelling, enerzijds de onwerkelijke almacht van de depressie, anderzijds de megalomane almacht van de manie.

Tussen 1947 en 1980 heb ik zo'n vijftien depressies gehad, die steeds van korte duur waren, behalve de eerste en de laatste, en zonder nadelige gevolgen voor mijn 'professionele leven', integendeel. Ik ben de directie van de Ecole normale dankbaar dat ze begrip genoeg had om me nooit met ziekteverlof te sturen, omdat ik na iedere depressie wel honderd keer zo hard werkte. Wanneer ik het goed zie, is het mogelijk de bewuste 'thema's' van mijn depressies in drie categorieën onder te brengen: angst om te worden verlaten (door Hélène, mijn analyticus of een van mijn vrienden of vriendinnen); angst om bloot te staan aan een verzoek om liefde dat ik als een bedreiging ervoer omdat ik bang was 'gepakt' te worden of meer in het algemeen omdat iemand 'ideeën over mij' had die duidelijk niet de mijne waren (ik kom daar nog op terug); en ten slotte de angst om publiekelijk in al mijn naaktheid tentoon te worden gesteld: de naaktheid van een nul, van een man die slechts bestaat dankzij list en bedrog, en dan zou tot mijn schaamte mijn onherroepelijke veroordeling voor iedereen duidelijk zichtbaar worden.

Ik geloof dat wel duidelijk zal zijn waarom de angst om te worden verlaten een depressie bij me teweeg kon brengen. Boven op de angst door mijn moeder in de steek te worden gelaten kwam de oude angst om het verdwijnen van mijn vader in de nacht, aangewakkerd doordat Hélène er vaak zo woest vandoor kon gaan, wat voor mij onverdraaglijk was, want het betekende een dodelijk gevaar (en zoals bekend heb ik met de dood altijd een levendige betrekking onderhouden). Deze 'overdeterminatie' bracht me een uitzichtloze angst, ik kon me alleen nog maar aan mijn 'lot' overgeven en in mijn verlangen wegzinken, mijn waarheid verwezenlijken, niet langer bestaan, uit de wereld verdwijnen, kortom me laten opnemen, maar met de perverse bijbedoeling te vluchten in de ziekte, waar niemand me meer in de steek zou laten, omdat ik officieel en publiekelijk ziek was; en zodoende eiste en verkreeg ik als een tiran ieders hulp. In de laatste fasen van mijn zeer ernstige en langdurige depressie, in Sainte-Anne en vooral in Soisy, deed ik dat wel heel nadrukkelijk. Ik kom daar nog op terug.

XII

Ook de gedachte (en de situaties die zo'n gedachte oproepen) dat ze me wilden 'pakken', bezorgde me diepe weerzin en angst. Vooral was ik bang voor opdringerige vrouwen. Die associatie lag duidelijk in de lijn van trauma's en aantastingen, ik zou bijna zeggen van de aanslagen van de kant van mijn moeder, die haar castratielust op me had botgevierd. Zodra een vrouw me het voorstel deed te gaan samenleven (wat tot gevolg zou hebben dat ik zou worden verlaten door Hélène, die zoiets—naar mijn idee—nooit zou hebben geduld), was ik doodsbang en werd ik depressief. Al zal het zelfs verscheidene vrienden van me verbazen, *ik heb nooit de indruk gehad dat Hélène me wilde 'pakken' of zich jegens mij als een castrerende moeder gedroeg*. Ik had dat gevoel daarentegen steeds wanneer vriendinnen 'aan de zijlijn' de grenzen overschreden die ik voor hen had getrokken (door van omstandigheden gebruik te maken of door die onbewust te kiezen) en me daardoor (dat zie ik nu heel duidelijk in) van Hélène dreigden te beroven, dus haar vertrek dreigden te bewerkstelligen. Ik deinsde voor niets terug om me tegen dit absurde maar dodelijke gevaar te beschermen. Vanzelfsprekend wees ik dit soort aanbiedingen altijd krachtig van de hand (door demonstratief meteen ziek te worden), ik ervoer ze als een 'onverdraaglijke beslaglegging'. Uit voorzorg bedacht ik zelfs bij gelegenheid (om de waarheid te zeggen altijd, maar in uiteenlopende vormen, impliciete of expliciete) weerwoorden en idiote opmerkingen. Aan een jonge vrouw, die me per brief haar al lange tijd zichtbare liefde had verklaard, antwoordde ik: 'Ik heb er een hekel aan bemind te worden!' Dat was volkomen onwaar, maar de strekking was: ik heb er een hekel aan als iemand *het initiatief* neemt om me te beminnen, om me te 'pakken', want ik duld niet dat iemand een dergelijk initiatief neemt; dat voorrecht heb ik alleen en volstrekt niemand anders. Ik spreek natuurlijk over de mens, over het individu dat ik was, en niet over de filosoof— juist in samenhang met dat dwaze verlangen om lief te hebben, iets waartoe ik me niet in staat achtte en waartoe ik niet in staat bleek.

Op een dag, tijdens een (mijnerzijds) heftige woordenwisseling met mijn analyticus, noemde ik een meer algemene variant van dit afwijzen van ieder vrouwelijk initiatief jegens mij: mijn weerzin jegens eenieder die beweerde 'ideeën over mij te hebben'. Daarbij ging het niet alleen om vrouwen, maar ook om mannen en in de eerste plaats om mijn analyticus. Destijds had ik helemaal niet goed begrepen dat hij voor mij 'de goede moeder' vertegenwoordigde, dus een vrouw, de eerste van allen. Ter verduidelijking: ik heb nooit het gevoel gehad dat Hélène 'ideeën over mij' had; ze aanvaardde me zoals ik was, overeenkomstig mijn eigen verlangen. Want zowel hier als in die andere gevallen is de kwestie van het verlangen in het geding. Ik had het verlangen van mijn moeder zo sterk ondergaan dat ik het gevoel had haar verlangen alleen tegen mijn eigen verlangen in te kunnen verwezenlijken. Ik maakte er aanspraak op eindelijk recht op mijn eigen verlangen te hebben (hoewel ik niet in staat was het tot iets werkelijks te maken, ik leefde slechts van het gemis, de amputatie, *de dood* van dat verlangen) en duldde niet dat een derde, wie het ook was, mij zijn eigen verlangen en zijn ideeën als zijnde de mijne opdrong. Opgevat in deze ruimere zin vormde het opeisen van mijn eigen (maar onmogelijke) verlangen stellig de grondslag van mijn fanatieke onafhankelijkheid, zowel op het gebied van de filosofie als in de Partij, en ondanks de handigheid waarmee ik tot een vergelijk kwam met de opvattingen van mijn vrienden, dat wil zeggen er in feite mijn eigen wending aan gaf, maakte dit me onafhankelijk ook ten opzichte van mijn beste vrienden. Ik geloof dat deze karaktertrek, deze 'dwarsheid' hun niet is ontgaan en dat ze er nu en dan een hoge prijs voor hebben betaald. Misschien ligt hier gedeeltelijk de oorsprong van de reactie van die vriendin wier opmerking ik reeds vermeldde: 'Je weet voortreffelijk van je vrienden gebruik te maken, maar je ontziet ze niet.' Het lijdt geen twijfel dat ik aan deze onafhankelijkheid (waarvan ik nu duidelijk de negatieve 'genealogie' zie) tastbare voordelen heb ontleend, die tot de vorming en de figuur van mijn 'persoonlijkheid' hebben bijgedragen. Weer een voorbeeld van ambivalentie, waaraan ik vast en zeker andere depressies te danken had.

Maar de meest veelzeggende soort van mijn ingebeelde angsten—want deze waanvoorstelling beeldt de onmogelijke oplossing uit waarvoor ik me gesteld zag: almachtig lijken terwijl ik het helemaal niet was—is wel de derde drijfveer, die meerdere van mijn depressies teweegbracht, in het bijzonder de opzienbarende depressie in het najaar van 1965. In een euforische stemming had ik *Pour Marx* en *Lire 'Le Capital'* gepubliceerd. Beide teksten waren in oktober verschenen en op dat moment werd ik door een onvoorstelbare angst bevangen bij de gedachte dat ze me ten aanschouwen van een breed lezerspubliek in al mijn naaktheid zouden tonen, dat wil zeggen zoals ik was, een wezen van list en bedrog en niets anders, een filosoof die bijna niets wist van de geschiedenis van de filosofie noch van Marx (ik had zijn jeugdwerken wel aandachtig bestudeerd, maar van *Het kapitaal* alleen het eerste boek, tijdens een werkcollege in 1964 dat in *Lire 'Le Capital'* zou uitmonden). Ik voelde me een 'filosoof' die eigenmachtig aan een bouwsel was begonnen dat helemaal niets met Marx zelf te maken had. Raymond Aron had niet helemaal ongelijk toen hij met betrekking tot mij en tot Sartre van 'denkbeeldig marxisme' sprak, maar zoals altijd begreep hij niets van wat hij zei—wanneer hij wel eens iets belangrijks zei—over de rest spreek ik niet eens (terwijl zelfs de trotskisten hem na zijn dood ophemelden). Kortom, ik vreesde aan een rampzalige openbare logenstraffing te worden blootgesteld. Uit angst voor de ramp (of uit verlangen naar de ramp, want vrees en verlangen horen op verraderlijke wijze bij elkaar) stortte ik me alvast in het ongeluk en 'maakte' ik een indrukwekkende depressie, tenminste voor mij, want mijn analyticus liet zich niet om de tuin leiden.

Op dat moment kende ik mijn analyticus pas kort en ik stel er prijs op iets over hem op te merken. Het zou onbegrijpelijk zijn als ik zijn beslissende rol in mijn leven verzweeg, al was het maar omdat hij naar aanleiding van Hélènes dood ernstige kritiek te verduren heeft gekregen, zelfs van vakgenoten en vele vrienden, en ook van mijn vrienden. Naar verluidt is er zelfs een petitie tegen zijn 'methoden', ondertekend door verscheidene 'andersdenkenden', onder wie sommigen van zijn richting, naar Le Monde gestuurd, die het stuk door toedoen van mijn oud-student Dominique Dhombres niet publiceerde. Hij zit nu in Moskou, maar na zijn terugkeer kunnen 'ze' hem eens lekker 'trakteren'!

Nicole, die een goede vriendin is geworden, maar rijkelijk bedeeld was met fobieën die me verlamden, raadde me aan hem te consulteren. Ik begon te vermoeden dat de behandeling van mijn eerste therapeut geen echte psychoanalyse was, maar een heel goede steun zonder een specifiek psychoanalytisch effect. In moeilijke momenten had deze edelmoedige man me goed geholpen, altijd had hij klaargestaan om me de geneesmiddelen en adviezen te verschaffen die mijn toestand vereisten, of een opname in een psychiatrische instelling of kliniek te regelen (Epinay, Meudon, enzovoort). Ik bracht een schriftelijk verslag mee van mijn dromen, en nadat ik onder een zalige narcose was gebracht, voorzag hij ze van een uitvoerig commentaar en wees me op de 'positieve' en de 'negatieve elementen'. Sommige dingen begreep ik, maar minstens één keer mengde hij zich in mijn privé-leven; toen ik was opgenomen en Franca hem zijn mening had gevraagd, had hij gezegd: 'Wat jullie is overkomen, is niet ernstig, een vakantieliefde.' En toen ik eens was opgenomen in de Vallée-aux-Loups (waar Chateaubriand heeft gewoond) en verzorgd werd door een oude dame, een van de twee dochters van Plechanov, scheelde het heel weinig of ik had me met een gemeen lang mes van het leven beroofd, want mijn therapeut talmde met het in gang zetten van de shockbehandeling waar ik in onbeschrijfelijke nood dringend om had verzocht. Kortom, Nicole raadde me een echte psychoanalyticus aan, 'iemand wiens schouders breed genoeg voor jou zijn'. Ik heb deze opmerking waarschijnlijk niet bij toeval onthouden. Uiteindelijk had ik aan mijn vriend Paul kunnen denken, wiens schouders inderdaad breed genoeg waren om in mijn plaats te vechten.

Voor het begin van de zomer van 1965 had ik een aantal voorbereidende gesprekken met mijn toekomstige psychoanalyticus, en ten slotte verklaarde hij zich bereid me regelmatig voor 'psychoanalytische' gesprekken te ontvangen, maar gesprekken oog in oog. Naderhand heeft hij me meer dan eens uitgelegd waarom. Ik was zo vervuld van angst dat ik naar zijn mening nooit in staat zou zijn geweest de divan te verdragen; mijn angst zou alleen maar verhevigen omdat ik hem niet zou kunnen zien en zijn stilzwijgen niet zou kunnen verdragen. Dat ik oog in oog met hem zat, hem met heel zijn gezicht zag reageren, hem op mijn vragen antwoord hoorde geven, vaak onmiddellijk, hoewel zelden direct, stelde mij zeker gerust: hij was en bleef aanwezig. Een zorgzame, een *zichtbaar* zorgzame aanwezigheid, wat me in hoge mate geruststelde. Tegelijk hoorde ik (en stelde ik vast) dat zo'n analyse voor de analyticus veel moeilijker is dan een analyse op de divan, want hij moet al zijn gezichtsbewegingen beheersen, vooral wanneer hij zwijgt, terwijl hij niet zijn toevlucht kan zoeken bij een pijp, een rustige ademhaling, het knisperen van krantenpapier enzovoort, gerieflijk in een leunstoel achter de patiënt gezeten.

Toen in oktober mijn boeken verschenen, werd ik door zo'n paniek overweldigd dat ik het er alleen nog over had ze te vernietigen (maar hoe?) en ten slotte, als laatste maar afdoende oplossing, mezelf te vernietigen.

Mijn analyticus werd met deze verschrikkelijke situatie geconfronteerd. Later heb ik vaak aan al die analytici moeten denken die, zogenaamd om de 'letter' van de psychoanalytische voorschriften in acht te nemen, in zo'n geval helemaal niet ingrijpen, weigeren zich ook als psychiater en arts op te stellen en zodoende hun patiënt de narcistische voldoening te geven geholpen te worden (om niet alleen een kliniek, maar ook een psychiater te vinden). Enkel en alleen omdat geen sterveling ter wereld, vakgenoot of niet-vakgenoot, hun nalatigheid zal verwijten als de patiënt zich van het leven berooft. Een heel goede vriend heeft zo in 1982 zelfmoord gepleegd terwijl hij in analyse was, terwijl zijn analyticus klaarblijkelijk niet de vrijheid nam om 'ondersteunend' in te grijpen (ik zeg klaarblijkelijk, wellicht ben ik slecht geïnformeerd, maar ik ken andere gevallen die aan geen twijfel onderhevig zijn, ook wat Lacan betreft). Toen mijn analyticus, die me vanaf 1965 tot aan de ontknoping iedere dag zag en me om zo te zeggen 'bij de hand' hield (later zou hij me zeggen dat hij indertijd stellig enigszins 'hypomaan' is geweest, want hij was er maar al te zeer van overtuigd dat hij me uit de problemen zou kunnen helpen), herhaaldelijk met mijn dreigen om zelfmoord te plegen werd geconfronteerd, zwichtte hij uiteindelijk voor mijn aandrang en stemde erin toe me te laten opnemen. Hij verduidelijkte: 'In een inrichting die ik goed ken, waar we onze eigen methoden hebben, Soisy.' Ook benadrukte hij (ik denk voor alle zekerheid) dat hij me zelf zou brengen. Per auto kwam hij me bij de Ecole normale afhalen, en ik zie nog voor me hoe mijn trouwe vriend dokter Etienne naar het hek rende en langdurig met de oude man sprak. Deze leek te luisteren, zonder veel te zeggen. Ik heb altijd gedacht, en ik geloof dat bepaalde aanwijzingen me in het gelijk stellen, dat Etienne mijn analyticus zijn persoonlijke lezing van de feiten gaf: dat ik ziek was, was de schuld van Hélène. Deze gemakzuchtige en geruststellende lezing zou later als 'gerucht' de ronde doen, maar slechts door *heel weinigen* van mijn naaste vrienden worden ondersteund; en geen wonder, zij kenden Hélène toch en zij wisten (het waren er overigens maar heel weinig) dat wij niet het klassieke en zo vaak noodlottige 'sadomasochistische' paar vormden.

 Ik werd in Soisy opgenomen, een fraaie moderne inrichting, paviljoens op een grote weide; ik vroeg nadrukkelijk om een slaapkuur, omdat ik daar wonderen van verwachtte (nog steeds die sovjetmythe). Er werd gedeeltelijk aan mijn wens voldaan en overdag werd me wat slaap gegund, ik kwam vrij snel tot rust (wat me verbaasde) en verliet na een maand hersteld de inrichting. In het vervolg zette ik mijn analyticus steeds op dezelfde wijze onder druk. In mijn angst kon ik niet verdragen dat hij niet naar me omkeek, hij was de gevangene van een situatie waarop het verleden al zijn stempel had gedrukt, en ook al liet hij me tenslotte volledig vrij in mijn beslissing wel of niet opgenomen te worden, toch moest hij de beslissing goedkeuren en was in ieder geval de *plaats* van opname van hem afhankelijk: eerst Soisy en naderhand Le Vésinet, waarvan de directeuren bevriend met hem waren, zodat hij me via hen kon 'begeleiden'. Iedere zondagmorgen kwam mijn analyticus per auto naar Le Vésinet. Ik stond versteld van zijn toewijding, en nog meer toen ik, na de eerste opname, ontdekte dat hij voor dit uitzonderlijke bezoek, gecombineerd met een lange autorit, hetzelfde vroeg als voor een gewone zitting (men bedenke hoe belangrijk geldkwesties voor mij—en voor psychoanalytici—zijn!). Mijn vader, aan wie ik niets vroeg, hielp me nog steeds niet, hoewel hij dat in die tijd gemakkelijk had kunnen doen. En telkens als ik mijn analyticus ontving, stortte ik onder tranen mijn hart uit, als een klein kind bij zijn moeder.

Later, rond 1974-1975, zou de zaak nog ingewikkelder worden. Hélène, wier 'karakterstoornissen' evident waren, was bereid in psychoanalyse te gaan, bij een vrouw. Ongeveer anderhalf jaar ging zij eens per week naar haar toe voor een gesprek oog in oog, en toen ineens niet meer, na een incident waarvan ik alleen Hélènes lezing ken. Haar analytica had op een klassiek thema bij Freud (het gesprek oog in oog) gezinspeeld en Hélène had gezegd dat ze het niet kende (van psychoanalytische theorie wist ze inderdaad niets af). Haar analytica zou haar vinnig hebben geantwoord: 'Onmogelijk, u liegt!' (Hélène had een zodanige algemene ontwikkeling dat haar analytica met recht gedacht kon hebben dat ze de term kende, maar er zich zogezegd 'willens en wetens' van distantieerde.)

Men kan zich voorstellen dat Hélène door deze verschrikkelijke scheiding ontredderd was, en ik nog meer. Met de aandrang van een zelfmoordenaar smeekte ik mijn analyticus om een oplossing. Hij stemde erin toe (wat ik vurig wenste) eens per week onder vier ogen een therapeutisch gesprek met haar te hebben. Zodoende nam hij ons allebei om zo te zeggen 'onder zijn hoede', een geval dat in de praktijk weliswaar uiterst zeldzaam is, maar niet uniek (Lacan hanteerde vaak dezelfde methode); maar na Hélènes dood kwam de analyticus onder ernstige verdenking te staan, zowel van de kant van vakgenoten als van verscheidene vrienden van ons. Een van hen sprak zelfs van een 'hellekring', een 'driehoeksverhouding', een 'doodlopend slop' met een drama als enige uitweg. Mijn analyticus heeft me steeds gezegd dat ik een 'atypisch' geval was (maar welk 'geval' is dat niet?) en Hélène ook, evenals onze betrekkingen, en dat een atypische situatie om een atypische oplossing vroeg, die weliswaar niet overeenkomstig de letter van de klassieke regels was, maar daarmee evenmin geheel onverenigbaar, mits je afhankelijk van het 'geval' strategisch en tactisch juist handelde.

Naderhand heb ik steeds het gevoel gehad dat ik mijn analyticus, door hem voortdurend met weglopen en zelfmoord te chanteren, zo onder druk had gezet dat hij, na zich door het precedent van 1965 te hebben laten overrompelen, wel gedwongen was op de ingeslagen weg voort te gaan, totdat de betrekkingen voldoende ontspannen zouden worden om ons eruit te kunnen losmaken. Maar dat zou van de voortgang van mijn behandeling afhangen, dus uiteindelijk van mij. En zo is het ook gegaan. In de praktijk bleek de strategie van mijn analyticus dus juist te zijn.

Meer dan eens, als ik me na een depressie in een manische fase bevond, had ik het gevoel dat mijn analyse tot een goed einde was gekomen. In die wonderbaarlijke omstandigheden bedacht ik zelfs een metafoor met betrekking tot het einde van de analyse. Een analyse is als een zware vrachtwagen, beladen met fijn zand. Om hem te legen brengt een vijzel langzaam de laadbak omhoog, die schuin gaat staan. Aanvankelijk valt er niets uit, dan beetje bij beetje wat zand en ten slotte stort de hele lading op de grond. Een te mooie metafoor, te zeer afgestemd op mijn verlangen. Tot mijn schade zou ik aan de weet komen dat het zo niet ging... Met absolute zekerheid verklaarde ik mijn analyticus dankbaar: 'Dit keer hebt u gewonnen!' En ik herinner me dat hij iedere keer zweeg, allesbehalve een goedkeurend zwijgen, maar eerder een geladen stilzwijgen, terwijl hij er ondanks de beheersing van zijn 'tegenoverdracht' niet in slaagde een gevoel van ongerustheid te verhelen. Ik herinner me zelfs aan het slot van een van die 'vrijlatingsgesprekken' een gebaar van hem dat me tegen de borst stuitte. Terwijl ik in een toestand van opperste euforie wegging, zag ik door de halfopen deur nog net hoe hij met zijn hand van boven naar beneden een vluchtig gebaar maakte dat betekende: doe het rustig aan—en hoe hij dat gebaar meerdere malen herhaalde. Ik was diep verontwaardigd. Ik zou daarover nog heftig met hem in discussie gaan: 'Of u denkt dat ik in een fase van hypomanie ben geraakt en niet in staat ben mijn onbewuste drijfveren te controleren, maar hoe wilt u dan dat ik me beheers en met welk recht zet u me tot een voorzichtigheid aan die ik niet in acht kan nemen? Of u meent dat ik in staat ben me te beheersen en aangezien dan alles van mij afhangt, waarom dan dat gebaar dat niet meer dan een slag in de lucht is? En ten slotte, met welk recht, "in strijd met iedere psychoanalytische regel", in zowel het ene "geval" als in het andere, wenst u zich met mijn gedrag te bemoeien?' Formeel had ik bepaald geen ongelijk. Over deze voor mij zo kwetsende aangelegenheid heb ik hem nooit zijn mening gevraagd. Waarschijnlijk had ik ongelijk...

Rond 1976-1977, tijdens een fase van verwoede discussie met mijn analyticus die verscheidene maanden duurde, verweet ik hem ronduit en met grote heftigheid dat hij altijd 'ideeën over mij' had gehad, me niet als een gewoon en eenvoudig iemand had behandeld, maar eerder als de bekende figuur die ik was, met veel te veel omzichtigheid. Ik verweet hem zijn bekentenis dat mijn boeken 'de enige filosofische werken waren die hij begreep', zijn analytisch verdachte vriendschap of zelfs voorliefde; kortom, ik verweet hem zijn eigen *tegenoverdracht jegens mij* niet te kennen noch te kunnen beheersen. Ik stelde hem zelfs een theoretisch werkstuk over tegenoverdracht ter hand dat ik voor hem had geschreven; daarin zette ik met vrij goede argumenten uiteen dat van meet af aan niet de overdracht maar de tegenoverdracht de boventoon voert. Hij las deze tekst en verklaarde koeltjes: die dingen zijn al lang bekend. Ik was verschrikkelijk gegriefd en de wrok die ik tegen hem koesterde werd nog sterker. Ik had niet in de gaten dat ik wel eens de oorzaak kon zijn van de verstandhouding die ik tussen ons ervoer, aangezien ik hem in een geweldige poging tot verleiding had uitgedaagd, nagezeten en bereikt. Destijds wist ik niet dat ik geen rust had voordat ik door onafgebroken te provoceren iedereen, zowel mannen als vrouwen, verleid en onderworpen had. Was mijn analyticus daar werkelijk voor bezweken of had ik alleen maar die indruk? Dat kan ik niet zeggen, maar ik lever hier al mijn wapens uit, dat wil zeggen mijn weerloos geworden zwakheden, samen met al mijn herinneringen aan de trauma's die me hebben gemarkeerd.

Verleiding, maar ook provocatie; beide gingen uiteraard hand in hand. Op vrouwen die ik in zo'n toestand ontmoette oefende ik een onweerstaanbare aantrekkingskracht uit en in de kortste keren had ik ze veroverd: een vrolijk offensief van tien minuten, hoogstens een half uur, en het was voor de bakker. Telkens als ik zin had nam ik een initiatief, als het ware arm in arm met Hélène, met het risico dat ik vervolgens niet wist wat te doen met het resultaat, overvallen werd door de angst dat ik mezelf in de val had gelokt, of me in de val had laten lokken.

Natuurlijk compenseerde ik deze roekeloze stormlopen en mijn daaropvolgende ongerustheid door te 'overdrijven', door de prijs van mijn gevoelens op te drijven, door mezelf wijs te maken dat ik werkelijk en zelfs waanzinnig van iemand hield, en dan schiep ik van de vrouw die ik had ontmoet een beeld dat deze opgeschroefde hartstocht in stand vermocht te houden. Tot nu toe, tot aan een recente periode waarover ik te spreken zal komen, heb ik mijn feitelijke betrekkingen met vrouwen steeds als bovenmatig gevoelvol, intens en hartstochtelijk willen beleven. Dat was een heel eigenaardige maar ook een heel eigen wijze om me het gevoel te geven dat ik de situatie 'beheerste', dat wil zeggen dat ik niet alleen iets maar alles te vertellen had in een situatie die ik feitelijk niet beheerste en, aangezien ik nu eenmaal 'gemaakt' was zoals ik was, ook niet kon beheersen. De vrouwen op wie ik mijn keus liet vallen had ik dan moeten aanvaarden zoals zij waren en vooral had ik mezelf moeten aanvaarden zoals ik was, zonder enige 'overdrijving', een woord gebruikt door een vrouw die me heel dierbaar is geworden, de eerste die mijn grilligheden doorhad en me zonder een zweem van aarzeling recht in mijn gezicht zei: 'Wat ik niet prettig vind bij jou, is dat je jezelf wilt vernietigen.'

Opschroeven, overdrijven, is natuurlijk een vorm van provocatie. Tegenover een vrouw geef je geen uitdrukking aan een waanzinnige en bovenmatige liefde zonder dat daar ook onbewust het verlangen mee gepaard gaat dat ze aan dit beeld beantwoordt, er haar innerlijk en gevoelens, haar houding en seksuele gedrag aan aanpast. Toch was ik zo in mezelf verdeeld dat ik wel de intiemste verklaringen en de tederste liefde wenste van de vrouwen op wie ik me stortte, maar tegelijk erg bang was voor de betuigingen waar ik op wachtte, bang dat ik aan hun willekeur zou zijn overgeleverd, want dan zou het initiatief bij de andere partij komen te liggen. En mijn gezicht verbleekte van angst als ik alleen al dacht aan het verschrikkelijke gevaar in hun handen te vallen.

Met Hélène was het van hetzelfde laken een pak, maar toch heel anders. Ik was helemaal niet bang dat ze me zou 'pakken' of 'ideeën over me' had. De eensgezindheid en saamhorigheid tussen ons waren zodanig dat ik tegen dat gevaar beschermd werd. Niettemin daagde ik haar onophoudelijk uit. Maar mijn provocaties hadden een andere betekenis, zoals ik naar ik meen al duidelijk heb gemaakt. Ik rustte niet voordat ze zo snel mogelijk met mijn nieuwe vriendinnen kennisgemaakt had, om haar goedkeuring te verkrijgen, die ik tenslotte verwachtte van de goede moeder die ik nooit had gehad. Hélène voelde zich echter helemaal geen goede moeder, juist een helleveeg, een vreselijke vrouw. Ze reageerde op een wijze die men zich wel kan voorstellen. Aanvankelijk geduldig, vervolgens bedachtzaam, eerst geleidelijk en toen abrupt (omdat ze in het begin geduldig en toegeeflijk was geweest, begreep ik er niets meer van), en ten slotte kritisch en categorisch, zonder enige tegenspraak te dulden. Niet dat ze jaloers was (ze wilde dat ik 'vrij' was en ik geloof dat ze volkomen oprecht was, ze hield rekening met al mijn behoeften en verlangens en zelfs met mijn manies), maar na een kort moment van toegeeflijkheid werd ze duidelijk overweldigd, of opnieuw overweldigd, door de verschrikkelijke waanvoorstelling dat ze een feeks was, door mij ongelofelijk uitgedaagd gaf ze eraan toe en gedroeg ze zich zoals zij diep in haar hart bang was zich zo te gedragen. Weer een voorbeeld van ambivalentie. Naderhand nam ze het zichzelf ontzettend kwalijk en zei ze me steeds weer dat ik alles kon doen wat ik wilde, maar op één enkele, eenvoudige voorwaarde: dat ik over mijn verhoudingen met vrouwen *niet met haar zou praten*. Maar deze wijze en vanzelfsprekende raad, die ze me ontegenzeglijk in alle kalmte en redelijkheid gaf, wilde of kon ik nooit opvolgen. Telkens bezweek ik voor de drang haar onbeschaamd uit te dagen. In Gordes hadden we een heel mooi huis, een oude boerderij die we voor een schijntje hadden gekocht en prachtig gerestaureerd, een juweeltje in die streek. Ik zorgde ervoor dat daar mijn laatste aanwinsten kwamen, nog steeds opdat Hélène haar goedkeuring aan mijn vriendinnen zou hechten. Slechts één keer ging het heel goed, juist met die vriendin die me als enige begreep.

Deze dwang om Hélène uit te dagen was natuurlijk nog sterker wanneer ik in een toestand van hypomanie verkeerde. Aangezien alles me dan gemakkelijk leek en inderdaad ook kinderlijk eenvoudig afging, bedacht ik behalve dit perverse voorstellen van vriendinnen nog heel wat andere provocaties. Hélène leed er vreselijk onder, want uit ervaring wist ze dat zo'n toestand van hypomanie niets goeds voorspelde, maar juist een nieuwe depressie met alle bijkomende ellende, zowel voor mij als voor haar; en bovendien voelde ze zich rechtstreeks en persoonlijk het mikpunt van mijn onmogelijke gedrag (nu weet ik dat ze geen ongelijk had). Want destijds had ik een diabolische verbeeldingskracht. In Bretagne legde ik me eens een hele maand lang toe op het systematisch beoefenen van een speciale sport. Zonder dat het me enige moeite kostte pleegde ik winkeldiefstallen en telkens liet ik haar trots de gevarieerde en groeiende opbrengst van mijn kruimelwerk zien, met een uitvoerige uitleg van mijn methoden zonder pakkans. Inderdaad waren ze perfect. Tegelijk zat ik op het strand achter de meisjes aan en af en toe, wanneer ik ze snel had bepraat, bracht ik ze bij haar om naar haar bewondering en goedkeuring te hengelen. In die tijd maakte ik het plan om zonder enig risico een bank te beroven en zelfs om een atoomonderzeeër te stelen (ook zonder enig risico). Het zal wel duidelijk zijn dat ze doodsbang was, want ze wist dat ik in de uitvoering van zo'n plan heel ver kon gaan, maar nooit hoe ver. Zo liet ik haar leven in de grootste onzekerheid en angst. Men stelle zich de situatie voor!

Tweemaal heb ik haar aan nog verschrikkelijker beproevingen onderworpen. Het eerste geval was serieus, maar kon natuurlijk geen vervolg hebben.

Op een avond zitten we bij vrienden thuis aan tafel, samen met een echtpaar dat we nog niet kenden. Ik weet niet wat er in me vaart (of eigenlijk weet ik het maar al te goed), maar tijdens de maaltijd open ik de aanval op de onbekende vrouw, die jong is en mooi, en ik kom met een grote hoeveelheid uitdagende opmerkingen en suggesties. Het draait allemaal uit op het dwingend geformuleerde voorstel dat we onmiddellijk in ieders bijzijn op tafel de liefde kunnen en moeten bedrijven. Het offensief was zodanig opgezet dat de conclusie onontkoombaar was. Goddank verweerde de jonge vrouw zich heel goed en wist ze de passende woorden te vinden om het voorstel te ontwijken.

Een andere keer logeren we in Saint-Tropez, in het huis van vrienden die afwezig zijn. Ik had een politieke vriend uitgenodigd bij ons op bezoek te komen. Hij komt vergezeld van een beeldschone jonge vrouw. Ik geef hem een manuscript van mij te lezen en stort me op haar. Hetzelfde tafereel herhaalt zich, dit keer in het bijzijn van Hélène en de man, die alleen aan tafel zitten. Op de tafel gebeurt natuurlijk niets, maar ik lok het meisje terzijde en begin zonder omwegen haar borsten, buik en geslacht te strelen. Ze biedt geen weerstand, ze is wel een beetje uit het veld geslagen, maar voorbereid door mijn praatjes. Dan stel ik voor naar het strand te gaan, een strandje dat gewoonlijk verlaten is en dit keer zelfs volledig uitgestorven, want er staat een harde mistral en de zee is onstuimig. Intussen blijft mijn vriend in huis, met zijn neus boven mijn manuscript. Op het strand, nog altijd in het bijzijn van Hélène, die niet kon zwemmen, verzoek ik de jonge vrouw haar kleren uit te trekken, en spiernaakt lopen we beiden de woeste golven in. Hélène schreeuwt al van angst. We zwemmen wat in volle zee en daar bedrijven we zo'n beetje de liefde. In de verte zie ik Hélène, helemaal buiten zichzelf van angst, schreeuwend over het strand hollen. We gaan nog verder de golven in en als we terug willen keren, merken we dat we door een sterke stroom naar open zee worden meegevoerd. Eén of twee uur moeten we ons waanzinnig inspannen om weer op het strand te komen. Ik word gered door de jonge vrouw, zij zwemt beter dan ik en staat me bij in mijn wanhopige pogingen. Wanneer we weer terug zijn op het strand, is Hélène verdwenen. Het dichtstbijzijnde huis ligt verscheidene kilometers verder achter woeste heuvels en de dichtstbijzijnde reddingsboot ligt in de verre haven van Saint-Tropez. Is Hélène ten einde raad hulp gaan halen? Na een eindeloze zoektocht vind ik haar ten slotte bij de zee, maar ver van het strandje, onherkenbaar, helemaal in elkaar gedoken, haast hysterisch bevend en met het gezicht van een stokoude vrouw dat geteisterd is door tranen. Ik wil haar in mijn armen nemen om haar gerust te stellen, om haar te zeggen dat de nachtmerrie voorbij is, dat ik er weer ben. Niets helpt, ze hoort noch ziet me. Na ik weet niet hoeveel tijd doet ze eindelijk haar mond open, maar dan om me met grote heftigheid weg te jagen: 'Je bent laaghartig! Voor mij ben je dood! Ik wil je niet meer zien! Ik kan er niet meer tegen om met jou te leven! Je bent een lafaard en een schoft, een smeerlap, donder op!' Van verre zeg ik tegen de jonge vrouw dat ze moet weggaan, ik heb haar nooit meer teruggezien. Pas na meer dan twee uur was Hélène, nog steeds verkrampt en in tranen, bereid om met me naar het huis terug te keren. Nooit spraken we over dit verschrikkelijke voorval, dat ze me in haar hart stellig nooit heeft vergeven. Zo kun je een mens echt niet behandelen. Ik begreep heel goed dat haar ontzetting niet voortkwam uit angst dat ik in de golven zou omkomen, maar uit een andere angst die veel erger was, namelijk dat ik haar door mijn krankzinnige provocatie ter plaatse zou doden.

Een feit is dat voor het eerst mijn dood en de dood van Hélène één geheel vormden, *een en dezelfde dood*—niet door dezelfde oorzaak, maar wel met dezelfde afloop

Ik kan niet zeggen hoezeer het gezicht van Hélène me al het eerste ogenblik aangreep noch hoezeer het me nog steeds achtervolgt. Het was merkwaardig mooi, terwijl ze toch eigenlijk niet knap was, maar haar gelaatstrekken waren zo scherp, ze gaven blijk van zo'n diepte en van zo'n vitaliteit, ook drukte haar gezicht zo'n vermogen uit om van het ene moment op het andere totale openheid om te zetten in hermetische geslotenheid, dat ik tegelijk gefascineerd en ontsteld was. Een vriend, die haar goed had gekend, zei me dat hij haar had begrepen toen hij een versregel van Trakl las: 'Schmerz versteinert die Schwelle' (smart versteent de drempel), en wat Hélène betreft zou je volgens hem moeten lezen: 'Schmerz versteinert das Gesicht' (smart versteent het gezicht). De trekken van dit gezicht zijn als sporen van een lange levenssmart in de holle wangen uitgebeiteld, de sporen van een lange en pijnlijke 'arbeid van het negatieve', als persoonlijke strijd en als klassenstrijd in de arbeidersbeweging en in het Verzet. Al haar gestorven vrienden, Hénaff, op wie ze erg gesteld was, Timbaud, Michels, pater Larue, van wie ze had gehouden, allen door de nazi's gefusilleerd, hadden op haar gezicht die sporen van vertwijfeling en dood achtergelaten. De verstening van haar gruwelijke verleden: ze was wat ze geweest was; 'Wesen ist was gewesen ist,' aldus Hegel. Als deze vriend Trakl en Hegel aanhaalt, is het alsof ik haar weer voor me zie. Dat trieste gezichtje potdicht van smart, en dan plotseling wijd open van vreugde, met wat haar vrienden 'die begaafdheid tot bewonderen' noemden (een opmerking van haar vriendin Emilie, de filosofe die in Siberië door de NKVD werd terechtgesteld), met haar weergaloze geestdrift voor anderen, haar grenzeloze edelmoedigheid vooral voor kinderen, die dol op haar waren. 'Begaafdheid tot bewonderen' komt voor in een uitspraak van Balzac, die zei: 'De begaafdheid tot bewonderen, tot verstaan, is het vermogen waardoor een gewoon man de broeder van een groot dichter wordt.' Zo was zij, door haar vermogen tot luisteren, tot verstaan met het hart, en door haar begaafdheid tot bewonderen was ze in staat te midden van de allergrootsten te verkeren, en God wat kende ze er veel en wat mochten ze haar graag!

Maar dit open gezicht kon zich ook hermetisch sluiten, versteend door een hevige smart die vanuit het diepst van haarzelf opsteeg. Dan was het nog slechts een sprakeloze witte steen, zonder blik of blos, opgesloten in een spoorloze vlucht. Hoe vaak hebben zij die haar onvoldoende kenden haar niet onbarmhartig naar de uiterlijke schijn beoordeeld en veroordeeld als de verschrikkelijke vrouw die ze vreesde te zijn! Kort erna, soms enkele minuten, vaak meerdere uren en soms zelfs een of twee dagen (dat was zeldzaam, maar vreselijk), ontlook haar gezicht weer, tot vreugde van de ander. Een verschrikkelijke beproeving, in de eerste plaats voor haarzelf en ook voor haar naaste omgeving, maar bovenal voor mij, omdat ik me dan door haar in de steek gelaten *zag*. Heel lang voelde ik me schuldig aan de abrupte verandering van haar gezicht en stem, waarschijnlijk zoals mijn moeder zich schuldig voelde omdat ze Louis, haar grote liefde, ontrouw was geweest door met Charles te trouwen.

Want ze had een stem die bij haar gezicht paste, oneindig warm, goedaardig, altijd ernstig, en flexibel als een mannenstem, en zelfs wanneer ze zweeg (als geen ander was ze in staat te luisteren, Lacan heeft dat heel goed gezien...) uiterst toegankelijk; en dan plotseling hard en gesloten, dof en uiteindelijk het volstrekte zwijgen. Behalve wat ik weet van haar angst een verschrikkelijke feeks te zijn, wie of wat kon die fysieke afschuw teweegbrengen die naar haar gezicht opwelde? Nooit heb ik nauwkeurig de diepere reden kunnen begrijpen van deze dramatische en huiveringwekkende, maar betoverende omslag. Waarschijnlijk mede de hevige angst niet te bestaan, al dood en begraven te zijn onder een grafsteen van onbegrip.

Wanneer ze in een 'open' stemming was, was ze vreselijk grappig, ze had een buitengewoon talent voor het vertellen van verhalen en als ze lachte was haar stem onweerstaanbaar teder. Bij al haar vrienden stond ze eveneens bekend als virtuoos brievenschrijfster; ik heb nooit zulke brieven gelezen, even levendig en onvoorzien als de grillige loop van een ongetemde rivier over de stenen. Haar stijl was zo gewaagd dat toen ik later Joyce las, die zij erg waardeerde, haar taal me toch oneindig veel inventiever leek dan de zijne! Dat zal men wel niet van me willen aannemen. Maar degenen aan wie zij is blijven schrijven weten het; haar vriendin Véra, die tegenwoordig in Cambridge zit, weet het—onlangs zei ze het me nog door de telefoon.

Maar wat me stellig het meest ontroerde, waren haar handen, want die veranderden nooit. Ook die waren versteend, door het werken, gepatineerd met zwoegen en ploeteren; maar als ze streelden, waren ze onuitsprekelijk teder, hartverscheurend weerloos. De handen van een stokoude vrouw, van een arme ziel zonder hoop of uitzicht, maar die alles van haar konden geven. Er stond zoveel leed in gegrift, dat ze mijn hart braken. Vaak heb ik op haar handen gehuild, tussen haar handen, ze heeft nooit geweten waarom, ik heb het haar nooit verteld. Ik was bang dat het haar verdriet zou doen.

Hélène, mijn Hélène...

XIII*

Ik weet dat men van me verwacht dat ik het hier zal hebben over filosofie en politiek, over mijn plaats in de Partij en mijn boeken, over hun publiek, hun vrienden en onverzettelijke vijanden. Dit terrein zal ik niet systematisch betreden; het is volkomen objectief, omdat de resultaten ervan tastbaar zijn en iedereen, zo hij al niet op de hoogte is, er kennis van kan nemen, al was het maar door me te lezen. In alle landen bestaat een enorme bibliografie, maar men kan gerust zijn, het is een eindeloos herkauwen van een paar thema's, die op de drie vingers van een hand te tellen zijn.

Wat ik wel aan mijn lezer verschuldigd ben, omdat ik het mezelf verschuldigd ben, is het verhelderen van de subjectieve gronden van mijn verknochtheid aan mijn beroep van filosofieleraar aan de Ecole normale supérieure, aan de filosofie, de politiek, de Partij, mijn boeken en de weerklank die zij vonden. Hoe ik er dus toe gekomen ben mijn subjectieve waanvoorstellingen in objectieve en openbare bezigheden te beleggen (dit is niet een gevolg van helder denken, maar een duister en grotendeels onbewust feit).

Natuurlijk houd ik me verre van alles wat anekdote, 'dagboek' of slechte literatuur is, ook al geldt dat tegenwoordig als verplicht onderdeel van iedere autobiografie (een decadentie zonder weerga van de literatuur). Ik zal me slechts tot het *wezenlijke* beperken.

---

* Aan het begin van dit hoofdstuk had de auteur vijf bladzijden toegevoegd, naar alle waarschijnlijkheid later getypt, zonder dat hij de rest van zijn tekst had aangepast. Dit leidde tot herhalingen en varianten van dezelfde gebeurtenissen, wat afbreuk aan de leesbaarheid van het gehele hoofdstuk deed. Daarom hebben we er de voorkeur aan gegeven de eerste versie van de tekst te handhaven (noot van de bezorgers).

Eerste feit, eerste aanwijzing. Ik heb de Ecole normale nooit verlaten. Weliswaar ben ik met zes jaar vertraging mijn studie begonnen, maar pas op 16 november 1980 ging ik weg. Daarna ben ik er niet meer teruggekeerd, ook niet voor een kort bezoek.

Ik slaagde voor mijn examen bij Bachelard met een werkstuk over het begrip 'inhoud' bij Hegel; het had als motto: 'Beter een halve inhoud dan een lege vorm', een onjuist citaat van ik weet niet wie, en: 'Het begrip is verplicht, want het begrip is vrijheid', een deuntje van René Clair, die niet van begrip maar van 'arbeid' sprak, wat *strikt genomen hetzelfde* is, als je de 'arbeid van het negatieve' van Hegel mag geloven. Het werkstuk was in een heel precieuze stijl geschreven (die stijl had ik van de voorbereidingsklassen in Lyon geërfd, en met name van de 'ouderejaars' Georges Parain, Xavier de Christen en Serge Cambrillon, allen royalisten—de graaf van Parijs, niet die vreselijke Maurras—en subtiele schrijvers, bewonderaars van Giraudoux—destijds deelde ik hun smaak). Ik had mijn stuk geschreven in Larochemillay, waar ik na mijn lange depressie van 1947 gastvrijheid bij mijn grootmoeder genoot. Onaangekondigd had ik Hélène meegebracht, die zich in het 'oude huis' onledig hield met het typen van de bladzijden die ik had geschreven.* Mijn grootmoeder had haar hartelijk ontvangen, zoals ik van haar verwachtte. Uiteraard had ze alles van onze betrekkingen begrepen, maar ze ondanks haar principes als vanzelfsprekend geaccepteerd. Wat een edelmoedigheid!

Ik geloof dat Bachelard, die het erg druk had, mijn tekst niet had gelezen. Ik had gesproken over de 'circulariteit van de inhoud', een van mijn hoofdthema's. Bachelard had er alleen tegen ingebracht: 'Zou u niet liever van "circulatie" spreken?'—'Nee.' En hij had verder niets gezegd. In die tijd hadden we aan de Ecole normale als leermeesters Desanti, een kleine Corsicaan die reeds 'strijdlustig optrok', een uitdrukking van hem die hem helemaal tekent, en Maurice Merleau-Ponty. De laatste, wiens colleges we met belangstelling volgden (de enige waar ik naartoe ging, naast de zich herhalende colleges van Desanti, een zeer husserliaans gebleven 'marxist'), had Jacques Martin, Jean De-

---

* In de kantlijn staat een handgeschreven aanvulling die de auteur niet met de rest van de zin verbonden heeft: 'naast de aardappelen die ze pofte; een nuance: ze werd niet aan de tafel van mijn grootmoeder genodigd!' (noot van de bezorgers).

prun en mij het voorstel gedaan ons examenwerk te publiceren, nog voordat hij het had gelezen. Allen sloegen we het voorstel hooghartig af. In 1948 slaagde ik als de op een na beste voor het *agrégation*-examen, daar ik het Latijnse woord *solum* bij Spinoza als 'zon' had opgevat! Deprun was eerste. Welverdiend en ook een terechte revanche voor zijn zakken het jaar daarvoor, als straf voor een schandelijke vermetelheid: op het mondeling had hij zonder aantekeningen gesproken.

Mag ik erop wijzen dat ik zowel op het schriftelijk als op het mondeling de meeste onderwerpen behandelde zonder er veel van te weten? Wel wist ik hoe ik een examenopstel in elkaar moest zetten en mijn onwetendheid kon ik netjes verbergen achter een a priori behandeling van welk onderwerp dan ook; vanzelfsprekend volgens de regels van een goede academische uiteenzetting met de gewenste theoretische spanning, zoals Jean Guitton me eens en voor al had geleerd.

Ik was in een goed blaadje komen te staan bij 'moeder Poré' (dankzij mijn liefde voor oudere vrouwen, maar ook mijn verleidingskunst), een eenvoudige secretaresse die gedurende de moeilijke oorlogsjaren en in feite ook na de Bevrijding, zelfs onder Albert Pauphilet, de hele Ecole normale draaiende had gehouden, die ze van boven naar beneden en van voren naar achteren met straffe hand leidde. Iedereen had er voordeel van, tot en met die grote luilak en slordige 'Parijzenaar' van een Pauphilet. Ze wist alles en kende iedereen. Ik zal wel bij haar in de smaak zijn gevallen, want toen Georges Gusdorf in juli 1948 vertrok, stelde ze aan de directeur voor dat ik hem zou opvolgen en uiteraard keurde hij haar keuze goed.

Zodoende erfde ik Gusdorfs woninkje (een krappe kamer op de begane grond met een bureau in namaak louisquinze) en zijn functie. Ik ontdeed me van het bureau en verving het door een fraaie oude tafel van grijs eikehout uit de bibliotheek. De taak van repetitor was niet nauwkeurig omschreven; we moesten 'ons bezighouden met de filosofen'. Gusdorf had zich maar heel weinig met ons beziggehouden, hij had in krijgsgevangenschap zijn dissertatie geschreven (*De ontdekking van zichzelf*, gebaseerd op 'dagboeken' waaruit hij ons bij wijze van college simpelweg voorlas! Op een dag lieten we hem een brief bezorgen van de directeur van het Palais de la Découverte: 'Mijnheer Gusdorf, daar wij alles weten van ontdekken...'), en deze dissertatie schaafde hij zorgvuldig bij, hopend op een universitaire betrekking; hij zou in Straatsburg worden benoemd. Ik probeerde het beter te doen, wat niet moeilijk was; eerst een college over Plato, waar ik twee jaar mee bezig bleef, en daarna over andere filosofen. Maar vooral liet ik mijn studenten, die al gauw mijn vrienden werden, de onontbeerlijke retorische oefeningen doen. Merleau had ons gezegd: in wezen is het *agrégation*-examen slechts een 'communicatie-oefening' waarvoor een minimum aan kennis is vereist. Dankzij Guitton was ik daar al lang van overtuigd. Maar ik nam de zaak ter harte en introduceerde een nogal persoonlijke correctiemethode. Ik corrigeerde heel weinig in de kantlijn, behalve om een duidelijke vergissing te herstellen of om met een lange streep van stilzwijgende goedkeuring, dan wel met een plusteken, de voldoening van de lezer aan te geven. Maar vervolgens typte ik een uitvoerige aantekening van naar omstandigheid een, twee of meerdere bladzijden, waarin ik de punten die tot tevredenheid stemden aangaf maar vooral *de manier waarop de auteur zijn tekst had moeten en kunnen opbouwen, welke argumenten hij had moeten gebruiken om aan zijn eigen opvattingen (hoe die er ook uitzagen) alle noodzakelijke overtuigingskracht te geven*. Nooit heb ik aan wie dan ook voorgesteld om afwijkend van zijn eigen keuze te denken, wat trouwens onzinnig zou zijn geweest. Dat heb ik tot een principe verheven en uit respect voor de persoonlijkheid van mijn 'leerlingen' heb ik er altijd aan vastgehouden. Wat dit betreft heb ik nooit geprobeerd ze wat dan ook 'in het hoofd te prenten', ondanks de domheid van journalisten die om een 'primeur' verlegen waren.

Tijdens de eerste jaren vertroetelde ik mijn pupillen met veel moederlijke warmte, ik 'gaf hun de borst', organiseerde voor hen tussen het schriftelijk en het mondeling van het *agrégation*-examen een rustperiode in Royaumont, waar ik ook zelf aan deelnam. Naderhand zou ik me terughoudender opstellen, maar altijd met evenveel aandacht voor hun problemen en vooral voor de ontwikkeling van hun eigen denken.

Weldra werd ik secretaris van de Ecole normale; ik woonde alle directievergaderingen bij, diende de directeuren in talloze aangelegenheden van advies, 'voerde' hen vaak naar gewichtige beslissingen, die nog steeds als het ware in de muren en lokalen van het gebouw staan gegrift en er ook op de gang van zaken hun stempel hebben gedrukt. Vooral in de periodes tussen het vertrek van de ene en de komst van de andere directeur speelde ik een belangrijke rol. Begrijpelijk, want ik was er permanent, terwijl de directeuren overleden of hun functie neerlegden (Hyppolite ging bijvoorbeeld naar het Collège de France).

Wat was voor mij de Ecole normale? Al heel snel, eigenlijk vanaf het begin, een moederlijke 'cocon', een plek waar ik warm zat en me thuis voelde, die ik niet hoefde te verlaten om mensen te ontmoeten, want zij kwamen er op bezoek, vooral toen ik bekendheid kreeg. Kortom, ook de Ecole normale werd een vervanging voor de moederlijke omgeving, voor het *vruchtwater*.

Op een goede dag viel Gusdorfs appartementje ten prooi aan architecten, die van het ministerie het groene licht hadden gekregen (na een ongelofelijke vertraging, en ik heb nooit geweten op wiens verzoek); een ruime leeszaal werd erbij getrokken. Ik zat vanaf dat moment riant en was in staat om Hélène te ontvangen, wanneer ze het in haar nieuwe woonruimte op Montparnasse niet meer uithield door het gejank van twee jonge honden die door hun baas overdag, als hij naar zijn werk was, alleen werden gelaten; hij was absoluut niet bereid ook maar een beetje rekening te houden met zijn buren. (Zo kan men zich ook een beeld vormen van de waakzaamheid van conciërges en politieagenten, voor wie dit toch routinewerk was...) Weer 'redde' ik Hélène. Dat was rond 1970, we waren nog niet getrouwd.

En zo ging het leven door, met de ziekenzaal en de dokter vlakbij, de diensten van de Ecole normale (loodgieter, timmerman, elektricien enzovoort) tot mijn beschikking, de bibliotheek (waar ik bijna nooit kwam, tot grote verbazing van mejuffrouw Kretzoïet en het echtpaar Boulez, naaste maar bescheiden familie van de beroemde musicus), de eetzaal die ik op sommige dagen bezocht, de 'hokken' van de filosofie-studenten, en van Jacques Derrida en Bernard Pautrat na hun benoeming, het postkantoor op enkele meters, de tabakswinkel en wat al niet meer binnen handbereik. En dat tweeëndertig jaar lang! Tweeëndertig jaar van welhaast kloosterlijke, ascetische afzondering (mijn oude droom...) en van bescherming. En toen Hélène bij me introk, maakte dat mijn betrekkingen met vrouwen wel ingewikkelder, maar zij was er ook, bij mij.

Ik legde mezelf de enorme 'zelfopoffering' op (nog steeds dezelfde heilstaak jegens een bloedende moeder) haar bij mijn vrienden, voor het merendeel oud-studenten, te introduceren. Dat was helemaal niet gemakkelijk; het leeftijdsverschil, haar afschuw van het academische milieu en ook haar karakterproblemen, die al snel bekend werden, werkten hierbij nauwelijks positief. Vaak lukte het me, maar ten koste van wat ik als zelfverloochening ervoer! En steeds met een soort slecht geweten, alsof ik de vrees voor haar humeurigheid zowel voor haar als voor mijzelf moest overwinnen. Ook wat dit betreft besef ik nu (om de waarheid te zeggen al een heel poosje) dat ik het oordeel over haar dat ik vreesde, in zekere zin bij mijn vrienden heb opgewekt (eerder had ik dat bij dokter Etienne gedaan). Vooruitlopend op hun mogelijke reactie gedroeg ik me als een soort 'schuldige', die op voorhand zowel voor haar als voor zichzelf vergeving vroeg. Een houding waarvan ik de nadelige gevolgen in de praktijk heb kunnen vaststellen. Hélène had haar grillen, maar als je haar goed kende—voordien was dat al de mening geweest van Lesèvre en van al haar beroemde vrienden—als je door de eerste momenten heen was, die doorgaans gekleurd werden door haar reputatie, dan ontdekte je een buitengewoon intelligente, intuïtieve, dappere en edelmoedige vrouw. Dat wordt eenstemmig erkend door alle kameraden met wie ze gewerkt heeft, die zowel haar persoon waardeerden als haar verdiensten zagen. En die vriendschappen in haar werk had ze toch niet aan mij te danken, maar alleen aan haarzelf; daar stond ik nu eens helemaal buiten, ik had niets gedaan noch hoeven te doen om haar aan dat vreselijke noodlot van akelig vrouwspersoon te 'ontrukken'.

Het is wel duidelijk in wat voor onvoorstelbare tegenstrijdigheid ik tengevolge van mijn eigen dwang en mijn eigen ingebeelde angsten verstrikt raakte, ik herhaal: door eigen schuld verstrikt raakte, want om haar te 'redden' (ze had toen nagenoeg geen vrienden) probeerde ik haar mijn vrienden te *geven*. Maar dat kon ik slechts doen door bij hen het beeld op te roepen en te versterken dat zij zich naar ik vreesde van haar vormden, en dat ikzelf in feite als een vloek met me meedroeg. Dit 'werkte' slechts in enkele gevallen, en dan nog met flinke horten en stoten; namelijk wanneer Hélène met oud-studenten van me, zoals Etienne Balibar, Pierre Macherey, Régis Debray, Robert Linhart en Dominique Lecourt, en later met Franca, werkelijk gedachten en ervaringen kon uitwisselen of gewoon vreedzame en vruchtbare vriendschapsbetrekkingen aanknopen. Met anderen liep het vaak op een mislukking uit, waar ik dan beschaamd en met een schuldig zwijgen voortdurend over bleef piekeren. Zo liep een van de belangrijkste onderdelen van mijn leven met Hélène op een pijnlijk misverstand uit dat ik steeds probeerde te corrigeren, maar tevergeefs. Deze opeenvolging van tegenslagen versterkte mijn dubbele vooringenomenheid en mijn vrees, die natuurlijk weer mijn twijfel aanwakkerde of ik wel een man was, in staat om van een vrouw te houden en haar te helpen leven.

Hoe dan ook, ik was werkzaam als filosofieleraar, en ondanks al mijn aarzelingen voelde ik me steeds meer filosoof.

Natuurlijk was mijn bekendheid met filosofische teksten nogal beperkt. Descartes en Malebranche kende ik goed, Spinoza een beetje, maar Aristoteles, de sofisten en de stoïcijnen helemaal niet, Plato en Pascal vrij goed, Kant helemaal niet, Hegel een beetje en ten slotte Marx, van wie ik een aantal passages heel nauwkeurig had gelezen. De manier waarop ik de filosofie kende en leerde was legendarisch geworden, zoals ik vaak zei: 'van horen zeggen' (volgens Spinoza de eerste primitieve kennisvorm). Van Jacques Martin, die onderlegder was dan ik, en van mijn vrienden pikte ik terloops een formulering op, of uit de voordrachten en werkstukken van mijn eigen studenten. Uiteraard stelde ik er tenslotte een snoeverige eer in om op die manier 'van horen zeggen te leren', wat me met name van al mijn academische vrienden onderscheidde, die oneindig veel ontwikkelder waren dan ik. Bij wijze van paradox en provocatie kwam ik er vaak op terug, om tot mijn grote verlegenheid en trots bij derden verbazing, bewondering (!) en ongeloof te wekken.

Maar stellig had ik nog een ander, een eigen talent. Enkel op grond van een bepaalde uitspraak meende ik in staat te zijn (wat een illusie!) zo niet het denken, dan toch de strekking en tendens te reconstrueren van een auteur of boek die me verder onbekend waren. Waarschijnlijk beschikte ik over een bepaalde dosis intuïtie en bovenal over het vermogen verbanden te leggen, dat wil zeggen theorieën *tegenover elkaar te plaatsen*. Zo meende ik dan de denkwijze van een auteur te kunnen reconstrueren, op grond van de auteurs tegen wie hij zich verzette. Zo ging ik spontaan te werk, door contrasteren en afbakenen, en later zou ik daar een theoretisch fundament onder leggen.

Mijn waanvoorstelling van volledige autonomie en mijn voorliefde voor strijd binnen de grenzen van een absolute bescherming zouden in deze praktijken een goede investering vinden. Door mijn praktische politieke ervaring en mijn belangstelling voor politiek had ik bovendien een nogal sterke intuïtie voor de 'conjunctuur' en haar gevolgen; ook dit thema zou ik later tot een theorie verheffen. Want op filosofische verbanden en tegenstellingen kun je binnen een theoretische conjunctuur de hand leggen. Hoe kwam het dat ik zo gevoelig voor 'conjunctuur' was? Waarschijnlijk door mijn grote gevoeligheid voor (uitzichtloze) 'conflictsituaties', waarin ik sinds mijn kinderjaren voortdurend had verkeerd. Daarbij komt een andere, instinctieve overtuiging, namelijk dat het specifieke van de filosofie op afstand werkt, zoals de onbeweeglijke god van Aristoteles in een leegte (mijn leegte!); dat vond ik terug in de analytische situatie (en Sacha Nacht heeft dit thema kort en krachtig onder woorden gebracht). Ik was dus filosoof en als zodanig werkte ik op afstand, vanuit mijn schuilplaats in de Ecole normale, ver van de academische wereld, die ik niet mocht en waar ik nooit kwam. Ik regelde mijn zaakjes alleen, zonder hulp van collega's of bibliotheken; mijn eenzaamheid had een lange geschiedenis en nu maakte ik haar tot een leerstelling betreffende mijn denken en handelen. Werken op afstand betekende ook werken zonder rechtstreekse betrokkenheid, zoals altijd in een ondergeschikte positie (adviseur, grijze eminentie van Daël en van de directeuren van de Ecole normale); dat wil zeggen zowel beschermd als agressief, maar het laatste onder de dekmantel van de bescherming. 'Meester van de meester' zijn was klaarblijkelijk nog steeds een heimelijke obsessie voor me, maar op deze afstand—die beschermd werd door de leermeesters van wie ik juist afstand nam, een afstand die me in feite goed beviel—onderhield ik nog steeds een perverse betrekking; niet als 'vaders vader', maar als de moeder van mijn zogenaamde leermeester, door hem te verplichten als tussenpersoon en tussenverlangen mijn eigen vervreemde verlangen te verwezenlijken.

Nu pas ontdek ik (schrijven dwingt tot nadenken) dat ik in deze gevallen in feite heel anders te werk ging. De veelzeggende uitspraak van een auteur die ik uit diens tekst onthield, of opving uit de mond van een student of vriend, gebruikte ik als *diepteboring* in een filosofische denkwijze. Het is bekend dat bij het zoeken naar aardolie tot op grote diepte *boringen* worden verricht. Smalle peilijzers dringen diep in de grond en brengen bodemmonsters naar boven die een concreet beeld van de samenstelling van de dieptelagen geven en het mogelijk maken de aanwezigheid van aardolie of van met aardolie doordrenkte grond in de verschillende horizontale lagen boven en beneden de watervoerende laag vast te stellen. Nu zie ik heel duidelijk in dat ik op dezelfde wijze in de filosofie te werk ging. De formuleringen die ik aantrof of opving gebruikte ik als 'filosofische bodemmonsters' en op grond van hun samenstelling (en een analyse) slaagde ik er gemakkelijk in de aard van de verschillende dieptelagen van de betreffende filosofie te reconstrueren. Pas dan en alleen dan was ik in staat de tekst te gaan lezen waaruit dit 'bodemmonster' afkomstig was. Dan las ik heel aandachtig beperkte stukken tekst, zonder het me wat betreft semantiek en syntaxis gemakkelijk te maken. Het is merkwaardig (en stellig niet zonder betekenis, een betekenis die me wellicht altijd zal ontgaan), dat ik ondanks al mijn psychoanalytische bodemmonsters en al mijn ervaring (als analysant) nooit een tekst van Freud of van zijn exegeten heb kunnen doorgronden! Het gaat volslagen langs me heen... En mijn beste vriendin zegt me steeds dat het zo is en dat ik trouwens een nul in psychoanalytische theorie ben; ze heeft volkomen gelijk. In de psychoanalyse is niet de theorie belangrijk, maar de *praktijk* (een fundamenteel materialistisch en marxistisch principe).

Want al vanaf het begin, onder invloed van mijn vriend Jacques Martin, en ook van Marx, de Marx van *De Duitse ideologie*, kon ik niet anders dan me uiterst kritisch en zelfs destructief opstellen tegenover de filosofie als zodanig. In deze overtuiging werd ik gesterkt door mijn politieke ervaringen en later door het lezen van Lenin, voor 'filosofieleraren' een moeilijke opgave (zie mijn boekje *Lénine et la philosophie*, waarin de enige openbare toespraak is opgenomen die ik ooit in Frankrijk heb gehouden; Jean Wahl had Derrida en mij uitgenodigd ten overstaan van het Genootschap voor Filosofie het woord te voeren, een ware uitdaging). Mijn toespraak gaf enige aanstoot en bracht me in kennis met een bijzonder theoloog en filosoof, pater Breton, die een van mijn beste vrienden is geworden.

XIV

Deze radicale kritiek op de filosofie als ideologisch bedrog (het doel: elkaar geen verhalen meer vertellen, de enige 'definitie' van het materialisme waar ik altijd aan ben blijven hechten) probeerde ik te verzoenen met mijn praktische filosofische ervaring. Aanvankelijk draaide dat uit op formuleringen als: 'De filosofie vertegenwoordigt de wetenschap bij de politiek en de politiek bij de wetenschap,' en later: 'De filosofie is "in laatste instantie" klassenstrijd in de theorie.' Aan deze laatste formulering, die natuurlijk aanstoot gaf, ben ik nog steeds erg gehecht. In samenhang met mijn opvatting over het materialisme zette ik een heel filosofisch systeem op: de filosofie heeft geen object (in de zin waarin een wetenschap objecten heeft), maar een polemische en praktische inzet. Naar het model van het politieke denken dat ik gelijktijdig uitwerkte, formuleerde ik een polemische en praktische opvatting van filosofie. Door het verkondigen van stellingen die tegen bestaande stellingen ingaan, ontstaat een *Kampfplatz* (Kant) als theoretische echo van het slagveld van de maatschappelijke, politieke en ideologische klassenstrijd. In ieder geval is wel duidelijk dat ik filosofie en politiek nauw aan elkaar koppelde, zonder dat ik Gramsci destijds kende; alles in aanmerking genomen een verrassende synthese van het politieke onderricht van 'vader Hours' en van mijn filosofische onderzoek.

Wat trachtte ik hiermee te bereiken? Het is geenszins mijn bedoeling hier over de objectieve theoretische effecten te spreken; dat hebben anderen gedaan en het is niet aan mij daarover te oordelen. Ik wil alleen proberen zo mogelijk de diepere persoonlijke gronden, de bewuste en vooral onbewuste beweegredenen te verhelderen die ten grondslag lagen aan deze onderneming en aan de vorm die ze van mij gekregen heeft.

In de grond van de zaak ging het stellig om een bijzonder zuivere en volkomen, dat wil zeggen abstracte en ascetische verwezenlijking van wat ik 'het verlangen van mijn moeder' heb genoemd. Objectief gezien was ik wel degelijk een vergeestelijkte academicus en leraar aan de Ecole normale geworden, en bovendien de auteur van een abstract en als het ware onpersoonlijk filosofisch oeuvre, dat een intrinsieke hartstocht kende. En tegelijk was ik erin geslaagd het 'verlangen van mijn moeder' met mijn eigen verlangen te combineren, het verlangen om in de buitenwereld,* in het maatschappelijke en politieke leven te verke-

---

* In de kantlijn staat een handgeschreven aanvulling die de auteur niet met de rest van de zin verbonden heeft: 'actief, op eigen initiatief, zonder initiatief van wie dan ook (Hélène, Desanti, Merleau), behalve J. Martin, die me slechts hielp als een oudere broer (terwijl hij twee jaar jonger was dan ik), maar die "twintig jaar op ons voorlag", zoals ik in een levensbericht schreef' (noot van de bezorgers).

ren. Deze combinatie was zichtbaar in mijn opeenvolgende definities van filosofie en dus van mijn eigen bezigheid, maar bleef beperkt tot *het terrein van het zuivere denken*. Want wat maakte ik toen van de politiek? Een zuiver denken van de politiek. Weliswaar sprak Georges Marchais later ten onrechte van 'schrijftafelintellectuelen' alsof dat op mij betrekking had, maar de klank van zijn formulering was niet helemaal vals. En allen, zelfs de tegenstanders van de Communistische Partij, die me lange tijd afkraakten als zuivere filosoof die uit de hoogte van zijn theorie geringschattend op de praktische werkelijkheid neerzag (met inbegrip van de journalist Jean-Paul Enthoven, die naar aanleiding van mijn opdracht aan Waldeck Rochet* eens schreef dat ik 'nog steeds iets had van een brave leerling'...), zij allen raakten me en 'misten' me niet volledig.

Maar dat is niet voldoende om een verklaring te geven voor mijn diepgaande relatie met en mijn opvatting over de filosofie (die op haar beurt die relatie weer uitdrukte). Ik werd en word nog steeds getroffen door de uitspraak van Marx dat de filosoof in het concept (dat wil zeggen in zijn opvatting over filosofie) zijn 'theoretische betrekking met zichzelf' uitdrukt. Wat voor persoonlijks probeerde ik, naast wat ik zojuist zei, in mijn praktijk en mijn opvatting van de filosofie tot uitdrukking te brengen? Sommige lezers en vrienden van me, bijvoorbeeld Bernard Edelman, die het me vaak scherpzinnig onder ogen heeft gebracht, merkten op dat ik in vele van mijn essays, met name in mijn boekje *Montesquieu* en in mijn artikel over Freud en Lacan, een bepaald thema benadrukte; namelijk dat de belangrijkste filosofen *zonder vader geboren zijn*, in een theoretisch isolement hebben geleefd en ten overstaan van de hele wereld een eenzaam risico hebben genomen. Inderdaad, ikzelf heb geen vader gehad, eindeloos had ik 'vaders vader' gespeeld om mezelf wijs te maken dat ik een vader had, maar in werkelijkheid om een vaderrol jegens mezelf op me te nemen, aangezien alle mogelijke vaders die ik tegen het lijf liep die rol niet konden vervullen. Ik kleineerde ze en gaf hun geringschattend een plaatsje onder mij, in duidelijke onderwerping.

---

* 'Aan Waldeck Rochet, een bewonderaar van Spinoza, die op een dag in juni 1966 langdurig met me over hem sprak', opdracht van *Eléments d'autocritique*, Parijs, Hachette, 1974 (noot van de bezorgers).

Dus ook filosofisch gezien moest ik mijn eigen vader worden. En dat was alleen mogelijk door mezelf de vadertaak bij uitstek toe te kennen: beheersing en controle over iedere mogelijke situatie.

Dat deed ik. In de aloude traditie van de filosofie onderschreef ik de klassieke, voortdurend opnieuw geformuleerde pretentie dat de filosofie, vanaf Plato via Descartes, Kant en Hegel tot en met Heidegger (wanneer hij zich als negatief theoloog uitspreekt), met één oogopslag (Plato: *sunoptikos*) *alles* omvat, denkt over het geheel, of over de mogelijkheids- en onmogelijkheidsvoorwaarden van het geheel (Kant), of ze nu naar God of naar het menselijk subject verwijst, dus dat ze 'het Totaal en de Rest' beheerst (een formulering van Henri Lefebvre). De beheersing van het Geheel, en in de eerste plaats van zichzelf, dat wil zeggen van de eigen betrekking met het object als het Geheel: dat is de filosofie die slechts 'zelfbetrekking van de filosoof' (Marx) is, en dat is dus ook de filosoof. Maar het Geheel kun je alleen denken door middel van een strikte en heldere denkwijze die aanspraak op het totaal maakt, die dus over de elementen en samenhang van het Geheel nadenkt. Ik was dus een heldere filosoof die uiterst strikt wilde zijn. Deze aanspraak vond stellig weerklank bij mijn lezers, bij hun persoonlijke oriëntaties en verwachtingen, en beantwoordde op de een of andere wijze ongetwijfeld aan hun verlangen naar begrijpelijkheid. En aangezien ook mijn taal een *taal van beheersing* was die haar eigen pathos onder controle had (zie het voorwoord bij *Pour Marx*, *Réponse à John Lewis* enzovoort), staat wel vast dat mijn lezers evenzeer werden geraakt door die taal als door de striktheid van mijn betoog, namelijk bij volmacht van beheersing. En omdat alles hier nauw met elkaar samenhangt (niet alleen bij mij; denken en stijl vloeien voort uit dezelfde 'betrekking tussen de filosoof en zijn concept'), verwierf ik door deze eenheid van denken, van helderheid (een beheersing in volle helderheid, helderheid als vorm van beheersing) en van taal een lezerspubliek dat door mijn argumentatie alleen vast en zeker niet zo diep zou zijn geraakt. Zo vernam ik tot mijn grote verbazing, van Claudine Normand bijvoorbeeld, dat ik een 'stijl' had en op mijn manier een soort schrijver was. En als theorie van de filosofie stelde ik natuurlijk een theorie op van de filosofie als beheersing van zowel zichzelf als het Geheel, van de elementen en van de samenhang tussen deze elementen; en buiten het specifieke gebied van de filosofie, een beheersing op afstand door middel van het concept en de taal. Zoals iedere filosoof, maar dan wel door een radicale kritiek op deze aanspraak te leveren (zo kritiseerde ik het voor mij belachelijke idee van een almachtige vader, die ook aanspraak op almacht maakt), achtte ik me verantwoordelijk voor iets dat betrekking heeft op menselijke idealen, zelfs op de loop van de geschiedenis van de werkelijke wereld en zelfs op wat deze wereld naar haar lotsbestemming (zoals Heidegger terecht gezegd heeft, deze lotsbestemming bestaat slechts als illusie in het collectieve bewustzijn en in de politiek) pretendeert te leiden, namelijk de politiek en de concrete vormen van politiek. Daarom heb ik me herhaaldelijk op het terrein van de concrete politiek gewaagd en (riskante) uitspraken gedaan over het stalinisme, de crisis van het marxisme, de congressen en het functioneren van de Partij (*Ce qui ne peut plus durer dans le parti communiste*, 1978). Maar welke filosoof, vooral als hij niet bereid is om het toe te geven, is diep in zijn hart niet bezweken, de belangrijkste filosofen meestal openlijk, voor de aan de filosofie inherente verleiding om goed in het oog te houden wat hij in de wereld wil veranderen? Heidegger zegt zelf, weliswaar wanneer hij alleen over de fenomenologie spreekt (waarom toch alleen de fenomenologie? een raadsel!), dat ze beoogt 'de wereld te veranderen'. Daarom heb ik kritiek geleverd op de vermaarde uitspraak van Marx in zijn 'Stellingen over Feuerbach': 'Het komt er niet meer op aan de wereld te interpreteren, maar haar te veranderen,' en tegen deze uitspraak in heb ik aangetoond dat *alle belangrijke filosofen* in de loop van de wereldgeschiedenis hebben willen ingrijpen, óf om de wereld te veranderen, óf om haar naar een eerder stadium terug te brengen, óf om haar te behouden en haar bestaande vorm te versterken om de dreiging van een gevaarlijk geachte verandering af te wenden. Ondanks de bekende en gewaagde uitspraak van Marx meen ik dat ik op dit punt gelijk had en nog steeds heb.

Het laat zich indenken met wat voor een subjectieve verantwoordelijkheid de filosoof zich bekleed voelt! Een verpletterende verantwoordelijkheid! Want hij beschikt over geen enkel middel en over geen enkele methode van verificatie, in tegenstelling tot de wetenschappen (die ik alle als empirisch beschouwde). Hij volstaat ermee stellingen te verkondigen die hij nooit persoonlijk kan verifiëren. Hij moet altijd op de gevolgen van zijn filosofische stellingen vooruitlopen, terwijl hij niet eens weet waar of hoe deze gevolgen zich kunnen manifesteren!

Hij poneert zijn stellingen natuurlijk niet op willekeurige wijze, maar hij houdt rekening met wat hij waarneemt of meent waar te nemen van het Geheel en de ontwikkeling van het Geheel, en hij plaatst ze tegenover andere stellingen van in zijn wereld bestaande systemen. Omdat hij altijd moet anticiperen en zich steeds van zijn historische subjectiviteit bewust is, staat hij helemaal alleen in zijn waarneming van het Geheel (aan elk zijn geheel, nietwaar?) en nog meer alleen wanneer hij het initiatief neemt om nieuwe stellingen te verkondigen, zonder enige consensus, aangezien hij immers juist iets wil veranderen. Dat is de eenzaamheid van de filosoof: Descartes heldhaftig teruggetrokken in zijn kachel, Kant vredig tobbend teruggetrokken in Königsberg, Kierkegaard tragisch teruggetrokken in zijn innerlijke drama en Wittgenstein in zijn herdershut in de bossen van Noorwegen! En zoals iedere filosoof, ook al wordt hij door vrienden omringd, zat ik helemaal alleen in mijn werkkamer, dat wil zeggen in mijn denken, in mijn pretentie en ongehoorde vermetelheid. Alleen en uiteraard volledig verantwoordelijk voor mijn daden en hun niet te voorziene gevolgen, met als enige sanctie de toekomstige loop der wereldgeschiedenis, een nog niet voldongen feit. Als filosoof was ik helemaal alleen en toch schreef ik in *Réponse à John Lewis*: 'Een communist is nooit alleen.' En daarin zit het verschil, maar het wordt pas begrepen als iedere filosoof daadwerkelijk 'de wereld wil veranderen'—dat kan hij niet alleen, niet zonder een werkelijk vrije en democratische communistische organisatie, in nauwe samenwerking met de basis en daarbuiten met de massabewegingen (zie mijn pamflet van 1978).

Wie mijn teksten leest, vindt daarin als een obsessie het leitmotiv terug van eenzaamheid en verantwoordelijkheid. Hoe vaak heb ik niet gezegd dat ik zowel in de politiek als in de filosofie niets anders deed dan optreden 'op eigen verantwoording', als één tegen allen—en mijn tegenstanders hebben me dat lange tijd doen voelen. Inderdaad, ik wist dat ik alleen was en grote risico's nam, dat hebben ze me goed duidelijk gemaakt, maar ik heb het steeds vooruit geweten. Wie mijn werk leest, zal niet kunnen ontkennen dat ik me steeds bewust ben geweest zowel van mijn totale eenzaamheid bij mijn bemoeienis als van de buitengewone verantwoordelijkheid die per slot van zaken alleen op mijn schouders rustte, alsook van de risico's waaraan zowel mijn eenzaamheid als mijn verantwoordelijkheid me blootstelde. Het zal niemand verwonderen dat zoveel lezers zich in deze eenzaamheid, hun eenzaamheid, herkenden, de verantwoordelijkheid op zich namen met mijn stellingen in te stemmen en zich aan de met de politieke gevolgen samenhangende risico's blootstelden. Maar in dit geval waren zij tenminste niet helemaal alleen, daar ik hun was voorgegaan en hun zodoende als waarborg en leermeester (meester in zelfbeheersing) van dienst kon zijn, omdat ik nu eenmaal het initiatief had genomen en dus alleen zou zijn geweest.

Inderdaad, op dit gebied was ik het en niemand anders die het initiatief nam (zoals ik dat zo graag op het gebied van de liefde wilde). Als de gelegenheid zich voordeed (zoals in het voorwoord van *Pour Marx*) ging ik er prat op geen leermeesters in de filosofie te hebben gehad (wat Guitton verdriet deed) en evenmin in de politiek (behalve Hours, Courrèges, Lesèvre en Hélène). Ik was de enige verantwoordelijke, eindelijk had ik een gebied ontdekt waarop ik het initiatief kon nemen, een absoluut initiatief, mijn initiatief; eindelijk verwezenlijkte ik mijn eigen verlangen, of desnoods het verlangen eindelijk een eigen verlangen te hebben. (Verlangen een verlangen te hebben is wel een verlangen, maar een nog formeel verlangen, de lege vorm van een verlangen; het tragische zou zijn geweest dat ik deze lege vorm van een verlangen voor een werkelijk verlangen had aangezien; ik was als overwinnaar uit de strijd gekomen, maar op het gebied van het denken, van het zuivere denken.) Ik werd als het ware gegrepen door een lotsbestemming toen ik het zuivere verlangen van mijn moeder verwezenlijkte en eindelijk de vorm van de ontkenning daarvan bereikte.

In dit kader koos mijn denken voor de abrupte vorm van een scheuring, een breuk. Hier wordt een van die objectief uiterst dubbelzinnige thema's zichtbaar die steeds in mijn reflectie terugkeren. En in mijn taalgebruik kan het abrupte van de breuk worden teruggevonden in het abrupte van de formuleringen, in een schijnbaar 'dogmatisme' dat me zo vaak is verweten. Ik was er vast van overtuigd dat iedere filosofie naar haar aard *dogmatisch* is, doordat ze gedefinieerd wordt door de stellingen die ze poneert en die ze niet empirisch kan verifiëren. Dat droeg ik zelfs nadrukkelijk uit in 'Cours de philosophie pour scientifiques' (1967), waarin ik stelde dat de verkondigde stellingen waar zijn alleen al doordat ze worden verkondigd. Ik bezigde gewoon de taal van de waarheid over wat ik dacht en deed (stellingen poneren, soms openlijk, zoals in *Philosophie et philosophie spontanée des savants*); en over wat iedere filosofie vóór mij had gedaan, of dat nu ronduit was erkend (Thomas van Aquino, Spinoza, Wittgenstein enzovoort) of verzwegen. Wanneer je weet dat je in je eentje verantwoordelijk bent, én voor je eenzaamheid die noodzakelijk is om je stellingen naar waarheid te verkondigen, én voor je waarachtigheid als filosoof, én voor de waarheid van iedere filosofie, dan is toch het minste wat je doen kunt in alle eerlijkheid een taal spreken waarvan de stijl overeenkomt met wat je in wezen doet, zelfs als je intervenieert of interpelleert (zie de rol die ik met betrekking tot de ideologie aan de interpellatie gaf), je uitdrukken in een vorm die onomwonden uitdrukt wat je denkt en wat je doet.

Mijn vader sprak onsamenhangend, mijn moeder sprak helder en verlangde naar helderheid. Ik was helder, maar even abrupt als mijn vader wanneer hij in gedachten verzonken was of ruw ingreep. Zonder aanzien des persoons noemde mijn vader de zaken bij de naam, zelfs wanneer hij zweeg; het was ook iemand om onverhoeds zijn revolver te trekken, op een keer sprong hij zelfs boven op een ongelukkige jonge fietser met de bedoeling hem af te tuigen, omdat hij in het bos mijn zus had aangereden. Ik weigerde beslist om 'verhalen te vertellen' en ik had het gevoel dat die ruwheid zonder omhaal van woorden afkomstig was van de vader die ik had gemist, die me in elk geval nooit met de wereld vertrouwd had gemaakt, me nooit had geleerd dat de wereld niet vergeestelijkt maar vol fysieke en andere vormen van strijd is. Nu had ik eindelijk de durf en de vrijmoedigheid de werkelijkheid onder ogen te zien. Werd ik zo niet mijn eigen vader, dat wil zeggen eindelijk een echte man?

In een dergelijke analyse moet men geen hoogste objectiviteit in filosofische zin gaan zoeken. Want wat ook de bewuste en vooral onbewuste beweegredenen van een filosoof mogen zijn, de filosofie die hij schrijft is een *objectieve werkelijkheid* en gaat daar helemaal in op; en haar eventuele gevolgen voor de buitenwereld zijn *objectieve effecten*, die in het uiterste geval geen enkel verband meer hebben met de binnenwereld die ik beschreef. Goddank! Want anders zou de filosofie, zoals trouwens iedere bezigheid, een louter subjectieve binnenwereld zijn, opgesloten in haar eigen solipsisme. Mocht ik daarover ooit in onzekerheid hebben verkeerd, dan zou ik het op een onbarmhartige manier aan de weet komen, door de politieke werkelijkheid zelf, maar eerst in de filosofie.

XV

Ieder die handelend optreedt—destijds beschouwde ik filosofisch optreden als handelen, en daarin vergiste ik me niet—tracht immers altijd de loop van een conjunctuur te veranderen. Welke filosofische conjunctuur bracht mij ertoe om 'op te treden'?

Zoals altijd was Frankrijk geheel onkundig van wat er over de grenzen gebeurde. Ik wist niets van Carnap, Russell en Frege, dus niets van het logisch positivisme, niets van Wittgenstein en de Engelse analytische filosofie. Van Heidegger las ik pas laat de *Brief über den Humanismus* aan Jean Beaufret, een tekst die veel invloed had op mijn stellingen over het *theoretische* antihumanisme van Marx. Ik had dus te maken met wat er in Frankrijk werd gelezen, dat wil zeggen Sartre, Merleau-Ponty, Bachelard en heel veel later Foucault, maar vooral Cavaillès en Canguilhem. Verder wat van Husserl, met wie we kennismaakten via Desanti (een fenomenologische marxist) en Tran Duc Thao, wiens examenscriptie grote indruk op me maakte. Van Husserl heb ik alleen *Cartesianische Meditation* en *Die Krisis* gelezen.

Om allerlei redenen, waarover ik het later nog eens zal hebben, dacht ik nooit zoals Sartre dat het marxisme 'de onovertrefbare filosofie van ons tijdperk' kon zijn, op basis van een goed argument dat ik nog steeds staande houd. Ik ben altijd van mening geweest dat Sartre, een briljante geest die geniale 'filosofische romans' heeft geschreven, zoals *L'Etre et le Néant* en *Critique de la raison dialectique*, nooit iets begrepen heeft van Hegel of Marx en al helemaal niet van Freud. Op zijn best beschouwde ik hem als een van die postcartesiaanse of posthegeliaanse 'filosofen van de geschiedenis' van wie Marx zo'n afschuw had.

Ik wist natuurlijk langs welke weg Hegel en Marx in Frankrijk geïntroduceerd waren: via Kojevenikov (Kojève), een Russische emigrant die een hoge functie op het ministerie van economische zaken bekleedde. Ik ben hem een keer gaan opzoeken in zijn werkkamer op het departement om hem uit te nodigen een voordracht aan de Ecole normale te komen houden. Een man met een donker gezicht en zwarte haren, die zijn kinderachtige theoretische geestigheden kwam debiteren. Ik las alles wat hij had geschreven en kwam al snel tot de overtuiging dat hij noch van Hegel noch van Marx ook maar iets had begrepen—terwijl er vóór de oorlog geboeid naar hem geluisterd werd, ook door

Lacan. Bij hem draaide alles om de strijd op leven en dood en om het einde van de geschiedenis, waaraan hij een verbluffende *bureaucratische* inhoud gaf. De geschiedenis, dat wil zeggen de geschiedenis van de beëindigde klassenstrijd, duurt voort, maar het enige wat er nog gebeurt is de routine van het *beheer der zaken* (leve Saint-Simon!). Waarschijnlijk verenigde hij op die manier zijn filosofische verlangens met zijn positie van hoge bureaucraat.

Ik begreep niet, tenzij je de totale onwetendheid in Frankrijk betreffende Hegel in aanmerking nam, hoe Kojève zijn toehoorders zo had kunnen boeien: Lacan, Bataille, Queneau en vele anderen. Daarentegen had ik grote waardering voor het erudiete en moedige werk van een Hyppolite, die in plaats van Hegel te interpreteren ermee volstond hem in een prachtige vertaling van *Die Phänomenologie des Geistes* zelf aan het woord te laten.

Dit was dus de filosofische conjunctuur waarin ik me bevond en die me 'te denken gaf'. Zoals ik al zei schreef ik een examenscriptie over Hegel, begeleid door mijn vriend Jacques Martin, die een brede filosofische ontwikkeling had. Ik zag moeiteloos in dat de Franse 'hegelianen', de leerlingen van Kojève, *niets van Hegel hadden begrepen*. Om je daarvan te overtuigen hoefde je Hegel zelf maar te lezen. Allemaal waren ze blijven steken bij de strijd tussen heer en knecht en bij zo'n volkomen dwaasheid als de 'dialectiek van de natuur'. Zelfs Bachelard had er niets van begrepen, dat werd me duidelijk door zijn opmerking die ik eerder vermeldde. Wat dit betreft had hij trouwens geen enkele pretentie, hij had geen tijd gehad om hem te lezen. Van Hegel werd niets begrepen, *in Frankrijk tenminste*, alles moest nog worden uitgelegd.

Husserl daarentegen was via Sartre en Merleau enigszins doorgedrongen. De anekdote die Castor vertelt is bekend. Raymond Aron, Sartres 'vrindje', had in 1928-1929 een studiejaar in Berlijn doorgebracht, waar hem de ogen waren geopend voor het opkomende nazisme, maar waar hem ook het kleurloze subjectivisme was opgedrongen van de Duitse filosofie en sociologie van de geschiedenis. Aron komt dus terug in Parijs en zoekt Sartre en Castor op in hun stamkroeg. Sartre drinkt een groot glas abrikozesap. En Aron zegt tegen hem: 'Vrindje, ik heb in Duitsland een filosofie gevonden die je duidelijk zal maken waarom je in de kroeg zit, waarom je abrikozesap drinkt en waarom je het lekker vindt.' Deze filosofie was natuurlijk die van Husserl, het voorpredicatieve kon alles verklaren, tot en met de abrikozesap. Naar verluidt was Sartre stomverbaasd en begon hij Husserl te lezen, en daarna de vroege Heidegger! Je kunt zien wat hij er in zijn werk van heeft overgenomen: een subjectivistische en cartesiaanse verheerlijking van het existerende subject ten koste van het object en de essentie, de existentie heeft voorrang op de essentie enzovoort. Maar dit had niet veel te maken met de fundamentele inspiratie van Husserl of van Heidegger, die zich al gauw van Sartre zou distantiëren. Het was eerder een cartesiaanse theorie van het *cogito* binnen een veralgemeende en dus volledig misvormde fenomenologie. Merleau, een werkelijk diepzinnige filosoof, zou heel wat trouwer aan Husserl blijven, vooral toen hij de latere werken ontdekte, met name *Erfahrung und Urteil* en de *Vorlesungen zur Phänomenologie des inneren Zeitbewusstseins*, die hij tijdens zijn colleges aan de Ecole normale prachtig van commentaar voorzag. Hij legde een verband tussen de theorie van het voorpredicatieve van de praksis bij Husserl, de theorie van het natuurlijke oordeel bij Malebranche en de idee van het eigen lichaam bij Maine de Biran en Bergson. Alles was heel verhelderend. Thao zei tegen ons in informele sfeer: 'Jullie zijn allemaal transcendentale egaliteits-ego's!' Hij bleef glimlachen, maar wat een diepzinnige waarheid!

Dit alles was heel verhelderend; Merleau bleef nadenken over Husserl, maar keerde ten slotte terug naar een hechte Franse traditie, het spiritualisme, hoewel op zijn eigen fijnzinnige manier, en hij verlevendigde die traditie met diepzinnige opvattingen over het kind, Cézanne, Freud, de taal, de stilte, marxistische politiek en de Sovjetunie (zie *Humanisme et Terreur*, *Les Aventures de la dialectique*). Anders dan Sartre, filosoof-romancier in de trant van Voltaire, maar als persoon even star als Rousseau, was Merleau werkelijk een groot filosoof, de laatste in Frankrijk vóór de reus Derrida. Maar hij was helemaal niet verhelderend over Hegel of Marx. In dit opzicht herinner ik me vooral Desanti, die heel veel wist van logica en wiskunde (dat bewees hij in zijn boeken). Ieder jaar begon hij een college over de geschiedenis van de logica, maar 'strijdlustig optrekkend' kwam hij nooit verder dan Aristoteles. Dat deed er trouwens niet toe. Wat er wel toe deed, in elk geval voor mij, was dat wanneer hij als filosoof over Marx kwam te spreken, hij hem rechtstreeks in de categorieën van Husserl dacht. En daar Husserl de schitterende categorie 'voorpredicatieve praksis' had bedacht (een oorspronkelijke betekenislaag samenhangend met het omgaan met de dingen), was onze goeie Touki (zijn voornaam voor intimi) maar al te blij bij Husserl eindelijk het fundament van de zin van de marxistische praksis aan te treffen. Touki, nog zo'n figuur die (evenals Sartre) aan Marx de oorspronkelijke betekenis van diens eigen 'filosofie' beweerde te geven. Ik ging daar natuurlijk niet in mee, want dankzij Jacques Martin begon ik de teksten van Marx zelf te lezen en hem te begrijpen, en de fundamenteel humanistische pretenties van zijn jeugdwerken wekten trouwens mijn ergernis. Ik ben nooit meegegaan in Desanti's husserliaanse 'interpretaties' noch in enige 'humanistische' interpretatie van Marx. En het laat zich raden waarom. Omdat ik een afschuw had van iedere filosofie die er aanspraak op maakte transcendentaal *a priori* een zin of waarheid op een oorspronkelijke laag te funderen, hoe voorpredicatief deze ook was. Desanti kon er ook niets aan doen, behalve dan dat hij niet dezelfde afkeer als ik had van het oorspronkelijke en transcendentale.

Ik begon te geloven dat hij een 'meeloper' was toen ik zag hoe hij Laurent Casanova, net als hij een Corsicaan, op de voet volgde bij al zijn politieke manipulaties met burgerlijke en proletarische wetenschap; ik ben daar nooit toe vervallen. Telkens als ik Victor Leduc tegenkom, destijds een belangrijk functionaris belast met de 'intellectuelen' in de Partij, herinnert hij me aan de positie die ik toentertijd in de discussie innam: 'Jij was ertegen om beide wetenschappen tegenover elkaar te stellen, en jij was met jouw opvatting nagenoeg de enige onder de intellectuelen van de Partij.'

De arbeiders kon het uiteraard geen donder schelen. Ik weet dat Touki, 'in opdracht' zoals hij later zei, tot zijn schande een onwaarschijnlijk theoretisch artikel voor *La Nouvelle Critique* schreef waarin hij 'de grondslag legde' (nog steeds hetzelfde probleem) voor de theorie van de twee wetenschappen in de klassenstrijd. Niemand vroeg hem in gemoede of hij in het openbaar zijn filosofische kennis en geweten wilde verloochenen. Maar hij deed het toch, terwijl hij niet eens een proces in de Communale Raad als excuus had.

Maar het ergste dat ik hem verwijt, en dat werkelijk onvergeeflijk is, is een televisieuitzending van hemzelf over hemzelf, rond 1975. Alleen Touki was in beeld, met een juffershondje dat hem onophoudelijk van het ene naar het andere standbeeld trok (om te pissen), en alleen hij sprak. Hij sprak over de tijd van de twee wetenschappen en hoe hij erin verwikkeld was geraakt, op de toon van een echte clown (hij had er het talent voor). Als een dronkemansverhaal vertelde hij dit weerzinwekkende voorval, dat dodelijke slachtoffers had gemaakt of had kunnen maken en in ieder geval Marcel Prenant had veranderd in een levend lijk. 'Ze zeiden ons dat het gedaan moest worden en dus deden we het.' Deze onverdraaglijke monoloog duurde tien minuten en werd slechts onderbroken als hij op de brede paden van het Luxembourg het hondje riep, of de televisiekijkers vergastte op knipoogjes en grijnzen van verstandhouding. Inderdaad, het moest gedaan worden! Daarna heeft Touki de Partij verlaten en zich braaf geconcentreerd op een universitaire loopbaan. Ik heb gehoord dat hij onlangs heeft geprobeerd zijn husserliaanse verleden te onderzoeken. We zullen afwachten.

Kortom, zowel politiek als filosofisch gezien had ik voldoende redenen om me voor zijn ideeën en voorbeeld te hoeden. Zo'n 'dubbele waarheid' paste beslist niet bij me. Ik begreep niet dat je aan de Ecole normale een zelfstandig denkend filosoof kon zijn, en in de Partij een hondje dat aan de leiband van Casanova liep. De eenheid van theorie en praktijk, die wezenlijk is voor het marxisme en voor de communisten (Courrèges!), was wat mij betreft—maar dat geldt vanzelfsprekend voor iedereen—onverenigbaar met het bestaan van een dubbele waarheid. Dat deed me denken aan de handelwijze van de geestelijkheid in de achttiende eeuw, waar Helvetius en Holbach terecht kritiek op leverden. Dat een zogenaamd marxistisch filosoof in de jaren 1945-1950 nog niet eens toe was aan de beginselen van de Verlichting, waar ik overigens nauwelijks mee instemde, dat ging me boven de pet.

Daarom had ik op het gebied van de filosofie geen echte leermeesters, zoals ik schreef in het voorwoord van *Pour Marx*, geen leermeester behalve Thao; maar hij verliet ons al snel en keerde naar Vietnam terug, waar hij wegkwijnde als straatveger en ziek werd (zijn Franse vrienden probeerden hem geneesmiddelen te sturen). En Merleau kon ik niet volgen, omdat hij al sterk werd aangetrokken door de oude spiritualistische traditie, die in Frankrijk zo'n grote rol speelt.*

Tot deze merkwaardige Franse traditie, en tot de zogenaamde neo-

---

* De auteur had deze zin gedeeltelijk doorgestreept, zodat hij krom en onbegrijpelijk was geworden; hier is hij volledig in zijn oorspronkelijke vorm hersteld (noot van de bezorgers).

kantiaanse traditie van Brunschvicg, behoorden destijds alle belangrijke academische filosofen! Aan het begin van de negentiende eeuw had Victor Cousin de institutionele grondslag van deze traditie gelegd (zie het interessante eerste boek van Lucien Sève). De werken en vooral de officiële programma's van deze traditie, alsmede de gewrochten van de eclectische school, die de socialist Pierre Leroux zo goed bestreden had, hadden Ravaisson, Bergson, Lequier en meer recentelijk Ferdinand Alquié 'voortgebracht'. In het buitenland tref je geen equivalent van deze traditie aan. Ze was niet 'onverdienstelijk', o ironie van de dialectiek van de geschiedenis, want tot voor kort (tot het werk van Jules Vuillemin en Jacques Bouveresse) behoedde ze Frankrijk voor het binnendringen van het Angelsaksische logisch positivisme en de Engelse analytische taalfilosofie (die overigens heel interessant is). Naast deze twee stromingen, die buiten Frankrijk toonaangevend waren, was ook het werk van Wittgenstein ons destijds volslagen onbekend—Jacques Bouveresse, Dominique Lecourt en Mari in Argentinië hebben dat duidelijk getoond en aangetoond. Maar wat stelt een 'bescherming' voor die berust op onwetendheid en weerzin? Machiavelli toonde duidelijk aan dat vestingen in iedere militaire opstelling de zwakste schakel zijn, en Lenin zei in het voetspoor van Goethe: 'Als je je vijand wilt leren kennen, moet je in het land van je vijand binnendringen.' Het was een aanfluiting, zelfs het neokantianisme van Brunschvicg, dat Spinoza tot het allerbanaalste spiritualisme misvormde, een spiritualisme van bewustzijn en geest. Nu inmiddels eindelijk een aantal teksten is vertaald, nu na Nietzsche Heidegger eindelijk bij ons wordt geaccepteerd, nu Bouveresse erudiete werken over het logisch neopositivisme heeft gepubliceerd en Wittgenstein, Hegel en Marx ruimschoots worden vertaald en van commentaar voorzien, zijn de grenzen eindelijk open.

Maar tussen 1945 en 1960 was dat bepaald niet het geval. Je moest je 'behelpen'. We hadden natuurlijk Descartes, maar in wat voor spiritualistische interpretaties gehuld! Met uitzondering van de uitleg van Etienne Gilson, Emile Bréhier en Henri Gouhier, die polemiseerde met Alquié en diens spiritualistische duiding van Descartes. Je had natuurlijk Martial Guéroult, een geleerde die auteurs zonder enige welwillendheid las, in feite de enige grote historicus van onze tijd; Jules Vuillemin en Louis Guillermit zijn leerlingen van hem. Maar destijds was Guéroult slechts een belangrijk 'exegeet' van auteurs en niemand vermoedde dat hij werkte aan een structuurtheorie van filosofische systemen. Vuillemin en Guillermit waren nagenoeg onbekend. Ik haalde hen naar de Ecole normale, maar Vuillemin (evenals Bouveresse, zijn leerling in verbittering) zat zo vol wrok tegen de intellectuele eenzaamheid die hem ten deel viel dat het hem altijd lukte zijn gehoor tot twee of drie studenten te reduceren, waarna hij me kwam zeggen dat hij er de brui aan gaf! Dezelfde merkwaardige beproeving herhaalde zich met Bouveresse; hij is veel jonger en was een 'student' van mij geweest; ik nodigde hem steeds uit naar de Ecole normale te komen. Ik meen te weten dat Bouveresse me ervan beschuldigd heeft (en wellicht nog beschuldigt) verantwoordelijk te zijn voor de teloorgang van de filosofie in Frankrijk. En in zijn laatste boek haalt hij Derrida door het slijk, een groot denker die evenals eertijds Hegel voor 'gecrepeerde hond' werd uitgemaakt (misschien niet met zoveel woorden, maar het was wel de strekking). Ook onder filosofen wordt openlijk wartaal uitgeslagen.

Lange tijd haalde ik ook Guéroult naar de Ecole normale, maar dat was geen kleinigheid! Ik moest hem per auto ophalen en terugbrengen. Hij had veel succes bij de filosofen van de Ecole normale. In die tijd was Derrida, die toen juist op mijn voorstel aan de Ecole normale was benoemd, in Frankrijk een eenling, die door de academische wereld werd geminacht. Hij was nog niet echt bekend bij ons en ik wist nog niet in welke richting hij eigenlijk ging.

Om politieke en ideologische redenen achtte ik het noodzakelijk me in het filosofische debat te mengen, maar ik moest me 'behelpen' met de kennis die ik tot mijn beschikking had: een beetje Hegel, veel Descartes, wat Kant, flink wat Malebranche, een beetje Bachelard (*Le Nouvel Esprit scientifique*), veel Pascal, destijds een beetje Rousseau, een beetje Spinoza, een beetje Bergson en de *Histoire de la philosophie* van Bréhier, mijn lievelingsboek, en natuurlijk ook een beetje en daarna heel veel Marx, de enige die in staat is ons uit de verwarring der soorten te halen.

Ik ging dus aan het werk; eerst schreef ik voor de *Revue de l'Enseignement philosophique* een paar duistere artikelen. (Deze artikelen zaten nog helemaal onder de plak van het dialectisch materialisme, hoewel ik het dialectisch materialisme zorgvuldig van het historisch materialisme onderscheidde, zonder aan het eerste een theoretisch primaat toe te kennen.) Ik publiceerde ook een artikel over Paul Ricoeur.

In 1962 werd ik eindelijk in de gelegenheid gesteld in *La Pensée* te schrijven; onder welke omstandigheden heb ik in het voorwoord van *Pour Marx* verteld. Dat had ik slechts te danken aan mijn vriend Marcel Cornu, die me door dik en dun steunde tegen Georges Cogniot, destijds secretaris van Maurice Thorez. Cogniot, hoofdredacteur van het tijdschrift, placht alle artikelen met krasse uitroepen neer te sabelen: klote! idioot! zot! waanzinnig! Stel je vervolgens de redacteur eens voor oog in oog met de schrijver van het artikel! Wat mij aangaat had Marcel eenvoudigweg met ontslag gedreigd, waarna Cogniot een toontje lager was gaan zingen.

Tot het moment dat ik mijn artikel 'Tegenspraak en overdeterminering' publiceerde; na een venijnig antwoord van Gilbert Mury betreffende het 'monisme', waartoe hij door de destijds oppermachtige Roger Garaudy was aangezet, organiseerde Cogniot een 'theoretisch proces' in een zaal van het laboratorium 'Henri Langevin'; Orcel leidde de zittingen, omringd door het filosofische en politieke 'puikje' van *La Pensée*. Vergeleken met de Communale Raad was het een klucht. Het duurde anderhalve maand, iedere zaterdagmiddag. Cogniot nam niet zelf het woord, hij gaf het woord aan wie wilde proberen mijn beweringen te weerleggen. Trouw aan mijn gewoonte tekende ik op het bord enkele schema's en ik ging in op de kritiek. Na zes weken zag ik dat Cogniot begon te glimlachen; uiteindelijk had ik net als hij aan de Ecole normale gestudeerd, en ik merkte dat ik hem zo niet voor me gewonnen, dan toch ontwapend had. Na anderhalve maand beantwoordde ik de laatste convocatie met een eenvoudig briefje: 'Ik ben van mening op ongeveer alles antwoord te hebben gegeven; ik geloof dat de theoretische organen van de Partij veel werk voor de boeg hebben en er goed aan zouden doen dit proces te staken om zich met dringender zaken bezig te houden.' En ik ging er niet heen.

Dankzij Jacques Martin ontdekte ik ten slotte twee denkers aan wie ik bijna alles te danken heb. In de eerste plaats Jean Cavaillès; ik had genoeg aan enkele uitspraken van hem ('niet het proces van een dialectiek, maar van een concept'). En vervolgens Georges Canguilhem, een man bekend om zijn moeilijke karakter, zoals mijn grootvader en zoals Hélène, maar in werkelijkheid net als die twee iemand die buitengewoon intelligent en edelmoedig was. Geïnspireerd door Nietzsche had hij een boek over het normale en het pathologische geschreven. Ook had hij een vermaard artikel geschreven over 'een psychologie die hetzij naar het Collège de France hetzij naar het hoofdcommissariaat van politie leidt'... Op aandrang van zijn vrienden was hij ten slotte bereid zich kandidaat te stellen voor een post in het hoger onderwijs. Om te worden toegelaten schreef hij een kort proefschrift over het begrip reflex, waarin hij het paradoxale bewijs leverde dat de idee van reflex niet in een mechanistisch maar in een vitalistisch verband ontstaan was! Dit schandaal werd met overduidelijke teksten en onweerlegbare bewijzen gestaafd. Genoeg om me een verbluffend beeld te geven van de weerslag van heersende ideologieën op de wetenschappen. Hij leerde me enkele beslissende lessen. In de eerste plaats dat de zogenaamde epistemologie waarover ik me leek te hebben gebogen, buiten de geschiedenis van de wetenschappen absurd was. Vervolgens dat deze geschiedenis helemaal niet de logica van de Verlichting in acht nam, maar ontdekkingen kon doen op grond van wat hij, bijna zoals wij, 'wetenschappelijke ideologieën' noemde, filosofische voorstellingen die invloed hebben op de vorming en ontwikkeling en zelfs op de begrippen van wetenschappelijke theorieën, en heel vaak op een volstrekt paradoxale wijze. Die belangrijke les was aan mij goed besteed. Het is onmogelijk te zeggen hoe beslissend de invloed van Canguilhem op mij en op ons is geweest. Zijn voorbeeld wendde mij, wendde ons (want Balibar, Macherey en Lecourt volgden hem veel meer op de voet dan ik) af van het idealistische model dat me inspireerde tot mijn eerste theoricistische definities van de filosofie als theorie van de theoretische praktijk, dat wil zeggen van de praktijk van de wetenschappen, een welhaast positivistische opvatting volgens welke de filosofie de 'wetenschap der wetenschappen' is, een definitie die ik al snel corrigeerde in het voorwoord bij de Italiaanse uitgave van *Lire 'Le Capital'* (1966). Al heel lang heb ik hem niet gezien. Nadat hij mijn boeken had gelezen, zei hij eens tegen me: 'Ik begrijp wat u hebt willen doen', maar ik gaf hem geen gelegenheid tot een nadere toelichting. Ik weet dat hij in mei '68 de studenten toestond het woord te nemen om tot een betoging of staking op te roepen. Ik heb heel veel aan hem te danken. Hij leerde me de verbijsterende historische listen in de betrekkingen tussen ideologie en wetenschap kennen. Hij heeft me ook gesterkt in mijn opvatting dat de epistemologie slechts een variant van de kennisleer is, sinds Descartes en Kant de moderne vorm van de filosofie als Waarheid, dus als Waarborg voor de waarheid. De Waarheid is er slechts om in laatste instantie de gevestigde orde van de dingen en van de morele en politieke betrekkingen tussen de mensen te waarborgen.

Op die manier vond ik ten slotte mijn eigen plaats in de filosofie, op de *Kampfplatz* van onuitroeibare tegenstellingen, in laatste instantie weerspiegelingen van de standpunten die in de algemene strijd van de maatschappelijke klassen worden ingenomen. Ik werkte een persoonlijke filosofie uit, die wel voorlopers had, maar binnen de Franse filosofie een erg geïsoleerde positie innam. Want mijn voorbeelden, Cavaillès en Canguilhem, waren of onbekend of werden miskend en zelfs geminacht.

Toen de 'structuralistische' ideologie in zwang kwam, die het voordeel bood te breken met ieder psychologisme en historicisme, leek ik de mode te volgen. Hadden we bij Marx immers niet het denkbeeld aangetroffen, niet van een combinatoriek (met willekeurige elementen), maar van een combinatie van onderscheiden elementen die samen de eenheid van een produktiewijze kunnen vormen? Maakte deze structurele en objectivistische stellingname niet definitief een einde aan het 'antropologische' humanisme van een Feuerbach, die ik heel goed kende omdat ik hem als eerste in Frankrijk had vertaald en uitgegeven, na de zwakke en onvolledige vertalingen van Joseph Roy, de slechte vertaler van *Das Kapital*? Vanaf het begin benadrukten we het structurele verschil tussen (abstracte) combinatoriek en (concrete) combinatie. Dat was de hele kwestie, maar wie heeft het gezien? Niemand lette op dit verschil. In structuralistische kringen werd ik er van alle kanten van beschuldigd de onbeweeglijkheid van de structuren van de gevestigde orde en de onmogelijkheid van revolutionair handelen te rechtvaardigen, terwijl ik naar aanleiding van Lenin zelfs meer dan de hoofdlijnen van een conjunctuurtheorie had aangegeven. Maar dat deed er niet toe, hoofdzaak was die eenling aan de schandpaal te nagelen die beweerde dat Marx zijn denken gebaseerd had op het afwijzen van de mens of de menselijke natuur als grondslag van zijn filosofie. Marx had immers geschreven: 'Mijn uitgangspunt is niet de mens, maar een historisch tijdperk dat onderzocht wordt,' en: 'De maatschappij bestaat niet uit individuen, maar uit betrekkingen,' enzovoort. In de filosofie en in de politiek was ik wis en waarachtig een eenling; niemand, zelfs niet de Partij, die zich aan een gelukzalig socialistisch humanisme overgaf, was bereid te erkennen dat alleen het theoretische antihumanisme een werkelijk praktisch humanisme rechtvaardigde. De tijdgeest, die na de opmerkelijke revolte van '68 door de dubbelzinnigheden van uiterst links zo mogelijk nog werd versterkt, vroeg om de demagogie van gevoel en beleving, en al helemaal niet om theorie. Slechts weinigen waren bereid mijn doeleinden en drijfveren te begrijpen. En toen de Partij de dictatuur van het proletariaat opgaf, 'zoals je een hond in de steek laat', werd het een hopeloze zaak. Ik had niet alleen te kampen met een horde filosofen die tegen Foucault en mij boeken 'voor de mens' schreven (Mikel Dufrenne en anderen), maar ook met alle ideologen van de Partij, die er geen geheim van maakten dat ze me veroordeelden en slechts duldden omdat ze me wegens mijn reputatie niet uit de Partij konden zetten. Een prachtige tijd! Ik had het toppunt van mijn verlangen bereikt: als enige, tegen iedereen in, gelijk hebben!

Eerlijk gezegd was ik niet helemaal alleen, ik vond enige troost bij Lacan. In een venijnige voetnoot bij een van mijn artikelen in de *Revue de l'Enseignement philosophique* had ik geschreven dat, zoals Marx de 'homo oeconomicus' had bestreden, Lacan de 'homo psychologicus' had afgewezen en daaruit de logische gevolgtrekkingen had gemaakt. Enkele dagen later belde Lacan me op en meer dan eens dineerden we samen. Uiteraard speelde ik weer 'vaders vader' met hem, te meer omdat hij er beroerd aan toe was. Ik herinner me dat hij zijn bizarre sigaar in de mond had en ik hem bij wijze van groet zei: 'Hij is krom!' (De mijne niet natuurlijk.) Tijdens ons gesprek maakte hij vaak denigrerende opmerkingen over analysanten van hem en vooral over hun vrouw, die hij soms gelijktijdig met de echtgenoot in analyse had. Hij dreigde uit Sainte-Anne te worden gezet, ik zag dat hij in een moeilijk parket verkeerde en bood hem de gastvrijheid van de Ecole normale aan. En vanaf die dag werd de rue d'Ulm jarenlang iedere woensdag rond het middaguur versperd door dure Engelse wagens, die tot grote ergernis van de buurtbewoners overal op de trottoirs werden gezet. Ik heb nooit een seminar van Lacan bijgewoond. Hij sprak ten overstaan van een volle, rokerige zaal, wat later tot zijn ondergang zou leiden. Want de rook drong door tot de planken met kostbare boeken van de bibliotheek recht daarboven en ondanks de ernstige waarschuwingen van Robert Flacelière kon Lacan nooit van zijn toehoorders gedaan krijgen dat zij het roken lieten. Geïrriteerd door de rook gaf Flacelière hem zijn ontslag. Ik was op dat moment ziek en ver weg van de Ecole normale. Lacan belde naar mijn huis en drong er bij Hélène meer dan een uur op aan mijn adres te geven. Op een gegeven moment zei hij haar zelfs: 'Ik meen duidelijk uw stem te herkennen, wie bent u toch?' Hélène antwoordde: 'Een vriendin.' Dat was alles. Onder hevige protesten moest Lacan de Ecole normale verlaten.

Terwijl ik Lacan niet meer ontmoette (hij had me gewoon niet meer nodig), hield hij me als het ware van verre gezelschap. We hadden zelfs de gelegenheid via tussenpersonen met elkaar te spreken.*

Al lange tijd liep ik met de gedachte rond dat er altijd en overal 'bijkomende produktiekosten' zijn, zoals Marx zegt, 'afval', onvermijdelijk verlies. Malebranche liep daarop vooruit toen hij gewag maakte van 'de zee, het zand en de grote wegen', waarop zonder enige aanwijsbare reden regen valt. Ik dacht toen na over mijn 'levensverhaal' van de materialistische filosoof die 'op een rijdende trein springt' zonder te weten waar hij vandaan komt of waar hij heen gaat. Ik dacht aan de 'brieven' die gepost worden, maar niet altijd bij de geadresseerde aankomen. Op een keer las ik echter bij Lacan dat 'een brief altijd de geadresseerde bereikt'. Dat was een verrassing! Maar de zaak werd nog ingewikkelder toen een jonge, Hindoestaanse arts een korte analyse bij Lacan onderging en hem aan het slot daarvan de volgende vraag durfde te stellen: 'U zegt dat een brief altijd de geadresseerde bereikt. Maar Althusser beweert het tegenovergestelde: soms komt een brief niet bij de geadresseerde aan. Wat vindt u van deze naar zijn zeggen materialistische stelling?' Lacan dacht wel tien minuten na (tien minuten, voor zijn doen!) en antwoordde simpelweg: 'Althusser praktizeert niet.' Ik begreep dat hij gelijk had. In de overdracht die tijdens de behandeling plaatsvindt, is de affectieve ruimte zodanig van structuur dat er in feite

---

* Ten gevolge van doorhalingen in de drie volgende paragrafen, die naar het schijnt niet alle van de hand van Althusser zelf afkomstig zijn en ook niet altijd even duidelijk zijn, wordt aan de leesbaarheid van de tekst afbreuk gedaan. Telkens als de begrijpelijkheid van de tekst dat verlangde, hebben we de oorspronkelijke versie van het manuscript gehandhaafd (noot van de bezorgers).

geen niemandsland bestaat en dat ieder onbewust bericht dat naar het onbewuste van de ander wordt gezonden, daar noodzakelijk aankomt. Toch was ik niet helemaal voldaan over mijn eigen verklaring. Lacan had gelijk, maar ik ook, en ik wist dat hij het helemaal niet verdiende van idealisme beschuldigd te worden, dat bleek wel uit zijn opvatting over het materiële karakter van de betekenaar. Toen zag ik de uitweg. Lacan vertolkte het standpunt van de psychoanalytische praktijk, ik het standpunt van de filosofische praktijk, twee verschillende gebieden die ik, als ik mijn kritiek op het traditionele dialectisch materialisme trouw bleef, niet tot elkaar kon reduceren, niet het gebied van de filosofie tot dat van de psychoanalyse of omgekeerd, noch de filosofische praktijk tot een wetenschappelijke praktijk of omgekeerd. We hadden dus allebei gelijk, maar geen van beiden had de kern van ons geschil duidelijk gezien. In elk geval groeide mijn bewondering voor Lacans scherpzinnigheid; ondanks het dubbelzinnige van sommige van zijn uitdrukkingen (holle woorden, volle woorden van de 'Romeinse Rede'), was hij zo kien geweest, hoewel misschien niet echt weldoordacht, het verschil aan te voelen en 'aan te stippen'.

Helemaal aan het einde (Lacan was stervende) had ik nog eens de gelegenheid hem te ontmoeten. Dat was tijdens zijn laatste openbare bijeenkomst in Hotel PLM. Een goede vriend—die ik wegens zijn schandelijke gedrag niet meer heb willen terugzien—had er bij me op aangedrongen de bijeenkomst bij te wonen, 'om hem te steunen'. Maar deze vriend kwam niet opdagen en liet niets weten. Hij had me in de steek gelaten. Onbevoegd betrad ik de grote zaal. Een jonge vrouw vroeg me wie of wat ik vertegenwoordigde en ik antwoordde: 'De Heilige Geest, een andere naam voor de libido.' Toen liep ik langzaam en ostentatief, pijp in m'n bek, door de lege ruimte tussen de zwijgende toeschouwers naar voren. Ik hield stil, klopte nog steeds even weloverwogen mijn pijp tegen de hak van mijn laarsje uit, stopte hem, stak hem aan en ging naar Lacan, die ik langdurig de hand schudde. Na het voorlezen van zijn lange uiteenzetting was hij zichtbaar aan het einde van zijn krachten. Mijn gedrag getuigde van de achting die deze nobele grijsaard, gekleed als een pierrot in een camaïeu tweedjasje met blauwe ruiten, me inboezemde. Toen nam ik 'namens de analysanten' het woord, en ik verweet de aanwezigen niet over hen te spreken. Er klonk een verontwaardigde stem: 'Vanaf welke divan praat die meneer?' Onverstoorbaar ging ik door. Ik ben vergeten wat ik zei, maar ik ben niet de geruisloze beroering en opschudding vergeten die mijn betoog teweegbracht. Ik wilde de discussie na de uiteenzetting van Lacan vervolgen, maar niemand reageerde.

Eerlijk gezegd had ik al veel eerder met Lacan te maken gehad, onder dramatische omstandigheden. Op een keer wordt er 's morgens vroeg in de Ecole normale bij me aangebeld. Lacan staat voor de deur, hij ziet er vreselijk uit, onherkenbaar. Ik durf nauwelijks te vertellen wat er gebeurde. Hij kwam me zeggen, 'voordat ik het via praatjes zou vernemen die hem, Lacan, persoonlijk in diskrediet zouden brengen', dat Lucien Sebag zelfmoord had gepleegd. Lacan had hem in analyse gehad, maar hij had daar verder van moeten afzien omdat Sebag op zijn dochter Judith verliefd was geworden. Hij zei me dat hij zojuist 'heel Parijs was rondgegaan' om iedereen die hij tegenkwam de situatie uit te leggen en alle 'beschuldigingen van moord of nalatigheid zijnerzijds' de kop in te drukken. Helemaal buiten zichzelf maakte hij me duidelijk dat hij, sinds Sebag verliefd op Judith was geworden, hem niet langer in analyse had kunnen houden: 'Om technische redenen was dat onmogelijk.' Hij vertelde me dat hij Sebag al die tijd toch iedere dag was blijven ontmoeten, zelfs de vorige avond nog. Hij had Sebag verzekerd dat hij op elk moment aan zijn verzoek om hulp gehoor zou geven, hij bezat immers een supersnelle Mercedes. Toch had Sebag zich rond middernacht een kogel door het hoofd geschoten en rond drie uur 's ochtends was hij erin geslaagd zich met een tweede en laatste kogel af te maken. Ik beken dat ik niet wist wat ik tegen hem moest zeggen. Toch had ik hem willen vragen of hij niet had kunnen 'ingrijpen' en Sebag beschermen door hem te laten opnemen. Wellicht zou hij hebben geantwoord dat dat geen psychoanalytische 'grondregel' is. In elk geval repte hij met geen woord over het mogelijk beschermend effect van een opname. In de vroege ochtend vertrok hij om zijn reeks bezoeken voort te zetten. Bij het afscheid beefde hij nog steeds. Vaak heb ik me afgevraagd wat hij in mijn 'geval' had gedaan, als ik een van zijn patiënten was geweest, of hij me bescherming (ik wilde voortdurend zelfmoord plegen) had onthouden om geen enkele psychoanalytische 'grondregel' te schenden. Eertijds had hij grote verwachtingen gehad van mijn analyticus, maar zodra deze had gemerkt dat 'Lacan volstrekt niet in staat was naar een ander te luisteren', was hij bij hem weggegaan. Ook vroeg ik me af wat hij met Hélène gedaan zou hebben, nog steeds in verband met de bewuste 'grondregels', die voor Freud en zijn opvolgers nimmer onherroepelijke geboden waren, slechts algemene technische 'voorschriften'. Tijdens onze eerste ontmoeting had Lacan, bij wie verschillende vrouwen van oud-studenten van me in analyse waren, het me zelf gezegd. Dit incident gaf me een zonderling beeld van de verschrikkelijke omstandigheden waarin een analyse plaatsvindt en van de bewuste 'grondregels'. Men moet het mij maar niet kwalijk nemen dat ik dit voorval zo nauwkeurig heb verteld, maar via de ongelukkige Sebag, ik mocht hem graag, en Judith ook, ik kende haar vrij goed (ze zou later met Jacques-Alain Miller trouwen, een oud-student van me), ging het ook om mezelf: 'De te fabula narratur.' Maar dit keer was het 'fabeltje' een tragedie, niet alleen voor Sebag, maar vooral voor Lacan, die zich toen klaarblijkelijk alleen zorgen maakte over zijn professionele reputatie en over de schande die er van hem gesproken zou worden. De psychoanalytici die indertijd een niet-gepubliceerde petitie naar *Le Monde* zonden om de 'methoden' van mijn analyticus aan de kaak te stellen, kunnen dit als mijn getuigenverklaring beschouwen.

In die tijd (1974) had ik de gelegenheid naar aanleiding van een internationaal congres over hegeliaanse filosofie een reis naar Moskou te maken. In de reusachtige ontvangstzaal waar het congres werd gehouden, verscheen ik alleen voor mijn eigen bijdrage, die voor de slotzitting was bewaard. Ik sprak over de jonge Marx en de diepere gronden van zijn ontwikkeling. Na afloop van mijn bijdrage, waarvan de *Pravda* van tevoren (!) verslag zou doen, werd officieel het stilzwijgen bewaard, maar enkele studenten bleven in de zaal achter en stelde me vragen: wat is proletariaat, wat is klassenstrijd? Klaarblijkelijk begrepen ze niet dat daarover gesproken werd. Ik was stomverbaasd, maar zou het snel begrijpen.

Ik begreep het, want in de week van het congres, dat ik niet bezocht, bracht mijn goede vriend Merab, een geniale Georgische filosoof die nooit de Sovjetunie had willen verlaten zoals zijn vriend Zinovjev ('want hier zie je de dingen openlijk, onverbloemd'), me in contact met zo'n honderd sovjets, die met me praatten over hun land en over hun materiële, politieke en intellectuele omstandigheden, die zeer gevarieerd waren. Ik begon heel veel dingen te begrijpen, en vond een be-

vestiging in alle serieuze literatuur die ik daarna over de Sovjetunie las.
De Sovjetunie is niet het land zoals het doorgaans bij ons wordt beschreven. Natuurlijk is elke openlijke bemoeienis met de politiek er verboden en gevaarlijk, maar voor de rest: wat een leven! In de eerste plaats heeft dit reusachtige land het probleem van het analfabetisme opgelost en is het op een zelfs bij ons ongekende schaal ontwikkeld. Vervolgens is het een land waar het recht op arbeid gewaarborgd is, waar arbeid zelfs om zo te zeggen verplicht en gepland is; sinds het arbeidsboekje is afgeschaft, wordt een opmerkelijke arbeidsmobiliteit vastgesteld. Ten slotte is het een land waar de arbeidersklasse zo sterk is dat ze ontzag inboezemt en de politie er nooit in fabrieken optreedt. Een arbeidersklasse die een uitlaatklep vindt in alcohol en zwart werk, die collectieve materialen steelt om voor particulieren te werken. Een land met een dubbele bodem, waar zwart gewerkt wordt in de industrie, het onderwijs, de geneeskunde en (officieel goedgekeurd) in de landbouw. Later vernam ik, wat ik toen niet wist, dat arbeiders ploegen vormen die voor veel geld hun diensten aan ondernemingen aanbieden om de achterstand die ze op het plan hebben in te lopen. Bij ons is dat onvoorstelbaar, ondanks het zwart werken, want niet de 'bazen' bepalen de prijs, maar een ploegje vrienden dat zijn diensten aan ondernemingen met achterstand weet te verkopen. K.S. Karol, die de Sovjetunie goed kent, er vele jaren heeft gewoond en zijn veelbewogen leven heeft beschreven in een opmerkelijk boek (*Solik, wederwaardigheden van een Poolse jongeman in Rusland in staat van oorlog*), heeft volgens mij gelijk: met het aantreden van nieuwe generaties die belust zijn op consumptiegoederen, tegen de achtergrond van een zeer opmerkelijke acculturatie en op grond van een patriottisme dat levend wordt gehouden door de herinnering aan de twintig miljoen doden die vielen in de grote vaderlandse oorlog, ondanks de schandelijke praktijken van opsluiting in gevangenissen en inrichtingen, die we overigens op een andere schaal ook in Frankrijk kennen (hoewel om redenen die niet altijd direct politiek zijn, maar wat is in wezen het verschil?), en ondanks de volledige afbraak van de boerenstand, met zijn traditionele levenswijze en zelfs met zijn kennis (de boeren horen via de radio wanneer ze moeten zaaien en maaien!!—wat een verschil met China!!), vallen er binnen een redelijke termijn geleidelijke veranderingen in de Sovjetunie te verwachten. We moeten aan de jonge generatie een kans geven, en aan

Gorbatsjov, die er voor het eerst in de geschiedenis van de Sovjetunie een vertegenwoordiger van is. Vanzelfsprekend trof ik in de Sovjetunie filosofisch een complete woestijn aan. Mijn boeken waren wel vertaald, zoals alles wat in het buitenland verschijnt, maar in bibliotheken bij de streng verboden boeken neergezet, alleen bestemd voor politiek betrouwbare specialisten. En toen de decaan van de filosofische faculteit me naar de luchthaven van Moskou bracht, was het enige dat hij me wist te zeggen: 'Groetjes aan de vrouwtjes van Parijs!!'

XVI

Ik kan me voorstellen dat er een hoofdstuk over de politiek van me verwacht wordt. Inderdaad zou ik er heel wat over kunnen zeggen, maar dan zou ik anekdoten gaan vertellen die van geen belang zijn voor de 'genealogie' van mijn psychische gevoelstrauma's. Anekdoten vind je overal in overvloed, vooral om te 'verkopen'. Dat interesseert me niet. Ik heb immers gezegd dat ik hier alleen aandacht wil besteden aan de gebeurtenissen, of de herinnering aan gebeurtenissen, die in mijn leven beslissend zijn geweest en daardoor óf mede de grondslag voor de structuur van mijn psyche hebben gelegd, óf deze, bijna *altijd*, door eindeloze herhalingen hebben versterkt, óf er door tegenstrijdige verlangens andere vormen aan hebben gegeven die, althans schijnbaar, vreemd aan de oorspronkelijke vormen waren.

Op dit punt gekomen, moet ik melding maken van gebeurtenissen die de lezer kent.

De Partij had een zeer belangrijke rol in het verzet tegen de nazi's gespeeld. Ontegenzeglijk was de partijlijn die de leiding in juni 1940 volgde rampzalig. Volgens de leer van de Derde Internationale, die onder het oppergezag van Stalin in feite aan alle communistische partijen leiding gaf (ook aan de Franse Communistische Partij, die onder 'toezicht' stond van een gevolmachtigde van de Internationale, de Tsjech Fried, naar verluidt een zeer opmerkelijk man aan wie Thorez beslist veel te danken had), was de oorlog een zuiver *imperialistische oorlog*, die op grond van louter imperialistische oogmerken Fransen en Engelsen tegenover Duitsers plaatste. Je moest ervoor zorgen dat ze elkaar afmaakten, de Sovjetunie zou ze de kastanjes uit het vuur laten halen. Dat ze een pact met Duitsland had gesloten, had een heel eenvoudige reden: lang vóór München hadden de westerse democratieën er al geen zin in aan hun verplichtingen te voldoen, klaarblijkelijk bevreesd voor en gefascineerd door Hitler, en krachtens het befaamde principe 'liever Hitler dan het Volksfront': het nazisme is beter dan het Volksfront en a fortiori beter dan de proletarische revolutie. We begrijpen de bourgeoisie en het bewijs is ons allen geleverd. Na de eerste grote nederlaag van de arbeidersbeweging, in Spanje, waar de Sovjetunie op grote schaal geïntervenieerd had (wapens, vliegtuigen, internationale brigades), had ze wanhopig onderhandeld om met de westerse democratieën overeenstemming te bereiken. Maar noch Daladier noch Chamberlain had de 'moed' gehad om gewoon de formele politieke en militaire verplichtingen na te komen. Daarvan zouden ze openlijk het bewijs leveren door Tsjechoslowakije in de steek te laten, eerst de Sudeten en toen het hele land. Op dat moment was er voor hen geen enkel beletsel om in te grijpen, zoals later in het geval van het fascistische Polen.

Deze bewijsvoering is onweerlegbaar, de feiten spreken voor zich en worden door niet één ook maar enigszins serieuze historicus betwist. Ondanks deze feiten en ondanks haar op deze feiten gebaseerde diepe wantrouwen, bleef de Sovjetunie proberen met de westerse democratieën een verenigd front te vormen tegen Hitler, die steeds krankzinniger en steeds beluster op levensruimte werd, vooral op de vruchtbare vlakten van de Oekraïne. Natuurlijk de oostelijke kant uit, ver weg van Frankrijk en Engeland. In deze omstandigheden, terwijl Hitlers aanval op Polen op handen was, terwijl het fascistische Polen van Pilsudski het Rode Leger verbood over zijn grondgebied te trekken om contact met de Wehrmacht te maken, geconfronteerd met de duidelijke historische lafheid van haar westerse 'bondgenoten', *moest* de Sovjetunie wel kiezen voor onderhandelingen met Hitlers Derde Rijk. Ze mondden uit in het bekende Duits-Russische pact en de onvermijdelijke deling van Polen: de Sovjetunie kon niet *heel Polen* aan Hitlers bezetting prijsgeven. Ze moest haar grens noodzakelijk zo ver mogelijk naar voren schuiven, desnoods met als onbetwistbaar historisch argument de herovering van het Witrussische grondgebied, dat in het verdrag van Versailles aan Polen was afgestaan, ten einde zich bij een Duitse aanval in een vooruitgeschoven verdedigingspositie te bevinden.

Voor alle actieve leden van de internationale communistische beweging en hun bondgenoten was het een dramatische periode. Er waren leden die de Partij op dat moment verlieten, zoals in Frankrijk Paul Nizan en anderen, die uiteraard werden beschouwd als renegaten (in die tijd was dat de benaming). Nog lang daarna liet de Partij het goed voelen aan Rirette Nizan, een goede bekende van Hélène, en aan de kinderen van Nizan, die Thorez nooit heeft willen ontvangen. Wat een praktijken! Zoals vele actieve leden begreep Hélène dat de Sovjetunie, geconfronteerd met het dreigende gevaar dat van Hitler uitging en met de algehele politieke 'lafheid' van de westerse democratieën, niets anders kon doen. Wat had ze anders kunnen doen? Laat degenen die dat zo vermetel beweren maar eens de moed hebben om dat te zeggen.

Het was dus een merkwaardige politieke verwikkeling. De Sovjetunie *scheen niet te tornen* aan de stelling van de nazi's dat het nationaalsocialisme tegen het 'internationale kapitalisme' streed, terwijl heel haar eerdere politiek, al lang voor de Spaanse burgeroorlog, voortdurend het tegendeel bewees. Maar voor een tijd was het onvoorstelbare vertrouwen van Stalin in Hitler doorslaggevend. Stalin was er vast van overtuigd dat Hitler oprecht was, dat hij woord zou houden en het land van de sovjets niet zou aanvallen. Hélène, die met veel mensen contact had onderhouden en die alle documenten en getuigenissen van die tijd nauwkeurig had bestudeerd, vestigde al vroeg mijn aandacht op een opmerkelijk maar destijds onbekend feit, dat daarna breed bewezen is. Het is bekend dat Stalin langs vele wegen, onder meer via Sorge en talrijke sovjetspionnen in Japan, lang van tevoren van de op handen zijnde aanval van de nazi's op de hoogte is gesteld. Het is bekend dat Roosevelt hem ervoor heeft gewaarschuwd. Ook is bekend dat een Duitse deserteur, een communist, overliep om de sovjets te laten weten dat de Duitse aanval op de Sovjetunie de volgende ochtend, vijftien uur later, zou plaatsvinden. Hij werd onmiddellijk geëxecuteerd. Het is bekend dat terwijl de nazi's wekenlang luchtaanvallen uitvoerden, Stalin bevel had gegeven *niet te reageren*, omdat hij dacht dat het óf een vergissing (sic) was óf gewoon een vreedzame manoeuvre. Dat is tegenwoordig allemaal heel goed bekend. Daarop volgden de bekende rampen.

In de communistische partijen in het Westen was de verwarring volledig. In Frankrijk was het de Internationale gelukt Maurice Thorez, die beslist niet wilde, te doen 'deserteren'; het was een bevel en daarover viel niet te praten. Hij zou de oorlog doorbrengen in een dorpje in de Kaukasus, bij een onbruikbare radio, van alles en in het bijzonder van Frankrijk afgesneden. In Frankrijk nam Duclos de leiding op zich van de ondergrondse Partij (haar volksvertegenwoordigers waren in 1939-1940 gearresteerd). Aanvankelijk paste hij de theorie van de *imperialistische oorlog* toe, zonder in te zien dat het tegelijkertijd een 'bevrijdingsoorlog' was (een stelling die pas later aanvaard werd). In overeenstemming daarmee werd na de nederlaag niet alleen opdracht gegeven contact met de Duitse gezagsdragers op te nemen teneinde *l'Humanité* te laten verschijnen onder leiding van Marcel Cachin, maar wat veel ernstiger was, de ondergrondse leiding van de Partij gelastte haar functionarissen, actievoerders die bij arbeiders en volksmassa's bekend waren, vakbondsleiders, politici, burgemeesters enzovoort, zich openlijk te vertonen en openbare bijeenkomsten te beleggen. Een onvoorstelbare beslissing! Het gevolg was dat bekende activisten van de Partij, zoals Hénaff, Timbaud, Michels en anderen, door de Duitsers werden ontdekt, gearresteerd en naar Châteaubriant getransporteerd, waar ze later gefusilleerd zouden worden. Aldus werden Hélènes beste vrienden weggevoerd en afgemaakt.

Maar er waren heel wat leden die geen contact met de Partij onderhielden en intussen in hun eigen omgeving zelf het volksverzet organiseerden, lang voor De Gaulles Appel van 18 juni 1940. Een voorbeeld daarvan is Charles Tillon, die Hélène en ik dankzij Marcel Cornu heel goed hebben gekend. Niet alleen zette hij in Zuid-Frankrijk een eerste verzetsgroep op, maar toen hij kennis nam van de opdracht van de ondergrondse leiding om zich aan de officiële partijlijn van 'militant pacifisme' te conformeren, weigerde hij vierkant zich te onderwerpen en in dit geval stond hij onder de Franse communisten bepaald niet alleen. Verklaarde anticommunisten willen van deze onomstotelijke feiten niets weten.

Al in december 1941 had de Internationale haar politiek bijgesteld; de oorlog was niet alleen een strijd tussen imperialisten, maar tegelijk een 'bevrijdingsoorlog'. En de hele Partij ging massaal aan het Verzet deelnemen, nu officieel en met inzet van al haar krachten.

Wanneer ik aan de politieke aanvallen denk die tegen de Partij werden gericht, al tijdens de Duitse bezetting (ik beschik over een enorm boekwerk met documenten van die aard) of erna en ook nu nog, door mensen die zich met hart en ziel aan de defaitistische houding van de Franse bourgeoisie overgaven (ook al waren ze persoonlijk patriot gebleven), kan ik mijn oren niet geloven. Hier krijgt een opmerking van Mauriac haar volle betekenis: 'Als enige is de arbeidersklasse als *klasse* trouw aan het geschonden vaderland gebleven.' Want bepalend voor de geschiedenis is niet de houding van een of ander individu, maar de botsende houdingen van klassen.

De tijd na de oorlog, van 1945 tot 1947, werd door de gevolgen van deze ingrijpende gebeurtenissen gemarkeerd. De Gaulle was aan het bewind, met communistische ministers in zijn regering. Het land moest opnieuw opgebouwd worden en zo nodig diende je je bij stakingen te matigen. Maar onder sterke druk van de Amerikanen werden de communistische ministers door de socialist Ramadier ontslagen en de Partij begon een harde strijd. Als bij toeval koos ik dat moment om lid te worden.

De anticommunistische aanval was zo hevig en de oorlogsdreiging zo sterk dat een rechtstreekse aanpak geboden was. Destijds bezat de Sovjetunie niet de atoombom die Japan verpletterd had. Je moest brede volksmassa's achter de Oproep van Stockholm mobiliseren.

Deze strijd was het meest urgent. De interne partijproblemen werden zelfs niet aan de orde gesteld. De Partij had de beproeving van het Verzet succesvol doorstaan, haar tradities en beginselen hadden hun waarde bewezen en waren bevestigd, en geen moment leek de Partij anders te kunnen zijn dan ze was, om welke reden dan ook. Integendeel haar leiding was 'roomser dan de paus', dat wil zeggen dan Stalin (die later een taalkundige correctie zou aanbrengen), en verdedigde fel en openlijk de stelling van de 'twee wetenschappen', de burgerlijke en de proletarische. Er zouden talloze internationale beproevingen (Berlijn, Boedapest, Praag enzovoort) nodig zijn voordat er binnen de Partij zachtjes iets begon te bewegen, en dan nog eindeloos langzaam en laat! Destijds kwam niemand op de gedachte (behalve een enkeling zoals Boris Souvarine, maar wie luisterde er naar hem?) dat de Partij, opgebouwd volgens de leninistische grondbeginselen van *Wat te doen?*, dat wil zeggen volgens de principes van het clandestien handelen die de Partij in het Verzet met succes had toegepast, een andere organisatievorm kon en moest aannemen nu ze niet langer ondergronds was.

Daarom bestond er destijds objectief gezien *geen andere mogelijkheid om in de Partij te interveniëren dan de theoretische*, en dan moest je nog op de bestaande en erkende theorie terugvallen en die keren tegen de wijze waarop de Partij haar gebruikte. En aangezien de erkende theorie niets meer met Marx te maken had, maar zich aan de uiterst gevaarlijke simplificaties conformeerde van het Russische, dat wil zeggen stalinistische dialectisch materialisme, was de enig mogelijke weg een terugkeer naar Marx, naar die onbetwistbare want *onschendbare* politieke denkwijze. Je moest bewijzen dat het stalinistische dialectisch materialisme met al zijn theoretische, filosofische, ideologische en politieke gevolgen volkomen dwaalde. Dat probeerde ik te doen in mijn artikelen in *La Pensée*, die vervolgens in *Pour Marx* werden gebundeld, en met mijn studenten van de Ecole normale in *Lire 'Le Capital'*; beide boeken verschenen zoals gezegd in oktober 1965. Nadien ging ik op dezelfde weg voort, aanvankelijk theoretisch en toen direct politiek strijdend binnen de Partij, tot ik ten slotte een analyse heb gemaakt van haar onvoorstelbare interne functioneren (*Ce qui ne peut plus durer dans le* PCF, 1978). Toen gebeurde het drama. Daarna heb ik mijn lidmaatschap niet gecontinueerd. Ik ben een 'communist zonder partij' (Lenin).

Het is bekend dat ik steeds nadrukkelijk verklaard heb 'in de politiek slechts als filosoof en in de filosofie slechts als politicus' te willen optreden. In mijn politieke activiteiten en ervaringen zou je nauwkeurig de trits van mijn persoonlijke waanvoorstellingen kunnen terugvinden: eenzaamheid, verantwoordelijkheid, beheersing.

Inderdaad was ik erg eenzaam, hoewel vrienden, die aanvankelijk op de vingers van één hand te tellen waren, me hielpen binnen de Partij een poging tot theoretische oppositie te wagen, waarna het openlijk tot een houding van politiek verzet en kritiek kwam. Inderdaad bracht het waanidee dat ik met de betrekking tot de Partij en het optreden van haar leiders de waarheid in pacht had, me er meer dan eens toe de rol van 'vaders vader' te spelen. Bijvoorbeeld door in een artikel in *La Nouvelle Critique*, uit 1964, studenten uit de hoogte de les te lezen. Dat wil zeggen dat ik me liet intimideren door de risico's van mijn houding en door de aanvallen die de partijleiders tegen me richtten; zij hadden mijn strategie goed door! Deze tekst had het strategische voordeel de 'plicht' van iedere communist jegens de marxistische theorie boven gehoorzaamheid aan de Partij te stellen—een punt dat aan de aandacht van Rancière ontsnapt lijkt te zijn, maar talrijke lezers, bijvoorbeeld de Griekse studenten, kenden er een grote politieke waarde aan toe, uiteraard binnen hun situatie. Toch kreeg ik al snel een hekel aan dat artikel en ik zorgde ervoor dat het niet in *Pour Marx* werd opgenomen. (Toen Rancière in *La Leçon d'Althusser* felle kritiek op me leverde, stoelde de hoofdzaak van zijn bewijsvoering op dit artikel, alsof ik het niet buiten *Pour Marx* had gelaten, en in wezen was dit het enige ernstige verwijt dat ik hem maakte.) Bijvoorbeeld ook door in twee lange artikelen in *France-Nouvelle* ('Over een politieke vergissing') de ongelukkige David Kaisergruber de grond in te boren en het tegen hem in op te nemen voor leraren met een tijdelijke aanstelling, 'de proletariërs van het openbaar onderwijs'. Ook bijvoorbeeld tijdens mijn ontmoetingen met Henri Krasucki, die toen 'functionaris voor de intellectuelen' was en herhaaldelijk van zijn terughoudendheid blijk gaf (als we die twee kerels maar niet tegen ons hadden, Aragon en Garaudy, die onder één hoedje spelen en door Thorez gesteund worden, wat zouden we dan wel niet kunnen doen!). Ik was stomverbaasd uit zijn mond te vernemen dat er maar twee leden nodig waren om alle initiatieven van de Partij op intellectueel gebied te verlammen, en dat verweet ik hem. Maar hij antwoordde niet. Ik was des te meer teleurgesteld omdat ik grote verwachtingen had gehad van een echte proletariër, bovendien leider van de CGT, die aan het hoofd van de intellectuelen stond. Ik wist toen op voorhand dat ik van hem te horen zou krijgen dat de uitgeverij van de Partij mijn twee boeken (*Pour Marx* en Lire '*Le Capital*') zeker niet zou publiceren en dat zelfs het voorwoord bij *Pour Marx* niet in *La Nouvelle Critique* zou mogen verschijnen, ook al had de moedige en scherpzinnige Jacques Arnault, destijds directeur, het me uitdrukkelijk beloofd. Ik was echter nog niet aan het einde van mijn teleurstellingen.

Later had ik in zijn kantoortje een gesprek onder vier ogen met Waldeck Rochet. Ik was hem gunstig gezind, toen hij vijftien jaar was had hij als landarbeider tijd en zin gehad om Spinoza te lezen, en tactvol speelde ik weer dezelfde rol van 'vaders vader'. We spraken over het humanisme (bij meerdere gelegenheden had ik de stelling van het theoretische antihumanisme van Marx verdedigd) en ik vroeg hem: 'Wat vinden de arbeiders van het humanisme?'—'Het kan ze geen moer schelen!'—'En de boeren?'—'Het kan ze geen donder schelen!'—'Maar waarom dan die uiteenzettingen over marxistisch humanisme in de Partij?'—'Kijk, je moet voor elk een praatje hebben, voor de intellectuelen, voor de socialisten...' Ik stond gek te kijken, en nog gekker toen ik Waldeck op zijn bedaarde manier hoorde mompelen: 'Je moet nu eenmaal iets voor ze doen, anders lopen ze allemaal weg.' Ik was zo verbaasd dat ik zelfs niet durfde te vragen: maar wie zijn dan die 'ze'?

Veel later, toen ik op het partijbureau drie uur lang met Georges Marchais sprak, sloeg ik een nog hogere toon aan en vertelde ik alles wat ik op mijn hart had, wat ik de Partij verweet met betrekking tot haar praktijken, gestaafd met een massa bijzonderheden. Met Jacques Chambraz aan zijn zijde luisterde Marchais drie uur lang, zonder veel te zeggen en zonder me ook maar één keer tegen te spreken. Hij leek vol aandacht en ik had op zijn minst bewondering voor zijn klaarblijkelijke leergierigheid; mij was verteld dat het zijn aard was. En ik ga niet in op mijn ontmoetingen met Roland Leroy, die voor verleider en liberaal speelde, maar in wezen heel iets anders was: een doctrinair. Noch op het uitstapje dat ik in zijn gezelschap tijdens een van de jaarlijkse feesten van het communistische dagblad *l'Humanité* maakte. Ik kwam daar Benoît Frachon tegen, sterk verouderd, en Aragon, met wie ik een vreselijke ruzie maakte en die ik de huid vol schold (we zullen zien waarom). Ik kon niet nalaten om tijdens een openbare discussie de hoofdrol te spelen en tot aan het einde van mijn levensdagen zal het me spijten dat ik me ertoe liet verleiden de ongelukkige Pierre Daix politiek verdacht te maken, die me dit stalinistische optreden, het enige tijdens mijn politieke loopbaan, nooit zou vergeven. Is het nog nodig te zeggen dat niet ik om deze 'topontmoetingen' had gevraagd, maar dat de partijleiders me persoonlijk hadden uitgenodigd, omdat ze graag wilden weten wie ik was en wat ik in mijn schild voerde? Want mijn bijdragen in *La Nouvelle Critique* en *La Pensée* (waar Marcel Cornu me openlijk beschermde) hadden politieke effecten teweeggebracht, in het bijzonder onder de studenten van de Ecole normale. Die waren met nieuwe methoden van scholing en actie gekomen binnen de communistische jeugdorganisatie, waarvan ze de leiders (Jean Cathala) onder de voet hadden gelopen. Daarna verlieten ze de organisatie en richtten ze het Verbond van Communistische Marxistisch-Leninistisch Jeugdbewegingen (UJCML) op, dat al vóór '68 een zeer grote activiteit zou ontplooien onder leiding van Robert Linhart, een student van de Ecole normale die Hélène heel sympathiek was.

Het is maar al te duidelijk dat ik op die manier in de Partij mijn verlangen naar eigen initiatief verwezenlijkte, mijn verlangen naar fel verzet tegen de leiding en het apparaat, maar binnen de Partij, dat wil zeggen onder haar hoede. Inderdaad heb ik nooit zodanig stelling genomen dat ik werkelijk het risico liep uit de Partij te worden gestoten, behalve misschien rond 1978, en dan nog! Ik zwichtte zelfs niet voor Roger Garaudy, die me na het partijcongres van Argenteuil, waar als het over culturele problemen ging slechts over hem en over mij werd gesproken, een telegram stuurde: 'Je hebt verloren, kom bij me langs.' Ik had hem nog nooit ontmoet, en ik ben nooit bij hem langs gegaan. Afgezien van onze sterk afwijkende opvattingen, voelde ik me met mijn argumenten en de bescherming van de Partij waarschijnlijk veilig genoeg om hem, de 'overwinnaar' van Argenteuil, naar de pomp te laten lopen.

Maar via deze heftige kritiek, beschermd door een tolerantie waarvan ik nooit de grenzen overschreed, verwezenlijkte ik vooral mijn eigen verlangens, die ik lange tijd verdrongen had of die door de mijnen waren onderdrukt, verlangens die ik voor het eerst tijdens mijn verblijf in Larochemillay op school had leren kennen, daarna tijdens mijn militaire dienst en ten slotte in krijgsgevangenschap. Het verlangen naar contact met de werkelijke wereld vol veelsoortige mensen, en vooral het verlangen me te verbroederen met de meest berooide, de meest rondborstige, onvervalste en oprechte mensen. Kortom, het verlangen een eigen wereld te hebben, die de ware wereld zou zijn, een wereld van strijd. Na heel veel aarzelingen had ik me tijdens betogingen blootgesteld aan echte klappen met een gummiknuppel, zoals tijdens de angstaanjagende demonstratie tegen het bezoek van de Amerikaanse generaal Ridgway, toen we ons geestdriftig aansloten bij spottende arbeiders van Renault, die waren uitgerust met scherpe plaatijzeren bordjes die tijdens botsingen wonderen deden... Tijdens deze gemeenschappelijke actie en strijd was ik eindelijk in mijn element, één met een gigantische menigte (betogingen, bijeenkomsten). Mijn beheersingsideeën waren dan wel heel ver weg.

Toch zou ik enkele malen, eenmaal in een dramatische en andere keren eerder in komische omstandigheden, rechtstreeks in botsing komen met het *onderdrukkende apparaat van de Partij*. Niet alleen de Staat beschikt over een onderdrukkend apparaat, ieder ideologisch apparaat heeft het tot zijn beschikking. Dat ik deze gebeurtenissen vermeld, heeft steeds dezelfde reden: mezelf begrijpen.*

Ik was dus in 1948 lid van de Partij geworden. Dat was ten tijde van de Oproep van Stockholm. In armoedige woonblokken in de wijk rond het gare d'Austerlitz liep ik honderden trappen op en af. Het beroemde colporteren. Meestal werd er opengedaan, maar bijna altijd weigerde men de petitie die ik aanreikte te ondertekenen. Op een dag deed een knappe jonge vrouw glimlachend de deur voor me open, ze was in negligé (haar borsten...), en had met een gesloten gezicht geweigerd. Toen ik de trap afliep, hoorde ik haar stem. Ze riep me terug en zei: 'Nou ja, u bent jong en knap, ik zie niet in waarom ik u verdriet zou doen.' En ze tekende. Met gemengde gevoelens nam ik afscheid.

Het was de tijd dat ik Hélène aan haar wanhoop, eenzaamheid en verwaarlozing door de Partij wilde ontrukken (ik wilde haar weer eens 'redden', maar dat wilde ik onophoudelijk en met alle middelen—wat heb ik tot aan haar dood niet allemaal gedaan!). In mijn onnozelheid kon ik me niet voorstellen dat de Partij of haar organisaties afzagen van de diensten van zo'n intelligente vrouw met zo'n politiek inzicht, van zo'n uitzonderlijk activiste. Omdat ik van haar wist dat ze Paul Eluard kende, zorgde ik ervoor door hem ontvangen te worden, ik weet niet meer met welke ingewikkelde truc en zonder haar iets te zeggen.

Op de divan in de kamer lag een spiernaakte jonge vrouw te slapen. Ik begon Eluard te tutoyeren (onder kameraden...), maar voor deze aanpak leek hij geen waardering te kunnen opbrengen. Ik hield een warm en omstandig pleidooi voor Hélène. Zou hij niet een goed woordje voor haar kunnen doen opdat haar werd toegestaan actief in de communistische vrouwenbeweging te zijn? Hij volstond met me te antwoorden: 'Hélène is een heel opmerkelijke vrouw, ik ken haar goed, maar ze moet altijd geholpen worden.' Het onderhoud was afgelopen. Niet iedere communist was een Courrèges.

Uiteindelijk was Hélène samen met mij in de Communale Raad van de Vredesbeweging in het vijfde arrondissement actief geworden. Al-

---

* We hebben hier een zin weggelaten die in een eerdere versie van dit hoofdstuk als verbinding werd gebruikt, maar die de auteur na wijziging van de volgorde van de paragrafen vergeten had te schrappen (noot van de bezorgers).

les leek op rolletjes te lopen, ze maakte vrienden, ik was blij voor haar. Maar op een dag toen ze op het hoofdkwartier van de Beweging in de rue des Pyramides was om aanplakbiljetten te halen, werd ze herkend door een lagere partijfunctionaris die haar in Lyon had meegemaakt. Hij meldde het aan de leiding van de Raad van het vijfde arrondissement, en waarschijnlijk ook aan Farge, en er volgde een allerakeligst proces.

Die onbeduidende partijfunctionaris vertelde dat in Lyon 'iedereen wist' dat Hélène, Rytmann geheten, maar eerst Sabine genoemd en daarna Legotien (uit weerzin jegens haar familienaam had Hélène op verzoek van pater Larue de naam aangenomen van een van de eerste jezuïeten die China hadden bezocht), een spion was van zowel de Intelligence Service als de Gestapo (sic). Inderdaad waren dergelijke geruchten in Lyon in omloop geweest, waarvan de herkomst de moeite van het vertellen waard is. Destijds was Hélène erg bevriend met het echtpaar Aragon en ten tijde van het Verzet bracht ze uit Zwitserland vaak produkten voor hen mee die in Frankrijk niet te krijgen waren, in het bijzonder zijden kousen voor Elsa. Maar op een goede dag kwamen de meegebrachte kousen niet overeen met de door deze veeleisende vrouw gewenste kleur of fijnheid. Aragon ontstak in grote woede en brak met Hélène. En hij begon haar af te schilderen als een spion van de Intelligence Service! Bovendien had Hélène tijdens de strijd om de bevrijding van Lyon een vrijkorps onder zich staan, knapen die niet bepaald omzichtig te werk gingen. Ze maakten zich meester van een hoge functionaris van de Gestapo, sloten hem op in de kelder van hun woonhuis, martelden hem en stelden hem zonder vorm van proces terecht. Hélène had echter uitdrukkelijk bevel gegeven om hem net als alle andere gevangenen goed te behandelen, ervoor te zorgen dat hij in leven bleef en ondervraagd kon worden, opdat er zoveel mogelijk inlichtingen aan hem konden worden ontfutseld die nuttig waren voor het Verzet en het jonge leger van de Binnenlandse Strijdkrachten. De jongens van het vrijkorps hadden zich niets van haar uitdrukkelijke bevelen aangetrokken. Het gerucht van de executie verspreidde zich in Lyon en bereikte de kringen rond kardinaal Gerlier, wiens houding tijdens de bezetting nogal twijfelachtig was geweest. Een van zijn naaste medewerkers, door het partijlid omschreven als een 'zwartrok', kwam Hélène om rekenschap vragen en slingerde haar kritische opmerkingen naar het hoofd over de martelpraktijken die zij de gevangenen van de vrijkorpsen 'deed ondergaan'. Natuurlijk louter onwaarheden, maar ze 'dienden' als alibi voor het slechte geweten van de naaste medewerkers van Gerlier. Ik weet niet meer wie er nog een schepje bovenop deed, maar volgens de geruchten werd Hélène een agent van de Gestapo. Nu ze toch bezig waren!

De 'onthullingen' van de partijfunctionaris sloegen in als een bom en boden in elk geval een ideale gelegenheid voor een openbare afrekening. Zoals gezegd had Hélène, partijlid sinds 1930, tijdens de oorlog geen contact met de Partij kunnen opnemen en had de Partij geweigerd haar na de oorlog als lid toe te laten. Het volgende verbijsterende verhaal werd opgedist: wellicht was Hélène in 1939 uit de Partij gezet, ten tijde van het pact tussen Duitsland en de Sovjetunie, maar aangezien de enige persoon die daarvan getuigenis kon afleggen een zekere Vital Gaymann bleek te zijn, die later renegaat was geworden, kon de Partij zich niet compromitteren door hem over het verleden te ondervragen. Intussen beschouwde de Partij Hélène als hoogst verdacht: in 1939 uit de Partij gestoten.

De 'onthullingen' van de partijfunctionaris, gevoegd bij de verdenkingen van de Partij, mondden uit in een heus proces, dat door de leiding van de Communale Raad op touw werd gezet. Waarschijnlijk in opdracht van de Partij. Het proces duurde een volle week, tegen Hélène werden de ernstigste beschuldigingen ingebracht. Ook al had ze gedaan gekregen (vraag niet hoe) dat twee van haar kameraden uit het Verzet kwamen getuigen, niets hielp. De Raad stelde een resolutie op die, vergezeld van alle gewenste overwegingen, tot haar uitstoting uit de Communale Raad concludeerde (in de statuten was hierover niets geregeld, ook niet over het verheffen van de Raad tot rechtbank). Ik herinner me nog de lange gestalte van Jean Dresch, die luisterde zonder een woord te zeggen. Ik had gevochten als een leeuw toen er in de overwegingen van de 'zwartrok' sprake was geweest. De leiders van de Raad wilden tegen elke prijs dat er gewoon van een 'priester' werd gesproken ('om de katholieken niet voor het hoofd te stoten'). Dit is het enige punt waarop ik in het gelijk werd gesteld. Toen er gestemd werd, gingen alle handen omhoog (Dresch was afwezig) en tot mijn stomme verbazing en schande zag ik ook mijn eigen hand omhooggaan. Ik wist al heel lang dat ik een echte lafaard was.

Ik ontving een convocatie van de Partij en de secretaris 'belast met de organisatie', Marcel Auguet, gaf me bevel met Hélène te breken. De cel van de Ecole normale probeerde op de uitvoering toe te zien, aangemoedigd door haar secretaris, Emmanuel Le Roy Ladurie (hij is zo fatsoenlijk deze zaak in zijn boek *De Montpellier à Paris* te vermelden, en hij was vooral zo fatsoenlijk zich er tegenover Hélène voor te verontschuldigen, de eerste keer al dat hij haar ontmoette—en ik wil benadrukken dat hij de *enige* van deze boosaardige bende was die zich heeft verontschuldigd, verder heeft niemand een gebaar gemaakt). Het 'toezicht' op de uitvoering hield voornamelijk in dat volstrekt niemand zich met ons bemoeide; op straat gingen alle kameraden ons uit de weg. De cel hield zich nog slechts met één ding bezig: 'Althusser redden'.

Natuurlijk gaf ik geen gevolg aan het bevel. Hélène en ik zochten al snel toevlucht in een andere eenzaamheid, in Cassis, waar niemand ons meed omdat we er geen vrienden hadden; de zeewind bracht ons troost en rust. Hélène was buitengewoon dapper. Ze zei steeds: 'De geschiedenis zal me in het gelijk stellen.' Dat nam niet weg dat we midden in Parijs een echt Moskous proces hadden meegemaakt, en later heb ik vaak gedacht dat als we in die tijd in de Sovjetunie hadden geleefd, we met een nekschot waren afgemaakt.

Vanzelfsprekend gaf me dat een wel heel realistisch beeld van de Partij, haar leiding en handelwijze. Daar kwam nog een andere ervaring bij, die ik kort na mijn toetreding had opgedaan. Ik had de cel toen zover gekregen aan de Ecole normale een Politzer-kring op te richten, die vooraanstaande vakbondsleiders en politici zou uitnodigen om met ons over de geschiedenis van de arbeidersbeweging te spreken; zo luisterden we naar Benoît Frachon, Henri Monmousseau, André Marty en anderen. Maar voorzichtig en gedisciplineerd als we waren, besloten we advies aan Casanova te gaan vragen, die toen met de 'intellectuelen' belast was. Ik ging samen met Desanti, die als Corsicaan vrije toegang tot Laurent had en als een hondje (hij vergeve me) zijn politiek volgde. We antichambreerden een dik uur, door een dunne houten tussenwand van zijn werkkamer gescheiden. Een uur van schreeuwen, schelden en uitkafferen; je hoorde alleen de stem van Casanova, die zich tot een nagenoeg zwijgende gesprekspartner richtte. Het ging over de proletarische wetenschap, het consigne voor die tijd. We hoorden verbluffende uitspraken, zelfs met betrekking tot $2 + 2 = 4$. Naar verluidt was dat 'burgerlijk'. Ten slotte kwam er een volkomen verslagen man naar buiten, Desanti noemde me zijn naam: Marcel Prenant. We gingen de werkkamer van Casa binnen en ten overstaan van ons hervatte hij de razende bewijsvoering waarmee hij zojuist Prenant had bestookt; toen hij tot bedaren was gekomen, las hij mijn aanplakbiljet en verleende ons zijn goedkeuring. Dat was nog eens een lesje!

Het meest verbazingwekkende is dat dit soort voorvallen, het eerste en verschrikkelijkste inbegrepen, me niet depressief maakte. Ik was uit het veld geslagen, maar verontwaardigd, en deze verontwaardiging hield me waarschijnlijk op de been; en ik nam een voorbeeld aan de opmerkelijke moed van Hélène. Ik werd een man.

Uit deze eerste beproevingen putte ik waarschijnlijk de kracht om in de Partij mijn eigen verlangen te verwezenlijken, om weerstand te bieden en strijd te leveren, zoals ik in het vervolg voortdurend zou doen. Eindelijk had ik een kolfje naar mijn hand gevonden, maar aangezien ik in de Partij bleef, vond mijn strijd onder de hoede van de Partij plaats, zoals ik al heb gezegd. Ik werd voortdurend fel bekritiseerd, maar ik werd geduld, waarschijnlijk uit berekening en wegens de aandacht die ik dankzij mijn theoretische bijdragen kreeg. Ik had stellig voordeel bij deze situatie, die mijn tot dan toe onuitroeibare verlangen naar bescherming combineerde met mijn verlangen om door strijd werkelijk te bestaan, een verlangen dat ik tot dusver slechts door middel van kunstgrepen had verwezenlijkt. Dit keer was het ernst. En het werd steeds ernstiger, tot 1980, het jaar van het drama.

XVII

Nu ik heb aangegeven langs welke zijdelingse toegangswegen ik tot Marx was gekomen en hoe ik me in zijn denken had 'gesterkt', kan ik het wat korter houden omdat ik over het verloop van mijn betrekkingen met Marx opheldering heb gegeven in *Pour Marx* (met name in het voorwoord) en in de 'Verdediging van Amiens'.

Ik mag gerust zeggen dat ik vooral *via de katholieke organisaties van de Action catholique met de klassenstrijd en dus met het marxisme in aanraking ben gekomen*. Heb ik al gewezen op deze verrassende list van de geschiedenis? Door haar uiteenzettingen over de 'sociale kwestie' en de 'sociale politiek van de Kerk', bracht die Kerk uit panische angst dat velen naar het 'socialisme' zouden overlopen juist talloze zonen van burgers en kleinburgers (en ook de boerenzonen van de Christelijke Landbouwjeugd) in aanraking met het socialisme. Encyclieken en aalmoezeniers maakten de actieve leden bekend met het bestaan van een 'sociale kwestie', waarvan de meesten van ons tot dan toe *geheel* onkundig waren. Was het bestaan van de 'sociale kwestie' eenmaal onderkend, alsmede het ridicule van de voorgestelde remedies, dan was er natuurlijk maar weinig voor nodig, in mijn geval bijvoorbeeld de brede politieke visie van 'vader Hours', om te gaan kijken wat er zich 'achter' de vage formuleringen van de Katholieke Kerk afspeelde en om al snel tot het marxisme over te gaan, alvorens lid van de Communistische Partij te worden! Deze weg werd bewandeld door tienduizenden leden van de katholieke jeugdbewegingen voor studenten, arbeiders en landbouwers (JEC, JOC, JAC), die met kaderleden van de CGT en de Partij kennismaakten—meestal door het Verzet. Heden ten dage zijn nog belangrijker resultaten te verwachten van de massabeweging die de bevrijdingstheologie ondersteunt.

Ik bleef echter lang 'gelovig', tot 1947 ongeveer. In krijgsgevangenschap was mijn geloof overigens flink aan het wankelen gebracht door een aangrijpend beeld tijdens een 'tocht' met de bestelwagen naar de commando's op het land, samen met Daël. In een flits zag ik op de treden van een trap een jong meisje zitten, *de knieën aaneengesloten* en gehuld in stilzwijgen, dat ik onvoorstelbaar mooi vond. Maar ik bedenk zojuist dat die 'aaneengesloten knieën' me doen denken aan een opzienbarende les van Henri Guillemin, die in 1936 in Lyon twee weken onze leraar Frans was. Hij liet ons *Atala* lezen, en omdat we naar zijn smaak te snel voorbijgingen aan de beschrijving van het lijk van het mooie meisje en vooral aan de 'zedigheid van haar aaneengesloten knieën', ontstak hij in woede en schold ons uit voor 'maagden'. En omdat niemand met zijn uitleg durfde te komen, riep hij ons ten slotte letterlijk toe: 'Dat ze haar knieën aaneengesloten heeft, komt doordat niemand haar dijen heeft gespreid om haar te naaien! Ze is dus maagd, nietwaar? Na de eerste verkrachting gaan de knieën uiteen!' Ik beken dat deze zogenaamd verhelderende uitval me verblufte. In elk geval is het mogelijk dat er een affectrelatie bestaat tussen de maagdelijke knieën van Guillemin en de aaneengeklemde knieën van het mooie

Duitse meisje dat ik in een flits zag. Op de school in Lyon was ik trouwens lange tijd diep onder de indruk van een afbeelding in een leerboek voor Latijnse literatuurgeschiedenis: wulpse, naakte danseressen, gebeeldhouwd in een Alexandrijns bas-reliëf van brons. Ik was er lichamelijk zo door 'aangedaan' dat ik mijn hart bij pater Varillon ging uitstorten. Hij hield een 'verhaal' over kunst en sublimatie. Oké.

Hoe het ook zij, ik had heel duidelijk het *gevoel* dat ik niet langer gelovig was wegens een opvallende strijdigheid tussen mijn geloof en mijn seksuele begeerten (nogmaals, gevolgen bleven uit).

Niettemin bleef ik tot ongeveer 1947 gelovig, tot het moment waarop ik samen met Maurice Caveing, François Ricci en anderen onze illegale vakbond oprichtte die voor wettelijke erkenning streed (deze situatie vertoonde overeenkomst met mijn oude ontvluchtingsprobleem: hoe ga je het kamp uit terwijl je er toch blijft—maar dit keer was het omgekeerd en serieus). Met Hélène, hoe het zo kwam weet ik niet, bracht ik bezoeken aan 'patertje Montuclard' en aan de Jonge Kerk in Petit-Clamart. Ik zei tegen wie het maar horen wilde: 'Het atheïsme is de moderne vorm van het christendom.' Deze opmerking oogstte in onze groep veel succes. In het tijdschrift van de groep schreef ik een lang artikel over de situatie van de Kerk, en tegenwoordig nog bewijzen bevrijdingstheologen me de eer het te citeren. Wat mij betreft werd het hele christendom in Christus samengevat, in zijn evangelische 'boodschap' en zijn revolutionaire rol. Tegen Sartre, die dol op 'bemiddelingen' was, hield ik staande dat een bemiddeling óf van geen enkel belang is óf gewoon de zaak zelf is, voortvloeiend uit een enigszins strikte gedachtengang. Ook al was Christus bemiddelaar of bemiddeling, hij was slechts bemiddeling van het niet-zijn, dus God bestond niet. Enzovoort. Pater Breton zei me dat deze formuleringen een lange voorgeschiedenis in de negatieve theologie en in de mystiek hebben.

Ik kwam dus tot het communisme via Courrèges en de Lyonese ouderejaars die in het Verzet hadden gezeten (Lesèvre enzovoort) en uiteraard onder invloed van de dramatische ervaringen van Hélène, die in het geheel niet tegen mijn eigen eerdere ervaringen ingingen, maar evenmin voor een versnelling zorgden.

Omdat ik heel gelovig was geweest, kreeg ik al snel belangstelling voor Feuerbach en zijn *Das Wesen der Religion*. Jarenlang was ik aan de vertaling bezig, een enorm karwei waarvan ik slechts een tiende heb gepubliceerd. Want Feuerbach is iemand die zich herhaaldelijk herhaalt. Hij opende mij de ogen voor de geschriften van de jonge Marx, waarvan ik vervolgens een hele kwestie zou maken.

Feuerbach is een opmerkelijk, maar volledig miskend man. Toch vormt hij het echte begin van de fenomenologie (zijn theorie van de intentionaliteit van de subject-objectverhouding). Bepaalde opvattingen van Nietzsche zijn ook van hem afkomstig, terwijl Jacob von Uexküll, een uitzonderlijke bioloog en filosoof voor wie Canguilhem veel waardering had, van Feuerbach begrippen als *Welt* en *Lebenswelt* heeft overgenomen. Door hem zo aandachtig te lezen heb ik veel van hem geleerd. Ik las natuurlijk de jeugdwerken van Marx, maar ik had al snel begrepen dat deze wonderwerkjes, die destijds voor het oorspronkelijke en dus definitieve denken van Marx doorgingen, *doordrenkt waren van Feuerbach*, met inbegrip van 'de breuk met ons vroegere filosofische bewustzijn', die wat al te snel wordt aangekondigd in *Die Deutsche Ideologie*, waarin niettemin bepaalde revolutionaire gevolgtrekkingen gemaakt worden inzake de produktiewijze en de elementen van haar 'combinatie'. Dat tref je niet bij Feuerbach aan en zelfs niet bij Hegel. Daarna vorderde ik moeizaam in Marx. In *La Pensée* had ik publiekelijk afgerekend met de 'jonge Marx' en de *Manuscripten van '44* en het thema van het theoretische antihumanisme van Marx aangekondigd. Ik ging me bezighouden met het opmerkelijke manuscript van 1858 (de eerste *Kritiek van de politieke economie*); daarin staat een opvallende uitspraak: 'De bouw van de aap verklaart niet die van de mens, maar de bouw van de mens verklaart die van de aap.' Om twee redenen opmerkelijk: nog vóór haar opkomst wordt aan een evolutionistische geschiedenisopvatting iedere teleologische zin ontzegd. En verder wordt hiermee, uiteraard in een andere vorm, op een freudiaanse theorie vooruitgelopen: de betekenis van een voorafgaand affect wordt alleen duidelijk in en door een later affect, dat er enerzijds de aandacht op vestigt en er als het ware achteraf bestaan aan verleent, en er anderzijds zijn eigen latere betekenis aan geeft. Later zou ik dezelfde gedachte aantreffen bij Canguilhem, in het kader van zijn heftige kritiek op de *voorloper*.*

---

* Ten gevolge van handgeschreven ingrepen, die niet alle van Althusser zelf afkomstig lijken te zijn, zijn de twee volgende paragrafen op een soms onduidelijke wijze ingekort,

Ik heb al gezegd dat ik *Het kapitaal* pas in 1964-1965 las, in het jaar dat ik een werkcollege gaf dat in *Lire 'Le Capital'* uitmondde. In januari 1963 kwamen Pierre Macherey, Etienne Balibar en François Regnault, als ik niemand vergeet, me in mijn werkkamer opzoeken om me te vragen of ik hen wilde helpen bij het lezen van de jeugdwerken van Marx. Dus niet ik nam het initiatief om aan de Ecole normale over Marx te spreken, ik werd er door enkele studenten toe uitgenodigd. Deze eerste samenwerking gaf aanleiding tot het werkcollege van 1964-1965, dat we in juni 1964 op touw zetten; Balibar, Macherey, Regnault, Duroux, Miller, Rancière en anderen deden mee. Miller had de meest uitgesproken opvattingen. Maar een jaar lang verdween hij volledig van het toneel, hij woonde samen met een meisje in een soort jachthuis in Rambouillet; naar zijn zeggen 'baarde ze minstens eens per week een theoretisch concept'. In elk geval had ze er juist een bedacht toen ik daar met Hélène in de buurt was en Miller een kort bezoek bracht.

De hele zomer van 1965 bestudeerden we *Het kapitaal*. Tot onze grote opluchting was Rancière aan het begin van het nieuwe cursusjaar bereid om de spits af te bijten. Driemaal twee uur hield hij een heel nauwkeurig en strikt betoog. Nog steeds zeg ik bij mezelf dat zonder hem niets mogelijk was geweest. Het is bekend hoe het gaat in zo'n geval. Wanneer de eerste spreker zo'n uitvoerige en gedetailleerde uiteenzetting geeft, doen de anderen daar hun voordeel mee. Ook ik deed er mijn voordeel mee en ik erken ronduit wat ik bij deze gelegenheid aan Rancière te danken had. Na Rancière was alles gemakkelijk, de weg lag open, wijd open zelfs, en gaf toegang tot de categorieën waarin we destijds dachten. Dat was na een college over Lacan dat ik gegeven had, Miller had het woord genomen en de 'ontdekking van een begrip' aangekondigd: het begrip 'metonymische oorzakelijkheid' (of afwezige oorzaak), dat later een drama zou veroorzaken. Het jaar verstreek; Duroux, de meest begaafde van ons allemaal, deed geen mond open. Maar toen Miller in juni 1965 uit Rambouillet terugkeerde, las hij de gestencilde bijdragen en ontdekte dat Rancière zijn begrip 'metonymi-

---

wat afbreuk doet aan de leesbaarheid van de tekst. Telkens als de begrijpelijkheid van de tekst dat vereiste, hebben we de oorspronkelijke versie van het manuscript gehandhaafd (noot van de bezorgers).

sche oorzakelijkheid' 'gestolen' had. Rancière leed verschrikkelijk onder deze aantijging. Behoren begrippen niet aan iedereen toe? Dat was mijn opvatting, maar Miller wilde daarvan destijds niet horen. Ik vertel dit belachelijke voorval niet om Miller aan de kaak te stellen, jeugd heeft geen deugd. Naar verluidt begon hij dat jaar zijn hoorcollege over Lacan trouwens met de plechtige woorden: 'We gaan Lacan niet bestuderen, maar door hem bestudeerd worden.' Wat bewijst dat ook hij in staat is te erkennen dat een ander een begrip bedenkt en bezit... Maar het jaar eindigde heel slecht. Ik weet niet langs welke dialectische weg, maar ten slotte werd ik er in plaats van Rancière door Miller van beschuldigd zijn begrip 'metonymische oorzakelijkheid' te hebben gestolen. Tot zijn geluk kwam Rancière zo buiten deze vervelende zaak te staan. In *Lire 'Le Capital'* is er een spoor van terug te vinden. Als ik deze uitdrukking ('metonymische oorzakelijkheid') gebruik, vermeld ik in een noot dat ik haar heb van Miller... maar dan maak ik er meteen 'structurele oorzakelijkheid' van, een uitdrukking die niemand nog had gebruikt en die dus echt van mij was! Wat een gedoe! Maar het laat zien waartoe men in dit wereldje in staat is, wat Debray zo opviel toen hij uit Bolivia terugkwam. De lezers zullen wel paf staan.

   Onlangs vernam ik van pater Breton dat het auteursprobleem al een lange geschiedenis heeft. Het is bekend dat in de middeleeuwen, in tegenstelling tot wat tegenwoordig het geval is, de *wetenschap* was gekoppeld aan een *auteursnaam*: Aristoteles. Literaire werken hadden daarentegen geen auteursnaam. Tegenwoordig is de situatie precies omgekeerd: wetenschapsbeoefenaren verrichten een collectieve inspanning in de anonimiteit, hoogstens wordt gesproken van de 'wet van Newton', maar meestal wordt volstaan met 'wet van de zwaartekracht' of wat Einstein betreft met speciale en algemene relativiteitstheorie. Ieder literair werk daarentegen, zelfs het meest bescheiden, draagt voor altijd de naam van de auteur. Breton vernam van een van zijn confraters, pater Chatillon, een heel erudiete mediaevist, dat Thomas van Aquino zich eertijds in een felle controverse met de aanhangers van Averroës tegen de onpersoonlijkheid (dat wil zeggen de 'anonimiteit') van iedere onderscheiden denker had uitgesproken. Hij argumenteerde ongeveer als volgt: iedere gedachte is weliswaar onpersoonlijk omdat ze een daad van het werkzame intellect is, maar aangezien iedere gedachte de gedachte van een 'verstandelijk wezen' moet zijn, moet ze dientengevolge de herhaling van een onpersoonlijke gedachte door een specifiek 'verstandelijk wezen' zijn. En met recht mag ze de naam van die specifieke persoon bezitten... Ik vermoedde helemaal niet dat er tijdens de middeleeuwen, toen de wet van de literaire onpersoonlijkheid heerste, zoals Foucault ons in Soisy vertelde, een Thomas van Aquino bleek te zijn geweest die, daartoe stellig aangezet door zijn controverse met de aanhangers van Averroës, op filosofische gronden de noodzaak van de signatuur van een auteur had gerechtvaardigd...

Toch raakte dit belachelijke probleem van 'begripsdiefstal' een principieel punt dat me zeer ter harte ging, namelijk het angstige probleem van de *anonimiteit*. Aangezien ik voor mezelf niet bestond, laat het zich gemakkelijk voorstellen dat ik dit niet-bestaan door mijn anonimiteit wilde bekrachtigen. Ik moest in die tijd vaak denken aan een uitspraak van Heine over een beroemd criticus: 'Hij was wegens zijn bekendheid bekend.' Ik waardeerde het dat Foucault kritiek op het begrip 'auteur' leverde, een heel modern begrip, en dat hij schuilging tussen degenen die opkwamen voor de belangen van gevangenen, zoals ik naamloos opging in mijn onbeduidende cel. Ik stelde Foucaults grote bescheidenheid op prijs en ik weet dat Etienne Balibar in mij 'voornamelijk' mijn heftig en niet-aflatend verweer tegen iedere naamsbekendheid waardeerde. Ik had de naam een eenzelvig figuur te zijn die een teruggetrokken leven leidde in zijn oude woning in de Ecole normale die hij bijna nooit verliet. Dat ik ten volle de schijn van deze mensenschuwe afzondering ophield, kwam doordat ik in een anonimiteit probeerde op te gaan waar ik meende mijn bestemming en bovendien mijn rust te zullen vinden. En nu ik dit zeer persoonlijke boek toevertrouw aan hen die bereid zijn het te lezen, wil ik op deze paradoxale wijze opnieuw *voorgoed in de anonimiteit verdwijnen*. Niet langer de anonimiteit onder de grafsteen van het ontslag van rechtsvervolging, maar de openbaarmaking van alles wat er maar over mij te weten valt, zodat mijn rust nooit meer door indiscrete verzoeken zal worden gestoord. Want ditmaal worden alle journalisten en andere mediamensen op hun wenken bediend, maar je zult zien dat ze niet per se tevreden zijn. In de eerste plaats omdat er niets van hen bij is en vervolgens omdat ze aan wat ik schrijf niets kunnen toevoegen. Een commentaar? Maar dat doe ik zelf al!!

Hoe dieper ik Marx doorgrondde en hoe meer filosofie ik las, des te duidelijker begon ik in te zien dat Marx, of hij dat nu heeft geweten of niet, dacht in de lijn van belangrijke denkers vóór hem: Epicurus, Spinoza, Hobbes, Machiavelli (gedeeltelijk overigens), Rousseau en Hegel. En steeds meer kwam ik tot de overtuiging dat de filosofie van Hegel en Feuerbach zowel een 'steunpunt' als een epistemologische hindernis voor de ontwikkeling van zijn eigen begrippen en zelfs voor hun formulering was geweest (in een recente, bij Méridiens-Klinksieck verschenen dissertatie, *Que faire du 'Capital'?*, levert Jacques Bidet een nauwkeurige bewijsvoering). Dat gaf natuurlijk aanleiding om aan Marx en over Marx vragen te stellen die hij zelf niet had weten te stellen. En om tegen jezelf te zeggen dat als we 'zelf' wilden denken oog in oog met de onvoorstelbare 'verbeeldingskracht van de hedendaagse geschiedenis', wij op onze beurt nieuwe denkvormen en nieuwe begrippen moesten ontdekken, maar steeds overeenkomstig de materialistische ideeën van Marx, om 'elkaar nimmer verhalen te vertellen', en voortdurend bedacht moesten zijn op de nieuwheid en vindingrijkheid van de geschiedenis, maar daarnaast op de ontwikkeling van de belangrijkste denkwijzen, ook al beroepen die zich helemaal niet op Marx of hebben ze de politieke reputatie (?) anticommunistisch te zijn. Ik denk hier vooral aan het zeer opmerkelijke boek van François Furet over de Franse Revolutie, waarin heel terecht wordt ingegaan tegen een louter ideologische traditie die ten tijde van de Revolutie zelf is ontstaan. Marx sprak in dit verband, toen in Parijs de revolutionaire comités regeerden, van 'politieke begoocheling'.

Hierdoor nu werden mijn betrekkingen met Marx en met het marxisme beheerst. Later ontdekte ik (zoals iedereen kan ontdekken, en zoals Marx in feite erkende) dat de filosofische—en niet de 'wetenschappelijke'—kern van het marxisme al lang voor Marx was geformuleerd (Ibn Khaldoun, Montesquieu enzovoort)—afgezien van de 'verwarde' en letterlijk ondenkbare theorie van de arbeidswaarde, die Marx als zijn enige echt persoonlijke ontdekking opeist. Elders zal ik spreken over de politieke kanten van deze schijnbaar puur theoretische onderneming (wat is er niet geschreven over ons 'theoreticisme' en onze 'minachting voor de praktijk'!!).

XVIII

Ik geloof dat ik mijn betrekkingen met het marxisme nu pas helder zie. Nogmaals, het gaat niet om de objectiviteit van mijn geschriften, dus om mijn relatie met een of meer objectieve objecten, maar om mijn relatie met een 'object-object', dat wil zeggen een inwendig en onbewust object. Vooreerst wil ik het alleen over deze objectrelatie hebben.

Op dit moment, dat wil in feite zeggen sinds ik dit essay schrijf, doen de dingen zich als volgt aan mij voor.

Op welke manier had ik als kind toegang tot het krappe, eentonige wereldje dat me toen omringde? Hoe was ik in staat er een relatie mee te onderhouden wanneer ik in het verlangen van mijn moeder kroop? Zoals zij, dat wil zeggen niet door contact met handen en lichaam, door het effect daarvan op een al bestaande materie, maar alleen door gebruik van het oog. Het oog is passief en op een afstand van het object, waarvan het een beeld ontvangt zonder te hoeven werken, zonder het object met het lichaam te naderen, aan te raken en in handen te nemen (vuile handen maken—vuiligheid was een fobie van mijn moeder en daarom schiep ik er een zekere voldoening in). Zo is het oog vanaf Plato en Aristoteles tot Thomas van Aquino en anderen na hem het speculatieve orgaan bij uitstek. Als kind zou ik nooit 'mijn hand in de kont van een meisje steken', maar ik was nogal een voyeur en ben dat lang gebleven. Met haar denkbeelden legde mijn moeder me een tweeledige afstandelijkheid op: de afstand die je beschermt tegen mogelijke aantasting (diefstal en verkrachting), en de afstand die me van die andere Louis moest scheiden die mijn moeder voortdurend door mij heen zag. Ik was dus als kind een en al oog, zonder lichaam en zonder aanraking, want iedere aanraking vindt nu eenmaal met het lichaam plaats. Ik schijn rond 1975 een verschrikkelijke uitspraak te hebben gedaan: 'En dan heb je lichamen, die ook nog een geslachtsdeel hebben!' Aangezien ik geen enkel besef van een lichaam had, hoefde ik zelfs voor een gewoon contact met materiële dingen of menselijke lichamen niet op mijn hoede te zijn; waarschijnlijk had ik daarom een panische angst om te vechten, bang als ik was dat in zulke korte, felle jongensgevechten mijn lichaam (of wat daarvoor doorging) gewond kon raken, kon worden aangetast in zijn bedrieglijke integriteit—en ook angst om te masturberen, een gedachte die voor mijn zevenentwintigste nooit bij me is opgekomen.

Ik denk wel dat mijn lichaam vurig verlangde naar een eigen bestaan. Dat verklaart mijn drang om met een voetbal in de weer te zijn en ook mijn grote vaardigheid in het bewegen van al mijn spieren, zowel van mijn mond en keel (vreemde talen spreken) als van mijn armen en benen (voetballen enzovoort). Dit verlangen bleef latent tot de gelukzalige tijd die ik bij mijn grootvader doorbracht, eerst in de boswachterswoning van het Bois de Boulogne, maar vooral in zijn tuin en op zijn velden in de Morvan. Nu zie ik duidelijk in dat ik in die opwindende tijd het bestaan van mijn lichaam eindelijk erkende, dat anderen het erkenden en ik me alle mogelijkheden van mijn lichaam daadwerkelijk toeëigende. Ik herinner me de geuren, en vooral de geur van bloemen, vruchten en planten, maar ook van verrotting, de heerlijke lucht van paardemest, de lucht van aarde en stront in het kleine houten toilet in de tuin onder een sterk geurende vlierboom; de smaak van wilde aardbeien die ik op het taluud probeerde te ontdekken, de geur van paddestoelen en vooral van steenzwammen, de lucht van kippen en van bloed; de lucht van katten en honden, van kaf, olie en kokende waterstralen, van dierlijk en van menselijk zweet, van de tabak van mijn grootvader, de lucht van geslachtsdelen, de sterke lucht van wijn en textiel, de geur van zaagsel, de zweetlucht van mijn eigen bedrijvige lichaam; het vreugdevolle gevoel dat mijn spieren aan mijn impuls gehoor gaven, de kracht waarmee ik de schoven boven op de wagens zette, houtblokken en boomstammen optilde, zoals mijn spieren mijn verlangen om zelf goed te zwemmen, om zelf goed te tennissen en als een topsporter te fietsen zo prima hadden verwezenlijkt. Dat werd me allemaal geschonken door de Morvan, dat wil zeggen door de heilzaam werkende aanwezigheid van mijn grootvader (terwijl de gewelddadigheid van mijn vader in Algiers en Marseille nooit een voorbeeld was, maar een bron van angst).

Daar begon ik met mijn lichaam te 'denken' en dat ben ik altijd blijven doen. Geen afstandelijke en passieve denkwijze van de blik en het oog, maar een actieve van de hand, van de oneindige hoeveelheid spierbewegingen en van alle lichamelijke gewaarwordingen. Wanneer ik in de tuin of op het veld van mijn grootvader wandelde of in de bossen, dacht ik aan niets anders dan de grond bewerken en omspitten (ik kon spitten als de beste), aardappelen rooien, tarwe en gerst maaien, de takken van jonge bomen wegduwen en snoeien met mijn mes. Dat mes was een geschenk van mijn grootvader, het was even groot en scherp als het zijne. Wat een genot om de jonge takken van kastanjebomen af te snijden voor de hengsels van manden, de twijgen van de wilg voor het vlechtwerk. Wat een genot om zelf die manden te vlechten, wat een genot om met een snoeimesje het kleine hout van droge bundels af te snijden, of met een bijl het grote hout te klieven te midden van de wijnlucht in de muffe kelder!

Opwindende lichaamsbeweging, de bossen doorkruisen, hardlopen, lange fietstochten met uitputtende beklimmingen—dit leven, dat ik eindelijk ontdekt had en dat mijn leven was geworden, verving voor altijd de gewone speculatieve afstandelijkheid van de ijdele blik. Ik heb al gezegd dat de lichamelijke arbeid uit de tijd van mijn krijgsgevangenschap me dezelfde verrukking gaf. Ik herkende er mijn eigen verlangen in en met grote bestendigheid zou dit mijn toekomst bepalen (niet het verlangen van mijn moeder, die een uitgesproken afkeer van ieder lichamelijk contact had, geobsedeerd als ze werd door de 'reinheid' van haar lichaam, dat ze op talloze manieren, vooral door haar ontelbare fobieën, tegen iedere gevaarlijk inbreuk beschermde). Eindelijk had ik me verzoend met mijn verlangen, het verlangen een lichaam te zijn en voor alles als lichaam te zijn; eindelijk gaf mijn lichaam me het onweerlegbare, materiële bewijs dat ik werkelijk bestond. Ik had niets gemeen met de Thomas van de theologie, die nog volgens de figuur van het bespiegelende oog dacht, maar veel meer met de Thomas van de evangeliën, die eerst wilde aanraken en dan pas geloven. En alleen met de hand aanraken was voor mij niet genoeg om in de werkelijkheid te geloven, ik moest die werkelijkheid ook bewerken en veranderen, om tevens te kunnen geloven in mijn eigen bestaan, dat ik eindelijk veroverd had.

Toen ik het marxisme 'ontmoette', stemde ik er door middel van mijn lichaam mee in. Niet alleen omdat het een radicale kritiek op iedere 'speculatieve' illusie leverde, maar ook omdat het me door deze kritiek in staat stelde een ware betrekking met de onbedekte werkelijkheid te onderhouden en deze lichamelijke betrekking (van contact met, maar vooral van bewerking van onder meer de maatschappelijke werkelijkheid) voortaan ook *in het denken zelf* te ervaren. In het marxisme, in de marxistische *theorie* trof ik een denkwijze aan die het actieve arbeidzame lichaam boven het passieve speculatieve bewustzijn stelde, en die deze relatie als het wezen van het materialisme opvatte. Deze opvatting fascineerde me en ik stemde er zonder enige moeite mee in; het was geen openbaring voor me, behoorde me eigenlijk al toe. Op het gebied van het zuivere denken (waar bij mij nog het beeld en het verlangen van mijn moeder de boventoon voerden) ontdekte ik eindelijk de suprematie van het lichaam, van de hand en haar invloed op alle materie. Dat stelde me in staat een einde te maken aan de innerlijke verscheurdheid tussen mijn theoretische, aan het verlangen van mijn moeder ontsproten ideaal, en mijn eigen verlangen, het verlangen zelf te bestaan, dat in mijn lichaam zijn eigen bestaanswijze had herkend en veroverd. Niet toevallig dacht ik dat in het marxisme ieder grondbegrip door de praktijk bepaald wordt, en daarom sprak ik van 'theoretische praktijk', een formulering die mijn verlangen vervulde naar een vergelijk tussen het bespiegelende en theoretische (van het verlangen van mijn moeder afkomstige) verlangen en mijn eigen verlangen, dat niet zozeer in het teken stond van het begrip praktijk, als wel van mijn ervaring met en verlangen naar de praktische werkelijkheid, het contact met de (fysieke en maatschappelijke) materie, de verandering van die materie door middel van arbeid (arbeider) en handelen (politicus). De formulering, 'denken is produceren', tref je al bij Labriola aan. Niemand heeft het gemerkt, maar wie in Frankrijk had dan ook Labriola gelezen?

Het was inderdaad een vergelijk. In mijn eerste geschriften bracht ik dit vergelijk op mijn manier onder woorden, binnen het voor mij nog overheersende domein van het zuivere denken van... Binnen dit vergelijk probeerde ik me zo goed mogelijk te redden en zo formuleerde ik de overbekende filosofische definitie van de filosofie als 'Theorie van de theoretische praktijk' (Cesare Luporini maakte zich erg druk over die wankele hoofdletter...). Maar ik deed er al snel afstand van onder invloed van de kritiek van Régis Debray en vooral van Robert Linhart; zij wisten wel dat het politieke handelen de suprematie heeft. Dat mijn vrienden me zo gemakkelijk tot de orde riepen, kwam doordat het in feite mijn eigen verlangen was, iets dat ik in wezen al lang wilde.

Maar voordat ik aan Marx zelf toekom, moet ik eerst iets zeggen over de omweg die ik maakte: Spinoza, Machiavelli en Rousseau waren voor mij de 'koninklijke weg' naar Marx. Daar heb ik al op gewezen, maar zonder de diepere redenen aan te geven.

Bij Spinoza had ik (behalve het vermaarde Aanhangsel van het Eerste Deel van de *Ethica*) een opmerkelijke theorie van de religieuze ideologie aangetroffen, als 'denk-apparaat' dat de wereld op z'n kop zet en oorzaken voor doeleinden houdt, en dat in zijn geheel gedacht wordt als betrekking tot de maatschappelijke subjectiviteit. Wat een 'schoonmaak'!

In de kennis 'van de eerste soort' had ik geen kennis en a fortiori geen kennistheorie gezocht—een 'idealistische' theorie van de absolute 'waarborg' van ieder weten—maar een theorie van de onmiddellijke ervaring van de wereld (wat mij betreft was de theorie van de eerste soort doodeenvoudig de wereld, dat wil zeggen de spontane ideologie van het directe gezonde verstand). En vooral had ik in het *Theologisch-politiek traktaat*, tenminste zo interpreteerde ik het, het pakkendste maar tevens meest miskende voorbeeld aangetroffen van de kennis 'van de derde soort', de hoogste kennis, die inzicht in een zowel enkelvoudig als universeel object verschaft. (Ik moet toegeven dat dit een nogal hegeliaanse lezing van Spinoza was—niet toevallig beschouwt Hegel Spinoza als 'de allergrootste'—maar ik geloof niet dat ze onjuist is.) Dit object is de enkelvoudige historische eigenheid van een volk, het joodse volk (ik meen dat Spinoza op die wijze met de 'derde soort' doelde op de kennis van iedere enkelvoudige eigenheid, ook in haar universaliteit. Ik werd sterk geboeid door de theorie van de profeten die je bij hem aantreft en die me sterkte in de mening dat Spinoza tot een helder inzicht in de aard van de ideologie was gekomen. Zoals bekend beklimmen profeten de berg om er de stem van God te horen. In feite horen ze te midden van donder en bliksem een paar woorden, die ze, *zonder ze te hebben begrepen*, overbrengen aan het volk dat in de vlakte op hun terugkeer wacht. Het opmerkelijke is dat het volk zelf met zijn zelfbewustzijn en kennis, de dove en blinde profeten de betekenis leert van de boodschap die God hun heeft meegegeven. Allemaal, behalve die idioot van een Daniël, die niet alleen niet begrijpt wat God hem gezegd heeft (dat is het lot van alle profeten), maar zelfs niet wat het volk hem uitlegt om hem aan het verstand te brengen wat hij heeft gehoord!! Wat bewijst dat een ideologie in bepaalde gevallen, en waarom niet naar haar aard, geheel ondoorgrondelijk kan zijn voor degenen die eraan onderworpen zijn. Die visie wekte mijn bewondering, evenals Spinoza's opvattingen over de betrekking tussen de religieuze ideologie van het joodse volk en het materiële bestaan ervan in de tempel, met de priesters, offers, voorschriften, rituelen, enzovoort. Op dit punt volgde ik hem, en Pascal, voor wie ik ook veel bewondering had. Later zou ik de nadruk leggen op het materiële bestaan van een ideologie, niet alleen op de materiële *bestaansvoorwaarden* (dat tref je al bij Marx aan en bij vele auteurs voor hem en na hem), maar ook op het *materiële karakter* van dat bestaan zelf.

Maar ik was nog niet van Spinoza af. Het was een denker die iedere kennistheorie (van het cartesiaanse en later kantiaanse type) had afgewezen, een auteur die de funderende rol van de cartesiaanse subjectiviteit van het *cogito* had geweigerd en zich ertoe beperkt had, als een feit neer te schrijven: 'de mens denkt', zonder daar enige transcendentale gevolgtrekking uit te maken. Hij was ook een nominalist, en van Marx zou ik leren dat het nominalisme de koninklijke weg naar het materialisme is; eerlijk gezegd is het een weg die slechts op zichzelf uitloopt en ik ken geen hogere *vorm* van materialisme dan het nominalisme. Tenslotte was Spinoza iemand die niet het ontstaan van enige oorspronkelijke betekenis beschreef, maar een feit vaststelde: 'we hebben een waar idee', een 'waarheidsnorm' die ons door de wiskunde is gegeven; ook dit is een feit zonder transcendentale oorsprong. Bijgevolg iemand die vanuit een facticiteit van het feit dacht, wat verrassend is voor een vermeend dogmaticus die de wereld uit God en zijn attributen afleidde! Er is niets materialistischer dan dit denken zonder oorsprong of doel. Later zou ik daaraan mijn formulering ontlenen van de geschiedenis en de waarheid als een *proces zonder* (oorspronkelijk of betekenisgevend) *subject* en zonder doeleinden (zonder vooraf vastgestelde eschatologische bestemming). Want als je het doel als oorspronkelijke oorzaak (die de oorsprong en het doel weerspiegelt) afwijst, dan denk je kort en goed als materialist. Ik bediende me toen van een metafoor: een idealist is iemand die weet van welk station de trein vertrekt en welke zijn bestemming is; hij weet het van tevoren, en wanneer hij in de trein stapt, weet hij waar hij heen gaat, omdat de trein hem meeneemt. De materialist daarentegen is iemand die op een rijdende trein springt zonder te weten waar hij vandaan komt noch waar hij heen gaat. Ook gebruikte ik graag een citaat van Dietzgen, een voorloper van Heidegger, die hem niet gekend had: de filosofie is 'der Holzweg der Holzwege', de weg der wegen die nergens heen leiden. Daarvoor had Hegel het opmerkelijke beeld gebruikt van een 'weg die vanzelf loopt', die onder het lopen zijn eigen weg door bossen en velden baant. Wat mij betreft was of werd dit alles in het denken van Spinoza tussen de regels door geschreven. En dan heb ik het niet eens over zijn veelbesproken formulering: 'het begrip hond blaft niet', die in de kern van een begrijpelijke wetenschappelijke denkwijze nog een onderscheid maakte tussen het begrip en zijn waarneembare referent. Dat betekende toen voor mij: zijn ideologische dekmantel, de dekmantel van de 'ervaring', zo'n theoretische afkeer boezemde de husserliaanse fenomenologie me in— en vooral het husserliaanse marxisme van Desanti.

Maar wat me bij Spinoza stellig het meest trof, was zijn theorie van het *lichaam*. Talrijke vermogens van dit lichaam zijn ons in feite onbekend; de *mens* ('ziel' of 'geest' is een slechte vertaling) van dit lichaam is de idee. Deze term is een slechte vertaling van 'idee', die Spinoza als *potentia* dacht, zowel een drang *(fortitudo)* als een opening *(generositas)* naar de wereld, een kosteloze gift. Later zou ik daarin een verrassende vooraankondiging zien van de freudiaanse libido, alsook van de ambivalentietheorie—verrassend als je bedenkt dat voor Spinoza, om maar een enkel voorbeeld te geven, *vrees hetzelfde is als haar tegendeel hoop*, beide 'droeve aandoeningen', tegengesteld aan de vitale *conatus*, die een en al uitbundigheid en vreugde is, van lichaam en ziel, beide onafscheidelijk met elkaar verbonden.

Het laat zich voorstellen hoe prachtig deze opvatting van het lichaam me gelegen kwam. Ik vond er immers mijn eigen ervaring in terug van een lichaam dat eerst verbrokkeld en verborgen was, van een afwezig lichaam vol grenzeloze vrees en hoop, dat in mij opnieuw was opgebouwd en dat ik als het ware had ontdekt toen ik geprobeerd had me zijn krachten toe te eigenen, door het verrichten van lichamelijke arbeid op het land samen met mijn grootvader, en in het kamp. Dat je zo weer de beschikking kon krijgen over je eigen lichaam, dat je aan deze toeëigening de kracht kon ontlenen om onbelemmerd te denken, dus eigenlijk te denken met je lichaam, in je lichaam en vanuit je lichaam, kortom, dat *je lichaam kon denken* door en tijdens het aanwenden van zijn krachten, fascineerde me, als een werkelijkheid en een waarheid die ik zelf beleefd had en die mijn werkelijkheid en mijn waarheid waren. Zo zie je maar, Hegel merkte het terecht op, dat je alleen kent wat je *herkent*.

Maar om echt tot Marx te kunnen doordringen had ik nog andere filosofen nodig. Zoals ik al in de 'Verdediging van Amiens' heb gesteld, waren dat in de eerste plaats de politieke filosofen van de zeventiende en achttiende eeuw, over wie ik destijds een proefschrift voor het staatsdoctoraat wilde schrijven. Van Hobbes tot Rousseau trof ik dezelfde fundamentele inspiratie aan: een wereld zwanger van conflicten, waarin alleen het absolute gezag van een staat zonder tegenhanger (Hobbes) de veiligheid van personen en goederen kan waarborgen door een einde te maken aan de 'oorlog van allen tegen allen'. Kortom, een vooruitlopen op de klassenstrijd en op de rol van de staat waarover Marx zelf verklaart dat hij een en ander niet heeft ontdekt maar aan zijn voorgangers heeft ontleend, met name aan de Franse historici van de Restauratie, die toch niet erg 'progressief' waren, en aan de Engelse economen, vooral aan Ricardo. Hij had nog heel wat verder kunnen gaan, naar het vermaarde debat tussen 'romanisten' en 'germanisten', om maar te zwijgen over de auteurs die ik zojuist heb genoemd. De bekende kardinaal Ratzinger, wie de klassenstrijd slapeloze nachten bezorgt, zou er goed aan doen zich wat bij te scholen. Rousseau onderkende dezelfde maatschappelijke conflictsituatie in een 'ontwikkelde' natuurstaat, maar hij gaf een andere oplossing aan: het einde van de staat en de directe democratie van het 'maatschappelijke verdrag', dat een algemene wil uitspreekt die 'nimmer sterft'. Stof genoeg om te dromen van het communisme! Wat me eveneens bij Rousseau fascineerde was het Tweede Vertoog en de theorie van het onwettige verdrag, een listige uitvlucht ontstaan in de verdorven fantasie van de rijken om de geest van de berooiden aan zich te onderwerpen. Weer een ideologietheorie, maar ditmaal wordt de ideologie met haar maatschappelijke oorzaken en rol in verband gebracht, dat wil zeggen met haar *hegemonie* in de klassenstrijd. Ik beschouw Rousseau als de eerste theoreticus van de hegemonie—na Machiavelli. Met zijn hervormingsplannen voor Corsica en Polen blijkt Rousseau het tegendeel van een utopist: een realist die in staat is met alle complexe gegevens van een situatie en een traditie rekening te houden, het ritme van de tijd in acht te nemen. Deed hij dat ook niet met zijn verbazingwekkende opvoedingstheorie in *Emile*? Je moet je aan de natuurlijke fasen van de individuele ontwikkeling houden en er nooit op vooruitlopen, dus bij de groei van het kind rekening houden met het werk van de tijd (om tijd te winnen moet je tijd verliezen). Ten slotte trof ik in de *Confessions* een uniek voorbeeld aan van een soort 'autoanalyse' zonder enige zelfvoldaanheid. Het is heel duidelijk dat Rousseau zichzelf ontdekte door na te denken en te schrijven over de belangrijke gebeurtenissen van zijn kinderjaren en van de rest van zijn leven, en vooral, voor het eerst in de geschiedenis van de literatuur, over *seks* en over de prachtige theorie van het seksuele 'supplement', door Derrida voortreffelijk verklaard als castratiefiguur. Kortom, wat ik in hem waardeerde, was zijn radicale verzet tegen de eschatologisch-rationalistische ideologie van de Verlichting, van de achttiende-eeuwse 'denkers' die zo'n hekel aan hem hadden (dat dacht hij tenminste in zijn niet-aflatende vervolgingswaan) en die meenden dat het begrip tussen de volkeren door een intellectuele hervorming kon worden verbeterd... Wat een misvatting van de ideologische werkelijkheid! Dit verzet zou ik ook aantreffen bij Marx en bij Freud met hun niets ontziende scherpzinnigheid. Ook waardeerde ik in het individu Rousseau de totale onontvankelijkheid voor elke verlokking van rijkdom of macht, en zijn verheerlijking van een autodidactische ontwikkeling sprak me erg aan...

Later zou ik Machiavelli ontdekken, die mijns inziens op heel wat punten veel verder dan Marx is gegaan, namelijk door te proberen de omstandigheden en vormen van het zuivere politieke handelen in begrippen te denken. Ook hier trof me dat ten zeerste rekening werd gehouden met onzekere feiten en met de noodzaak dat, om van Italië een nationale eenheid te maken, een onbeduidend man vanuit het niets moest beginnen, los van enige gevestigde staat, om uit een verbrokkeld en verdeeld land een nieuw geheel samen te stellen, zonder vingerwijzing in de bestaande denkbeelden over politieke eenheid (die zonder uitzondering ondeugdelijk waren). Ik geloof dat dit denken zonder precedent, en helaas zonder vervolg, voor ons nog steeds aanknopingspunten biedt.

Kortom, na die lange voorbereiding van persoonlijke interpretaties en associaties eigende ik me het marxisme toe en begon ik er op mijn eigen wijze over te denken. Tegenwoordig zie ik heel goed in dat dat niet helemaal de wijze van Marx was en dat ik alleen maar probeerde om zijn theoretische teksten, die vaak onduidelijk en tegenstrijdig zijn, en op bepaalde belangrijke punten zelfs onvolledig, in zichzelf en voor ons begrijpelijk te maken. Ik zie heel goed in dat ik door een tweeledige ambitie tot deze onderneming werd aangezet. Eerst en vooral wilde ik mezelf geen verhaaltje vertellen, niet over de werkelijkheid en evenmin over het werkelijke denken van Marx. Ik maakte dus een onderscheid tussen wat ik ideologie (van de jeugdjaren) noemde en het latere denken, dat volgens mij het denken was van de 'onbedekte werkelijkheid, zonder inbreng van buiten' (Engels). 'Elkaar geen verhaaltje vertellen' blijft wat mij betreft de enige definitie van het materialisme. Door 'zelf te denken' (een opmerking van Kant die Marx overnam) probeerde ik het denken van Marx helder en logisch te maken voor alle lezers die te goeder trouw waren en theoretische eisen stelden. Dat gaf natuurlijk een specifieke vorm aan mijn uiteenzetting van de marxistische theorie en dat verklaart dat vele specialisten en partijleden de indruk hadden dat ik mijn eigen Marx verzonnen had, die geheel vreemd aan de werkelijke Marx was, een denkbeeldig marxisme (Raymond Aron). Dat geef ik grif toe, want inderdaad schrapte ik bij Marx niet alleen alles wat me strijdig leek met zijn materialistische beginselen maar ook alle ideologische resten, vooral de apologetische grondbegrippen van de 'dialectiek' en zelfs de dialectiek zelf. Haar befaamde 'wetten' waren volgens mij slechts een apologie van de beslissingen van de partijleiding, een rechtvaardiging achteraf van het voldongen feit van het ongewisse verloop van de geschiedenis. Op dit punt ben ik nooit van mening veranderd en daarom had ik aan de figuur van de marxistische theorie die ik opstelde, en die de letterlijke formuleringen van de gedachten van Marx inderdaad op talrijke punten corrigeerde, talloze aanvallen te danken van mensen die aan de letterlijke uitspraken van Marx gehecht waren. Ik besef heel wel dat ik als het ware voor Marx een filosofie bedacht heb die van het alledaagse marxisme verschilde; maar aangezien ze de lezer een uiteenzetting gaf die niet langer tegenstrijdig maar logisch en begrijpelijk was, meende ik dat het doel was bereikt en ook dat ik me Marx had 'toegeëigend' door aan zijn eisen van samenhang en verstaanbaarheid te voldoen. Het was trouwens de enig mogelijke manier om de orthodoxie te 'breken' van de rampspoedige Tweede Internationale met Stalin als enig erfgenaam.

In die tijd 'opende' dat voor vele jonge mensen stellig een nieuw perspectief: volgens deze uiteenzetting kon je Marx denken zonder de eisen van samenhang en begrijpelijkheid te verwerpen. Zodoende kon je hem en ons helpen beter dan hij zijn eigen denken te beheersen, dat vanzelfsprekend aan de theoretische verplichtingen van zijn tijd (met hun onvermijdelijke tegenstrijdigheden) onderworpen was. Je kon hem dus tot een echte tijdgenoot van ons maken. In de marxistische theorie was dat een kleine 'intellectuele' revolutie. Maar ik geloof dat onze tegenstanders ons niet zozeer buitenissige nieuwigheden verweten, maar veeleer ons streven zelf om afstand te nemen van de letterlijke Marx ten einde hem voor zijn eigen denken begrijpelijk te maken. Voor hen bleef Marx, tot in zijn dwalingen, in wezen een onschendbare figuur, de onaantastbare aartsvader. Ik had niet veel op met onschendbare vaders en ik was er al lang van overtuigd dat een vader maar een vader is, op zichzelf een dubbelzinnige figuur met een onmogelijke rol. Ik had met zoveel genoegen geleerd om voor 'vaders vader' te spelen dat deze poging om in zijn plaats te denken wat hij had moeten denken om zichzelf te zijn, net iets voor mij was.

Door me op het gezag van Marx te beroepen, de grondlegger door wie de Communistische Partij zich officieel liet leiden, had ik me tegen de officiële interpretatie van Marx, die als apologie van haar politieke beslissingen gebruikt werd, dus tegen haar daadwerkelijke politiek, een bijzonder wapen verschaft dat het moeilijk maakte om me binnen de Partij aan te vallen. Wat deed ik immers anders dan me beroepen op het denken van Marx tegen de afwijkende interpretaties, vooral van de sovjets, waardoor de Partij zich liet leiden en die zelfs het denken van scherpe geesten inspireerden? Zoals dat van Lucien Sève, die tot vervelens toe onmogelijke, achterhaalde, onhoudbare formuleringen herhaalde over ontologie, kennisleer, wetten van de dialectiek als bewegingsvorm en enig 'attribuut' van de materie, die me zijn kritiek niet spaarde en, omdat ik nooit de moeite nam erop te antwoorden, uit mijn stilzwijgen afleidde dat ik er niets tegen in te brengen had. Maar Lucien Sève ging nog verder, hij wierp zich op als voorvechter van de vermaarde en verwarde dialectiek en haar wetten, die hij al naar gelang het hem schikte manipuleerde om a priori alle wendingen van de Partij te rechtvaardigen, in het bijzonder het opgeven van de dictatuur van het proletariaat. Zoals André Tosel onlangs in een essay over het denken van Gramsci en de Italianen duidelijk liet zien, blijft Lucien Sève onbewust denken binnen het onveranderde kader van het dialectisch materialisme (die gruwelijke term), dat boven iedere wetenschap zou staan.

In een tijd waarin de eerste de beste 'haarfilosoof' of 'nagelfilosoof'—zoals Marx naar aanleiding van de 'ontbinding' van de hegeliaanse filosofie schreef—meent dat het marxisme voor altijd dood en begraven is, waarin de meest 'achterhaalde' denkwijzen de boventoon voeren, steunend op een ongelofelijk eclecticisme en op theoretische armoe, met het voorwendsel van een zogenaamde 'postmoderniteit' waarin de materie opnieuw 'verdwenen' zou zijn om voor de 'immateriële' elementen van de communicatie plaats te maken (een nieuwe theoretische dooddoener, die zich natuurlijk op de indrukwekkende symbolen van de nieuwe technologie beroept)—in zo'n tijd blijf ik verknocht, niet aan de letter—daar heb ik me nooit aan gehouden—maar aan de materialistische inspiratie van Marx.

Ik ben een optimist. Ik geloof dat deze inspiratie na een periode van neergang tot nieuwe bloei zal komen, ook al moet ze andere vormen aannemen—wat onvermijdelijk is in een sterk veranderende wereld. En ik kan een overtuigende reden noemen. Het tegenwoordige denken is theoretisch zo zwak dat alleen al een verwijzing naar de fundamentele vereisten van een authentiek denken—logica, interne samenhang, helderheid—op een bepaald moment zo schril afsteekt tegen de geest van de tijd, dat alleen dat al indruk zal maken op de door de loop der geschiedenis ontredderde geesten. Daarom heb ik bijvoorbeeld waardering voor Régis Debray, die degenen die zich tot oordelen bevoegd achten aan bepaalde elementaire feiten probeert te herinneren. Zoals het feit dat de tijd van de Goelag voorbij is in de Sovjetunie, althans in de massale en dramatische vorm; en het feit dat de Sovjetunie wel wat anders aan het hoofd heeft dan een aanval op het Westen te beramen. Debray gaat niet erg ver, maar alleen al het herinneren aan zulke evidente feiten, tegen de heersende ideologie in, is een goede 'schoonmaak', zoals Foucault placht te zeggen. Wat is een schoonmaak? Een kritische verdunning van de ideologische laag van vooroordelen, waardoor het ten slotte mogelijk wordt 'zonder vreemde toevoeging' met de werkelijkheid in contact te komen. Een eenvoudige les, die weliswaar bescheiden maar waarlijk materialistisch is. Dat ik er vast van overtuigd ben dat we de huidige neergang te boven zullen komen, komt doordat zo'n simpele, moedige recapitulatie, in een intellectuele leegte die de beste geesten verstikt, een uitzonderlijk effect kan sorteren. Wie de moed heeft met luide stem in een lege stilte te spreken, wordt gehoord.

Ik heb naar ik meen duidelijk gemaakt dat ik geen sektariër was. Het kan me niet schelen dat een filosofie meent of beweert rechts te zijn; ze interesseert me wanneer ze zich niet met mooie woorden tevredenstelt, maar door de ideologische laag die ons verstikt heen dringt en, als in materieel, fysiek contact (nog een bestaanswijze van het lichaam), de naakte werkelijkheid bereikt. Daarom geloof ik dat de marxisten goddank bepaald niet de enigen zijn die in onze tijd de waarheid over de werkelijkheid proberen te vinden en te verkondigen, maar dat er vele rechtschapen mensen zijn die, zonder te weten dat ze dicht bij hen staan, een werkelijke ervaring van hun praktijk en van het primaat van de praktijk boven elk bewustzijn hebben en nu al samen met hen bezig zijn de waarheid te onderkennen. Als je je daarvan bewust bent, met voorbijgaan van alle tegenstellingen in stijl, temperament en politiek, dan mag je een bescheiden hoop koesteren.

Ik weet niet of de mensheid ooit met het communisme, Marx' eschatologische visie, zal kennismaken. In ieder geval weet ik wel dat het socialisme, de onvermijdelijke overgangsperiode waarover Marx sprak, 'rotzooi' is, zoals ik in 1978 in Italië en Spanje verkondigde ten overstaan van toehoorders die door mijn krasse woorden onthutst waren. Ook aan hen vertelde ik een 'verhaaltje'. Het socialisme is een brede rivier, erg gevaarlijk om over te steken. Dan staat er een enorme schuit op het zand: de politieke partijen en vakbondsorganisaties. Heel het volk mag aan boord. Maar om door de neren te komen is er een 'roerganger' nodig, de staatsmacht in handen van revolutionairen; en op het grote schip moet de klasse der proletariërs over de ingehuurde (loon en privé-belang bestaan nog) roeiers heersen, anders kapseist het schip! De dictatuur van het proletariaat. De enorme schuit wordt in het water geduwd en het hele traject moeten de roeiers in het oog worden gehouden; er wordt stipte gehoorzaamheid van hen geëist, als ze tekortschieten worden ze van hun post gehaald en tijdig vervangen, zelfs bestraft. Als de onmetelijke drekrivier is overgestoken, vind je zover het oog reikt strand, zon en een prille lentebries. Iedereen gaat van boord, er is geen strijd meer tussen mensen en tussen belangengroepen, aangezien er geen marktverhoudingen meer bestaan, maar er zijn bloemen en vruchten in overvloed die ieder naar hartelust mag plukken. Tijd voor de 'blijde aandoeningen' van Spinoza, en zelfs voor de 'Ode aan de vreugde' van Beethoven. Destijds verdedigde ik de opvatting dat er tegenwoordig al 'eilandjes van communisme' bestaan in de 'interstitiën' van onze samenleving (naar analogie van de goden van Epicurus paste Marx de term interstitiën toe op handelskernen in de Oudheid), *waar geen marktverhoudingen heersen*. Ik geloof namelijk—en wat dit betreft meen ik niet van het denken van Marx af te wijken—dat de enig mogelijke definitie van communisme—zo het ooit op aarde zal bestaan—*de afwezigheid van marktverhoudingen* is, dus van klasse-uitbuiting en staatsheerschappij. Ik geloof dat er in onze huidige wereld wel degelijk talrijke gebieden van menselijke betrekkingen zijn waar geen marktverhoudingen voorkomen. Langs welke weg kunnen deze interstitiën van communisme de hele wereld veroveren? Dat kan niemand voorzien—in elk geval kan het niet langs de weg en naar het voorbeeld van de Sovjetunie. Door een staatsgreep? Zeker, maar zo'n daad leidt naar het socialisme (onvermijdelijk een staatssocialisme), dat 'rotzooi' is. Door het afsterven van de staat dan? Natuurlijk, maar hoe kun je in een kapitalistisch-imperialistische wereld die steeds steviger fundamenten krijgt, en die een staatsgreep hachelijk zo niet illusoir maakt, hoe kun je in zo'n wereld het afsterven van de staat tegemoet zien? Noch de decentralisatie van Gaston Deferre noch de stompzinnige leuzen van onze nieuwe liberalen in de trant van Reagan en Chirac zullen ons bevrijden van een staat die onmisbaar is voor de hegemonie van de internationalistisch-kapitalistische bourgeoisie. Als er hoop is, dan bij de massabewegingen; dankzij onder meer Hélène ben ik altijd van mening geweest dat het primaat ligt bij die massabewegingen, niet bij hun politieke organisaties. Natuurlijk zie je in de wereld massabewegingen ontstaan die Marx onbekend waren (bijvoorbeeld in Latijns-Amerika, zelfs binnen een traditioneel reactionaire Kerk in de gedaante van de beweging van de bevrijdingstheologie; of zelfs in Duitsland met de Groenen, en in Nederland, waar ze de paus niet ontvingen zoals hij gewenst had). Maar lopen deze bewegingen niet het risico onder de heerschappij van organisaties te komen, waar ze natuurlijk niet buiten kunnen maar die, gevangen in de traditionele marxistisch-socialistische modellen, nog geen passende coördinatievorm zonder hiërarchische overheersing lijken te hebben gevonden? In dit opzicht ben ik niet optimistisch, maar ik klamp me vast aan een opmerking van Marx: hoe dan ook, 'de geschiedenis heeft meer verbeeldingskracht dan wij'; hoe het ook zij, we zijn gedwongen 'zelf te denken'. Maar ik stem niet in met een opmerking van Sorel, die Gramsci overneemt: het scepticisme van het verstand plus het optimisme van de wil. Ik geloof niet aan het voluntarisme in de geschiedenis. Daarentegen geloof ik wel aan de scherpzinnigheid van het verstand en aan de suprematie van de volksbewegingen boven het verstand. Het verstand, dat niet de hoogste instantie is, kan de volksbewegingen volgen, ook en vooral om ze voor vergissingen uit het verleden te behoeden en ze te helpen om werkelijk democratische en doeltreffende organisatievormen te ontdekken. Als we ondanks alles enige hoop mogen koesteren dat we kunnen meehelpen de loop van de geschiedenis een wat andere richting te geven, dan is het zo en niet anders. In elk geval niet door de eschatologische dromen van een religieuze ideologie waarin we allen bezig zijn te stikken.

Maar nu zitten we midden in de politiek.

XIX

Nu is het moment aangebroken, waar ieder naar ik hoop evenzeer als ik op wacht, niet alleen om rekenschap te geven van mijn oorspronkelijke affecten, van de manier waarop zij zich bij voorkeur herhaalden en het sterke overwicht van de waanvoorstelling dat ik niet bestond over al mijn nevenwanen, maar ook om de betrekkingen van mijn affecten met de werkelijkheid van de buitenwereld nader te verklaren. Want in dromen en emoties, zelfs in de meest dramatische, heeft het 'subject' altijd alleen met zichzelf te maken, dat wil zeggen met de onbewuste inwendige objecten die de psychoanalytici 'object-objecten' noemen (in tegenstelling tot de objectieve en werkelijk uitwendige objecten), maar de *legitieme* vraag rijst: hoe konden de projecties en doorwerkingen van deze waanvoorstellingen uitmondden in daden en een oeuvre van volstrekte objectiviteit (filosofische boeken, filosofisch en politiek handelen) die enig effect op de uitwendige, dus objectieve werkelijkheid hebben gehad?

Of om hetzelfde met andere woorden en veel nauwkeuriger te zeggen: hoe heeft bij deze *ontmoeting* de ambivalente doorwerking van het inwendige waanobject(-object) vat op de objectieve werkelijkheid kunnen krijgen? Nog beter gezegd: hoe kan er bij zo'n ontmoeting sprake zijn van 'binding' (zoals van mayonaise) of 'stolling' (zoals van ijs), te vergelijken met een chemische reactie onder invloed van bepaalde katalysatoren? Daarover ben ik in de eerste plaats mezelf, maar ook al mijn vrienden en lezers zo niet een verklaring, dan toch een poging tot opheldering verschuldigd.

Ik vestig er dus de aandacht op dat we hier een nieuw terrein betreden, het ontmoetingsgebied van enerzijds mijn onbewuste waanvoorstellingen, gedomineerd door het verlangen om het verlangen van mijn moeder te verwezenlijken, en van anderzijds de werkelijkheid van tastbare en objectieve gegevens.

In de eerste plaats zou ik een kwestie willen ophelderen waarover mijn vriend Jacques Rancière een heel puntig boekje heeft geschreven (*La Leçon d'Althusser*). Wat hij mij verwijt komt er in grote lijnen op neer dat ik ondanks mijn ondubbelzinnige meningsverschillen in de communistische partij ben gebleven, en daardoor vele jonge intellectuelen in Frankrijk en daarbuiten ertoe heb aangezet en zelfs aangemoedigd om niet met de Partij te breken maar erin te blijven.

Het is aannemelijk dat dit verwijt en deze stellingname verband houden met de eigen inwendige 'objecten' van Rancière, met wie ik in het begin van onze omgang zeer bevriend ben geweest. Maar ik kan niet, en als ik het al kon, dan nog wil ik zo'n strikt persoonlijke zaak niet onderzoeken. Hijzelf had heel snel de conclusie uit mijn 'objectieve tegenspraak' getrokken door de Partij te verlaten; niet om de zaak van de arbeidersklasse te verraden, maar juist om naar zijn dromen, reacties en oorspronkelijke voornemens op zoek te gaan. Hij schreef twee voortreffelijke werken over gemeenzame uitdrukkingen van de eerste vormen van de arbeidersbeweging. Ik spreek hem nagenoeg niet tegen, onze standpunten lagen dicht bij elkaar al waren ze verschillend, en het zijne had alle voordelen van de logica die uit mijn geschriften en acties sprak. Waarom bleef ik dan in de Partij, met alle bijkomende gevolgen, zowel voor mijzelf als voor de jonge intellectuelen die ik mogelijk beïnvloedde, gesteld dat (wat tenslotte mogelijk is) ik enige publieke invloed heb gehad?

Het zou te simpel zijn (zowel voor Rancière als voor degenen die zijn standpunt deelden, want ik leg openlijk mijn 'subjectieve' kaarten op tafel, zodat het gemakkelijk is mijn geval te verklaren, dat wil zeggen me voor altijd op te sluiten) om te volstaan met een verwijzing naar de uitvoerige uiteenzetting die ik hiervoor heb gegeven over de 'wortels' en 'gevoelsstructuren' van mijn onbewuste subjectiviteit. Ik zal zeggen waarom.

In de eerste plaats heb ik een concreet bewijs, en wat voor een bewijs! De 'discipelen' die me het meest nabij stonden, mijn studenten van de Ecole normale, hebben onder de opmerkelijke leiding van Robert Linhart (ik spreek niet over Régis Debray, die al vroeg zijn eigen weg buiten de Partij volgde en aan de zijde van Che aan de guerrilla in Bolivia ging deelnemen), nadat ze van binnen uit de communistische jeugdorganisatie hadden veroverd, deze weer snel verlaten (zonder mijn instemming) om buiten de Partij een nieuwe organisatie op te richten, het Verbond van Communistische Marxistisch-Leninistische Jeugdbewegingen (UJCML). Dat verbond groeide snel, splitste zich in theoretische en politieke scholingsgroepen en ging tot massale actie over; met name vormden ze de basis van de meeste Vietnamcomités, die vóór mei '68 overal ontstonden. De Partij verloor haar greep op de studenten, waardoor in mei '68 zoals bekend slechts een handvol, echt maar een handjevol communistische studenten (vanzelfsprekend bleef Cathala in zijn werkkamer) meedeed aan het enorme oproer aan de Sorbonne.

Ook de jongens van het UJCML waren daar niet bij. Hoe kwam dat? Ze hadden gekozen voor een strikte 'lijn', die hun ondergang werd: ze gingen naar de fabriekspoorten in een poging de eenheid van werkstudenten en arbeiders tot stand te brengen. Het was echter niet aan linksradicale studenten maar aan de leden van de Partij om fabrieksarbeiders te vragen zich bij de studentenopstand in het *quartier latin* aan te sluiten. Dat was de fundamentele vergissing van Linhart en zijn kameraden. Op een enkele uitzondering na kwamen de arbeiders niet naar de Sorbonne, omdat de Partij, de enige die daartoe gezag had, het hun niet was komen vragen. Want het consigne was wellicht gegrond geweest als de Partij de 'links georiënteerde' opstand van de studentenmassa's niet had gewantrouwd als de pest en in plaats daarvan de gelegenheid had aangegrepen, het 'gelukzalige toeval' volgens een term van Machiavelli, om uit alle macht, haar eigen macht en die van haar organisaties (allereerst de CGT, die haar sinds de scheuring van 1948 altijd trouw is gebleven), een krachtige massabeweging te ontketenen die in staat was om niet alleen de arbeidersklasse in beweging te krijgen, maar ook brede lagen van de kleine burgerij, en die met volharding en vastberadenheid objectief gezien de weg naar een machtsovername en een revolutionaire politiek had kunnen openen. Het is wellicht niet bekend, maar ten tijde van de Dreyfus-affaire, die nooit op openlijke volksopstanden of barricades is uitgelopen, schreef Lenin dat de onrust in Frankrijk de weg had kunnen openen naar een ware revolutie, als de arbeiderspartij zich niet reeds verre van de gebeurtenissen had gehouden, aangezien Guesde, verblind door het 'klasse tegen klasse', oordeelde dat de Dreyfus-affaire een louter 'burgerlijke' aangelegenheid was, zonder enig belang voor de strijd van de arbeidersklasse. Overigens speelde mei '68 alleen in Parijs, althans buiten de hoofdstad was men er niet in dezelfde mate bij betrokken. Kun je alleen in de hoofdstad (zes miljoen inwoners) revolutie maken, in een land met zestig miljoen inwoners?

In mei-juni 1968 meenden vele arbeiders in vele fabrieken dat de revolutie op komst was; het wachten was slechts op het consigne van de Partij. Het is bekend wat ervan terechtkwam. Zoals altijd liep de Partij vele mijlen achter, ze was doodsbang voor de massabewegingen, beriep zich op het feit dat ze in handen van links-radicalen waren (maar wiens schuld was dat?) en deed al het mogelijke om tijdens de hevige gevechten een ontmoeting te verhinderen tussen studenteneenheden en geestdriftige arbeidersmassa's, die toen aan de langste massale staking in de wereldgeschiedenis bezig waren. De Partij ging zelfs zover gescheiden demonstraties te organiseren. In feite *organiseerde* zij de nederlaag van de massabeweging door de CGT te dwingen (gezien de organisatorische banden was er van dwang nauwelijks sprake) vreedzaam aan de onderhandelingstafel plaats te nemen en door, toen de arbeiders van Renault het daar niet mee eens waren, enige tijd later opnieuw te beginnen; door ook ieder contact met Mendès-France in Charléty te weigeren op een moment dat het gaullistische bewind vrijwel niet meer functioneerde, de ministers hun ministeries in de steek hadden gelaten, de bourgeoisie uit de grote steden naar het buitenland vluchtte met medenemen van haar bezittingen. Een simpel voorbeeld: in Italië konden de Fransen hun franken niet in lires omwisselen, de frank werd niet meer geaccepteerd en *was niets meer waard*. Lenin heeft vaak gezegd dat, wanneer de tegenstander van oordeel is dat de strijd definitief voor hem verloren is, wanneer boven niets meer telt en beneden de massa's tot de aanval overgaan, dat op dat moment de revolutie

niet alleen 'aanstaande' is, maar dat de situatie werkelijk *revolutionair* is.
Uit angst voor de massa's, bang de greep erop te verliezen (deze obsessie om voorrang aan de organisatie boven de volksbewegingen te geven is nog steeds actueel); waarschijnlijk ook om zich te conformeren aan de beduchtheid van de Sovjetunie (hiertoe waren echt geen duidelijke instructies nodig!), die in haar wereldwijde strategie aan de geruststellende behoudendheid van De Gaulle de voorkeur gaf boven een onvoorspelbare revolutionaire massabeweging die als voorwendsel kon dienen (dat was bepaald niet denkbeeldig) voor een politieke of zelfs militaire interventie van de Verenigde Staten, een dreigend gevaar waaraan de Sovjetunie niet in staat was het hoofd te bieden, stelde de Partij al het mogelijke in het werk, en de ervaring wees uit dat haar organisatorische kracht en haar politieke en ideologische leiderschap destijds geen holle woorden waren, om de volksbeweging te breken en in de banen van gewone loononderhandelingen te leiden. 'Het actuele moment' (Lenin), 'de gelegenheid die je te baat moet nemen' (Machiavelli, Lenin, Trotski, Mao), en die niet langer dan enkele uren kan duren, was voorbij en daarmee was de kans verspeeld om de loop der geschiedenis in een revolutionaire bedding te leiden. De Gaulle, die heel goed wist wat politiek is, ensceneerde eerst zijn verdwijning, dook toen weer op, sprak ernstig en plechtig een paar woorden op de televisie, besloot de volksvertegenwoordiging te ontbinden en schreef nieuwe verkiezingen uit. Na de fantastische betoging op de Champs-Elysées vermande alles zich wat Frankrijk telt aan grote en kleine burgers, conservatieve en reactionaire boeren, en God weet voor hoelang! Het was afgelopen. De felle strijd van de studenten en de lange staking van de arbeiders, die nog maanden doorging, liepen geleidelijk uit op een nederlaag en een langdurige, smartelijke terugtocht. De bourgeoisie nam gruwelijk wraak. Wat bleef waren de overeenkomsten van Grenelle (een unieke vooruitgang op sociaal gebied), maar ze werden betaald met een sinds de dagen van de Commune ongekende revolutionaire nederlaag. Vooral door toedoen van een behoudzuchtig partijapparaat, dat geconfronteerd werd met een spontane massa, liep de volksbeweging op een complete mislukking uit. Dit keer (voor het eerst in de geschiedenis van de volksbewegingen in Frankrijk) bijna zonder bloedvergieten, er werden wel veel studenten afgetuigd, maar niet gedood (één student verdronk in Flins, twee arbeiders werden

doodgeschoten in Belfort en enkele anderen elders). Er was niets anders nodig dan het 'vredelievende' effect van de burgerlijke kapitalistisch-imperialistische hegemonie, met haar reusachtige staatsapparaat, haar ideologische media-apparaten en de figuur van de 'Vader-des-vaderlands' die iedere eventualiteit de baas is—het ernstige gezicht en de plechtige stem van De Gaulle hadden een theatraal politiek effect en stelden de bourgeoisie gerust. Maar wanneer een opstand eindigt met een nederlaag zonder dat er bloed is gevloeid van de arbeiders, die geen martelaren te betreuren en te herdenken hebben, dan mag je zeggen dat dat niet per se een goed teken is voor de arbeidersklasse. De links-radicalen hadden er kaas van gegeten en meenden hun weinige doden te kunnen 'uitbaten', zoals de ongelukkige Overney. Ik weet nog wat ik overal rondbazuinde op de dag van de ongekend aangrijpende begrafenis van deze ongelukkige strijder voor *La Cause du peuple* (twee miljoen zwijgende mensen op de been, de Partij en de CGT afwezig): 'Vandaag wordt niet Overney begraven, maar het links-radicalisme.' Het vervolg bewees al heel snel dat ik juist had geoordeeld.

Dit eenvoudige feit stelt me in de gelegenheid een ander argument aan te snijden. Behalve dat het wel van een heel eigenaardige opvatting van persoonlijk-ideologische en historische determinatie blijk geeft om een individu, zijn werk en eventuele invloed in staat te achten vele jonge studenten en intellectuelen (de enigen om wie het gaat) tot een beslissende politieke keuze en, doorgeredeneerd, tot massale slachtingen aan te zetten—Glucksmann zou die opvatting op een buitensporige wijze verkondigen—moet men begrijpen wat het voor jonge mensen uit de burgerij kon betekenen om ervaring op te doen met het bestaan, de organisatie, de praktijk en de economische en ideologische politiek van de Partij. Later heb ik over haar functioneren uitleg gegeven. Buiten de Partij, zonder een lange ervaring met de praktijken van de Partij, kun je je geen goede voorstelling van de Partij maken, en anticommunistische boeken verschaffen geen enkele opheldering. Zoals de boeken van Philippe Robrieux, die ten tijde van de Communale Raad de meest stalinistische leider van allemaal was en zelfs in mijn cel de vreselijke veroordelingen van de Communale Raad kwam oprakelen. Zulke boeken roepen hoogstens bij hen die het meemaakten bepaalde feiten *in herinnering* die zij al kenden of wel vermoedden. Niets weegt op tegen directe ervaring, en zij die het niet meemaakten maar de studies of eerder de nijdige schotschriften lezen van een bezeten journalist als Robrieux, die niet weet waarover hij moet schrijven, vergaren daarmee hoogstens een vage boekenwijsheid die geen sporen bij hen nalaat, als ze al niet om andere redenen sporen hebben opgelopen. Want wat kan zo'n geschrift anders aandragen dan wat sommigen reeds uit eigen ervaring wisten? Of wat anderen al lang gehoord hadden, zij het dan in de minder nauwkeurige vorm van de gigantische anticommunistische campagne, eerst gevoerd met hulp van Solzjenitsyn en tegenwoordig met die van Montand, die de burgerlijke ideologie van ons land al heel lang overheerst en zich nu overal verspreidt. Bovendien had je in de jaren vijftig ter linkerzijde alleen de Partij en de CGT, de enige krachten die werkelijk indruk maakten, daar 'moest je het mee doen', en in hun soort waren ze *volstrekt onvervangbaar*.

Indien ik enige 'invloed' heb gehad, zoals Rancière schrijft in dat pamflet dat ik met veel genoegen heb gelezen, want in wezen was het fatsoenlijk en volkomen oprecht, en van een zeker theoretisch en politiek niveau (van niet meer dan een zeker niveau), wat kon die invloed dan anders inhouden dan dat ik meerdere (of vele, maar hoe kom je daarachter?) mensen heb uitgenodigd de Partij niet dadelijk te verlaten maar erin te blijven? Ik ben van mening dat geen andere organisatie in Frankrijk, ik herhaal: geen andere organisatie in Frankrijk, destijds aan oprecht actieve leden een praktische scholing en politieke ervaring te bieden had die vergelijkbaar waren met de scholing en ervaring die een langdurige, actieve aanwezigheid in de Partij kon verschaffen. Ik beweer niet dat ik dat toen besefte, of dat ik geen andere persoonlijke gronden had om in de Partij te blijven (daarover heb ik uitvoerig gesproken, nu wil ik het hebben over volkomen objectieve gevolgen en feiten). Ik beweer niet dat ik even scherpzinnig als Rancière of anderen (wier drijfveren zelden even zuiver waren) ben geweest. Maar het is een feit dat ik deze positie heb ingenomen. Nooit heb ik iets geschreven, noch in het publieke of privé-leven stelling genomen, om wie dan ook ervan te overtuigen in de Partij te blijven, noch hen die de Partij verlieten of wilden verlaten gelaakt of veroordeeld. Laat ieder in alle oprechtheid een beslissing nemen, dat was mijn gedragslijn. Wellicht had ik slechte persoonlijke redenen om te blijven of niet genoeg goede redenen om eruit te gaan. Het is een feit dat ik gebleven ben, maar al mijn geschriften getuigden ervan dat ik een afwijkende opvatting had met betrekking tot bepaalde fundamentele kwesties, zowel filosofische als politieke en ideologische, zowel betreffende de partijlijn (zie *Sur le XXIe Congrès*) als over praktische principes van organisatie en de onzinnige praktijken van de Partij. En ik was de enige, ik benadruk *de enige die het binnen de Partij openlijk zei* en die intern oppositie voerde. Het moest gedaan worden en ik deed het! De partijleiding verdacht me er niet ten onrechte van dat ik van binnen uit de partijlijn in maoïstische richting wilde ombuigen. Daar waren ze behoorlijk bang voor! Ik was stellig een 'mythe', maar een mythe die hen zo bevreesd maakte dat ze in het landelijke bestuur van de UEC een student van de Ecole normale zetten alsook een studente van de Ecole normale van Sèvres, die hen rechtstreeks—meenden ze—over mijn bedoelingen en bezigheden konden inlichten! Vanzelfsprekend rijst de vraag: waarom?

Maar dat is niet de belangrijkste vraag. We moeten niet alleen naar Frankrijk kijken. Of ik dat nu leuk vond of niet, ik werd ook in het buitenland gelezen, in een heel andere context! Hoeveel filosofen, politieke denkers en ideologen (neem me niet kwalijk) beriepen zich niet op mij en probeerden min of meer maoïstische wegen in te slaan die door mijn kritische geschriften waren gebaand. Een voorbeeld. Een van mijn studentes, Marta Harnecker, een Chileense die tussen 1960 en 1965 in Parijs verbleef, als mijn geheugen me niet in de steek laat, keerde naar Latijns-Amerika (Cuba) terug en schreef een handboekje over het historisch materialisme. Daarvan werden tien miljoen exemplaren gedrukt. Het was niet erg goed, maar vormde bij gebrek aan beter toch de enige theoretische en politieke grondslag voor de scholing van honderdduizenden, zo niet tientallen miljoenen Latijns-Amerikanen, want destijds was het werk enig in zijn soort op het continent. Het was een letterlijke overname van de ideeën die Balibar en ik in *Lire 'Le Capital'* hadden uiteengezet, ook al waren ze vaak slecht begrepen! Wanneer je de invloed van een individu en zijn werk op en in de Partij wilt onderzoeken, moet je niet alleen nagaan wat er in het politiek onbeduidende Frankrijk gebeurt, maar ook in de rest van de wereld. De Latijns-Amerikanen wisten natuurlijk dat ik lid van de Partij was, maar ze wisten ook dat ik een sterke voorkeur voor het maoïsme had. (Mao had me zelfs voor een gesprek uitgenodigd, maar wegens de 'politieke situatie' in Frankrijk schoot ik de grootste bok van mijn leven en ik ging er niet heen uit vrees voor de politieke reactie van de Partij. Maar wat had de Partij in feite tegen me kunnen ondernemen, gesteld dat mijn ontmoeting met Mao officieel bekend zou zijn gemaakt? Zo'n 'belangrijk figuur' was ik nu ook weer niet!)

Had het onderscheid tussen buiten en binnen in deze omstandigheden nog enige zin? Alleen als je je tot Frankrijk beperkt, een ingekankerde gewoonte van ons oude provincialisme. Dat wil zeggen een onvoorstelbare pretentie van de Fransen, verankerd in een te lange geschiedenis van culturele overheersing, die op haar einde loopt...

Ik was me van al deze dingen althans duidelijk bewust. Toen ik in de Partij bleef, meende ik (ik erken dat dit een nogal megalomaan denkbeeld was) door openlijk oppositie te voeren (de enige coherente en serieuze oppositie die werd gevoerd en die de overgrote meerderheid van de andere opposanten, die geen oppositie uit principe voerde maar protesteerde uit *ontevredenheid*, me nooit of te nimmer vergeven heeft en me ook nooit in der eeuwigheid vergeven zal, zelfs niet na lezing van dit boekje); meende ik dus het formele bewijs te kunnen leveren dat oppositie voeren binnen de Partij, op een theoretisch en politiek gezien serieuze grondslag, mogelijk was, en dus dat een verandering van de Partij op lange termijn wellicht ook mogelijk was. En omdat ik nauw contact bleef onderhouden met alle voormalige communisten die ik kende (die uit de Partij gezet of gegaan waren na de Russische inval in Hongarije in 1956 of na de inval in Tsjechoslowakije in 1968—toen ik van nabij meemaakte welke wanhopige en dramatische pogingen Waldeck Rochet ondernam en hoe hij met een schop onder zijn kont de deur van de Russische ambassade werd uitgegooid, een wrede beproeving die de arme drommel nooit te boven is gekomen—en zoveel andere uitgestoten prominenten die goede vrienden van me zijn geworden, zoals Tillon); omdat ik ook nauw contact onderhield met alle uiterst linkse groepen, waar menig oud-student van me lid van was, en zelfs met sommige trotskisten, die me het leven toch nooit gemakkelijk hebben gemaakt, terwijl ik Trotski nooit had aangevallen, juist een diep ontzag voor hem had (ondanks zijn militaire belegeringspsychose en zijn merkwaardige gewoonte steeds afwezig te zijn op de beslissende momenten en plaatsen van de sovjetgeschiedenis); omdat al deze mensen wisten wat ik dacht, zei en schreef (want ik verheelde niemand mijn mening—alleen Hélène vroeg me wat ik deed in een partij die in '68 de arbeidersklasse had 'verraden', en ze had volkomen gelijk), wist iedereen waar hij aan toe was met mij, mijn meningen, mijn standpunten en de 'strategie' van mijn doen en laten. Mag ik bij wijze van voorbeeld in herinnering brengen dat ik na het drama van de Communale Raad wel wat andere redenen dan Rancière had om de Partij te verlaten? Dat, toen ik op de place de la Bastille kritiek leverde op het feit dat de dictatuur van het proletariaat was opgegeven, tot mijn verbazing de journalist van *l'Humanité*, die mijn heftige 'uitval' had gehoord ('je laat een begrip niet als een hond creperen'), ter plaatse in gezelschap van Lucien Sève zijn verslag schreef dat hij me liet lezen (ik had er niets op aan te merken) en dat de krant de volgende dag ongewijzigd publiceerde?

De enigen die zich mogelijk vergisten waren zij die me slechts oppervlakkig kenden, die niet met uitgestotenen of andere links-radicalen omgingen of me alleen via hen kenden. En inderdaad verweet *geen* van de voormalige kameraden die op kritieke momenten uit de Partij waren gezet of gegaan me *ooit* dat ik erin bleef. De enige die het me publiekelijk heeft verweten was Rancière en zijn stellingname werd door vele ex-communisten en links-radicalen onder mijn vrienden tegenover mij ronduit betreurd.

Voor mij was immers het belangrijkste, en ik herhaal dat ik dat destijds niet duidelijk inzag maar om zo te zeggen instinctief besefte—zo ging ik vaak te werk—dat deelname aan de Partij, mits je geen volledig van de buitenwereld afgesneden bezoldigd bestuurder was, de actieve leden destijds een uitzonderlijke ervaring en vooral een unieke politieke scholing verschafte. In de eerste plaats leerde je de Partij van binnen uit kennen, je kon haar op haar daden beoordelen en die naast haar organisatiestructuur, bestuursvorm en vaak schaamteloze dwang zetten: kortom, je kon haar daden aan haar beginselen toetsen. Het is wellicht niet bekend, maar het kwam vaak voor dat de Partij in een verkiezingsstrijd, onlangs nog in Antony, maar dat is bepaald niet het enige voorbeeld, een lid van de CGT of zelfs van de Partij, mits weinig bekend bij de plaatselijke bevolking, aanspoorde om zich kandidaat te stellen, om zich als kandidaat van *extreem rechts* te presenteren ten einde extreem rechts de voet dwars te zetten en tijdens de stemming te verdelen? Weet men wel dat 'overmatige kiezersbeïnvloeding' schering en inslag was in door de Partij bestuurde gemeenten? De anderen deden het net zo goed in hun gemeenten. (Jean-Baptiste Doumeng, die ik tweemaal ontmoette—hij wilde dat ik hem Gramsci uitlegde—van oudsher stalinist en slaafse volgeling van de Sovjetunie, was zakenman en ongetwijfeld miljardair, maar hij hield zich nauwkeurig aan alle wetten, zonodig door ze te ontduiken en de fiscus te bedotten, zoals iedere rechtgeaarde zakenman! De arme Doumeng was het mikpunt van *Libération* en *Le Canard*, maar hij wist wat hij deed en trok zich geen zier aan van de 'achterbakse' critici: 'Ik heb een gerust geweten,' zei hij en dat was wel honderdmaal meer waard dan alle armzalige kritiek van die muggezifters!) En dan heb ik het niet eens over de praktijken die de gemeenten toepasten, de zogenaamde stadsontwikkelingskantoren en handelsmaatschappijen die een enorm percentage van de winst in de kas van de Partij stortten—dat de andere partijen het stilzwijgen bewaarden over al deze min of meer verdachte zaken, komt doordat ook zij, wellicht op kleinere schaal en met minder risico (zij hadden de staat in handen), hetzelfde gekonkel bedreven.

Als je actief was in de Partij, kon je je dus een heel reëel beeld vormen van haar praktijken en van de duidelijke tegenspraak tussen haar praktijken en haar theoretische en ideologische principes. Dat heb ik in 1978 allemaal aan Marchais uiteengezet, die natuurlijk geen kik gaf. Wat had hij kunnen zeggen? Hij was de eerste die er 'lucht' van had.

Maar behalve inzicht in de Partij, haar krachten en haar functioneren (in 1978 stelde ik in *Le Monde*, en in een boekje dat tegenwoordig onvindbaar is, de censusverkiezingen in vier ronden voor het partijcongres aan de kaak), kon je ook een concreet beeld krijgen van de complexiteit van de in de Partij en de CGT georganiseerde arbeidersklasse. En vooral in de Partij 'georganiseerd', want tot je stomme verbazing kon je ontdekken dat de voorhoede van deze gestaalde kaders die de Partij onvoorwaardelijk steunde, lang na het XXste Congres van de CPSU en het XXIIste Congres van de PCF, nog steeds verbeten achter de Sovjetunie stond, achter haar interventies in Hongarije en Tsjechoslowakije en later in Afghanistan! Je kon ontdekken dat deze kaders en de Partij zelf volledig vervreemd waren van de categorieën arbeiders die lid waren van FO of van de CFDT, vervreemd van de ongeorganiseerde arbeiders en immigranten (de bulldozer van Vitry), van beambten, leidinggevend personeel, intellectuelen en kleine luiden van allerlei slag, die de Partij in speciale organisaties bijeen probeerde te brengen volgens de officiële richtlijnen van de eenheid van links. Hetzelfde gold voor de katholieken, met wie ze zich veel bezighield, met al die theologen, priesters en monniken die bereid waren alle petities en oproepen om communistisch te stemmen te ondertekenen (ikzelf heb altijd beslist geweigerd om een stemadvies te geven en verder heb ik bijna nooit een petitie ondertekend). De motieven van de katholieken werden in werkelijkheid door de partijfunctionarissen (Garaudy, later Mury, daarna Casanova) geminacht en hun reacties werden niet begrepen, zelfs al waren ze de Partij publiekelijk welgezind, enzovoort. Dus niet alleen ervaring met de praktijk van de Partij als bondgenoot van 'verwante' categorieën, maar tegelijk met deze categorieën zelf. Je had daarbij het voordeel een kritische vergelijking te kunnen maken tussen enerzijds het officiële beeld dat de Partij, verschanst in haar Parijse hoofdkwartier vanwaaruit de afdelingen door leden van het Centraal Comité en het Politbureau nauwlettend in de gaten werden gehouden, van zichzelf wilde geven en anderzijds in schrille tegenstelling daarmee de ideologische realiteit, de houdingen en gedragingen van deze categorieën! En ik heb het niet eens over de boeren, van wie de Partij, ondanks de haar toegewijde Modef, nooit iets wilde begrijpen. (Op dit gebied had Hélène vergaande concrete ervaring; ze had onderzoek ter plaatse verricht naar het tracé van autosnelwegen en andere projecten, waardoor ze op haar werk bekendheid had gekregen, en slecht stond aangeschreven bij de landbouwcommissie van de Partij.)

Is er een andere partij, zelfs de PSU, de Communistische Liga of de links-radicale splintergroepjes, die haar leden evenveel maatschappelijke, politieke en ideologische ervaring met de klassenstrijd had kunnen verschaffen als actieve leden door een korter of langer verblijf in de Partij opdeden? Het antwoord is duidelijk. Maar het analyseren en sturen van de maatschappelijke betrekkingen betekende natuurlijk dat de Partij moest breken met iedere beweging die vooral gericht was op zaken als het verbeteren van de lonen, en dat ze het *produktieproces* aanvatte. Maar dat gebeurde alleen buiten de Partij, in de vorm van het onzinnige arbeiderszelfbestuur! En ook al waren er bepaalde personen, zoals Souvarine en Castoriadis, die op heel wat punten nauwkeurige gegevens en juiste denkbeelden aandroegen, maar die aan hun lot werden overgelaten en geen enkel *organisch* (deze term van Gramsci is in dit verband cruciaal) contact met het actieve volksdeel binnen of buiten strijdbare organisaties hadden—die kritische studies publiceerden en soms (hoewel hoogst zelden) zelfs perspectieven schetsten met het oog op de organisatie, praktijk en strijd van deze 'volksbewegingen' (die mijn vriend Alain Touraine na aan het hart liggen; op dit gebied was hij theoretisch en politiek gezien erg verdienstelijk), wat voor invloed konden deze van de arbeidende massa's geïsoleerde individuen uitoefenen? En we moeten een duidelijk verschil maken tussen degenen die de Partij teleurgesteld en verbitterd *hebben verlaten* omdat hun ervaring hen afkerig van de Partij had gemaakt, en degenen die onder invloed van vage ideologische geruchten al sinds mensenheugenis teleurgesteld, verbitterd en twistziek zijn, zonder ooit lid van de Partij te zijn geweest. Iemand die verbitterd is omdat hij persoonlijk en concreet ervaring heeft opgedaan met de praktijken van de Partij, met de onverdedigbare tegenspraak tussen haar officiële principes en haar daadwerkelijk gedrag, die weet voldoende om als hij dat wil *na te denken over de oorzaken van zijn teleurstelling*, want die weet waarover hij het heeft. Ik geloof dat ik tot de laatsten behoor, zoals allen die uit de Partij zijn gestoten of haar na vaak weerzinwekkende of ook op persoonlijk vlak vreselijke ervaringen hebben verlaten (gelukkig zijn deze gevallen in Frankrijk zeldzaam, maar denk eens aan Marty en Tillon!). Dus nadenken en met kennis van zaken, vergelijkenderwijs, een persoonlijke 'gedragslijn' vaststellen. Iemand die verbitterd is vóór enige ervaring in de Partij, en zonder enige ervaring van de Partij te hebben opgedaan, is niet teleurgesteld en verbitterd uit ervaring, maar uit ontevredenheid. Zo iemand denkt alleen na in de comfortabele rust van zijn eigen geweten, opgesmukt met de door figuren als Glucksmann en B.-H. Lévy opgeblazen verschrikkingen van de Goelag... Waar denkt hij dan over na? Over de vage ideologie die hij in zich ronddraagt, een ideologie die van buiten komt, van een handvol protesterende sovjets die volledig van hun volk zijn afgesneden, een ideologie die hij zonder de minste kritiek als een gegeven accepteert en die hem belet werkelijk na te denken over de politiek zowel van de Partij als van iedere organisatie of niet-georganiseerde massabeweging, zelfs al is zo'n beweging legitiem en gegrond.

Dit moet ik wel als de belangrijkste reden zien van de opzienbarende mislukking van de aan mei '68 ontsproten links-radicalen in Frankrijk en Italië, maar vooral in Duitsland en Italië, waar het links-radicalisme verviel tot een afschuwelijke politiek van aanslagen, die wellicht iets met Blanqui te maken had, maar ook en vooral met verborgen en destijds onvoorstelbare internationale manipulaties van geheime diensten; daar begint nu pas iets van zichtbaar te worden. Amerikaanse, Russische, Palestijnse en Israëlische geheime agenten vonden elkaar toen op hetzelfde terrein met dezelfde praktijken, dat wil zeggen een zo op het oog onzinnige politiek van ondermijning, waarvan echter de resultaten (vooral 'destabilisering' en politieke verlamming van de bij een organisatie aangesloten onderdrukte klassen, die aan het volle licht van wet en recht zijn blootgesteld) bepaald niet te verwaarlozen zijn. Maar je treft ze geenszins aan waar je ze meende te vinden, zonder ze ooit serieus gezocht te hebben: destabilisering van een bepaald deel van de wereld om de weg vrij te maken voor uitzichtloze revoluties van marxistisch-leninistische en zelfs maoïstische snit (Cambodja, het Lichtend Pad in Peru) of voor onverhulde dictaturen waar namens het Amerikaanse imperialisme wordt gefolterd. Door zich van de Partij te vervreemden—die hen overigens verafschuwde, ik wil de Partij in het geheel niet verontschuldigen—beroofden de 'links-radicalen' zichzelf van het enige *destijds* bestaande middel om *politieke* invloed uit te oefenen, dat wil zeggen om de loop der geschiedenis daadwerkelijk te beïnvloeden. Destijds ging dat via de strijd binnen de Partij; vandaag de dag liggen de zaken natuurlijk anders.

Dit was wat ik in grote lijnen wilde zeggen over de 'effecten' van mijn langdurige aanwezigheid in de Partij en de schijnbare tegenspraak daarvan. De op het eerste gezicht respectabele argumenten van Rancière en zijn vrienden lijken me bij nader onderzoek nogal lichtvaardig. Ik geloof dat ik in uiterst moeilijke omstandigheden goed- of kwaadschiks niet het partijapparaat gediend heb, dat ik evenmin als Hélène kon uitstaan, maar het communisme; niet de idee van een communisme dat zich richt naar het verfoeilijke voorbeeld van het 'werkelijke socialisme' en de ontaarding daarvan in de Sovjetunie, maar de idee en de hoop van hen die, in Frankrijk en zelfs in de wereld (dat is een feit en bepaald geen hypomanische hersenschim), wilden en nog willen denken aan de komst—eens, maar wanneer?—van een van marktverhoudingen bevrijde samenleving. Want ik herhaal, dit is mijn korte en bondige definitie van communisme: een van alle marktverhoudingen ontdane mensengemeenschap.

Nu liggen de zaken heel anders. Hélène had al heel lang gelijk: de

Partij heeft zo niet op directe, dan toch op indirecte wijze 'de arbeidersklasse verraden', de klasse waarop ze zich beriep. Nadat ik in 1980 Hélène van het leven heb beroofd, heb ik mijn lidmaatschap niet meer verlengd. In die smartelijke periode hebben de Partij en *l'Humanité* me heel fatsoenlijk behandeld. Juridisch gezien kon ik geen enkel initiatief nemen en ik wilde de Partij niet opschepen met een gevaarlijke 'moordenaar', die haar beslist als een smet zou zijn verweten.

Ik zou nog nader kunnen ingaan op de subjectieve redenen van de (voor mij) uitzonderlijke 'ontmoeting' met Machiavelli, Hobbes, Spinoza en Rousseau. Maar dat doe ik liever in een ander boekje.*

Hier zou ik alleen willen opmerken dat het belangrijkste wat ik van Spinoza heb geleerd de aard is van de 'kennis van de derde soort', zowel specifiek als universeel. Daarvan geeft Spinoza ons een opmerkelijk en vaak miskend voorbeeld uit de specifieke geschiedenis van een specifiek volk, het joodse volk (in het *Theologisch-politiek traktaat*). Dat mijn 'geval' een dergelijk geval was, zoals elk 'medisch', 'historisch' of 'psychoanalytisch' geval, noopt ertoe het in zijn specificiteit te erkennen en te behandelen. Dat dit specifieke geval ook universeel is, blijkt uit de steeds terugkerende constanten (en niet uit Poppers verifieerbare-falsificeerbare wetten) die bij elk geval te voorschijn treden en die het mogelijk maken er een theoretische en praktische behandeling voor andere afzonderlijke gevallen uit af te leiden. Machiavelli en Marx gaan niet anders te werk, met een logica die nagenoeg onopgemerkt is gebleven en nader bestudeerd moet worden.

Wat ik ook regelrecht aan Spinoza te danken heb, is zijn verbluffende opvatting van het lichaam, dat 'ons onbekende vermogens' bezit, en van de *mens* (geest), die vrijer is naarmate het lichaam zijn *conatus*, zijn *virtus* of *fortitudo* ontwikkelt. Zo gaf Spinoza me een idee van het denken als denken van het lichaam, of liever gezegd denken met het lichaam, of nog beter het gedachte lichaam. Deze intuïtie sloot aan bij mijn eigen ervaring van toeëigening en 'reconstructie' van mijn lichaam, en hield rechtstreeks verband met de ontwikkeling van mijn denken en intellectuele belangstelling.

---

* De auteur verwijst naar een voorgenomen werk dat niet zijn beslag heeft gekregen, *De ware materialistische traditie*, waarvan in de Inleiding van dit boek gewag wordt gemaakt (noot van de bezorgers).

Aan Machiavelli heb ik iets heel verrassends te danken, namelijk de grensidee dat gelukkig toeval in wezen niets anders dan leegte is en bij uitstek de inwendige leegte van de Vorst, waarmee in het evenwichtsspel van zijn hartstochten de vos de hoofdrol krijgt toebedeeld. Dat maakt het mogelijk tussen de Vorst als subject en zijn hartstochten een ruimte te scheppen waarin het zijn als niet-zijn en het niet-zijn als zijn moeten kunnen verschijnen. Dit verrassende denkbeeld sluit, expliciet geformuleerd, aan bij de belangrijkste psychoanalytische ervaring, het afstand nemen van je eigen hartstochten, of nauwkeuriger uitgedrukt, van je tegenoverdracht. Wat ik bij Spinoza en Machiavelli las, had ik zelf concreet meegemaakt en daarom stelde ik er waarschijnlijk zo'n belang in het bij hen 'tegen te komen'. Want wat deed Machiavelli, lang voor Tsjernisjevski en Lenin, eigenlijk anders dan het probleem en de vraag opwerpen: wat te doen? En wat deed Machiavelli anders dan ons reeds op het uiterst belangrijke feit wijzen dat de politieke partijen, waaronder de PCF, in de gedaante van de Vorst noodzakelijk deel uitmaken van het ideologische staatsapparaat, van het politiek-ideologische grondwettelijk-parlementaire apparaat, met alle gevolgen van dien voor de ideologische scholing van de volksmassa's, die stemmen en mede door toedoen van de Partij aan het algemeen kiesrecht 'geloven'? Natuurlijk heeft Machiavelli geen weet van het algemeen kiesrecht, maar wel van het ideologische staatsapparaat van zijn tijd, dat uit het publieke beeld van de persoon van de Vorst bij het volk bestaat. Slechts een gering verschil, maar een aandachtige bestudering daarvan is ook heel leerzaam voor onze politieke partijen, met name voor de communistische partijen, die, zoals Gramsci duidelijk heeft ingezien, naar ideologische hegemonie streven, de toegangsweg tot een rechtstreekse verovering van het staatsapparaat—niet via een omsingeling door de zogenaamde 'burgerlijke samenleving', maar door een directe politieke strijd van de politieke arbeidersorganisaties tegen het staatsapparaat zelf.

XX

Het jaar 1979-1980 zette gunstig in. Tussen oktober en december bood ik met succes weerstand aan een beginnende depressie, die ik zelfstandig, zonder opname, te boven kwam. Ondanks onze voortdurende twisten, die echter steeds door flinke perioden van vrede en eensgezindheid werden afgewisseld, ging het een stuk beter. Zeker wat Hélène betreft; haar gesprekken met mijn analyticus hadden tot voor ieder zichtbare resultaten geleid. Ze was veel geduldiger en minder bits, op haar werk had ze haar reacties veel beter onder controle en in haar eentje had ze er vrienden gemaakt, die respect voor haar hadden en haar werkelijk graag mochten. Zij beschouwden haar als een uitzonderlijke persoonlijkheid, die door haar ervaring en intelligentie sociale, politieke en ideologische praktijken had veranderd en zelfs sociologische onderzoekmethoden, een specialiteit van de organisatie waar ze werkte. Ze had een originele methode voor veldonderzoek ontwikkeld, die onder haar collega's vele adepten had gemaakt. Niet langer 'toonde' alleen ik haar aan mijn vrienden, ook nodigde zij mij bij haar vrienden uit. Toen ze met pensioen ging (om plaats te maken voor jonge mensen), zette ze heel dapper een onbezoldigde bezigheid voor zichzelf op touw, veldonderzoek in Fos-sur-Mer, waar ze eens in de twee weken heen ging. Een verrassend resultaat. Ze kreeg zelfs sympathie voor mijn vriendinnen, voor Franca bijvoorbeeld; op eigen initiatief ging Hélène alleen naar Italië toen Franca ernstig ziek geworden was. Toen haar schoonzus Giovanna zwaar gedeprimeerd was, organiseerde ze voor haar een reis naar Venetië, een stad die ze goed kende. Nog steeds spreekt Giovanna geroerd over dat edelmoedige initiatief. Ze hield veel van Hélène, zoals allen die enige moeite hadden gedaan om haar te leren kennen, maar ze had zich nooit kunnen voorstellen dat ze zo fijngevoelig en attent kon zijn. Zo zou ik nog vele voorbeelden kunnen geven.

Ook met mij ging het beter. Wel kostte het lesgeven me steeds meer moeite, zonder dat ik goed wist waarom; lange tijd bleef ik het hardnekkig volhouden, maar zonder veel resultaat. Ik beperkte me tot het corrigeren van scripties en verslagen van studenten, die ik onder vier ogen van commentaar voorzag, en tot enkele bijdragen op het gebied van de geschiedenis van de filosofie. De betrekkingen met mijn vriendinnen waren echter grondig veranderd.

Ik denk aan een van hen, die ik sinds 1969 kende. Aanvankelijk verdacht ik haar ervan een grote liefde voor mij te koesteren, en reagerend volgens de regels van mijn beschermingstechniek begon ik zowel het initiatief te nemen als me vervolgens fel te verdedigen. Ze was flink, maar uiterst gevoelig, gespannen en in staat heftig te reageren, daarom was onze relatie lange tijd stormachtig, ik geef graag toe vooral door mijn toedoen. Misschien boekte ik daarna in mijn analyse voldoende vooruitgang, of misschien werd mij duidelijk dat ze in werkelijkheid niet 'de hand op me wilde leggen' noch enig 'idee over mij' had; in ieder geval beschouwde ik haar weldra als een echte vriendin en hortend en stotend werden onze betrekkingen beter, ze waren nog niet zonder strubbelingen, maar veel minder heftig. Ze heeft me tijdens mijn langdurige opname (1980-1983) grote diensten bewezen, die niet al mijn vrienden in gelijke mate op prijs stelden (volgens hen, en ook volgens verscheidene verpleegsters, had ik veel krachtiger aangepakt moeten worden), en ze heeft me goed geholpen om verder te leven. Onze vriendschap is ons gemeenschappelijk goed geworden.

Bovendien had ik veel aandacht gekregen voor de wijze waarop ik met vrouwen contact legde. Het bewijs wilde—en vooral kon—ik mezelf leveren zo rond 1975, toen ik aan het slot van een boekenmarkt, terwijl bijna alle stands verlaten waren en de grote zaal nagenoeg uitgestorven was, een kleine donkerharige slanke vrouw zag met het fameuze profiel. Schuchter en bedeesd liep ze door de enorme lege zaal naar de stand waar ik was achtergebleven. Ze kocht een boek van me, we spraken met elkaar, als ik haar soms kon helpen bij haar studie zou ik dat beslist graag doen. Verder niets, geen woord of gebaar. Ik zou het mezelf ontzettend kwalijk hebben genomen, zo vastbesloten was ik niet in mijn oude zwakheden te vervallen; ik moest haar met het uiterste respect behandelen en haar eigen ritme in acht nemen. Wezenlijk hierin is dat ik op dit punt inderdaad mijn houding heb *kunnen* veranderen, een teken dat er iets belangrijks en zelfs iets beslissends bij me 'verschoven' was. Ze belde me op, ik ontmoette haar, er werd niets overhaast, wat van mijn kant een heel nieuwe houding was. Er begon een langdurige affaire tussen ons, twee mensen die elkaar langzaam maar zeker probeerden te vinden, zonder dat ik enige druk op haar uitoefende. Ik had het gevoel eindelijk te gaan begrijpen wat liefhebben betekent.

Hélène en ik waren zelfs echt gelukkig toen een van haar collega's (een zoon van René Diatkine, en econoom) ons uitnodigde met Kerstmis naar Grasse te komen, om in het huis te verblijven van een van zijn vrienden, Jean-Pierre Gayman (de zoon van de bewuste celsecretaris van 1939!). En met Pasen, toen we onze tweede en laatste reis naar Griekenland maakten. In Athene, waar het incident plaatsvond dat ik al verteld heb, huurde ik een auto en op de bonnefooi, zoals we graag deden, trokken we erop uit en ontdekten aan de noordoostelijke kust een schitterend strand met gekleurde stenen, hoge eucalyptusbomen en door weer en wind verweerde pijnbomen. Wat een gelukzaligheid!

We keerden terug naar Parijs, en toen begonnen de moeilijkheden zich op te stapelen, waarvan sommige geheel onvoorzien en onvoorzienbaar waren.

Op het gebied van mijn intellectuele initiatieven waren er geen problemen. Ik moet toegeven dat ik me in een fase bevond waarin alles me heel gemakkelijk afging en niets me weerstand bood. Ik dacht na over de enge grenzen waarbinnen we Marx en het marxisme bestudeerd hadden en uit mijn anti-theoricistische zelfkritiek wilde ik praktische conclusies trekken. Daarom stelde ik voor een onderzoeksgroep te vormen, niet om een gegeven sociale of politieke theorie te bestuderen, maar om op grote schaal vergelijkbare elementen te verzamelen op het gebied van de onzekere materiële betrekkingen tussen enerzijds de 'volksbewegingen', anderzijds de ideologieën die ze zich gegeven of toegeëigend hebben, en ook de overkoepelende theoretische leerstellingen. Het is dus duidelijk dat ik een onderzoek wilde instellen naar de concrete relatie tussen het *praktische* aspect van de volksbewegingen en hun (directe, indirecte, perverse?) band met de ideologieën en theoretische leerstellingen waaraan ze in de loop der geschiedenis gebonden zijn geweest of gebleven. Vanzelfsprekend zou naar aanleiding van de formatie of transformatie van ideologieën en theoretische leerstellingen ook het vraagstuk van de omvorming van deze bewegingen tot *organisaties* aan de orde gesteld moeten worden; deze vraag was er om zo te zeggen bij inbegrepen. Achter de afkorting CEMPIT (Centrum voor de Bestudering van Volksbewegingen, hun Ideologieën en Theoretische leerstellingen) ging dus een zeer omvangrijk project schuil, waar ik een actueel belang aan toekende voor het theoretisch onderzoek en zelfs voor het politieke leven. Ik wist de leiding van de Ecole normale voor mijn plan te winnen en kreeg van die kant een subsidie toegekend, terwijl ook het ministerie me een bijdrage beloofde. Ik verzekerde me van de steun van zo'n honderd historici, sociologen, politicologen, economen, epistemologen en filosofen uit alle stromingen en van alle markten thuis, en in maart 1980 belegde ik aan de Ecole normale de oprichtingsvergadering, waarna verschillende werkgroepen aan de slag gingen. Opzettelijk wilden we uiteenlopende 'gevallen' bestuderen als de arbeidersbeweging in het Westen, de islam, China, het christendom en de boeren, om indien mogelijk tot vergelijkbare resultaten te komen. We hielden meerdere bijeenkomsten en ik slaagde erin de medewerking te verkrijgen van specialisten afkomstig van buiten Parijs en zelfs uit het buitenland. Ik onderhield persoonlijk contact met drie vooraanstaande wetenschapsbeoefenaren uit de Sovjetunie, een historicus, een socioloog en een filosoof; de eerste bestudeerde de volksbewegingen in het Rusland van voor de Revolutie, de tweede de Afrikaanse godsdiensten en de derde de officiële en niet-officiële ideologieën in de Sovjetunie. Het project had vaart gekregen, tot beduchtheid van enkele goede vrienden, die meenden dat ik aan hypomanie leed en het ergste vreesden. Terwijl de werkgroepen volop in bedrijf waren, werd ik volkomen onverwachts geconfronteerd met een persoonlijk probleem dat er niet al te ernstig uitzag, maar dat ernstige gevolgen had.

Want eind 1979 begon ik een scherpe pijn in de slokdarm te voelen, en wat ik at kwam er meestal weer uit. Dokter Etienne, die weliswaar huisarts was, maar een opleiding tot maag/darm-arts had gevolgd, verrichtte een endoscopie, en gezien het zorgwekkende resultaat liet hij een röntgenfoto maken: een maagbreuk. Ik moest geopereerd worden, anders was op den duur een slokdarmontsteking te vrezen, waarvan de prognose vaak ongunstig is. Voor Pasen 1980 werd tweemaal een datum voor de operatie vastgelegd en tweemaal stelde ik de operatie uit; er had me een soort van duister voorgevoel bekropen en tegen ieder die het maar horen wilde zei ik dat 'de narcose alles in de war zou sturen'. Ten slotte zwichtte ik voor de aandrang van de artsen. Na onze gelukkige reis door Griekenland vond de operatie plaats in het 'Maison des gardiens de la paix' aan de boulevard Saint-Marcel. Tot het laatste moment werkte ik op mijn bed in het ziekenhuis hard aan de stukken van het CEMPIT die ik had meegenomen.

Technisch was de operatie geslaagd. Er werden me middelen voor een algehele anesthesie toegediend en toen ik bijkwam werd ik door een onbedwingbare angst bevangen (terwijl ik enige jaren daarvoor wegens een liesbreuk en een blindedarmontsteking twee keer onder narcose was gebracht zonder enig nadelig gevolg). Deze narcose en de erop volgende angst deden me langzamerhand in een nieuwe 'depressie' geraken, die voor het eerst niet meer een 'dubbelzinnige' en onzuivere neurose was, maar een volkomen klassieke acute depressie, waarvan de ernst mijn analyticus zeer verontrustte. Later zei hij me: 'Voor zover ik weet is dit de eerste keer dat u alle symptomen vertoont van een acute klassieke depressie, die bovendien ernstig en verontrustend is.'

Zo goed en zo kwaad als het ging sleepte ik me voort, de tijd, die eindeloos leek te duren, probeerde ik te 'verdrijven' en zoals altijd vocht ik met al mijn kracht en met de hulp van Hélène, van mijn analyticus en anderen tegen mijn angst en mijn verlangen in een beschermende kliniek te worden opgenomen. Maar dit keer was ik me er goed van bewust dat het anders was dan in het verleden.

Mijn toestand verslechterde voortdurend. En op 1 juni 1980 werd ik opnieuw in een kliniek opgenomen, maar dit keer in een kliniek bij het Parc-Montsouris (rue Daviel), en niet meer zoals eerst in Le Vésinet. De directeuren van de kliniek in Le Vésinet, het echtpaar Leullier, beiden psychiaters en oude vrienden van mijn analyticus, waren met pensioen gegaan en mijn analyticus kende hun opvolger niet. Maar dat was niet de belangrijkste reden voor hem; hij wilde Hélène het eindeloze gereis per metro besparen tussen de Ecole normale en Le Vésinet (ruim anderhalf uur, minstens drie uur voor de heen- en terugreis).

Bedenk wel in welke toestand Hélène zich bevond. Jarenlang ging ze al gebukt onder mijn depressies en mijn perioden van hypomanie. En nog veel zwaarder dan mijn depressies waren voor haar de eindeloze weken en maanden dat ik met een toenemende angst te kampen had en, alvorens me te laten opnemen, voortdurend een beroep op haar deed. Was ik opgenomen, dan leidde ze een eenzaam leven. Ze stelde zich dan alleen ten doel me te bezoeken, bijna elke dag. Daarna keerde ze terug in een leeg huis, alleen met haar angst. Maar wat op den duur een ondraaglijke beproeving voor haar werd, waren de telefoontjes van mijn talrijke vrienden en talloze kennissen, die onophoudelijk naar mij informeerden en omstandig vroegen hoe het met mij ging. Hélène moest onafgebroken hetzelfde herhalen, en het was vooral pijnlijk voor haar dat niemand naar haar informeerde, naar haar toestand en naar haar geestelijke nood. Enkele uitzonderingen daargelaten bestond ze voor al deze vrienden niet, was ze er niet meer. Al die telefoontjes gingen alleen over mij, nooit over haar. Er waren natuurlijk onderbrekingen, maar het duurde bijna dertig jaar en het was steeds hetzelfde liedje—ik weet niet wie dat op den duur had kunnen verstouwen. In ieder geval onderging zij het als een kwelling en bovendien als een ondraaglijk gebrek aan begrip, een onduldbaar onrecht dat haar werd aangedaan. Omdat ze wist dat ik telkens weer kon instorten, waren de onderbrekingen voor haar hoogstens een steeds terugkerend wachten op een terugval, vooral wanneer ik in een toestand van hypomanie verkeerde. Dan was ik werkelijk onuitstaanbaar, zo kwetsend, welhaast dodelijk voor haar was mijn niet-aflatend provocerende gedrag. Dat moest ze alleen doormaken en afgezien van een enkele uitzondering hield niemand van mijn vrienden daar naar het schijnt echt rekening mee, of dat nu uit onverschilligheid of onbeholpenheid was of om een andere reden. René Diatkine was tenminste zo attent geweest haar de dagelijkse vermoeienis van drie lange uren in de metro te besparen.

Van juni tot september verbleef ik onder erg moeilijke omstandigheden in de kliniek bij Montsouris. Er was weinig personeel, de mij onbekende arts was moeilijk te benaderen en als ik met hem sprak leek hij wel een vreemde; naast het gebouw een armzalig tuintje van zes vierkante meter zonder uitzicht. Kortom, een abrupte en traumatiserende verandering vergeleken met de 'weelde' en het gerief van Le Vésinet, waar een groot park lag, waar ik om zo te zeggen 'gewend' was en waar je verpleegsters en artsen had die duidelijk op me gesteld waren of die ik sinds ik hen kende voor me had weten te winnen.

Inderhaast werd me niamide (imao) voorgeschreven. Dit middel, dat wegens het risico dat het oplevert (in het bijzonder het bekende *cheese effect*) en wegens opzienbarende neveneffecten zelden wordt toegediend, was me tot dan toe altijd uitstekend bekomen: het werkte snel en had geen bijwerkingen, wat heel uitzonderlijk is. Tot grote verbazing van mijn artsen ging het dit keer echter heel anders. Niet alleen bleef het verwachte snelle effect uit, maar weldra zonk ik weg in een toestand van geestelijke verwarring, onirisme en 'suïcidale' vervolgingswaan.

Ik zal hier niet uitweiden over technische details, die de geïnteresseerde in het eerste het beste psychiatrische of farmacologische handboek kan vinden. Antidepressiva kunnen inderdaad een dergelijke uitwerking hebben, die vaak bij een acute depressie wordt waargenomen. Dit keer 'ensceneerde' ik geen atypische dubieuze depressie, een zogenaamde 'neurotische schijndepressie'; en de opname had niet onmiddellijk een kalmerende uitwerking op me gehad, zoals daarvoor steeds *in alle gevallen* was gebeurd. Daarover zijn alle artsen die me in Montsouris hebben geobserveerd het eens, niet alleen de dienstdoende psychiaters, maar ook dokter Angelergues, een kennis die vaak bij me op bezoek kwam, en mijn eigen analyticus, die mijn gebruikelijke reacties sinds lang kende als de beste.

Na de dood van Hélène deed mijn analyticus me een veronderstelling aan de hand die hij niet zelf had bedacht, maar had gehoord van dokter Bertrand Weil, die ik eerder naar aanleiding van schijnbaar organische klachten geraadpleegd had en die veel kennis op medisch en biologisch gebied bezat. Deze arts was van oordeel dat de operatie, dat wil zeggen vooral de algehele anesthesie, mogelijk een 'biologische shock' bij me teweeggebracht had, waarvan het mechanisme me achteraf haarfijn is uitgelegd (ik zal dit de lezer besparen). Hoe het ook zij, het ging vooral om de stofwisseling van geneesmiddelen in de lever en om een ernstige ontregeling van mijn 'biologische evenwicht', veroorzaakt door de shock ten gevolge van de operatie en vooral de narcose, die averechtse en paradoxale effecten sorteerde.

Ik zonk weg in een schemertoestand, soms zelfs in volledige bewusteloosheid en geestelijke verwarring. Ik had mijn motoriek niet meer onder controle, viel steeds op de grond, moest onophoudelijk overgeven, zag onduidelijk en urineerde ongecontroleerd; ik was niet langer meester van mijn taalgebruik, haalde de woorden door elkaar, verloor de greep op mijn waarnemingen, waar ik geen samenhang meer in kon aanbrengen, en *a fortiori* op mijn schrift, en soms sloeg ik wartaal uit. Daarbij had ik voortdurend gruwelijke nachtmerries, die zich overdag langdurig voortzetten; ik 'beleefde' mijn dromen in wakende toestand, dat wil zeggen ik handelde overeenkomstig de thema's en logica van mijn dromen, ik hield mijn bedrieglijke dromen voor de werkelijkheid en was niet bij machte in wakende toestand een onderscheid te maken tussen mijn droombeelden en de werkelijkheid. In deze toestand gaf ik tegenover mijn bezoekers voortdurend blijk van suïcidale vervolgingswaanzin. Ik was er vast van overtuigd dat er mensen waren die me wilden doden. In het bijzonder een man met een baard, die ik wel ergens op de afdeling gezien zal hebben; of een rechtbank die in het belendende vertrek zitting hield om me ter dood te veroordelen; of mannen gewapend met een geweer met vizier, die me vanuit de vensters van de huizen aan de overkant onder schot namen om me neer te schieten; of de Rode Brigaden die me ter dood hadden veroordeeld en overdag of 's nachts mijn kamer zouden binnendringen. Ik heb niet alle bijzonderheden van deze waanvoorstellingen onthouden, ze zijn grotendeels uit mijn geheugen verdwenen; talrijke vrienden die me bezochten en artsen die me behandelden vertelden ze me, en hun observaties en getuigenissen, die ik naderhand heb verzameld, stemmen nauwkeurig met elkaar overeen.

Dit hele 'pathologische' systeem ging met zelfmoordwaan gepaard. Nu ik ter dood was veroordeeld en met executie werd bedreigd, had ik maar één uitweg: de opgelegde straf vóór zijn en mezelf uit voorzorg doden. Ik bedacht allerlei oplossingen met een dodelijke afloop, en bovendien wilde ik niet alleen mezelf van kant maken, maar ook ieder spoor van mijn verblijf op aarde uitwissen; met name wilde ik al mijn boeken en aantekeningen vernietigen en zelfs de Ecole normale in brand steken, en 'zo mogelijk', als ik toch bezig was, ook Hélène uit de weg ruimen. Dat vertrouwde ik tenminste een keer aan een vriend toe, die het me in deze bewoordingen verteld heeft. (Over dat laatste punt heb ik niet meer dan die ene getuigenis.)

Ik weet dat de artsen buitengewoon bezorgd over de afloop waren. Ze waren niet bang dat ik zelfmoord zou plegen—naar het schijnt stond ik in de kliniek onder toezicht en werd ik beschermd, hoewel je het in zo'n geval nooit weet—maar ze waren vooral bang dat deze ernstige stoornissen een *onomkeerbare* toestand zouden teweegbrengen die me tot een levenslang verblijf in een kliniek zou veroordelen.

Na een flinke periode werd besloten me niet langer met imao's te behandelen, omdat dat middel verantwoordelijk werd gehouden voor deze zorgwekkende neveneffecten. Na de voorgeschreven wachttijd (twee weken) werd me via een infuus anafranyl toegediend. Deze nieuwe kuur leek me goed te bekomen en na enige tijd werd ik in staat geacht de kliniek te verlaten. Ik keerde terug naar de Ecole normale. Maar al mijn vrienden zeiden me eenstemmig dat ik de kliniek in een heel slechte toestand verlaten heb.

Ik zag Hélène terug en zoals vaak vertrokken we naar Zuid-Frankrijk om door wind en zee tot rust te komen. We bleven er slechts een week, tien dagen, en keerden terug omdat mijn toestand nog verslechterd was.

Toen begonnen voor Hélène en mij de ergste beproevingen van ons leven. Het was eigenlijk begonnen het voorjaar ervoor, maar met tussenpozen, wat hoop gaf. Ditmaal namen de gebeurtenissen echter een onafwendbare keer en duurden ze voort tot hun loop ten einde was. Ik weet niet wat voor leven ik Hélène opdrong (ik weet alleen dat ik werkelijk tot alles in staat was), maar met angstaanjagende vastberadenheid verklaarde ze dat ze niet langer in staat was met me samen te leven, dat ik een 'monster' voor haar was en dat ze me voorgoed wilde verlaten. Ze ging ostentatief op zoek naar eigen woonruimte, maar vond die niet meteen. Toen nam ze voor mij ondraaglijke maatregelen: ze verliet me waar ik zelf bij was, in onze eigen woning. Ze stond eerder op dan ik en was de hele dag verdwenen. Als ze thuis bleef, weigerde ze met me te spreken en vermeed ze zelfs iedere ontmoeting; ze nam de wijk naar haar kamer of naar de keuken, sloeg de deuren dicht en ontzegde me de toegang. Ze weigerde samen met me te eten. Het was een georganiseerde waanvoorstelling, een opzettelijke eenzaamheid met gesloten deuren; voor ons beiden was de hel begonnen.

Zoals wel duidelijk zal zijn was ik doodsbang. Ik was altijd al bang geweest om te worden verlaten en met name door haar. Maar nu werd ik thuis verlaten, waar ik zelf bij was, en dat vond ik het onverdraaglijkst van alles.

Diep in mezelf wist ik wel dat ze me niet echt kon verlaten en door me aan deze gedachte vast te klampen probeerde ik mijn angst te temperen, maar tevergeefs, want eerlijk gezegd was ik toch niet helemaal gerust. Hélène begon een ander thema uit te werken, dat al maanden latent bij haar was, maar dit keer een schrikbarende vorm aannam. Ze verklaarde me, gezien het 'monster' dat ik was en het onmenselijke leed dat ik haar aandeed, dat ze geen andere uitweg meer zag dan zelfmoord te plegen. Demonstratief bracht ze de voor haar zelfmoord benodigde pillen bijeen, maar ze had het ook over andere, oncontroleerbare wegen. Had onze vriend Nikos Poulantzas niet onlangs zelfmoord gepleegd door in acute vervolgingswaan van de tweeëntwintigste verdieping van de Montparnasse-toren te springen? Een andere vriend door zich onder een vrachtwagen te werpen en een derde voor een trein? Ze noemde me deze mogelijkheden, alsof ze de keuze aan mij overliet. Met overtuigingskracht en op een toon die bij mij geen twijfel toeliet, gaf ze me de verzekering dat het geen loze praatjes waren, maar dat haar beslissing onherroepelijk was. Ze moest alleen nog middel en tijdstip kiezen, maar daar zou ze me uiteraard niet van op de hoogte stellen.

Diep in mezelf wist ik ook wel dat ze niet in staat was zich van het leven te beroven. Ik zei tegen mezelf dat er te veel voorbeelden achter ons lagen, dat ze in wezen te sterk aan me gehecht was, dat haar liefde voor mij zo diep was geworteld dat ze niet in staat zou zijn tot handelen over te gaan. Maar ook daar was ik niet helemaal zeker van. Het toppunt werd bereikt toen ze me op een dag simpelweg vroeg haar te doden, en deze onvoorstelbare en onverdraaglijke vraag deed me lange tijd huiveren in al mijn leden. En nog steeds moet ik ervan huiveren. Wilde ze me daarmee dan in zekere zin te verstaan geven dat ze niet in staat was, niet alleen om me in de steek te laten, maar ook om zich eigenhandig van het leven te beroven? Alles in aanmerking genomen had ik maar één uitweg: de tijd laten verstrijken opdat ze, zoals na zovele acute crises in het verleden, ten slotte zou bedaren, weer tot rede zou komen en aanvaarden wat ze diep in zichzelf wilde: me niet in de steek laten, geen zelfmoord plegen, maar doorleven met mij en zoals altijd van me houden.

Zoals ik al zei was deze tijd een hel met gesloten deuren. Behalve mijn analyticus, die zij bezocht en die ik bezocht, zagen we bijna niemand (aan de Ecole normale had het leven nog niet echt zijn gewone gang hernomen). Beiden leefden we afgesloten van de buitenwereld, opgesloten in onze hel. We namen de telefoon niet meer aan en deden niet open wanneer er werd aangebeld. Naar verluidt had ik zelfs op de buitenmuur van mijn werkkamer goed zichtbaar een soort handgeschreven mededeling aangeplakt: 'voorlopig afwezig, niet aandringen'. Vrienden die gepoogd hadden ons op te bellen en de mededeling op de muur hadden gelezen, zeiden me lang daarna dat ze zich altijd zouden verwijten dat ze niet geprobeerd hadden 'mijn deur te forceren'. Maar dan hadden ze toch minstens de deur in moeten trappen, want ik deed niet meer open!

In deze helse opsluiting en eenzaamheid lieten we de tijd verstrijken, we verkeerden in wat vrienden later een 'impasse' noemden, een 'tweemanshel', of welgeteld een 'driemanshel', als je mijn analyticus meerekent, wie zij in duidelijke bewoordingen hebben verweten dat hij niet heeft ingegrepen.

Toch heeft mijn analyticus wel degelijk ingegrepen. Ik zag hem voor het laatst op 15 november; hij zei me dat het zo niet langer kon en dat ik moest berusten in opname. Hij had inlichtingen ingewonnen over de nieuwe directeur van de kliniek in Le Vésinet, die hij niet persoonlijk kende. De verstrekte referenties waren uitstekend. Met voorbijgaan aan al het ongemak dat Le Vésinet voor Hélène opleverde, was hij van mening dat ik er werkelijk goed opgevangen zou worden (ik herinner eraan dat ik Le Vésinet goed kende, ik voelde me er op mijn gemak en de behandelingen met imao's hadden snelle en opmerkelijke resultaten gehad) en dat ik er goed behandeld zou worden (hij had geen goede herinnering bewaard aan mijn verblijf in Montsouris en was van oordeel dat de omstandigheden er niet gunstig voor me waren). Hij had opgebeld naar Le Vésinet, twee of drie dagen later zou ik opgenomen kunnen worden. Ik zal geen nee hebben gezegd, in ieder geval herinner ik me mijn antwoord niet nauwkeurig meer.

De twee of drie dagen verstreken en er gebeurde niets. Later heb ik gehoord dat Hélène mijn analyticus op donderdag 13 en vrijdag 14 november heeft ontmoet en hem dringend heeft verzocht haar drie dagen uitstel te geven alvorens tot opname over te gaan. Waarschijnlijk gaf mijn analyticus toe aan haar dringende verzoek, en er werd afgesproken dat ik behoudens nieuwe ontwikkelingen op maandag 17 november in Le Vésinet zou worden opgenomen. Veel later zou ik tussen mijn post van de Ecole normale een expresbrief van Diatkine aantreffen, gedateerd en afgestempeld in de loop van de middag van vrijdag 14 november, waarin Hélène 'uiterst dringend' om een telefonisch antwoord werd gevraagd. De brief werd op 17 november op de Ecole normale bezorgd. (Vertraging bij de post? Of was ik onbereikbaar geweest voor de portier, daar ik immers de telefoon niet meer opnam en de deur niet meer opendeed?) Hoe dan ook, de brief arriveerde na het drama. Ik herinner eraan dat mijn analyticus noch mij noch Hélène telefonisch kon bereiken: *we namen niet meer op.*

Op zondag 16 november om negen uur, komend uit een ondoordringbare nacht waarin ik daarna nooit meer heb kunnen doordringen, stond ik in kamerjas aan het voeteinde van mijn bed. Hélène lag voor me, ik bleef haar hals masseren, in mijn onderarmen had ik een heel pijnlijk gevoel, natuurlijk van het masseren. Toen begreep ik, hoe weet ik niet, maar het moeten haar starre ogen en dat armzalige puntje tong tussen tanden en lippen zijn geweest, dat ze dood was. Schreeuwend rende ik onze woning uit naar de ziekenafdeling, waar ik dokter Etienne zou aantreffen. Het noodlot had toegeslagen, het doek was gevallen.

XXI

Nadat dokter Etienne me een injectie had gegeven en enkele mensen had opgebeld, bracht hij me inderhaast in zijn auto naar Sainte-Anne, waar ik met spoed werd opgenomen. Op dat moment ging ik een nieuwe nacht binnen, en wat ik ga vertellen hoorde ik pas veel later van Etienne, van mijn analyticus en van mijn vrienden.

Het is 'gebruikelijk' dat een patiënt met 'psychische stoornissen' eerst naar het politiebureau (naast Sainte-Anne) wordt gebracht voor een routineonderzoek. Gewoonlijk wordt de verdachte er een etmaal spiernaakt in een cel opgesloten, met alleen een matras op de grond; daarna vindt een eerste verhoor plaats en wordt de dienstdoende politiepsychiater geconsulteerd, die tot opname in het nabijgelegen Sainte-Anne kan besluiten. In geval van uiterste spoed of buitengewone ernst kan er inbreuk op deze procedure worden gemaakt. Later vernam ik dat Alain Peyrefitte, minister van Justitie en oud-leerling van de Ecole normale, toen hij hoorde dat ik rechtstreeks naar Sainte-Anne was overgebracht zonder het politiebureau te hebben aangedaan, in grote woede ontstak en de directeur van de Ecole normale, Jean Bousquet, opbelde om hem flink uit te kafferen. Bousquet, die zich in deze zaak onberispelijk gedragen heeft, antwoordde dat ik rechtstreeks aan hem ondergeschikt was, dat ik erg ziek was en dat hij het initiatief van dokter Etienne volledig voor zijn rekening nam. Ook aan Etienne maakte Peyrefitte zijn ongenoegen duidelijk, maar via een tussenpersoon.

Mijn vrienden werden waarschijnlijk door een redacteur van het AFP van de dood van Hélène op de hoogte gebracht; ze verspreidden het nieuws onder elkaar en berichtten het snel aan mijn analyticus. Allen waren ontsteld, en tot de resultaten van de lijkschouwing (dood door 'worging') bekend waren, konden ze niet geloven, mijn analyticus voorop, dat ik Hélène gedood had, maar dachten ze dat ik me in een waanvoorstelling de schuld gaf van een dodelijk ongeluk waarvan ik niet de dader was.

Het bericht, een aardige 'primeur', stond op de voorpagina van de Franse en buitenlandse kranten en gaf in bepaalde kringen al snel aanleiding tot de voorspelbare 'analyses' en commentaren.

Ik was destijds heel bekend, filosoof, marxist, communist, leraar aan de Ecole normale, gehuwd met een vrij onbekende maar blijkbaar opmerkelijke vrouw. Over het geheel genomen was de Franse (en internationale) pers heel fatsoenlijk. Maar bepaalde kranten vermaakten zich naar hartelust; ik zal hun namen niet noemen noch de soms bekende personen die kwaadwillige en krankzinnige artikelen ondertekenden. Met zichtbare zelfingenomenheid werkten deze schrijvers vijf thema's uit, met de zelfvoldaanheid van een politieke revanche. Dit 'misdrijf' bood hun eindelijk de gelegenheid een oude rekening voorgoed te vereffenen, niet alleen met mij, maar ook met het marxisme, het communisme, de filosofie, om maar te zwijgen van de Ecole normale. Ik zal niet zo wreed zijn deze bizarre teksten te citeren of hun in sommige gevallen beroemde auteurs te noemen. Laten althans hun geestesgewrochten en geestdrijverij doodgezwegen worden. En als ze ook maar enig fatsoen hebben, zullen ze zich herkennen in wat volgt. Aan hen de taak om zo mogelijk met hun geweten in het reine te komen. De in Frankrijk en het buitenland gepubliceerde artikelen bevatten namelijk de volgende thema's: 1. marxisme = misdaad; 2. communisme = misdaad; 3. filosofie = waanzin; 4. het is schandalig dat een krankzinnige, die al lang krankzinnig is, meer dan dertig jaar aan de Ecole normale les kon geven aan generaties filosofen, die overal op middelbare scholen geacht worden leiding te geven aan 'onze kinderen'; 5. het is schandalig dat een misdadig sujet openlijk van de bescherming van het 'establishment' kon profiteren; bedenk eens welk lot een eenvoudige Algerijn in zo'n geval beschoren was geweest, durfde een 'gematigde krant' zelfs te schrijven. Althusser ontkwam aan dat lot omdat 'hooggeplaatste personen hem protegeren'. Het universitaire establishment en intellectuelen van allerlei slag vormden als vanzelfsprekend één front en trokken een muur van stilzwijgen rond hem op om een der hunnen te behoeden voor een strenge toepassing van de 'voorschriften' en wellicht zelfs van de wet. Kortom, ik had de bescherming genoten van het Ideologische Staatsonderwijs Apparaat waartoe ik behoorde. Wanneer men weet dat de commentaren lang doorgingen, want het duurde een tijd voordat eerst de resultaten van de lijkschouwing bekend werden gemaakt en daarna de beslissing tot ontslag van rechtsvervolging—dan kan men zich wel voorstellen in wat voor klimaat van 'mensenjacht' mijn ontredderde vrienden moesten leven, een klimaat dat des te geduchter was omdat het ongrijpbaar was, zoals de praatjes die met de sensationele artikelen in bepaalde kranten gepaard gingen. Ik schreef mijn vrienden, want ik had geen familie. Mijn vader was in 1975 overleden en mijn moeder, inmiddels erg oud, zij het nog heel scherpzinnig, bleef totaal onverschillig. Bousquet trad heel waardig op en rectificeerde persoonlijk bepaalde volledig onjuiste en lasterlijke persberichten. Hij had daartoe de moed en nam publiekelijk een risico. Hij verzekerde dat ik altijd op volkomen betamelijke wijze mijn taak had vervuld en onberispelijk had lesgegeven, dat ik aan de Ecole normale een voortreffelijke medewerker van hem was die beter dan wie ook zijn eigen leerlingen kende, en dat iemand die ziek is er recht op heeft dat zijn directeur hem beschermt. Deze zachtmoedige archeoloog, die helemaal opging en opgaat in zijn opgravingen in Delphi, ontpopte zich als een dapper, daadkrachtig en edelmoedig man. Natuurlijk werd ik ook 'verdedigd' door alle repetitoren aan de Ecole normale, en eveneens door alle filosofen, die volgens een journalist 'één front rond Althusser vormden'.

Op het moment zelf en ook nog lang daarna wist ik van dit alles natuurlijk niets. Mijn arts in Sainte-Anne, die me met ontroerende toewijding en aandacht behandelde, zorgde ervoor dat geen enkel bericht me bereiken kon; terecht was hij bang dat ik erdoor geschokt zou worden en dat mijn toestand zou verslechteren. Daarom 'blokkeerde' hij de enorme stroom brieven die toen naar me gestuurd werd, de meeste door onbekenden die me met scheldwoorden overlaadden (communistische moordenaar!) en die meestal een sterk seksuele connotatie hadden of zelfs bedreigend waren. Daarom nam hij ook de beslissing om ieder bezoek te verbieden, daar hij niet wist wie er kon komen en wat men voor me zou meebrengen. Hij was vooral bang (en daar zouden al mijn artsen bang voor zijn, niet alleen in Sainte-Anne, maar ook daarna in Soisy, waar ik in juni 1981 naar werd overgebracht), dat een journalist de inrichting zou binnendringen, foto's nemen, vage inlichtingen bij elkaar zou graaien en een roddelartikel zou publiceren. Deze vrees was niet ongegrond. Later heb ik vernomen dat een journalist van een belangrijk Frans weekblad erin geslaagd was (waarschijnlijk door een verpleger om te kopen) een foto van mij te maken waarop je me op mijn bed ziet zitten tegenover mijn drie kamergenoten. Het weekblad was van plan dit document te publiceren met als titel: 'De krankzinnige filosoof Louis Althusser zet ten overstaan van zijn medegevangenen in Sainte-Anne zijn lessen in marxisme-leninisme voort.' Mijn vrienden, waarschijnlijk op de hoogte gesteld door een journalist die de handelwijze smakeloos vond, raadpleegden een advocaat (om inlichtingen over een gerechtelijke procedure in te winnen), die er gelukkig werk van maakte; de foto met onderschrift werd niet gepubliceerd. Maar tot het einde van mijn verblijf in de inrichting en ook daarna zouden al mijn artsen bevreesd zijn voor schandaaljournalisten, en ze hadden geen ongelijk, want toen ik al lang weer uit de kliniek ontslagen was, verschenen er in de pers verzonnen bijzonderheden over mijn leven die zelden welwillend waren. Daar ik geen zin heb achteraf persoonlijke rekeningen te vereffenen, neem ik de vrijheid niet langer stil te blijven staan bij deze kant van de zaak, die me evenwel erg zwaar viel tijdens mijn opname, en mij, maar vooral mijn vrienden en artsen, bang maakte.

Dus ik mocht geen bezoek ontvangen, dat werd om allerlei redenen te gevaarlijk geacht. Ik herinner me wel dat ik bijna iedere dag rond het middaguur met een goede vriendin van Hélène en mij kon spreken, die in Sainte-Anne werkte en er onbelemmerd kon rondlopen. Wat een opluchting eindelijk met iemand te kunnen spreken die Hélène goed had gekend en die mij kende! Later zei ze me dat ik aanvankelijk diep terneergeslagen was, niet in staat om een gesprek te volgen, maar blij haar te zien. Ik bewaar wel een nauwkeurige herinnering aan de gesprekken met de deskundigen die waren aangewezen om me te onderzoeken. Drie oude mannen in donkere kleren kwamen me om beurten uit mijn kamer halen en namen me mee naar een soort van kantoor op zolder (een heel klein vertrek, als je niet voorzichtig opstond, stootte je je hoofd aan de balken). Onveranderlijk gingen ze tegenover me zitten, haalden een bundel papieren en een pen uit hun aktentas, stelden me vragen en begonnen eindeloos te schrijven. Ik herinner me niets van hun vragen noch van mijn antwoorden. Ook mijn analyticus kwam vaak bij me op bezoek, steeds in datzelfde kantoortje onder de hanebalken. Ik herinner me dat ik hem eindeloos vroeg: hoe is het toch mogelijk dat ik Hélène gedood heb?

Later hoorde ik dat twee dagen na mijn opsluiting de onderzoeksrechter naar Sainte-Anne was gekomen om me te ondervragen, wat gebruikelijk is, maar naar verluidt verkeerde ik in zo'n toestand dat hij geen woord uit me kon krijgen.

Ik weet niet of ik in Sainte-Anne antidepressiva (andere dan imao's) kreeg. Ik herinner me alleen dat ik iedere avond enorme hoeveelheden chloraal naar binnen werkte, een oud en beproefd geneesmiddel waardoor ik tot mijn grote genoegen zo goed sliep (ondanks de hoge gordijnloze vensters van de inrichting) dat ik iedere ochtend de grootste moeite had om wakker te worden. Maar ik vond het prettig om zo lang te slapen. Alles wat een onverhoedse terugkeer van de angst kan voorkomen is meegenomen. Wel weet ik dat ik een dozijn elektroshocks kreeg toegediend, ik zal dus wel flink gedeprimeerd zijn geweest. Vanzelfsprekend elektroshocks onder narcose en met curare, zoals in Vallée-aux-Loups en voor de ontdekking van de imao's in Le Vésinet gedaan werd. Ik zie nog de jonge arts met zijn roze gezicht voor me die met de elektrische 'machine' mijn kamer binnenkwam en alvorens tot de behandeling over te gaan een lange en welhaast vrolijke uiteenzetting gaf over elektroshocks en hun voordelen. Op die manier ging ik nagenoeg onbevreesd de 'kleine dood' in, maar toch had ik nog mijn oude afkeer.

De materiële levensomstandigheden in Sainte-Anne waren werkelijk onvoorstelbaar. Vooral de grote eetzaal, waar je een bord en tafelbestek moest zien te vinden (na de maaltijd moest je je bestek in een grote bak stinkend water wassen, de borden niet, ik heb nooit begrepen waarom), je ging zomaar naast iemand aan tafel zitten en het bedienend personeel kwakte reusachtige schalen lomp voedsel op tafel. Daar leerde ik evenwel een echte vriend kennen, een voormalige onderwijzer die niet meer in staat was om les te geven, een 'chronische patiënt' volgens het verschrikkelijke jargon; hij mocht naar buiten en bracht later kranten voor me mee. Dominique was ziek, evenals ik leraar, hij luisterde naar me en begreep me; een echte vriend aan wie ik in volledig vertrouwen alles kon vertellen. Zijn toewijding en onzelfzuchtigheid ben ik niet vergeten. Ik heb geprobeerd hem terug te vinden, maar zonder succes. Mocht hij dit boekje ooit lezen, dan zou ik graag willen dat hij me een levensteken gaf. Later zou ik hem in opspraak brengen met een heel onschuldig initiatief, dat echter in de inrichting veel stof deed opwaaien.

Achteraf heb ik vernomen dat mijn beste vrienden, die niet precies wisten wat me boven het hoofd hing—eerst verkeerden ze in onzekerheid over de resultaten van het deskundigenonderzoek en toen over de beslissing tot ontslag van rechtsvervolging (die naar ik meen pas begin februari genomen werd)—al die tijd in de grootste ontreddering verkeerden en al het mogelijke deden om me van buiten af te helpen. In die tijd bleek wie het meest trouw en toegewijd waren. Opvallend was dat dat wel in het algemeen maar niet altijd de beste vrienden waren, want sommigen van hen distantieerden zich duidelijk. De splitsing die toen optrad, zou me later te denken geven. Krankzinnigheid, psychiatrische inrichting en opsluiting schrikken sommige mannen en vrouwen mogelijk af, de gedachte hieraan kunnen ze niet zonder angstgevoel verdragen; dat kan hen er zelfs van weerhouden bij hun vriend op bezoek te gaan of iets voor hem te doen. In dit verband kan ik niet nalaten de heldhaftigheid van onze goede vriend Nikos Poulantzas ter sprake te brengen, die een panische angst voor iedere psychiatrische inrichting had, maar me als ik was opgenomen toch steeds regelmatig kwam opzoeken en dan bijzonder hartelijk was, terwijl zijn hart wel van angst ineengekrompen zal zijn, maar dat wist ik pas veel later. En ik herinner me dat hij zelfs bijna de enige was die ik gedurende het jaar voorafgaande aan de dood van Hélène bereid was te ontmoeten. Ik wist toen niet dat hij al eens gepoogd had zich van het leven te beroven. Hij deed de zaak af als een ongeluk, in een brede straat was hij 's nachts door een vrachtwagen van opzij gegrepen... Van zijn vriendin zou ik horen dat hij zich in werkelijkheid onder de wielen had geworpen. Ik ontmoette Nikos niet bij mij thuis, maar op straat vlak bij de Ecole normale. Later vernam ik dat hij al aan die verschrikkelijke vervolgingswaanzin leed waaraan hij door een opzienbarende zelfmoord een einde zou maken. Maar tegenover mij was Nikos vrolijk, hij repte met geen woord over zijn ziekte noch over zijn eerste poging, die hij voorstelde als een ongeluk. Hij sprak over zijn werkzaamheden en onderzoeksplannen, stelde me vragen over mijn bezigheden en toen hij wegging omarmde hij me hartelijk, alsof hij me de volgende dag zou terugzien. Toen ik later vernam wat hij van plan was, kon ik mijn bewondering niet verhelen voor wat niet alleen een uitzonderlijke blijk van vriendschap was geweest, maar een ware heldendaad. Maar niet iedereen reageerde zo. Ik weet bijvoorbeeld dat een vriendin volledig uit het zicht verdwenen is na een opmerking van een journalist die over mijn betrekkingen met 'een ideologe' had gesproken. Daar zij een specialist op het gebied van de ideeëngeschiedenis was (maar helemaal geen ideologe!), werden haar vrienden, die me alleen van naam kenden, bang (zij niet) en ze wezen haar op het risico dat zij liep: eindeloze verhoren, een openbaar proces waarin ze vast en zeker zou moeten getuigen, enzovoort. Ook zij wilden haar beschermen. Ze verdween uit het groepje actieve vrienden van me. Anderen verdwenen zonder dat ik weet waarom. Weer anderen—ik denk aan een van hen, die tijdens mijn verblijf aan de Ecole normale me jarenlang het meest trouw en nabij was, om de andere dag kwam hij me opzoeken—verdwenen van de ene dag op de andere, na me grote concrete diensten te hebben bewezen, onaangekondigd en onverwachts, en tot nu toe zijn mijn brieven en telefoontjes onbeantwoord gebleven. Als hij deze tekst leest, moet hij weten dat mijn deur voor hem openstaat en dat als hij niet komt, ik een keer aan zijn deur ga aankloppen. Na wat ik heb meegemaakt, geloof ik dat ik in staat ben alles te begrijpen, zelfs degenen die zich op een gegeven moment zonder opgaaf van redenen leken te distantiëren. Maar behalve deze verbluffende ontmoeting met Nikos werd ik in dit verband het meest geroerd door het bezoek dat een van mijn 'oud-studenten', een opmerkelijk man die een dierbare vriend was geworden, me op een dag in Soisy bracht. Hij vroeg me niets te zeggen, maar alleen naar hem te luisteren. Twee uur lang sprak hij slechts over zichzelf, over zijn verschrikkelijke kinderjaren, over zijn vader die met psychiatrische inrichtingen te maken had, en ten slotte zei hij me: ik ben je komen opzoeken om je uit te leggen, het is sterker dan mezelf, waarom ik je niet kan komen opzoeken. Een jaar later, terwijl hij in analyse was, bereidde hij langdurig zijn zelfmoord voor, zonder zijn voornemen ooit aan iemand kenbaar te maken, zelfs niet aan de moedige jonge vrouw met wie hij samenleefde en werkte; met alle aderen doorgesneden en beladen met zware straatstenen stapte hij in het water van de Marne.

Dat ik deze feiten vermeld, is niet alleen omdat ze me naderhand hevig hebben beroerd, maar ook omdat ze me een opvallend beeld gaven van de houding die goede vrienden aannamen tegenover het drama dat ik had meegemaakt. En niet alleen tegenover dit drama, maar ook tegenover hun eigen angst, en wellicht tegenover de aanhoudende perverse 'praatjes' die rond mij gaande werden gehouden door bepaalde onverantwoordelijke mediafiguren, die minachting hadden voor het verdriet en lijden van andere mensen en die door aan deze dubbelzinnige perverse praatjes voedsel te geven persoonlijk aan hun trekken kwamen (ik wil niet eens weten welke).

Ook moet met deze omstandigheden rekening worden gehouden om bepaalde aspecten van het gedrag van mijn artsen te begrijpen.

Nadat de elektroshocks een verbetering in mijn toestand teweeggebracht hadden, stemde mijn arts er ten slotte met grote behoedzaamheid mee in dat ik beetje bij beetje bezoek ging ontvangen. Eerst twee, toen drie, vervolgens vijf bezoeken, maar niet meer, en van vrienden van wier absolute betrouwbaarheid hij zich had kunnen vergewissen. Zo zag ik dierbare vrienden en twee lieve vriendinnen terug, van wie er een de grootste moeite had om te worden toegelaten en daarin pas na doortastend optreden slaagde. Deze bezoeken waren niet altijd erg rustgevend voor me, ze zorgden ervoor dat het verleden weer bovenkwam, de buitenwereld, mijn verschrikkelijke angst daarvoor (ik dacht dat ik voor altijd verloren was, ik dacht nooit meer in de buitenwereld te zullen komen en was daar ook erg bang voor). In zekere zin had mijn arts gelijk: door bezoeken kan angst aangewakkerd of verergerd worden. Maar ik kon er niet tegen alleen te zijn, een oude obsessie waar ik later veel last van zou hebben. Ik smeekte of mijn vrienden mochten komen, mijn arts stelde een compromis voor en daarmee wist ik tot aan het einde van mijn verblijf in Sainte-Anne te leven.

Maar op een keer dacht ik mijn arts een goeie streek te kunnen leveren. Ik gaf mijn vriend Dominique, die naar buiten mocht, een lijst met telefoonnummers; aan hem de taak andere vrienden op te bellen en met hen dag en uur af te spreken waarop ik hen wilde ontvangen. Hij kweet zich van deze taak. Ik weet niet hoe mijn arts het te weten kwam, maar plotseling stond hij woedend (voor één keer) in mijn kamer en zei me dat ik niet het recht had om zo zonder zijn toestemming vrienden uit te nodigen; hij vroeg me hun telefoonnummers en belde hen op met de mededeling dat ze niet mochten komen. Dit was de enige 'verkilling' in mijn betrekkingen met hem, die overigens weer snel vergeten werd.

De tijd verstreek, ik was er beter aan toe. Maar tot mijn ontsteltenis hoorde ik dat de leiding van de Ecole normale, onder druk van de rijksgebouwendienst, zonder me iets te vragen en zelfs zonder me op de hoogte te stellen, mijn ruime appartement in de rue d'Ulm volledig had laten ontruimen, dat huis dat zo'n belangrijke plaats in mijn leven innam! (Terwijl ik administratief gezien alleen met 'ziekteverlof' was; als ik weer beter was, kon ik dus terugkomen...) Deze maatregel trof me als een veroordeling tot levenslange opsluiting, omdat 'men', in weerwil van mijn rechten, van buiten af aan het bestaan van mijn woning, dat wil zeggen van mijn lichaam, eenvoudigweg een einde had gemaakt! Deze zaak van de ontruimde woning zou me jarenlang bezighouden—pas nu heb ik me erbij neergelegd.

Ook een ander bericht greep me hevig aan. Ik was ambtshalve bij besluit van het hoofd der politie opgesloten, ik was uit al mijn rechten ontzet, daarmee was een jurist belast, en ik bleef ter beschikking van het hoofd der politie, die in geval van duurzame opname me altijd naar een andere inrichting kon overplaatsen. Dat scheen de gewoonte te zijn. Lange tijd was er sprake van een overplaatsing naar Carcassonne! Mijn ontsteltenis en die van mijn vrienden zijn licht voorstelbaar. Wat zou er op zo'n afstand van hun bezoeken terechtkomen? Het zou een ramp zijn geweest.

Maar de waarheid was nog veel erger. Die hoorde ik pas een paar maanden geleden, eerst uit de mond van mijn arts in Soisy, die me vertelde het bericht van mijn arts in Sainte-Anne te hebben vernomen, wat de laatste me onlangs zonder meer heeft bevestigd. De artsen in Sainte-Anne hadden destijds onder 'sterke druk' gestaan van de 'hoogste bestuurlijke gezagsdragers' om me buiten Parijs in een 'strafinrichting' op te sluiten 'teneinde de zaak Althusser definitief af te wikkelen'. Het is bekend dat je slechts zelden uit deze strafinrichtingen komt, die veel erger dan gewone gevangenissen zijn; gewoonlijk verkommer je er levenslang. Goddank hadden mijn artsen in Sainte-Anne de moed (want dat is het woord, ze hadden het medisch recht wel aan hun kant, maar je moet gewoon de moed hebben om je erop te beroepen) om me te verdedigen en tegen te werpen dat ik noch gevaarlijk noch gewelddadig was (wat zonneklaar was). Zonder het te weten was ik zo ontkomen aan een vreselijk lot, dat ik waarschijnlijk niet zou hebben overleefd, althans waar ik waarschijnlijk mijn leven lang niet aan had kunnen ontsnappen. Overigens zouden mijn vrienden stellig de publieke opinie op de hoogte gebracht hebben en zou het niet gegaan zijn zoals 'het hoogste niveau' wilde. Daarna vonden er in 1981 verkiezingen plaats en moest de minister van Justitie, mijn 'studiegenoot' van de Ecole normale, voor Robert Badinter plaatsmaken. Mijn vrienden herademden en het was mogelijk geworden me naar Soisy-sur-Seine te sturen.

Mijn artsen waren echter nog niet uit de moeilijkheden: ik wilde niet weg uit Sainte-Anne! Ik bood krachtig weerstand aan de argumenten van mijn analyticus, die ik weet niet hoe vaak een nieuwe poging moest doen. Ik voelde me eigenlijk best prettig in Sainte-Anne, waar ik zoals zo vaak in het verleden mijn 'plekje' veroverd had; ik had er een vriend die ik niet wilde kwijtraken, en leven om me heen in dit onmetelijke, onder monumentenzorg geplaatste gebouw, waar je voortdurend andere gezichten zag en waar ik onder de verplegers een fijngevoelige en begrijpende vriend had gevonden, een fors gebouwde Antilliaan die altijd goedgehumeurd en openhartig was. Ik was erg bang voor verandering en uiteraard had ik argumenten bij de vleet. Ik kende Soisy natuurlijk wel, maar het lag veertig kilometer van Parijs, hoe kon ik daar bezoek ontvangen? Mijn analyticus kon me wel zeggen—dat wist ik uit ervaring—dat ik er beter zou worden behandeld en gerieflijker gehuisvest, dat ik er ver weg was van de gevaren van Parijs en dus een grotere bewegingsvrijheid zou krijgen, al was het maar in het grote park, dat hij er mijn ontwikkeling gemakkelijker kon volgen en me overigens regelmatig zou komen opzoeken, maar niets hielp. Ik hield voet bij stuk, ik wilde niet weg uit Sainte-Anne. Uiteindelijk zwichtte ik, het was Carcassonne of Soisy, althans dat dacht ik, maar ik was doodongelukkig.

In juni 1981 verliet ik Sainte-Anne per ambulance. Bij wijze van voorzorgsmaatregel had mijn arts mijn vertrek voor vijf uur 's middags aangekondigd, maar de ambulance bracht me om twee uur weg. Eventuele journalisten en fotografen waren bij de neus genomen.

XXII

Ik kwam dus in juni 1981 in Soisy aan. Het was voorjaar, verspreid over de enorme, kort gemaaide weide stonden tussen hoge bomen witte paviljoens. Ik werd opgenomen in paviljoen 7, waar ik tot juli 1983 zou blijven.

Ik was niet in mijn schik. Een overplaatsing, nieuwe artsen en verplegers, en vooral geen vrienden ter plaatse. Het was een harde schok. Ik had tijd nodig om mijn overplaatsing te aanvaarden, tijd om me er rekenschap van te geven dat mijn artsen gelijk hadden gehad, werkelijk veel tijd om met alles in te stemmen. Want dit wereldje bestond hoofdzakelijk uit 'chronische' patiënten, arme drommels die vaak in dezelfde kamer en hetzelfde getob levend begraven waren, zonder ooit bezoek te ontvangen. Er waren schizofrenen en zware krankzinnigen, in het bijzonder twee deerniswekkende jonge vrouwen, de ene was op zoek naar de Maagd Maria, de andere herhaalde tot vervelens toe dezelfde onbegrijpelijke woorden. Er waren voormalige alcoholisten, maar slechts weinig acute gevallen, terwijl die in Sainte-Anne veel talrijker waren; en omdat de meeste acute gevallen opknapten en vertrokken, was het daar een voortdurend komen en gaan geweest. En bovenal dat paviljoen met zielige bejaarden: kindse mannen en vrouwen, die in de zon werden gezet en daar in stilzwijgen gehuld bleven zitten.

Ik maakte kennis met de jonge arts die me tot aan het einde zou behandelen en me sindsdien nog regelmatig ziet. Hij was in analyse geweest, dat kon je merken aan zijn manier van luisteren. Maar ik had ook tijd nodig om met hem vertrouwd te raken en met de verplegers, die in groepsverband werkten, als 'behandelend team', die op grond van hun eigen waarnemingen met de arts discussieerden en het naar ik weet niet altijd met de methoden van mijn arts eens waren. Sommigen verweten hem dat hij zich te veel met mij bezighield en me voorrechten verleende die hij de andere patiënten onthield. Zelfs collega-psychiaters verweten hem dat eens. Hij gaf het toe: 'Het is waar dat ik hem niet als de anderen behandel. Want ik behandel hem volgens hetzelfde principe dat ik bij al mijn patiënten toepas, mijn behandeling is afgestemd op wat ze zijn, hun toestand, hun verzoeken en hun angst. Als ik er geen rekening mee hield dat Althusser een beroemdheid is, dat hij in verband daarmee bepaalde obsessies heeft, onder andere betreffende vijanden, dan zou dat volgens mij volkomen gekunsteld zijn.' Niet dat hij me ooit alles wat ik hem vroeg toestond, verre van dat, of dat hij aan de soms hoge eisen van mijn vrienden toegaf, integendeel. Steeds wist hij de 'koers' aan te houden die hij had uitgezet en tot aan het einde toe bleef hij, zowel bij mij als bij alle anderen (ik zag hoe hij te werk ging), nauwgezet trouw aan dit principe, dat me zowel billijk als onaanvechtbaar lijkt.

Ik zal eerst wel met anafranyl behandeld zijn, maar resultaat bleef uit. Toen werd weer op niamide (imao) overgegaan. En dat leverde hetzelfde resultaat op als voorheen. Ik verviel tot ernstige geestelijke verwarring, tot onirisme en suïcidale vervolgingswaan, precies zoals in Montsouris. Ik kom niet terug op deze symptomen. Maar ze werden veel erger toen bij gebrek aan beter besloten werd om de dosis imao te verdubbelen. Het gevolg was rampzalig. Ik kon niet meer eten of drinken zonder dadelijk over te geven, ik viel voortdurend, brak zelfs een arm, tijdens een groot deel van de dag gingen mijn nachtmerries gewoon door, en in het naburige bos zocht ik wanhopig naar een tak waaraan ik me kon ophangen. Maar het touw? Uit voorzorg waren me de ceintuur van mijn kamerjas en de veters van mijn schoenen afgenomen. De nachten, waarvan ik zoals steeds in deze gevallen enige verademing en vergetelheid verwachtte, waren gruwelijk, ik kon naar mijn gevoel niet slapen en bovendien had ik het erg slecht getroffen met de nachtverplegers, die me 's avonds om acht uur mijn geneesmiddelen (nog steeds chloraal en erger) moesten geven, maar evenals de meeste patiënten televisie keken, tot tien uur, dus voor mij twee vreselijke uren vertraging op het voorgeschreven tijdschema. Bij deze gelegenheid begreep ik dat een arts niet almachtig is, dat hij het met de verplegers op een akkoordje moet kunnen gooien en zelfs de ogen voor bepaalde dingen moet sluiten (ik kreeg nooit gedaan dat ik 's avonds mijn geneesmiddel op tijd ontving, behalve een keer toen een heel vriendelijke, jonge student in de medicijnen nachtdienst had, maar dat heeft niet lang geduurd). Ik ging zelfs zover te denken, wat overdreven was, dat op deze toch heel liberale, goed georganiseerde afdeling, en a fortiori op andere afdelingen die minder 'vooruitstrevend' waren, met minder ter zake kundige verplegers, de arts 'aan de dictatuur van het verplegersgilde' was overgeleverd. Ook al moet deze gedachte genuanceerd worden, toch geloof ik dat ze belangrijk is om de betrekkingen en de sfeer te begrijpen die in iedere psychiatrische inrichting voorkomen. Met de nodige schade!

Wanneer mijn arts 's morgens de kamer binnenkwam, zat ik al met smart op hem te wachten. Terwijl hij vol aandacht naar me luisterde, stelde ik alles in het werk om de nachtmerries kwijt te raken die in wakende toestand voortduurden. Als in een droom vertelde ik hem mijn gruwelijke dromen, hij luisterde naar me en sprak enkele woorden, maar dit luisteren was het voornaamste wat ik van hem verwachtte. Soms waagde hij een soort van duiding, maar altijd heel behoedzaam. Schijnbaar hing ik aan zijn lippen. Maar vaak ging ik daarna op zoek naar een verpleegster om haar te vragen: 'Weet de dokter eigenlijk wel wat hij doet? Weet hij wel wat hij zegt?' Weer raakte ik door twijfel bevangen, en door angst, in feite opnieuw de angst om alleen te zijn, om in de steek te worden gelaten, zoals altijd.

Eens per week kwam mijn analyticus bij me op bezoek, op zondagmorgen, wanneer bijna iedereen het paviljoen verlaten had (er was alleen een wacht voor noodgevallen). Ik had het met hem voortdurend over de diepere oorzaak van de moord die ik had gepleegd, maar zonder me ooit schuldig te voelen. Ik herinner me dat ik een hypothese formuleerde (die ik hem al eerder in Sainte-Anne had voorgelegd): de moord op Hélène zou 'een zelfmoord via een tussenpersoon' zijn geweest. Hij luisterde naar me zonder mijn veronderstelling goed of af te keuren. Later hoorde ik van mijn arts dat mijn analyticus hem regelmatig ontmoette en steunde. Toen ik eens op de reanimatieafdeling van Sainte-Anne was opgenomen, had mijn analyticus me na eindeloze palavers mogen bezoeken en met de specialist die me behandelde kunnen spreken; hij had werkelijk gemeend dat het einde naderde, dat ik de beproeving fysiek niet zou doorstaan. Dat was de enige keer dat hij betwijfelde of ik in leven zou blijven. Maar als ik in leven bleef, dan stond mijn psychische 'genezing' voor hem vast. Wanneer mijn arts zich ernstige zorgen over mij maakte (wat hij wel eens deed), dan sterkte mijn analyticus hem in de overtuiging dat ik me er doorheen zou slaan—en hij gaf het nooit op. Zonder hem zou mijn arts wellicht (?) het hoofd in de schoot hebben gelegd en was ik mogelijk een van die 'chronische patiënten' geworden, wier levenslange ellende ik in mijn naaste omgeving kon gadeslaan.

Door de imao's raakte ik in zo'n toestand (uiteraard ben ik over die periode alles vergeten) dat ik weer op de reanimatieafdeling in Evry moest worden opgenomen. Maar eens te meer kwam ik er bovenop. De rampzalige imao's werden van het programma geschrapt en langzaam knapte ik op. In Soisy beleefde ik zelfs een periode van opwinding; ik vertrok voor twee maanden naar mijn huis, en bijna zonder te slapen, zoals in alle manische toestanden die ik had meegemaakt, typte ik (tussen november 1982 en februari 1983) een filosofisch manuscript van tweehonderd bladzijden, dat ik bewaard heb. Het is helemaal niet verward, alleen erg onsamenhangend. Om de waarheid te zeggen zette ik voor het eerst een aantal denkbeelden op papier waar ik al meer dan twintig jaar mee rondliep en die me zo belangrijk leken dat ik ze niemand had toevertrouwd! Ik bewaarde ze zorgvuldig voor een latere publikatie, wanneer ze rijp zouden zijn. Wees maar niet bezorgd, dat zijn ze nog niet.

In tegenstelling tot wat ik gevreesd had, kreeg ik heel veel bezoek van vrienden: één per dag, want mijn vrienden hadden met elkaar afgesproken me nooit een dag alleen te laten. Ik ben hun heel wat verschuldigd! De eerlijkheid gebiedt te zeggen dat ik, als een tiran, deze bezoeken van hen en van de arts *eiste*. Mijn arts zag het belang ervan in en omdat de levensomstandigheden in Soisy niet dezelfde als in Sainte-Anne waren, stond hij ze in ruime mate toe. Zo bracht ik hele middagen door in gezelschap van vrienden en vriendinnen. De hoofdzaak was hun aanwezigheid. Een vriendin zat zwijgend bij mijn bed te breien, een andere vriendin kwam met een boek. Ik kon heel goed tegen hun stilzwijgen, omdat ik niet langer alleen was. Maar waarom was ik wat bezoeken betreft zo veeleisend en ronduit tiranniek? Waarschijnlijk wegens de 'almacht van de depressie', en ook omdat ik deze 'almacht' kon aanwenden om voorlopig een einde te maken aan de angst voor eenzaamheid en verlatenheid die me zo beklemde. Wanneer ik niemand had, wanneer ik het gevoel had dat een vriend of vriendin me in de steek liet, groeide mijn depressie.

Dat overkwam me begin 1983, toen het me lukte een paar weken in mijn woning door te brengen. Natuurlijk was ik niet alleen. Mijn vrienden hielpen me dag en nacht op uitdrukkelijk voorschrift van mijn arts, die stond op deze voorzorgsmaatregel (want ik had het er met hem over om van de zesde verdieping te springen). Maar het gevoel in de steek te worden gelaten deed me opnieuw in een zware depressie geraken, wat mijn arts ertoe dwong me weer op te nemen. Hij gaf me toen vivalan, wat langzaam een zekere verbetering teweegbracht; in juli 1983 verliet ik in broze toestand de inrichting om een vakantie op het platteland in Oost-Frankrijk door te brengen.

Maar wat was er intussen niet allemaal gebeurd! Omdat ik al zo lang zo ernstig ziek en zo hulpeloos was, had mijn arts de indruk (dat vertrouwde hij me later toe) dat het einde nooit in zicht zou komen, dat ik nooit zonder de geruststellende bescherming van de inrichting zou kunnen. Daar was hij het meest bang voor. Maar hij wist 'vol te houden', dat was de enige richtlijn die hij al snel voor zichzelf had vastgesteld: 'koers houden', langs alle ontwikkelingen van het ziekteverloop. Het werd hem echter niet gemakkelijk gemaakt, integendeel, ik deed alles om hem het leven moeilijk te maken.

Ik was doodsbang voor de buitenwereld. Niet zozeer voor boze praatjes of praktijken, waar mijn artsen en verplegers bang voor waren (hoewel het probleem zich in Soisy niet voordeed), en waar mijn arts bang voor bleef toen ik er ongevoelig voor was geworden. Maar ik was bang voor de werkelijkheid van de buitenwereld, die naar mijn oordeel voorgoed buiten mijn bereik lag. Lange tijd nam deze angst een concrete vorm aan. Al mijn spullen waren dus overgebracht (mijn vrienden waren er dagen mee bezig geweest) van de Ecole normale naar een appartement in het twintigste arrondissement, dat ik samen met Hélène met het oog op onze pensionering gekocht had. Mijn vrienden hadden me een beschrijving gegeven van de toestand van de woning; ze stond zo vol dozen met boeken dat het vrijwel onmogelijk was naar binnen te gaan. Wat te doen? Niet alleen dacht ik nooit meer in staat te zijn de inrichting te verlaten en toegang tot de buitenwereld te krijgen, maar als het ooit zover zou komen, dan zou ik niet eens mijn woning kunnen betreden. Er werd besloten dat ik er een kijkje zou gaan nemen. Een verpleger op wie ik erg gesteld was nam me op een dag mee in een bestelwagen van de inrichting. Toen ik de tot aan het plafond gestapelde dozen zag, was ik zo verbijsterd dat ik weigerde naar binnen te gaan. Deze angst bleef me achtervolgen, geen angst voor een mogelijke leegte, maar voor een verschrikkelijke reële volte. Ik was beslist verloren.

Toen bedacht mijn arts iets dat hij daarna een 'onwaarschijnlijke oplossing' zou noemen, in het bijzonder het volgende, een echt onzinnig 'bureaucratisch-medisch' spel. De bestelwagen van de inrichting zou de dozen met mijn boeken ophalen, ze zouden in de lege hal van de inrichting worden uitgeladen, daar zou ik mijn boeken sorteren, vervolgens zouden ze naar mijn woning worden teruggebracht en op boekenplanken gerangschikt. Maar waar haalde ik boekenplanken vandaan? Drie vrienden van me boden aan boekenkasten bij me neer te zetten, die ze als pakket in een groot warenhuis hadden gekocht en met de metro hadden vervoerd! Toch was ik nog geen stap verder. Wie anders dan ik kon mijn boeken sorteren, terwijl ik me daartoe helemaal niet in staat voelde? In mijn hoofd werd het hele plan onzeker. Zonder me iets te zeggen zetten mijn vrienden boekenkasten neer, stapelden er zo goed zij konden al mijn boeken in en kwamen me op een dag het nieuws vertellen. Als ik wilde, kon ik eindelijk mijn woning in. Inderdaad kon ik mijn woning zoals gezegd tijdens mijn eerste 'verlof' betreden, in november-december 1982, dat slecht zou aflopen. Ik kon echter geen enkel boek terugvinden. Ik zou ze dus moeten gaan rangschikken, maar hoe breng je zo'n eindeloze taak tot een goed einde? Ik had duizenden boeken, waarvan ik er slechts enkele honderden gelezen had—het lezen van de andere had ik tot (denkbeeldige) betere tijden uitgesteld. Weer werd ik bang. Maar het bewijs dat je in een janboel van boeken kunt leven, wordt geleverd door het feit dat ik ze tot nu toe niet heb kunnen rangschikken, dat ik er slechts enkele heb teruggevonden en dat ik me alles bij elkaar heel goed voel in die wanorde. Een bewijs te meer dat alles 'in het hoofd gebeurt'.

Maar dat was niet het ergste. En hier roer ik iets aan dat zowel ontzettend gedetermineerd alsook heel specifiek is. Natuurlijk beleefde ik mijn verblijf in de inrichting zoals ik het de vorige keren steeds beleefd had: als een nagenoeg volmaakte beschutting tegen de angstaanjagende buitenwereld. Ik zat als het ware in een vesting, opgesloten in eenzaamheid achter ondoordringbare muren, de muren van mijn angst. Hoe kon ik daar ooit uit komen? Mijn arts was zich daar heel goed van bewust en in zijn begrip ging hij meedoen, meedoen met mijn angst, en van de weeromstuit werd hij zelf angstig, evenals de verplegers op wie ik voortdurend mijn angst overbracht. Ik herinner me zelfs dat ik een keer, heel bepaald denkend aan een vriendin wier aanzet van de hals ik eens aandachtig en vol ontzetting bekeken had, aan mijn arts angstig de verschrikkelijke vraag stelde: en als ik het weer eens zou doen (een vrouw wurgen)? Mijn arts had me gerustgesteld: wel nee! Zonder verdere argumenten. Maar later hoorde ik dat de verpleegsters bang waren om 's avonds alleen mijn kamer binnen te gaan, bang dat ik ze op het lijf zou springen en wurgen... Alsof ze mijn verschrikkelijke, in angst verhulde verlangen 'opgevangen' hadden. Dat ik over deze besmetting spreek, komt doordat opsluiting dit onvermijdelijk tot gevolg heeft. De angst gaat rond van patiënt naar arts naar verpleging naar bezoekende vrienden, en in dusdanige mate versterkt dat mijn arts zich meer dan eens in een hachelijke situatie bevond, zo niet ten opzichte van de verplegers (hij heeft me er nooit iets over gezegd), dan toch tegenover mijn vrienden, die het terdege hebben opgemerkt. Hoe kan een arts zich dan aan dit wisselende angstspel onttrekken, waarin hij inderdaad zowel gever als ontvanger is? Een buitengewoon moeilijke situatie, waarin alleen compromissen een oplossing kunnen bieden. Mijn arts wist die te vinden, maar het was niet zonder neveneffecten.

 Ik geloof dat ik de belangrijkste van deze neveneffecten nauwkeurig kan situeren; het gaat om de zowel objectieve als ingebeelde 'natuur' van de 'vesting' die ik had geconstrueerd als schuilplaats voor en bescherming tegen de angst voor een onmogelijk contact met de buitenwereld. Maar die buitenwereld bestond niet alleen in mijn waanvoorstelling, in werkelijkheid werd ze iedere dag meegebracht door mijn vrienden, die uit die buitenwereld kwamen en ernaar terugkeerden. Ik neem één voorbeeld. Foucault kwam tweemaal bij me op bezoek en ik herinner me dat we beide keren spraken over alles wat zich in kringen van intellectuelen afspeelde, zoals ik met bijna *al* mijn vrienden deed, over personen, hun plannen, werk en conflicten, en over de politieke situatie. Dan was ik helemaal 'normaal', volledig op de hoogte van alles, de ideeën schoten me weer te binnen, soms gaf ik Foucault een spits antwoord, en hij vertrok in de overtuiging dat het heel goed met me ging. Toen hij een andere keer bij me op bezoek kwam, was ik in gezelschap van pater Breton. Terwijl ik als scheidsrechter en beschermheer optrad, ontspon zich tussen hen een opmerkelijke uitwisseling van denkbeelden en ervaringen, die ik nooit van mijn leven zal vergeten. Foucault sprak over zijn onderzoek naar de 'waarden' van het christendom in de vierde eeuw en hij maakte een heel belangrijke opmerking: ook al had de Kerk de liefde altijd heel hoog in haar vaandel geschreven, de vriendschap had ze steeds diep gewantrouwd, terwijl de filosofen van de oudheid en met name Epicurus die toch in het middelpunt van hun praktische ethiek hadden geplaatst. Als homoseksueel kon hij natuurlijk niet anders dan een verband leggen tussen de afkeer van de Kerk van vriendschap en de afkeer, dat wil zeggen de voorkeur (weer een ambivalentie) van het gehele apparaat van Kerk en kloosterleven ten aanzien van homoseksualiteit. Toen nam pater Breton het woord, niet om hem naar de theologie te verwijzen, maar om hem zijn verbluffende persoonlijke ervaring te vertellen. Geboren uit onbekende ouders was hij door zijn pastoor in huis opgenomen; die merkte zijn vlugheid van begrip op en zorgde ervoor dat hij op het seminarie van Agen kwam, waar hij enige jaren voortgezet onderwijs volgde. Toen hij vijftien was, werd hij tot het noviciaat toegelaten en begon hij aan het strenge leven van aspirant-monnik—onpersoonlijkheid zonder ik (aangezien Christus geen persoon was, maar een onder het Woord gebracht onpersoonlijk iemand) en een leven volgens strikte regels. Door de overste te gehoorzamen, vergat hij zijn ik: 'De regel dacht voor je, omdat er voor je gedacht is, wordt iedere persoonlijke gedachte een zonde van hovaardij.' Pas later, gezien de ontwikkeling van de levensgewoonten, en dankzij wat christelijk personalisme genoemd werd, is ernaar gestreefd om wat meer rekening te houden met ieders eigenheid, en dan nog met mate! In dit verband nam Breton een uitdrukking van Foucault over door op te merken dat in het klooster 'de mens een zeer recente ontdekking was'. Breton had zijn hele leven niet één vriend gehad, vriendschap was nog steeds verdacht omdat ze in een speciale vriendschap, een verkapte vorm van homoseksualiteit ontaardde. In de Kerk bestond wel degelijk een verdrongen neiging tot homoseksualiteit, wat door het uitsluiten van vrouwen te verklaren is. Het risico van speciale vriendschappen zou nooit zo sterk benadrukt zijn als homoseksualiteit niet een permanent gevaar en voortdurende aanvechting was geweest. De oversten werden geobsedeerd door speciale vriendschappen en waren doodsbang voor dit wijdverbreide kwaad. En dan had je zoveel priesters, heilige priesters zelfs, die een afschuw van vrouwen hadden, wat hun neiging tot reinheid verklaart, want de vrouw is een onrein wezen; veel priesters meenden zich aan de onreinheid te kunnen onttrekken door zich niet aan een vrouw te bezondigen en zich 'met een knaapje te amuseren'. Zoals die brave priester die trouw alle voorschriften naleefde en de mis las, maar die een allerliefst misdienaartje had dat hij op een dag na de mis in de sacristie liet komen; hij deed de gulp van de jongen open, knipte wat schaamhaar af en borg dat op in een soort van reliekhouder (een doosje waarin de hostie wordt bewaard). In zulke gevallen is vriendschap altijd verdacht en het was duidelijk wat Foucault bedoelde. Liefde in de ruime zin des woords, vooral wanneer het een liefde op afstand is, voor de naaste, was een middel om zich van vriendschap te bevrijden.

En ik zat tussen Foucault en Breton in, ik luisterde naar hen en nam deel aan het gesprek, dat niets meer te maken had met de inrichting en de bescherming die zij bood; ik was ver weg van de vesting waarin mijn angst me opsloot. Zo ging het *met al mijn vrienden*, zij maakten het me mogelijk om in gedachten en in gesprekken buiten de bewuste 'zekerheid' van de opsluiting en in feite in de buitenwereld te leven.

Natuurlijk was mijn arts niet erg goed op de hoogte van deze kant van mijn leven. Ik vertelde hem er niets over, ik vertelde hem slechts over mijn angst, en daarop baseerde hij zijn opvatting dat ik me in de inrichting opsloot als in een vesting. Ik zou haast zeggen dat deze opsluitingsneurose en angst voor de buitenwereld hem veel sterker beklemden dan mij. Onlangs heb ik langdurig met hem gesproken over deze dingen uit het verleden en ik ben me ervan bewust geworden dat hij naar aanleiding van mijn symptomen zijn eigen angst op mij geprojecteerd en mij zodoende radicale vormen van zijn angst toegeschreven moet hebben. Weliswaar had ik het gevoel voorgoed verloren te zijn, maar dat was niet zozeer wegens mijn angst voor de buitenwereld als wel om andere, dieper liggende redenen.

Die zal ik aangeven, maar eerst zou ik willen stilstaan bij de nadelen die de psychiatrische inrichting als zodanig oplevert. Het is een bekend feit dat vele zieken, die in een acute en dus tijdelijke crisis zijn geraakt waardoor ze ijlings en bijna automatisch in een psychiatrische inrichting worden opgesloten, ten gevolge van zowel de geneesmiddelen als de opsluiting 'chronische patiënten' kunnen worden, echte geesteszieken die niet in staat zijn om nog ooit buiten de muren van de inrichting te komen. Dit effect is bekend aan al degenen die een halt trachten toe te roepen aan het automatisch overgaan tot opname en die de voorkeur geven aan poliklinische behandeling, hetzij een daginrichting, hetzij een polikliniek, enzovoort. Dat is de achtergrond van de door Basaglia in Italië uitgevoerde (of eigenlijk bepleite) hervorming. Basaglia wilde zowel de acute gevallen als de 'chronisch geworden patiënten' behoeden voor de onafwendbare kwalijke gevolgen van opsluiting door de psychiatrische inrichtingen te sluiten en de patiënten of in klinieken of bij gastgezinnen onder te brengen. Uiteraard kon deze hervorming slechts worden ontworpen in een periode van belangrijke volksbewegingen, met steun van vakbonden en arbeiderspartijen. In Frankrijk is zo'n hervorming moeilijk voorstelbaar, gezien de onveranderlijk repressieve mentaliteit. Het is bekend dat ook in Italië de hervorming van Basaglia duidelijk mislukt is. Wat moet je dan doen om de patiënten uit de hel van de gebundelde, onafwendbare invloed van alle betrokken Ideologische Staatsapparaten te halen?

Maar wat men minder goed weet, waarvan men minder goed op de hoogte is, zijn de effecten van de psychiatrische opsluiting op de artsen zelf, op het beeld dat zij van hun patiënten en van de angsten van hun patiënten hebben. In mijn geval is het opvallend dat een arts die de allerbeste bedoelingen heeft, en ook uitstekend toegerust is om naar zijn patiënt te luisteren, op hem (mij) zijn eigen angst voor de 'onneembare vesting' geprojecteerd heeft en zich dankzij deze verwarrende projectie gedeeltelijk vergist heeft omtrent wat er zich werkelijk in mij afspeelde. Niet zozeer de buitenwereld bracht bij mij een aanhoudende angst teweeg als wel het schrikbeeld daar *alleen* te zijn, in de steek gelaten, onmachtig om ook maar enig probleem op te lossen, kortom mijn onvermogen om gewoon te bestaan. Terwijl de aandacht van mijn arts zich op een bepaalde angst richtte, die hij meer aan me toeschreef dan bij me observeerde, en die hij zodoende van zijn 'object' of eerder van de afwezigheid van ieder object, van het verliezen van ieder 'object', naar de afbeelding en uitbeelding van zijn eigen op mij geprojecteerde angst verschoof, ontwikkelde zich in mij een geheel andere 'dialectiek': de dialectiek van de 'rouw'.

Verscheidene vrienden hebben me dezelfde onthutsende feiten verteld. Een tijdlang 'raakte ik alles kwijt': mijn kamerjas, mijn schoenen, mijn sokken, mijn bril, mijn potlood, mijn truien, de sleutel van mijn kast, mijn adresboekje en ik weet al niet wat. Achteraf is de betekenis van dit merkwaardige gedrag, waarvan ik me niet bewust was, heel duidelijk. Het had betrekking op objectieve objecten, het was de 'rekening' voor een heel ander, onbewust verlies, het verlies van het objectobject, dat wil zeggen van het inwendige object, het verlies van de geliefde, van Hélène, dat een ander, oorspronkelijker verlies deed opleven: het verlies van mijn moeder. Het verlies van het moederlijke inwendige object-object werd zodoende onbewust vereffend door het eindeloos zoekraken van objectieve objecten. Alsof ik door het verlies van het object-object dat al mijn beleggingen bepaalde, alsof ik door de onbewuste moedervorm van al mijn beleggingen te verliezen tegelijkertijd voorgoed elk vermogen verloor om in afzonderlijke objectieve objecten te beleggen. Ik verloor alles omdat ik het Wezen van mijn leven verloren had en daar rouwde ik om. Het steeds kwijtraken van voorwerpen was een psychisch rouwproces, de verwerking van het verlies van het oorspronkelijke object-object.

En intussen was ik op alle plaatsen van mijn lichaam ziek: ogen, oren, hart, slokdarm, ingewanden, benen, voeten en waar al niet. De symptomen van een alzijdige kwaal beroofden me van het gebruik van mijn lichaam, ik verloor mijn lichaam en viel zo weer terug tot mijn 'verbrokkelde lichaam'.

Ik vertoonde evenwel nog een ander gedrag, dat merkwaardig maar tegelijk veelbetekenend was. Al mijn vrienden die in die tijd met me spraken, hebben het feit eenstemmig bevestigd. Voortdurend had ik het over zelfmoord. Een hele middag lang onderzocht ik met een van hen de verschillende mogelijkheden om mezelf van het leven te beroven, vanaf de meest traditionele voorbeelden uit de oudheid, en ten slotte verzocht ik hem dringend een revolver voor me mee te brengen. Ik vroeg hem zelfs met klem: 'Maar jij, besta jij wel?' Tegelijkertijd echter rustte ik niet voordat ik ieder vooruitzicht om uit de ellendige toestand te geraken waartoe ik me veroordeeld voelde, teniet had gedaan—het woord is belangrijk. Het ontbrak me geenszins aan een overvloed aan argumenten, integendeel, naar verluidt waren mijn redeneringen onverbiddelijk. Ik deed niets anders dan mijn gesprekspartners *aantonen* dat ieder redmiddel vruchteloos was, of het nu een fysiologisch, neurologisch, chemisch, psychiatrisch of psychoanalytisch middel was, en vooral psychoanalytisch. Met dwingende filosofische argumenten toonde ik aan dat iedere ingreep beperkt van aard, willekeurig en uiteindelijk volkomen nutteloos was, althans in mijn 'geval'. Mijn gesprekspartners waren niet meer in staat iets tegen te werpen, ten slotte hielden ze hun mond, zelfs zij die het meest doorkneed waren in de 'dialectiek' van het filosofische gesprek (en ik had vaak heel begaafde filosofen tegenover me), en ze gingen wanhopig en ontredderd weg. Daarna belden ze elkaar op, maar ze konden alleen vaststellen dat er niets aan te doen was, dat het nu eenmaal zo was, dat ik verloren was. Wat beoogde ik eigenlijk met die bewijsvoeringen, even zovele krachtproeven waaruit ik onvermijdelijk als overwinnaar te voorschijn kwam? Door het bestaan van een ander te vernietigen, door alle vormen van hulp, steun en argumentatie die men me probeerde te bieden onverbiddelijk te ontkrachten, wilde ik natuurlijk het *bewijs*, de tegenproef leveren van *mijn eigen objectieve vernietiging, het bewijs van mijn niet-bestaan*, het bewijs dat leven, hoop en redding voor mij opgehouden hadden te bestaan. Inderdaad probeerde ik met deze proef en door dit bewijs de totale onmogelijkheid van mijn redding, *dus mijn eigen dood*, aan mezelf aan te tonen; en zo kwam ik langs andere wegen uit bij mijn verlangen mezelf te doden, bij mijn wil mezelf te vernietigen. Op symbolische wijze was de vernietiging van de anderen, en voor alles van mijn beste vrienden, tot en met de vrouw van wie ik het meest hield, de voorwaarde tot mijn eigen vernietiging.

Kort en goed, naar aanleiding van de vernietiging van Hélène moest ik een 'rouwproces' doormaken. En niet alleen de vernietiging van Hélène, maar ook mijn zelfvernietiging moest ik verwerken. Op een dag ontving ik bezoek van een bevriende psychoanalyticus, die ik al lang kende; ik sprak met hem over mijn angsten en stelde de onvermijdelijke vraag: wat is er dan toch gebeurd toen ik Hélène vermoordde? Met een duiding die wat de vorm betreft stellig een beetje 'wild' was, zei hij tot mijn grote verbazing dat ik door middel van Hélène onbewust mijn eigen analyticus had willen doden. Dat had ik nog niet zelf bedacht en ik was zeer verwonderd, zelfs ongelovig. Maar de grondige manier waarop ik destijds iedere psychoanalytische werkelijkheid vernietigde, ging inderdaad in dezelfde richting. En als ik er toen maar enig vermoeden van had gehad, had ik de bevestiging kunnen vinden in mijn vergaande poging me zomaar van mijn analyticus te ontdoen, bij hem weg te gaan en een andere analyticus te kiezen, in dit geval een analytica van Pools-Russische afkomst (zoals Hélène), over wie ik had horen praten. Alles speelde zich per telefoon af en via vrienden die gemene zaak met me maakten. Ik sprak er zelfs een keer met mijn analyticus over; hij zei dat ik het volste recht had in alle vrijheid een beslissing te nemen en tegen mijn voornemen voerde hij geen bezwaar aan. Toch dacht ik er het mijne van! Maar de zaak werd op de lange baan geschoven, in feite kon ik de inrichting niet uit voor die verre afspraken en uiteindelijk bracht ik dit weloverwogen plan niet ten uitvoer.

Op dit moment heb ik reden om te denken dat alles nauw met elkaar samenhing: het verlies van het object-object, dat door het kwijtraken van talloze objectieve objecten vereffend werd, en mijn algehele hypochondrie bleken tegelijk een verlangen te zijn om alles te verliezen en alles te vernietigen, Hélène, mijn boeken, mijn bestaansredenen, de Ecole normale, mijn analyticus en mijzelf. Een vriendin op wie ik erg gesteld was wees me hier onlangs op, en haar opmerking bracht me er in feite toe dit boekje te schrijven. Nooit had ze me het geringste verwijt gemaakt, ze had zelfs niet gezegd wat ze eigenlijk van me vond, tot ze kort geleden als het ware spontaan zei: 'Wat ik bij jou niet prettig vind, is het verlangen *jezelf te vernietigen*.' Deze opmerking opende mij de ogen en bracht de herinnering aan die moeilijke tijden weer helemaal terug. In feite wilde ik alles vernietigen, mijn boeken, Hélène die ik gedood had, mijn analyticus, en dat om heel zeker van mijn zelfvernietiging te zijn, zoals ik die in mijn zelfmoordwanen plande. En vanwaar die hardnekkige wil tot zelfvernietiging? Alleen omdat ik diep in mezelf, onbewust (en dit onbewuste verlangen werd in eindeloze redeneringen omgezet), koste wat het kost *mezelf* wilde vernietigen omdat ik al heel lang niet bestond. Is er een beter *bewijs dat je niet bestaat* dan daaruit de conclusie te trekken en *jezelf te vernietigen* na al je naasten, al je steunpunten en al je redmiddelen vernietigd te hebben?

Toen ging ik zover te denken, daar ik intussen als docent, filosoof en politicus toch een bestaansmiddel gevonden had, dat dankzij de verschrikkelijke oerangst van de depressie en de buitengewone regressie die ze teweegbracht, de oude oorspronkelijke dwanggedachte weer in mij bovenkwam die zich zo vaak in zoveel vormen (denk aan het voorval van de buks) herhaald had, dat mijn bestaan slechts uit kunstgrepen en leugens bestond, dat wil zeggen dat ik niets oorspronkelijks, dus niets waars of reëels bezat. En dat de dood van meet af aan deel van mijn leven had uitgemaakt, de dood van die gesneuvelde Louis achter mij, die mijn moeder door mij heen zag; zo veroordeelde ze me tot de dood die hij in het luchtruim boven Verdun ontmoet had, en bleef ze me onophoudelijk in haar hart ter dood veroordelen, door haar dwangmatige afkeer van het verlangen dat ik voortdurend had verwezenlijkt.

Toen begreep ik (en de scherpzinnige opmerking van die vriendin opende mij de ogen) dat ik niet pas sinds de dood (de vernietiging) van Hélène een rouwproces doormaakte, maar al *heel lang*. Inderdaad had ik door tussenkomst van mijn moeder en van andere vrouwen altijd gerouwd over mezelf, over mijn eigen dood. Als tastbaar bewijs dat ik niet bestond, had ik vertwijfeld alle bewijzen van mijn bestaan willen vernietigen, niet alleen Hélène, het voornaamste bewijs, maar ook de bijkomende bewijzen, mijn werk, mijn analyticus en uiteindelijk mijzelf. Ik had echter niet gemerkt dat ik bij deze slachtpartij een uitzondering maakte: voor de vriendin die me de ogen zou openen met haar opmerking, onlangs, dat ze mijn verlangen om mezelf te vernietigen niet prettig vond. Dat is waarschijnlijk geen toeval, ze was een uitzondering in mijn leven, omdat ik getracht had op een heel andere wijze van haar te houden dan van de vrouwen vóór haar.

Ja, al heel lang rouwde ik onafgebroken over mezelf en waarschijnlijk was ik in die rouw gedompeld tijdens mijn merkwaardige regressieve depressies, die geen echte buien van neerslachtigheid waren, maar een tegenstrijdige manier om de wereld te verzaken door het uitoefenen van almacht, hetzelfde gevoel van almacht dat me tijdens de fasen van hypomanie beving. Volstrekte onmacht om te zijn, is gelijk aan almacht over alles. En steeds die verschrikkelijke ambivalentie, waarvan je het equivalent overigens in de middeleeuwse christelijke mystiek aantreft: *totum = nihil*.

Mag ik tot het vervolg overgaan? Maar dat zal niemand interesseren! Nu begrijp ik de betekenis van de veranderingen die zich in mij voordeden en die alle in dezelfde richting gingen: (weer) meester over mijn eigen leven worden. Het begon met een initiatief dat ik nam; ik schakelde mijn 'advocaat' in om een vakbondsman te bevrijden uit wat naar mijn oordeel politieke gevangenschap was (de Communistische Partij). Mijn arts heeft van deze stap nooit iets afgeweten. Vervolgens verzocht ik mijn arts me een nieuw geneesmiddel voor te schrijven, upseen, dat me inderdaad goed deed. In juli 1983 verliet ik Soisy voor een vakantie in Oost-Frankrijk, waar ik een moeilijke periode doormaakte in het buitenhuis van goede vrienden, want ik was nog niet erg sterk. Ik bracht het er goed af en mijn arts nam het (aanzienlijke) risico om me na mijn terugkeer in september 1983 niet weer op te nemen. Mijn vrienden regelden het zo dat er dag en nacht iemand in mijn woning aanwezig was om toezicht op me te houden. Dankzij hen wende ik ten slotte aan mijn nieuwe huis, dat me niet langer bang maakte. Sindsdien heb ik ervoor gezorgd dat mijn analyticus zich tot zijn rol van analyticus beperkt, ik vraag hem niet meer om als psychiater of zelfs als arts op te treden. Geleidelijk heb ik al mijn zaken, mijn vriendschappen en genegenheden weer ter hand genomen. Ik meen geleerd te hebben wat liefhebben betekent: niet het nemen van initiatieven waarbij je jezelf overbiedt en 'overdrijft', maar aandacht voor de ander hebben, rekening houden met zijn verlangen en ritme, niets vragen maar leren ontvangen, iedere gave als een verrassing van het leven ontvangen, en in staat zijn om zonder pretentie de ander eenzelfde gave en verrassing te bezorgen, zonder hem enig geweld aan te doen. Kortom, eenvoudigweg vrij zijn. Waarom schilderde Cézanne telkens de Sainte-Victoire? Omdat het licht ieder moment een gave is.

Dus ondanks alle drama's kan het leven toch nog mooi zijn. Ik ben zevenenzestig, maar eindelijk voel ik me jong. Ik had geen jeugd, omdat ik niet omwille van mezelf bemind werd. Maar zo jong als nu heb ik me nooit gevoeld, ook al zal het wel spoedig afgelopen zijn.

Inderdaad, dan duurt de toekomst lang.

XXIII*

Ik laat deze tekst aan een oude vriend lezen, een arts die Hélène en mij al heel lang kende. En uiteraard stel ik hem de vraag: 'Wat is er toch voorgevallen tussen Hélène en mij op die zondag 16 november, dat het op die afschuwelijke moord is uitgelopen?'

Dit is zijn antwoord, letterlijk weergegeven: 'Ik ben geneigd te zeggen dat zich een onvoorstelbare samenloop van omstandigheden heeft voorgedaan, waarvan sommige louter toevallig, andere weer niet toevallig waren, een opeenstapeling die totaal niet te voorzien was, die ook heel gemakkelijk en zonder veel inspanning voorkomen had kunnen worden indien...

Mijns inziens wordt de situatie vooral gekenmerkt door drie belangrijke feiten: 1. *enerzijds*, zoals de drie medische deskundigen heb-

---

* Dit hoofdstuk, dat in nummering op het andere volgt, had van de auteur ook de titel gekregen: Ontslag van rechtsvervolging (noot van de bezorgers).

ben vastgesteld, verkeerde je in een "toestand van krankzinnigheid", dus van ontoerekeningsvatbaarheid: geestelijke verwarring en onirisme; voor en tijdens de daad wist je als gevolg van een acute aanval van depressie, totaal niet wat je deed. Dus je was niet aansprakelijk voor je daden, vandaar het ontslag van rechtsvervolging, dat in zo'n geval is voorgeschreven.

2. Maar *anderzijds* is de politie bij haar onderzoek ter plaatse iets opgevallen: er was geen spoor van wanorde, niet in jullie beider kamers, niet in jouw bed noch op de kleren van Hélène.

Het verhaal van de "deken" die de hals van Hélène tegen zichtbare sporen van worging zou hebben beschermd, was een journalistieke veronderstelling die juist de afwezigheid van zichtbare sporen van worging trachtte te verklaren. Deze veronderstelling, die men overigens slechts in een enkel artikel aantreft en die in een aantal andere van de hand wordt gewezen, is door het onderzoek uitdrukkelijk weerlegd. Op de huid van Hélènes hals was geen enkel spoor van worging zichtbaar.

3. *Ten slotte* waren jullie beiden alleen in de woning, niet alleen die ochtend, maar al een dag of tien.

Natuurlijk was er niemand om tussenbeide te komen. Maar bovendien heeft Hélène zich om de een of andere reden in het geheel niet verweerd. Terecht heeft iemand de aandacht op het volgende gevestigd: gezien de toestand van verwarring en onbewustheid waarin je verkeerde (en wellicht ook onder de schadelijke invloed van de imao's, die ten gevolge van de "biologische shock" bij jou "omgekeerde" effecten teweegbrachten), had Hélène je waarschijnlijk alleen maar een flinke klap hoeven geven of een opvallend gebaar hoeven maken om je uit je toestand van onbewustheid te halen, in elk geval om jouw onbewuste handelingen te stuiten. Dan had het drama mogelijk een heel ander verloop gehad. Maar ze deed niets.

Betekent dit dat ze de dood, die ze uit jouw handen wilde ontvangen, rustig afwachtte en zich zonder verzet van het leven heeft laten beroven? Dat is niet uitgesloten.

Of betekent dit juist dat ze helemaal niet bang was voor jouw weldadige massage, waaraan ze al heel lang gewend was?—Ik moet erbij zeggen, als ik je mag geloven, dat je nooit haar hals, maar altijd haar nek gemasseerd had.—Dat is evenmin uitgesloten. Zoals alle anatomen, zware misdadigers en beoefenaren van vechtsporten, weet je dat de hals *uiterst kwetsbaar* is; er is slechts een heel lichte schok nodig om kraakbeen en beentjes te breken, en dat betekent de dood.

Wilde Hélène in wezen niet langer leven (al een maand praatte ze onophoudelijk over zelfmoord, maar je wist dat ze daartoe niet in staat was), zodat ze de dood waar ze je om had gesmeekt, passief uit jouw handen aanvaard heeft? Dat is evenmin uitgesloten.

Of was, zoals je leven lang het geval is geweest, je verlangen om haar te hulp te komen, om haar vurigste en meest weerloze verlangen te hulp te komen, zo sterk dat je onbewust haar verlangen om een einde aan haar leven te maken hebt verwezenlijkt? Zo'n geval wordt "zelfmoord via een tussenpersoon" of "altruïstische zelfmoord" genoemd en wordt vaak bij acute depressies waargenomen, zoals jij had. Ook dat is niet uitgesloten.

Maar voor welke veronderstellingen moet je kiezen?

In dit verband is bijna alles voorstelbaar. In wezen weet je hier nooit iets *helemaal zeker*; de gezamenlijke factoren die het drama ontketend hebben zijn zeer uiteenlopend, subjectief gezien ingewikkeld en onbeslisbaar, en objectief gezien grotendeels toevallig.

Want wat zou er bijvoorbeeld gebeurd zijn—en dit is volkomen objectief!—als Hélène jouw analyticus, die jou onmiddellijk wilde opnemen, niet dringend had verzocht haar drie dagen "bedenktijd" te geven? Waarom heeft ze jouw analyticus eigenlijk gevraagd om dat uitstel? En bovenal, wat zou er gebeurd zijn als de *expresbrief* van jouw analyticus, die op vrijdag 14 november om vier uur 's middags gepost was en waarin Hélène werd verzocht hem *met uiterste spoed* te bellen, om ondanks haar dringende verzoek om uitstel onmiddellijk tot opname over te gaan, niet op maandag 17 november, na het drama, maar op vrijdagavond 14 of zaterdagmorgen 15 november om negen uur bij de Ecole normale bezorgd was? De post valt waarschijnlijk niets te verwijten. Maar de portier van de Ecole normale, die brieven en telegrammen in ontvangst neemt, heeft je via de huistelefoon uitgeraard niet kunnen bereiken, en evenmin door bij je aan te bellen, omdat je al minstens tien dagen—al je vrienden hebben dat bevestigd (met inbegrip van de vrienden die graag je deur hadden willen "forceren")—niet meer de telefoon aannam, noch opendeed als er gebeld werd? Als je bij wijze van uitzondering de telefoon had aangenomen of als door een wonder had opengedaan, dan had Hélène de *expresbrief* van jouw analyticus ontvangen en hem kunnen opbellen, als ze gewild had. Vanzelfsprekend en zonder enige twijfel zou alles dan anders zijn gelopen.

In jullie drama hebben vanaf het begin tot het einde, tot aan het laatste ogenblik, objectief gezien onberekenbare factoren meegespeeld die niets te maken hadden met inbeelding.

Alles wat erover te zeggen valt, als aan deze talrijke imponderabilia wordt voorbijgegaan—maar hoe zou je ze buiten beschouwing kunnen laten?—is dat Hélène de dood heeft aanvaard zonder iets te doen om zijn komst te verhinderen en zonder zich ertegen te beschermen, alsof ze naar de dood verlangde, er zelfs naar verlangde de dood uit jouw handen te ontvangen.

Daar valt nog aan toe te voegen dat jij—je hebt haar dus gedood, wellicht doordat je haar alleen maar zorgzaam wilde masseren, aangezien er geen enkel spoor van worging zichtbaar is—dat jij misschien jouw verlangen naar de dood hebt willen verwezenlijken. En terwijl je haar de zeer grote dienst bewees haar namens haarzelf te doden (ze was immers beslist niet tot zelfdoding in staat), heb je misschien onbewust je eigen verlangen naar zelfvernietiging willen verwezenlijken, via de dood van de persoon die het meest in je geloofde, om er heel zeker van te zijn dat je slechts dat personage van list en bedrog was waardoor je altijd al geobsedeerd bent geweest. De overtuigendste manier waarop je jezelf kunt bewijzen dat je niet bestaat, is immers jezelf vernietigen door degene te vernietigen die van je houdt en die als geen ander aan je *bestaan* gelooft.

Ik weet dat er altijd mensen en zelfs vrienden zullen zijn die zeggen: Hélène was zijn kwaal, hij heeft zijn kwaal gedood. Hij heeft haar gedood omdat ze hem het leven onmogelijk maakte. Hij heeft haar gedood omdat hij haar haatte, enzovoort. Of wat ingewikkelder gezegd, hij heeft haar gedood omdat hij in de waanvoorstelling van zijn zelfvernietiging verkeerde en omdat de vernietiging van zijn werk, van zijn reputatie, zijn analyticus en ten slotte van Hélène, die heel zijn leven samenvatte, de "logische" voorwaarde voor deze zelfvernietiging was.

Maar het hinderlijke in dit soort redeneringen (die wijdverbreid want heel geruststellend zijn—je hebt immers een ontwijfelbare "oorzaak"), is het "omdat", dat een onverbiddelijke noodzaak invoert zonder rekening te houden met alle objectief gezien toevallige factoren.

We hebben allemaal, maar dan ook allemaal, onbewust agressieve en zelfs moorddadige waanvoorstellingen. Als al degenen die zulke waanvoorstellingen met zich meedragen tot handelen zouden overgaan, dan zouden we allemaal onvermijdelijk moordenaars worden. Maar een overgrote meerderheid van de mensen kan heel goed leven met haar waanvoorstellingen, zelfs met de moorddadige, zonder ooit tot handelen over te gaan om ze te verwezenlijken.

Degenen die zeggen: hij heeft haar gedood *omdat* hij haar niet langer kon uitstaan, *omdat* hij haar al was het maar onbewust uit de weg wilde ruimen—die begrijpen er niets van, of weten niet wat ze zeggen. Als ze deze redenering op zichzelf zouden toepassen, een redenering die ook door hun eigen agressieve en moorddadige waanvoorstellingen (wie koestert die niet?) voedsel krijgt en die alles welbeschouwd een *voorbedachte rade van het onbewuste* is, dan zouden ze allen al lang, niet in een psychiatrische inrichting, maar in de gevangenis zitten.

Zoals je weet, en zoals Sophocles terecht heeft opgemerkt, is er zowel in het leven van een persoon als in de geschiedenis van een volk pas na de dood een definitieve waarheid, dat wil zeggen na een onherroepelijk einde waaraan niemand, en in de eerste plaats de dood niet, nog iets veranderen kan. Pas de stilstand die de dood teweegbrengt, maakt het mogelijk om achteraf vast te stellen (geval van Sophocles) of de gestorvene gelukkig is geweest of niet en (geval van Hélène) wat de "oorzaak" was van die dood.

Maar zo gaat het niet in het leven. Je kunt gewoon door een ongeval om het leven komen, zonder dat daardoor enig "verlangen" verwezenlijkt wordt. Wanneer het echter om "verlangen" gaat of wanneer men dat veronderstelt, dan zijn er een heleboel mensen die *achteraf*—en dat is nodig voor hen, want ze hebben er behoefte aan het beeld dat ze zich ervan vormen niet alleen te begrijpen maar ook te verdedigen, om zichzelf of hun vriend te beschermen of om een derde te beschuldigen, in dit geval een arts die niet alles gedaan zou hebben wat van buiten als noodzakelijk werd gezien, een buiten waarvan wordt aangenomen dat het "objectief" en "zonneklaar" is—een heleboel mensen dus die "achteraf", geconfronteerd met het onweerlegbare voldongen feit, een moorddadige waanvoorstelling poneren waarvan ze dan de "oorzaak" van de moord maken en zelfs de onbewuste *opzet*. Het woord opzet is veelzeggend, want het betekent eigenlijk *planning en onbewuste inrichting van het moordtoneel*, met de onbewuste bedoeling tot de moorddadige handeling over te gaan.

Maar deze vrienden, die hun vriend en—of—zichzelf te goed gezind zijn, verwarren het onherroepelijke *feit achteraf* van het leven zonder meer en de *betekenis achteraf* van het psychische leven. Wat het eerste betreft moeten alle mensen en alle vrienden hun persoonlijke achterafversie samenstellen, die hun goed uitkomt (ik gebruik deze uitdrukking niet in een ongunstige betekenis) en die het hun mogelijk maakt de schok van het drama te verdragen en er publiekelijk het hoofd aan te bieden. Maar bijna iedereen heeft zijn eigen uitleg, wat onvermijdelijk de betrekkingen met hun moorddadige vriend verslechtert en zelfs hun onderlinge betrekkingen. En ze zijn heel sterk gehecht aan hun persoonlijke *versie achteraf*, waaromheen ze de figuur van een moordenaar construeren, en ze vrezen min of meer heimelijk dat genoemde moordenaar op een dag hun duiding met de zijne zal weerleggen of rechtzetten. In dit opzicht had je arts gelijk met te zeggen dat jouw uitleg, maar ook het uitblijven daarvan, je beste vrienden van je zou kunnen vervreemden. Ik hoop van ganser harte dat er niets van waar zal zijn, maar ook wat dit betreft valt er niets met zekerheid te voorspellen.

Met de duiding achteraf van het innerlijk leven gaat het heel anders. In de eerste plaats omdat ze in het leven van de patiënt zelf plaatsvindt. Maar ook en vooral omdat er nooit een "eenduidige" waanvoorstelling bestaat; waanvoorstellingen zijn altijd *ambivalent*. Het verlangen om te doden bijvoorbeeld, of om jezelf en alles om je heen te vernietigen, gaat steeds gepaard met een hevig verlangen om ondanks alles te beminnen en bemind te worden, met een hevig verlangen naar versmelting met de ander en dus naar redding van de ander. Als ik je lees, lijkt me dat in jouw geval heel duidelijk. Hoe zou men dan durven spreken over de "oorzakelijke" determinatie van een waanvoorstelling zonder tegelijk de andere "oorzakelijke" determinatie ter sprake te brengen, de ambivalentie, die zich in de waanvoorstelling voordoet als een aan het moorddadig verlangen volledig tegengesteld verlangen naar leven, liefde en redding? Het gaat dan in feite niet om een *oorzakelijke* determinatie, maar om het ontstaan van een *ambivalente betekenis* van het in tweeën gespleten verlangen, dat met al de ambivalentie van zijn dubbelzinnigheid slechts verwezenlijkt wordt bij een toevallige gelegenheid die hem in staat stelt "vat te krijgen" op de buitenwereld, zoals je opmerkte naar aanleiding van Machiavelli. Maar dit vat krijgen, dat in hoge mate van toevallige omstandigheden afhankelijk is (de brief van je analyticus die Hélène niet ontvangen heeft, het volledig uitblijven van verweer van de kant van Hélène, ook jullie beider eenzaamheid—als je iemand anders bij de hand had gehad, wat zou er dan gebeurd zijn?), kan slechts onder hoogst toevallige omstandigheden in de objectieve werkelijkheid plaatsvinden. Degenen die pretenderen een *oorzakelijke* verklaring te hebben, begrijpen niets van de ambivalentie van waanvoorstellingen en van de innerlijke *betekenis, in het leven en niet in het onherroepelijke achteraf van de dood*, ze begrijpen evenmin iets van de rol van de objectieve, toevallige, uitwendige omstandigheden, die óf een rampzalig "vat krijgen" mogelijk maken óf een ontsnappen daaraan (statistisch gezien de overgrote meerderheid der gevallen).

Dus om het onbegrijpelijke echt te begrijpen moet je rekening houden met onvoorspelbare onzekerheden (die in jouw geval zeer talrijk waren), maar tegelijk met de ambivalentie van de waanvoorstellingen, die vrij baan geeft aan alle mogelijke tegenstrijdigheden.

Ik geloof dat alle kaarten nu op tafel liggen. Er waren er slechts enkele nodig, voor iedere waarnemer de meest evidente, om je, op het moment dat je de daad beging, ontoerekeningsvatbaar te verklaren.

Overigens kun je niemand beletten er anders over te denken. Maar het belangrijkste is dat je zelf duidelijk en publiekelijk verantwoording hebt afgelegd. Iedereen die dat nog wil en die misschien beter op de hoogte is, mag zich erop storten.

In ieder geval leg ik je publieke verantwoording uit als een weer meester worden over je eigen leven en je rouw. Zoals onze klassieke schrijvers zeiden, het is een *actus essendi*, een zijnsdaad.'

Eén opmerking nog. Laat degenen die menen er meer over te weten niet schromen het te zeggen. Ze kunnen me alleen maar helpen om te leven.

L. A.

DE FEITEN

1976

Aangezien ik degene ben die alles op touw heeft gezet, stel ik me ook maar meteen voor.
Ik heet Pierre Berger. Dat is niet waar. Zo heet mijn grootvader van moederskant, die in 1938 van uitputting is gestorven na zijn leven in de Algerijnse bergen te hebben verknald, met zijn vrouw en zijn twee dochters eenzaam in de wildernis als bezoldigd boswachter van het toenmalige Staatsbosbeheer.

Ik ben op vierjarige leeftijd geboren in de boswachterswoning van het Bois de Boulogne, op een heuvel bij Algiers. Behalve paarden en honden had je er een grote vijver met vissen, pijnbomen, reusachtige eucalyptusbomen, waarvan ik 's winters grote stukken schors opraapte die naar beneden waren gevallen, citroenbomen, amandelbomen, sinaasappelbomen, mandarijnbomen en vooral mispelbomen, waaraan ik mij te goed deed. Mijn tante, toen een meisje, klom als een geit in de bomen en reikte me de beste vruchten aan. Ik was een beetje verliefd op haar. Op een keer waren we erg bang. Want we hadden ook bijen, gekweekt door een oude man die ze zonder kap op naderde en tegen ze praatte. Om een onbekende reden vielen ze mijn grootvader aan, misschien omdat hij mopperde, en tot grote schrik van de vissen sprong hij ijlings in de vijver. Maar op de heuvels was het leven vredig. Heel ver weg zag je de zee, en ik keek naar de boten die uit Frankrijk kwamen. Een daarvan heette de *Charles-Roux*. Lange tijd verwonderde het me dat er geen *roues* [wielen] aan zaten.

Mijn grootvader was een zoon van arme boeren in de Morvan. 's Zondags zong hij tijdens de mis met een groep jongens die een mooie stem hadden, op het koor achter in de kerk, vanwaar hij heel Gods volk kon zien, ook mijn grootmoeder die te midden van het volk bad, een tenger meisje dat bij de zusters op school was. Toen de tijd aanbrak om haar ten huwelijk te geven, bepaalden de zusters dat Pierre Berger zedelijk en arm genoeg was om haar man te worden. De zaak werd tussen de families beklonken, ondanks het gemopper van mijn overgrootmoeder, die niet was weg te krijgen bij de koe die ze hoedde en die even weinig sprak als het dier. Maar vóór het huwelijk speelde zich een soort drama af. Want mijn grootvader, zonder geld en zonder grond, wilde per se als boswachter naar de koloniën, het was de tijd van Jules Ferry en van het Franse imperialisme, en hij had besloten dat het Madagascar zou worden—God mag weten waarom, verovering, Ranavalo of de katholieke pers. Mijn grootmoeder stak daar een stokje voor en stelde haar voorwaarden: geen sprake van Madagascar, in het uiterste geval Algerije, anders zou ze niet met Pierre Berger trouwen. Hij moest er wel mee instemmen, Madeleine was te mooi.

En zo begon een afmattende loopbaan in de meest afgelegen bossen van Algerije, in streken waarvan ik de naam weer aantrof in de communiqués over de Algerijnse oorlog. Mijn grootvader woonde midden in het bos, van alles afgesneden, op grote afstand van dorpen, helemaal alleen moest hij op waanzinnig grote gebieden toezicht houden en die tegen branden en knoeierijen van Arabieren en Berbers beschermen. Hij legde eveneens wegen aan, en brandgangen die ook als verbindingswegen werden gebruikt. Voor al dit werk, dat een veelzijdige bekwaamheid vereiste en een alzijdige verantwoordelijkheid oplegde, kreeg hij het salaris van een onderwijzer, nog niet eens. Hij schoot er zijn gezondheid bij in, want gespannen als hij was ontzag hij zich niet; hij was onafgebroken in de weer, dag en nacht, hij reed zijn paard onder zich dood, was bij het eerste teken paraat, sliep nauwelijks enkele uren, en hij had een lelijke hoest opgelopen doordat hij te veel sigaretten rookte, die hij zelf rolde. Af en toe kwamen directeuren of inspecteurs ter plaatse een 'kijkje' nemen. In de boswachterswoning was er een kamer voor hen, en reservepaarden. Mijn grootvader bejegende hen afstandelijk, maar hij respecteerde hen omdat ze ter plaatse kwamen kijken, en reserveerde zijn minachting voor degenen die op kantoor bleven. Hij had respect voor een zekere De Peyrimoff, die naar de bergen kwam en over ernstige zaken sprak. Later in de Morvan, toen hij met pensioen was, had mijn grootvader het er nog over: dat was nog eens een man die zijn vak verstond.

Mijn grootvader en grootmoeder hadden allebei blauwe ogen en waren allebei even koppig. Wat de rest betreft... Mijn grootvader was klein en gedrongen, hoestte voortdurend en schold op alles. Niemand hechtte daar belang aan. Mijn grootmoeder was lang en slank (van verre leek ze me altijd een meisje), ze zweeg, ze dacht na en had mededogen (ik herinner me haar reactie toen ik haar eens voorlas uit *L'Espoir* van Malraux, waarin de beproevingen van de Spaanse Republikeinen verteld worden: 'Arme kinderen!'). Zo nodig trad ze doortastend op. Aan het begin van de eeuw brak in Algerije een gewapende volksopstand uit, de zogenaamde Margaretha-opstand, die zich niet ver van de boswachterswoning in de bergen afspeelde. Die nacht was mijn grootvader afwezig; zoals gewoonlijk trok hij rond. Mijn grootmoeder was alleen thuis, met haar twee dochters van drie en vijf. De plaatselijke Arabieren mochten haar graag. Maar ze maakte zich geen illusies, ze wist dat een opstand een opstand is en dat je op het ergste moet zijn voorbereid. Ze hield de wacht met een geweer en drie patronen, en die waren niet voor de Arabieren bestemd. De nacht verstreek, het werd ochtend, eindelijk kwam mijn grootvader thuis, scheldend op de opstandelingen die hij was tegengekomen: de arme drommels zullen sneuvelen.

Daar ben ik dus geboren, in de boswachterswoning op een heuvel bij Algiers, waar het aan het einde van zijn loopbaan wat rustiger was geworden. Het was op een nacht in oktober 1918, rond vijf uur 's morgens. Mijn grootvader ging te paard naar de stad en nam een Russische vrouwelijke arts mee terug, wier naam ik vergeten ben, maar die naar verluidt gezegd heeft dat 'gezien de grootte van het hoofd' de mogelijkheid bestond dat er iets in zou zitten. De vraag is natuurlijk wat; in ieder geval dwaasheden. Mijn vader zat toen als luitenant van de zware artillerie aan het front bij Verdun. Tijdens een verlof was hij op bezoek geweest bij mijn moeder, tot dat moment verloofd met zijn broer Louis, die echter als verkenner in een vliegtuig boven Verdun bleek te zijn gesneuveld. Mijn vader had gemeend dat het zijn plicht was de plaats van zijn broer naast mijn moeder in te nemen; zij had haar onvermijdelijke jawoord gegeven. Dat moet men zo zien. Huwelijken kwamen hoe dan ook tussen families tot stand, de mening van de kinderen legde niet veel gewicht in de schaal. Alles was bekokstoofd door de moeder van mijn vader, die ook met een man van Staatsbosbeheer was getrouwd, zij het een onbenullige kantoorklerk. In mijn moeder zag ze het eenvoudige, eerbare, ijverige meisje dat haar oudste zoon en lievelingskind nodig had; hij was reeds tot de Ecole normale supérieure van Saint-Cloud toegelaten. Louis was haar lieveling om de eenvoudige reden dat het geld ontbrak om de studie van twee jongens te bekostigen; ze hadden dus een keuze moeten maken en die was op hem gevallen, om redenen die verband hielden met de opvattingen van mijn grootmoeder over hogescholen. Van de weeromstuit had mijn vader vanaf zijn dertiende moeten werken. Bij een bank, eerst als loopjongen en daarna had hij de treden van de ladder beklommen; hoewel het hem aan schoolkennis ontbrak, was hij intelligent. Als voorbeeld van de kille strengheid van zijn moeder, die nooit de toekomst noch een cent uit het oog verloor, vertelde hij me vaak het voorval uit de tijd van Fasjoda; zodra de oorlogsdreiging bekend was, had ze hem er met de grootste spoed op uitgestuurd om kilo's bonen te kopen, het beste middel tegen voedselschaarste. Zo volgde ze, wellicht zonder het te weten, de oudste traditie van de armen in Latijns-Amerika, in Spanje en op Sicilië. Mits je ze tegen insekten beschermt zijn bonen onbeperkt houdbaar, zelfs in oorlogstijd. Ik ben niet vergeten dat diezelfde grootmoeder me eens op een Veertiende Juli een tennisracket cadeau gaf, terwijl we vanaf haar balkon naar het defilé van de troepen langs de kaden van Algiers keken.

 Mijn vader nam me vaak mee naar het voetbalstadion, waar toen gedenkwaardige wedstrijden werden gespeeld tussen Fransen onderling of tussen Fransen en Arabieren. En het ging er heftig aan toe. Daar hoorde ik voor het eerst van mijn leven een schot lossen. Er ontstond paniek, maar de wedstrijd ging door omdat de scheidsrechter niet gewond was. Samen met mijn moeder nam mijn vader me mee naar de paardenrennen, waar hij vrije toegang had, want via de bank waar hij werkte kende hij een controleur die hem gewoon doorliet. Hij gokte, uiteraard met bijna niets, en verloor altijd, maar hij was tevreden en wij ook, en er waren mooie vrouwen, naar wie mijn vader met wat al te veel welbehagen keek als ik afga op het stilzwijgen van mijn moeder, want zwijgen kon ze op verschillende manieren. Eén keer nam mijn vader me mee naar een grote legerschietbaan, waar vele schoten op verre schietschijven weerklonken. Met een geweer schieten was iets anders dan het buksschieten op de kermis, waarin ik bedreven was: ik had een truc gevonden om het ei dat boven het water danst te raken en dus de plak chocola op te strijken. Die schietbaan was ingewikkelder en angstaanjagender. Toen ik het soldatengeweer tegen mijn schouder hield en de trekker overhaalde, kreeg ik een harde stoot, alsof ik naar achteren had geschoten, terwijl de kogel er toch aan de voorkant was uitgekomen, te oordelen naar de vlaggen die boven een loopgraaf omhoog kwamen als teken dat ik het doel gemist had. Een goed begin, zei mijn vader, die me een complete cursus artillerie ging geven: inschieten, of het raken van een doel zonder het te zien, wat me een eerste idee gaf van de principes van Machiavelli, met wie ik pas later kennis zou maken. In gezinsverband gingen we ook tennissen en naar het strand. Mijn vader had een uitstekende service, in de stijl van Tilden, en mijn moeder had backhands waar ze een geduchte topspin aan gaf. Ik deed mijn uiterste best. Zwemmen deed mijn vader van nature op zijn rug en hij zorgde ervoor geen natte tenen te krijgen, hij hield ze de hele tijd boven water om er een oogje op te houden. Mijn moeder leerde me zwemmen, haar schoolslag was minder persoonlijk. Pas veel later leerde ik mezelf crawlen. Dat is nog steeds te zien.

Op school was ik vanzelfsprekend een goede leerling, als zoon van een goede leerlinge die een goede onderwijzeres was geweest en een vriendin van goede leermeesters, die me vóór schooltijd vroegen hoe de vrucht van een beuk heet, en wanneer ik beukenootje antwoordde, was ik een braaf kind. Ik bezocht een gemengde lagere school (let wel: geen meisjes, maar Franse jongetjes en Arabische jongetjes van dezelfde leeftijd). Deftig werd ik door een huishoudelijke hulp gebracht, ik schaamde me, want nog afgezien van die begeleiding had ik het recht om voortijdig de speelplaats te betreden, en daar ontmoette ik dan de vriendelijke schoolmeester die me vroeg hoe de vrucht van de beukeboom heet.

Twee dramatische gebeurtenissen drukten hun stempel op die eerste schoolperiode. Op een dag kwam een leerling achter mij in de klas op het idee om een scheet te laten. De meester keek me langdurig verwijtend aan: 'Jij, Louis...' Ik had de moed niet hem te zeggen: 'Dat was ik niet', hij zou me niet hebben geloofd. Een andere keer knikkerden we op de speelplaats, een spel waar ik heel goed in was. We ruilden ook knikkers en stuiters. Ik weet niet waarom, maar ik kreeg ruzie met een kind dat ik plotseling een klap om zijn oren gaf. Deze klap bezorgde me een panische angst, ik holde achter het kind aan, ik wilde in ruil voor zijn stilzwijgen alles geven wat ik bij me had. Hij zweeg. Ik moet bekennen dat ik er nog steeds met angst en beven aan terugdenk.

Vergeleken met dit incident stelde het voorval in het Bois de Boulogne niet veel voor; toch werd ik er net zo door verrast als door de klap. Mijn moeder, mijn zus en ik, en een vriendin van mijn moeder met haar twee kinderen, een jongen en een meisje, schepten een luchtje op het gras. Om ik weet niet welke onbenulligheid hoor ik mezelf het meisje plotseling voor 'tuttebel' uitmaken, een uitdrukking waarvan ik in een boek had gelezen dat ze onvriendelijk is en die ik zonder duidelijke reden bezigde. De zaak werd afgedaan met excuses tussen de moeders onderling. Het bleef me verwonderen dat je op ideeën kunt komen die je niet hebt.

Een ander voorval is me mijn leven lang bijgebleven. Het gebeurde later, in Marseille. Met mijn moeder liep ik door een armoedige maar brede straat, vlak bij de place Garibaldi; we zagen daar een vrouw op de grond liggen, die door een andere vrouw aan de haren werd meegesleept en hevig uitgescholden. Er stond een man bij die niets deed, maar genoot van het schouwspel en steeds zei: kijk uit, ze heeft een revolver. Mijn moeder en ik deden alsof we niets gezien of gehoord hadden. Het was al heel wat dat ieder voor zich dit beeld moest meenemen en verwerken. Ik heb het niet goed verwerkt.

Na de lagere school bezocht ik de eerste klas van het lyceum in Algiers. Daar bewaar ik slechts één herinnering aan: een prachtige witte Voisin met een opvouwbare kap en een chauffeur die een pet droeg, wachtend op een van mijn medeleerlingen, die niet met me praatte. Ik herinner me ook een bezoek bij een Arabische landeigenaar die mijn vader kende; vóór de thee presenteerde hij ons pompoengebakjes die ik daarna nooit meer heb gezien. Mijn vader zette ons ook in een oude Citroën van een vriend van hem, die ons meenam naar de bergen. Daar had mijn grootvader heel wat jaren eerder het leven gered van een ploegje Zweden, naar ik meen, dat zich in een sneeuwstorm had gewaagd en uit de koers was geraakt. Mijn grootvader, die (evenals mijn vader trouwens) onderscheidingen verafschuwde, had aan dit wapenfeit een militair erekruis, eervolle vermelding en orde van verdienste overgehouden. Na de dood van mijn grootmoeder heb ik al die spullen in beheer genomen.

De boswachterswoning in het Bois de Boulogne ben ik me wegens haar uitzonderlijke ligging blijven herinneren; je kon heel Algiers zien, de baai en de zee, eindeloos ver. Onder de johannesbroodbomen was een plekje waar ik graag alleen was, terwijl ik naar de zee keek en tussen mijn vingers welriekende bladeren van de bomen stuk wreef. Wanneer ik met mijn ouders aan het begin van het weekeinde arriveerde, keken we in het voorjaar naar de anemonen in het gedeelte van de tuin dat grensde aan een medisch laboratorium en aan nog een ander statig huis, waar een ex-militair woonde, die gehuwd was en vader van twee kinderen. In dit gezin speelden zich drama's af. Ik had een oogje op het zwijgzame dochtertje, maar durfde niet met haar te praten. De zoon was bijna volwassen en kwam in opstand tegen zijn vader, die hevige woedeaanvallen kreeg en hem opsloot in een kamer op de eerste verdieping. Op een keer hoorden we harde slagen en een deur die bezweek, en de jongeman vluchtte het bos in. De vader pakte zijn buks en ging hem achterna, terwijl de moeder huilde. Maar dat was allemaal aanstellerij en het kwam weer in orde.

Wanneer we weggingen, plukte mijn vader doorgaans een groot boeket gladiolen dat hij aan een mysterieuze dame gaf die bij het Gallandplantsoen woonde. Mijn moeder deed of ze niets zag, maar op een dag ontmoette ik deze dame, die parfum en glycine op haar huid had, tenminste dat dacht ik, en smachtende ogen die smeekten dat je tegen haar sprak. Zoals altijd maakte mijn vader geestige opmerkingen, waardoor niemand zich zal hebben laten misleiden.

Vóór zijn huwelijk had mijn vader een verhouding met een arm meisje dat Louise heette; zodra hij met mijn moeder was getrouwd, had hij met haar gebroken (en nooit heeft hij Louise nog teruggezien, zelfs niet toen ze ziek werd en stierf, hij had immers principes). Veel vrienden had hij niet, behalve een medewerker van zijn bank, een zachtmoedige man die niet erg ondernemend was en altijd moest worden geholpen. Hij was getrouwd met een Suzanne vol attributen en activiteiten. Mijn vader ging veel met hen om en maakte Suzanne op zijn manier het hof, hij maakte altijd grapjes en stak de draak met haar vormen, wat haar met plezier vervulde. Ik herinner me dat toen mijn zus een keer roodvonk had en we gescheiden moesten worden, ik bij deze vrienden werd ondergebracht en ruim een week bij hen bleef. Toen ik eens 's morgens vroeg opstond, ging ik naar de keuken omdat ik vermoedde dat Suzy daar was (op die leeftijd heb je van die voorgevoelens); ik opende de deur een stukje en zag dat ze naakt bezig was koffie te zetten. Ze zei: o, Louis... Ik deed de deur weer dicht en vroeg me af waarom er zo'n vertoning van werd gemaakt. Als ze me omhelsde, drukte ze me tegen haar borsten, waar ze niet karig mee was, en haar naakt zien leek me dan ook minder erg dan tegen haar aangedrukt worden. Ik herinner me nog dat ik daar in huis een vreemde droom had. Ik droomde dat de kast achter in de kamer langzaam openging en dat er een enorm wanstaltig beest uit kwam, een soort eindeloze, reusachtige worm die me angst aanjaagde. Veel later begreep ik de mogelijke betekenis van deze vormeloze droom, in de nabijheid van een vrouw die duidelijk zin had om met me naar bed te gaan, maar daar overeenkomstig de gangbare norm van afzag, terwijl ik wel wilde maar bang was. Intussen had de echtgenoot niets in de gaten, hij rookte milde tabak in een lange pijp en had een hondje dat hij op zaterdagmiddag uitliet in het Gallandpark, waar op een dag een foto van mij genomen werd. Ik was een iel kind, bleek als een in een kelder opgeschoten asperge, op mijn tengere schouders stond een hoog, zwaar waterhoofd. Mijn schaduw op de grond was even dun als ik, maar korter, want de zon stond hoog aan de hemel. Ik was alleen met de hond aan de lijn. Helemaal alleen.

Tussen mijn vader en moeder waren de zaken op een eigenaardige manier geregeld. Mijn vader had eens en voor al een verdeling in zijn leven aangebracht: enerzijds zijn werk, dat hem helemaal in beslag nam, anderzijds het gezin, dat hij aan mijn moeder overliet. Ik herinner me niet dat hij zich ooit met de opvoeding van zijn kinderen bemoeide, wat dat betreft had hij vertrouwen in mijn moeder. Zodat mijn zus en ik aan alle grillen en angsten van mijn moeder waren overgeleverd. Ze deed mijn zus op pianoles en mij op vioolles, opdat we samen konden musiceren; in haar ogen hoorde dat bij een goede culturele opvoeding. Toen ze eens op een arts met vooruitstrevende ideeën verzot was geraakt, besloot ze het gezin op een vegetarisch dieet te zetten. Zes of zeven jaar lang aten we natuurprodukten, zonder vlees of dierlijk vet, zonder boter of eieren, alleen honing vond in haar ogen genade. Mijn vader weigerde mee te doen. Ostentatief werd zijn biefstuk gebakken, plechtig werd het naar hem toegebracht, terwijl wij intussen geraspte wortelen, amandelen en kastanjes met gestoofde kool aten. Een fraaie vertoning, mijn vader at zwijgend, volledig vertrouwend op zijn kracht, terwijl wij zijdelings commentaar leverden op de ongelijke verdiensten van vlees- en vegetarisch dieet. Een goed verstaander heeft maar een half woord nodig, maar mijn vader wilde er niets van horen en met een flink mes sneed hij zijn sappige vlees.

Mijn vader had gewelddadige uitbarstingen die me bang maakten. Op een avond, toen de buren aan het zingen waren, pakte hij een ketel en een soeplepel, ging naar het balkon en begon daar een heidens kabaal te maken, tot schrik van ons allemaal, maar aan het gezang kwam een einde. Ook had mijn vader nachtmerries die uitliepen op een afschuwelijk, langdurig geschreeuw. Zelf had hij het niet in de gaten, wanneer hij wakker werd zei hij zich niets te herinneren. Mijn moeder schudde hem door elkaar om er een einde aan te maken. Ze zeiden niets tegen elkaar, niets waaruit je zou kunnen afleiden dat ze van elkaar hielden. Maar ik herinner me dat ik mijn vader, die op het bed in hun kamer mijn moeder wel in zijn armen gesloten zal hebben, eens 's nachts tegen haar hoorde fluisteren: 'Mijn eigen vrouwtje...,' wat me ontroerde. Ik herinner me ook twee andere gebeurtenissen die me verrasten. Op een keer, toen we per boot uit Frankrijk waren teruggekeerd en weer thuis in Algiers waren, voelde mijn vader zich ineens niet lekker. Hij zat op een stoel op het balkon en zakte in elkaar. Mijn moeder werd bang en sprak tegen hem. Ze sprak anders nooit met hem. Ik herinner me ook een nacht in de trein, op weg naar de Morvan. Dit keer voelde mijn moeder zich niet lekker. Mijn vader liet ons in de nacht uitstappen in Châlons en we gingen op zoek naar een hotel dat bereid was open te doen en ons onderdak te verlenen. Mijn moeder voelde zich helemaal niet goed. Bezorgd sprak mijn vader tegen haar. Hij sprak anders nooit met haar. Om beide herinneringen hangt een soort doodsgeur. Stellig hielden ze van elkaar, zonder ooit met elkaar te praten, zoals je zwijgt aan de rand van het graf en aan zee. Hoewel ze tastenderwijs enkele woorden met elkaar wisselden om te onderzoeken of ze er wel waren. Dat was hun zaak. Maar mijn zus en ik hebben het gelag betaald. Dat begreep ik pas veel later.

Nu ik het toch over mijn zus heb, ik herinner me ook een incident in de heuvels bij Algiers, waar je onder de struiken kleine cyclamen kon vinden. We liepen rustig op een onverharde weg toen er plotseling een jongeman op een fiets aankwam. Ik weet niet hoe hij het aanlegde, maar hij reed mijn zus omver. Mijn vader stortte zich op hem en ik dacht dat hij hem zou wurgen. Mijn moeder kwam tussenbeide. Mijn zus was gewond, haastig keerden we naar huis terug; ik had nog een paar cyclamen in mijn hand, maar de lol was eraf. Mijn moeder stond tegenover dit gewelddadige gedrag van mijn vader volkomen onverschillig, zo op het oog althans, al deed ze niets anders dan klagen over haar lange lijdensweg en over het offer dat ze mijn vader had moeten brengen toen ze haar beroep van onderwijzeres, dat haar gelukkig maakte, van hem moest opgeven. Maar ik vond die gewelddadigheid vreemd; zo'n zelfverzekerde man die dan plotseling driftig werd, zonder zich te kunnen beheersen. Ik moet erbij zeggen dat hij ook zijn onstuimigheid onder controle leek te hebben, want het liep altijd goed voor hem af. Hij had 'mazzel', alles wat er gebeurde viel in zijn voordeel uit. Hij wist wanneer hij zich gedeisd moest houden. Hij was de enige bankdirecteur in Lyon die tussen 1940 en 1942, zolang hij er bleef, geen aansluiting zocht bij het Legioen van Pétain. Hij behoorde niet tot de aanhangers van generaal Juin toen deze de Marokkanen wel eens 'stro zou laten vreten'. En ook al werden zijn gevoelens van *piednoir* geweld aangedaan, hij verzette zich niet tegen De Gaulle toen die door de bocht ging en Algerije onafhankelijkheid verleende. Hij mopperde wat hij kon, maar daar bleef het bij.

Na zijn dood heb ik van zijn personeel gehoord dat hij als bankdirecteur een heel speciale manier van leidinggeven had. Hij had zo niet een principe, dan toch een methode: hij zweeg, of sprak volstrekt onbegrijpelijke woorden. Zijn ondergeschikten durfden niet tegen hem te zeggen dat ze er niets van begrepen hadden, ze gingen weg en probeerden er het beste van te maken; in het algemeen ging dat heel goed, maar steeds vroegen ze zich af of ze zich niet hadden vergist en daardoor bleven ze alert. Ik heb nooit geweten of mijn vader deze methode bewust of onbewust toepaste, want hij gebruikte nagenoeg dezelfde methode tegenover ons. Maar wanneer hij met klanten of vrienden was, raakte hij nooit uitgepraat en was hij juist heel duidelijk. Hij maakte altijd grapjes, wat zijn gesprekspartners in verrukking en verwarring bracht, maar hen tevens in een ondergeschikte positie drukte. Misschien heb ik iets van die neiging om te provoceren. Als bankier had mijn vader een enigszins vreemde handelwijze. Vooral in Marokko leende hij namens de bank vaak aanzienlijke bedragen uit zonder rente, wat zijn concurrenten van de wijs en in een moeilijke positie bracht.

Maar bijna altijd betaalden de klanten zelf ongevraagd rente, wat volgens mijn vader bewees dat Marokkanen eergevoel hadden en dat je op hen kon rekenen. Nooit aanvaardde mijn vader ook maar enige gift, behalve bloemen voor mijn moeder of een uitnodiging om een boerderij te bezoeken, waar pepermuntthee en lokale suikerwaren werden gepresenteerd. Hij had geen goed woord over voor zijn meerderen die zich min of meer lieten omkopen en dat liet hij hun goed merken. Het minachtende stilzwijgen dat hij tegenover hen in acht nam, sprak boekdelen. Ik herinner me een van hen, het was in Marseille, hij had een niet onaardig buitenverblijf bij Allauch, en een tennisbaan; zijn jonge vrouw, die ik aantrekkelijk vond, liet voordat ze serveerde weten: 'Jullie krijgen straks wat te zien, net de Folies-Bergère.' En inderdaad, wanneer ze op haar rechterbeen omdraaide, waaide haar rokje op in de wind en zag je een lief kontje, overigens gehuld in een roze slipje dat me tot nadenken stemde. Ik had graag gewild dat ze minder praatte en met mij meeging onder de laurierbomen, die ook roze waren. Welnu, met die directeur is het slecht afgelopen, omdat hij zo zwak was geweest te veel dingen in ontvangst te nemen in het bijzijn van te veel getuigen, onder wie mijn vader die nooit iets zei. Voor dit stilzwijgen zou mijn vader later boeten, toen de hoofddirectie van zijn bank hem van de ene op de andere dag met pensioen stuurde, terwijl een werknemer van zijn niveau gewoonlijk naar het hoofdkantoor ging. Maar nee, hij werd gepasseerd en in zijn plaats namen ze een polytechnicum-ingenieur, die niet aan hem kon tippen, maar die, zoals aan de Ecole Polytechnique en op deze bank gebruikelijk is, gehuwd was met een dochter van de protestantse familie die de zaak in eigendom had. Mijn vader ging met pensioen en legde me uit dat dit volkomen normaal was, aangezien het een familiezaak was en hij er verkeerd aan had gedaan te trouwen met een vrouw die niet hun dochter was. Liefde laat zich niet dwingen. Maar eigenlijk was hij niet rouwig om deze afloop, die een soort van ongewild eerbetoon aan hem was. Er zijn lieden die geen lintje krijgen, zei hij verbeten. In feite had hij alle onderscheidingen geweigerd.

In Marseille volgde ik verder middelbaar onderwijs aan het fraaie, hoog oprijzende Saint-Charles Lyceum, waar een rector troonde die amateurschilder was en gedistingeerde leraren vriendschappelijk de scepter zwaaiden. Bijvoorbeeld een oude man, die ten overstaan van ons in het Engels huilde omdat zijn dochter was gestorven; we waren allemaal heel bedroefd. We namen wraak op de gymnastiekleraar en op de conciërge. De eerste liet ons alleen maar voetballen, een methode die destijds op hoge prijs werd gesteld. De laatste lette streng op bij de uitgang en achtervolgde de meisjes die zich in de buurt waagden. Tegen de opvatting van mijn vader in, die aan de Ecole Polytechnique dacht, begon een deftige leraar in de letteren me vertrouwd te maken met de gedachte dat ik me zou kunnen voorbereiden op het toelatingsexamen voor de Ecole normale. En om te beginnen gaf hij me op voor alle onderdelen van het vergelijkend examen, bedoeld voor de beste leerlingen van middelbare scholen. Ik deed overal aan mee, maar kreeg geen enkele eervolle vermelding. Ik moet zeggen dat ik zowel citaten als vertalingen zelf had bedacht, wat niet juist is. Mijn vader werd door zijn bank overgeplaatst naar Lyon, hoewel hij nog steeds tenniste en ook naar de opera ging, waar je heel mooie vrouwen ziet. Ik volgde hem en werd tot de *hypokhâgne*-klas aan het Parc Lyceum toegelaten. Daar leerde ik Jean Guitton kennen, die volledig door zijn bewijzen van de onsterfelijkheid van de ziel in beslag werd genomen, en daarna Jean Lacroix (Guitton had tegen ons gezegd: 'Jullie zullen zien wie na mij mijn leerstoel gaat bekleden, hij is vrij onbekend, maar hij heet Labannière.'). Anders dan Jean Guitton, die lesgaf met zijn gebogen rug naar de klas toe, terwijl hij met zijn rechterhand naar zijn voorhoofd greep en tussen de vingers van zijn linkerhand achteloos een krijtje liet bungelen, keek Jean Lacroix ons altijd recht aan. Hij onderstreepte zijn woorden echter door met zijn rechterhand tegen zijn beklagenswaardige rechteroor te slaan, en ook met fonetische uitbarstingen, die wij slechts moeizaam thuisbrachten als een soort 'bah', een naam die hem prompt, zonder zijn toestemming, werd toebedeeld. Ook hadden we les van Henri Guillemin, die een hysterische scène maakte naar aanleiding van Chateaubriand. Kort daarna vertrok hij naar zijn post in Cairo en hij stuurde ons een prachtige foto, waar hij getooid met een rode fez op stond. We antwoordden hem per telegram: 'Het werk verandert, het hoofddeksel blijft.' Maar vooral was er 'vader Hours', een fors gebouwde Lyonees, de dubbelganger van Pierre Laval, gallicaan en fanatiek jakobijn, die niets anders deed dan kwaadspreken van de paus en van Georges Bidault, en op systeemkaarten de loopbaan van Franse politici bijhield. Hij ontleende er (voor

1936-1937) verrassende politieke conclusies aan, namelijk dat de bourgeoisie Frankrijk zou verraden omdat ze banger was voor het Volksfront dan voor Hitler, dat ze zich na een schijnoorlog aan de nazi's zou overgeven, waardoor de toekomst van Frankrijk, als er tenminste nog een toekomst was, afhing van het volk, dat door links en met name door de communisten tot politiek verzet werd opgewekt. De betrekkingen tussen 'vader Hours' enerzijds en Jean Guitton en Jean Lacroix anderzijds waren nogal eigenaardig. Hours kon Guitton niet luchten, hij verweet hem bij moeders pappot te zijn gebleven; politiek gezien was hij het eens met Lacroix, maar hij had moeite met diens filosofische en religieuze 'pathos'. Het was echter zeer in Jean Lacroix te prijzen dat hij zijn opvattingen verdedigde en met Mounier in het tijdschrift *Esprit* schreef. Hij was afkomstig uit de middenklasse van Lyon en getrouwd met een jonge vrouw die tot de meest gesloten kaste van de voorname burgerij ter plaatse behoorde. Lacroix werd buitengesloten en uitgemaakt voor duivel. En wanneer hij naar een van die familiebijeenkomsten ging, waar honderden verwanten samenkwamen, was er een zekere moed nodig om onverstoorbaar te blijven onder de grove beledigingen waarmee hij werd overladen. Jean Lacroix is altijd dezelfde lijn blijven volgen, trouw aan Mounier, ook toen diens gemakzuchtige opvolgers het tijdschrift *Esprit* in troebel water leidden. Het lot van Hours daarentegen nam na de oorlog een onvoorziene wending. Een van zijn kinderen, een jezuïet die vele jaren in Algerije verbleef, had hem ervan overtuigd dat de islamitische volkeren wegens hun religie en hun schrift (*sic*) geestelijk gezien nooit in staat zouden zijn zich tot het niveau van wetenschappelijke kennis te verheffen (terwijl de Arabieren de erfgenamen van Archimedes waren, een revolutionaire geneeskunst uitwerkten en ook Aristoteles vertaalden en uitlegden). Hij ging zover te denken dat de Fransen Algerije niet mochten verlaten, en toen De Gaulle aanstalten maakte om toe te geven aan de eis tot politieke onafhankelijkheid van onze voormalige kolonie, werd hij een hartstochtelijk verdediger van de Franse aanwezigheid in Algerije. Hours overleed plotseling in woede en ontzetting, enkele dagen na zijn vrouw.

Een andere kleurrijke figuur deed of hij de Engelse taal onderwees; hij ging er prat op tijdens de Eerste Wereldoorlog tolk bij de Engelse troepen te zijn geweest. Hij sprak een zuiver Oxford-Engels, ontstak in woede wanneer ik mijn mond opendeed en beweerde dat ik, om hem te provoceren, op de kaden een afschuwelijk Amerikaans accent had opgedaan. Hij vond het prachtig om te worden gepest en dat genoegen werd hem niet onthouden. Het ging er heel Engels aan toe, met inachtneming van bepaalde regels. Telkens nam een tevoren aangewezen leerling plaats achter de lessenaar van de docent, die een paar meter verder op een stoel ging zitten, en begon dan in het Engels commentaar te leveren op een veelal Britse tekst. Vooraf hadden we afgesproken dat wanneer de uitleg daartoe gelegenheid bood we een versregel van Béranger zouden opzeggen: 'God verschaft jullie een schoon verscheiden, kinderen,' of: 'Op je twintigste zit je goed op zolder.' Het effect bleef nooit uit. Telkens als de commentator het kritieke moment naderde en begon te zeggen: 'Deze passage doet ons onweerstaanbaar denken aan een regel van Béranger...,' schoot onze docent overeind en ontstak in de mooiste theatrale woede die ik ooit heb gezien. Dat duurde tien minuten, hij smeet de leerling de gang op en ging zelf met de verklaring verder, maar vermeed elke toespeling op Béranger. Hij was buitengewoon gelukkig, dat zag je aan zijn dikke haardos en zijn bevende handen.

Op een dag bezorgde iemand hem een verrassing. Er moesten drie versregels van John Donne worden verklaard. De leerling, een prachtige blonde knaap die wel eens gedichten schreef en voortdurend verliefd was op een meisje uit de klas, over wie ik straks nog iets zal zeggen, begon met een geheel eigen vertaling: Drie dagen lang heb ik je bemind. Drie dagen lang zal ik je beminnen. Als het weer mooi is.

Die dag regende het pijpestelen in het park. Maar dat doet er niet toe. Hij gebruikte deze woorden om te 'associëren'. Hij zei: 'Ik heb je bemind... dat doet onweerstaanbaar denken aan een lied van Tino Rossi...' en zette een of ander deuntje in. Zo kregen alle liedjes die in de mode waren een beurt, elk werd aan een woord van het gedicht opgehangen. De docent zei geen woord, tot Béranger aan de horizon opdoemde. Toen voerde hij zijn verplichte woede op.

Op een andere dag was er een andere leerling, die later een bekend oratoriaan is geworden en die door iedereen Fanfouet werd genoemd, omdat hij Savooiaard was, zijn vader was chef van een opgeheven station (de grapjes over reserveringen voor dat station waren natuurlijk niet van de lucht), die een andere tekst begon te verklaren, ook in het

Engels, maar met een originele ontledingsmethode. Hij onderscheidde precies drieënveertig zienswijzen, beginnend met de meest gebruikelijke, de historische, de geografische, en eindigend met weinig beoefende wetenschappen als vogelkunde (groot succes bij de docent, een liefhebber van zeevogels), kookkunst, 'fragologie' (we zullen zo zien waarom) en andere prullaria. Natuurlijk kwam bij de dichterlijke zienswijze Béranger weer op de proppen, wat de gebruikelijke woede ontketende.

Toen ik mijn verhaal moest houden, pakte ik het anders aan. In de boeken en in het geheugen van een bevriende hispanist ging ik op zoek naar een citaat van een monnik uit de zestiende eeuw, een doorgewinterde inquisiteur, Dom Gueranger; toen ik hem introduceerde, hield ik op het juiste moment mijn adem in. Menende dat hij de naam Béranger hoorde, maakte de docent aanstalten om zich in zijn gebruikelijke woedeaanval te storten, en ik had de grootste moeite hem van zijn vergissing te doen terugkomen. Ik verzekerde hem dat Dom Gueranger niets met Béranger te maken had, aangezien hij twee of drie eeuwen eerder was geboren en nooit een gedicht had geschreven. Aan het einde van het jaar gaf hij ons een rondje in de uitspanning onder de bomen van het park; op het meer voeren bootjes met meisjes erin, en je vroeg je af wat ze met die hitte in de bootjes deden.

Ook met 'vader Hours' onderhielden we uitdagende betrekkingen. Wanneer hij een Engels woord moest zeggen, bijvoorbeeld Wellington, had hij de gewoonte op te houden met praten, naar het bord te lopen, zich ervoor te verontschuldigen 'geen goede Engelse uitspraak te hebben', het woord in kwestie op het bord te schrijven en het te onderstrepen, opdat ieder het begreep. Hij sprak voor de vuist weg, met een hand leunend op de lessenaar en met de andere voor de schijn enkele onbestemde velletjes doorbladerend die waarschijnlijk geen enkele aantekening bevatten. Hem onderbreken was niet mogelijk. Hij zei: 'Heb ik jullie gezegd dat Engeland een eiland is?', en wachtte op het antwoord dat niet kwam. Hij trok allerlei conclusies. Na de oorlog zei hij me een keer in het bijzijn van Hélène, die actief aan het Verzet had deelgenomen, dat in Engeland verzet volstrekt onmogelijk zou zijn geweest, niet omdat het een eiland is, maar omdat al die Engelsen in landhuisjes wonen en je er geen verbindingen tussen woonblokken hebt, zoals in Lyon, zodat clandestiene operaties er niet hadden kunnen worden uitgevoerd. Ik bakte hem echter een keer op mijn manier een poets, toen ik voor de klas een referaat moest houden over de eerste consul en zijn buitenlandse politiek. Ik zorgde ervoor dat het laatste woord van mijn referaat de naam van een bekende veldslag was. Toen ik die moest gaan uitspreken, stond ik langzaam op, nam een wit krijtje in mijn rechterhand, liep naar het bord en zei: 'Neemt u me niet kwalijk, maar mijn uitspraak van het Italiaans is heel slecht.' En ik schreef 'Rivoli' op het bord. Als kenner nam 'vader Hours' de zaak heel goed op. In de klas zat een reusachtige knaap, met het postuur van een rugbyspeler of tennisser van wereldklasse, maar te lui om zijn mond open te doen. Tegen ieders verwachting is hij een van de bekendste journalisten van Frankrijk geworden. Nauwelijks was Hours begonnen of die leerling zeeg op zijn lessenaar en viel tot onze grote vreugde in slaap, want hij snurkte luid. De enige vraag die wij ons dan stelden was: hoe lang? Want 'vader Hours' kreeg het uiteindelijk altijd in de gaten. Op zijn tenen sloop hij naar de slaper toe en schudde hem flink door elkaar terwijl hij riep: 'Hé Charpy! We zijn er, iedereen uitstappen!' Charpy deed één oog open, hield het andere dicht, je weet maar nooit, en viel weer in slaap. 'Vader Hours' vond dat hij meer dan zijn plicht had gedaan en begon ons weer uit te leggen dat Engeland een eiland is.

In die tijd waren we allemaal min of meer royalist (behalve de dichter en een knaap die zonder iemand iets te laten weten op een dag met de internationale brigades naar Spanje vertrok, net als iedereen de dood tegemoet). Dat kwam door Chambrillon, een briljant estheet, en door Parain, wiens vader in Saint-Etienne hoedelinten fabriceerde. Parain speelde prachtig piano en was verliefd op een vrouw die hij nog niet had ontmoet, maar je merkte het aan de ideeën in zijn hoofd en in zijn hart. Het was een gelegenheidsroyalisme, ten gunste van de graaf van Parijs natuurlijk, waarschijnlijk toe te schrijven aan het flitsende verblijf van Boutang in de *khâgne*-klas, enkele jaren eerder; maar het had geen verstrekkende gevolgen, althans niet voor ons. We volstonden met enkele welgekozen sarcastische opmerkingen ten koste van enkele denkbeeldige vijanden en het Volksfront, dat Frankrijk aan het gepeupel en aan de joden zou uitleveren.

Op een dag zag ik iets van dat Volksfront, in de rue de la République trok een enorme stoet arbeiders voorbij, woedend door mij gadegeslagen vanuit een raampje in de woning van mijn ouders, die toen in de rue de l'Arbre-Sec woonden, een veelzeggende naam. Maar toch legde ik een verband met wat 'vader Hours' ons vertelde over de Franse bourgeoisie en het volk, en dat was voldoende om me van mijn royalistische vrienden los te weken.

De dichter was met zijn gedachten elders. De hele tijd maakte hij een van de twee meisjes die bij ons in de klas zaten het hof, mejuffrouw Molino. Het was een mooie, donkere jonge vrouw, achter een kalm uiterlijk ging een vurige hartstocht schuil die bij de geringste aanleiding oplaaide. In de drie jaar die ik aan het lyceum doorbracht speelden er zich publiekelijk stormachtige drama's af. De dichter verklaarde haar in ieders bijzijn zijn liefde, zelfs in het Engels, en zij wilde er niets van horen. Op een dag waren ze allebei verdwenen, we dachten dat ze dood waren, maar een paar dagen later doken ze weer op, klaarblijkelijk in goede gezondheid. Meteen daarna begonnen ze echter opnieuw uitdagend met elkaar te breken. Het was een sport, ze speelden beter dan het zwakke plaatselijke voetbalelftal, dat er niet in slaagde doelpunten te maken, maar ze bij de vleet incasseerde. Burgemeester van Lyon was in die tijd Edouard Herriot; hij hield zich onledig met de baas spelen over de Radicale Partij, met het bijschaven van enkele uitspraken over de cultuur (waar hij naar verluidt tien jaar voor nodig had) en met voorbereidingen om verzoend met de Kerk te sterven.

Ik was enigszins op de hoogte van deze postume maatregelen dankzij een lange, magere jezuïet met de fraaiste scheg die ik ooit heb gezien, en die hem het leven overigens niet onmogelijk maakte. Omdat ik hem nodig had om op school een afdeling van de Christelijke Studentenbeweging op te richten, ging ik hem een keer opzoeken in het seminarie waar hij woonde, op de heuvels van Fourvière. Hij reageerde welwillend, een beetje verbaasd dat hij rechtstreeks werd benaderd met voorbijgaan van de gemeentelijke, universitaire en kerkelijke gezagsdragers, maar niettemin bewilligde hij. Met zijn instemming vormde ik zodoende mijn eerste politieke cel, en ik heb niet de behoefte gevoeld een andere op te richten. Er werden leden geworven. We belegden onregelmatig bijeenkomsten en zo vernam ik dat de Kerk zich op haar manier met de 'sociale kwestie' bezighield; omdat het uit de koker van het Vaticaan kwam, had 'vader Hours' er natuurlijk geen goed woord voor over. Op een keer gingen we, zelfs met onze royalisten erbij, in retraite in een klooster in Les Dombes, waar je talrijke vennen hebt. We troffen er zalvige, ontspannen en verplicht zwijgzame paters aan. Dag en nacht bewerkten ze het land, vijf keer kwamen ze tussendoor uit bed om met luide stem te bidden. Het gebouw rook sterk naar was, zeep, olie en smerige sandalen. Dat was heel goed om je te onthechten van de wereld en geestelijke concentratie te leren. Op elke verdieping stond trouwens een enorm slingeruurwerk dat elk kwartier sloeg, wat iedereen wakker hield, vooral 's nachts. Ik probeerde me in die sfeer onder te dompelen en bad op mijn knieën, in de overtuiging dat Pascal met zijn materialistische argumenten mijn spontane materialisme wel klein zou krijgen. Op een avond hield ik zelfs een soort preek over 'meditatie', wat me de onverdeelde bewondering van Parain opleverde; ik zei hem dat er geen enkele verdienste in school, aangezien mijn tekst tevoren al was geschreven. Ten slotte herinner ik me uit die tijd een zweem van een religieuze roeping en een zekere neiging tot kerkelijke welsprekendheid.

Dat vermocht niets aan de zaak te veranderen. Per slot van rekening was er geen meisje in Les Dombes, terwijl je ze overal elders tegenkwam. Niet alleen in de gedaante van mejuffrouw Molino, die niet mocht worden ontfutseld aan Bernard (zo heette onze dichter), maar ook in het park en de tuinen, op straat en in het fameuze café waar ik, zoals ieder 'groentje', mijn deel in bier en woorden moest betalen. De woorden die ik sprak zijn enkele kameraden niet vergeten. Ze maakten ons bang, daar waren ze voor, en we deden ons uiterste best het hun zoveel mogelijk naar de zin te maken. Toen was het zover. Ik herinner me dat ik zo begon: 'Pup, pup, pup, pup, zei het jongetje. En zijn moeder: waarom heb je geen plasje gedaan voordat je binnenkwam?' Na deze beslissende inzet, was de rest niet meer van belang. Het was geloof ik een pastiche van Valéry, ik zei onder meer: 'Ik heb mijn zwaard niet voor noppes opgehangen', maar zonder te zeggen waarom, noch wat dat zwaard of die noppes waren. Hoe dan ook, niet iedereen ontging de betekenis, dat werd me duidelijk te verstaan gegeven toen me op barse wijze nauwkeurige vragen over mijn liefdeleven werden gesteld, dat hoorde bij de verplichtingen. Ik sloeg me er zo goed mogelijk doorheen, door de waarheid te spreken. Ik had slechts een blond meisje gekend, maar op grote afstand, toen ik in de Morvan was, zij ging alleen door de bossen naar huis en ik had haar graag willen wegbrengen en in mijn armen sluiten. Van veel dichterbij had ik een meisje gekend op een strand in Zuid-Frankrijk, toen we daar de zomermaanden doorbrachten in het huis van een collega van mijn vader, die op dat moment in Marseille was. Maar het was allemaal nogal oppervlakkig gebleven. Met uitzondering van een heerlijke middag in de duinen, toen ik zand tussen haar borsten liet glijden en het op haar buik weer opving, kon ik haar niet ontmoeten omdat mijn moeder zich verzette tegen deze relatie met een meisje dat ze te jong voor me vond omdat ze een jaar ouder was en een boos oog had. Toen ik een keer op de fiets naar haar toe wilde, omdat ze gevaarlijk alleen op een strand was, had mijn moeder het verboden en huilend was ik op volle snelheid in de tegengestelde richting naar La Ciotat gereden, waar ik me op een groot glas sterke drank had getrakteerd, onderwijl bedenkend dat ik haar in zee had kunnen vasthouden, zoals ik graag deed, een hand onder haar borsten en de andere hand tegen haar geslacht, wat ze helemaal niet naar vond en waarvan je geen kind zou krijgen. Ze luisterden zonder enige spot naar mijn verhaal en toen ik zweeg viel er een diepe stilte, die plotseling met bier werd overspoeld.

Terwijl we het, ondanks de verschrikkingen van de Spaanse burgeroorlog niet beseften, was de oorlog vlakbij. Hij overviel me in Saint-Honoré, waar ik een badkuur deed, die me in ieder geval het genoegen verschafte hardlopend in het zwembad te kunnen duiken en in de schaduw onder de hoge bomen van het park te kunnen wandelen. Het was in september 1939, München, en nog steeds ontving ik de verwachte oproep niet. Ik had toen een heel pijnlijke reumatiek aan mijn linkerschouder, die verdween zodra ik mijn mobilisatieoproep ontving. Het is bekend dat oorlogen de meeste menselijke kwalen genezen. Mijn vader werd naar het Alpenfront gezonden, waar hij wachtte tot de Italianen ertoe overgingen enkele kanonschoten te lossen om zichzelf te bewijzen dat ze aan de oorlog gingen deelnemen. Mijn moeder zocht haar toevlucht in de Morvan, waar ze de gelukkigste tijd van haar leven had, zonder echtgenoot en zonder kinderen, met als enige taak secretariaatswerkzaamheden op het gemeentehuis, toen na het debâcle van mei 1940 de vluchtelingen toestroomden. Ik werd met andere studenten naar het opleidingscentrum voor leerlingreserveofficieren (EOR) in Issoire gestuurd. In een nog provinciale stad had je daar een grote concentratie van mannen en vrouwen in alle leeftijden, van paarden en bejaarde kanonnen, omdat de artillerie destijds door paarden werd voortgetrokken. We werden in de krijgskunst opgeleid door een amateuradjudant, Courbon de Castelbouillon; hij was heel mollig en had net als Napoleon III korte benen, maar op zijn schimmel was het een knappe kerel, die vloekte als een ketter, terwijl de paarden lijdzaam in het zand rondliepen en zelfs niet gemend hoefden te worden om vooruit te komen, en al helemaal niet om zich niet te verroeren; af en toe lieten ze tot ieders verrassing een flinke portie vijgen of een straal pis vallen. Rondrijden op het exercitieveld, de adjudant beweerde dat de sleutel al sinds de tijd van Lodewijk XIV zoek was, bracht ons in vervoering, en vooral de wanorde, want niemand van ons was in staat zijn rijdier vooruit of achteruit, omhoog of omlaag te krijgen. Maar ondanks de woede van Courbon vermaakten we ons best, hij vond het niet erg met zulke intreurige rekruten te maken te hebben. Hij zei dat we in deze omstandigheden de oorlog zouden verliezen en dat zou net goed voor onze voeten en voor het Volksfront zijn. Reden tot vreugde waren de tochten over de met sleedoorns bedekte hoge heuvelruggen die het dal van de Allier omboorden; in de winter genoten we van de rotte vruchten, vooral wanneer we ze in de openlucht of bij een verlaten kapel plukten. We kwamen doodmoe maar tevreden terug. Je had er vrienden die elkaar uitstekend verstonden en altijd de benodigde citaten bij de hand hadden om het gesprek te veraangenamen. Je had Poumarat, die ik heb teruggezien, hij heeft nu een baard, een vrouw die bij hem past en een stel eensgezinde kinderen, hij doet aan zweefvliegen en krijgt een stijve nek van het turen naar de hemel om te zien of de luchtstromen gunstig zijn. Hij schrijft romans die goed zijn, maar te vaak over dingen van vroeger gaan, zodat geen uitgever ze wil publiceren. Je had Béchard, een medeleerling uit Lyon, met een accent van de Morvan en lange haren, een slungel die altijd een schaduw nog langer dan hij zelf achter zich aan moest slepen; hij speelde viool, en als hij tevreden was praatte hij Engels. Rond 1942 is hij midden in Marokko tegelijk met zijn vrouw aan een echtelijke tuberculose gestorven; ik weet niet wat hij daar uitvoerde, waarschijnlijk Pétain ontvluchten. Ten slotte had je een fors gebouwde figuur, die slechts bij vrouwen zwoer. Hij had er een gevonden die bij de paarden sliep en in het stro de liefde bedreef; hij beweerde dat daar niets tegen opwoog, want ze stelde zich niet aan en wilde niets liever. Hij huurde zelfs een hotelkamer, dat was duur maar gemakkelijker, maar toen hij terugkwam was al wat hij zei dat het een hoer was omdat ze hem een druiper had bezorgd. In die tijd was dat niet zo gemakkelijk te behandelen. Dit voorval sterkte me in de opvatting dat je toch maar voor vrouwen moest uitkijken, vooral wanneer ze in het stro bij de paarden slapen.

Terwijl de tijd verstreek en de oorlog voortduurde zonder vooruit te komen, werd ons gevraagd of er vrijwilligers voor de luchtmacht waren. Béchard en de anderen zeiden ja. Ik was bang en werd ziek, juist lang genoeg om niet te worden uitgekozen. Daarvoor had ik voldoende koorts, ik meen zelfs dat ik zorgvuldig over de thermometer wreef om het gewenste resultaat te bereiken. De dokter kwam langs, raadpleegde mijn curve en vroeg niet verder. Intussen waren de anderen vertrokken. Ik bleef alleen achter met Courbon, die paardrijden boven vliegen verkoos. Maar het was niet leuk meer.

Dat restant werd naar Bretagne gezonden, naar Vannes, ter voltooiing van onze opleiding. Daar trof ik een andere compagnie aan, minder homogeen en minder vermakelijk. Toen werd het ernst: nachtelijke tochten op zoek naar spionnen (op een keer vonden we verscheurde identiteitspapieren van voortvluchtige Spanjaarden), fictieve schoten op bebakende ruimten, geforceerde marsen, schriftelijke examens enzovoort.

Intussen stroomden de vluchtelingen met hun armzalige uitrusting toe. En weldra naderden de Duitse troepen, terwijl wij ons gereed maakten om de 'Bretonse vluchtschans' van Paul Reynaud te verdedigen, die er zelf met de regering vandoor ging naar Bordeaux. Vannes werd tot 'open stad' uitgeroepen, we wachtten vastberaden op de Duitsers en betrokken de wacht rond ons kwartier om gevluchte soldaten te beletten als deserteur naar huis terug te keren. Dat was een order van generaal Lebleu, die zo een weldoordacht plan uitvoerde om ons aan het Duitse leger over te leveren, volgens het principe: het is beter en uit politiek oogpunt veiliger dat de manschappen in krijgsgevangenschap naar Duitsland gaan dan naar Zuid-Frankrijk, waar ze God mag weten wat kunnen doen, bijvoorbeeld De Gaulle volgen. Een onberispelijke en doeltreffende redenering.

De Duitsers arriveerden op motoren met zijspan, bewezen ons de eer van de nederlaag, waren hoffelijk, beloofden ons binnen enkele dagen vrij te laten en waarschuwden ons vriendelijk dat als we wegliepen er represailles tegen onze familie zouden worden genomen, want hun macht reikte ver. Sommigen wilden niet luisteren en gingen er gewetenloos vandoor. Een burgerpak en een paar franken waren voldoende. Dat deed ook mijn oom, hij had tijdens de Eerste Wereldoorlog gevangen gezeten, hij kende het klappen van de zweep en liet zich niets wijsmaken. Ik weet niet hoe, maar hij had een burgerpak weten te bemachtigen, stal een fiets, ging rustig weg en nam zelfs de vrijheid de Loire over te steken met het voorwendsel aan de overkant te gaan pissen ('Ik ben linkshandig, meneer de officier'). Op een dag stond hij voor zijn stomverbaasde vrouw: 'Je zult ons moeilijkheden bezorgen.' Het karakter van mijn oom was slecht genoeg om in vrede te leven. Later is hij gestorven, nadat hij zijn kinderen had grootgebracht en zijn vrouw gepest, maar dat is een ander verhaal.

Wij werden door de Duitsers met zorg op transport gesteld; vóór het vertrek leidden ze ons rond langs verschillende plaatsen in Bretagne, kampen genoemd, maar het tochtte er. Ik herinner me een van die kampen, waar je maar een ambulance hoefde te nemen om buiten te staan; en een ander kamp waar je maar uit de wagon hoefde te stappen en te verdwalen in het dorp achter het stationnetje om vrij te zijn. Maar dat was desertie en er was toegezegd dat alles volgens de regels zou gebeuren. De Duitsers hadden overigens een kleine Kodak van me afgepakt, die ik van mijn vader had gekregen; uiteraard om hem in veiligheid te brengen en later terug te geven. We mochten schrijven. Alles liet zich gunstig aanzien. Het was alleen een kwestie van wachten. Intussen hadden we de voor leerlingreserveofficieren voorgeschreven schriftelijke examens afgelegd. De beste was pater Dubarle. Zoals op het vergelijkend examen voor de beste leerlingen van middelbare scholen zakte ik voor alle onderdelen (maar anders dan op het toelatingsexamen voor de Ecole normale, waarvoor ik in juli 1939 meen ik als zesde slaagde, met niets minder dan een 9 voor Latijn en een 1 voor Grieks, ik vraag Flacelière om vergeving; ik had een filosofische uiteenzetting over de werkende oorzakelijkheid gegeven, waarvan ik niets wist, een uiteenzetting die in de smaak viel bij het zachte ei Schuhl en niet in de smaak bij Lachièze-Rey, die heel terecht tegen me zei dat hij 'er niets van begrepen had'). Ik weet zelfs niet meer of ik op de lijst werd geplaatst, want er was geen tijd om de uitslag bekend te maken, de schuld van de Duitsers. De Duitsers waren overigens van oordeel dat wij soldaten tweede klas waren en stuurden ons dientengevolge naar een krijgsgevangenkamp voor gewone soldaten. Maar eerst verbleven we in een groot hergroeperingskamp bij Nantes, waar gevochten werd om water en waar de vooruitziende Dubarle de militaire konvooien, die vlakbij per spoor voorbijkwamen, in de gaten liet houden, om die informatie door te kunnen geven. Ik herinner eraan dat dat in juni 1940 was, voordat De Gaulle zijn oproep deed.

Het werd menens toen we in de trein zaten, in de laatste wagon zaten soldaten met machinepistolen en verder zestig man per wagon, je moest pissen in een fles, we hadden alleen onze urine om te drinken en ons ongeduld om te verbijten. Het duurde vier eindeloze dagen en nachten. Midden op de dag stopten we bij stations, er waren mensen die ons voedsel aanreikten. We stopten midden in het veld, op tien meter afstand waren boeren aan het hooien. Ten slotte waren er kameraden die vloerplanken wegrukten en op het draaistel kropen, de anderen mopperden: 'Door jullie schuld worden wij straks gefusilleerd', maar ze zetten door, sprongen de nacht en de braamstruiken in. We hoorden enkele schoten en een blaffende hond; die hond was een goed teken. We droomden er allemaal van op die manier te ontsnappen, maar we waren bang, er was geen tijd voor, en als de Duitsers een lege wagon hadden aangetroffen, nou! Aan de vertrekkenden gaven we adressen en boodschappen met allerlei aanbevelingen mee, en adios.

Toen we de Duitse grens passeerden, werd ons dat aangekondigd door regen. Duitsland is een regenland. Zoals Goethe tegen zijn vorst zei: beter slecht weer dan geen weer. Hij had geen ongelijk. Maar van regen word je nat. De doodsbleke Duitsers die we op de stations zagen, waren doorweekt. Zij gaven ons niets te eten. Ze zagen eruit alsof ze een klap hadden gekregen van hun overwinning, die hen bij het opstaan had verrast, vóór de zwarte koffie, en ze waren er nog niet van bekomen. Het was duidelijk dat ze niets wisten van de concentratiekampen, maar wij ook niet, in elk geval zaten zij in een gunstigere positie dan wij.

Ten slotte kwamen we aan bij een naamloos station te midden van heidevelden waar regen en wind onophoudelijk overheen joegen. We moesten uitstappen en, bedreigd met zwepen en geweren, veertig kilometer lopen. Menig kameraad bleef onderweg achter, maar in het algemeen maakten de Duitsers hen niet af. Ze stuurden paarden om hen te trekken. Ik herinner me dat ik op goed geluk, de uitspraak van Goethe indachtig, een soort Engelse regenjas, linnen met een rubberlaagje, had gejat en onder mijn hemd aangetrokken, opdat de Duitsers hem niet zouden afpakken. Ik liep de veertig kilometer met dat ding op mijn huid, dus ik transpireerde behoorlijk en werd bang dat ik, eenmaal in de tent, minstens verkouden zou worden. Maar nee, en trouwens de volgende dag al namen de Duitsers mijn namaakhemd af onder het voorwendsel dat het hun te pas zou komen. Mij best. Daarna ben ik aan de regen gewend geraakt en heb ik geleerd dat je nat kunt worden zonder verkouden te raken.

De nacht in die tent was onvoorstelbaar. We hadden honger en dorst, maar we waren vooral doodmoe en vielen in slaap; de volgende dag moesten ze aan onze voeten trekken om ons uit onze slaap te halen, want we moesten alle onderzoeken ondergaan die bij krijgsgevangenschap in Duitsland horen. Ik had geleerd dat mensen elkaar warm houden, vooral wanneer ze ongelukkig en moe zijn, en dat de dingen uiteindelijk weer in orde komen.

Ze kwamen niet voor iedereen in orde. Ons kamp grensde aan een ander kamp, waar je uitgemergelde wezens zag ronddolen die wel uit Oost-Polen afkomstig zullen zijn geweest, want ze spraken Russisch; ze durfden het geëlektrificeerde prikkeldraad niet te naderen, we wierpen hun wat brood en kleren toe, en een paar woorden, hoewel we wisten dat ze die niet zouden begrijpen, maar dat deed er niet toe, het deed hun goed en ons ook, je voelde je minder alleen in de ellende.

Daarna werden we bij afzonderlijke commando's ingedeeld. Met enkele studenten, driehonderd boeren en kleine burgers had ik recht op een speciaal kamp, aangezien we ondergrondse reservoirs voor de Luftwaffe moesten graven, en eerst van alles afbreken op het bouwterrein, oude huizen en bossen, en poelen dempen en alles omgeven met prikkeldraad. Mijn onbekwaamheid veroordeelde me tot dit laatste specialisme: een kuil graven, palen inslaan en prikkeldraad bevestigen. We sloten onszelf op. We werden op de vingers gekeken door een schildwacht, een oudstrijder uit de Eerste Wereldoorlog, die genoeg had van alle slachtpartijen en ons dat voortdurend zei. Af en toe gaf hij ons een hap van zijn kechie, want het onze woog niet veel. Ik herinner me dat ik op een keer met mijn *Lagergeld* (geld dat slechts in het kamp in omloop was, om tandenborstels en sigaren te kopen) bij een bakkersvrouw driehonderd meter verder op bezoek ging. Ze had mooi Duits wittebrood en ook boekweitbrood, en zelfs een pruimentaart. Maar nee, mijn geld was niets waard, ze wilde echt geld voor haar brood. Zoals onze schildwacht zei: 'Het is oorlog!' en hij spuugde op de grond om zijn oordeel kracht bij te zetten.

Ik leerde daar vooral boeren kennen vervuld van herinneringen aan hun land, hun dieren, hun werk, vrouw en kinderen. En vooral vervuld van een superioriteitsgevoel: de 'moffen' weten niet wat werken is, we zullen ze eens een poepie laten ruiken. En ze gingen hard aan de slag, alleen maar om het mooie gebaar. Er waren echter twee of drie studenten die het niet met hen eens waren en dat ook lieten weten: je moet zo weinig mogelijk werken, ook al rammel je van de honger en ook al kun je saboteren! Een minderheid van kwaadwilligen. Er was ook een Normandische landarbeider die Colombin heette, hij had een grote snor, een brede platte baret en stille gedachten. Hij trok zich nergens iets van aan, van tijd tot tijd spuugde hij in zijn handen, leunde op zijn schop en zei: sakkerju, ik ga een drol bakken. En ostentatief ging hij onder de neus van de stomverbaasde Duitsers zitten schijten. Hij heeft me veel verhalen verteld.

Niet zo veel overigens als andere gevangenen. In het bijzonder denk ik aan een jonge Normandiër, die erin geslaagd was zijn gouden horloge bij zich te houden, een geschenk van zijn vrouw, en het aan iedereen liet zien, terwijl hij met klem verzekerde dat hij het niet voor een hap brood zou verkopen. Tot zijn grote verrassing vond hij het op een dag niet onder zijn stromatras terug. Hij beschuldigde de Duitsers, maar die antwoordden dat ze zijn horloge niet nodig hadden, dat ze alle andere horloges al hadden gevorderd—één meer of minder! Het was in rook opgegaan. Eenmaal weer thuis vond de knaap het terug in de handen van zijn vrouw, die het van een Amerikaanse officier had gekregen. Er gebeuren leuke dingen. Maar je had er ook een ontwikkeld man, journalist bij een dagblad in Oost-Frankrijk, Rus van geboorte, wat hem argumenten over het Duits-Russische pact en de gevolgen ervan verschafte, en ook heel wat herinneringen aan vrouwen, die hij gezien de schaarste heel vlot en met veel succes vertelde. Vooral dat het doodsimpel was om vrouwen te bezitten, zoals moest blijken uit het feit dat hij er tijdens een officieel diner een onder het tafellaken gevingerd had, openlijk, en 's avonds had hij haar thuisgebracht, tegen de gesloten deur aangedrukt, haar benen gespreid en de strategische posities bereikt met toestemming van de tegenstander, die onder haar jurk spiernaakt was, wilde hij nog wel verduidelijken. Wij konden onze oren niet geloven, zelfs Colombin niet, die toen op de grond spuugde.

Dezelfde journalist probeerde onze schildwachten voor te lichten. Om de waarheid te zeggen een geringe verdienste. Hij vertelde hun dat zwarte vrouwen 'het overdwars hadden', wat bij onze bewakers een soort revolutie teweegbracht. Ze lieten een officier van gezondheid komen, die aandachtig naar hen luisterde en een encyclopedie kocht, waarin hij niets overtuigends aantrof. Hij legde het probleem aan het hogere gezag voor, dat hem vertelde dat dit gold voor alle rassen die knoflook aten, maar dat negers anders dan joden en Fransen geen knoflook eten, zodat het bij hen niet het geval zou zijn. Daar bleef het bij, maar onze vriend had recht op een extra portie brood, dat hij deelde.

Toen werd ik benoemd tot straatveger, want ik had een lelijke breuk opgelopen bij het optillen van boomstammen uit de poel. Ik bleef dus de hele dag in het kamp, zonder mijn kameraden, en hanteerde de bezem. Een bezem bestaat uit een steel en de rest. De hoofdzaak is de steel, en de slag die je te pakken moet krijgen. Het vuil zelf is bijkomstig. Het is als een kudde en volgt vanzelf. Ik had de goede slag ontdekt en kweet me in twee uur van een taak die twaalf uur had moeten duren. Ik had dus tijd over. Ik ging een tragedie schrijven over een Griekse jonge vrouw; haar vader, een generaal, wilde haar doden opdat de wind opstak. Ik wilde dat ze in leven bleef en zorgde ervoor dat het mogelijk was, als zij het ermee eens was. Bij het vallen van de avond zouden we allebei in een bootje vluchten en op volle zee de liefde bedrijven, mits er geen wind was, hoogstens een licht briesje voor koelte en genot. Ik had geen tijd voor de voltooiing van dit meesterwerk, waarin de Giraudoux van de egels een rol speelde, want ik werd ernstig ziek, aan mijn nieren volgens de Franse kamparts, een zelfbewust en kundig man uit Noord-Frankrijk. Hij gaf de Duitsers te verstaan dat er niet getalmd mocht worden en dat ik met spoed naar het centrale kampziekenhuis moest worden gezonden. Er kwam een witte ziekenauto en voor het eerst werd ik langzaam, kilometers lang, door een naargeestig landschap naar het kamp Schleswig vervoerd. Ik werd in het ziekenhuis opgenomen, waar ik goed behandeld werd door een vermoeide Duitse arts; na twee weken verklaarde hij me genezen en stuurde hij me terug naar het kamp. Dat wil zeggen het centrale kamp. Een wereld. De Poolse gevangenen, die als eersten waren aangekomen, bezetten alle sleutelposities; Fransen, Belgen en Serviërs voerden een oorlogje tegen genoemde Polen, die ten slotte enkele posities afstonden. Ik was goed in buitenwerk, het lossen van steenkool, het graven van geulen, tuinieren; daarna drong ik door tot baantjes in het kamp, tot de ziekenzaal waar de arts die me naar het ziekenhuis had gestuurd de baas was, samen met een geile officier-tandarts die de hele tijd plakken chocola naar Oekraïense vrouwen in het tegenoverliggende kamp gooide opdat ze van verre hun dijen openden. Zo werd ik 'verpleger' zonder het ooit geweest te zijn, en ik verzorgde allerlei zieken. Ik zag een ongelukkige Parijse zanger doodgaan aan gasgangreen, ten gevolge van een operatie in de openlucht, uitgevoerd door een jonge Duitse nazi-arts die wilde oefenen. De meeste patiënten simuleerden. Door te vasten vermagerden ze om een verklaring te krijgen dat ze aan een maagzweer leden; voor een vervalste röntgenfoto slikten ze een balletje zilverpapier aan een touwtje in dat ze op de gewenste hoogte brachten. Dat werkte niet altijd. Ik probeerde het ook, maar zonder resultaat. Ik probeerde me te laten afkeuren als verpleger, ik liet papieren opsturen die ik als bij toeval voor de ogen van een bewaker in een pakket ontdekte. Dat werkte niet, omdat ik vergeten was attesten uit mijn militaire zakboekje te halen die bewezen dat ik leerlingreserveofficier was geweest.

Deze gedwongen handenarbeid was in veel opzichten een leerzame ervaring. In de eerste plaats werd mij duidelijk dat je het niet zomaar kunt. Verder moet je met de tijd leren omgaan, je moet de tijd afmeten met het oog op het ritme van de ademhaling, de inspanning en de vermoeidheid. Je moet leren dat traagheid noodzakelijk is om de inspanning te laten voortduren. Je leert dat bestendige vermoeiende arbeid uiteindelijk minder zwaar is dan intellectuele arbeid, in elk geval minder inspannend voor de zenuwen; maar dat had 'vader Hours' al eindeloos herhaald tijdens zijn lessen. Ook leerde ik dat deze mannen, die hun hele leven werken (men bedenke dat ik in die hele periode alleen met boeren omging, daar de Duitsers gevangen arbeiders naar fabrieken stuurden waar ze geschoolde arbeid konden verrichten), wel degelijk echte vorming krijgen, die weliswaar onopvallend, maar buitengewoon veelzijdig is. Niet alleen technische, maar ook economische, boekhoudkundige, morele en politieke vorming. Ik leerde dat een boer een echte ingenieur is, ook al weet hij het niet, daar hij een onvoorstelbaar aantal variabelen moet beheersen, vanaf het weer en de jaargetijden tot aan de onbestendigheid van de markt, en daarbij techniek, technologie, chemie, landbouwbiologie, recht, vakbondsactiviteit en politieke strijd—of hij daar nu actief aan deelneemt of die passief ondergaat. Dat zou Hélène me later leren. En dan heb ik het niet eens over oogstverwachtingen op middellange termijn, over het aangaan van schulden voor de aankoop van landbouwmachines, over het doen van investeringen met ongewisse effecten afhankelijk van de luimen van de markt enzovoort. Ik leerde ook dat er arme boeren bestonden, zelfs in Frankrijk, dat je voor deze ramp behoed mocht achten; boeren die leven van een koe op een weitje, van kastanjes en rogge, of zoals in de Morvan, door een paar varkens te houden en een kind van de armenzorg. Zo kreeg ik langzaam een beeld van een echte volkscultuur, waarvan ik het bestaan nauwelijks vermoed had, of in elk geval een boerencultuur die niets met folklore te maken heeft en nauwelijks zichtbaar is, maar die het mogelijk maakt het gedrag en de reacties van de boeren te begrijpen, in het bijzonder de boerenopstanden, die ontstaan zijn in de middeleeuwen en die zelfs de Communistische Partij in verwarring brengen. Ik herinner me een opmerking van Marx in *De achttiende Brumaire*: Napoleon III is met overweldigende meerderheid door de Franse boeren gekozen, niet door een sociale klasse, maar door een zak aardappelen. Inderdaad kreeg ik een idee van hun eenzaamheid, ieder voor zich op zijn land, gescheiden van de anderen, maar overheerst door de rijken, zelfs in de landbouwcoöperaties en boerenbonden. Wat er na de oorlog is gebeurd met jonge landbouwers, geïnfiltreerd door katholieke organisaties, heeft daar niets aan veranderd: het zijn nog steeds de rijken die de baas spelen, die de middelgrote, kleine en arme boeren de wet voorschrijven. De boeren zijn niet geschoold door het industriële kapitalisme, zoals de fabrieksarbeiders, die bijeen werden gebracht op de werkplek, onderworpen aan een discipline van arbeidsdeling en bedrijfsvoering, onbarmhartig uitgebuit en gedwongen zich openlijk te verdedigen en te organiseren. De boeren blijven afgezonderd, ieder voor zich, en slagen er niet in hun gemeenschappelijke belangen te onderkennen. Ze vormen een gemakkelijke prooi voor de burgerlijke staat, die hen ontziet (ze betalen nauwelijks belastingen, kunnen leningen krijgen enzovoort), hen zo in zijn macht houdt en er gewillig stemvee van maakt. Ze vormen een onderdeel van de hardnekkige 'buffer' waarvan een afdelingssecretaris van de Communistische Partij omstreeks 1973 een keer gewag maakte, naar aanleiding van het 'verkiezingsplafond' van de Partij. Maar arbeiders heb ik er niet ontmoet. Wel kleine burgers, beroepsonderofficieren, ambtenaren, beambten, middenstanders, academici. Een andere wereld, praatziek, gehaast, ongerust, belust op terugkeer naar vrouw, kinderen en werk, bereid om alles voor zoete koek aan te nemen, vooral over vrouwen, bang voor de Russen, banger voor de Russen dan voor de Duitsers, geslepen, tot alles bereid om gerepatrieerd te worden, scheldend op De Gaulle zonder een goed woord voor Pétain over te hebben, want door De Gaulle duurde de oorlog langer. Ze lieten zich goedgevulde pakketten uit Frankrijk sturen, die ze overigens gewoonlijk met iedereen deelden, ze waren behaagziek en praatten de hele dag over avonturen met vrouwen. Ik herinner me dat ze een Corsicaan dwongen op zijn plankenbed te gaan liggen, ze trokken zijn broek uit en masturbeerden hem tegen zijn wil. Dat was in een barak waar een leraar uit Clermont, Ferrier geheten, iedere avond een 'radiouitzending' verzorgde. Alle barakken stuurden vertegenwoordigers en Ferrier gaf het militaire en politieke nieuws van de dag door dat hij in een kantoor waar hij werkte op een Duits radiotoestel gehoord had; hij had het vertrouwen gewonnen van zijn bewaker, een Duitse communist. Ferrier hield de stemming van het hele kamp erin. Soms hoeft maar een enkeling een initiatief te nemen om de sfeer te veranderen.

Ik legde me er dus bij neer dat ik niet weg kon uit het kamp, waar ik veel vrienden had: De Mailly, die nog niet de Prix de Rome had gekregen, Hameau, een jonge architect op zwart zaad, Clerc, voormalig aanvoerder van het elftal van Cannes dat in een gedenkwaardige wedstrijd de Franse beker had gewonnen (dat mannetje was een fenomenaal speler, hij was vier keer ontvlucht onder onvoorstelbare omstandigheden en gepakt aan de Zwitserse grens, die hij al was gepasseerd, maar bij vergissing was hij teruggekomen op Duits grondgebied), pater Poirier en vooral Robert Daël.

Op grond van de Geneefse Conventie had iedere nationaliteit in het kamp een vertrouwensman. Bij ons was de eerste een jonge knaap, Cerrutti geheten, vertegenwoordiger in auto's. Hij had de instemming van de Duitsers en was zonder verkiezing aangesteld. Toen de Duitsers hem als beloning repatrieerden, ontstond er onrust in het kamp. De Duitsers hadden hun kandidaat, een aanhanger van Pétain, die niet werd geaccepteerd. Men schoof Daël naar voren, die tot verbazing van de Duitsers glansrijk won, gesteund door iedereen en zelfs door de tandartsen. Het eerste wat Daël deed, en wat door niemand begrepen werd, was de kandidaat van de Duitsers, de aanhanger van Pétain, in zijn bestuur opnemen. Dat stelde de Duitsers tevreden. Een maand later kreeg Daël van de Duitsers gedaan dat zijn assistent gerepatrieerd werd, en hij verving hem door mij. Deze eenvoudige maar lumineuze politieke les ben ik niet vergeten. Daël had een heel sterke positie, hij deed met de Duitse kampleiding wat hij wilde, hij liet twee officieren die hem in de weg stonden overplaatsen, stelde eindelijk alle zendingen vanuit Frankrijk, levensmiddelen, pakketten, post, onder toezicht, en reorganiseerde volledig de betrekkingen tussen het centrale kamp en de verspreide commando's, die vaak aan hun lot waren overgelaten. Je kon hem maar beter niet dwarsbomen. Hij sprak een heel persoonlijk Duits, zijn gebrekkige uitspraak kwam hem te pas, daar zijn gesprekspartner het initiatief moest nemen. Nooit heeft hij een fout gemaakt en iedereen waardeerde hem, hoewel hij weinig spraakzaam was. Ik herinner me een voorval met betrekking tot het kamptheater, waar altijd om de beste plaatsen gevochten werd, waarvan er vele voor de Duitsers en de kampnotabelen waren gereserveerd. Op een dag maakte Daël de volgende beslissing bekend: 'Vanaf heden zijn alle gereserveerde plaatsen in het theater afgeschaft, met één uitzondering: de mijne.' Er kwam geen protest, en net als iedereen stonden de Duitsers in de rij, om boulevardstukken te zien waarin de vrouwen werden gespeeld door mannen.

Toch kwam er eenmaal een vrouw in het kamp, een mooie Franse zangeres, en iedereen werd in hevige beroering gebracht. Ze zong in het theater, daarna nodigde Daël haar uit voor een etentje onder vier ogen, dat goed zou aflopen. Ook hij hield van vrouwen en sprak graag over ze. Hij vertelde over de feestjes uit zijn jeugd, over 'strippoker', dat hij met jonge vrouwen speelde, onder wie de dochter van de Chinese ambassadeur, en hoe hij er steeds voor zorgde te verliezen, wat hem in staat stelde te winnen wat hij maar wilde. Daar hij in het kamp de sympathie had gewonnen van de officier die hem op zijn rondgang langs de commando's moest vergezellen, in een vrachtwagen bestuurd door een zekere Toto, een jonge Parijse arbeider met een onmiskenbaar accent, slaagde Daël er op een keer zelfs in zich door genoemde officier naar Hamburg te laten rijden, waar in een kamer een mooie Poolse op hem wachtte die toegewijde zorg aan hem besteedde, wat echter niet zonder risico voor de betrokkenen was. Voor zover ik weet ging Daël niet verder. Na zijn terugkeer uit de krijgsgevangenschap overtuigde hij een hem tot dan toe onbekende vrouw ervan dat zij het met elkaar zouden kunnen vinden, een bestaan opbouwen en kinderen krijgen. Hij schreef me: Je moest eens weten, het getik van hakken op het trottoir aan mijn rechterzijde... Hij hield woord, zonder enige inbreuk op het contract te maken, gedwongen om voor anderen films te verkopen, wat een ellende als je bedenkt wat voor kerel het was. Hij heeft in ieder geval mooie kinderen grootgebracht. Zijn vrouw overleefde hem, aan de kust langs het Kanaal. Ik geloof dat er in Frankrijk velen zijn (hij had niet geprobeerd iemand terug te zien) die nog aan hem denken en lange tijd aan hem zullen blijven denken als een wonderbaarlijke en welhaast fabelachtige figuur.

Ik moet hier een ander voorval vertellen, dat zich afspeelde tussen Daël en mij enerzijds en de tegenspoed anderzijds. Toen Daël moe was en zijn functie van vertrouwensman had neergelegd, toen we lang hadden nagedacht over de uitzichtloze situatie, vroegen we ons af waarom we geen ontsnappingspoging zouden wagen. Het probleem was dat na iedere ontsnapping gedurende drie weken de hele Duitse marechaussee en politie werden ingezet om de voortvluchtigen op te sporen, die daardoor vrijwel geen enkele kans hadden. Dit probleem moest dus worden omzeild. We bedachten de volgende oplossing: we hoefden de termijn van drie weken maar te laten verstrijken en gedurende drie weken niet te ontvluchten om de zoekacties te ontlopen. Dat was alleen mogelijk op één voorwaarde: drie weken in het kamp wachten terwijl we officieel als voortvluchtig werden beschouwd. We hoefden ons alleen maar ergens te verbergen, mits de schuilplaats veilig was.

Niets was gemakkelijker dan in het centrale kamp een veilige schuilplaats te vinden. Met medeweten van enkele betrouwbare vrienden installeerden we ons, zij voorzagen ons van levensmiddelen en van verheugend nieuws over de bedrijvigheid van de Duitsers. We lieten de drie weken verstrijken, daarna gingen we er moeiteloos vandoor. Daël nam zelfs de vrijheid om zoals gewoonlijk in het voorbijgaan de stomverbaasde schildwacht te groeten. Zoals voorzien verliep alles heel goed, op een onvoorziene ontmoeting na met een lagere beambte van de PTT, die ons in een dorp het precieze adres vroeg van een geadresseerde die we niet kenden. Dat bracht hem op het spoor en leverde hem zoals voorzien een beloning op.

Om de volledige waarheid te spreken moet ik erbij zeggen dat we deze zaak wel hebben voorbereid zoals ik heb verteld, maar dat we het kamp niet hebben verlaten, daar we van mening waren dat we door het ontdekken van deze vernuftige oplossing voldoende waren beloond. Toen ik de studie van de filosofie hervatte, was ik dit probleem niet vergeten, want het vormt de kern van alle filosofische (en politieke en militaire) problemen, namelijk hoe kom je uit een cirkel terwijl je erin blijft.

Toen de Engelsen op honderdvijftig kilometer van het kamp waren, werd de ontreddering van de Duitsers steeds groter. Daël paste andere strategische principes toe, hij ging naar de Duitsers en stelde ze een schikking voor: jullie vertrekken, wij nemen jullie plaats in, in ruil daarvoor geef ik jullie een bewijs van goed gedrag. Ze stemden toe en op een nacht lieten ze de zaak voor wat ze was. Die hoefden we vervolgens alleen maar over te nemen. Dat betekende een grote omwenteling in ons leven. In de eerste plaats kon Toto nu slapen met de Duitse vrouw die hij door haar parfum had opgemerkt, uit de verte, in een kantoor. Er vormden zich paren, waar pater Poirier min of meer zijn zegen over uitsprak. De ravitaillering werd groots opgezet, door middel van drijfjachten die elk een lading damherten, hinden, maar ook hazen en andere diertjes opleverden, en in hun kielzog groenten en alcoholische dranken. Om water te krijgen werd een rivier omgelegd. Eindelijk werd er Frans brood gebakken. De bevolking werd bijeengebracht om informatie en politieke scholing te ontvangen. Duitse jongens en meisjes, die eerst doodsbang waren maar toen gerustgesteld werden, kregen onderricht in het omgaan met wapens, maar ook in Engels en Russisch. Er werd gevoetbald en toneel gespeeld met echte vrouwen. Het was alle dagen kermis, dat wil zeggen communisme.

Die verdomde Engelsen wilden echter maar niet komen. Daël en ik bedachten een plan, we zouden ze tegemoet gaan om hen van de situatie op de hoogte te stellen. We bemachtigden een auto en een (enigszins louche) chauffeur, waarna we op weg gingen naar Hamburg; de Engelsen bereidden ons zo'n koele ontvangst dat we hen (door een foefje van de chauffeur) liever lieten zitten en naar het kamp terugkeerden. Daar was de ontvangst bepaald niet hartelijk, onze kameraden waren ervan overtuigd dat we hen 'in de steek hadden gelaten', zelfs pater Poirier, die een zedenpreek hield (er zijn dingen die je niet doet). We troostten ons met een goede herteragoût en wachtten de verdere ontwikkelingen af.

Uiteindelijk kwamen de Engelsen dan toch en zetten ons op het vliegtuig, mits we al onze persoonlijke schatten ter plaatse achterlieten. Eerst Brussel, toen Parijs en voor mij daarna Marokko, waar mijn ouders destijds woonden en mijn vader nog steeds tenniste of met tweehonderd kilometer per uur door het koninkrijk reed, behalve wanneer kamelen hem de weg versperden, want die verlenen nooit voorrang. Hij had een Spaanse chauffeur die zei: 'Mevrouw, hij is bang voor kamelen; meneer, zij is er niet bang voor.'

Het weerzien was heel moeilijk. Ik had het gevoel dat ik oud was en de boot had gemist, voelde me helemaal leeg. Ik dacht niet nog ooit aan de Ecole normale te kunnen gaan studeren, terwijl die toch voor me bleef openstaan en me zelfs boeken gestuurd had. Toen kreeg ik mijn eerste depressie. Al dertig jaar heb ik zoveel ernstige en dramatische depressies gehad, dat het me vergund moge zijn er niet over te spreken (in totaal verbleef ik zo'n vijftien jaar in psychiatrische inrichtingen en klinieken, en zonder de psychoanalyse zou ik er zeker nog zitten). Hoe zou je trouwens kunnen spreken over een werkelijk ondraaglijke, helse angst, over een vreselijke, bodemloze leegte?

Ik was bang dat ik impotent was. Ik raadpleegde een legerarts, die me een paar opdoffers trakteerde en verzekerde dat ik het goed maakte. Met mijn vader bekeek ik Marokko, ik tenniste ook, ik zwom, ik had (vanzelfsprekend) geen relaties met meisjes, ik hoorde een heleboel verhalen over Sidna en zijn hofhouding, zijn vrienden en artsen, over de gouverneur-generaal en zijn woedeuitbarstingen, kortom ik kreeg lucht van de klassenstrijd in Marokko. De twijfelachtige omstandigheden waarin Mehdi Ben Seddik gearresteerd werd verbaasden me.

Toch moest ik terug naar Parijs. Mijn vader gaf me een paar flessen bourbon mee, die meerdere jaren in een vergaan vrachtschip op de zeebodem hadden gelegen. Hij gaf me ook mijn zus mee, en het geheel werd op een ander vrachtschip geladen, dat de eigenaardigheid vertoonde alleen vooruit te kunnen komen volgens een kromme lijn die de kapitein onophoudelijk moest bijstellen, en met succes. De sfeer aan boord was echter afschuwelijk: hitte, gedrang, ratten, het ontbrak ons aan niets. Ten slotte kwamen we in Port-Vendres aan, waar ik weer voet op vaste wal zette. Parijs was niet ver meer.

Aan de Ecole normale werd ik door onbekenden ontvangen. Inderdaad was ik de enige gevangene van mijn jaarklasse, de studie van alle anderen had ondanks enige moeilijkheden, waarvan de sporen in het geheugen gegrift bleven, een normaal verloop gehad. Iedereen was jong, maar sommigen hadden in Lyon mijn 'legende' gehoord, door Lacroix levend gehouden, en hadden actief aan het Verzet deelgenomen. Via een van hen, Georges Lesèvre, een communist, leerde ik Hélène kennen.

En nu ik het toch over communisten heb, zou ik eraan willen herinneren dat ik de allereerste communist in krijgsgevangenschap heb leren kennen, aan het einde, na het vertrek van de Duitsers, toen Daël geen vertrouwensman meer was en er toch wel een zekere 'wanorde' in ons communistische gemeenschapje heerste. Toen was daar opeens Courrèges, hij kwam uit een strafkamp, mager en triest. Hij zag heel snel wat er niet goed liep en nam de zaak in handen. Het was als een bliksemschicht. Binnen enkele dagen ontpopte hij zich als een scherpzinnige en betrouwbare organisator, in staat om de paar tegenstribbelaars, die van de situatie gebruik probeerden te maken en de regels van billijkheid te ontduiken, tot de orde te roepen. Iedereen volgde hem. Ik ben dit voorbeeld nooit vergeten; bij Hélène en anderen heb ik het teruggevonden. Communisten bestaan echt.

Ik leerde Hélène onder bijzondere omstandigheden kennen. Lesèvre had me uitgenodigd voor een bezoek aan zijn moeder in de rue Lepic, waar ze zo goed mogelijk herstelde van de ernstige ziekte die ze tijdens haar deportatie had opgelopen. Hij zei tegen me: ik zal Hélène aan je voorstellen, ze is een beetje gek, maar de moeite waard. Ik ontmoette haar toen ik uit de metro kwam, in de sneeuw die Parijs bedekte. Om haar voor uitglijden te behoeden nam ik haar bij de arm en toen bij de hand, en samen liepen we omhoog de rue Lepic in.

Ik weet dat ik een trui aanhad en een erbarmelijk kostuum, een gift van het Rode Kruis aan de gerepatrieerden. Bij Elizabeth Lesèvre kwam de Spaanse burgeroorlog ter sprake. We voerden allen het woord, maar stilletjes begon er iets tussen Hélène en mij. Ik ontmoette haar weer, ik herinner me dat ze op een dag in haar hotel aan de place Saint-Sulpice een gebaar maakte waarvoor ik bang was, ze zoende me op mijn haren. Ze kwam bij me op bezoek in de Ecole normale, we bedreven de liefde in een kamertje op de ziekenafdeling en ijlings werd ik ziek (niet voor de laatste keer). Het was zo'n fikse depressie dat de beste psychiater van de stad Parijs een 'dementia praecox' diagnostiseerde. Ik werd veroordeeld tot de hel van Esquirol, waar ik kennismaakte met wat heden ten dage een psychiatrische inrichting kan zijn. Hélène, die wel andere dingen had meegemaakt, kreeg goddank gedaan dat Ajuria* de inrichting binnendrong en me onderzocht. Hij diagnostiseerde een zware depressie, die hij liet behandelen met een twintigtal shocks. Destijds werden shocks op de blote huid toegediend, zonder narcose of curare. We werden allen bijeengebracht in een grote, lichte zaal, de bedden stonden naast elkaar; degene die ermee belast was, een gedrongen man met een snor, daarom hadden de patiënten hem de bijnaam Stalin gegeven, droeg zijn elektrische doos en de helm, die hij alle consumenten een voor een opzette, van de ene klant naar de andere. Je zag je buurman de voorgeschreven epileptische aanval krijgen en opsteigeren, je had tijd om je voor te bereiden en een afgekauwde handdoek tussen je tanden te stoppen die ten slotte naar stroom ging smaken. Een fraaie collectieve vertoning van een verheffend karakter.

Aangezien je uiteindelijk altijd weer uit een depressie komt, genas ik ook van deze en ik zag Hélène terug in een armoedig hotel. Om in haar levensonderhoud te voorzien had ze haar eerste edities van Malraux en Aragon verkocht. Ook zij was in het ziekenhuis opgenomen geweest, maar om een abortus te ondergaan, want ze wist dat ik het niet zou verdragen als ze een kind van me kreeg. We gingen naar Zuid-Frankrijk, naar de Alpilles geloof ik, kamperen, want we hadden geen cent, in een hutje waar jonge mensen vuur maakten, dicht bij Saint-Rémy, en waar ik op een dag de beste bouillabaisse van mijn leven maakte, op z'n Algerijns (eerst de gebakken vis in de uien). Vandaar vertrok ik naar een plekje in de Alpen waar herstellende studenten werden onderge-

---

* Verkleinnaam van de psychiater Julian de Ajuriaguerra (noot van de bezorgers).

bracht. Ik leerde er Assathiany en zijn vrouw kennen, en Simone, die ik honds behandelde en zij mij. Maar ik moest mijn examenscriptie schrijven; over Hegel, de inhoud bij Hegel. Na mijn terugkeer uit krijgsgevangenschap had ik Jacques Martin leren kennen, aan wie ik in 1965 mijn eerste boek heb opgedragen. Hij was de scherpzinnigste geest die ik ooit heb mogen ontmoeten, onverbiddelijk als een jurist, akelig precies als een boekhouder, begiftigd met een galgehumor die alle pastoors schrik aanjoeg. In elk geval leerde hij mij denken, en vooral dat je anders kon denken dan onze leermeesters beweerden. Zonder hem had ik nooit twee gedachten op een rij gezet, in elk geval niet van het soort waarover we het eens waren. Ik schreef die scriptie dus in de Morvan, bij mijn grootmoeder, die kookte en op mijn verzoek Hélène uitnodigde. Hélène typte 's avonds mijn tekst en bleef een aantal maanden, omdat ze geen ander onderdak had, in een dorp waar ze slechts één vriendin had, de oude vrouw aan de overkant, Francine, die haar eieren gaf en een praatje met haar maakte. Mijn grootmoeder zou enkele jaren later aan een beroerte overlijden, op een ochtend tijdens de mis in haar bank in de ijskoude kerk. Ze werd naast vader Berger begraven, op het hooggelegen kerkhof waar de wind overheen jaagt. Bij gelegenheid zette mijn tante een paar bloemen in de grond. Aan dit dorp in de Morvan bewaar ik mijn meest markante herinneringen; na zijn pensionering had mijn grootvader er zijn laatste jaren doorgebracht en wij met het gezin de zomervakanties, behalve mijn vader die voor zijn werk in Algiers en later in Marseille bleef. Bij het huis lag een sterk afhellende tuin, en een waterput die ik in het graniet had zien uitgraven, er stonden vruchtbomen die mijn grootvader geplant of geënt had en die we hadden zien groeien, er waren enorme aardbeien, bloemen, konijnen en kippen, dus eieren, katten die luisterden naar hun naam, wat zeldzaam is, maar geen honden. Er waren twee grote kelders, een voor het hout voor de winter, de andere voor de wijn, en 's zomers ging mijn grootvader er zitten om in de koelte op een houten bankje *De tribune van de ambtenaar* te lezen. Er stond ook een hoge regenton, tweemaal redde ik een van onze katten die erin was gevallen, het was een vreselijk schouwspel het beest te zien hikken. Dezelfde kat stak op een keer zijn kop in een leeg conservenblikje, ook toen moest ik hem eruit halen, ik weet niet meer door welk wonder; de kat miauwde angstig en bleef meerdere dagen van huis weg. Het slachten van konijnen en kippen werd me daarentegen bespaard. Ik had een zwak voor deze onnozele dieren, die niet in staat zijn zich te verdedigen. Om ze mijn vriendschap te betuigen had ik zelfs een spuit vervaardigd van uitgehold vlierhout, en van verre besproeide ik ze, wat steeds verrassende reacties teweegbracht; verbaasd gekakel bij de gedistingeerde kippen, met geheven kop en grote ogen sloegen ze een gebeurtenis gade die inbreuk op hun waardigheid maakte; een bliksemsnelle vlucht van de konijnen die in hun hok bleven ronddraaien. Maar wanneer het uur van de waarheid aanbrak, werd me verzocht heen te gaan. Ik weet dat mijn grootvader het konijn dan een vuistslag in de nek toediende en dat mijn grootmoeder met een roestige schaar in de strot van de kippen tekeerging. Wanneer het een eend was, werd met een snoeimes gewoon de kop afgesneden, waarna het dier nog even bleef rondrennen.

Aardappelen en zuring vormden het hoofdbestanddeel van onze voeding, met 's winters kastanjes (destijds leefde de Morvan van drie teeltprodukten: runderen, varkens en voogdijkinderen). Ik ging naar de openbare school, de hoge muren rezen dicht bij de waterput op, achter een grote pereboom die harde vruchtjes voortbracht; daarvan bereidde mijn grootmoeder een rode jam zoals ik die later nooit meer geproefd heb. Een twintigtal kinderen uit de streek, onder wie acht of negen voogdijkinderen, gingen naar die school en stonden er onder de hoede van een socialistische onderwijzer, mijnheer Boucher, die het goed met ons voorhad. Ik werd met de gebruikelijke plagerijen verwelkomd, wat een maand duurde; de kinderen speelden graag een spelletje dat eruit bestond een medeleerling te achtervolgen, hem op de grond te gooien, zijn broek uit te trekken om zijn geslachtsdeel te zien, en daarna brullend uiteen te stuiven. Later kwam ik te weten dat deze handelwijze overeenkomt met wat in bepaalde primitieve samenlevingen gebeurt. Ook ik moest eraan geloven, waarna ik met rust werd gelaten. Op de speelplaats speelde ik overlopertje, waar ik vrij goed in was, wat me enig aanzien bezorgde. Omdat de meester me als een goede leerling beschouwde, ging het wel. Hij gaf me op voor het vergelijkend examen ter verkrijging van een beurs, in Nevers. Die dag trok mijn grootvader zijn zondagse pak aan en zette hij een nieuwe pet op, waarna we de trein namen. Met zorg koos hij een hotel, ik kreeg de kans de Saint-Etienne te ontdekken, een prachtige kerk met het allermooiste licht- en schaduwspel ter wereld. Ik slaagde als zesde voor het examen, wat me op mijn verzoek als cadeau van mijn vader een buks opleverde. Met deze buks is me iets heel merkwaardigs overkomen. Mijn vader had op zes kilometer van ons dorp een stuk land van zes hectaren gekocht met een oud huis erop, een soort boerderij. Het was op een nagenoeg ontoegankelijk terrein over de spoorlijn, waar overvloedige kastanjebomen en varens het voor het zeggen hadden. Bijna alle vrije ochtenden ging mijn grootvader rond vijf uur naar Les Fougères, uiteraard te voet (er was toen geen auto in de streek) en de oude, geharde boswachter baande zich een weg naar het huis. Er waren bijenkorven. Ik moet zeggen dat bijen een hartstocht van mijn familie waren sinds de boswachterswoning bij Algiers, waar mijnheer Quéruet bijen hield. Ze waren ook in Bois-de-Velle, waar mijn grootvader een akker had die hij me leerde bebouwen; hij teelde er van alles, maar vooral tarwe, dat ik leerde maaien en binden, en aardappelen, die ik leerde rooien zonder ze door te snijden. We gingen dus ook met het gezin naar Les Fougères, en met mijn geladen buks wandelde ik over de bospaden. Ik herinner me dat ik op een keer, toen ik niet zoals in Algiers in liggende houding met een oorlogsgeweer op een schijf schoot, een tortelduif zag die ik miste. Ik laadde mijn wapen opnieuw en zette mijn wandeling voort. Toen kreeg ik de dwaze gedachte het wapen op mijn buik te richten, om te zien wat er zou gebeuren. Ik was ervan overtuigd dat er geen kogel in de loop zat. Op het laatste moment aarzelde ik en opende de loop: er zat een kogel in. Het zweet brak me uit, maar ik was niet trots op het voorval.

We gingen vaak naar Les Fougères in een boerenwagen met op de bok een onverstoorbare jonge boer, die tijdens het Volksfront burgemeester van het dorp werd, en getrokken door een dikke merrie die op een vredig sukkeldrafje liep. Ik zat naast de voerman en zag de dikke kont van de merrie zwoegen om de wagen te trekken. In het midden een fraaie vochtige spleet die mijn aandacht trok, destijds wist ik niet waarom. Maar mijn moeder bevroedde het in mijn plaats, want ze zette me op de achterbank, vanwaar ik de merrie niet meer zag, maar wel hanen die kippen bestegen aan de kant van de weg. Lachend wees ik ze mijn moeder aan, het was komisch, zij vond het niet leuk en gaf me een standje: lach niet waar mijnheer Faucheux bij is. Straks denkt hij nog dat je van niets weet. Waarvan? Dat heb ik nooit geweten.

Belangrijk in de streek waren geitekaas en koeiemelk, en 's winters ook de sneeuw die het landschap met stilte bedekte. Een keer maakte ik er een tekening van en de meester gaf me een pluim. Evenals de regen—ik luisterde graag naar het regelmatige tikken op de leien van het dak—gaf de sneeuw me een gevoel van veiligheid, niemand hoorde je door de velden lopen, waar ik de voetsporen van dieren aantrof. Er heerste een stilte die vrediger was dan die van de zee of de slaap, veiliger ook, want wanneer er sneeuw gevallen was liep je geen enkel gevaar meer, net als in de buik van je moeder.

Het dorp had ook een pastoor en een kasteel. Je zag de pastoor in de kerk heel vroeg in de ochtend, in de nacht nog, waar hij voordat de school begon catechisatie gaf rond een gloeiend kacheltje, en hij leerde ons heel eenvoudige dingen. Hij had bij Verdun gezeten, met zijn oudstrijdersbaret op het hoofd en zijn pijp in de mond had hij zijn bekomst van veel levensperikelen. Het was een goeie vent. Ik vroeg hem later om advies, toen mijn jezuïet in Lyon me had laten zitten met het probleem van een Alexandrijns basreliëf dat een naakte fluitspeelster voorstelde die wat te veel mijn belangstelling trok. Hij zei me dat de zaken niet zo moeilijk lagen, dat de kerkleraren alles ingewikkeld hadden gemaakt, dat hij trouwens zelf een dienstmeisje had dat ook als zijn meisje dienst deed, en dat God niet voor niets mens was geworden, anders had hij niets begrepen van de menselijke behoeften. Zo werd de zaak eens en voor al afgedaan, veel beter dan door mijn moeder met haar merries en hanen. De pastoor had een harmonium waarop ik zo goed en zo kwaad als het ging leerde spelen, en wanneer er plechtigheden met muziek waren gaf ik op mijn manier enkele deuntjes ten beste die hij niet onaardig vond. Hij beweerde dat ik op muziekles moest gaan. Ik antwoordde dat dat wat de viool betreft al gebeurd was. In Algiers immers had mijn moeder mijn zus op pianoles en mij op vioolles gedaan bij een bevriend stel, broer en zus, die ons de grondbeginselen hadden bijgebracht en ons hadden geleerd samen te spelen. Maar dat vlotte niet erg. De klassieke concerten iedere zondag in Marseille, waar mijn vader ons heen bracht om vervolgens zijn eigen zaken te gaan behartigen, maakten het er niet beter op. We verveelden ons plichtmatig dood als we op de rug van de dirigent keken, die orde trachtte te scheppen in alle klanken die uit de kast kwamen, tot iedereen om een onbekende maar begrijpelijke reden stopte, want ze hadden de laatste bladzijde gespeeld en er werd geapplaudisseerd.

Dit leven ging gewoon door terwijl ik al student aan de Ecole normale was, tot 1961, toen mijn grootmoeder stierf. Aan de Ecole normale schreef ik een scriptie bij Bachelard, die me heel voorzichtig vroeg: 'Waarom hebt u twee motto's boven uw tekst gezet, eerst het deuntje van René Clair: "Het begrip is verplicht, want het begrip is vrijheid" en vervolgens de uitspraak van Béranger: "Een halve inhoud is beter dan een lege vorm"?' Ik antwoordde: 'Om de inhoud samen te vatten.' Hij zweeg en hield aan: 'Waarom spreekt u van cirkel bij Hegel, zou het niet beter zijn van circulatie van het begrip te spreken?' Ik antwoordde: 'Circulatie is een begrip van Malebranche, alsmede reproduktie, wat bewijst dat Malebranche de filosoof van de fysiocraten is, van wie Marx heeft gezegd dat ze de eerste theoretici van de circulatie van de reproduktie waren.' Hij glimlachte naar me en gaf me een 9. Dat was in oktober 1947, na de verschrikkelijke depressie van het voorjaar had ik in de zomer haastig de tekst geschreven, die ik vervolgens haastig aan 'de knagende kritiek van de muizen' heb prijsgegeven. Martin had, ook bij Bachelard, een heel sterke afstudeerscriptie geschreven over het individu bij Hegel, met als motto obscene tekeningen. Hij stelde er problemen in aan de orde die ik slechts half begreep, ondanks zijn uitleg. Alles werd beheerst door het begrip problematiek, wat me te denken gaf, het was een materialistische filosofie die een nauwkeurig idee van de dialectiek probeerde te geven. Er werd over Freud gesproken, Lacan werd (reeds!) gematigd bekritiseerd, en het liep uit op het communisme, ik herinner me nog: 'Waar geen menselijk wezen meer is, alleen maar individuen.'

Aan de Ecole normale leerde ik Tran Duc Thao kennen, die al vroeg bekendheid had gekregen door zijn scriptie over fenomenologie en dialectisch materialisme te publiceren. Hij is zeer husserliaans gebleven, te oordelen naar de artikelen die hij vanuit Hanoi, waar hij sinds 1956 woont, naar *La Pensée* heeft gestuurd. Thao gaf ons privé-lessen, hij hield ons voor: 'Jullie zijn allemaal transcendentale ego's en als ego's zijn jullie allemaal gelijk.' En dan begon hij over een kennisleer die vrij nauwgezet Husserl volgde. Later zou ik die terugvinden bij Jean-Toussaint Desanti, met dezelfde intentie om Husserl en Marx te combineren, wat tegengesteld was aan wat Martin deed. Thao kende toen Domarchi heel goed, een briljant theoreticus van de politieke economie. Hij werd naar de Ecole normale gehaald, gaf een flitsend doch onbegrijpelijk college over Wicksell en verdween weer. Hij vatte een grote liefde op voor een vrouw die hij voortdurend het hof maakte, maar met wie hij niet kon trouwen. De hoop van onze generatie was toen op Thao en Desanti gevestigd, en daarna alleen op Desanti. Maar ze hebben niet aan de verwachtingen beantwoord, en dat is de schuld van Husserl. Is het nodig iets over Gusdorf te zeggen? Destijds oefende hij een schrikbewind uit over de filosofiestudenten aan de Ecole normale die zich op de *agrégation* voorbereidden. In krijgsgevangenschap had hij zijn dissertatie geschreven, een vergelijking van alle dagboeken die hij kende, waaraan hij als titel *De ontdekking van zichzelf* had meegegeven. Op een dag ontving hij een brief van de directeur van het Palais de la Découverte, die hem grosso modo zei: daar niets wat de ontdekking van zichzelf aangaat het Palais de la Découverte vreemd is, zou ik u erkentelijk zijn als... Gusdorf ging naar het Palais en kwam terug met de groeten, een folder en het gevoel te zijn bedonderd. Maar sindsdien prijkt zijn boek in de bibliotheek van dit 'Paleis van de Ontdekking'. Gusdorf had de hebbelijkheid om iedere enigszins lastige vraag af te doen met: 'Gaat je niets aan', en als je zijn werkkamer verliet, waar een bureau in zogenaamde louisquinze-stijl stond, zei hij: 'Neemt u mij niet kwalijk dat ik u niet thuisbreng', een zin die hij ook over de telefoon uitsprak, evenals: 'Houd uw hoed op.' De man beschikte over weinig uitdrukkingen, maar hij gebruikte ze altijd goed. Hij kon slecht opschieten met Pauphilet, die wegens zijn deelname aan het Verzet tot directeur van de Ecole normale was benoemd, als opvolger van Carcopino die naar het schijnt min of meer had gecollaboreerd. Pauphilet stond bekend om zijn verregaande luiheid, zijn gemaakt platte taalgebruik, zijn onwetendheid op zijn eigen vakgebied (middeleeuwse literatuur) en zijn voorliefde voor volksbals waar hij ijverig leerlingen van een speciaal soort wierf, voor wie hij uit het hoofd verzen van François Villon voordroeg. Om hem niet over te plaatsen is hij begraven achter de conciërgewoning van de Ecole normale. Niemand weet het, of iedereen is het vergeten, behalve de mooie rozen die er bij toeval groeien en die de conciërge regelmatig water geeft, tot ze verwelken. Ik heb altijd gedacht dat Pauphilet, een liefhebber van vrouwen en bloemen, deze attentie op prijs zou hebben gesteld.

Gusdorf had een heel persoonlijke methode ons op de *agrégation* voor te bereiden. Die bleek voortreffelijk te zijn. Hij gaf geen colleges, liet ons niet oefenen. Hij volstond ermee ons zonder commentaar fragmenten uit zijn dissertatie over dagboeken voor te lezen. Ik trok er de nuttige lering uit dat de beste manier om dat examen voor te bereiden niet het lopen van colleges is, en dus ook niet het geven van colleges, maar het lezen van enkele fragmenten uit wat dan ook. Want je moest dit examen nu eenmaal doen. Ik veroorloofde me een nieuwe depressie en aan het einde van het jaar was ik kant en klaar. Voor het schriftelijk examen slaagde ik als eerste (Alquié zei over mijn eerste examenscriptie 'Is een wetenschap van de menselijke feiten mogelijk?', die ik aan de hand van Leibniz en Marx geschreven had, dat ik voor het eerste gedeelte een 9½ had, voor het tweede een 8, maar dat ik voor het derde deel, met alles wat ik over Hegel en Marx vertelde, tot zijn spijt een 7 kreeg). Voor het mondeling examen slaagde ik als tweede, wegens een verkeerde lezing van een passage bij Spinoza, ik vatte eenzaamheid als zon op, wat net iets te aristotelisch was. Hélène wachtte me op onder aan de rue Victor-Cousin en sloot me in haar armen. Ze was bang geweest dat ik niet genezen was van mijn depressie. Ik heb die arme vrouw onophoudelijk bang gemaakt met mijn depressies.

Het filosofische leven aan de Ecole normale was niet bijzonder opwindend. Het was mode te doen alsof je Sartre minachtte, die in de mode was en leek te heersen over elk mogelijk denken, althans in Frankrijk, een 'zak van Royan' in een filosofische wereld die bevrijd was van ons traditionele spiritualisme en die zich op het neopositivisme had gestort. Erkend werd dat Sartre een bekwaam publicist en een slecht romanschrijver was, een goede politieke wil en een grote rechtschapenheid had, en vanzelfsprekend onafhankelijk was. Kortom, 'onze Rousseau', althans een Rousseau in het formaat van onze tijd. Filosofisch gezien bestond er meer waardering voor Merleau-Ponty, hoewel hij een transcendentaal idealist was, een religieuze manie van leken, maar hij maakte een ontzettend academische indruk; zodat je, om een examenscriptie tot een goed einde te brengen, zeker van je zaak was als je schreef in de stijl en met de zwaarwichtigheid van de *Phénoménologie de la perception*. Merleau kwam aan de Ecole normale interessante colleges geven over Malebranche (hij toonde voortreffelijk aan dat het *cogito* bij hem duister is en het lichaam ondoorgrondelijk, getuige de theorie van het spontane oordeel), en hij leerde ons dat de hele *agrégation* een kwestie was van communicatie (verplaats je in de exa-

mencommissie, het is zomer, het is heet, ze hebben geen tijd, je moet je
aan hen aanpassen en in hun plaats denken, terwijl je ze wijsmaakt dat
ze zelf denken). Hij liet zich enkele opmerkingen ontvallen over schil-
derkunst, over ruimte en stilte, hij deed enkele uitspraken over Machiavelli en Maine de Biran, en dan vertrok hij weer, nog steeds even
bescheiden. Aan de Sorbonne gaf Bachelard colleges in de vorm van
ongerichte gesprekken, verlevendigd met opmerkingen over viooltjes
en camembert. Je wist van tevoren nooit wat hij zou zeggen, hij zelf
evenmin, zodat je rustig midden onder een college kon aankomen of
weggaan wanneer je een afspraak met de dokter of een minnares had.
Niemand nam hem serieus, hij evenmin, maar iedereen was tevreden,
hij liet iedereen slagen voor alle examens, hij ontving iedereen op elk
moment van de dag en de nacht, wat zijn voordelen had, wanneer hij
zich niet met zijn dochter bezighield, die hem zorgen baarde, of met
zijn zwervers, die hem genoegen verschaften. Alquié heerste over Descartes en over al zijn volgelingen, met inbegrip van Kant, die hij beschouwde als een enigszins ketterse want Duitse aanhanger van Descartes, en op meesterlijke wijze diende hij zijn toehoorders de onveran-
derlijke variaties toe van een gestotter dat hij bijna even goed beheerste
als Jouvet. Hij was een goede hoogleraar die veel dingen wist, hij zat in
de examencommissie voor de *agrégation*, zodat je tenminste van tevoren met zekerheid wist welk cijfer hij voor een bepaald werkstuk gaf,
wat waardevol is. Schuhl, zachtmoedig als een watermeloen, uitge-
dost met een brilletje en een onduidelijk snorretje, voorzag Plato omzichtig van commentaar, en met zulke onderbrekingen dat het onmogelijk was hem te volgen. Al snel zocht hij zijn toevlucht in een werkcollege over de Griekse oudheid, waarin hij tot de hoogste geleerdheid
geraakte. Jean Wahl verklaarde *Parmenides* woord voor woord, even
schuchter en angstvallig als een bleek Pavlov-muisje van Pavlov dat
zijn snuitje boven de katheder uitwerkt; voor de zoveelste keer herhaalde hij onverstoorbaar zijn eigen boek waarvan hij het bestaan vergeten was. En na elk commentaar, dat hij kort hield, zei hij: 'Je kunt
trouwens net zo goed het tegendeel beweren', wat zijn toehoorders tot
nadenken stemde; zij waren op zoek naar het voor of het tegen, maar
werden meteen zowel van het voor als van het tegen voorzien. Hij was
getrouwd met een van zijn studentes, die hem enkele kinderen schonk
en hem al snel onder haar hoede nam, want hij was uiterst verstrooid in

alles, vrouwen en kinderen inbegrepen. Toen ik later een uiteenzetting over Lenin gaf ten overstaan van het Franse Genootschap voor Filosofie, waarvan hij voorzitter was, had hij echter een scherp gehoor toen ik een harde uitspraak van Dietzgen citeerde over filosofieleraren, 'bijna allemaal gediplomeerde knechten van de bourgeoisie', en hij protesteerde namens het genootschap, dat duidelijk minder beledigd was dan hij. Je bent voorzitter of je bent het niet. Destijds wisten we slechts heel weinig van Lévi-Strauss en nog minder van Canguilhem, die een zeer belangrijke rol in mijn ontwikkeling en die van mijn vrienden zou spelen. Canguilhem doceerde toen overigens niet aan de Sorbonne, maar zaaide schrik in het middelbaar onderwijs; hij had de functie van inspecteur-generaal aanvaard met de illusie dat hij, door de leraren uit te kafferen, hun filosofische verstand kon hervormen. Spoedig moest hij een einde aan deze bittere ervaring maken, in aller ijl schreef hij zijn proefschrift over de reflex om aan de Sorbonne te worden benoemd, waar hij zijn woedeaanvallen op zijn collega's botvierde, niet op de studenten; achter zijn norse manier van doen ontwaarden zij een schat aan edelmoedigheid en intelligentie. Later gaf hij aan de Ecole normale een vermaard college over het fetisjisme bij Auguste Comte; hij volgde met een ironische doch vertederde blik ons debuut. Op een keer verklaarde hij me dat hij door Nietzsche te lezen tot zijn onderzoek naar de geschiedenis van de biologie en de geneeskunde was gekomen.

Door zijn seminarie in het Sainte-Anne Instituut begon Lacan in die tijd bekendheid te krijgen. Eén keer ging ik naar hem luisteren, hij sprak over cybernetica en psychoanalyse. Ik begreep niets van zijn gewrongen en grillige uiteenzetting, een imitatie van de mooie taal van Breton, duidelijk geschapen voor een schrikbewind. En de schrik zat er goed in, met zijn tegenstrijdige effecten van betovering en haat. Toch werd ik bekoord door sommige van zijn uitspraken, die ik met hulp van Martin begreep. Ik zinspeelde erop in een artikeltje in de *Revue de l'Enseignement philosophique*; ik zei ongeveer: zoals Marx kritiek op de homo oeconomicus leverde, zo is het de grote verdienste van Lacan dat hij kritiek levert op de homo psychologicus. Binnen een week kreeg ik een briefje van Lacan, hij wilde me ontmoeten. Ik werd door hem ontvangen in een klein, duur restaurant. Hij droeg een in Londen gestreken overhemd met pijpplooien, een slonzig jasje en een roze vlinderstrik; achter brilleglazen zonder montuur gingen nonchalante, aandachtige en zo nu en dan heldere ogen schuil. Hij sprak een begrijpelijke taal, en beperkte zich tot onthutsende roddels over sommigen van zijn vroegere volgelingen, hun vrouwen en hun grootgrondbezit, en over het verband tussen die maatschappelijke omstandigheden en de eindeloze analyse. We werden het snel eens over deze onderwerpen, die met het historisch materialisme te maken hadden. Toen ik wegging zei ik bij mezelf dat zijn seminarie, dat uit Sainte-Anne dreigde te worden verdreven, heel goed zou kunnen worden verplaatst naar de Ecole normale. Hyppolite stemde er snel mee in, eens had hij 'het kind van een nacht van Edom' meegebracht naar een vertaalzitting gewijd aan een tekst van Freud over afwijzing-ontkenning. Zodoende hield Lacan een aantal jaren zijn seminarie aan de Ecole normale. 's Woensdags rond het middaguur stonden de trottoirs van de rue d'Ulm vol dure, modieuze auto's, en in de met rook gevulde Dussanezaal zaten de belangstellenden als haringen in een ton. Het was de rook die een einde aan het seminarie maakte—Lacan was niet bij machte zijn toehoorders het roken te beletten. De rook drong door tot de zalen van de bibliotheek die er recht boven lagen; dat had maandenlang klachten tot gevolg, totdat Flacelière de 'dokter' verzocht een ander asiel te zoeken. Hij maakte een vreselijke scène en deed zich voor als slachtoffer van een verhulde repressie (Flacelière had weinig waardering voor kwesties rond de fallus en Lacan was zo onvoorzichtig geweest hem uit te nodigen voor een zitting waarop alleen daarover werd gesproken), er werden petities ondertekend, kortom een affaire. Ik zat toen in een kliniek, Lacan belde Hélène op, die hij wel of niet herkende, dat weet ik niet, maar kreeg ondanks een heel verleidingsritueel van haar alleen de bevestiging dat ik helaas niet aanwezig was en dus niets kon uitrichten. Lacan legde zich erbij neer en vond daarna onderdak bij de juridische faculteit. Sommige studenten aan de Ecole normale waren nogal van hem onder de indruk geraakt, onder wie Jacques-Alain Miller, van wie ze het begrip van zijn leven gestolen hadden en die Judith Lacan het hof maakte, en Milner, die altijd een paraplu bij zich had en later taalkundige is geworden. Toen Lacan eenmaal weg was, daalde zijn aanzien aan de Ecole normale, en daar hij me niet meer nodig had, zag ik hem niet meer. Maar via anderen vernam ik dat hij na zijn ring van Moebius het pad van de wiskundige logica en de wiskunde was opgegaan, wat me geen goed teken leek. Ik was ontegenzeglijk door hem beïnvloed, zoals vele hedendaagse filosofen en psychoanalytici. Ik keerde naar Marx terug, hij naar Freud, een reden om elkaar te begrijpen. Hij bestreed het psychologisme, ik het historicisme, een andere reden om elkaar te begrijpen. Minder begrip kon ik opbrengen voor zijn structuralistische neiging en al helemaal niet voor zijn pretentie een wetenschappelijke theorie van Freud te geven, wat me voorbarig leek. Maar per slot van rekening was hij vooral filosoof, en in Frankrijk hadden we niet zoveel filosofen om te volgen, ook al leek de filosofie van de psychoanalyse die hij ontwikkelde en voor een wetenschappelijke theorie van het onbewuste uitgaf, mogelijk wat gewaagd. Evenmin als je je tijdperk kiest, kies je je leermeesters. Behalve de niet erg filosofische Marx had ik toch nog een andere: Spinoza. Jammer genoeg doceerde hij nergens.

Ik bewaar een merkwaardige-herinnering aan Georges Snyders. Als door een wonder was hij uit Dachau teruggekeerd, erg zwak en van verre als jood herkenbaar, maar hij had het overleefd. Hij was een opmerkelijk pianist en op een dag ronselde hij me samen met Lesèvre, die talentvol de cellopartij voor zijn rekening nam, om Bach te spelen. Snyders speelde hartstochtelijk en wekte de indruk niet naar de anderen te luisteren. Na afloop van het stuk liet hij zich ontvallen: er is geen noot vals, maar jouw spel heeft geen bezieling. Nooit heb ik mijn viool meer aangeraakt. Snyders was dol op lekker eten, hij ging naar de Grand Véfour, maar in plaats van met de gebruikelijke voorgerechten te beginnen, bestelde hij eerst zoete room en eindigde met cervelaatworst en stukjes peer, zonder aalbessen, wat indruiste tegen het gevoel voor traditie van de zaak, waar ze gehecht waren aan de volgorde der gerechten. Hij trok er zich niets van aan en nam altijd maar één glas witte wijn, of karnemelk. Het kostte hem altijd veel geld, maar nu hij gewoon hoogleraar is, gedecoreerd en huisvader, gehuwd met een wiskundige en vader van een student aan de Ecole normale ('dat joch heeft een goed verstand'), gaat hij nog steeds graag uit eten, tegenwoordig bij het grote gat van de Hallen, waar hij een restaurant heeft gevonden dat hem varkenspoot in zwarte-bessenjam voorschotelt. Snyders had een groots plan dat hij jammer genoeg moest opgeven: een landelijk culinair onderzoeksinstituut oprichten. Hij beweerde dat je interessante resultaten kon krijgen uit gebakken vloeipapier en strojam. Dat staat te bezien.

Voor zijn dood had Pauphilet ervoor gezorgd dat Prigent, afkomstig uit Bretagne, aan de Ecole normale benoemd werd en dat Gusdorf werd afgedankt. Ik werd toen benoemd, dankzij de gunst van 'moeder Porée', een vrouw die ondanks alle directeuren de Ecole normale gedurende bijna veertig jaar draaiende heeft gehouden, eerst als juffrouw van de linnenkamer en toen als secretaresse van de directeur. Ze had karakter, originele gedachten over correspondentie en pedagogie, en ze wist hoe je de Duitsers moest aanpakken toen die op een morgen onverwachts Bruhat kwamen arresteren. Ik heb veel aan haar te danken en ik ben niet de enige. Ze is eenzaam gestorven in een afschuwelijk bejaardenhuis midden in het bos, honderd kilometer van Parijs; ze kreeg bijna nooit bezoek. Wanneer de maatschappij eenmaal veranderd is, zullen zulke dingen verboden zijn.

Toen ik voor de *agrégation* was geslaagd en tot repetitor was benoemd, moest ik me bezighouden met mijn jonge medestudenten die zich nog op het examen voorbereidden, onder wie Gréco, Lucien Sève en een tiental anderen. Ondanks de waarschuwingen van Gusdorf had ik de zwakheid te menen dat ik hun college moest geven. Het ging over Plato, ik hing praatjes op over de ideeënleer en de herinnering als filmische-herinneringstheorie die de problemen van de klassenstrijd maskeert. Ik had een aardig succes met Socrates als vergetelheid, het lichaam als vergetelheid, dus het lichaam van Socrates als vergetelheid en het lichaam van Meno als herinnering. Ik sloeg me zo goed mogelijk door de onmogelijke *Cratylus* heen, waarin Plato staande houdt en ontkent dat je het beestje bij de naam kunt noemen. Wat me bij Plato boeide was dat iemand zo intelligent en toch conservatief en zelfs reactionair kon zijn, dat iemand zowel koningen als knapen in ere kon houden, zowel over de begeerte als over de liefde kon spreken, en over alle beroepen van het leven, zelfs over modder, die ook ergens in de hemel zijn idee heeft, samen met de schoen en het goede. Het was ook een man van vermenging, hij wist hoe je jam moest maken, wat ik een keer aan Snyders vertelde, die me aankeek of ik gek was. Inderdaad was ik nog steeds gek en ik veroorloofde me bijna ieder jaar een depressie, wat het collegeprobleem oploste. Maar de studenten aan de Ecole normale hadden de gewoonte aangenomen voor de *agrégation* te slagen, behalve wanneer ze naar India vertrokken of zich in een liefdesavontuur stortten. Daar hield mevrouw Porée een oogje op (wacht toch tot u voor uw examen bent geslaagd, jongeman, dan hebt u tijd in overvloed), 'het' was uiteindelijk niet van belang. Pater Etard, bibliothecaris van de Ecole normale, gaf hun als opvolger van Lucien Herr alle nuttige bibliografische inlichtingen. Wanneer je een ontmoeting met de beste man had, was het vervelende alleen dat je vooraf al je afspraken voor minstens een week moest afzeggen. Hij raakte niet uitgepraat over de geschiedenis van de godsdiensten, citeerde uit een proefschrift dat hij in zijn hoofd had, maar wegens tijdgebrek niet op papier had gezet. Hij sprak trouwens over iedereen, zowel over Herriot als over Soustelle. Soustelle had nog geen opzienbarende carrière in Algiers gemaakt. Maar Etard zei van hem: hij is niet in staat iets alleen te doen, hij zal altijd tweede man blijven. Hij had gelijk. Vóór de oorlog had Soustelle onder Bouglé een documentatiecentrum beheerd, met als medewerkers Aron en enkele voor het nazisme gevluchte Duitsers die in de Ecole normale onderdak hadden gevonden. Ik meen Horkheimer, Borkenau en enkele anderen. Jammer genoeg is het slecht afgelopen met Borkenau, in dienst van het Pentagon geloof ik, maar de oorlog verklaart heel wat. Toen Bouglé was gestorven, verdween het centrum. Pas onder Jean Hyppolite kwam het in een andere vorm weer tot leven, meer aangepast aan de hedendaagse behoeften van de politieke economie en de informatica.

Pauphilet werd opgevolgd door Dupont, een in pijnhars gespecialiseerde scheikundige. Hij zei: 'Het spijt me, ze hebben me genomen omdat de besten in de oorlog zijn omgekomen.' Dat was jammer genoeg waar. Hij was een besluiteloze directeur, die af en toe korte en ongevaarlijke woedeaanvallen kreeg. Raymond Weil, die toen repetitor Grieks was, vatte het naar de geest en naar de letter kort samen: 'Het is absoluut noodzakelijk... dat iemand mijn verantwoordelijkheden op zich neemt.' Dupont werd geassisteerd door een letterkundige, de zachtmoedige Chapouthier, die zich oprecht verbaasde dat 'zulke mooie jonge knapen zo snel trouwen', wat hem een doorn in het oog was. Wanneer hij 's zomers met de studenten op de Ecole normale bleef om de resultaten van de *agrégation* af te wachten, at hij met hen mee en liet zich meestal trakteren, want zijn vrouw gaf hem geen cent. Op een dag verbaasde hij zich dat Michel Foucault ziek was, ik zei dat het niet ernstig was, toch verbaasde het hem dat Foucault, die hij verwilderd in de gang was tegengekomen, niet tegen hem had gepraat. Hetzelfde jaar slaagde Foucault voor de *agrégation*. Zoals bekend zou hij eindigen, of beginnen, aan het Collège de France, waar hij vrienden had.

Na de dood van Chapouthier werd Hyppolite adjunct-directeur en daarna directeur van de Ecole normale. Hij was een forse, gedrongen man met een enorm denkhoofd, hij rookte aan één stuk door, sliep drie uur per nacht, was steeds bezig te denken en een goede verstandhouding te kweken met de beoefenaren van de exacte wetenschappen, bij wie Yves Rocard, een geniaal organisator, de dienst uitmaakte. Al in zijn inaugurele rede zette Hyppolite de toon: 'Ik heb altijd geweten dat ik nog eens directeur van de Ecole normale zou worden... De Ecole normale moet een huis van tolerantie zijn, u begrijpt me wel.' Hij begon werkgroepen op te zetten, waar hij het steeds over had. Het werd bekend en op een keer ontving hij een lange, met bevende hand geschreven brief, ondertekend door een gepensioneerde kolonel van de cavalerie in Cahors, die zich bijzonder geïnteresseerd verklaarde in zijn initiatieven, van zijn eigen pedagogische ervaringen in het leger gewag maakte, waar hij lange tijd zelf werkgroepen had geleid, en een uitwisseling van ervaringen voorstelde. Bijgevoegd was een door zijn dochter ondertekende brief, waarin ze zei dat pappa heus veel belangstelling had en of u hem kunt antwoorden. Hyppolite antwoordde en er kwam een briefwisseling op gang die jaren zou duren. Al had de kolonel nog last van zijn tijdens de oorlog opgelopen verwondingen, hij kwam naar Parijs om Hyppolite te bezoeken en een lezing aan de Ecole normale te houden, die ondanks zijn wat te krijgshaftige taal in de smaak viel. Die kolonel heette C. Minner.

Hyppolite bestuurde de Ecole normale op een heel eigen wijze: de administratie volgt wel. In werkelijkheid liep ze vooruit onder leiding van Letellier, die de grote mijnheer uithing en niet op geld keek. Uit die tijd dateren de nieuwe gebouwen van rue d'Ulm 46, die door oude en nieuwe laboratoria werden opgeslokt en na de dood van Hyppolite door het nieuwe Instituut voor Menswetenschappen, plus studentenhuisvesting. Later ontstond er een heftig conflict over de verdeling van de enorme ruimten van biologie, maar de directeur van het laboratorium won, ten nadele van fysica dat slechts om enkele tientallen vierkante meters vroeg. Toen Hyppolite de Ecole normale verliet en naar het Collège de France ging, sprak hij weemoedig: 'Ik dacht dat ik in dit huis intellectuele invloed zou uitoefenen, maar ik zal de geschiedenis ingaan als de directeur die een bonnensysteem heeft ingesteld'—dat de toegang tot de eetzaal reglementeerde en een einde maakte aan irritante conflicten waarbij Prigent soms zijn gezag deed gelden, maar zonder succes, want hij had te veel vrienden, terwijl hij volgens zijn gewoonte publiekelijk op de directeur schold, 'een muisje', niet in staat iets uit te voeren—'en de gebouwen van nummer 46 heeft laten neerzetten.'

Maar op zijn bescheiden wijze had Hyppolite een ander belangrijk succes geboekt. Hij was erin geslaagd Sartre en Merleau-Ponty te verzoenen, die om politieke redenen al zeven jaar gebrouilleerd waren. Hyppolite nodigde Sartre uit een lezing te houden voor studenten, in de Handelingenzaal. Maar als je goed keek zag je ook bekende figuren, zoals Canguilhem en Merleau. Anderhalf uur lang sprak Sartre over het begrip 'mogelijk', een echt *agrégation*-college, dat niemand verwacht had en dat iedereen verraste. Maar aan het einde bracht hij de grote slavenopstanden in Zuid-Amerika tijdens de zestiende eeuw ter sprake en het belang van opstandigheid voor de mens. Niemand stelde een vraag. We gingen allemaal naar Piron (een kroeg in de buurt die door een oud-verzetsstrijder beheerd werd), daar begon het gesprek te vlotten. Sartre antwoordde slechts door steeds met alle vragen in te stemmen. Merleau was aanwezig, maar zei niets. Diep in de nacht vertrokken we, we groetten elkaar en ik ging mijns weegs met Merleau, die commentaar begon te leveren op de vragen die ik Sartre had gesteld over de Algerijnse oorlog, die toen aan de gang was. Daarna spraken we over Husserl en Heidegger, en over het werk van Merleau zelf. Ik verweet hem zijn transcendentale filosofie en zijn theorie van het eigen lichaam. Hij antwoordde met een vraag die ik niet ben vergeten: u hebt toch ook een lichaam, of niet soms? Een week later liet het lichaam van Merleau hem plotseling in de steek: zijn hart.

Toen Hyppolite was overleden, hielden we een herdenkingsplechtigheid in de toneelzaal. De hoogste universitaire gezagsdragers waren aanwezig, onder wie Wolf, de administrateur van het Collège de France. De overledene werd opgehemeld. Omdat mij gevraagd was het woord te voeren, had ik een toespraakje voorbereid dat ik uit voorzorg aan Canguilhem had voorgelegd; hij had er zijn instemming mee betuigd. Deze tekst treft men als bijlage aan.* Het bracht een groot

---

* Deze tekst is niet aangetroffen in de archieven van Louis Althusser (noot van de bezorgers).

schandaal teweeg, en dat was overigens belachelijk, want ik had alleen het oordeel geformuleerd zoals Merleau dat tegenover mij over zijn filosofische werk gegeven had.

Flacelière volgde Hyppolite op en belastte zich met de Ecole normale in een periode die wellicht de moeilijkste uit haar geschiedenis is geweest; Kirmmann, alweer een scheikundige, was zijn medewerker voor de exacte kant van de Ecole normale. Flacelière was een kleurrijke man met karakter, vertrouwd met Plutarchus en lijdend aan heftige woedeaanvallen (in 1969 gaf hij een student zelfs een draai om z'n oren, maar hij verontschuldigde zich dadelijk). Hij was een man van traditie, die niets wilde weten van vernieuwingen aan de Ecole normale, hij vertrouwde zijn jonge collega's wier vertrouwen hij genoot. Toen volgden de 'gebeurtenissen' van mei '68 elkaar snel op. De golf van barricaden bereikte de Ecole normale, maar de studenten hielden zich afzijdig en volstonden ermee de gewonden te verzorgen en de strijders met koppen thee te verkwikken. Onverstoorbaar stond Flacelière voor het portiershokje, zoals hij tijdens de Eerste Wereldoorlog elders had gedaan. Meer dan eens verbood hij de oproerpolitie in de Ecole normale gevluchte studenten te achtervolgen. Hij had moed en sprak moed in. Later wist hij niet dezelfde onverstoorbaarheid te bewaren toen er in de Ecole normale als nasleep van mei '68 dag en nacht bijeenkomsten werden belegd, toen ze beklad werd met voor Flacelière en zijn vrouw beledigende graffiti en toen de Ecole normale met de onvermijdelijke vertraging ten slotte in 1970 haar 'nacht' beleefde, waarin links-radicalen een 'feest van de Commune' organiseerden met als enig motto 'zoveel wijn als je maar wilt'. Zesduizend jonge mensen drongen het oude gebouw binnen, en in hun kielzog herrieschoppers die met een houweel de kelders van de Ecole normale bewerkten, alles plunderden en zelfs de deuren van de bibliotheek intrapten, moedig verdedigd door Petitmengin, waarna enkele boeken werden verbrand. Ze goten benzine over de vloer en de daken (het was een wonder dat de Ecole normale niet afbrandde) en gaven zich over aan allerlei baldadigheden en bedenksels (bij gitaarspel werd in de openlucht de liefde bedreven). De dag erna heerste er in de Ecole normale doodse stilte. Flacelière diende zijn ontslag in, dat aanvaard werd (het ministerie stelde hem verantwoordelijk voor de incidenten). Flacclière ging met pensioen en publiceerde een boekje waarin hij de zaak uit de doeken deed, ten onrechte zag hij het gebeurde als een voorteken van de teloorgang van de Ecole normale. De muren werden overgeschilderd, de schade werd hersteld, het ministerie hielp een handje en langzamerhand werd alles weer gewoon.

Mandouze en Bousquet wedijverden om de opvolging van Flacelière. Bousquet zegevierde om een naar het schijnt politieke reden, want het was algemeen bekend dat hij bevriend was met Pompidou. Hij is een bedaarde man, die in Bordeaux in het verzet heeft gezeten, een katholiek met linkse sympathieën die een soort Engelse filosofie vol humor en geduld aanhangt. Hij was stellig de directeur die de Ecole normale nodig had, met aan zijn zijde een stipte en energieke wiskundige, Michel Hervé, en een bescheiden maar bekwame nieuwe administrateur.

Intussen deden we natuurlijk aan politiek. Al mijn voormalige medeleerlingen uit Lyon die ik aan de Ecole normale terugzag, waren min of meer lid van de Partij. Hélène was lid geweest tot de oorlog, maar ik zal dadelijk vertellen waarom ze sinds 1939 geen lid meer was. Het zat in de lucht na 1945, na de Duitse nederlaag, de overwinning bij Stalingrad, de ervaring en de hoop van het Verzet. Maar ik bleef enige tijd op een afstand en beperkte me tot activiteiten in de katholieke 'Talakring' aan de Ecole normale. Ik slaagde erin de aalmoezenier te verjagen, een zekere pater Charles, die na jarenlang over de katholieke studenten van de Sorbonne te hebben geheerst nu in Montmartre zit; ik kon zijn vulgaire taalgebruik en zijn argumenten niet langer verdragen. Ik was ook actief in de illegale 'studentenvakbond', die voor officiële erkenning streed. Hier behaalde ik om zo te zeggen mijn eerste succes op het gebied van massale politieke actie; met medewerking van Maurice Caveing bracht ik het bestuur, dat volledig in handen van socialisten was, tot aftreden.

Ik herinner me ook een heftige botsing met Astre van de SNES, toen de beambten van de Ecole normale een keer staakten en bij het ministerie wilden gaan betogen. Astre verzette zich ertegen, maar ik kreeg gedaan dat we er allemaal heen gingen, beambten en leraren samen. Astre maakte me uit voor 'rooie'.

Het werd ernst toen ik in oktober 1948 lid werd van de Partij. De cel van de Ecole normale werd geleid door een jonge bioloog die worstelde met het probleem van Lyssenko. Hij sprong van het dak van de Ecole normale, zijn gehavende lichaam kon niet meer gereanimeerd worden en werd op een brancard weggevoerd. Een verschrikkelijke natuurlijke historie. Maar later zou ik horen dat hij waarschijnlijk ook uit liefdesverdriet zelfmoord had gepleegd.

In die tijd gaf Jean-Toussaint Desanti les aan de Ecole normale. Colleges over de geschiedenis van de wiskunde en de logica, die deze bijzonderheid vertoonden dat ze begonnen, lang bij het begin stilstonden, maar er nooit in slaagden het te passeren. Touki was nogal husserliaans, dat was zijn leerschool geweest die hij in wezen nooit helemaal verloochend heeft, ook al beweerde hij marxist te zijn. Maar hij was lid van de Partij en had voor de oorlog zijn reputatie aan de Ecole normale gevestigd door met een revolver in het plafond te schieten, door het stilzwijgen over zijn gedachten te bewaren, door aan de zijde van Victor Leduc in het *quartier latin* tegen de fascisten te vechten en door te koop te lopen met een roerige verhouding met Annia, Dominique geheten. Maar bovenal was hij Corsicaan, naar hij zei zoon van een herder, wat de rest verklaarde, inclusief zijn relatie met Laurent Casanova, destijds grootinquisiteur in dienst van de ideologie van de Partij. Touki koesterde een onverklaarbare genegenheid en voorliefde voor Casa, wellicht voortvloeiend uit clanbanden, of uit een gemeenschappelijke voorkeur voor geitekaas en rosé. Het is een feit dat hij hem in alle opzichten als een hondje volgde. Zijn motto was: laten we strijdlustig optrekken. Met die strijdlust maakte ik kennis op een dag in december 1948, toen Touki me meenam naar Casa. We wachtten een goed uur in een gang van het partijkantoor en door de deur heen was ik getuige van een verschrikkelijke geestelijke foltering. Casa bekommerde zich om het wetenschappelijke en politieke geweten van Marcel Prenant, een eminent bioloog die destijds lid was van het Centraal Comité en geen geloof hechtte aan de ontdekkingen van Lyssenko. Casa schold Prenant uit voor alles wat lelijk was en sommeerde hem van tijd tot tijd te erkennen dat $2 + 2 = 4$ een waarheid van de burgerlijke ideologie was. We zagen Prenant doodsbleek naar buiten komen. Vervolgens ontving Casa ons heel ontspannen, voor hem was dit blijkbaar gewoon, en hij luisterde naar me. Ik ontvouwde het plan dat we in de cel hadden bedacht, we wilden aan de Ecole normale een Politzer-kring oprichten en vakbondsbestuurders en politieke leiders uitnodigen om voor de studenten aan de Ecole normale over de geschiedenis van de arbeidersbeweging te komen spreken. Zo kwamen Racamond, Franchon en Marty (tweemaal, met groot professoraal gezag) het woord voeren.

Het was de tijd van de koude oorlog en de Oproep van Stockholm. Ik ging langs de deuren in de buurt van het gare d'Austerlitz en zamelde nauwelijks steunbetuigingen in, behalve van een vuilnisophaler, die we voor de Communale Raad aanwierven, en van een jonge vrouw die uit medelijden tekende. In de rue Poliveau hadden we een aanplakbord neergezet en iedere dag ging ik het documentatiemateriaal over de oorlogsdreiging en het toenemende volksverzet bijwerken. De mensen lieten me begaan, maar ze lazen onze aanplakborden nauwelijks.

De zaak had een afschuwelijk einde. Ik had het over de Communale Raad van het vijfde arrondissement, dat was niet hetzelfde als de partijafdeling van het vijfde, hoewel sommige leden deel van beide groeperingen uitmaakten. Toen Hélène een keer aanplakbiljetten ging ophalen in de rue des Pyramides, werd ze herkend door een voormalig leider van de communistische jeugdbeweging in Lyon, die haar dadelijk aanbracht als een onder de naam Sabine bekend staand opruiend personage. En de repressiemachine van de Communale Raad kwam op gang, ondanks een beroep op Yves Farge, die zweeg, terwijl hij maar een kik had hoeven te geven.

Om deze zaak goed te begrijpen, is het natuurlijk nodig naar het verleden terug te keren. Hélène was indertijd een van de weinigen geweest die geen vraagtekens hadden gezet bij het Duits-Russische pact; in de jaren dertig was ze actief geweest in het vijftiende arrondissement aan de zijde van Michels, Timbaud en anderen, op wie ze erg gesteld was. Als zovelen verloor ze in 1939 het contact met de Partij. Niettemin was ze actief geweest in een niet-communistische verzetsorganisatie, terwijl ze steeds aansluiting met de Partij was blijven zoeken, maar tevergeefs. Toch had ze Aragon en Elsa goed gekend, evenals Eluard en enkele andere communisten die in het Verzet zaten, maar ook zij hadden het contact verloren. Al deze vrienden en vele anderen ontmoetten elkaar bij Jean en Marcou Ballard van *Cahiers du Sud*. Naar aanleiding van een absurd voorval, bekend als 'de kousen van Elsa', brak Aragon met Hélène. Hij wilde kousen van een bepaalde kleur, waar Hélène niet aan kon komen. Op welhaast dezelfde wijze had Lacan met Hélène gebroken in Nice, omdat ze geen onderdak voor zijn joodse vrouw had kunnen vinden. De breuk met het echtpaar Aragon nam een ernstige wending toen Hélène, die tijdens de bevrijding van Lyon verantwoordelijk was voor het juridische lot van gevangen nazi's en Franse collaborateurs, heftig werd aangevallen door kardinaal Gerlier en de gezamenlijke plaatselijke collaborateurs, Berliet voorop. Ze werd van verzonnen misdaden beschuldigd, ze zou oorlogsmisdadigers hebben beschermd, wier leven ze in werkelijkheid wilde behouden om waardevolle inlichtingen uit hen los te krijgen of om hen uit te wisselen tegen in Montluc opgesloten verzetsstrijders (zoals pater Larue, die vlak voor de bevrijding van de stad door Duitse kogels zou sterven). Inderdaad had ze toen als schuilnaam Sabine, maar ook nog een andere: Legotien. Kortom, ze had drie namen, wat als een grond van verdenking tegen haar werd aangevoerd. Het was nog maar een kleine stap om haar ervan te beschuldigen een agent van de Gestapo te zijn, en de aanklagers van de Communale Raad hadden die stap gauw gezet. Al in Lyon had Aragon haar ervan beschuldigd lid van de Intelligence Service te zijn.

In deze omstandigheden moest ik de bijeenkomsten van de Raad bijwonen. Hélène kon wel de getuigenis aanvoeren van verzetsstrijders die haar goed kenden en die van haar optreden in Lyon op de hoogte waren, maar niets hielp. Ze werd ervan beschuldigd alle mogelijke misdaden te hebben gepleegd en verborgen te hebben gehouden. Sommige leden van de Raad verkeerden in onzekerheid over het te vellen oordeel en beperkten zich tot een waardig stilzwijgen. Maar ze boden geen tegenwicht tegen de anderen, die de macht hadden om te veroordelen.

In deze smadelijke omstandigheden werd Hélène dus uit de Communale Raad gestoten. De leden van de Partij conformeerden zich. Ik herinner me dat de leden van mijn cel, evenals het echtpaar Desanti, er vooral op uit waren 'Althusser te redden'. Ze zetten me onder druk, ik weet niet goed welk doel hun voor ogen stond, maar ik schonk er geen enkele aandacht aan.

Hélène en ik gingen naar Cassis om enige afstand van deze afschuwelijke zaak te nemen. Het was echt verbijsterend dat de zee onder een meedogenloze zon onverstoorbaar golven op de kust bleef werpen. Ik weet niet hoe, maar we knapten weer op en keerden twee weken later naar Parijs terug.

Toen kwam de Partij zelf in actie. Gaston Auguet liet Hélène bij zich komen en bracht langdurig alle bewijsgronden van de aanklacht naar voren. Hij haalde duistere verhalen op van een zekere Gayman, die uit de Partij was gezet en dus niet kon worden gehoord; hij zou precies weten of Hélène nog deel uitmaakte van de Partij in 1939, op het moment van het pact. Het was dus onmogelijk te weten te komen of Hélène nog lid van de Partij was of niet. Auguet liet het bij deze informatie en zei haar dat ze in beroep kon gaan. Maar tegelijk liet hij me weten dat ik onmiddellijk bij haar weg moest gaan. Ik ging niet bij haar weg.

Deze afschuwelijke zaak, die me opnieuw ziek maakte (en nu pleegde ik bijna zelfmoord), samenvallend met de zelfmoord van mijn eerste celsecretaris, opende mijn ogen voor de droeve werkelijkheid van de stalinistische praktijken in de Franse Communistische Partij. Ik was toen nog niet zo sereen als Hélène, die zeker van haar zaak was en zich nauwelijks van haar stuk liet brengen; ze was van oordeel dat deze zaak bovenal haarzelf aanging, terwijl ik het als een wrede persoonlijke beproeving ervaarde. In ieder geval kwam aan een aantal van onze contacten een einde. Zoals met alle uitgestoten leden het geval was, waren we gedwongen in een bijna volledig isolement te leven, de Partij deed geen half werk. Als goede vriend van Casanova nam Desanti enige afstand, al bleef hij een soort genegenheid voor me koesteren. Mijn kameraden van de cel, Le Roy Ladurie voorop, wilden me niet meer kennen. Bleven over de meeste studenten en enkele boezemvrienden, zoals de altijd trouwe Lucien Sève en de begrijpende Michel Verret. Maar het waren er zeer weinig en het werd een echte tocht door de woestijn.

Toch werkte ik nog, en langzamerhand slaagde ik erin enkele artikelen te schrijven. Ik was toen actief in het Genootschap van filosofieleraren en op een dag deden we een aanval op het landelijk bestuur, op instigatie van Maurice Caveing, die met Besse een *Filosofisch handboek* had geschreven dat in die verschrikkelijke tijd een helaas negatieve rol vervulde. Het was voldoende een stemming te organiseren terwijl de meeste leden afwezig waren. We behaalden een gemakkelijke overwinning, maar de meerderheid van diezelfde leden keerde zich tegen ons, liet de stemming ongeldig verklaren en stemde opnieuw, en wij verloren. Dat waren de methoden van die tijd, die niets democratisch hadden.

Ik maakte toen deel uit van een commissie van het Centraal Comité, belast met kritiek op de filosofie. We vergaderden iedere week en schreven ten slotte een artikel waarin we verklaarden dat 'het probleem Hegel al lang is opgelost' (Jdanov), behalve dat het bij bepaalde lieden zoals Hyppolite weer de kop opstak en dan een duidelijk oorlogszuchtige wending nam. Dat waren de gedachten van die tijd.

Elders heb ik verteld hoe ik erin slaagde enkele artikelen tegen de tijdstroom in te schrijven en ze te publiceren in *La Nouvelle Critique* (dankzij Jacques Arnault) en in *La Pensée* (dankzij Marcel Cornu). Dat ging niet zonder moeite. Maar ik had geen toegang tot de Editions sociales, wegens een verbod waarvan ik nooit nauwkeurig geweten heb van wie het afkomstig was, van Krasucki, Garaudy of Aragon, of misschien wel van niemand. Nou ja, dat is nu allemaal verleden tijd. Wat ik me nog duidelijk herinner is het Centraal Comité van Argenteuil. De dag na de bijeenkomst ontving ik tot mijn verbazing een telegram van Garaudy: 'Je bent gisteren verslagen, kom eens langs.' Ik ging niet bij hem langs. Maar drie maanden daarna ontving ik een briefje van Waldeck, op dat moment secretaris-generaal van de Partij, die me vriendelijk voor een gesprek uitnodigde. Op een mooie voorjaarsmorgen heb ik drie uur met hem gepraat. Hij sprak langzaam, het was een fatsoenlijke en hartelijke man. Hij zei: 'Er is kritiek op je geleverd in Argenteuil, maar daar gaat het niet om. We moesten wel kritiek op je leveren om ook kritiek op Garaudy te kunnen leveren; hij brengt ons met zijn standpunten in verlegenheid. Maar jij hebt dingen geschreven die ons interesseren.' Ik stelde hem vragen: 'Jij kent de arbeiders, denk je dat ze zich voor het humanisme interesseren?'—'Helemaal niet, het kan ze niet schelen.'—'En de boeren?'—'Geen donder.'—'Waarom wordt er dan zo'n nadruk op het humanisme gelegd?' Ik geef het antwoord van Waldeck woord voor woord weer: 'Je begrijpt toch wel dat we de taal van al die academici en socialisten moeten spreken...' En toen ik hem vragen stelde over de politiek van de Partij, antwoordde hij (letterlijk): 'Je moet toch iets voor ze doen, anders lopen ze allemaal weg.' Ik heb nooit geweten wie die 'allemaal' waren, de leden van de Partij (waarschijnlijk), of de intellectuelen, of de arbeiders. Verbijsterd nam ik afscheid.

Daarvoor en daarna was ik in de gelegenheid leiders van de Partij te ontmoeten. Ze waren niet van zijn formaat. Maar het was boeiend naar hen te luisteren. Ik heb het niet over Guy Besse, die de bescheidenheid zelve was ('Ze hebben me in het Politbureau gezet als tegenwicht tegen Garaudy, ik maak me geen enkele illusie'; daarna heeft hij die misschien toch wel gekoesterd), maar over Roland Leroy. Tussen 1967 en 1972 ontmoette ik hem vier of vijf keer. Een verfijnde man, vol aandacht voor zijn uiterlijk, gehecht aan een enigszins decadente, Florentijnse elegantie, tegelijk heel levendig en scherp, en eveneens begiftigd met een grote 'door de wil begrensde intelligentie'. Roland Leroy maakte me deelgenoot van zijn problemen (Hoe kunnen we standhouden aan het front van de filosofie?) en zijn zekerheden. (Je zult zien dat de socialisten door het Gemeenschappelijk Programma op gespannen voet met elkaar komen te staan. De Russen hebben slechts één voordeel op ons, hun sociale mobiliteit. Jacques Chambraz was aanwezig en stemde ermee in.) Ik ontmoette ook René Andrieu, wegens zijn strijdlustige tv-optredens een van de meest populaire leiders. Hij vertelde me dat hij zich zorgen maakte over de toekomst van *l'Humanité* en een rubriek wilde beginnen waarin iedere lezer vrijelijk zijn mening kon uiten, zoals in *France-Nouvelle*. Maar dat was voorbarig. Op een congres zag ik Georges Séguy, voor wiens ondemagogisch gebruik van de volkstaal ik altijd bewondering heb gehad. Hij sprak met me over de staking bij de PTT, die zou worden beëindigd, want er waren veel werklozen en zo'n geïsoleerde staking zou niet lang standhouden. Ik ontmoette nog enkele andere leiders. Hoe hoger ze in de hiërarchie stonden, hoe vrijmoediger ze spraken. Een eenvoudige redacteur van *l'Humanité* of van *France-Nouvelle* bewaarde een volledig stilzwijgen. Geen commentaar.

En aangezien ik hier de gelegenheid heb om alles te zeggen, moet ik bekennen dat zich onder de beroemdheden die ik heb mogen ontmoeten Johannes XXIII en De Gaulle bevinden.

Via mijn vriend Jean Guitton had ik mijn voelhoorns in Rome. Ik ontmoette Johannes XXIII in de tuin, hij vertoefde niet graag in het Vaticaan buiten zijn paleis. Het was voorjaar, er waren kinderen en bloemen die de zuivere ziel van de paus in verrukking brachten. Achter het uiterlijk van de stevige Bourgondiër en liefhebber van rode wijn ging een argeloze, genereuze man schuil met een neiging tot utopisme, zoals duidelijk zal worden. Hij toonde namelijk belangstelling voor mij als lid van de Franse Communistische Partij en zette uitvoerig uiteen dat hij de Katholieke Kerk en de Orthodoxe Kerk tot elkaar wilde brengen. Hij had bemiddelaars nodig om met Brezjnev tot een basisovereenkomst voor eenheid te komen. Daar maakte hij geen geheim van. Ik bracht ideologische en politieke bezwaren tegen zo'n onderneming naar voren, de positie van Mindszenty, voor wie hij diepe minachting bleek te koesteren (hij zit daar goed, laat hij daar maar blijven zitten), en gewoon de gespannen internationale situatie en het heersende anticommunisme in de Kerk. Hij verklaarde dat hij van dit laatste probleem werk zou maken als de communisten hun goede wil zouden tonen. Ik kon wel aanvoeren dat dat heel moeilijk te bereiken zou zijn, dat zelfs de Italiaanse Communistische Partij daar niet voor te vinden zou zijn, laat staan de Franse Communistische Partij, maar het scheelde weinig of hij las me duchtig de les. Hij zei me dat de Franse Kerk gallicaans was en dat dat tenminste ergens toe moest dienen, dat de Frans-Russische alliantie een oude traditie had, enzovoort. Mijn onmacht maakte me treurig, toen ik wegging was ik er niet in geslaagd hem ervan te overtuigen dat het in het onderhavige geval niet alleen om mij ging. Ik had nog twee ontmoetingen met hem, nog steeds was hij even vastbesloten en geïrriteerd door dit probleem dat hem ter harte ging.

De Gaulle ontmoette ik in buitengewone omstandigheden, want ik kende hem niet persoonlijk. Het was op straat in het zevende arrondissement. Een lange man met een sigaret in zijn mond vroeg me om een vuurtje. Ik gaf hem dat vuurtje. Prompt vroeg hij: wie bent u en wat doet u? Ik antwoordde: ik ben leraar aan de Ecole normale. Hij zei: het zout der aarde. Ik zei: van de zee, de aarde is niet zout. Of bedoelt u soms dat ze oud is? Nee, ze is koud. Hij antwoordde: u heeft een hele woordenschat. Ik zei: dat is mijn vak. Hij zei: militairen beschikken niet over zo veel woorden. Ik zei: wat doet u? Hij zei: ik ben generaal De Gaulle. Inderdaad. Een week later bracht de telefooncentrale van de Ecole normale me onthutst een verzoek van het Elysée over om te komen dineren. De Gaulle stelde me vraag na vraag, over mezelf, mijn leven, de krijgsgevangenschap, de politiek, de Communistische Partij, maar zonder het over zichzelf te hebben. Drie uur lang. Toen nam ik afscheid. Ik ontmoette hem weer op mijn tocht door de woestijn, en dit keer voerde hij het woord. Hij zei me alle dingen waarvan bekend is dat hij ze zei: veel slechte dingen over militairen, veel goede dingen over Stalin en Thorez (staatslieden), veel kwaads over de Franse bourgeoisie (heeft niets gedaan om staatslieden voort te brengen; het bewijs: ze moet zich tot militairen wenden, die toch wel iets anders te doen hebben). Ook hij maakte zich zorgen over de Communistische Partij: 'Denkt u dat ze in staat zijn te begrijpen dat ik de enige ben die Amerika in bedwang kan houden en in Frankrijk iets vestigen dat lijkt op het socialisme waarover ze spreken? Zoveel nationalisaties als men maar wil. Communistische ministers? Goed, ik ben niet zoals de socialisten, die op bevel van de Amerikanen de communisten uit de regering hebben gegooid. Rusland? Daar zorg ik wel voor. Het grote probleem is de Derde Wereld, ik heb bijna alle gebieden bevrijd, blijft over Algerije, u zult zien dat die Franse klotebourgeoisie me erbij zal roepen wanneer de zaken een verkeerde wending dreigen te nemen, Guy Mollet is nu haar man, maar dat is een nietsnut, en Lacoste is nog erger. Ik sta alleen? Inderdaad, ik heb altijd alleen gestaan, maar Machiavelli heeft geschreven dat je altijd alleen moet staan wanneer je aan iets groots begint, en het Franse volk is gaullistisch, ik heb een paar trouwe vrienden, neem Debré of Buis.' Wanneer ik de verhalen van Malraux lees, die zich enkele uitspraken van de beroemde man toeëigent en ze met zijn literaire saus op smaak brengt, moet ik aan deze eenvoudige woorden denken, aan hun verhevenheid en steilheid, de steile wand. Hij was een geniale politieke evenwichtskunstenaar. Hij sprak harde woorden over de boeren: ze denken alleen maar aan de fiscus en de fiscus ontziet hen nog ook; en over de Kerk: ze blaten om de wolf te temmen, ze weten niet dat je meer wolf dan de wolf moet zijn. Maar hij had respect voor sommige katholieken, zoals Mandouze: zij weten wat het betekent om alleen te zijn. Ik trok er de lering uit dat een zekere eenzaamheid soms noodzakelijk is om gehoord te worden.

Eenzaamheid kende ik in de psychiatrische klinieken waar ik regelmatig verbleef. Ik kende die ook in de schaarse momenten dat ik, herstellend van zo'n depressie, er weer bovenop kwam en ik weet niet hoe in een soort opgewondenheid boven mezelf werd uitgetild, wanneer alles me gemakkelijk afging en ik zonder mankeren een nieuw meisje oppikte dat de vrouw van mijn leven werd, die ik om vijf uur 's morgens de eerste warme croissants van Parijs bracht, met voorjaarsbessen (want vreemd genoeg kwam ik er altijd in mei of juni weer bovenop, zoals mijn analyticus plagerig tegen me opmerkte, de ene maand is de andere niet, de vakantiemaanden zijn nogal bijzonder, en vooral de maanden vóór de vakantie). In zulke perioden bedacht ik allerlei dwaasheden waarvan Hélène huiverde, want zij maakte mijn dolheid natuurlijk van dichtbij mee; en ze maakten ook mijn omgeving ongerust, die toch gewend was aan mijn oncontroleerbare grillen.

Ik had een voorliefde voor keukenmessen die roesten, ik stal er een aantal uit een winkel en bracht ze de volgende dag terug met als voorwendsel dat ze me niet bevielen, en ik verkocht ze weer aan dezelfde verbaasde winkelbediende. Ik besloot ook om een atoomonderzeeër te stelen, een zaak die de pers natuurlijk in de doofpot heeft gestopt. Ik belde de commandant van een van onze atoomonderzeeërs in Brest, me uitgevend voor de minister van Marine, ik kondigde hem een belangrijke bevordering aan en zei dat zijn opvolger dadelijk zijn opwachting bij hem zou maken en hem meteen zou aflossen. Inderdaad diende zich een hoge officier aan, die met de ex-commandant de voorgeschreven documenten uitwisselde en het bevel overnam terwijl de ander vertrok. De nieuwe commandant riep de bemanning bijeen en maakte bekend dat hij iedereen, ter gelegenheid van de bevordering van de ex-commandant, een week buitengewoon verlof verleende. Zijn toespraak werd met gejuich ontvangen. Iedereen ging van boord, behalve de kok, met als voorwendsel een ratatouille die nog zachtjes stond te koken en die de hele onderneming bijna deed mislukken. Maar ten slotte vertrok ook hij. Ik zette mijn geleende pet af en belde een gangster op die een atoomonderzeeër nodig had om chantage te plegen op internationale gijzelaars of op Brezjnev, en ik zei hem dat hij de boot kon afhalen. In die tijd pleegde ik ook de beroemde, geweldloze overval op de Banque de Paris et des Pays-Bas om een weddenschap te winnen van mijn vriend en voormalig studiegenoot Pierre Moussa, directeur van die bank. Ik nam een bankkluis, onder begeleiding opende ik hem en deponeerde in het bijzijn van de bewaker van de kluis ostentatief een aanzienlijk aantal valse bankbiljetten (stapels in de vorm van biljetten van vijfhonderd franc waren in feite voldoende). Ik ging toen naar Moussa en zei dat ik op mijn erewoord een verklaring over de waarde van mijn depot wilde afleggen: een miljard franc. Moussa was op de hoogte van mijn relaties met Moskou en vertrok geen spier. De volgende dag kwam ik terug, liet de kluis openen en stelde stomverbaasd vast dat alles weg was; vindingrijke gangsters hadden 's nachts alle deuren open gekregen. Het meest opmerkelijke was dat ze op de hoogte moesten zijn geweest van het bedrag van het depot dat zich in mijn kluis bevond, want ze hadden geen andere kluizen opengebroken (bij wijze van spreken, aangezien ze kennelijk de sleutels hadden). De bewaker werd erbij gehaald en ook hij stelde vast dat de kluis leeg was, terwijl hij gezien had dat ze de dag ervoor vol was. Ook Moussa, die Lloyds binnen een week liet betalen. Maar Moussa had me door. Hij vroeg me een bescheiden bijdrage voor het solidariteitsfonds voor ex-bankdirecteuren en voor de vereniging van oudstudenten van de Ecole normale. In de jaarboeken van deze organisaties is een indicatie van zijn stortingen te vinden. Ik moet zeggen dat het toenmalige hoofd der politie zich heel correct gedroeg. Waaruit maar blijkt dat hoge ambtenaren manieren hebben. Ik bracht mijn vader op de hoogte, die stilletjes lachte. Hij kende Moussa wel, die was een keer bij hem in Marokko op bezoek geweest om hem van de plaatselijke situatie op de hoogte te brengen. Zonder een woord te zeggen had mijn vader naar Moussa geluisterd, hem de hand gedrukt en enkele adressen gegeven waar hij mooie Finsen kon ontmoeten (Moussa was toen gek op dat soort meisjes) en bourbon die op de zeebodem had gelegen. Ik stal nog heel wat andere dingen, onder andere een grootmoeder en een gepensioneerde adjudant van de cavalerie, maar dit is niet de plaats om hierover te spreken, want dat zou me moeilijkheden met het Vaticaan bezorgen, daar de adjudant tot de Zwitserse Garde behoorde. Ik onderhield goede betrekkingen met het Vaticaan. Ik had het voorrecht (samen met honderdtweeënnegentig andere Parijse studenten die in 1946 onder leiding van pater Charles naar Rome waren gereisd) om op audiëntie te mogen bij Pius XII, die volgens mij last had van zijn gal, maar heel goed in staat was zich in een door Italiaanse fonemen vervormd Frans uit te drukken, als op een twijfelachtige piano of cello. Hij vroeg me of ik student aan de Ecole normale was, of ik letteren studeerde of natuurwetenschappen, of ik filosoof was. Ja. Toen sprak hij de wens uit dat ik Sint-Thomas en Sint-Augustinus las, in die volgorde, dat ik 'een goed christen, een goede vader en een goede burger' zou zijn. Ik heb mijn best gedaan om deze aanbevelingen op te volgen, ze kwamen uit een goed hart. Johannes XXIII heb ik niet gekend, een fabelachtige man, te vergelijken met kanunnik Kir, maar dan heilig; noch Paulus VI, een zachtmoedige, bezorgde oude vrouw die altijd op stap was, hij had slechts één ideaal, Brezjnev ontmoeten. Maar Guitton kende hen in mijn plaats, omdat zijn werken hun lievelingsboeken waren en hij een briefwisseling met hen onderhield. Zo werd ik op de hoogte gehouden van wat zich in Rome achter de schermen afspeelde en kon ik die streek met de Zwitserse adjudant uithalen die toen hij was uitgetreden naar zijn minnares in Graubünden wilde.

Tijdens deze vlaag van waanzin werd ik op de koop toe verliefd op een Armeense die in Parijs verbleef, mooi als een linnen doek, met haren van een andere kleur en ogen die langzaam in de nacht bewogen; maar het hield natuurlijk geen stand. Ik keerde terug naar een van mijn verpleeginrichtingen. Sinds Esquirol had ik vooruitgang geboekt. Ik ging nu naar Soisy, waar geen shocks werden toegediend, maar fictieve slaapkuren werden toegepast die me het gevoel gaven dat ik genas. Uit Soisy herinner ik me een opmerkelijke ervaring, die de weg zou vrijmaken voor de antipsychiatrie. Met uitzondering van de artsen en de conciërge werd iedereen bijeengeroepen in een grote zaal met stoelen, patiënten, verplegers, verpleegsters enzovoort. En iedereen keek elkaar aan alvorens te zwijgen. Dat duurde uren. Nu eens stond er een patiënt op om te gaan pissen, dan weer stak iemand een sigaret op of een verpleegster kreeg een huilbui. Toen men was uitgepraat, ging iedereen eten of naar bed voor zijn slaapkuur. Ik heb voor artsen altijd grote bewondering gehad, ze zagen kans om nooit te komen, je kon zelfs niet onder vier ogen met hen spreken, ze beweerden dat hun afwezigheid deel van de behandeling uitmaakte, wat hen er niet van weerhield om buiten de inrichting druk bezig te zijn met de behandeling van particuliere patiënten die hun zorg nodig hadden. Of ze maakten de verpleegsters het hof, met wie ze trouwden of bij wie ze een kind verwekten. Een voorval dat me midden in de winter overkwam, overtuigde me ervan hoe gevaarlijk slaapkuren kunnen zijn, in tegenstelling tot een gangbare opinie die geen rekening houdt met slaapwandelen. Terwijl de grond in de omgeving met twee decimeter bevroren sneeuw was bedekt, werd ik rond drie uur 's nachts spiernaakt in de sneeuw gevonden op tweehonderd meter van mijn paviljoen, en mijn voet was door een steen verwond geraakt. De verpleegsters schrokken enorm, ze verbonden me, gaven me een warm bad en stopten me weer in bed. Ook die keer zag ik geen arts. Slaapwandelen was niet hun specialisme. Goddank was Béquart er, ik ontmoette hem in gezelschap van zijn alleraardigste vrouw, hij had belangstelling voor filosofie. En Paumelle, die de hele zaak op touw had gezet en zich toch wel ongerust maakte, een ongerustheid die hij met whisky wegspoelde. En bij gelegenheid praatte ik met Domenach, een oude studiegenoot uit Lyon. Derrida, Poulantzas en Macherey kwamen me opzoeken. We aten chocoladebroodjes in een banketbakkerswinkel en liepen keuvelend door de velden. Derrida vertelde met oneindig veel tact over zijn depressie, die na zijn huwelijk was ontstaan. Nikos sprak over zijn avonturen met meisjes (hij!) en over de twisten tussen de Partij van het binnenland en de Partij van het buitenland. Macherey sprak over filosofie en zijn huisvestingsproblemen. Ik probeerde de tijd door te komen, wat ontzettend moeilijk is als je verteerd wordt door angst. Maar uiteindelijk gaf de depressie zich altijd weer gewonnen en keerde ik terug naar de Ecole normale, waar de kandidaten voor de *agrégation* vanzelf voor hun examen slaagden, waar Hyppolite en zijn vrouw me hartelijk verwelkomden en waar de politiek haar weg vervolgde. De enige die er echt onder te lijden had was Hélène, want omdat ze een rotkarakter had dacht iedereen dat ik door haar schuld ziek werd, en wanneer ik weg was liet iedereen haar vallen, waardoor ze zowel met mijn ziekte als met een schuldgevoel er verantwoordelijk voor te zijn werd opgescheept. En ze zat zonder vrienden, die haar zelfs geen seintje durfden te geven om naar het café of de bioscoop te gaan. Zo wordt de naaste omgeving van de patiënt gemeden als de pest, zo bang zijn de mensen, vooral vrienden en familie, om zelf ziek te worden. Om een ander voorbeeld te nemen, dertig jaar lang heeft noch mijn moeder noch mijn vader me ook maar één keer bezocht in al die klinieken waar ik verbleef, terwijl ze toch heel goed het adres kenden. Zo heeft Hélène steeds een soort vloek met zich meegedragen, en de verschrikkelijke angst een ontaarde moeder te zijn, wat ze helemaal niet is, ze is juist buitengewoon aardig tegen de mensen, die ze weliswaar bij gelegenheid ruw bejegent, maar zonder kwade bedoelingen, wanneer ze 's morgens onder het ontbijt te vroeg tegen haar praten of wanneer ze in haar bijzijn kwaadspreken over Stendhal, Proust of Tintoretto of positieve opmerkingen maken over Camus (die ze in het Verzet goed gekend heeft) enzovoort. Kleinigheden, maar zoals je met takjes een groot vuur kunt aansteken, zo kun je met kleinigheden een groot kwaad aanrichten.

Dus de politiek ging door. Het was begonnen in het voorjaar van 1964, toen ik in mijn werkkamer in de rue d'Ulm bezoek kreeg van

Balibar, Macherey en Establet, destijds studenten aan de Ecole normale. Ze kwamen me vragen hen te helpen bij het bestuderen van Marx. Ik zei ja, werkte hun commentaar bij en zag dat ik meer wist dan ik dacht. Nog steeds op hun verzoek zetten we in het studiejaar 1964-1965 een werkgroep op over *Het kapitaal*. Rancière beet de spits af en had de grote verdienste drie maal twee uur te spreken, want verder durfde niemand als eerste de sprong te wagen. Het werd een meesterlijke verhandeling, die bij Maspero verschenen is, wellicht iets te formalistisch en lacaniaans (de 'afwezige oorzaak' werkte bij het leven), maar niet zonder talent. Na Macherey, die toen lesgaf in La Flèche, Establet en Balibar, was het mijn beurt om het woord te voeren. Dat was geen verdienste, daar de anderen al het werk gedaan hadden. Duroux, de meest begaafde van ons allen, had zoals altijd helaas niets gezegd, hoewel hij vol ideeën zat waarmee hij niet karig was. Jacques-Alain Miller, die Judith Lacan al het hof maakte, had in oktober 1964 de aandacht getrokken door zijn grote vermogen tot initiatief en was toen helemaal verdwenen (hij had de wijk genomen naar het bos van Fontainebleau, met een meisje dat hij leerde theoretische begrippen te baren). In juni 1965 kwam hij onverwachts weer opdagen en ontdekte tot ieders verbijstering dat ze 'een begrip van hem hadden gestolen'. Omdat ik op dat moment niet meer gek was, voelde ik me er niet bij betrokken. Miller beweerde dat het de schuld was van Rancière, dat die van hem het begrip 'metonymische oorzakelijkheid' had gestolen, dat hij op een verstrooid moment bedacht had, maar waaraan hij des te meer was gehecht. Rancière verweerde zich krachtig, maar in oktober 1965 gaf hij ten slotte toe dat het mijn schuld was. Miller maakte toen een vreselijke ruzie met me, die naderhand Régis Debray tot nadenken zou stemmen toen hij uit Camiri was bevrijd (in zijn laatste boek bestempelt hij het als een symptoom van de verwarring der geesten aan de Ecole normale in het algemeen en in het bijzonder). Maar dat was echt een uitzondering. De begrippen die ontstonden circuleerden zonder beperking.

Ze circuleerden zo goed dat de leden van het Verbond van Communistische Studenten (UEC) ze al gauw verwerkten in brochures voor hun bekende cursussen in theoretische scholing. Die cursussen waren ontsproten aan de nogal theoricistische overtuiging die destijds bij ons in zwang was dat, aangezien het onmogelijk was in de partij politiek te bedrijven, we het standpunt van Lenin uit *Wat te doen?* moesten overnemen en strijden op het enige gebied dat toegankelijk was: de theoretische scholing. Dit plan had relatief gezien een aanzienlijk, in ieder geval onverwacht succes. Overal aan de Parijse universiteiten gingen theoretische scholingscursussen van start, op gang gebracht door een groepje filosofen van wie Robert Linhart stellig de actiefste en begaafdste was. Zoals te voorzien was, had dit optreden politieke gevolgen. Het UEC was op dat moment zwak, het werd ondermijnd door de 'Italiaanse' stroming en de 'psychosociologen' van de letterenfaculteit van de Sorbonne, en vanuit de Ulmkring namen de studenten van de Ecole normale nagenoeg de leiding van het UEC over. De Partij had een zeer zwakke positie en liet het toe, totdat de Ulmkring met vrienden het initiatief nam tot een breuk met de Partij, een scheuring die hun duidelijk veel voldoening schonk. Ik schold ze de huid vol en zei dat dit geen politiek maar kinderspel was. Maar de teerling was geworpen. Ze richtten toen het Verbond van Communistische (marxistisch-leninistische) Jeugdbewegingen op, het UJCML, dat bekendheid zou krijgen door zijn activisme en weldoordachte initiatieven. Eerstens voortzetting van de theoretische scholing en oprichting van een tijdschrift (*Cahiers marxistes-léninistes*, waarin ik twee slechte artikelen publiceerde; de Partij deed alsof ze van niets wist) en vooral het op gang brengen van Vietnamcomités, die zo'n succes hadden dat de Partij zich er ten slotte ongerust over maakte. Dankzij hun theoretische politieke inzicht, hun onstuimigheid en verbeeldingskracht hadden deze jonge knapen ondanks alles enkele grondbeginselen van agitatie en massale actie ontdekt en waren zij tot handelen overgegaan. Na een moeizaam begin werd *Cahiers marxistes-léninistes* heel goed verkocht. Al vóór het eerste nummer, gewijd aan de Culturele Revolutie die net was uitgebroken, had ik een niet-ondertekend artikel geleverd (waarvan ik hier na Rancière de echtheid erken), waarin ik een eenvoudige en onjuiste theorie ontvouwde die berustte op het volgende principe. Er zijn drie vormen van klassenstrijd, economisch, politiek en ideologisch; er zijn dus drie verschillende organisaties nodig om de klassenstrijd te voeren. We kennen er twee: de vakbond en de Partij. De Chinezen hebben zojuist de derde ontdekt: de rode garden. QED. Het was erg simpel, maar het viel in de smaak. Ik hoestte een ander artikel op, dat heel lang en ondertekend was: 'dialectisch materialisme en historisch materialisme'.

Daarin verdedigde ik de juiste opvatting dat de marxistische filosofie niet mocht worden verward met de marxistische geschiedeniswetenschap, maar mijn argumenten waren op z'n zachtst gezegd simplistisch. Ik herinner me dat ik ruim een jaar na de oprichting van het UJCML een uitnodiging van Paul Laurent ontving om bij hem langs te komen, maar ik kon toen ieder ogenblik in een psychiatrische inrichting worden opgenomen en was niet in staat op zijn uitnodiging in te gaan. Dat heb ik altijd jammer gevonden, want Paul Laurent leek me uit de verte een boeiende man, in elk geval beheerst en scherpzinnig. Het was vlak voor mei '68. Toen ik per auto naar de inrichting vertrok, zag ik groepen achter een rode vlag voorbijtrekken. Dat was het begin.

In mei '68, terwijl de Partij ieder contact met de opstandige studentenmassa's verloren had, gingen de jongens van het UJCML als goede leninisten naar de fabriekspoorten, waar de Franse arbeiders de grootste staking uit de hele geschiedenis van de arbeidersbeweging ontketend hadden. Dat was hun ondergang. Want de arbeiders hadden de steun van de studenten niet nodig, zelfs niet van de 'gevestigde' studenten, en de zaak speelde zich niet aan de fabriekspoorten af, maar in het *quartier latin*, waar een maand lang met straatstenen en traangasgranaten werd gevochten, maar zonder dat er een schot werd gelost. Het was duidelijk dat de oproerpolitie instructie had de studenten te ontzien— de dochter van het hoofd der politie bevond zich onder de betogers; per slot van rekening waren de meesten zonen van de gegoede burgerij. Men was minder welwillend bij Peugeot, waar drie arbeiders door kogels werden gedood.

Hoe De Gaulle erin slaagde deze spectaculaire opstand te smoren is bekend, namelijk door een ander spektakel te organiseren: zijn onverwachte verdwijning. Hij ging niet naar de fabriekspoorten of naar de bezette Sorbonne, maar naar Duitsland, naar het hoofdkwartier van Massu (dat is althans de officiële lezing), kwam twee dagen later terug en hield buiten adem zijn befaamde toespraak, die de weg vrijmaakte voor de onderhandelingen van Grenelle, met Pompidou tegenover Frachon en Séguy, en voor de verkiezingen die hem na de betoging op de Champs-Elysées een overweldigende meerderheid zouden opleveren.

De beweging van mei, toen stakende arbeiders en opstandige studenten een moment rakelings langs elkaar waren gegaan (op 13 mei, in de lange stoet die door Parijs trok), doofde langzaam uit. Toen de belangrijkste eisen van de arbeiders in Grenelle waren ingewilligd, hervatten ze geleidelijk het werk, hoewel soms aarzelend. Het duurde langer voordat de studenten zich bij hun nederlaag hadden neergelegd; maar toen het Odéon en de Sorbonne waren ontruimd, gaven ze zich gewonnen. Een mooie droom was stukgelopen. Al verdween hij niet uit het geheugen. De herinnering aan deze meimaand bleef en zal lange tijd levendig blijven, aan die maand waarin iedereen op straat was, er een werkelijke saamhorigheid bestond, iedereen met iedereen sprak, alsof je elkaar al sinds mensenheugenis kende, toen alles plotseling eenvoudig was geworden, iedereen geloofde dat 'de verbeelding aan de macht was' en dat je onder de straatstenen het zachte zand aantrof.

Na mei nam de studentenbeweging de vorm aan van sekten en splintergroepen. Het UJCML splitste zich; Robert Linhart, Jacques Broyelle en anderen stapten op, de rest volgde Benny Lévy die met Alain Geismar, van de Beweging van 22 maart, Proletarisch Links oprichtte. Deze groepering gaf een dagblad en een weekblad uit, maar ondanks de bescherming en financiële steun van Sartre, die in mei '68 zijn theorie van de serialiteit (de CGT) en van de groep (de betogende studenten) meende te herkennen, verkommerde ze en verdween ten slotte. Veel van haar leiders en actieve leden, zoals André Glucksmann, eindigden als antimarxist, een gevaar dat iedere anti-autoritaire en naar anarchisme neigende ideologische beweging bedreigt. Het was een droevig einde, ondanks de gigantische protestbetoging tegen de moord op Overney, waarover ik heb gezegd: dit is een begrafenis, maar niet zozeer van Overney als wel van het links studentenradicalisme. Natuurlijk waren alle links-radicalen aanwezig bij de begrafenis van het links-radicalisme. En nog heel wat anderen, wat twee of drie maanden lang valse hoop wekte. Maar de werkelijkheid kreeg snel de overhand, wat overigens niet tot enige analyse aanzette, zo verward waren de geesten. Onverstoorbaar bleef Lévy consignes uitvaardigen die niemand opvolgde; daarna publiceerde hij zijn gesprekken met Sartre, die hem als particulier secretaris had aangenomen.

Het echte links-radicalisme, het arbeidersradicalisme, het vakbondsanarchisme en populisme, vond elders een wijkplaats: in een deel van de PSU en in de CFDT. Maar er is een waarheid die de Franse studenten niet wilden erkennen, namelijk dat er twee soorten links-radicalisme bestaan: een heel oud, het arbeidersradicalisme, en een heel recent, het studentenradicalisme; dat het oude links-radicalisme deel uitmaakt van de arbeidersbeweging en toekomstmogelijkheden heeft, terwijl het andere links-radicalisme zich in principe alleen maar van de arbeidersbeweging kan verwijderen. Om historische redenen is de situatie anders in Italië en Spanje, omdat daar ter linker zijde van de Communistische Partij politieke groeperingen bestaan waarvan de achterban niet alleen studenten maar ook arbeiders omvat. Op dit moment is dat in Frankrijk onmogelijk en ondenkbaar en dat weet de leiding van de Franse Partij heel goed, zoals bleek uit de in mei '68 en daarna gevoerde tactiek. Ze hoefde zich alleen maar te verschansen in haar 'arbeidersbolwerk', de CGT en de Partij, om het links studentenradicalisme, al of niet maoïstisch, ondanks zijn verwensingen vanzelf te laten doodbloeden.

Ik moet hier iets zeggen over een initiatief dat we in het voorjaar van 1967 namen; we richtten een werkgroep op die we zonder iets te verhelen 'Spinoza' noemden. De meesten van mijn vrienden deden mee, of ze nu lid van de Partij waren of niet. Het was een boeiende want profetische ervaring. We waren er toen van overtuigd dat het aan de universiteit tot een uitbarsting zou komen. Er zou nog een boek uit voortkomen, *L'école capitaliste en France*, dat wegens politieke meningsverschillen alleen op naam van Baudelot en Establet kwam te staan. En een belangrijk werk van Bettelheim over de klassenstrijd in de Sovjetunie.

We waren ook een studie begonnen over de klassenstrijd in Frankrijk, maar wegens gebrek aan middelen en tijd leidde deze niet tot een resultaat. Ten slotte viel de groep vanzelf uiteen (naar aanleiding van een van mijn depressies, de samenloop van omstandigheden en het vertrek van Alain Badiou, een van onze meest briljante medewerkers, die besloot dat de basis gelegd moest worden voor de hereniging van de maoïstische groepen in Frankrijk, om de Partij te vernieuwen). Tegenwoordig publiceert Badiou interessante bundels bij Maspero, waarin je vreemd genoeg de sartriaanse filosofie van de opstandigheid terugvindt, die hij nooit heeft verloochend en die hij gebruikt om tegen een achtergrond van voluntarisme, pragmatisme en een idealisme dat kenmerkend is voor het denken van Mao, de teksten van de belangrijke Chinese communistische leider te verklaren.

Om niets van mijn theoretische schanddaden te verzwijgen voeg ik hieraan toe dat ik in het voorjaar van 1966, in dezelfde tijd dat in *La Pensée* het slechte artikel over 'theoretische arbeid' verscheen, een lange tekst had gepubliceerd over theoretische scholing, die de Cubanen vertaalden en waar me van verschillende kanten om gevraagd. Ik schreef ook een andere, meer ambitieuze tekst over ideologisch socialisme (*sic*) en wetenschappelijk socialisme, maar die werd gelukkig niet gepubliceerd. Wie deze essays leest, kan zich een idee vormen van de mate waarin ik, conform de tijdgeest en in samenhang met het grote succes van de theoretische scholingscursussen van het UJCML, bezweken ben voor de verleiding die ik later als 'theoricisme' gekritiseerd heb. Deze verleiding of afwijking is niet bij woorden blijven steken, aangezien ze immers de politiek van het UJCML gestimuleerd heeft, hoewel gecorrigeerd door de praktijk. Niet alles in deze theorie was verfoeilijk, dat heeft de ervaring uitgewezen; de aanhangers hebben er minstens het besef van het belang van theorie aan overgehouden. Maar wat ze er niet van hebben kunnen leren is de betekenis van het effect van de praktijk op diezelfde theorie, anders gezegd, de les die leert 'de theorie te praktizeren' door rekening te houden met de praktijk, dat wil zeggen met de bestaande krachtsverhoudingen van de klassenstrijd, met de semantische lading van woorden en met de evaluatie van de effecten van theorie en praktijk. Toch hebben deze knapen een boeiende ervaring opgedaan; verscheidenen van hen, die niet in het antimarxisme zijn weggezonken, plukken er nu de vruchten van, waarvan sommige veelbelovend zijn, te oordelen bijvoorbeeld naar het boek van Linhart, *Lénine, Taylor et les paysans*.

Naar aanleiding van de bekende, aan Bachelard ontleende 'epistemologische breuk' was ik gestuit op die merkwaardige formaties die, zoals de klassieke politieke economie, zowel voorwetenschappelijk als theoretisch zijn, en theoretisch zonder strikt filosofisch te zijn, en bovendien burgerlijk. Deze laatste bepaaldheid was natuurlijk veruit de belangrijkste. Je moest dus bereid zijn het ideologische klassekarakter van de grondslag onder de burgerlijke theorie van de politieke economie te denken. Maar tegelijk moest je bereid zijn te erkennen dat deze formatie van de burgerlijke ideologie zich voordeed in de vorm van een abstracte, strikte en in een bepaalde formele zin zelfs wetenschappelijke theorie. Op die wijze heeft Marx het denken van Ricardo en zelfs van Smith behandeld, door zich de illusie aan te praten dat deze theorieën wetenschappelijk konden zijn omdat de klassenstrijd in Engeland op dat moment onderbroken was (*sic*), een bewering die met het hele werk van Marx in tegenspraak is. Thans lijkt het me onontkoombaar deze illusie van Marx, niet alleen in zijn jeugdwerken maar ook in *Het kapitaal*, te beschouwen als de oorsprong van vele misverstanden, die tot een onjuiste interpretatie en zelfs tot een opzettelijke vervalsing van het marxisme aanleiding hebben gegeven. Maar als Marx de grondslag van een wetenschappelijke theorie heeft gelegd, is het niet moeilijk in te zien dat deze wetenschap, wil ze vruchtbaar zijn, net als iedere andere wetenschap zo niet herzien, dan toch bijgewerkt moet worden, dat haar principes beter gefundeerd en haar conclusies verduidelijkt moeten worden. Het resultaat zal zijn: een aanzienlijke vereenvoudiging van een werk waarvan Marx vanuit dezelfde illusie meende dat het 'begin moeilijk' zou zijn, zoals in iedere wetenschap, wat onwaar is. Voorts een herziening van de eerste paragraaf van Boek I van *Het kapitaal*, waarop ik enkele jaren geleden de aandacht heb gevestigd, en vooral een zorgvuldig onderscheid tussen wat Marx enerzijds in *Het kapitaal* schreef en anderzijds in zijn uittreksels, zoals de 'Theorieën van de meerwaarde', waarin hij vaak volstaat met het eenvoudigweg overschrijven van teksten van Smith over bijvoorbeeld de produktieve arbeider, een theorie die verschilt van de theorie van de produktieve arbeid en die in *Het kapitaal* niet voorkomt. Er zou nog heel wat meer te zeggen zijn, en daartoe zal ik een poging doen, over deze misverstanden, zorgvuldig in stand gehouden door lieden die er maar al te zeer baat bij hebben het werk van Marx te vervalsen.

Voor het moment volsta ik met enkele opmerkingen over het vraagstuk van de marxistische filosofie. Nadat ik lange tijd had gedacht dat deze filosofie bestond, maar dat Marx geen tijd had gehad om haar onder woorden te brengen, en daarna dat hij daartoe niet de middelen had gehad, nadat ik lange tijd had gedacht dat, alles welbeschouwd, ondanks *Materialisme en empiriocriticisme*, ook Lenin de tijd noch de middelen had gehad om haar onder woorden te brengen, kwam ik moeizaam op een tweeledige gedachte. In de eerste plaats, in tegenstelling tot wat ik gemeend en beweerd had, dat Marx geen nieuwe filosofie had ontdekt, in de trant van zijn ontdekking van de wetten van de klassenstrijd, maar dat hij een nieuwe positie in de filosofie had ingenomen, dus in een werkelijkheid (de filosofie) die vóór hem bestond en na hem voortbestaat. Vervolgens dat deze nieuwe positie in laatste instantie van zijn theoretische klassepositie afhankelijk was. Maar als deze laatste propositie waar was, betekende dat dat iedere filosofie (in ieder geval iedere belangrijke filosofie, en misschien zelfs de onbelangrijke filosofieën) in laatste instantie door haar klassepositie werd bepaald, en dus dat de filosofie in haar geheel genomen in laatste instantie niets anders was dan 'klassenstrijd in de theorie', zoals Engels terecht had opgemerkt, voortzetting van de klassenstrijd in de theorie. Vanzelfsprekend leverde deze stelling geduchte problemen op, niet alleen wat betreft de aanvang van de filosofie, maar ook wat betreft de vormen van deze klassenstrijd en de evidente betrekkingen tussen filosofie en wetenschappen. Erkend moest dus worden dat de filosofie niet het bezit van beroepsfilosofen is, hun privé-eigendom, maar het bezit van ieder mens ('ieder mens is filosoof'—Gramsci). Niettemin moest ook erkend worden dat de filosofie van de filosofen een specifieke vorm had, namelijk systematische en strikte abstractie, in tegenstelling tot de ideologieën (religie, moraal enzovoort), en dat in de *proeftuin van de filosofie van de filosofen* iets groeit dat niet niets is, maar een weerslag heeft in het domein van de ideologieën die de directe inzet zijn van de klassenstrijd in de filosofie. Wat zou dat iets kunnen zijn dat in de proeftuin van de filosofie van de filosofen groeit? Lange tijd meende ik dat het een soort compromis was, een 'lapwerk', om in het filosofische weefsel de schade te herstellen die door het binnendringen van de wetenschappen was aangericht (de epistemologische breuken hebben breuken in de oorspronkelijke eenheid van de filosofie tot gevolg). Maar ik heb ontdekt dat de dingen minder mechanisch verlopen; uit de hele geschiedenis blijkt dat de filosofie een betrekking onderhield met de staat, met de macht van het staatsapparaat, preciezer gezegd met de vorming, dat wil zeggen met de unificatie en systematisering van de overheersende ideologie, het belangrijkste onderdeel van de ideologische hegemonie van de aan de macht zijnde klasse. Toen werd me duidelijk dat de filosofie van de filosofen die rol vervulde en eraan meewerkte de tegenstrijdige ideologische elementen, die ten voordele of ten nadele werken van iedere overheersende klasse die aan de macht komt, te verenigen in een overheersende ideologie ten behoeve van zowel de overheersende als de overheerste klasse.

Vanuit dit standpunt bezien werden de dingen betrekkelijk helder, in elk geval begrijpelijk. Ik begreep dat iedere mens filosoof is, daar zijn leven zich afspeelt onder een ideologie doordrenkt van filosofische bestanddelen, een gevolg van de filosofische arbeid om de ideologie tot overheersende ideologie te verenigen. Ik begreep ook dat het voor de overheersende klasse noodzakelijk is dat er beroepsfilosofen bestaan die aan deze eenwording werken. Ten slotte begreep ik dat er in de wetenschappelijke praktijk filosofische grondbegrippen aan het werk zijn, aangezien geen enkele wetenschap, zelfs de wiskunde niet, voortschrijdt buiten de heersende ideologieën, buiten de filosofische strijd die de vorming van de overheersende ideologie tot verenigde ideologie als inzet heeft. Zo vielen eerder gesignaleerde verschijnselen op hun plaats. Ik begon het eigenaardige stilzwijgen van Marx en Lenin te begrijpen, alsmede het falen van filosofen als Lukács, die tevergeefs hadden geprobeerd een marxistische filosofie te ontwerpen, en nog duidelijker het falen van de mensen (bijvoorbeeld Stalin en zijn kornuiten) die de filosofie hadden gereduceerd tot een simpele, pragmatische rechtvaardigingsideologie. Voor Marx en Lenin was het mogelijk geweest het stilzwijgen over de filosofie te bewaren, omdat zij ermee konden volstaan een proletarische klassepositie in te nemen en dienovereenkomstig de filosofische grondbegrippen te benaderen die ze nodig hadden, hetzij voor de wetenschap van de klassenstrijd (het historisch materialisme), hetzij voor de politieke praktijk. Dat betekent natuurlijk niet dat de filosofische effecten van deze proletarische klassepositie niet verder uitgewerkt hoefden te worden, maar deze taak begon er heel anders uit te zien. Er hoefde geen nieuwe filosofie te worden bedacht volgens de klassieke vorm van de filosofie, maar de grondbegrippen die in de hele geschiedenis van de filosofie bestaan hebben moesten een gewijzigde positie krijgen. De uitspraak van Marx in *De Duitse ideologie*, 'de filosofie heeft geen geschiedenis', kreeg daarmee een heel andere en onvermoede betekenis, aangezien dezelfde strijd zich in de gehele geschiedenis van de filosofie herhaalt; dat noemde ik onlangs nog dezelfde demarcatielijn, eenzelfde 'ontruimde tussenruimte'. En dan zouden we in de gehele geschiedenis van de filosofie op zoek kunnen gaan naar de beste lijnen, die niet noodzakelijk de meest recente zijn. Dan zouden we een materialistische betekenis kunnen geven aan de oude spiritualistische intuïtie van de *philosophia peren-*

nis, met dit verschil dat voor ons deze 'eeuwigheid' slechts de herhaling van de klassenstrijd was. Nee, de filosofie is niet het 'zelfbewustzijn van een historisch tijdperk', zoals de jonge Marx nog beweerde, en op dit punt was hij een trouw volgeling van Hegel. Ze is de plaats van een klassenstrijd die zich herhaalt en die slechts op bepaalde momenten van de geschiedenis bij bepaalde denkers haar meest adequate vormen krijgt; wat ons betreft vooral bij Epicurus, Machiavelli, Spinoza, Rousseau en Hegel, originele voorlopers van Marx. Lange tijd had ik al een vermoeden van de filosofische verdiensten van Spinoza, en het is geen toeval dat ik via Spinoza heb geprobeerd 'de filosofie' van Marx te begrijpen. Maar door Machiavelli te bestuderen, heb ik geheel onverwachts het bestaan van dit eigenaardige en verhelderende verband ontdekt. Ik zal dit nog wel eens toelichten.

Intussen had Jacques Martin zelfmoord gepleegd. In de warmste periode van augustus 1963 werd hij levenloos aangetroffen in de kamer waar hij toen woonde, ver weg van iedereen in het zestiende arrondissement. Op zijn lichaam had hij een lange rode roos neergelegd. Evenals wij kende hij de uitspraak van Thorez: het communisme, dat is brood en rozen. Hij kon niet gereanimeerd worden.

Meer dan vijftien jaar was Martin behandeld door een arts die beweerde dat hij psychoanalyticus was, maar die narcose toepaste. Toen Martin na de oorlog in ontreddering verkeerde had hij het adres van deze arts gekregen van neurotische jonge studenten die hulp zochten. Twaalf jaar lang werd ik door dezelfde arts behandeld en dankzij hem raakte ik geleidelijk meer bekend met de psychoanalyse en haar problemen. S. zei dat ik moest gaan liggen, gaf me een injectie met pentothal, net genoeg om me in een roes te brengen, en ik begon te praten. Hij was vooral geïnteresseerd in dromen, verklaarde ze uitvoerig en wees op hun positieve of negatieve betekenis. Mijn depressies begonnen opnieuw, S. hielp me als een goede en toegewijde EHBO-er, maar hij had ook zo zijn opvattingen over het leven. Ik herinner me zijn antwoord in de zomer van 1963 toen een Italiaanse vriendin, die ik tijdens de vorige vakantie had leren kennen, hem vroeg wat hij van mijn toestand en mijn gevoelens dacht: ach, een vakantieliefde! Klaarblijkelijk ontbrak het hem aan tijdsbesef, hij kwam trouwens altijd veel te laat en bekommerde zich niet om de duur van zijn behandeling.

De psychoanalyticus die ik daarna bezocht, vatte de dingen anders op. Hij vroeg bedenktijd alvorens me in behandeling te nemen, en ik schikte me naar het ritme van de conventies. Het ging allemaal heel anders. Deze man kon het niet schelen of ik droomde of niet, hij werkte niet met narcose, sprak zich nooit uit over de positieve of negatieve betekenis van een bepaald symptoom, hij had me door. Dit karwei duurde vijftien jaar, maar nu is het nagenoeg beëindigd en kan ik er iets over zeggen. Uit eigen ervaring ontdekte ik wat Freud in zijn boeken beschreef, het bestaan van onbewuste waanvoorstellingen, hun in beginsel buitengewone banaliteit, en hoe ontzettend moeilijk het is ze geleidelijk te doen verdwijnen. De gesprekken werden oog in oog gevoerd, en om het nog moeilijker te maken ontving hij ook Hélène, maar veel later en slechts eenmaal per week een half uur. Er deden zich dramatische gebeurtenissen voor, een vijftiental depressies, ook korte momenten van manische opgewondenheid en dan haalde ik van alles uit. Ik ging bijvoorbeeld stelen, niet voor het gewin, maar voor het vertoon.

Enkele woorden nog over mijn analyse. Ik behoor tot een generatie, in elk geval tot een sociale klasse, die niet wist dat de psychoanalyse bestond en dat ze neurosen en zelfs psychosen kan genezen. Tussen 1945 en nu is er wat dit betreft heel wat veranderd in Frankrijk. Ik heb verteld langs welke weg ik in contact kwam met de arts die narcose toepaste, en hoe een zeer dierbare vriendin me er op een keer van overtuigde bij D. langs te gaan, 'die schouders heeft die stevig genoeg zijn voor jou'. Inderdaad moest hij sterke schouders hebben om me uit de moeilijkheden te helpen, want het duurde al vijftien jaar: me uit mijn depressies te helpen, dat wil in feite zeggen uit weerstanden. Niets is zo eenvoudig als de onbewuste elementen waarmee de analyse zich bezighoudt, maar niets is zo ingewikkeld als hun specifieke verbindingen. Zoals een vriend eens tegen me zei, het onbewuste is als een breiwerk, je hebt alleen wol nodig, maar de steken kun je eindeloos variëren. Wat me al gauw duidelijk werd waren zoals altijd de filmische waanvoorstellingen, en vooral het tweeledige thema van de kunstgreep en vaders vader. Ik had het gevoel dat ik elk succes in mijn leven aan bedrog te danken had, en vooral mijn goede resultaten op school, aangezien ik had overgeschreven en citaten verzonnen om te slagen. En daar ik mijn leermeesters slechts nadeed om hun te laten zien dat ik beter was dan zij, vormden bedrog en overwinning één geheel. Ik stond lang stil bij deze thema's en intussen werden er andere ontdekt. Vooral angst voor het vrouwelijk geslachtsdeel, een peilloze diepte waarin je onherroepelijk verloren gaat, angst voor vrouwen, angst voor de moeder, die moeder die maar bleef jammeren over haar leven en die voortdurend aan een zuivere man dacht aan wie ze alles kon toevertrouwen—haar tijdens de oorlog gesneuvelde verloofde aan wie ze onbewust bleef denken—of zo'n natuurgenezer, een man met wie ze gedachten kon uitwisselen, maar zonder enige geslachtelijke omgang: een moeder die bang was voor het mannelijk geslachtsdeel, bang voor seksualiteit. Ik begreep toen dat mijn moeder op deze wijze van me had gehouden, als van een zuivere geest, een man zonder geslacht. En zelfs toen ze tot mijn grote woede en weerzin mijn lakens had doorzocht om er een spoor te ontdekken van wat volgens haar mijn eerste nachtelijke zaadlozing was (nu ben je een man, mijn zoon) en toen ze letterlijk haar hand op mijn geslachtsdeel legde, was dat om het me te ontfutselen opdat ik er geen zou hebben. Op deze wijze had ze van mijn vader gehouden, zijn seksualiteit onderging ze passief, in gedachten vertoefde ze elders, boven Verdun. Mijn vader had op een andere wijze van haar gehouden, met heel zijn mannelijkheid, en ik hoorde nog het verdubbelde minnewoord 'mijn eigen vrouwtje' dat hij uitsprak, om zichzelf te bewijzen dat mijn moeder echt van hem was en niet van een ander, niet van zijn broer. Dat maakte mijn behoefte om te bedriegen en 'vaders vader' te zijn begrijpelijk, daar ik over mijn hoofd heen bemind werd, als een wezen zonder geslacht dat ik niet was. Ik moest me zien te redden en een kunstmatig personage in elkaar zetten, dat dan wel geen echte man was, maar in staat om door te overdrijven zowel mijn vader als iedere andere mogelijke vader de loef af te steken, om mezelf ten koste van andere mannen te bewijzen dat ik heus een man was, voorzien van een geslachtsdeel, en niet dat geslachtloze wezen dat mijn moeder zo graag zag. Dat er bij de huidige staat van de psychoanalyse vijftien jaren nodig waren om deze onbewuste effecten te overwinnen, wordt stellig door mijn depressies verklaard, maar deze depressies deden zich waarschijnlijk voor om weerstand te bieden aan de voortgang van de analyse, en al dit werk, heel deze *Durcharbeit*, was nodig om zulke eenvoudige waanvoorstellingen klein te krijgen.

Dit alles speelde zich af in de tijd dat ik Marx bestudeerde, en steeds stond ik verbaasd over de opmerkelijke overeenkomst tussen denken en handelen van beide auteurs. In beide gevallen heeft niet zozeer de praktijk voorrang als wel een bepaalde betrekking met de praktijk. In beide gevallen een sterk bewustzijn van de dialectiek samenhangend met de *Wiederholungszwang*, de 'drang tot herhaling', die ik in de theorie van de klassenstrijd terugvond. In beide gevallen wordt er in bijna dezelfde bewoordingen op gewezen dat de waarneembare effecten slechts het resultaat zijn van buitengewoon ingewikkelde combinaties van heel banale elementen (zie bij Marx de elementen van het arbeidsproces en het produktieproces), zonder dat deze combinaties iets gemeen hebben met het formalistische structuralisme van een combinatoriek in de trant van Lévi-Strauss of zelfs van Lacan. Daaraan ontleende ik de conclusie dat het historisch materialisme ergens een raakvlak met de psychoanalytische theorie moest hebben en ik meende zelfs de uitspraak te kunnen doen, die om de waarheid te zeggen in deze vorm moeilijk te verdedigen is, hoewel niet onwaar, dat 'het onbewuste als een ideologie werkt'. Sindsdien hebben boeiende studies (Godelier) belangrijke verduidelijkingen over deze vraagstukken verschaft, die vanzelfsprekend ver verwijderd zijn van de wereld van Reich, die niet veel afwist van Marx...